新世纪地方高等院校专业系列教材　全国教育科学"十五"规划课题项目
湖南省高等学校优秀教材　　　　首届全国教材建设奖湖南省推荐教材

# 文学概论（第四版）

主　编　余三定
副主编　柏定国　任先大
编　者　（以姓氏笔画为序）
　　　　王　东　邓绍秋　任先大　江正云
　　　　许定国　李夫生　李良军　李国春
　　　　余三定　张德礼　陈仲庚　柏定国
　　　　施　萍　凌建英　涂　昊　黄世权
　　　　阎明芳

WENXUE GAILUN

南京大学出版社

## 图书在版编目(CIP)数据

文学概论 / 余三定主编. —4 版. —南京：南京大学出版社，2021.5(2025.1 重印)

ISBN 978-7-305-24352-3

Ⅰ.①文… Ⅱ.①余… Ⅲ.①文学理论-教材 Ⅳ.①I0

中国版本图书馆 CIP 数据核字(2021)第 060507 号

| | |
|---|---|
| 出版发行 | 南京大学出版社 |
| 社　　址 | 南京市汉口路 22 号　　邮　编 210093 |
| 书　　名 | 文学概论<br>WENXUE GAILUN |
| 主　　编 | 余三定 |
| 责任编辑 | 刁晓静　　　　　编辑热线 025-83592123 |
| 照　　排 | 南京紫藤制版印务中心 |
| 印　　刷 | 南京鸿图印务有限公司 |
| 开　　本 | 787 mm×1092 mm　1/16　印张 17.5　字数 395 千 |
| 版　　次 | 2021 年 5 月第 4 版　2025 年 1 月第 2 次印刷 |
| ISBN | 978-7-305-24352-3 |
| 定　　价 | 45.00 元 |

网址：http://www.njupco.com
官方微博：http://weibo.com/njupco
微信服务号：njuyuexue
销售咨询热线：025-83594756

\* 版权所有，侵权必究

\* 凡购买南大版图书，如有印装质量问题，请与所购
　图书销售部门联系调换

# 目 录

**导 论** ········································································································ 1
  第一节　文学理论必须面对两种基本关系 ···················································· 1
  第二节　文学理论基本范式 ······································································ 4
    一、文学理论美学化 ············································································ 5
    二、文学理论形式化 ············································································ 6
    三、文学理论文化化 ············································································ 7
    四、回到文学本身 ··············································································· 8
  第三节　本教材的编写思路和体例 ···························································· 10
  学术新观点 ························································································· 11
  讨论提示 ···························································································· 26

**第一章　文学特征论** ················································································ 30
  第一节　文学的形象特征 ········································································ 30
    一、文学形象的内涵 ··········································································· 30
    二、文学形象的特征 ··········································································· 31
    三、文学形象的主要类型 ····································································· 34
  第二节　文学的意识形态特征 ·································································· 36
    一、文学在整个社会结构中的地位 ························································ 36
    二、文学与经济基础的关系 ································································· 37
    三、文学与上层建筑其他形态的关系 ····················································· 39
  第三节　文学的审美特征 ········································································ 43
    一、文学的审美内涵 ··········································································· 43
    二、文学的审美形态 ··········································································· 44
  第四节　文学的文化特征 ········································································ 46
    一、文化的内涵 ················································································· 46
    二、文学在文化结构中的地位 ······························································ 47
    三、文学作品是一种特殊的文化形态 ····················································· 48
    四、文学创作与文学接受的文化属性 ····················································· 51
  学术新观点 ························································································· 52
  讨论提示 ···························································································· 62

**第二章　文学对象论** ················································································ 63
  第一节　文学的发生发展 ········································································ 63
    一、文学的起源 ················································································· 63

二、文学的发展 ······················································· 69
第二节　作为文学对象的社会生活 ······································ 71
　　一、文学源泉 ······················································· 71
　　二、文学真实 ······················································· 75
第三节　文学对象的构成 ··············································· 78
　　一、素材与题材 ····················································· 79
　　二、主题 ··························································· 82
　　三、母题 ··························································· 85
　　四、集体无意识 ····················································· 87
学术新观点 ···························································· 89
讨论提示 ······························································ 92

## 第三章　文学创作论 ·················································· 93
第一节　文学创作的主体与客体 ········································· 93
　　一、创作主体与客体 ················································· 93
　　二、创作主体与创作客体的统一 ······································· 98
第二节　文学创作中的构思与传达 ······································ 100
　　一、文学构思 ······················································ 100
　　二、文学传达 ······················································ 108
第三节　创作个性与文学风格 ·········································· 111
　　一、创作个性的形成与发展 ·········································· 111
　　二、文学风格 ······················································ 113
第四节　创作共性与文学类型 ·········································· 119
　　一、文学思潮 ······················································ 119
　　二、文学流派 ······················································ 120
　　三、文学类型 ······················································ 121
学术新观点 ··························································· 124
讨论提示 ····························································· 126

## 第四章　文学形式论 ·················································· 127
第一节　文学是语言的艺术 ············································ 127
　　一、文学作品的存在形式 ············································ 127
　　二、文学是语言的艺术 ·············································· 128
第二节　文学形象的类型 ·············································· 136
　　一、典型 ·························································· 137
　　二、意境 ·························································· 139
　　三、意象 ·························································· 141
第三节　文学文本 ····················································· 144
　　一、文学文本的含义 ················································ 144

二、文学文本的层次结构……………………………………………145
第四节　文学体裁……………………………………………………157
　　一、文学体裁的划分………………………………………………157
　　二、诗歌……………………………………………………………158
　　三、散文……………………………………………………………159
　　四、小说……………………………………………………………161
　　五、戏剧文学………………………………………………………162
　　六、影视文学………………………………………………………165
第五节　通俗文学……………………………………………………167
　　一、文学的"雅"与"俗"…………………………………………167
　　二、通俗文学的类型特征…………………………………………169
　　三、通俗文学的审美特征…………………………………………171
学术新观点………………………………………………………………173
讨论提示…………………………………………………………………179

## 第五章　文学接受论……………………………………………………180
第一节　文学接受的意义……………………………………………180
　　一、文学接受与文学创作的互动关系……………………………181
　　二、"二度创作"下的文学实现……………………………………183
第二节　文学接受的主体……………………………………………187
　　一、认识主体………………………………………………………188
　　二、审美主体………………………………………………………189
　　三、阐释主体………………………………………………………190
　　四、接受主体的身份整合…………………………………………194
第三节　文学接受过程………………………………………………195
　　一、文学接受的发生………………………………………………195
　　二、文学接受的发展………………………………………………198
　　三、文学接受的高潮………………………………………………202
第四节　文学批评……………………………………………………205
　　一、文学批评的性质………………………………………………205
　　二、文学批评的多样形态…………………………………………208
　　三、马克思主义文学批评及其标准………………………………212
　　四、文学批评家……………………………………………………216
学术新观点………………………………………………………………220
讨论提示…………………………………………………………………224

## 第六章　文学价值论……………………………………………………225
第一节　文学价值的生成……………………………………………225
　　一、文学接受与文学价值的生成…………………………………225

二、人本前提与文学价值的功能表现……………………………… 226
　　三、文学的"自律"与"他律"………………………………………… 228
　第二节　文学价值的世俗表现……………………………………… 230
　　一、文学的游戏功能………………………………………………… 230
　　二、文学的政治功能………………………………………………… 232
　　三、文学的道德功能………………………………………………… 234
　　四、文学的文化功能………………………………………………… 235
　第三节　文学价值的脱俗表现……………………………………… 238
　　一、终极关怀………………………………………………………… 239
　　二、心灵家园………………………………………………………… 240
　学术新观点……………………………………………………………… 244
　讨论提示………………………………………………………………… 247

# 第七章　中外文学理论比较论 …………………………………… 248
　第一节　中国传统文学理论的基本特征…………………………… 248
　　一、感悟式…………………………………………………………… 248
　　二、原人论…………………………………………………………… 250
　第二节　西方文学理论的基本特征………………………………… 256
　　一、理论化、系统性………………………………………………… 256
　　二、逻辑性、形式化………………………………………………… 258
　第三节　"全球化"背景下的当代文学理论………………………… 261
　　一、全球化的概念…………………………………………………… 261
　　二、全球化理论的后殖民特征……………………………………… 262
　　三、中华民族全面复兴背景下的文学理论实践…………………… 266
　学术新观点……………………………………………………………… 267
　讨论提示………………………………………………………………… 268

# 后记 …………………………………………………………………… 269
# 第三版后记 …………………………………………………………… 271
# 第四版后记 …………………………………………………………… 272

# 导　　论

在大学中文系的主干课程体系中，文学概论属于基础理论课程，是对文学理论基本知识和文学研究基本方法的概括性介绍，在培养学生的专业能力和综合素质等方面发挥着非常重要的作用。对于现代意义的文学研究而言，不论是文学史、文学批评、文学创作分析，还是其他各式各类的文学研究，这门课程都有直接的重要影响。为了教学的方便，现将文学理论的基本内容、研究范式和学习要求做一简略说明。同时，在这个说明中交代本书的编写思路。

## 第一节　文学理论必须面对两种基本关系

文学理论是一门研究人类的文学现象，阐明文学的性质、特点和基本规律的社会科学，是一门科学地研究文学的学问。研究文学的社会科学包括三个各自独立又相互联系的分支，它们是文学史、文学批评、文学理论。

美国文艺理论家韦勒克和沃伦在合著的《文学理论》一书中指出：

> 在文学"本体"的研究范围内，对文学理论、文学批评和文学史三者加以区别，显然是最重要的。首先，文学是一个与时代同时出现的秩序（simultaneous order），这个观点与那种认为文学基本上是一系列依年代次序而排列的作品、是历史进程上不可分割的一部分的观点，是有所区别的。其次，关于文学的原理与判断标准的研究，与关于具体的文学作品的研究——不论是做个别的研究还是做编年的系列研究——二者之间也要进一步加以区别。要把上述的两种区别弄清楚，似乎最好还是将"文学理论"看成是对文学的原理、文学的范畴和判断标准等类似问题的研究，并且将研究具体的文学艺术作品看成"文学批评"（其批评方法基本上是静态的）或看成"文学史"。[①]

他们的这一看法符合客观实际，得到了中外文艺理论家普遍的认同。因此，文学研究者大都从文学史、文学批评、文学理论三个不同层面来研究文学。

文学史是一门历史地、具体地考察文学产生、发展和演变的过程、状况、经验和规律的专门学科。其基本内容包括三个方面：一是从文学实际出发，并参照一定的历史线

---

① ［美］韦勒克、沃伦《文学理论》，刘象愚、邢培明、陈圣生、李哲明译，江苏教育出版社，2005年，32页。

索,梳理文学发展的历史轮廓,将文学的发展划分为相应的历史时期,描述各个历史时期的社会、政治、经济、哲学、思想、文化、伦理、道德、宗教、心理、人性和人们的审美趣味、审美理想等因素,对文学产生、发展和演变的影响及作用,以及文学对它们的再现、反映和表现,并说明文学自身的历史继承与革新创造对文学发展和变化的影响和作用;既勾勒文学在一定历史时期所呈现出的总体面貌,又分析文学之所以呈现出如此面貌的原因,总结其中的成就和不足、经验和教训,从而探究文学产生、发展、变化的规律,用历史事实告诫人们,只有遵循文学发展的规律,才能求得文学的更好发展和繁荣。二是分析、比较、评价在文学史上占有重要地位的作家、作品,描述这些作家、作品所取得的思想和艺术成就,肯定这些作家、作品的创作个性和艺术风格,特别要注意探讨这些作家作品在真正把握文学的根本特性方面,即在传达人们对生活的理想方面起过怎样的作用,从而给予这些作家作品以应有的历史地位;与此同时,对具有重大影响的文学现象、文学运动、文学思潮等进行分析、比较和评价,判断它们在整个文学发展过程中的作用、影响、意义和地位,以及它们自身可能有的这样或那样的局限。三是揭示文学发展过程中历史继承与革新创造的关系,指明一个时期文学的发展规律,即与前代文学有着怎样的继承关系;和前代文学相比,它提供了一些什么新的文学观念、材料、经验和方法,对后代文学又产生了怎样的影响,从而梳理出文学发展中的继承与创新的脉络和辩证关系,为其他样式的文学研究提供基本的素材。

　　文学批评的对象是以作家、作品为主的一切文学现象,其指导思想是文学理论、美学理论、哲学以及其他一切人文社会科学。文学批评通过对一切文学现象,特别是对文学作品的内涵和艺术形式的分析、比较、评价,以求对文学的接受提供参考性的意见和阶段性的判断,并以此为基础确立具体作家作品的历史地位。因此,文学批评的主要任务是分析、比较、评价具体作品的审美价值,总结作家创作的优劣长短,判断作品的内涵和艺术成就;引导并帮助读者欣赏、理解文学作品,培养读者健康的审美情趣,提高读者的欣赏能力和欣赏水平;从时代和社会及美学高度,探讨作家的创作经验和文学创作的一般规律,总结作家乃至一个时代创作的成败得失,在相应的高层面上规范文学创作的审美追求和意向;为文学史提供和积累新的研究观念、新的研究方法、新的研究材料,直至为充实、丰富、突破和超越已有的文学理论做先期准备。

　　文学理论是关于文学的理论,与文学史研究和文学批评一样,对作家、作品、文学活动、文学运动、文学思潮等一切文学现象均予以理论关注。这就是说,文学理论的研究对象是整体的文学。具体来说就是,文学理论以人类社会的历史的和现实的一切文学现象作为研究对象,总结和探讨文学的性质、特征、构成、功能、价值和文学创作、文学接受、文学发展等规律,从中发现并建立起文学的基本原理、概念范畴、命题框架及研究方法。

　　作为文学理论研究对象的文学具有历史性和多样性。特雷·伊格尔顿说:"我们也许正在把某种'文学'概念作为一个普遍定义提出来,但是事实上它却具有历史的特定性。"[①]文学的历史性是指文学从产生到今天,经历了漫长的时间和很大的发展变化,虽然这种发

---

[①] [英]特雷·伊格尔顿《二十世纪西方文学理论》,伍晓明译,陕西师范大学出版社,1986年,13页。

展变化并不是直线的,但所留下的轨迹还是明晰可见的。最初的文学一方面显得非常简单、幼稚、模糊,另一方面又与宗教、哲学、史传等联系在一起,甚至在一段时间里,凡是以书面语言写成的典籍都是文学,连朝廷的应用性文字,都曾被视为正宗的文学。其时,文学和宗教、哲学、史传等彼此具有同一性。此外,在艺术发展初期的远古时代,文学和音乐、舞蹈是三位一体的东西。这是原始艺术的同一性。总而言之,文学在相当长的时间里没有取得自身独立的地位。文学取得独立地位之后,并没有停止在一个水平上,而是不断地向前运动、向前发展,在运动和发展的各个阶段又一再地经过肯定、否定、再肯定,不断地丰富自身、超越自身。这就是不同的时代、不同的阶级、不同的流派关于文学有不同的看法的原因。

文学的多样性,可以从种种文学本质说中得以表现。在文学的发展史中,对文学本质的探讨确实是众说纷纭,如亚里士多德的"模仿说"、康德的"天才说"、黑格尔的"理念的感性显现说"等。20世纪以来,有人从认识论的角度,把文学看成社会生活的反映;有人从哲学的角度,把文学看作是克服异化、使人性暂时获得复归的一种手段;有人从价值学角度,认为文学是人格和思想感情的表现;有人从心理学的角度,说文学是苦闷和欢乐的象征,是人的内心感情活动的升华;有人从审美的角度,认为文学是有缺陷的世界的一种理想之光;有人从符号学的角度,认为文学是语言符号的结晶;也有人从政治和阶级的角度,把一定时期的文学看作阶级斗争的工具……有人还从什么不是文学的角度,将不是文学的门类一一摒除,从而试图说明什么是文学,甚至有人根本怀疑界定文学的可行性。在最近的几十年来,随着哲学、人类学、社会学、历史学、文化学、语言学、心理学、符号学等学科的大发展,其影响力不断向文学理论渗透。结果一方面使文学理论派别繁多,各种文学观念替代频率加快;另一方面,每个文学理论派别,由于它们的不无合理性的发现和见解而雄视文坛,因为把赋予其生命特征的东西推举到极端而又产生了相应的谬误,最终只能悄然消退。所有这些都显示了文学的多样性。

我们首先应该看到,文学理论与文学史和文学批评不同,它不必具体地、详尽地去分析、比较、评价一个个时期、一个个作家、一部部作品、一次次文学思潮、一次次文学运动。它以整体的文学现象作为自己的研究对象,从宏观的视野上去总结人类研究文学问题的成果,并进一步解释和阐明文学问题,并使之对文学问题的解释和阐明都上升到条理化、系统化、理论化的高度,从而使其成为指导和规范整个文学活动的基础的思想和理论。

因此,文学理论之研究文学,应当是对文学的一种理论把握。所谓理论把握有两个方面的意思:一是指从掌握古今中外的大量文学现象入手,透过文学现象归纳、概括文学的本质、特征和规律,从概念、范畴、命题及理论框架等各个方面准确地、系统地、全面地理解文学;二是运用有关文学理论的概念、范畴、命题及理论框架做指导去正确地观察、整理、分析、研究文学创作、文学接受、文学批评、文学活动中的诸多现象问题,从中发现它们与思辨的文学理论之间的一致性、相关性或不一致性、不相关性。为此,在理论把握的整个过程中要逐步养成自己的理论思维习惯和能力。尤其要注意的是,文学理论是一种具有高度抽象性和系统性的理论。文学理论的抽象性指的是文学理论家在审美感受的基础上,将文学接受过程中获得的感性的文学经验整合为对文学审美形态的普遍概括。文学理论的系统性指的是文学理论体系中的各种概念、术语、范畴、原理等所体现出来的相互关联和内在统一的特征,它们在文学理论内部不是任意的、杂乱无章的堆砌物,而是按照一定的整体性、动态性、结构性、层次性、相关性原则组织起来,构成研究者思维活动的理论背景和逻辑框架。

但是,我们必须警惕目前文学理论研究的一种倾向,即只顾片面地强调文学理论的系统性、理论性,最后导致文学理论远离了鲜活的文学本身,变成了与文学不相干的东西。

文学理论的目的,应当是更好地服务于文学实践,包括文学的创作实践和文学的接受实践。也就是说,文学理论的高屋建瓴的理论形式,最终还得回归其鲜活生动的文学艺术感性形式。这与文学理论产生的逻辑前提是一致的:先有文学创作、文学接受,然后才有文学理论。鉴于此,后发的文学理论必然要直面两种关系,即文学理论与文学创作的关系和文学理论与文学接受的关系。这是所有的文学理论体系都要讲清楚的基本内容,也是所有的学习者共同的行为基础。

## 第二节　文学理论基本范式

任何一种文学理论范式都是建立在"历史—现实—未来"这三种关系的背景之中,产生、发展于一定的历史语境。20世纪的中国社会经历了空前的巨大变动,中国文学理论正是在现实的政治、经济、文化巨变之中,在中西文化的猛烈撞击下建构起来的。而在这种巨变过程中,始终灌注的精神是文学理论范式的民族化、现代化追求。

20世纪80年代之前,我国文学理论逐步形成了五种基本范式:

1. 以欧美的人性论、人道主义为根底的文学理论

它从"人性""人情"的视角讲文学的真、善、美,讲文学的时代性、民族性、全人类性、个人性和永久魅力;从人的艺术观照的基点上,阐述现实主义、浪漫主义、现代主义和艺术创建中的"再现""表现""形式"及"技巧";或以文学为社会事实,或以文学为心灵事实,或以文学为文化事实、生命现象、语言现象,展开对文学的多元研究;等等。

2. 以苏联的反映论、意识形态学说和党性原则为基础建构的文学理论

它以阶级性、倾向性、真实性和典型性为核心范畴,并以阶级斗争、政治斗争为主要线索来考察文学中的风格、流派、思潮和方法等问题。它崇尚人道主义,以为人道主义的高度发展就是共产主义。它也讲文艺的审美特点,但并不把审美作为艺术的本体来进行研究,而是作为一种从属的因素来把握。

3. 庸俗社会学体系

它是我国极"左"文学思潮、路线的理论支柱,来源于苏联的"拉普"的文学思想、程朱理学和政治上"左"倾思潮的糅合。它运用社会学、政治学来机械地解释文学问题,讲

文学"从属于政治",以政治代替文学,以政治学代替文艺学,否认文学艺术的独立性和特殊性。

4. 传统的文学理论

它从"天人合一"和"人、文、道"互渗的角度来确立自己的文学本体观和文学的本质论,并从情、意、象、神、理、气、味、格、律、声、色、体诸种因素相融合的角度阐述文学的内涵和特点。"文以载道"和"文贵自然",是20世纪以来讲古代文论的两种主要趋势,并形成各自的理论思路。

5. 从中华民族文化艺术发展和重构的时代要求探讨具有中国特色的文学理论模式

它立足于"中西化合"和"古今中外化"的思路和方法而建构起文学理论体系。从王国维的诗学,到鲁迅的文论和毛泽东、周恩来的文艺论著,可以看到他们沿着这条思路所做的努力。他们所建立的理论,根植于现实的文学变革,"外之既不后于世界之思潮,内之仍弗失固有之血脉"(鲁迅《文化偏至论》),既反对照搬外国的"横移"态度,又反对死抱国粹、不求进取的"拟古"态度,具有鲜明的时代特点和民族特点。应当指出,这种理论,并不是统一的,存在着马克思主义和非马克思主义的分野,但对于前面四种或以"西学"为体、或以"苏学"为体、或以"国学"为体的理论思维都是一个反驳,是走在文学理论的民族化、现代化的正道上的。[①]

以此为基础,20世纪80年代以来的中国文学理论范式发生了重大的调整和转型,围绕着文学的"内部"和"外部"诸问题,形成了四种相对体系化的文学理论范式,即文学理论美学化、文学理论形式化、文学理论文化化和回到文学理论本身。

## 一、文学理论美学化

20世纪70年代末到80年代,面对文学理论的庸俗社会学倾向,一批学者高举"美学"大旗,开始向"文革"遗留的理论禁区和荒野展开突击,并由此形成了新时期文学理论变革主流,促成了中国文学理论的美学化转型。

文学理论美学化范式的基本命题是"审美价值是文学最根本的价值和本体属性"。围绕这一命题,我国文学理论界开展了一系列关于"文学是审美意识形态""文学是语言结构的审美创造""文学审美特性""内容与形式的相互征服""文学的审美价值""新的美学原则崛起""古典文艺美学"等次级理论范式的建构,开拓了中国文学理论的美学视野。他们关于文学的本质和特性是"审美"的命题,有力地冲击了庸俗社会学的樊篱,把中国文学理论从机械的非人性的政治漩涡中带到了充满人性的审美的诗情画意地带。

在此之前,从20世纪初到50年代"美学热",王国维、朱光潜、宗白华等学者曾经在不同的年代里从不同角度做出过文学理论的美学化尝试,但只有到20世纪80年代,这种美学化进程才得以成形。于是,美学化的文学理论,成了新时期中国文学理论极为重要的成就、特色和品格之一。

---

① 包忠文主编《当代中国文艺理论史》,江苏教育出版社,1998年,50～51页。

同时，文学理论美学化转型，还包含着文学理论的学理化建构问题。从20世纪80年代初开始，尤其是进入90年代以后，学者们面对中国文化界的巨大转变，把对文学理论的美学沉思转化为更为深沉的学理化建设。学理化，也称学术化，要求文学理论进一步摆脱其他学科如哲学、政治学、心理学和社会学等的直接干预，探索并建立起属于自身的相对独立的学科规范和学科体系。正是这种学理化探索，使得20世纪80年代以来的美学化成果获得巩固、沉淀和扩散。例如钱中文的"新理性精神""现代性"和"对话主义"的文学理论主张，体现了自觉的学科建设构想；童庆炳等人的《文体和文体的创造》《文学理论教程》《文学理论要略》《文学概论》和"文体学丛书""文艺学新视角丛书"等一系列著述，不仅着力探索和建构中国现代文学理论的学科特色和品格，而且力求把这种探索和建构转化为大学课程教学体系。此外，胡经之的"文艺美学"学科主张，以及把文艺美学学科探讨同对古典文学和现代文学的研究结合起来研究实践；王先霈主持的"文艺学课程体系改革"的重大课题；孙绍振对文学"结构""逻辑"和"辩证法模式"等的思索；张少康的"中国文学理论批评发展史"著述；朱立元对"当代西方文学理论"的研究等，都展现出严谨、求实和创新的学理化精神。这些著述和相关学术活动，有力地推动了中国文学理论的学理化进程。

**二、文学理论形式化**

文学理论形式化，或曰文学理论本体化，是专注于文学"内部"的一种理论范式。"本体论"（Ontology）一词最早出现在17世纪，见于德国哲学家郭克兰纽、克劳堡和法国哲学家杜阿姆尔等人的著作，后为哲学界所采用。"本体论"一词最早进入文艺学是20世纪40年代初的事情，见之于美国著名批评家、"新批评"的代表人物之一约翰·克罗·兰色姆的《新批评》（1941年）一书。在《新批评》中，兰色姆反对传统的社会学的和心理学的批评，主张和呼唤一种"客观的""科学的""本体批评"的出现。他所呼吁的这种"本体批评"，便是关于作品本身、作品语言和结构的批评，即关于作品"存在现实"的批评，从而确立了文艺学的"本体论"和"本体批评"的概念。

在"新批评"等西方形式批评看来，只有"形式"才是文学之所以被称为文学的"文学性"，文学艺术的审美本性才是其"本体"属性。因此，所谓"本体批评"就是关于文学艺术的形式的批评。我国在20世纪80年代末，主要是90年代开始兴盛的关于艺术形式方面的理论批评，当然也受到包括英美"新批评"在内的20世纪西方形式批评的影响。

形式批评是20世纪西方美学和文艺学的主潮。从"俄国形式主义"提出"文学性"和"陌生化"两个基本命题之后，英美"新批评"关于语音、语义的探究及其关于作品本身的分析延续了30余年；继其后，在20世纪中叶兴起的"结构主义"关于作品深层结构和叙事方式的研究独树一帜，同样产生了巨大影响。此外如格式塔美学关于艺术之视、知觉形式的探讨，神话批评关于艺术"原型"的发现，符号学美学关于艺术符号的理论等，都带有明显的形式批评倾向。20世纪80年代以来，这些理论先后被介绍到我国，经过80年代后半期的消化吸收，我国文学理论的形式化范式逐步形成。

文学理论形式化之所以兴盛于20世纪80年代末和90年代的中国，最直接的原因还要归结为新时期文学对于"文学性"的越来越强烈的追求,"审美价值是文学最根本的价值和本体属性"这一观念已为越来越多的作家所接受,所认同。在这一背景下兴盛起来的形式化理论范式,与建立在"工具论"和"认识论"基础之上的文学理论相对而言,是对文学理论批评自身的性质和任务的回归,从而对于文学艺术自身规律的阐释显然会更直接,更真切。例如,关于文学叙事方式的系统研究,关于文学语言之审美规律的探讨,以及关于文学原型方面的追溯等,虽然显得稚嫩,却标志着一个新时代的开始。这个时代就是同世界文学理论同步发展与平等对话的新时代。

### 三、文学理论文化化

文学理论文化化范式,本自西方的"文化诗学"。美国的斯蒂芬·葛林布莱特于1986年一次题为《通向一种文化诗学》的演讲中,提出了"文化诗学"这一理论主张。不久,葛林布莱特的有关理论即被介绍到中国。

文化诗学基于一种文化的整体观,认为文学是文化中的一种特殊构成,而不是一个封闭的系统,更不是一个独立的本文,而是一个开放的系统,一个与历史、宗教、社会、道德等文化范畴相互联系的本文。[①] 在文化诗学的认识指向(也可以说是它的价值指向和追求)上,它力图在文化系统的视野中对文学的特性和本性进行本源性的观照,体现出突出的"本源观"。

文学理论文化化,至今依然方兴未艾,其原因大概主要有三点:

(1) 是对过于关注文学的内部研究而忽略对文学的外部研究的扩展与弥补。1985年前后文学研究的"新方法热"给文学研究提供了诸多新的方法,文学研究强调对于文本的细致分析,强调对于艺术形式、艺术技巧的研究与把握,但忽略了对于文学外部的关注。而文学理论文化化范式,则弥补了单纯的形式主义范式的内部研究的不足,从更加广泛的文化视域中观照、研究文学。

(2) 20世纪90年代大众文化的盛行使文化批评有了用武之地。进入90年代后,中国的经济转型导致了文化转型,80年代的精英文化至90年代转向民间文化、大众文化,精英文化趋于边缘化状态,大众文化成为具有很大覆盖面的文化。文化的转型也影响着文学的转型,文学关注普通百姓的庸常生态,关注当下日常的琐碎生活,关注语言的生活化、世俗化。文化批评理论的基点在于对大众文化的关注,这就使文学批评的理论与方法在20世纪90年代的中国有了用武之地。

(3) 知识分子社会批判意识的回归,引起文学批评更加关注当下社会。20世纪80年代的文坛,对于形式的迷恋与关注使文学与批评一度疏离了社会现实,淡化了知识分

---

[①] 文学研究的这种文化整体观在不同时期的文学思想及文学批评实践中,早有不同程度的表现。亚里士多德在《诗学》《伦理学》中论诗或艺术的特点时,是将诗与道德相对照,将艺术活动与自然活动、政治活动等相比较来发现的。狄德罗在《对自然的解释》中认为宇宙是一个整体,万事万物之间存有必然的联系。斯达尔夫人更是对文学与哲学、社会、政治、民族甚至自然、地理等的整体关系进行了系统、深刻的论述。虽然与当代西方诗学的有关理论所用术语、词汇不同,话语体系不同,但其文学与文化的整体观之理念是相通的。

子的社会批判意识。在 20 世纪 90 年代的经济大潮中,不少知识分子又开始强调知识分子的角色意识,强调知识分子的社会批判意识,努力关注当下现实生活,关注社会大众与民间生活,文化批评为文学的社会批判提供了一种视角与方法,在对于大众文化的关注与研究中,突出知识分子的民间意识与立场,也显示出现代知识分子的社会批判精神。

文学理论文化化对文学研究也存在一些令人担忧的负面影响:

(1) 疏离了文学的本体。在文化批评中,常常将文学批评的对象仅仅视为文化的载体予以关注和研究,以宏观的文化批评替代细致的文学文本的分析,甚至在文学的文化批评过程中使文学批评回到了单纯的社会学批评的视域,忽略了对文学特性的关注与研究。这种现象在国内的女性主义文学批评中尤其明显,将女性文学文本仅仅视为男权压制下的女性文化载体予以研究,在女性意识与女性权力的关注中很少去研究其文学性方面的特质,以至于使女性文学的研究完全脱离了文学的本体研究。

(2) 缺乏对于西方文化理论的融会贯通,只是舶来单纯的理论,甚至忽略中国的文化与文学的语境,忽略了民族的文化背景与文学背景。其实,中国传统的文学理论与批评方法中也有着诸多值得继承的遗产,我们应该不断地加以研究和继承,将其结合运用于现代的文学理论范式中。

(3) 缺乏对于大众文化与文学创作辩证的批评与引导。纷至沓来的西方文化理论与不断兴盛的中国大众文化,使研究者常常陷入一种茫然不知所措的境地之中。放弃启蒙走入民间的理论姿态,使研究者片面强调对大众文化的认可与接受,进而以文化观望者的态度面对大众文化的种种现象,缺乏对于大众文化、大众文学的辩证批评与引导,放弃了对于精英文化的提倡与呼唤,使研究者成为尾随于大众文化现象的拾荒者,这样便在一定程度上背离了知识分子的批判立场与分析视角。

**四、回到文学本身**

近年来,在西方经典文学研究领域流行一种观点,认为诸如社会学批评、文化研究、结构主义文论抑或神话原型批评等,都不是从文学内部产生的,它们是从哲学、社会学、语言学、人类学等领域产生的。尤其是当前的一些新理论所拥有的巨大挑战性,对文学构成强势入侵,因为无论其立足点或出发点都不是文学,作家作品只是它们偶一光顾的原料基地,在某种程度上变成了理论界搭建理论的积木,被各种理论为己所需地诠释与肢解。它们所使用的一些术语与概念之于文学的意蕴,显得僵硬,如社会学方法对于艺术本质的隔膜体现为"资产阶级""资本主义""无产阶级"这类粗糙的术语,它们没有从社会学概念转化为文艺学概念。

因而,一些理论家认为,对文学做外部研究的所有理论范式都是非文学的,特别从语言上体现出来。理论的语言是正常的理性语言,追求明确的指向性。文学的语言是修辞性的,以隐喻、换喻方式表达,喻指的功能是从"在场"的语言背后发出"不在场"的意义。文学的价值指向是暗含的,因而需要批评用理性的语言,直接将它转述出来。正如加拿大文学理论家诺思洛普·弗莱所说,文学是沉默的,需要批评家将之转化为与民众的对话。但这种转换，常常只涉及批评语言可转换的部分，即价值指向部分。文学中价值指向本身不是修辞性的，而是判断性的，因而理论出自自身语言清晰性的需要，对文学的文学性不敢问津，甚至对人物的心灵感觉也无能为力，因为有的感觉无可名状，即理性语言无可表达。而始终热衷于（社会）价值批判，是理论语言与文学语言的异质性造成的。文学大于理论，任何理论都不可能充分表达一部作品。

可见，文学研究必须立足于文学自身的独立性。正如法国理论家雅克·德里达所言，文学的本质是没有本质，文学追求的最终目标是它自身特质即文学性的充分实现。而文学性显然是不同于真理、逻各斯一类的超验所指。不仅如此，文学借助文字的无穷"播撒"的"延异"性质，形成了典型的修辞性与虚构性本质，因而文学是一种原型，一切外部的理论范式都只能尾随其后。"如果我们摆脱习惯的思想方法，而就知识领域的现状来看，便可很容易地发现，由它的产品即文字所界定的哲学，客观上是文学的一个特别的例子……我们必须在离诗不远的地方给它找定一个位置。"（瓦莱里）

从起源上看，文学作品毕竟首先是它自己，因为并不是先有文学理论，才有文学作品。也就是说，作家作品是先天的具有独立性的。外部理论运用于文本研究，多少具有一定的异质性，在某种意义上割裂与破坏了文学史系统的整体性，破坏了作品本身的完整性，所以我们有必要回到文学史自身系统上来，回到作家作品的特殊性与完整性上来。

我国当代文学理论家董学文也提出，要"让文学理论成为文学理论"，给文学理论"消肿""减肥"，要研究文学理论的元问题。① 在《文学原理》一书中，具体地实践了这一理论主张，形成了颇具特色的文学理论范式。

董学文认为，我国当前的文论研究面临的最大困难是在多元的、形形色色的、五花八门的文艺学说的冲击和挑战面前，缺乏有力的回应、整合的消化能力，使一些理论建设缺少系统的一以贯之又比较彻底的哲学思想和方法论的支撑。同时，文论面对着巨大变迁的、新异的、复杂的文学创作现象的现实，缺乏提炼、提升、概括、上升到理论的高度的能力，在许多层面上造成理论和现实的脱节与疏离。尤其是当把文论研究做了简单的"文化化"或"美学化"处置之后，就失去了对文学理论学科本身的独特而系统的准确把握，造成某些文论研究实际上变成中国或外国的"元件组装"。当然，时代已经进步到靠任何"单打一"的方式前进都不能满足需要的时候了。为了迎接未来，我们应该在人类一切优秀的文论遗产的基础上，创造属于我们自己的、有中国特色、又符合时代精神的文学理论的新范式，要如此，只有走"综合创新"之路。而要走向这个目标，需建立自己独立的符合实际的理论系统，要有新的理论范畴和概念，要有透彻的融贯一致的思想和方法，要有明确的从当代出发的问题意识；要把各分支学科资源当中具有元价值的、有再生功能的、切合文学本体的因子提炼和抽取出来，使之成为永恒的鲜活的理论元素，有机地溶解在一个新的理论范式之中，从而使体系建构具有制造理论空间和产生理论张力的能力。

通过对文学理论研究范式的简单梳理，我们不难发现一种颇为有趣的现象：我们所

---

① 董学文、张永刚《〈文学原理〉导言》，北京大学出版社，2001年。

要面对的文学理论研究体系是一个大杂烩。从总体上看，古今中外的文学理论观点几乎都聚集在了我们的面前。在上述几种范式研究中，目前看来，文学理论文化化范式的影响最大，不只是其持论者众，其研究也深，成果也多。但是，中国文学理论研究的纷繁复杂的局面提醒我们，至今仍没有哪一家理论可以"一统江湖"。中国当前文学理论思想正处于剧烈的转型期，对于文学理论研究者来说，既要坚持文学理论本身存在的合理性，又要反对确实建立在压制性基础上的文学理论，还要走出文学理论的混乱局面，最好的出路只能是让文学理论走向多元化。所谓"多元化"，是建立在认可某种程度、某种范围的普遍化的基础上的理论范式多样化。我们认为，文学理论范式的总体化是不可避免的，关键不在于是否总体化，而在于如何总体化。对文学理论建设而言，没有总体化就没有文学理论，我们永远无法摆脱对文学的总体化研究，所以我们不可能没有文学理论；但是，某种唯一正确的总体化却是不存在的，也是可以摆脱的。因而我们不应固守某种唯一正确的文学理论，而应允许存在多种不同的文学理论。

## 第三节　本教材的编写思路和体例

如何才能将《文学概论》编写得符合"新世纪"的特点，满足"新世纪"中文系的教学之需，这是教材编写者要首先思考的问题，这个问题也将贯穿整个编写的过程。有人提出，"新世纪"是"知识经济"的世纪，这话无疑是对的。但是，《文学概论》的编写如何才能与知识经济挂上钩？知识经济在《文学概论》中以何种面目登场呢？中国的大学开讲文学理论课程，编写《文学概论》之类的教材，基本上是与新文学一同开始的，已近百年了，但是，这并不意味着这门学科已经成熟。我们已经拥有自己的学科理论和学科教学体系，实际的情况是，我们仍然面临"如何讲"理论的问题。近百年的实践告诉我们，理论的讲授方法很多，有照着讲的，有跟着讲的，有接着讲的，还有自己讲的，不一定哪一种讲授方法注定成功，哪一种方法注定失败。然而，具体到一本教材，则必须确定自己的讲法，是照着讲、跟着讲，还是接着讲、自己讲？这些问题我们同样无法回避。

我们认为，既然这本《文学概论》教材是为"新世纪"的中文系学生编写的，当然就要有符合"新世纪"的特点。第一，我们所理解的"新世纪"，不是21世纪的全部生活，而仅仅是正在发生巨变的21世纪初期高等院校的客观存在。这要求我们解决两个问题，一是此刻的高等院校要培养哪一类型的人才；一是此刻中文系学生凭什么素质就业。要把这两个问题想清楚，解决好。《文学概论》不应该以任何理由游离于转型期高校中文系的种种改变之外。也就是说，《文学概论》也关乎中文系的人才培养模式和学生就业素质结构。这是我们的教材编写的出发点不同于别的教材的地方。要充分地估计这个认识的重要性，把它作为教材创新的突破口，无论是编写体例还是结构体例，都要具体地贯彻、落实这一认识。

第二，"知识经济"是当代社会生活平台的一个突出的特征，但是，它不是当代社会生活的全部意义。尽管"知识经济"具备某些人文特征，但是，我们不好将它看作人文学科的基本特征，因为它更加深刻地接受工具理性的支配。也就是说，"知识经济"让我们的社会具有了更加鲜明的科学性，这却是以人文社会的隳颓为代价的社会发展。知识经济时代的人们，更容易沉迷于世俗，一个本质不坏的知识人在今天非常容易深陷脑满肠肥、富贵思淫的精神状态而不能自拔。值得我们深思的是，一些比我们更"知识经济"的发达的资本主义国家，在现代化过程中是很关心人文问题的，他们很注重给社会创造人文价值观，通过各种形式形成社会共识。文学是一种极具渗透力的艺术，也是一种关乎一个国家持续发展、实现中华民族伟大复兴需要的东西。我们应当把文学实践，包括文学创作实践和文学接受实践，看作是一种人文工程、人心工程，它涉及人的精神状态，涉及人的感觉追求，涉及人的认可和拒绝，涉及人的群体的凝聚和离散，绝对不能等闲视之。《文学概论》的责任就是不断通过对人文价值的建构，对人文智慧的理解，对人文话语体系的重新阐释，将人文力量渗透到文化媒体中，使它既告诉人们如何做人，同时告诉人们做怎样的人。如果我们的文学实践都能够润物细无声地进行渗透，以高尚的人文精神作为社会深层次的价值所在，这将对我们民族的生存状态、生存质量和繁荣兴盛，起到外在的强制手段所不能代替的作用。我们认为，不认识到这一点，将造成对"知识经济"时代的最大误读。

第三，是文学理论"如何讲"的问题。解决这个问题，必然涉及我们的《文学概论》教材的结构。简单地说，我们的教材包括如下三部分内容：一是中、外传统文学理论的基本特征及其比较；一是中国现代文学基本理论的范式概述；一是文学理论的人文性质及其现代影响。传统文论的基本特征、现代文论的人文性质，我们应当"照着讲"和"跟着讲"，并以此为基础"接着讲"中、外传统文论的现代影响；中国现代文学基本理论范式的概述，我们则应当立足于中国近百年丰富的文学实践，特别是当代文学批评、文学思潮和文学运动的第一手资料，打破以往教材的结构条块，立足中国现当代文学理论的流变过程，把握文学理论的基本内容。这里，我们要有"自己讲"的自觉和勇气。

总之，我们的《文学概论》教材的编写，既要有学科意识，体现文学理论的时代特征，又要有学术立场，通过对文学实践的引导，建构适应本民族的生存状态、生存质量和发展前途需要的人文价值，即以高尚的人文精神渗透整个社会。也就是说，我们的《文学概论》教材的精神逻辑是，立足建设，追求创新，重在引导。

## 学术新观点

### "主体性""失语症"与"强制阐释"
——从三次重要论争看40年来中国文论的演进[①]

**毛宣国**

新时期的中国文论是在论争中发展的，从20世纪70年代末以来的中国文论，几乎每一个历史阶段都进行了一些重要的学术论争。关于这些论争，朱立元先生

---

[①] 毛宣国《"主体性""失语症"与"强制阐释"——从三次重要论争看40年来中国文论的演进》，《文艺争鸣》2020年第12期。

的《当代中国文艺理论的演进与思考》有系统的总结与阐述。① 若从中国当代文艺理论的思维转向和理论路径发展来看,笔者以为,有三次论争最为重要,即20世纪80年代的"主体性"讨论、20世纪90年代由"失语症"所引发的"古代文论的现代转化"的讨论、近年来围绕着"强制阐释论"所展开的论争。这三次重要的学术论争刚好对应40年来中国文论发展的三个重要时期,为我们认识中国文论的发展规律提供了重要的启示。下面就此问题具体谈谈。

一

"主体性"的文艺理论论争发生在中国进入改革开放时期的20世纪80年代。这一时期也是沉寂已久的中国文论界在思想解放运动的鼓舞下重新焕发生机与活力的时期,各种学术问题的论争纷至沓来,其中重要的有文艺的上层建筑与意识形态性质的论争,文学与政治关系的讨论,马克思主义文艺理论体系的讨论,形象思维的讨论,文学与人性、人道主义以及文艺学方法论讨论,等等。这些论争反映出那个拨乱反正的年代人们冲决长期以来"左"的思想束缚所做的努力。特别是关于形象思维、文学与人性人道主义、文学与政治关系的讨论,对于重新思考与定位文学服务的方向,理解文学的人性内涵及人性与阶级性的关系,摆脱概念化、公式化的创作模式的束缚,具有重要意义。不过,这些理论问题的探讨,在"文学主体性"问题论争出现之前,还没有引起对中国当代文学理论的哲学基础与发展方向的反思,而"文学主体性"的论争则改变了这一状况。

"文学主体性"的讨论是由刘再复发表在《文学评论》上的《论文学的主体性》引发的。之前,刘再复曾发表文章提出应当"构成一个以人为思维中心的文学理论与文学史的研究系统""把主体作为中心来思考的"的观点。② 《论文学的主体性》一文则是对他的文学主体论的系统阐发。刘再复关于"文学的主体性"的基本观点是:人的主体性包括实践主体性与精神主体性,文艺创作的主体性也包含这两层内涵,一是把人放到历史运动中的实践主体地位上,二是要特别注意人的精神主体性。文学的主体性包括作为对象主体的人物形象、作为创造主体的作家和作为接受主体的读者和批评家。肯定对象的主体性,就是肯定文学对象结构中的人的主体地位和人的主体形象,把笔下的人物变成独立的个性,当成不以作家意志为转移的具有自主意识和自身价值的精神主体。创造主体从心理结构角度说,是作家超越生存需要等而升华到自我实现需求的精神境界;从创作实践上说,创造主体是对世俗观念等的超越而导致作家精神主体进入到充分自由状态,也要求作家肩负社会责任和历史使命。这种历史使命感往往表现为深广的忧患意识和把爱推向整个人间的人道精神。在这些观点的基础上,刘再复还对艺术接受主体和批评家意识等问题进行了论证,并对机械反映论的文艺观进行了反思,以说明主体性在整个艺

---

① 朱立元《当代中国文艺理论的演进与思考》,《中国社会科学》2018年第11期。
② 刘再复《文学研究应以人为思维中心》,《文汇报》1985年7月8日。

术过程中的历史地位。①

刘再复的文章引起了学术界的不同反应和激烈论争。论争的意义不仅仅是对刘再复"文学的主体性"问题本身的学理性与科学性的辨析,而是从深层次上涉及中国当代文艺理论的一些根本性问题,其中有三个问题至为重要,即如何看待主体性文艺观与反映论文艺观的关系,如何理解文学与人性、人道主义的关系,如何看待文学的内部规律与外部规律的关系。刘再复的文学主体论可以说在这三个问题上都对传统文艺观产生了冲击。

我们先看如何看待主体性文艺观与反映论文艺观的关系。对于中国当代文艺理论界来说,文艺反映论作为文学艺术的基本原理,在相当长的时间内都是被人们普遍接受和运用的。这种状况,随着改革开放时代的文艺创作发展和西方现代文论的引进,发生了变化。在"文学主体性"论争之前,"反映论"的文艺观已受到一些人的质疑。高伐林在《诗探索》1981年第2期发表文章称:"长期以来,诗人们以'反映论'为指导进行创作,越写感到路子越窄……于是尽管不一定明确意识到,却实际上把自己的诗歌美学观的基点从'反映论'移到了'表现论'。"②随后出现的"三个崛起"说呼应了这一理论③,将"表现自我"而不是"反映现实"看成是诗歌创作最应该奉行的美学原则。不过,这些呼唤"表现论"而否定"反映论"的主张,还主要出于一种创作的直感,并没有什么哲学美学的理论基础,所以没有对当时的文艺理论发展态势产生根本性影响。而刘再复提出"文学的主体性"则不然,它有着明确的哲学理论基础。刘再复的"文学的主体性"主张受到李泽厚的"主体性实践哲学"的影响。多年以后,刘再复在接受一次访谈中明确指出了这一点:"我写作《论文学的主体性》(1985年底)的冲动,则是读了李泽厚的《康德哲学与建立主体性的哲学论纲》和《关于主体性的补充说明》。这之前我读过康德的《道德形上学探本》,并被书中'人是目的王国的成员,不是工具王国的成员'所震撼,现在'主体性'概念又如此鲜明推到我的面前,于是,我立即着笔写下《论文学的主体性》。"④李泽厚走的是"康德——马克思"的路线,他重视的是康德对人类精神结构(认识、伦理、审美)的探索和把握,是文化—心理结构和人类主体性的心理建构问题,这对刘再复"文学主体性"思想的形成产生很大影响。不过,李泽厚始终认为,主体性的心理建构应该建立在马克思主义的宏观人类历史学的基础上,以马克思主义劳动生产实践观为指导,因此他的主体性哲学,既是精神的、心理的,又是历史的、实践的。刘再复则将"主体性"的重心置换为精神主体,认为文学是精神主体学,是具有人性深度和丰富情感的精神主体性。这样,在中国文学界缺位的"主体性"问题一下子被凸显出来,为人们重新评判长期以来在中国文论观占统治地位的反映论文艺观的价

---

① 刘再复《论文学的主体性》,《文学评论》1985年第6期,1986年第1期。
② 高伐林《武汉来信》,《诗探索》1981年第2期。
③ 三个崛起,即指谢冕在1980年5月7日《光明日报》发表的《在新的崛起面前》、孙绍振在《诗刊》1981年第3期发表的《新的美学原则在崛起》、徐敬亚在《当代文艺思潮》1983年第1期发表的《崛起的诗群》。
④ 刘再复、黄平《回望八十年代——刘再复教授访谈录》,《现代中文学刊》2010年第5期。

值提供了新的视角。虽然刘再复对马克思主义的能动反映观的内涵理解存在着偏差,但是他在《论文学的主体性》中对机械反映论文艺观所做的批评,如只是从客体上强调了事物的固有属性,而忽视了人赋予客体的价值属性;只是强调了人的认识方面,而忽视了人的情感意志方面,还是击中了长期以来以机械反映论为主要特点的"左"的文艺思想的要害。还有一点也很重要,那就是刘再复对机械反映论文艺观进行批评时,试图强调人作为实践主体的重要性。虽然刘再复对"实践主体"内涵的界定很不清晰,所说的"实践主体"最终还是落实到他所谓的"内宇宙"的精神主体上,但是强调人的实践主体对于文艺创作活动的重要性这一事实本身还是有意义有价值的。因为长期以来,中国文艺界在运用反映论文艺观解释文学创作时,的确存在着一种重视认识而轻视实践的倾向,人们习惯于将文学看成是一种认识,一种对于客观世界的再现和反映,而忽视了作为实践主体的人在文学创作与欣赏活动中的地位和作用。刘再复的这一观点后来引发出关于"反映论""实践论""存在论"文艺观的论争。有论者甚至提出反映论是列宁而非马克思的,将"反映论"与"实践论"完全对立起来的观点[1],提出文艺不是对现实的反映而是对现实的超越的观点。[2] 论争者的观点和立足点不同,但有一点是相同的,那就是他们都认为应该加强文学的主体性问题的探讨,重视作为实践主体的人,重视人的精神、心灵情感、人的生活价值在文学中的地位和作用。

实际上,这也反映了"文学主体性"论争所隐含的一个深层次问题,那就是文学对于人性、对于人道主义的尊重和人的意识的觉醒,它表现了那个时代人们对于社会变革的根本需求。经历了长时期以阶级斗争为纲的岁月,经历了10年"文革"动荡对人性的摧残,对于20世纪80年代的文学来说,没有什么比人的意识的觉醒和对人性、人道主义、人的尊严的尊重更为重要。所以,在主体性问题讨论之前,关于文学的人性和人道主义关系的讨论已在文艺界展开。李泽厚将自己的哲学称为"人类学本体论哲学"或"主体性实践哲学",也是与改革开放时期的人道主义思潮相呼应的。而刘再复提出"文学的主体性",则再次凸显了长期以来在"左"的思想影响下人的主体性被压抑、被扭曲,人性和人的尊严被忽视这一事实,其理论意图也很明确,就是要从主体性哲学的角度强化人在文学活动中的作用,恢复人和人道主义在文学中应有的地位和尊严。正因为此,"文学的主体性"论争具有深刻的时代与社会意义,因而得到人们的充分肯定。比如,阎国忠将"文学的主体性"论争看成是20世纪80年代以来文艺理论界和美学界最激烈也是规模最大的一场论争,认为这场论争的实质"就是文学以人为中心和目的的问题"。[3] 杜书瀛评论刘再复的"文学主体论"观点时亦认为:"它的根本精神在于强调人作为历史的主体、历史的创造者的本质、特点、价值、地位,并由此出发确定主体对文学活动的意义和作

---

[1] 代表性论文如王若水的《现实主义和反映论问题》,《文汇报》1988年7月12日,8月9日。
[2] 代表性论文如杨春时的《也谈文学主体性与反映论问题》,《文汇报》1988年8月23日。
[3] 阎国忠《走出古典:中国当代美学论争述评》,安徽教育出版社,1996年,301页。

用,提倡文学活动的各个环节都要以人为本、为中心、为目的。"①

"文学的主体性"论争涉及的第三个重要理论问题,是如何看待文学的内部规律与外部规律问题。刘再复在《文学研究思维空间的拓展》一文声言:"由外到内,即由着重考察文学的外部规律向深入研究文学的内在规律转移。我们过去的文学研究,主要侧重于外部规律,即文学与经济基础以及上层建筑中其他意识形态之间的关系,例如文学与政治的关系、文学与社会生活的关系、作家的世界观与创作方法等。近年来研究的重心已转移到内部规律,即研究文学本身的审美特点、文学内部各要素的相互联系、文学各种门类自身的结构方式和运动规律等,总之,是回复到自身。"②陈涌对刘再复"文学主体性"的批评首先对准了这一点,认为刘再复所列举的"文学与经济基础以及上层建筑中其他意识形态之间的关系"的许多方面,"从马克思主义观点看,都是决定文学艺术的性质、内容,以及它的发展方向的,这些绝不是什么'外部规律',相反地,正好是文学艺术的最根本最深刻的内部规律"。③ 不过,陈涌在批评刘再复的同时,也承认我们的马克思主义的文艺学在过去一个长时间内"忽视了对于文艺如何以自己的特有的审美方式反映生活的具体规律的研究"。④ 刘再复所论的"文学主体性",不仅将文学看成是"人学",而且看成是人的灵魂学、人的性格学、人的精神主体学;不仅重视作为创造主体的作家的精神自由,强调要理解"作家的特殊心态和特殊的思维方式",而且赋予作为对象主体的人物形象的独立个性,强调要通过接受主体的创造机制,即通过欣赏者的审美心理结构,激发欣赏者的审美再创造的能动性。虽然这些论述还显得粗疏,机械地区分文学的外部规律与内部规律也并非正确的主张,但毕竟代表了当时文学发展的一种方向,即从传统的文学服务于政治、机械反映现实的文艺观念走出来,重视人的心灵、情感的表现,重视属于文学自身的审美规律的探讨。

刘再复认为主体性问题"可能会使我国的现代文学理论结构发生较大的变动"。⑤ "变动"是一个事实,"文学主体性"的确对传统文艺观造成冲击,造成中国当代文艺理论结构的变化,但这并不意味着刘再复的"文学主体性"就是一个成熟的理论,也不意味着"文学主体性"就代表了中国当代文艺理论的发展方向。刘再复"文学主体性"最大的问题是建立在西方近现代人本主义哲学基础上,它不恰当地夸大了精神主体的作用,所提出的艺术是人性的复归、艺术表现人类之爱、艺术是"在爱他人、爱人类中来实现个体的主体价值"之类的观点,把主体性,把人性和人的爱完全抽象化,其结果是这种"主体性"既缺乏马克思主义哲学的历史和实践

---

① 中国社科院文学研究所文艺理论研究室《自由地讨论,深入地探索——关于刘再复〈论文学的主体性〉一文的讨论》,《文学评论》1986年第3期。
② 刘再复《文学研究思维空间的拓展——近年来我国文学研究的若干发展动态》,《读书》1985年第2期。
③ 陈涌《文艺学方法论问题》,《红旗》1986年第8期。
④ 陈涌《文艺学方法论问题》,《红旗》1986年第8期。
⑤ 刘再复《论文学的主体性(续)》,《文学评论》1986年第1期。

的维度,也与西方现代的存在论、主体间性哲学"去主体性"思想逆势而行。它没有意识到文学主体性、人类之爱一类话语不能只停留在抽象的、空洞的道德和精神层面,而是应该深入到政治、经济、文化、日常生活各个领域。所以当中国社会发生更深层次的变革,精英的、知识分子的话语不再拥有独断的地位,温情脉脉、理想的人道主义被严酷冷峻的现实和大众化、商业化的浪潮所席卷时,"文学主体性"所提倡的人类之爱、自我意识、精神自由、个性独立、非自觉性的创造功能之类的话语,所拥有的那种浪漫情怀和诗性理想,自然也退去了原有的光环,失去了解释文学与现实的能力。20世纪90年代的中国知识界实际上是一个忌谈"主体性"的时代。之所以忌谈,与当时社会迅速世俗化、商业化、去精英化的结构性变化有着密切关系,但同时也是因为"文学主体性"这套话语缺乏应对的能力。刘再复"文学主体性"思想的另一个缺陷是,它的话语形态基本上是来自西方的,如康德的"人是目的,不是工具"、马斯洛的需要层次说、弗洛伊德的心理无意识、基督教的博爱思想等,而中国传统文艺理论的思想资源却被排斥在外。这一选择也反映出20世纪80年代文艺理论所存在的一种普遍倾向,那就是中国当代文艺理论试图从苏式马克思主义文论观念的沉重身影中走出来时,把眼光同样投向了异国他乡。它选择的是来自西方的文艺理论,认为它代表了当代文艺理论的发展水平,具有普适性,是放之四海而皆准的真理,而中国文论特别是中国古代文论,则被人斥为观念过时、零散、缺乏系统性的理论排除在外。这一选择的结果,不仅造成人们对中国古代文论的理论价值的忽视,也造成了中国当代文论思想的贫困。所以面对西方思想源源不断地涌进时,也在中国学术界产生了"影响之焦虑",这也是为什么在20世纪90年代因"失语症"而产生关于"中国古代文论的现代转换"讨论的重要原因。尽管如此,20世纪80年代的"文学主体性"论争对于中国当代文论的理论建设的意义是重大的。这不仅是因为它"冲破了来自苏联文艺学的机械反映论和庸俗社会学的理论束缚,深化了'文学是人学'的观念,推进了文学研究由外部向内部、由客体向主体的深入,有利于探索和恢复文学的审美特质"[①],更重要的在于这场论争中所体现出来的人道理想、现实关怀,对文学的热爱以及真挚的思想情感和道义责任,体现了20世纪80年代鲜明的时代特征。也正因为此,"文学主体性"的论争并没有因为提倡者自身的学术素养和理论内涵不足让人们忽视它的存在,反而对后世文学理论的发展形成一种激励。事实上,在那个文学论争的思想意义大于学术意义的时代,后续的许多论争,如审美反映论、审美意识形态、人文精神失落、反本质主义的论争,等等,都与之有着密切关系。在今天,我们仍需要承继这种精神,深入地思考如何将具有思想意义和学术深度的文论探索更好地结合起来,以推进中国当代文艺理论的建构与发展。

---

① 朱立元《当代中国文艺理论的演进与思考》,《中国社会科学》2018年第11期。

## 二

相比 20 世纪 80 年代,90 年代的中国无疑是一个缺乏理想光环,更讲究实际,更追求日用、世俗价值的社会。这种社会形态和价值观念的转变,引起了知识界、精英界掀起的关于人文精神失落的大讨论,形成了钱中文"新理性精神文论"那样的重视人文精神的代表性的文艺理论成果。"人文精神"的讨论主要是回应商品经济大潮下"人文精神失落"的现实危机以及大众文化对精英文化的冲击等问题,也可以看成是 20 世纪 80 年代"文学主体论""文学的人性与人道主义"等问题论争的延续。关注的人虽多,讨论的时间也不短,但对于中国当代文艺理论发展方向与学科建设的影响有限。对于中国当代文艺理论发展方向和学科建设来说,20 世纪 90 年代的中国文论界影响更为深远的不是"人文精神失落"的论争,而是由"失语症"话题所引起的关于"中国古代文论的现代转换"的讨论。

这场论争之所以产生巨大反响,不仅是因为在商品经济和社会转型的大背景下,文艺理论工作者不再可能像 20 世纪 80 年代那样抱有人道的理想和思想的热情去回应与文艺理论相关的现实问题,而是转向注重文艺理论学科自身的知识性建构,更在于这场论争切中了中国当代文艺理论长期存在的积弊,引发了人们关于中国当代文论发展方向与路径的思考与探索。

"失语症"的话题是曹顺庆所提出来的。在 1996 年所发表的《文论失语症与文化病态》一文中,曹顺庆指出当代文艺理论研究面临的最严峻的问题是"文论失语症"。他所说的"文论失语症",是指中国现当代文论界,由于长期习惯于西方的一整套话语,已经没有自己的理论和声音,也没有一套自己的文论话语和学术规则,一旦离开了西方文论话语,就几乎没办法说话,活生生一个学术"哑巴"。① 根据曹顺庆文章的描述,意识到中国文论的"失语",并非自他源起。在他之前,一些学者已经意识到这一点。如季羡林发出中国"在文艺理论方面噤若寒蝉,在近现代没有一个人创立出什么比较有影响的文艺理论体系"的声音,黄维樑感慨"在当今的世界文论中,完全没有我们中国的声音",孙津更是直言不讳地宣称"中国没有理论",因为用人家的语言来言语,没有什么东西可以算得上中国自己的。② 曹顺庆只是用"失语症"这样的来自医学的并带有强烈警示意味的词语,将这一现象突出出来,让人们意识到问题的严重性。

对于曹顺庆的中国文论完全"失语"的表述,学术界赞成的人并不多。蒋寅认为"失语症"这一命题难以成立。③ 朱立元认为"当代文论的根本危机不是'失语',而是疏离文艺发展的现实"。④ 依笔者看,说中国当代文论完全失语,没有自己的

---

① 曹顺庆《文论失语症与文化病态》,《文艺争鸣》1996 年第 2 期。
② 曹顺庆《文论失语症与文化病态》,《文艺争鸣》1996 年第 2 期。
③ 蒋寅《文学医学:"失语症"诊断》,《粤海风》1998 年第 5 期。
④ 朱立元《走自己的路——对于迈向 21 世纪的中国文论建设问题的思考》,《文学评论》2000 年第 3 期。

理论与批评方法,是一个难以成立的说法。这是因为"失语症"提出的主要对象与根据是中国古代文论,是中国古代文论在西方文论的强力介入下"失语",事实上西方文论话语介入的领域是中国现当代文论,而对于中国现当代文论来说,判断的标准应该以当代文艺理论实践为基础,而中国当代文艺理论在百年来的发展进程中,所接受的理论资源是多元的,不仅有西方文论思想的强力影响,也有在中国当代文学实践和理论探索中所形成的话语,说它完全失语,显然是不符合实际的。不过,"失语症"论者提出自己观点的同时,还提出了要重建中国文论话语的主张,并引发了关于"中国古代文论的现代转换"的讨论,这对于中国当代文艺理论发展来说是一件很有意义的事。

关于"中国古代文论的现代转换"的命题,按照朱立元先生的看法,应该是由钱中文在1992年的一次学术会议上首先提出来的。① 即使朱先生的这一说法成立,也应该看到,这一命题真正受到人们广泛关注和产生实质性的影响,还是以"失语症"话题为导线而引起的,1996年10月在西安召开的"中国古代文论现代转换学术研讨会",可以说是真正拉开了"古代文论的现代转换"论争的帷幕。

"现代转换"命题被提出后,除了少数学者予以否定外,大多数学者是表示赞同的。朱立元曾将"古代文论的现代转换"讨论中形成的重要意见归纳为五种:一是"西论中用"说(周发祥),二是"古代文论母体"说(张少康),三是"话语重建和异质利用"说(曹顺庆),四是"综合创造"论(敏泽),五是立足现实的"融合"论(钱中文)②。而他自己则认为,建设新世纪的文论只能立足于现当代文论新传统,现当代文论传统本身就是古代文论不断进行现代转换的动态过程。对于迈向21世纪的中国文论,要立足当代,今古对话,中西融合,综合创造。③

二十多年过去了,这一话题并没有失去它的理论价值,比如朱立元近年来就撰文旧话重提:"二十多年来,我们文艺理论的讨论重点和关注热点几经转移,但中国古代文论现代转换的命题仍然是一个受到学者关注的话题。"④为什么这一命题在今天还受到人们的关注,还具有理论的生命力,其主要原因是"古代文论的现代转换"命题的意义,并不在于中国古代文论在面对西方文论强势介入的情况下中国文论是否"失语"的事实陈述,也不是选择什么样的途径、让什么样的文论传统在中国当代文论中拥有什么样的地位,更不是当代文学理论以古代文论为本根进行理论重建,而是重在强调中国文论如何摆脱对西方文论的依赖,如何续接传统,让本民

---

① 朱立元的表述是:一般认为,"中国古代文论现代转换"这一命题,最早是在1996年10月西安召开的"中国古代文论现代转换全国学术研讨会"上被提出的。其实,从目前掌握的材料看,它应该是由钱中文首先提出的。他说:"如何在不同理论形态中,分离出那些表现了文学创作普遍规律的理论观念,使之与当代文学理论接轨,融入当代文论,成为它的组成部分,这是一个极有意义的工作。"(朱立元:《关于中国古代文论现代转换的再思考》,《中国社会科学》2015年第4期)

② 朱立元《关于中国古代文论现代转换的再思考》,《中国社会科学》2015年第4期。

③ 朱立元《走自己的路——对于迈向21世纪的中国文论建设问题的思考》,《文学评论》2000年第3期。

④ 朱立元《关于中国古代文论现代转换的再思考》,《中国社会科学》2015年第4期。

族的理论资源在新的历史条件下焕发出新的生命与活力。所谓"转换",更准确地说就是"转化""进入"的意思,就是让古代文论资源在当代人的意识照耀下,进入到当代文论中,对当代文艺学创新与建构发挥影响与作用。以这样的眼光看待"失语症"所引发的"中国古代文论的现代转换"讨论,它对于中国当代文论的推进是显见的:

首先,它让人们意识到中国古代文论传统向现代转换的重要性。具有学科意义的中国古代文论的研究是从20世纪初开始的,直接原因便是西方文化和学术的大传入和国人对西方思想的接受和运用。西方学术的思想引进和方法运用,改进了国人的治学态度和研究方法,对中国古代文论研究产生了积极的影响。如朱自清所言,正是五四运动以后的西方学术观念的传入,使人们对文学采取了严肃的态度,"因而对文学批评也采取了严肃的态度,这就提高了在中国的文学批评——诗文评——的地位",建立起中国文学批评史这门学科。[①] 古代文论向现代的"转换"应该说从这个时期就开始了。这种"转换",也取得了一些实质性的成果,如郭绍虞、罗根泽等人运用西方文论的范畴术语对中国文学批评史学科的建构,朱光潜借用克罗齐的"直觉"说和利普斯的"移情"说对中国诗歌意象理论的分析与探索,等等。但是,从一开始,这种"转换"打上了强烈的"西化"色彩。人们普遍认为只有西方理论与方法对于中国文学批评的研究才是行之有效的,而对中国古代文论则常常持轻视态度,诸如中国文学批评不发达、中国文学批评太主观、不系统、缺乏科学性,几乎成为学术界的话语通识。对于这一状态,学术界也曾尝试着改变。20世纪50年代后期至60年代初,出于摆脱苏联意识形态影响的需要,周扬在1958年的一次文艺理论工作会议上提出建立"中国自己的马克思主义的文艺理论与批评"的主张[②]。古代文艺理论的研究也受到重视,但是这种重视还是意识形态层面的,从学术层面上说,古代文论并没有真正走进人们的视野,成为中国特色的马克思主义文艺理论的一部分。20世纪80年代,亦有一些学者意识到中国文学理论与欧洲文学理论发展道路的不同,于是强调中国古代文论民族特色的研究。不过,此时的关注主要还是集中于讨论中国文论有没有自己的马克思主义文艺理论的体系一类话题上,而且主要是借用西方文论的范畴概念如现实主义、浪漫主义、形象思维、典型、内容与形式、文体风格等来阐释中国古代文论的特色,所以也难以真正体现中国古代文论的价值和地位。而发生在"失语症"背景下的"现代转换"的讨论则不然,它将中国文论面对西方强势文化和文论严重"失语",中国文论在近现代没有创造出有影响的文论体系,在世界上真正发出自己的声音这一现状突出出来,使人们普遍意识到问题的紧迫性,开始认真思考古代文论进入当代文论,参与当代文学实践的可能性。对于"转换"的语义、方式、可能性,学术界或许存在着种种争论,难以统一,但是有没有转换意识,善不善于从本民族的精神和历史传统中吸取有价值的东西以形成新的思想观念,这一点,随着"转换"讨论的深入,已成为大多数参与者

---

[①] 《朱自清序跋书评集》,三联书店,1983年,240~231页。
[②] 《文艺报》1958年第17期。

的共识。这可以看成是"现代转换"论争所带来的积极的有价值的成果之一。

其次,"现代转换"的讨论有效整合了各方面的理论队伍与资源,汇聚了人们共同关注的理论话题,这对于中国当代文论的发展有着重要的推动作用。在"现代转换"讨论之前,中国文论界已基本形成了马克思主义文论研究、西方文论研究、古代文论研究几支队伍。相比较起来,最有实质性研究成果的领域是古代文论,如以郭绍虞、罗根泽、朱自清、朱东润、王元化、罗宗强、王运熙、敏泽、张少康等人为代表的中国批评史的研究,但是这些研究成果并没真正进入当代文论的视野中。来自西方的文论话语(包括马列文论)和对于当代文艺创作和批评具有指导意义的方针政策性的观念术语,长期在中国当代文论中占有主导地位,而古代文论则是处于边缘性地位。造成这一现象的原因之一,是由于古代文论是在"批评史"的名目下展开的,再加上从事文学批评史研究的第一批学者大多数来自古代文学史领域,他们从事文学批评史研究的目的主要是"只想从文学批评史以印证文学史,以解决文学史上的许多问题"①。这种研究对中国文学批评史有开创之功,也奠定了古代文论研究求真务实的传统,但是它也存在一个问题,就是自我封闭,将古代文论的研究只局限于自身,至于古代文论研究对于当代文学理论有什么价值和意义,很少有人深入地思考。正像黄霖评价五四至 1949 年这一阶段的批评史著作写作时所指出的那样,这一阶段的实绩虽确立了"中国文学批评"的概念,却"对于为什么要研究这门学问并没有深究,大致照搬了西方一套而觉得人家有这门学问而我们也必须建立,研究的态度和方法主要建立在'阐释古代'的基点上,而并未认真考虑对于'建设现代'有什么意义"。②"现代转换"的讨论则打破了这一局面,使许多从事古代文论研究的学者从封闭的理论视野中走出来,自觉关怀古代文论的现代转换问题,关注古代文论研究对于当代人的生活和当代文学理论的价值与意义。如陈伯海所说的那样:"本世纪以来,我们的文学语言由文言转成白话,文学样式由旧体变为新体,文学功能由抒情主导转向叙事大宗,文学材料由古代事象演化为当代生活,这还只是表层的变迁。更为深沉的,是人们的人生感受、价值目标、思维方式、审美情趣都已发生实质性的变异。面对这一巨大的历史反差,古文论兀自岿然不动,企图以不变应万变,能行得通吗? '转换'说的提出,正是要在民族传统和当代生活之间架起桥梁,促使古文论能动地参与现时代人类文化精神的建构,其积极意义无论如何也不能低估。"③原因之二就是"现代转换"的讨论也让那些从事西方文论、马列文论和现当代文论研究的学者,通过思想交锋更加关注古代文论研究方面的成果。他们普遍不赞同以古代文论为母体重建中国当代文论的思路,同时却意识到,在一个众声喧哗、价值多元的时代,古代文论作为异质性现象的存在,也为今天的人们重新认识评价中国传统文艺理论作为重要的思想资源如何进入到当代人的视野

---

① 郭绍虞《照隅室古典文学论集》下编,上海古籍出版社,1983 年,530 页。
② 陈伯海、黄霖、曹旭《中国古代文论研究的民族性与现代转换问题——二十世纪中国古代文论研究三人谈》,《文学遗产》1998 年第 3 期。
③ 陈伯海《中国诗学之现代观》,上海古籍出版社,2006 年,434~435 页。

中,提供了可以深入思考的理论话题与路径。

再次,由于"古代文论的现代转换"是在十分广阔的理论背景下展开的,也引发了关于文学理论的一些深层次问题的思考与探索。比如,如何看待中国文论与西方文论的关系。在"现代转换"讨论之前,人们比较关注的是西方文论如何影响中国文论或中西文论能否互证互释的问题,如钱钟书的中西文论"东海西海,心理攸同"之说(《谈艺录》)、朱光潜的中西诗论相互印证说(《诗论》)、叶维廉的中西文学比较的"模子"说等。在"现代转换"的讨论中,则出现了这样的观点,即借鉴西方文论来研究古代文论,乃是中国学者的主动追求和积极选择。这种转换的性质决不能用"西化"的概念来概括,它乃是一个"化西"的过程,这种主动"学西"继而"化西"的现代转换,在20世纪前半叶取得了一系列重要成果,使中西文论得到了不同程度的融合,如郭绍虞、罗根泽等人创立中国文学批评史,①以及朱光潜、宗白华、王元化等人从文艺美学角度借鉴西方文论概念对古代美学和文论观念与概念的转换性研究。② 也有不少人不再将追赶西方先进的文艺理论为目标,开始思考属于本民族的价值体系、思维方式、概念范畴、话语体系等问题,以期在中西文论的对话与交锋中建立起属于本民族文论的思想语境。比如,童庆炳从儒家和道家文论的相互作用与互补,形成了中华民族古代文论的人与自然的合一、物我合一、主客一体的价值根据来认识中国古代文论的特征,认为这种价值根据也是一种现代意识的体现,它克服了西方文论那种以"理式""神权""科学""高科技"为核心价值的弊端,所以它能进入到当代文论领域中,成为当代文论价值观的重要组成部分。③ 杨义提出感悟诗学理论,试图从中西诗学最本质的差异——感悟思维方式入手,来确立古代文论的优胜之处以及向现代转型的可能性。又如,对于长期以来文论界所赞同的"古为今用"之说,在"现代转换"讨论中亦被赋予新的内涵,如陈伯海所说:"古文论的现代转换,亦有别于一般所谓的'古为今用'。'古为今用'着眼于一个'用'字,它强调传统资源的可利用性,主张在应用的层面上会通古今;'转换'说则立足于古文论自身体性的转变,由'体'生发出'用'。"④这即是不用实用主义、功利主义的眼光看待"用",也不以直接服务于现实,构筑当代文艺学为目的,而是从古代文论自身的血脉精神和目的需要看"古为今用"问题。还有人提出,以一颗平常心看待古代文论研究的问题,认为研究古代文论的"用"应该是多元的,它既有助于建立当代具有中国特色的文论,也可以把重点放在古代文论本身的基础研究上,"通过对于古文论的研究,增加我们的知识面,提高我们传统文化的素养,而不汲汲于'用'"。⑤ 这些看法,应该说都深化了"古为今用"之说的内涵,为古代文论进入到当代人视野中进行新的理论创造提供了可能。

---

① 朱立元《关于中国古代文论现代转换的再思考》,《中国社会科学》2015年第4期。
② 王先霈《三十年来文艺学家的中国古代文论研究》,《华中师范大学学报》2007年第5期。
③ 童庆炳《试论中国古代文论的价值根据》,《文艺理论研究》2006年第5期。
④ 陈伯海《中国诗学之现代观》,上海古籍出版社,2006年,435页。
⑤ 罗宗强《古文论研究杂识》,《文艺研究》1999年第3期。

## 三

进入 21 世纪,由于全球化和现代化进程的加快,又由于网络视听媒体迅速发展和全媒体时代的到来,传统的文学创作和文艺理论研究的格局受到很大的冲击,人们关心的问题更加广泛,如图像和视觉文化对文学的冲击与影响,互联网和全媒体下文学如何生存和是否被终结,日常生活审美化是否导致纯文学和泛文学边界的模糊因而造成现有文艺学的根本危机,以及文化研究是否取代传统的文学理论研究等问题,都成为人们争论的热点话题。不过,从文学理论自身的理论建设和路径选择看,我觉得最值得重视的是 2014 年张江先生发表《强制阐释论》所引发的大讨论。

这一讨论从某种意义上也可以看成是 20 世纪 80 年代"文学主体性"和 20 世纪 90 年代"古代文论的现代转换"讨论的延续,它的出发点是如何立足于中国当代文学创作与理论的实际,正确处理传统与现代、中国与西方的文论的关系。"文学主体性"讨论普遍表现出对中国传统文论资源的忽视,因而导致中国文论的"西化"浪潮[①],这才有了 20 世纪 90 年代以"失语症"为导线所引发的"现代转换"的大讨论。"现代转换"的讨论,如前所述,它引起了人们对古代文论的关注,也引发了人们立足现实,熔铸古今中西的对话意识。但是就"现代转换"这个命题本身来说,它实际上是百年来中国文论从未间断的课题,直到今天也没有完成,并不能因一两次大讨论来终结它。更重要的是,在"强制阐释论"论争之前,论争者不管是将眼光聚焦于西方还是东方、古代还是现代,几乎很少有人去反思人们长期所接受的对象——西方文论本身——的根本性缺陷,也很少有人去认真思考我们的文学理论在众声喧哗的思潮中还能不能拥有"初心",即保持对文学本身的专注与关爱。张江的"强制阐释论"正是在这两方面做出了重要的理论贡献。

关于张江的"强制阐释论",人们谈论已经很多。我不认为他的"强制阐释论"是一种逻辑严密、理论完善的主张,其中提出的许多概念,如"场外征用""主观预设""非逻辑证明",乃至用"强制阐释"概念来总结和概括西方文论的根本缺陷以及对中国当代文论带来了致命的伤害这一说法本身,都引起了学术界的广泛争议与质疑。围绕着"强制阐释论"的讨论,张江还提出了一系列主张,如对西方文论的"理论中心论"的批判,认为西方当代文论从哲学和认知视角评判,其独断论的特征明显,完全"背离了文本话语,消解文学指征",并因此而提出"批评的公正性""批评的伦理"等原则,强调阐释应有边界,作者不能死,读者对作品的理解应该与作者意图一致,等等。这些看法虽然给人以启发,但是否合理并符合西方文论的实际,也引起了学术界的广泛争议与探讨。在"强制阐释论"的基础上,张江还提出"公共阐释"的主张,明确肯定阐释是一种公共行为,阐释的公共性决定于人类理性的公共性,公共理性的目标是认知的真理性与阐释的确定性,公共理性的范式由人类基本

---

[①] 这一潮流虽然从五四时期就开始了,新中国成立后对苏式马克思主义文论的全盘接受也反映了这一点,但"文学主体性"讨论无疑加强人们对西方文学理论的接受与认知,促使"西化"浪潮进一步发展。

认知规范给定。① "公共阐释"主张将阐释的有效性建立在阐释的公共性与理性的基础上,是对20世纪以来西方主流阐释学反理性、反基础、反逻各斯中心主义的总基调,以及非理性、非实证、非确定性的理论话语的有力回击。但是,"公共阐释"作为一个原则被提出并没有使文学阐释的问题得到解决。这是因为,"公共阐释论"所说的阐释的公共性基本是在认识论的视域下进行的,它的目的是为了求得广泛的社会认同,而文学阐释的目的与意义显然不止于求得社会与公共性的认同与共识。文学阐释不仅是一种公共性的阐释行为,也是一种极具情感和心灵意味的审美阐释,差异化和个体化的精神体验在其中发挥重要作用。仅仅从阐释的公共性与理性出发,以期求得文学阐释的共识,建立起具有普遍有效性的阐释原则,显然是困难和难以实现的。

作为一种理论体系的建构,张江的"强制阐释论"(包括"公共阐释论")说不上成熟与完善,但是有一点无疑,张江"强制阐释论"系列论文的发表以及所引起的论争,的确是进入21世纪后中国文学理论界最值得重视的事件。围绕着"强制阐释"的论争,张江所提出的一系列观点主张,是富有创见性的,对现阶段中国文学理论的发展起到了引领与推动作用。笔者认为它主要表现为:

第一,张江的"强制阐释论"是建立在全面反思与诊断当代西方文论弊端基础上的,而这种反思与诊断是前所未有的。长时间以来,中国学者在运用西方理论话语的自觉性和熟练程度上远超过对本土话语的掌握和使用,对西方文论的认同程度也远超过对本土文论的认同。这一情况也引起了中国学者的忧虑,于是才有"失语症"引发的"古代文论的现代转换"大讨论。但即使是这一讨论,它所检讨的对象也主要是中国文论自身,并没有对西方文论话语体系存在的根本缺陷予以诊断与反思。而"强制阐释论"则不然,它将当代西方文论的积弊归结为强制阐释,并从场外征用、主观预设、非逻辑证明、混乱的认识途径四个方面展开批判,认为它从根本上抹杀了文学理论与批评的本体特征,导引文学理论偏离了文学。② 这一批判,对于习惯了西方文论强势话语的人们是一种警示,破除了人们对西方文论的迷信,开始认真思考和反思西方文论存在的谬误与弊端。

第二,张江批判西方文论的理论缺陷时,注意到"西方文论与中国文化的错位"这一现象,即当代西方文艺理论是西方多种文化元素交互作用的结果,深刻地包蕴并体现着独特的历史、社会、风俗、宗教等的长久积淀,西方文论之树被移植到中国后,很难真正落地生根,开花结果,尤其是与文学艺术关系密切的语言差异、伦理差异、审美差异,更决定了中国学者对其必须持审慎态度。所以中国文论建设必须有自己的基点,必须立足于中国文论自身的建设,回归中国文学实践,寻求适合于中国文论自身特点的发展路径。③ 这一观点看似简单,实蕴含着真理。因为,每一种

---

① 张江《公共阐释论纲》,《学术研究》2017年第6期。
② 张江《强制阐释论》,《文学评论》2014年第6期。
③ 张江《作者能不能死——当代西方文论考辨》,中国社会科学出版社,2017年,24~25页。

文学理论的形成,它的独特价值与魅力就在于它与其所面对的文化传统和审美经验密不可分。对于中国当代文学理论来说,这种传统与经验,既来自中国古代,又来自中国现代,它是几千年以来民族的审美价值与趣味的体现,也反映了百年来中国社会的历史进程与人们对文学问题的理论思考。所以,它应该作为优先的理论资源进入到中国当代文学理论的建构中,形成具有中国特色的理论命题并推动着中国文学理论的发展。

第三,张江的"强制阐释论"非常重视文学理论与文学实践的关系,对当代西方文论批判的一个重要方面就是反对忽视文学实践,将文学理论和批评降低为某种先在的"理论中心"服务的工具。文学理论作为一门学科的建立,当然不能忽视"理论"自身的价值,不能忽视理论的反思性、理论作为"一种方法上的工具"(韦勒克语)的价值。从这一意义上说,西方文论,包括张江所说的走向理论至上、以理论为中心的当代西方文论,它们的存在都有一定的合理性。这也是为什么伊格尔顿谈到20世纪70—80年代的理论(文化研究)时,即使承认它存在着疏离文学本体的缺陷,却仍然肯定它所取得的成就,即使性别和性欲成为文学研究的合法对象、确立了大众文化研究的价值,恢复受到正统文化排挤的边缘化文化的地位等。① 也是20世纪西方从事文学批评活动的主体为什么常常是一些哲学家而非文学家,他们很少从文学文本的实际出发,即使分析文学文本也主要是服务于自己的哲学观念,而这些人的批评方法与观念依然得到许多人认同与肯定。这一肯定的意义显然不在于对文学作品与现象的解读是否符合文学的实际,而是如卡勒所说,在于"提供非同寻常的、可供人们在思考其他问题时使用的思路"②,强化文学理论的批判与反思意识,使人们对文学的兴趣上升到哲学理论的层面。即使如此,我们还是应该充分肯定"强制阐释论"对于"理论中心"的批判。因为这一批判,不仅仅是因为批判者看到了西方文论由"作者—文本—读者"中心走向"理论"中心,因而严重疏离文学批评对象和文学实践这一事实,更重要的在于看到了中国当下文学理论存在的问题是理论的泛滥和理论的无效,是"源于对外来理论的生硬'套用',理论和实践处于倒置状态",③是严重地脱离文学实践,这就找出了中国当代文学理论的症结所在,对西方文论的"理论中心"的批判亦非无的放矢,而是回归到中国文论建设的基点上来。

第四,张江通过揭示当代西方文论"强制阐释"的弊害,提出了"本体阐释"这一重建中国当代文论路径的主张,认为"'本体阐释'是以文本为核心的文学阐释,是让文学理论回归文学的阐释"。④ 不仅如此,张江还从具体操作层面上提出了设想,认为"以文本为依托的个案考察是建构当代文学理论体系最切实有效的抓手,

---

① [英]伊格尔顿《理论之后》,商正译,商务印书馆,2009年,5~15页。
② [美]乔纳森·卡勒《当代学术入门·文学理论》,李平译,辽宁教育出版社,1998年,8页。
③ 张江《作者能不能死——当代西方文论考辨》,中国社会科学出版社,2017年,49页。
④ 张江主编《阐释的张力》,中国社会科学出版社,2017年,460页。

也是最具操作性的突破点"。① 他还以当代中国诗学理论为例说明了这一点:"要想准确把握中国当代诗歌的意象设置特征、诗性营构技巧、语言运用规律,其基本路径是,将大量当代诗歌汇集在一起,选取一定数量有代表性的诗作,逐一进行文本细读。"② 这样,中国当代诗歌的基本特征就自然呈现,在此基础上就可以形成系统化、理论化的观点。③ 张江呈现出来的这种"本体阐释"思路与他自己的批评实践相关,比如,他在 2013 年发表的《当代诗歌的断裂与成长:从"诵读"到"视读"》一文,就以郭小川的《西出阳关》和王家新的《纪念》两个诗歌文本为例,分析了当代诗歌从"诵读"到"视读"的嬗变历程。这种嬗变,不仅深刻影响和改变了当代诗歌的文本形态和走向,还折射出两代诗人不同的诗学追求和理想。④ 更重要的是,"本体阐释"和"文本细读"的主张,切中了中国当代文论的积弊。希利斯·米勒说,文学理论和批评最重要的功用就是"教授阅读"⑤,而中国当代文学理论却普遍忽视文学的阅读。李欧梵在比较美国学者与中国当代学者对待文学研究的态度与方式的不同时,曾指出这样一个现象:"美国学者不论是何门何派或引用了任何理论,很少是从'宏观'或文学史出发的,反而一切都从文本细读开始""可是中国的文学研究传统——至少现当代文学——向是'宏观'挂帅,先从文学史着手,反而独缺精读文本的训练"⑥。没有了文学阅读,也就没有了理论家、批评家对文学的最真实的感受和热爱,也就没有了最具个性化和心灵化的审美体验,也谈不上建立具有时代精神和中国特色的文学理论。从这一意义上说,张江所提出的理论重建路径对于中国当代文学理论的建构来说是重要的、具有启示性的。

第五,张江的"强制阐释论"包含着一个重要内容,那就是它高度肯定"形式"对于文学创作与欣赏的意义。他在评价俄国形式主义文论时,认为其做出极具创造性的理论贡献,"形式主义的诸多优长特质已渗透于当代文论的肌理之中,如人体自主呼吸般地发挥着作用"。⑦ 同时,他反对将形式的作用绝对化,用形式规定文学的本质,认为文学并非为形式而存在,没有了内容,形式就不复存在。"无论怎样强调形式本身的独立价值,执着于词语本身的意义,最终还是要落在它所表达的内容上,形式无法逃离内容"。⑧ 在张江的一系列论文中,我们发现这样一个现象:一方面,他非常重视文学形式的分析,比如,他在谈论西方文论与中国文化因语言差异而引起的错位现象时,主要是通过对李白《早发白帝城》这首诗的语言形式分析来论证。⑨ 这样的例证分析在张江的论文中还有很多。他所提倡的"文本细读"其

---

① 张江主编《阐释的张力》,中国社会科学出版社,2017 年,469 页。
② 张江《作者能不能死——当代西方文论考辨》,中国社会科学出版社,2017 年,51 页。
③ 张江《作者能不能死——当代西方文论考辨》,中国社会科学出版社,2017 年,51 页。
④ 张江《当代诗歌的断裂与成长:从"诵读"到"视读"》,《文艺研究》2013 年第 10 期。
⑤ [美]希利斯·米勒《重申解构主义》,中国社会科学出版社,1998 年,226 页。
⑥ [美]李欧梵、刘象愚主编《西方现代批评经典译丛·总序(一)》,江苏教育出版社,2006 年。
⑦ 张江《作者能不能死——当代西方文论考辨》,中国社会科学出版社,2017 年,11 页。
⑧ 张江《作者能不能死——当代西方文论考辨》,中国社会科学出版社,2017 年,12 页。
⑨ 张江《当代西方文论若干问题辨识——兼及中国文论重建》,《中国社会科学》2014 年第 5 期。

实也是一种重视形式的阅读方式。可是另一方面，张江又始终坚持文学批评是一种社会、历史、伦理的批评，把文学的思想性、社会历史价值、道德伦理价值放在重要地位，强调内容与形式的不可分。张江的这一分析方法是值得重视的。文学是语言的艺术，作为语言艺术的文学，其理论建构和批评实践自然要落实到语言形式上，没有语言的敏感，没有语言形式的分析，就谈不上文学批评与理论。但是另一方面，文学又是一种最具有思想性的艺术，也是一种具有"精神性保持和流传的功能"（加达默尔语）的艺术，文学语言的意义并不只在于语言形式自身，更在于与人类社会、历史、道德伦理的相通，与人的心灵情感、精神的相通。从这一意义上说，文学又必须从形式走向内容，用内容而不是形式来规定文学的本质，使文学成为人类心灵和精神生活的感应器，成为人类社会历史和道德实践的见证者。

最后，我还想谈谈张江的"强制阐释论"对于中国当代文论话语建构的意义。张江对"强制阐释"的批判，提出"本体阐释""公共阐释"一系列概念，从阐释的边界、阐释逻辑的正当性、阐释模式的统一性、阐释文本的自在性特征，阐释的有限性与无限性等方面展开论证，实际上也为人们从阐释学视域认识文学理论的价值提供了新的思路。文学理论原本就是一门具有阐释意义的学科，如弗莱所说，它本身也是一门说话的艺术。这种说话，不是基于对某一个作家作品的判断，而是基于整个文学的实际，是用一种特殊的概念系统来论述文学。长期以来，我们的文学理论研究缺乏这样的概念与话语系统，所以在面对文学现象，特别是文学经典阐释方面显示出理论的苍白与贫乏。张江提出关于阐释的诸概念与方法，重视经典文本对于文学阐释的意义，将文学理论研究与当代阐释学理论结合起来，试图在阐释学视域中构建中国当代文论，这一尝试，显然是对中国当代文论理论路径和话语内涵的丰富。

以上，我们通过"主体性""失语症""强制阐释"三次重要的学术论争回顾了40年来中国文学理论的发展进程。这三次重要论争虽然是在不同历史阶段中展开的，却有着共同的特点，那就是它们都切中了中国当代文论的积弊，体现了时代和社会对于文学问题的重大关注，并影响到文学理论的发展方向。三次论争也使人们逐渐形成了这样的共识：中国的文艺理论要发展，必须有自己的理论基点，必须紧密联系中国文学实践和回归文学自身，必须弘扬本民族的精神传统，必须具有一种不盲从、不跟风的批判反思精神，在此基础上正确处理中国文论与西方文论、传统文论与现代文论的关系，形成平等对话、理论创新的意识。这是三次论争带给我们的启示，也是中国文论走向未来，有着光辉前景的必然之路。

## 讨论提示

请就陶东风的《作家眼中的教授》[①]一文，以文学理论与文学创作的关系（或文学理论家与作家的关系）为主题，在班级组织一次讨论。

---

① 摘自《中华读书报》。

## 作家眼中的教授

陶东风

作家与文学理论家的关系从来有点微妙。打个比方,他们好像一对总是吵架又总分不开的"夫妻"。在我的印象中,作家好像不怎么看得起理论家,虽然他们的作品发表以后常常要"请"理论家来鼓吹鼓吹——也就是评价,因为从分工的角度讲,理论家是专门搞评价的(有些搞创作的人认为理论家正因为搞不了创作才出此下策),何况作家对自己的作品进行评价似乎也有点王婆卖瓜之嫌。但老实说,作家请理论家进行评论多数出于宣传需要,其目的是非常功利的。真正从心里把它当回事的不多,打心眼里尊敬或佩服的就更寥寥无几。我们不止一次听到媒体报道:某某作家声称自己从来不看理论家写的东西。

在理论家方面,他们并不一般地对作家不服气,但对于当代那些活着的作家不服气的却不在少数。他们总觉得已经死去的那些大师才是真正的作家。好在没有作家的尴尬,他们的成果不管作家多么瞧不起,但大多是由理论家自己来评价的,很少由作家来评价。一方面作家不是搞理论的,甚至对理论有一种反感乃至偏见,同时也因为他们的评价对于理论家来说似乎无足轻重。(是不是不太公平?)这似乎也可以给理论家找回一点心理平衡。

当然,以上说的是一般情况,而一般情况都是有例外的。我手头现在就有这样的例子。文学理论的业内人士都知道,北京师范大学的童庆炳先生是研究文艺学的。他著作等身,学生成群——本人也忝列其中。像我这样从事文学理论研究的人对他的成果当然非常佩服,这且不去说它。我感兴趣的是作家们的反映——因为它与我们上面说的理论家与作家的关系有关。我知道童先生的学生中有很多是大腕作家(比如莫言、余华、刘震云、毕淑敏等都是),而正是他们对于童先生新近出版的创作美学研究成果《维纳斯的腰带——创作美学》(上海文艺出版社,2001年)给予了非常高的评价。

提起这本书的来历,还要说到1988年。那年秋天,中国作协鲁迅文学院与北师大研究生院联合举办了首届文学创作研究生班。童先生(还有何镇邦先生)作为这个班的总导师,除了为这个班办别的事务以外,还亲自为这个班的学员讲课。听他讲课的都是大名鼎鼎的作家,比如我刚才提到的莫言、余华、刘震云、毕淑敏,此外还有刘恪、徐星、迟子建等。这个讲稿后来又在不同的场合反复讲授并修改,最后就诞生了这《维纳斯的腰带》。

童先生讲课很受学生的欢迎,以至于"每次上课,简直就是研究生班的节日"(何镇邦先生语)。童先生能够受到那些惯于挑剔又常常自负、藐视理论家的作家的如此礼遇,近乎不可思议。但这是事实。据作家余华的回忆:"1988年的时候,在北京十里堡的鲁迅文学院里,有一个创作研究生班,纠集了一群来自天南海北有着丰富写作经验的作家诗人,我也混迹其中。我记得当时楼上的大教室常常是到了晚上才充满人气,看电视的、下棋的和玩扑克的塞满了教室,而在白天上课时,楼上的教室常常只坐了十来个人,来上课的老师都很厚道,也不去为难那些散漫的学生。当然也有例外的时候,每当童老师来上创作美学时,大教室立刻坐满了学生,几乎是无一缺课。"

据何先生(指何振邦。引者注)的回忆,童庆炳教授每次上课都"着装整齐(常常是穿上西服,结好领带,以示郑重),教态亲切,内容丰富,论述精辟,把一门精深奥秘的理论课讲得生动活泼,花团锦簇;学生们也对此课特别认真,出勤率高自不待言,那种聚精会神听课的态度也是别的课少见的"。而且讲课的特色也非常鲜明,每次都结合讲的主要理论观点分析一位学生的作品,诸如分析过刘震云的中篇小说《新兵连》,莫言的《红高粱》和毕淑敏的中篇小说《昆仑殇》等等,且分析得很透辟。

当然逃课的情况也偶尔发生,比如莫言。但他后来回忆起这件事却后悔不迭,说自己的"最大遗憾"就是"逃童老师的课"。莫言坦言:"一般地来说,研究创作美学的书与作家的创作不会发生什么关系,作家更不会用创作美学来指导自己的创作。当年我之所以逃课大概也是存有这种心理。"但在毕业之后十几年的创作生涯中,他逐渐地感到当初的认识是肤浅的。作家固然不是在学了创作美学之后才会创作,但一个已经有了一定的创作实践的作家了解一点创作美学,对于他今后的创作肯定是很有帮助的。他特别提到童老师在讲授"形式情感和内容情感的互相冲突和征服"时,曾经以俄国作家蒲宁的小说《轻轻的呼吸》为例,来说明文学的内容和文学的形式之间的对抗所产生的审美愉悦。"当时我就很兴奋,似乎感受到了一种伟大的东西,但朦朦胧胧,很难表述清楚。十几年来我经常地回忆起这堂课,经常地想起蒲宁这篇小说,每次想起来就产生一种跃跃欲试的创作冲动。"

作家刘震云称《创作美学》是一本"与上帝沟通的书"。"十年之前我以为自己懂得文学,十年之后越来越模糊糊涂了。现在读了童先生这本书,我似乎又稍稍明白一些。这是一本试图与上帝沟通的书。"之所以这么说,是因为"我越来越发现,最伟大的作家在世界上是存在的,他就是至高无上的上帝。每一个重大的历史转折,每一个如枯枝草木原人的喜怒哀乐及结局,都是出人意料和不是我们所能想象的"。

余华是作家中思辨与感受兼长的一位,所以他对于这本书的体验也是思辨与感受结合的。在他的印象里,"童老师讲创作美学时,从来不说大话和空话,而是以严谨的逻辑和独特的感受吸引我们。这也正是童老师的学术基础,清晰的思辨和丰富的感受相结合;因此上童老师的课,我们不会因为过多的思辨缺乏感受而感到枯燥,也不会因为感受太多缺少思辨而感到凌乱"。

作家刘恪一定是位好学生,因为他的笔记记得最认真。他对童先生的课程的评价可以说是非常专业的。他说:"童先生的课体系性强,先勾画出一个整体轮廓,然后一章一节地突出主要范畴深入浅出地讲述。"他还清楚地记得第一部分主要讲文学观念与结构,内含:文学语言,艺术真实,文学的审美属性;第二部分是文学的

"场"论,包括:作家的童年经验、文学形象的原型、内容与形式的互相征服,还有作家的知觉、情感、想象等问题。在他看来,童先生的课程的特点是容纳百川,"从中外文化的历史编织经纬"。……刘恪不仅承认"我所理解的文学属性和结构模式,还是童先生当年提出文学多元性的延续理解",而且向同行进言:"这(指《维纳斯的腰带》)是我们做创作的人应该特别重视的一部专著。"

与男作家学员相比,女作家学员的回忆文字显得更加细腻,也更加富于情感色彩。迟子建写道:"印象中的童庆炳老师总是衣着洁净,恍惚记得夏季时他穿白衬衣的时候多。白衬衣穿得好了,就像雨后晴空中的白云一样悦人眼目;而穿得不得体时,则觉得就像初春泥泞中的残雪一样让人看不得。印象中的童庆炳老师面目白净,脸上棱角分明,穿白衬衣自然属于上好之列。一位老师,他的衣着的得体很能博得学生的信任。除却衣着,便是童老师的认真学风了。记得他讲课是一丝不苟的,他讲的创作美学总是与创作实践结合起来(更多的时候是结合学生的作品来谈),从而避免了把理论讲得枯燥、晦涩的不良学风。虽然现在我记忆不起童庆炳老师每节课所讲的具体内容,但我想课上所受的启迪已经在不知不觉中悄悄注入了我们这些学生的作品之中。就像一个人成长必须摄取多种营养,你既吃山珍海味,也吃五谷杂粮、瓜果梨桃。老师的课,对我们而言就是这其中的一种。缺了它你不至于失衡,但汲取了它的营养你会变得更为丰富。"

作家毕淑敏说自己在童庆炳老师讲课的时候,"常常泛起情不自禁的感动"。她甚至把自己的"弃医从文"经历与童先生的课联系在一起。她回忆道:"听童老师课的时候,我还在一家工厂卫生所任所长,每天奔波于课桌和白大衣之间,身心俱在高度紧张的状态。此前,我未曾系统地学习过文艺理论,甚至连自己是否会坚持写作下去,也打着大大的问号。……我要说,童老师的课程,在我这一学生的人生道路选择和转变的过程中,起了重大的促进作用。我看到了一位杰出的文艺理论家的风度和修行,我被他对文学的执着和献身所激励。他使我感到了文学的美丽和魅力,使我在学习的过程中,渐渐地充实和自信。"

在毕淑敏的眼中,童先生"把枯燥的文艺理论讲得流光溢彩,闪烁着湿润高贵的人性光芒。他以深刻的学养为经纬,在严谨的学术框架中,将各种生动的例子随手拈来,如同精致的小品,点缀在精工细作的博古架上,既浑然一体,又处处生辉","只有真正的学者,才能将理论作这般大智若愚的表达,背后是举重若轻的内力和一种对文学的雄浑渗透"。

我想用不着再举更多的例子就可以断言:童先生与他的作家学生的关系打破了我心目中,我想也是许多人心目中关于理论家与作家关系的模式化理解。真正有意思、值得深入探讨的问题或许是:我们应该如何研究理论,特别是关于文学创作的理论。

# 第一章　文学特征论

## 第一节　文学的形象特征

### 一、文学形象的内涵

1. 文学用形象反映社会生活

客观世界和人类的实践活动是复杂多样的,人类对客观事物的认识也是异常丰富的。"将丰富的感觉材料加以去粗取精、去伪存真、由此及彼、由表及里的改造制作工夫,造成概念和理论的系统"①,以此反映事物的本质和内部规律,我们称之为科学。用数据、图表和事实,表述概念和理论系统,或者通过它们判断、推理出一个新的结论,这种方法我们称之为科学的方法。而文学则是在社会生活的基础上经过作家的意识加工,创造出形象,以形象来代言,用形象来反映生活的本质和内在逻辑,这种方法就是文学方法。鲁迅说:"文学和学说不同,学说所以启人思,文学所以增人感。"②表明了文学带给受众的感受不同。文学通过活生生的人物及对周围环境的具体描绘,来反映现实,揭示生活的规律。别林斯基说:"政治经济学家被统计材料武装着,诉诸读者或听众的理智,证明社会中某一阶级的状况,由于某些原因,业已大为改善,或者大为恶化。诗人被生动而鲜明的现实描绘武装着,诉诸读者的想象,在真实的图画里面显示社会中某一阶级的状况,由于某些原因,业已大为改善,或者大为恶化。一个是证明,另一个是显示,可是他们都是说服,所不同的只是一个用逻辑结论,另一个用图画而已。"③科学用科学的方法创建理论,反映客观事物的本质和发展规律。文学则用文学的方法塑造形象,用形象来反映生活的本质和规律。例如,毛泽东的《论反对日本帝国主义的策略》一文和《七律·长征》诗,出自同一作者,反映同一内容,采用了不同的表达方式和不同的反映方法,但给人的启迪与感受却不同。在《论反对日本帝国主义的策略》中,毛泽东采用科学的方法阐述了长征是宣言书,是宣传队,是播种机,说明红军是英雄好汉;中国共产党和它的领导机关、干部、党员是不怕任何艰难困苦的。而《七律·长征》则是以诗的

---

① 毛泽东《实践论》,《毛泽东著作选读》上册,人民出版社,1986年,130页。
② 许寿裳《亡友鲁迅印象记》。
③ [俄]别林斯基《一八四七年俄国文学一瞥》,伍蠡甫主编《西方文论选》下卷,上海译文出版社,1979年,390页。

形式——文学方法,具体形象地描绘了红军跨过千山万水的战斗生活。在红军的脚下,绵延曲折的五岭山脉,像腾跃的细小波浪;气势磅礴的乌蒙山脉,好似滚动的泥丸;金沙江的惊涛骇浪拍打着高耸入云的悬崖峭壁;寒气袭人的泸定桥铁索横悬在两岸的峭壁之间,然而在英勇的红军面前却一一被征服了。读着这首诗,红军不怕远征难,万水千山只等闲的崇高形象浮现在人的眼前,红军不畏艰难险阻,藐视困难的英雄气概包寓在形象之中了。

由此可知,用科学的方法和文学的方法反映现实生活是不同的,科学的方法一般是用抽象的概念来反映现实,而文学的方法则是用具体可感的形象来反映现实;前者以理智使人们理解,后者则以形象和情感使人们理解。用文学方法创作的文学作品,通过具体可感的形象,把作家的思想理念和情感传递给读者;而要实现这种传递,形象是唯一的途径,文学只能用形象来反映生活。

2. 文学形象

"形象"一词,应用很广。从修辞学的角度说,凡是具有鲜明、具体、生动表现力的语言,就可以说语言的形象性很强,或者说这是一种形象化的语言。科学理论著作中也有形象化的语言,也有打比方用的"形象",但这不是文学形象。科学论文中运用形象化的语言或者"形象"是为了把道理阐述得更加清晰,论证更严谨。那么,什么是文学的形象呢?高尔基说过:"艺术的作品不是叙述,而是用形象、图画来描写现实。"① 这里所说的"形象"并不是指语言,而是指作家根据丰富多彩的现实生活所创造出来的具体、生动、可感的社会生活图画。也就是说,文学形象不仅指文学作品所写的人物形象和其他事物形象,而且主要是文学作品中以人物形象为中心的各种形象有机联系的形象整体。以鲁迅的《祝福》为例,鲁迅精心塑造了几个人物形象,如祥林嫂、鲁四老爷、柳妈等,同时这篇小说通过描写祥林嫂悲剧的人生,把各色人等交织在一起,共同构成了一个处在封建社会最底层的劳动妇女的生活情境。所以,文学形象应该是指这种文学的整体形象。

**二、文学形象的特征**

1. 具体可感性

所谓具体可感性,是指文学作品描写的人物、事物、景物、事件等是个别的,使人可以感觉到的。人物有自己的外貌、语言、行动、生活和命运,其他形象有自己的色彩或声音,能够使人感觉到,看得见,仿佛伸手可得。《儒林外史》第一回有这样一段夏天雨后水光山色的描写:

须臾,浓云密布。一阵大雨过了,那黑云边上镶着白云,渐渐散去,透出一派日光来,照耀得满湖通红。湖边上山,青一块,紫一块,绿一块。树枝上都像水洗过一

---

① [苏]高尔基《论文学》,人民文学出版社,1978年,279页。

番的,尤其绿得可爱。湖里有十来枝荷花,苞子上清水滴滴,荷叶上水珠滚来滚去。王冕看了一回,心里想道:"古人说'人在图画中',其实不错。"

这是一幅优美的风景画:首先是云、雨、日、山、树、荷齐集,所有景物姿态各异,天、地、山构成了一个完美空间;其次,色彩丰富,地上的"红""青""紫""绿"与天上的"黑"云、"白"云遥相呼应,既有强烈对比,又协调一致;再次,景致有序,既有"湖边上山"的远景,又有湖边上"树"的近景,画面层次分明,富于节奏感;最后,动静结合对比鲜明,"黑云边上镶着白云"的"镶","透出一派日光来"的"透","水珠滚来滚去"的"滚",都用得活脱、贴切,这是动;湖山、树的定位,让所有动态不得不以它们为中心。这一切,都使人感到它的确是一幅图画,使人如临其境。杜甫的《兵车行》,则用诗的语言为我们描绘了另一个场景:

车辚辚,马萧萧。行人弓箭各在腰。爷娘妻子走相送,尘埃不见咸阳桥。牵衣顿足拦道哭,哭声直上干云霄!

这是一幅送征夫的生动具体的悲惨生活图画。读着它,真的像听到送征夫的车队辚辚地响,马在萧萧地叫;真的像看见送征夫的人们奔走相送,牵衣顿足地哭,如闻其声,如睹其状,如临其境!这便是文学形象的具体性、可感性。

2. 普遍概括性

文学形象,是反映社会生活的一种特殊形式,它不是社会生活中实际的人、事、景、物的机械模仿和简单再现,而是作家能动反映的产物。因此任何文学形象都具有普遍概括性,能以具体可感的形式表现更为广泛的普遍的内容。概括,是指在具体形象刻画的展开中,显现出人和社会的某些本质。这种"显现"是通过文学形象的个体表现来实现对同一社会现象的概括。如斯达尔夫人的《汤姆叔叔的小屋》,通过对老黑奴汤姆和其他奴隶悲惨命运的描写,深刻地反映了美国南部蓄奴主对黑人的残酷压迫和剥削,揭露了形形色色的蓄奴主的丑恶嘴脸,有力地控诉了野蛮、残暴的蓄奴制。

任何形式的文学形象都以各自特有的方式展示着概括性,曹禺在《雷雨》中通过描写资本家周朴园一家的多重矛盾冲突,揭露了这类家庭的罪恶以及罪恶之源。他说:"一部《雷雨》全部是巧合。明明是巧合,是作者编的,又要让人看时觉不出是巧合,相信生活本来就是这样,应该这样。这就要写出生活逻辑的依据以及人物性格、人与人之间关系的必然性来。"[①]确实如此,像周朴园、繁漪、周萍、四凤、鲁妈、鲁贵等人的性格,富有个性,具体突出,但都表现出"必然性",这就是说,这些具体形象是包孕了本质性东西在其中的。

再看李煜的词《虞美人》:

---

[①] 《曹禺谈雷雨》,《人民戏剧》1979年第3期。

> 春花秋月何时了？往事知多少！小楼昨夜又东风，故国不堪回首月明中。雕栏玉砌依然在，只是朱颜改。问君能有几多愁？恰似一江春水向东流。

李煜的这首词，不仅写他个人的悲苦，也极大地概括了所有具有亡国之痛的人的痛彻心扉的情感：怕看到春花秋月而忆起美好的时光。故国不堪回首，而雕栏玉砌还在，可人的容颜因愁苦而憔悴。这里还暗含有人的主奴关系的改变，然后以一江春水来比拟那无尽的哀愁。整首词反映了深重的亡国之痛，承载了诗人无尽的痛苦与忧愁，具有高度的概括性。

3. 情感性

文学形象，能唤起读者诸多感受，激起读者心中的爱憎波澜，爱生活中的美好，憎生活中的丑陋。情感是人的一种心理和生理现象，是人对客观事物是否符合主观需要而产生的态度和体验。情感的产生既取决于客观事物的刺激，又取决于人的主观情感积淀。这种情感积淀，指的是在生活中通过直接或间接方式而获得的情感经验叠加，它是情感产生的媒介。外界事物的刺激通过情感积淀作用于人，从而产生情感。作家在反映生活、创造形象的过程中自始至终都伴随着强烈的感情活动。面对广阔而复杂的社会现实，他不可能是冷漠的、无动于衷的。文学形象必然体现着作家一定的思想观点和感情态度，具有强烈的情感性。有人把情感比作形象的血液，把思想比作形象的灵魂，正是看到了形象既表现情感、释放情感，也作用于人的情感并唤起情感，使人感动。如苏轼的《江城子·乙卯正月二十日夜记梦》：

> 十年生死两茫茫，不思量，自难忘。千里孤坟，无处话凄凉。纵使相逢应不识，尘满面，鬓如霜。 夜来幽梦忽还乡，小轩窗，正梳妆。相顾无言，惟有泪千行。料得年年肠断处，明月夜，短松岗。

这是苏轼为悼念亡妻而写的。苏轼的妻子16岁与苏轼结婚，夫妻感情甚笃。她的不幸早逝，给在宦海中沉浮的苏轼带来极大的痛苦。苏轼在这首词中表达了对亡妻深挚的思念之情。此词从夫妻双方十载生死相隔写起，表面上是写妻子思念丈夫，实际上正是表现了丈夫对亡妻的无限思念。读着这首《江城子》，那充溢在作品中的浓重情感，唤起人们对纯真爱情的种种想象，也使人获得情感上的满足。这里关键就在于词作中的形象的情感性所释放出来的魅力，由于诗人在创造形象的过程中始终伴随着情感活动，并把自己强烈的爱憎情感灌注在文学形象之中，文学作品才能收到如此功效。

文学形象的上述三个特征是相互联系、相互渗透浑然一体的。文学形象的概括性寄寓在具体可感的个性之中，形象的情感也渗透在具象描摹之中。因此在具体文学形象中，我们很难将三者分裂开来，恰恰是这种彼此的促进，彼此的包容，彼此的依赖，才使得各种文学形象具有了自己的生命力。

### 三、文学形象的主要类型

**1. 对文学形象丰富性的理解**

文学作为特殊的精神产品，它不是对生活机械的模仿，而是作家能动地创造的成果。"文艺作品中反映出来的生活却可以而且应该比普通的实际生活更高，更强烈，更有集中性，更典型，更理想，因此就更带普遍性。"① 这就是说文学源于生活，高于生活。由于生活是复杂多变且丰富的，这就决定了文学形象也必然极其丰富。

从文学对象来看，大千世界里，芸芸众生万事万物都可以成为文学作品的素材。翻开世界文学史，古今中外的作家创造出的文学形象难以计数，美不胜收。巴尔扎克总称为《人间喜剧》的 90 多部小说，反映了法国贵族社会崩溃的历史，塑造了性格各异的贵族、暴发户、贵妇人、银行家等。托尔斯泰在《安娜·卡列尼娜》这部小说中塑造了上流社会的贵族和下层人民的众多形象。曹雪芹的《红楼梦》刻画了不同阶级和同一阶级、同一类别的不同性格的众多形象。文学题材的无限广阔，加之文学题材的多样化，必然使文学形象极其丰富。无论历史题材、现实题材、神话传说、写景状物，作家所塑造的文学形象都异彩纷呈，装点着文学艺术的长廊。

**2. 文学形象的主要类型**

依据文学形象的创造方法，文学形象可以分为三种主要类型：

第一，写实形象。

写实形象是指从现实出发，按照社会生活的本来面目去反映而形成的形象。它要求以人物为中心，辅以环境和器物，要求作家对现实生活的反映符合生活真实和生活本质。列宁指出："反映可能是对被反映者的近似正确的复写，可是如果说它们是等同的，那就荒谬了。"② 鲁迅《祝福》中的祥林嫂，是鲁迅根据生活中遇到过的许多真人真事，经过加工熔铸而创造出来的。鲁迅的生活中有个"单妈妈"，她虽然是寡妇，却有同居的男人。根深蒂固的封建迷信使她确信，将来到阴间后是要被锯开的；又有个乌石头山上看坟的女人，因为小儿子在门口剥豆给马熊拖去吃了，悲伤得眼睛哭瞎；还有个宝姐姐自小许给山里人，男家来抢亲，她从后窗爬出，想逃往东郊的楼去，失足落水，河里恰泊着男家的船，被捞起来载了去，她始终不肯屈服；等等。这生活中的真人真事，经过鲁迅的艺术加工，使祥林嫂既有点像单妈妈、宝姐姐，又不是现实生活中的单妈妈和宝姐姐。她概括地反映了封建制度下的妇女悲惨命运。

第二，抒情形象。

抒情形象，重在抒情写志，重在意境。晋代陆机说"诗缘情而绮靡"③，表述了诗与情的关系和诗抒情的文学效果。抒情偏重于表现作者的主观感受。别林斯基说："抒情

---

① 毛泽东《在延安文艺座谈会上的讲话》，《毛泽东文艺论集》，中央文献出版社，2002 年，64 页。
② [苏]列宁《唯物主义和经验批判主义》，《列宁选集》第二卷，人民出版社，1972 年，330 页。
③ [晋]陆机《文赋》，郭绍虞主编《中国历代文论选》第一册，上海古籍出版社，171 页。

诗歌主要是主观的、内在的诗歌,是诗人本人的表现。"①抒情形象主要是从一个侧面反映了特定的社会心理、精神状态与时代精神,通过创造性想象,把现实世界转化为倾注了主观情思的意象,使外在世界与内心世界和谐融洽。如岳飞的词作《满江红》:

> 怒发冲冠,凭栏处,潇潇雨歇。抬望眼,仰天长啸,壮怀激烈。三十功名尘与土,八千里路云和月。莫等闲,白了少年头,空悲切。 靖康耻,犹未雪;臣子恨,何时灭?驾长车踏破,贺兰山缺。壮志饥餐胡虏肉,笑谈渴饮匈奴血。待从头,收拾旧山河,朝天阙。

这是一首气壮山河,传诵千古的佳作。上片一气贯注,仿佛一组特写镜头,揭示了作者汹涌澎湃的情感,描绘了一位忧愤国事、痛恨敌人的民族英雄形象。接着激励自己珍惜时光,早日收拾旧山河。词人用谦逊之辞表达自己对国家对民族贡献的微小,下定决心赢得最后的胜利。下片阐述了诗人雪耻复仇、重整乾坤的豪情壮志。集想象、写实于一体,情辞慷慨,悲壮激昂,充分展示了英雄的性格和诗人坚定的信念。

抒情形象的最大特点是抒写情志,它立足于现实,却超越现实,突出主观,在抒情中表现理想。在形象塑造过程中,主观理想和情感高于一切,艺术地创造一个理想的世界,表达作家的主观愿望。如陶渊明的《桃花源记》就创造了一个"不知有汉,无论魏晋"、自耕自食、人人平等的理想乐土。

抒情形象极大地突出了文学的抒情表现功能,常常以直抒胸臆的方式表达出来,无论刻画形象,还是抒情都明显地流露出作者的主观态度和情感倾向。

第三,怪诞形象。

怪诞形象,就是用变形手法创造出来的形象。美国当代美学家桑塔耶纳说:"在形象的奇异中,我们还依稀感到它的统一和性格,那么我们便说它怪诞。""正如出色的机智是新的真理,出色的怪诞也是新的美。"②他道出了怪诞形象的本质特征。这种形象在塑造的过程中超越常规,充满怪异的幻想,违背生活常理、常态,但没有背离生活的内在逻辑。如《聊斋志异》《西游记》,都塑造了各种各样的怪诞的形象,并通过怪诞形象表达了作者在现实中难以实现的美好愿望,满足了读者内心向善的要求。如蒲松龄的《促织》,就写了一个老实忠厚的书生成名,因为官府征收促织而遭遇到的种种折磨,最后投井的儿子魂化促织,"轻捷善斗",才使成名一家"一人得道,仙及鸡犬"。整个情节,曲折离奇。现实中人怎么可能"魂"化促织呢?作者偏偏采用这个怪诞形象抒发了人们面对困厄希望得到解脱的朴素愿望。

怪诞形象,是文学形象类型之一。怪诞形象是作家充分运用夸张、变形、虚构的方法,不求生活真实,却遵循生活的内在逻辑、情感逻辑去塑造而成的形象。它不完全取材于现实生活,但经过作家的艺术处理,便具有了怪诞的色彩。由于现实中难以提供所

---

① [俄]别林斯基《诗歌的分类和分科》,《别林斯基选集》第三卷,上海译文出版社,1980年,5页。
② [美]乔治·桑塔耶纳《美感》,中国社会科学出版社,1982年。

需的理想的表现对象,作家便大胆地发挥想象,虚构出现实中不存在的形象,既不受生活真实的束缚,也不为时间、空间约束,只要能充分表达作者内心的感受,符合情感抒发的要求,任何奇妙的景物都可以创造。

## 第二节　文学的意识形态特征

　　马克思主义的经典作家认为,文学属于意识形态范畴。作为意识形态,它的发生、发展都与社会历史相统一。恩格斯指出:"正像达尔文发现有机界的发展规律一样,马克思发现了人类历史的发展规律,即历来为繁茂芜杂的意识形态所掩盖着的一个简单事实:人们首先必须吃、喝、住、穿,然后才能从事政治、科学、艺术、宗教等等;所以,直接的物质的生活资料的生产,因而一个民族或一个时代的一定的经济发展阶段,便构成为基础,人们的国家制度、法的观点、艺术以至宗教观念,就是从这个基础上发展起来的,因而也必须由这个基础来解释,而不是像过去那样做得相反。"[①]这是我们把握文学的意识形态特征,解释文学的种种复杂现象所必须坚持的历史唯物主义观点。

　　所谓意识形态,是指反映社会物质生活条件和生产方式的思想、理论、观念总和及其存在方式,它表现在社会的政治、法律、哲学、道德、宗教、艺术等不同的形态之中。马克思说:"物质生活的生产方式制约着整个社会生活、政治生活和精神生活的过程。"[②]

　　在社会意识中,我们把文学归结为观念形态部分,而且认为它是意识形态各种形式中的一种非常特殊的(感性的)意识形式。文学这种观念形态同理论形态有区别,区别在于概括反映的对象不同,形式、方法及发挥作用的途径不同。理论形态所包含的内容、概括反映的对象,都是社会关系中的内在规律、本质。他们的表现形式或者是理论的逻辑论证,或者是实践理性规范(伦理道德),都是运用抽象思维方法的结果循着理性的途径,直接作用于人的理智,达到认识、说服教育的目的。文学则是人类的审美活动,必须遵循审美规律来进行,因而创造了具体的感性形象,透视着作者的某种观点和情感倾向。鲁迅先生在《阿 Q 正传》中通过对阿 Q、赵太爷等人物形象的刻画,对未庄生活画面的描写,反映了旧中国的政治、经济等的某些本质特征。这同历史科学所揭示的政治、经济等的某些本质规律是截然不同的。文学用形象包容着社会矛盾的冲突和作家的情感,体现了意识形态的特殊性。文学的表现对象是审美化了的自然、社会生活中的具体事物,它的存在形式和反映手段都体现了特殊的意识形态特征。

### 一、文学在整个社会结构中的地位

　　马克思指出:"人们在自己生活的社会生产中发生一定的、必然的、不以他们的意志为转移的关系,即同他们的物质生产力的一定发展阶段相适合的生产关系。这些生产关系的总和构成社会的经济结构,即有法律的和政治的上层建筑竖立其上,并有一定的

---

　　[①] [德]恩格斯《在马克思墓前的讲话》,《马克思恩格斯选集》第三卷,人民出版社,1972 年,574 页。
　　[②] [德]马克思《〈政治经济学批判〉序言》,《马克思恩格斯选集》第二卷,人民出版社,1972 年,82 页。

社会意识形式与之相适应的现实基础。"①显而易见,经济基础与上层建筑构成了整个社会结构。文学在整个社会结构中处于意识形态的位置,那么,它总是要与其内部的其他形态发生各种各样的关系。

### 二、文学与经济基础的关系

作为上层建筑之一的文学,是由社会经济基础决定的。文学的内容和形式、发生与发展在最终意义上都离不开经济基础,并受一定社会经济基础的制约。"随着新的生产力的获得,人们便改变自己的生产方式,而随着生产方式的改变,他们便改变所有不过是这一特定生产方式的必然关系的经济关系。"②而"随着经济基础的变更,全部庞大的上层建筑也或慢或快地发生变革"③。经济基础的变更最终必然导致文学或慢或快地变革和发展。考究文学与经济基础的关系,简言之,经济基础间接而非直接地对文学具有决定作用,文学对经济基础产生反作用,且具有相对的独立性。作为社会生产关系总和的经济基础究竟对文学有什么样的终极决定作用呢?

首先,文学的性质和内容是由经济基础通过"中介"决定的。列宁指出:"人的认识……反映发展着的物质;同样,人的社会认识(就是哲学、宗教、政治等各种不同的观点和学说)也反映社会的经济制度。"④作为社会意识形态之一的文学,同样也是经济基础的一种曲折反映。纵观世界文学史,不同时代、不同民族的文学的性质和内容,我们可以从文学本身找原因,还可以从当时的经济基础状况去探究社会根源。以我国文学为例,在人类社会的早期,还处于原始社会状态,人与人之间是平等合作的关系。文学所反映的也都是人与自然斗争的生活内容。如《女娲补天》《精卫填海》《后羿射日》《愚公移山》等作品。随着生产力的发展,人类社会由原始社会进入了奴隶社会,于是《诗经》中便产生了如《七月》《硕鼠》《伐檀》等反映劳动人民对剥削者不满情绪的作品。

其次,文学的发展和变革也是由经济基础最后决定的。随着经济基础的变更,文学也必然发生相应的变化。文学以经济基础为基础。欧洲文艺复兴和启蒙运动时期的文学,讴歌自由、民族、平等和博爱,正如马克思所说:"交换价值的交换正是一切平等和自由在生产上面的真实基础。作为纯粹的思想,平等和自由不过是交换价值理想化的表现……"⑤而"博爱只有在资产阶级利益还和无产阶级利益结合在一起的时候才继续存在"⑥。也就是说,资本主义的经济基础决定了它的文学乃至于哲学的产生和发展。到了近代,无产阶级革命兴起,文艺又发生了一次伟大的历史变革,出现了高尔基等一大

---

① [德]马克思《〈政治经济学批判〉序言》,《马克思恩格斯选集》第二卷,人民出版社,1972年,82页。
② [德]马克思《致帕维尔·瓦西里耶维奇·安年科夫》,《马克思恩格斯文集》第十卷,人民出版社,2009年,44页。
③ [德]马克思《〈政治经济学批判〉序言》,《马克思恩格斯选集》第二卷,人民出版社,1972年,83页。
④ [苏]列宁《马克思主义的三个来源和三个组成部分》,《列宁选集》第二卷,人民出版社,1972年,443页。
⑤ [德]马克思《经济学手稿》,《马克思恩格斯全集》第四十六卷,人民出版社,1979年,197页。
⑥ [德]马克思《六月革命》,《马克思恩格斯选集》第一卷,人民出版社,1972年,300页。

批无产阶级革命作家。

经济基础决定上层建筑,这种决定作用不是消极的,被动的。作为上层建筑中意识形态之一的文学,虽不可能如政治、法律等具有强大的国家权力的能动作用,但它对经济基础的反作用也是不可低估的。

由于文学对经济基础的反作用的性质不同,因而其表现形态也大相径庭,即促进作用与瓦解作用。促进作用指的是与一定的经济基础性质相适应的文学,它对于经济基础起着促进巩固和推动其发展的积极作用。瓦解作用是指与一定的经济基础不相适应的文学,它对于经济基础起着瓦解、破坏和阻碍的作用。在"五四"时期,随着中国无产阶级的诞生并登上历史舞台,产生了无产阶级和人民大众的新文学,以鲁迅为代表的一大批革命作家的作品,像投枪、匕首一样直刺半封建半殖民地的经济基础,促进了新的经济关系的建立。同一时期,一些封建复古文人,却反其道而行之,以"国粹"为幌子,为旧的经济制度摇旗呐喊,他们所创作的文学是用来维护旧的经济基础,起着阻碍历史变革的消极作用。

上层建筑一经形成便获得了自己的相对稳定性。马克思指出:"关于艺术,大家知道,它的一定的繁盛时期决不是同社会的一般发展成比例的,因而也决不是同仿佛是社会组织的骨骼的物质基础的一般发展成比例的。例如,拿希腊人或莎士比亚同现代人相比。就某些艺术形式,例如史诗来说,甚至谁都承认:当艺术生产一旦作为艺术生产出现,它们就不再能以那种在世界史上划时代的、古典的形式创造出来。因此,在艺术本身的领域内,某些有重大意义的艺术形式只有在艺术发展的不发达阶段上才是可能的。如果说在艺术本身的领域内部的不同艺术种类的关系中有这种情形,那么,在整个艺术领域同社会一般发展的关系上有这种情形,就不足为奇了。"①也就是说某种艺术形式的巨大成就,只可能出现在社会发展的特定阶段上,包括文学艺术在内的全部艺术,在自己的发展过程中,并不总是同物质生产的发展水平相平衡。希腊的艺术和史诗,也不能超越在戏剧史上具有重大意义的莎士比亚的戏剧,因为无论是希腊艺术和史诗,还是莎士比亚剧作,都是它们那个社会的产物,是无法重复的。另外,同一历史时代的不同国家之间的两种生产,也会出现不平衡状态。18世纪的欧洲几个资本主义大国之间物质发展水平不同,经济基础的状况不同,其次序依次是英国、法国、德国,但艺术生产水平却不是依次排列的。在文学上出现了以歌德、席勒等为代表的,席卷整个欧洲的狂飙突进运动,这个时代的每一部杰作都渗透了反抗当时整个德国社会的叛逆精神。

在人类文化史中,无论是14世纪之后的欧洲,还是我国盛唐时期,物质生产与艺术生产之间始终处于一种相对平衡的状态,艺术生产的发展归根到底还是受物质生产制约的。恩格斯指出:"我们所研究的领域愈是远离经济领域,愈是接近于纯粹抽象的思维领域,我们在它的发展中看到的偶然性就愈多,它的曲线就愈曲折。如果您划出曲线的中轴线,您就会发觉,研究的时期愈长,研究的范围愈广,这个轴线就愈接近经济发展

---

① [德]马克思《〈政治经济学批判〉导言》,《马克思恩格斯选集》第二卷,人民出版社,1972年,112页。

的轴线,就愈是跟后者平行而进。"①这是对文学、艺术与经济基础关系的最好诠释。

### 三、文学与上层建筑其他形态的关系

马克思把人类社会的结构分为经济基础和上层建筑。构成社会经济基础的是社会关系的总和;上层建筑则是在这个基础上形成的政治、法律制度,以及与之相适应的政治、法律的观点,和宗教、道德、哲学、文学、艺术等社会意识形态。那么文学与上层建筑的其他形态是怎样的关系呢?

#### 1. 文学与政治的关系

恩格斯指出:"政治、法律、哲学、宗教、文学、艺术等的发展是以经济发展为基础的。但是,它们又都互相影响并对经济基础发生影响。并不是只有经济状况才是原因,才是积极的,而其余一切都不过是消极的结果。这是在归根到底不断为自己开辟道路的经济必然性的基础上的互相作用。"②文学与政治同属上层建筑范畴,各自具有自身的特点,它们之间是相互影响的。

我们先来比较一下文学与政治在上层建筑中的不同地位。政治是经济的集中表现,在整个上层建筑中处于主导地位;而文学离经济基础比较遥远,如果把经济基础比作大地,那么文学便是飘在天空中的一朵白云。因此无论是经济基础对文学的决定作用还是文学对经济基础的反作用,都是间接地发生着,都必须通过政治、法律、道德等"中介"才能发生,而政治则是这些"中介"中最主要的因素。文学与政治的关系有着内在的必然性,这是由于它们共同决定于同一个经济基础。政治对文学的影响十分重大:一是在阶级社会中,政治集中表现为阶级与阶级之间的矛盾和斗争,各种阶级斗争给予文学的性质和方向以深刻的影响。欧洲18世纪启蒙运动时期的文学,同当时资产阶级反封建、反暴政、反教会的斗争直接相呼应。著名的作家狄德罗、莱辛等都积极投身于社会政治斗争并成为启蒙运动的领袖。19世纪俄国人民反对农奴制度的激烈斗争直接影响到文坛,推动了文学的发展,形成了批判现实主义的高峰,涌现出像普希金、果戈理、托尔斯泰、涅克拉索夫、车尔尼雪夫斯基等一大批作家。二是作家总是以一定的政治观点去观察和评价生活,并把自己的政治观点渗透到作品的艺术形象之中。三是政治对文学的影响直接、深刻而巨大,它不仅影响具体的作家作品,还影响到文学思潮、文学运动、文学的创作方法、文学的风格流派,以及题材、体裁等诸多方面。政治既可以促进文学的健康成长、繁荣、发展,也可以迫使文学窒息、凋败,几近毁灭。欧洲中世纪的教会统治时期和我国"文革"时期就是政治压制文学的例子。而新时期中国文学的繁荣,恰恰是清明政治对文学发展所起的促进作用。

文学要广泛地反映社会生活,表现人的全部活动,必然触及政治领域。俄国著名剧

---

① [德]恩格斯《致符·博尔吉乌斯》,北京大学中文系编《马克思恩格斯列宁斯大林论文艺》,人民文学出版社,1974年,101页。

② [德]恩格斯《致符·博尔吉乌斯》,北京大学中文系编《马克思恩格斯列宁斯大林论文艺》,人民文学出版社,1974年,100页。

作家亚·尼·奥斯特洛夫斯基在他的《大雷雨》里把俄国农奴制社会描写为一个黑暗世界,"在这个黑暗世界里,没有神圣,没有纯洁,也没有真理。统治着这个世界的是野蛮的、疯狂的、偏执的专横顽固,它把一切正直和公正的意识都从这个世界里驱逐出去了"①。他通过对现实生活的真实而深刻的描写,揭露了反动的社会制度、专横的统治权力、荒谬的政治原则和野蛮的生活信条。这就不可避免地会引起广大观众和读者对现存社会、现存制度的怀疑和警惕,从而给政治以有力的影响。政治斗争激烈的年代,进步的、革命的文学往往不同程度反映了现实的政治运动,成为团结群众、教育群众、打击敌人的有利武器,对政治斗争的发展进程产生重大影响。例如,我国"五四"以来的革命文学有力地推动了中国人民反帝反封建的斗争。

值得一提的是,对于文学和政治的相互关系,长期以来一直存在着简单、片面的认识。例如,文艺从属于政治、文艺为政治服务等曾经成为文艺工作不可违背的原则,历史已经证明,这种观念是偏颇的。因为,一是文学和政治同属于上层建筑范畴,有各自独特的地位和作用,他们之间是互相影响的关系,而不是主从关系。二是政治本身不是目的,而是手段,同文学一样,我们不能让一种手段为另一种手段服务,否则就失去了手段的实践目的。三是由于文学反映社会生活的广阔性和深刻性,政治很可能成为它所反映的内容但又不是文学的唯一内容,如果把反映精神生活的友情、爱情的作品也政治化,那是十分片面的。四是对于文学与政治关系的片面理解,容易忽视文学本身的特点,生硬地要求文学成为政治的工具,必将给文学带来灾难。

文学为人民服务,为社会主义服务是我国社会主义时期一切文学活动的根本方向。"二为"方向是在继毛泽东同志《在延安文艺座谈会上的讲话》发表后,党中央从社会主义新的历史时期的战略任务出发,在正确总结我国革命的先进文艺运动的历史经验的基础上提出来的。

文学为人民服务,就是为全体人民群众包括广大的工人、农民、士兵、知识分子、干部和一切拥护祖国统一的爱国者服务;文学为社会主义服务,就是为社会主义的政治、经济、军事、文化等各项事业的根本需要服务。

2. 文学与道德的关系

文学作品是由社会中的人写社会中的人和事,这就决定了作品中必然存在一个道德的投影。道德上的善与恶、是与非、正义与非正义,既是作品中文学形象的性格与行为的直接表现,也是作家审美理想的体现。道德是调整和制约人与人之间、个人与社会之间相互关系及其行为的准则和规范,是普遍存在于生活中的影响人、改造人、约束人的行为的一种社会力量。英国批评家安诺德认为:"道德观念实在就是人类生活的主要部分。怎样生活,这个问题的本身,就是一个道德观念;而且这一个问题,是对任何人都最有趣味的,任何人都经常是在这一个问题上忙着的。"②

---

① [俄]杜勃罗留波夫《黑暗的王国》,《杜勃罗留波夫选集》第一卷,辛未艾译,新文艺出版社,1954年,182页。
② [英]安诺德《评华兹华斯》,《安诺德文学评论选集》,殷葆瑹译,人民文学出版社,1958年,139页。

作家在考察和描写社会生活以及各种人物事件时,总是依据一定的道德观念和标准,做出一定的道德评价,在作品中表现出一定的道德倾向。文学要求真、善、美的统一,善属于伦理道德范畴的内容。狄德罗说:"真理和美德是艺术的两个密友。你要当作家,当批评家吗?请首先做一个有德行的人。"①所以我们的文学作品除了政治倾向、思想倾向、审美倾向外还包括道德倾向。

文学以感性的、直觉的形式通过对生活的具象化描绘和对主体思想感情的深刻表现,达到在感情上感染读者,使其精神世界得到净化和升华。道德属于社会实践理性形式,通过理性的判断,依靠舆论的谴责与约束,以及指令性的规范和要求,使人的行为服从感性的支配,达到肯定人的行为目的的正当性,从而调整和巩固人际关系的秩序。正是二者在活动形式、手段与目的上具有不同性质的差别,我们才不把文学作品对道德的反映与评价及其所提供的范例,当作实际的现实道德规范,去要求人们服从,或者作为道德裁判的现实依据。而只能因读者对文学作品所提供的道德理想与评价,服从其审美需要而带有极大的理想性、个别性,只能起到某种舆论监督和参考作用。

文学作品中的审美评价与道德评价在原则尺度、立场态度上也存在着极大差异。从根本上说,文学审美评价中所反映的历史真理,是深邃而复杂的,而道德真理的信条简单明了,"好坏""是与不是""应该与不应该"。文学需要作家用十分纯洁的道德情感去表现崇高而深刻的道德内涵。

文学要表现高尚的道德情操,发挥积极的道德教育作用,必须充分注意自身的审美特征,而不能做抽象的道德说教,把人物写成某种道德观念的化身,甚至使作品成为某种道德观念的传声筒。鲁迅曾将唐代小说和宋代小说做比较,指出:"唐人小说少教训;而宋则多教训。大概唐时讲话自由些,虽写时事,不至于得祸;而宋时则讳忌渐多,所以文人便设法回避,去讲古事。加以宋时理学极盛一时,因之把小说多理学化了,以为小说非含有教训,便不足道。但文艺之所以为文艺,并不贵在教训,若把小说变成修身教科书,还说什么文艺。"②具体地说,文学作品就是把道德上的肯定与否定转化为美的形态,表现着伟大和庄严因而激起惊讶、鼓舞、赞叹和崇拜的感情。即使文学作品中对丑加以描绘,也是服从于美的创造的,使道德上的卑下行为取得审美属性,并取消了美丑的对立。不是美化丑,而是通过对丑恶行为的否定、讽刺,取得悲或喜的效果,正确表现文学作品中的道德内容与意义。

### 3. 文学与哲学的关系

文学与哲学作为掌握世界的两种不同方式相互区别、相互联系。一定历史时期的哲学思潮直接作用于作家某种世界观的形成,因而影响其艺术观、审美倾向。任何作家都是一定历史时期的人,所以来自他所处时代的哲学思想将支配着他整个的文学创作活动。法国的斯达尔夫人说:"哲学在更进一步归纳概念的同时,使诗的形象更为崇高伟大。逻辑的知识使我们更能表露热情。……小说、诗歌、戏剧以及其他一切作品,如

---

① [法]狄德罗《论戏剧艺术》,伍蠡甫主编《西方文论选》上卷,上海译文出版社,1979年,376页。
② 鲁迅《中国小说的历史的变迁》,《鲁迅全集》第七卷,人民出版社,1957年。

果其目的也只是使人发生兴趣,这样一个目的也只有在能达到某一哲学目标时才能实现。"①尽管作家对哲学的追求目标各不相同,但都不可能不受到一定的哲学思想的影响。比如,我国古代的儒家思想和道家思想,差不多贯穿于整个封建时代文学发展过程的始终。以唐代为例,杜甫信奉儒学,李白则是多种哲学思想集于一身,王维诗歌的禅宗哲学的味道极浓。17世纪法国古典主义文学以笛卡尔的唯理主义哲学为思想基础,19世纪欧洲自然主义文学以孔德的实证主义哲学为思想基础,批判现实主义文学以唯物主义为基础等。

文学流派或者说作家的创作风格,都是建立在一定的哲学思想的基础之上的。同时文学对哲学也有重大的影响。文学作品通过对现实生活的形象描绘,总是要表达一定的思想和观念,从而反过来影响人们的世界观,促成某种观念或思想的弘扬。欧洲文艺复兴时期的许多文学作品,在破除宗教神学观念,宣扬人文精神方面,所起的作用远远超出了一些哲学理论著作。我们不难发现,许多文学作品都具有深刻的哲理性,有的还包含着富有哲理性的警句,如鲁迅《故乡》中的"地上本没有路,走的人多了也便成了路"等。这些哲理警句直接丰富了哲学的内容,也为哲学增添了无尽的养料。在现实生活中,也成为警示或指导人们行为的一种实践观念和理论。

### 4. 文学与宗教的关系

文学与宗教对主体心性都有强烈的依赖,因此在人的心灵的直觉感知与幻想思维上,它们有着密切的联系。当然,文学与宗教也存在明显的不同。

马克思说,宗教是不结果实的"虚幻的花朵"。宗教幻想思维中的天国、来世、上帝,以及忏悔、祷告中对虔诚信念的情感体验等等,都是集中以心灵直觉形式进行的。宗教一般不能诉诸思维理性,只有通过直觉领悟。基督教中的"神的启示",佛教中的"彻悟",特别是禅宗对"顿悟"的极度推崇,都是把心灵直觉作为宗教认识的唯一途径。正是这个心灵的直觉领悟,与审美观照是同一领域,于是使宗教观念与审美观念在直觉感知与幻想思维上的相互联系与影响成为可能。欧洲中世纪基督教神学美学家普洛丁直接把审美纳入宗教,也是以直觉感知的"收心内视"说作为理论支柱的。我国宋代诗论家严羽"以禅喻诗",从禅宗的"顿悟"中引出审美"妙悟"的理论,更能突出地看到宗教与审美的这种联系与影响。

文艺与宗教的本质区别在于:世界在宗教的直觉感知中最后失去了真正性,人奉献给上帝的越多自己失去的也就越多;而在审美的直觉或感知中,世界得到了确证,人自身的本质力量得到了肯定。文学在幻想思维中没有走向宗教的虚妄,是因为它不仅依赖于主体心性,是心灵的一种创造,而且更依赖于外在世界,是心灵对世界与自身的一种观照。心灵不仅能把它的内在生活纳入艺术作品,还能使纳入艺术作品的东西,作为一种外在事物,具有永久性。这种永久性不只靠外在事物,"还要靠心灵所灌注给它的生气"②。这是宗教所不可能相比的。

---

① [法]斯达尔夫人《论文学》,《古典文艺理论译丛》卷一,知识产权出版社,2010年,299页。
② [德]黑格尔《美学》第一卷,商务印书馆,1979年,37页。

宗教对文学的作用主要表现在：一是宗教利用文学传播教义。宗教经籍广泛地运用了具象、想象、比喻、夸张等文学手法，以使其教义形象化，因而其自身往往具有一定的文学价值。二是宗教的经籍对文学创作起到了一定推动作用。如基督教的《圣经》，佛教的《金刚经》等所描述的人物、故事，成为文学作品的题材来源，衍化为各种体裁的文学作品。三是宗教影响文学创作。宗教独特的意识形态、思维方式和表达方式对文学创作，对文学不同体裁的形成和艺术手法的成熟产生过重大的影响。佛教传入我国对小说的思想内容和艺术形式均产生过广泛深刻的影响。干宝的《搜神记》，刘义庆的《宣验记》（所记皆晋宋间佛教故事）等作品中均有所反映。四是作家的文学思想往往受到宗教思想的影响。比如托尔斯泰的不以暴力抗恶和道德的自我完善，陀思妥耶夫斯基的忍从是明显的基督教思想的表现。

## 第三节 文学的审美特征

**一、文学的审美内涵**

文学的美是现实美的集中表现。可以说任何表现对象以它的具体可感的生动形态呈现出来，体现了人在社会实践活动中发展起来的智慧、意志、力量，人的自由、自觉的特性，符合社会进步的要求，引起了人的精神愉悦，这就是美。客观存在的这种美，我们时时去感知它，品味它，评价它，这就是审美。但人们并不满足于仅仅能欣赏现实已有的美，还不断地按着美的规律通过创造美来实现自己的审美理想。

文学的审美，指的是作家按照美的规律，观照和反映客观生活所创造的艺术美，并以此满足人们的审美需求，使人们从中获得美的享受和教育的一种本质属性。美与生活是分不开的，人在生活中总是为了美好的生活理想而生活和斗争的。作家、艺术家为了表达生活理想，总是根据自己对生活的感受与认识，通过对生活的具体描绘、对艺术形象的生动刻画，反映他对生活的情感与态度、理想与愿望，唤起人们思想情感上的交流与共鸣，激发人们对未来美好生活的追求与向往，以及对丑恶事物的憎恨与唾弃，从而陶冶人们的情操，净化人们的灵魂。

文学作品的艺术美体现在文学形象中，它能引发读者喜悦、热爱、欢乐、崇高等情感，唤起人们对美好事物的想象和追求。《红楼梦》中的林黛玉是封建贵族家庭的叛逆者，她不仅容貌秀美，而且鄙视庸俗、虚伪的封建礼教，尽管不幸可以吞噬她，但她仍不屈服，她为心中的爱情以死抗争。这个文学形象是外在美与内在美的有机统一。写景状物的文学形象的美，以毛泽东的《沁园春·雪》上阕为例：

　　北国风光，千里冰封，万里雪飘。望长城内外，惟余莽莽；大河上下，顿失滔滔。山舞银蛇，原驰蜡象，欲与天公试比高。
　　……

词中为我们描绘了一幅生动、具体、优美的艺术图画。毛泽东把具体的事物,如冰封、雪飘、大河、山舞、蜡象等组织起来,于是祖国北方雄伟壮丽的大好河山的景象呈现在人们面前,充盈着一种宏阔雄放的美,令人赞叹不已。

优秀的文学作品,一般都将内容与形式的美统一于一体,为读者所喜爱。具有相对独立性的形式美,在审美活动中的价值、作用也受到读者的青睐。如张志和的《渔歌子》:

> 西塞山前白鹭飞,桃花流水鳜鱼肥。青箬笠,绿蓑衣,斜风细雨不须归。

诗人的淡怀逸致不是诉诸直接咏怀,而是寄情于景,以词入画。写山,写水,写白鹭,写肥鱼,写斜风细雨,更写了优游自在的渔夫。词人借渔夫寄托了自己的情怀,而渔夫又在这样一个风景秀丽之所在,一幅江南水乡的渔歌图,跃然纸上。词作本身没有多少思想内涵,但在读者欣赏它时为其画面的宁静真切与淳朴所动,为其色彩、声音、线条所动,总而言之,为其外在形式的美深深吸引。

## 二、文学的审美形态

文学作品中塑造文学形象的方法多种多样,所以文学形象展现美的形态也各不相同,大体可分为:

### 1. 真实美

文学作为人类的审美创造,真实是它的艺术生命。古希腊的亚里士多德认为艺术真实性的追求源于人类对事物模仿的本能。黑格尔说:"美就是理念,所以从一方面看,美与真是一回事,这就是说,美本身必须是真的。"[①]真是美的基础,是文学作品有无价值、能否产生魅力的首要条件。真的不一定都是美的,但美离不开真,失真的作品会使读者产生失望乃至被愚弄的感觉。那么,怎样理解真实呢?

鲁迅说:"艺术的真实非即历史上的真实,我们是听到过的,因为后者须有其事,而创作可以缀合,抒写,只要逼真,不必实有其事。"[②]这表明,文学作品中的人物和事件,不能受现实生活中原有的真人、真事的局限,而应该按照生活本来面貌和固有逻辑,进行艺术的集中和概括,从而反映的生活真实比实际生活更高、更典型。文学以形象思维的方式,在一定艺术形式手段的运作下,通过对生活的变通性的处理,达到真善美相统一的审美境界。这就是文学所追求的真实美或者说是艺术真实。曹雪芹称自己的《红楼梦》,是"满纸荒唐言",巴尔扎克称自己的小说是"庄严的谎话",都是对自己作品的艺术真实的诠释。

---

① [德]黑格尔《美学》第一卷,商务印书馆,1979年,142页。
② 鲁迅《给徐懋庸》,《鲁迅选集》第四卷,人民文学出版社,1995年,458页。

别林斯基在评价果戈理的小说时说：果戈理的作品"是现实的诗,生活的诗,是我们时代真实的与真正的诗。它的显著的特点是忠于现实;它不篡改生活,而是复制和再造它,仿佛是一面凸透镜,从一个观点上反映了繁复的生活现象,取其对于组成一整幅丰富而生动的图画所必要的东西"①。马克·吐温的小说《竞选州长》,根植于美国的资本主义社会现实,其故事本身属于子虚乌有。作家以一连串的虚构情节和细节,用漫画式的笔法,创造出一个个鲜明生动的形象,惟妙惟肖地揭露了被资产阶级吹嘘得天花乱坠的"民主"和"自由"的本质。如果马克·吐温把那些恶棍给"我"捏造的种种离奇荒唐的罪名,改用写实的方法,那么作品的讽刺力度将大为逊色。

2. 情趣美

文学的审美性与趣味性是密不可分的。我国南朝齐、梁时期的钟嵘,倡导诗歌"滋味"说,北宋范温提出"韵者美之极",明代李贽认为"天下文章当以趣为第一"②,这些观点不一定准确,但他们都把情趣美归结为事关文学魅力的重要因素。应该说,凡对读者具有吸引力、诱惑力的作品,总是或隐或显,程度不同地包容着令人赏心悦目的情趣美。如晏殊的《破阵子》：

　　燕子来时新社,梨花落后清明。池上碧苔三四点,叶底黄鹂一两声,日长飞絮轻。　巧笑东邻女伴,采香径里逢迎。疑怪昨宵春梦好,原是今朝斗草赢,笑从双脸生。

这首词写的是古代少女春天生活的一个片段。鲜明亮丽的春光是生活背景,人物生动,充满了青春的气息。这在古代描写妇女生活的作品中是不多见的。许多同一题材的作品往往反映劳动妇女生活的悲惨和反抗,而这首词则显示了她们对生活的热爱,对于美好理想的向往。少女们这种特有的乐观精神,尽管在重重压迫和束缚下,仍然展现得淋漓尽致。词作把姑娘的聪明、调皮与妩媚用白描的方法展示在画面上。本词的情趣所系,紧扣在"斗草赢"上,同时与梦境紧密相连,梦里的兆头与现实的胜利,使少女越想越高兴,得意的微笑挂在双颊,这篇词作的情趣赏心悦目。

3. 独创美

独创美,也是文学的生命之所在。它包括作家对生活的独特认识和艺术上的独特体现。作家对生活的准确、缜密、深邃的发现,穿过生活的表层,向深处开掘,是捕捉社会人生底蕴和审美价值的前提和基础。马克思说："每一种本质力量的独特性,恰好就是这种本质力量的独特的本质,因而也是它的对象化的独特方式,它的对象性的、现实

---

① ［俄］别林斯基《论俄国中篇小说和果戈理君的中篇小说》,伍蠡甫主编《西方文论选》下卷,上海译文出版社,1979年,377页。
② 《容与堂水浒传回评本》。

的、活生生的存在的独特方式。"①主体的审美本质力量决定着它的对象化的独特方式——造型体式的独特方式。杰出的艺术家,无一不是因其能在创作上独树一帜而自立于文学空间,一部世界文学史,就是由无数独具风格的文学家及其作品汇成的长河。

  鲁迅先生曾说过:依傍和模仿,决不能产生真正的艺术。他的作品常常把视角对准浙东的小城镇,写出了当时农民的生活,《阿Q正传》《药》《祝福》《风波》《故乡》等,表现了他在选材上的独特风格。又如欧·亨利的短篇小说《麦琪的礼物》,写一对年轻夫妇要在圣诞节彼此赠送一点礼物,丈夫有一块金表,但没有表链;妻子有一头美丽的头发,却没有相称的发梳,丈夫想送给她一套贵重的发梳;妻子要送给丈夫一条精致的表链。但他们都没有钱,为了圣诞的礼物,他们互相瞒着对方卖了自己珍贵的东西:妻子卖了漂亮的头发,丈夫卖了金表。等到互赠礼物时,他们才发觉彼此的礼物对于对方都已经没有什么实际用处了。这个事与愿违的结局,构置得十分巧妙,又不虚幻离奇,真实可信地表现了"贫贱夫妻百事哀"。这使读者在惊愕之余深思不已。这种奇巧的安排,正表现了作家作品的独创美。杜甫的《春夜喜雨》:

    好雨知时节,当春乃发生。
    随风潜入夜,润物细无声。

诗人别树一帜的独特感受与审美认识,深受读者喜爱,代代相传。它不沿袭一般拟人的俗套,而是将人化的春雨的独特性展现开来,给人以别致新颖的审美感受。

  凡此种种,独创美表现在文学创作的各个环节中,渗透在文学形象的内容和形式诸多因素之中,并体现出有机整体的艺术特色,将永远是文学家们所追求的审美理想。

## 第四节　文学的文化特征

### 一、文化的内涵

  文化是指人的创造行为。中世纪时,文化已有物质文化与精神文化的区别,不过精神文化比较重视宗教。随着时代的发展,文化一词常被人们泛用,有时与文明相通,互相替代。在西方,德语的文化一词有极深邃的精神意义,而英、美的文化一词又常蕴含着社会的、政治的意义。在我国,文化一词的出现似与《易传》有关,"文明以止,人文也。关乎天文,以察时变;关乎人文,以化成天下"。意思是,以文明使人止于应有的分际,这是人的文饰。观察天的文饰,以明察四季时序的变化,观察人的伦常秩序,以教化天下,达到转风移俗的目的。可见文化的含义基本上是文治教化,所谓"设神理以景俗,敷文

---

 ①　[德]马克思《1844年经济学哲学手稿》,《马克思恩格斯全集》第四十二卷,人民出版社,1979年,125页。

化以柔远"①,"文化内辑,武功外悠"②,说明了文化一词在我国的内涵。由此观之,中西关于文化一词的含义,虽角度不同,但都关注其与人的相关,与人的生存行为和生存境界的相关。

文化是一种社会历史现象,它与人的生存和发展有着全面的联系。自人类学家发现并认真研讨文化后,便形成了一种认识——"人是文化的存在"。它告诉人们,人创造了文化,文化也塑造了人;没有与人无关的文化,也没有与文化无关的人;人与文化同在,在人的不同发展历史阶段里,都对应地具有其所需要的文化。综观古今中外的历史,我们可以看到:文化作为人的创造物和创造活动是同在的。人的创造活动富有生命力,它始终处于一种待发展状态,一旦条件允许,就向前发展。这样,人的创造活动在一定时期内总要与既有的创造物发生冲突,构成文化内部的矛盾,这种冲突的解决常常就是新文化的诞生。新文化必然会揭开新的历史的一页,它意味着人创造历史的活动又向前迈进了一步。由此看来文化既有积累性、继承性,更有重构性、革新性。所以文化的品性是既重视现实,更注重未来,特别是由于人的创造活动是无止境的,而每一次新的足以促进历史进程的伟大创造,都为人的世界重新划定了界限。

**二、文学在文化结构中的地位**

把文学纳入文化体系中去分析,可以进一步了解和把握文学与文化间的融合、分化与互动的多向关系,从而认识文学作为一种特殊的文化创造行为,作为一种广泛的文化意识和精神,作为文化的一种复合体,是如何在人类文明的进程中不断发展与演变的。

人类的早期文化具有广泛的包容性,它是一种母体性文化,孕育和包含了诸如哲学、宗教、艺术等文化类型的基础和萌芽。而且,人类文化史与艺术史研究业已证明,人类早期的文化、艺术和审美是三位一体的,这反映了原始文化意识混沌一体的状况。当早期人类还不能把自己得到的意识作为自己的认识对象时,这种状况是会持续很长一段时期的,由此所形成的基本的文化状态是,早期的审美活动首先在实用的物质生活领域内展开,先由实用器物的审美化,进而到生产出具有独立审美意义的物品;由对劳动生产领域及其产品的审美化,进而扩大到自然界和文化精神生产的领域。人类对语言的使用也是一个由低级向高级、由混沌到清晰、由简单向丰富不断演变和发展的过程。语言作为文学存在的基本方式,人类最初对它的使用和利用,并非是由于语言的审美特质和形象化特征,而是因为语言有最普遍的信息保存和传递的文化功能,有作为符号的表象作用与作为意义标识的表意功能。所以,从文学存在的基本方式看,人类早期的文学具有广义的文化性。

章炳麟认为:"文学者,以有文字著于竹帛,故谓之文;论其法式,谓之文学。"③这种观点在西方不乏同道,如美国文艺理论家韦勒克所指出的那样,在许多学者来看,"文学

---

① 王融《三月三日曲水诗序》。
② 《文选·束晳补亡诗》。
③ 《国故论衡·文字论略》。

研究不仅与文明史的研究密切相关,而且实际和它就是一回事。在他们看来,只要研究的内容是印刷或手抄的材料,是大部分历史主要依据的材料,那么这种研究就是文学研究"①。我国当代文论研究有一种观点认为,在魏晋前和西方18世纪前,文学是广义的,并被看作一般的文化形态,与政治、历史、神学一样都是文化产品,并无特殊专有性质,即便在今天,这种广义的文学概念,即文学作为一种文化,仍然有其生命力。

进入20世纪以来,在文学创作和人文、社会科学的研究领域,再度迷恋于原始社会的精神遗存和神话,是为了从神话丰富的文化蕴涵中去获得审美的凭借、符号的启示,打开灵感之泉的象征,以便从中吸取某些现代生活与现代文化里所缺乏的,但又为人性所渴望的精神要素。人类最初始的文学大多都具有这样的特征,它关联着人类早期的文化观念和心态,关联着民族文化的深层心理与人格,具有"文化史"和"心灵史"的特殊意义。另外,从早期文学具有的功能看,中西方的文学艺术大都普遍承担着人文教育和文化启蒙的重要作用。比如,在古希腊罗马所实施和开设的人文教育课程中,艺术与哲学、语言修辞、历史、逻辑等具有同等重要的文化意义。在中国先秦时期所倡导的"六艺"中,艺术与礼、射、书等一样,也具有同等重要的文化职能。即使像孔子的"诗教"和贺拉斯的"寓教于乐"等观点,也无一例外地强调了文学的文化性和人文教育功能,这也许就是早期文学较为确定的文化的本质特征。

### 三、文学作品是一种特殊的文化形态

文学作品是作家文学创作成果的标志,它使文学创作凝聚为特殊的语言符号形式或话语体系。

历史上对于文学作品的内涵与结构的分析,历来沿用的是"内容—形式"两分法。与现代符号学或结构主义等方法相比,后者确实为文学作品的分类提供了新的视角和思路。尽管可以有充分的理由将文学作品看成是一种语言符号体系,一种由不同层面组合而成的结构,一种情感或心理的符号,但不容忽视的是,文学作品并不是孤立、封闭的系统,其话语活动行为既维系着主体的心理——精神结构,也维系着一个广阔的社会文化背景。

按文化社会学的理论来理解,文化既是一个共时性概念,也是一个历时性概念。而文学作品作为一种文化的载体或符号,同样也包含与潜伏着共时性的文化转换与历时性的文化积淀。所谓共时性的文化转换,是指文学作品要受到诸如经济、政治、哲学、宗教、科学等社会文化因素的影响,文学作品总是能见出一个时代的文化印痕。美国19世纪杰出的社会科学家摩尔根在研究古代社会的时候,就从《荷马史诗》中得到大量的古代社会的信息。他认为"荷马诗篇的产生差不多可以作为希腊人进入文明的标志……在人类学方面很有价值"。"其中有关人类进步过程的记载是现存材料中最古老、最详细的。"②这就是法国19世纪文艺理论家丹纳所总结的"要了解一件艺术品,一

---

① [美]韦勒克、沃伦《文学理论》,刘象愚、邢培明、陈圣生、李哲明译,江苏教育出版社,2005年,9页。
② [美]摩尔根《古代社会》上册,杨东莼等译,商务印书馆,1981年,30页。

个艺术家,一群艺术家,必须正确地设想他们所属的时代的精神和风俗概况"①。因此从文化的共时性影响看,文学作品也是一种特定的社会文化语境,它介入了人类普遍的文化活动和意识形态,并和一定时代的心理息息相通。丹麦文学史家勃兰兑斯说:"文学史,就其最深刻的意义来说,是一种心理学,研究人的灵魂,是灵魂的历史。一个国家的文学作品,不管是小说、戏剧,还是历史作品,都是许多人物的描绘,表现了种种感情和思想。感情越是高尚,思想越是崇高、清晰、广阔,人物越是杰出而又富有代表性,这个书的历史价值就越大,它也就越清楚地向我们揭示出某一特定国家在某一特定时期人们内心的真实情况。"②正是因为这样,我们说文学作品既是该民族心灵的发展史,也是该民族的社会文化史。

所谓历时性的文化积淀,是指在文学作品的表层文化征象背后,总是沉淀着某种深层的文化内核,残留着一个民族进化历程中所遗传下来的文化基因,潜藏着文化系统中最丰富最稳定的东西。列维·布留尔把这种稳定的东西看作是一种"集体表象",荣格则把它理解为"集体无意识",或人类的深层心理,而文化人类学家则强调是文化的深层结构或模式。无论怎样评说,艺术符号心理内容的核心是人类深层心理和价值观念,这是人类在漫长的社会实践过程中所形成的感受、理解、激情和经验的历史积淀,它昭示出人类历史上的艺术创造活动的发展历程。人类所向往、所追求的理想精神、人性、人的本质的充分展开和体现,人类不同时期的最本真的生存状态,都会以形象化的感性方式保留在文学作品的本体框架之中。如西方自古希腊开始,在艺术文化创造方面所体现的人文精神和人道主义的思想观念,以及对人的本质、命运、人生处境、人的地位和自我历程的不懈思考和探索,以及文学创作方面所体现出来的悲剧意识、日神与酒神精神等。华夏文化与文艺自先秦时期开始,在审美和艺术方面,所体现的"和谐"观念、"天人合一"的思想、伦理化了的艺术趋向,以及以生命境界为核心的艺术本体范畴等,均是不同文化心理和价值观念在文学作品中的历时性积淀。

语言是文学作品的存在方式,通过语言可以把文学作品与其他艺术作品区别开来。而情感和形象是文学作品内涵的载体,通过情感和形象可以把文学与其他精神产品区别开来。从这个意义上说,语言、情感和形象是构成文学作品之所以为文学作品的三个要素。文学作品作为文化符号和三者之间有密切联系,而这三者也体现出独特的文化性质与文化意味。人既是文化的创造者,也由文化所创造。人是文化系统中的核心点与融会点,从这个意义上,我们可以说,文学形象所展示的是文化,是文化结构中的核心与本质,即人的存在与发展的基本状况。正如歌德所说:"人是一个整体,一个多方面的内在联系着的能力的统一体。艺术作品必须向人的这个整体说话,必须适应人的这种丰富的统一体,这种单一的杂多。"③在作家所表现的文学形象身上,体现着不同历史时期的人的文化本质与形态,具有丰富的文学特色。

---

① [法]丹纳《艺术哲学》,傅雷译,天津社会科学院出版社,2007年,11页。
② [丹麦]勃兰兑斯《十九世纪文学主流》第一分册,人民文学出版社,1980年,2页。
③ 朱光潜《西方美学史》下卷,人民文学出版社,1979年,431页。

意大利哲学家维柯在《新科学》一书中指出，原始人由于推理力弱，想象力强，所以都是些用诗性文字说话的人。他将古代人的思维和精神方式称为"诗性智慧"，古代各民族都是以"诗性智慧"的方式创造了最初的文化模式。从古希腊的《荷马史诗》、中国的《诗经》等作品看，也许诗性智慧本身就是早期各民族文化的基因库。这是原始思维遗传下来的一种特有的心理结构图式和能量，即情感化的或直观性的、体验性的，或前逻辑性的。诗性智慧在任何民族的文化进程中从未中断过。文学作为诗性文化表明，艺术与人类生命存在有着极为特殊的关联，它所表征的是人的本质存在和对人类生命感性体验的状态。文学艺术应该给人类提供诗意的东西，应该具有审美的性质，应永远不脱离人的感性的感受、情感的领悟，给处于迷茫和麻木状态中的生存个体提供一个充满激动人心的温暖的氛围和心境。

与文学作品的诗性文化智慧及价值评价相比，文学的伦理学内涵，道德内涵等同文学一样与文学相伴相生。同时，文学作品的人文智慧与人文精神，也是文学作品文化价值构成中的重要内容。其核心是指人为了追求一种理想的发展前景，适应和改变自己的生存状态，而创造和表现出来的文明程度的总和。在文学作品中则表现为强烈的人文关怀、道德追求和理想主义品格。表现在作品中的人文价值是一种整体形态，不同时代的作家有自己对人文精神的独特把握和理解。根据作品表现内容和叙述方式的不同把作品的整体人文智慧和价值大致分为以下四种基本类型：

（1）认识型。这类作品通过生动的艺术形象群，广泛地表现政治、经济、历史、文化的以及人与人之间的社会关系，和人类精神现象的发展、变化，深刻揭示生活的内在规律并以其理性的透视对历史、社会与人生的多种状态做整体性的把握，这是作家心理整合中偏重认识型表现的产物，满足人们的精神需要，发挥其生活教科书的作用。如《人间喜剧》《红楼梦》等作品，在描写生活的广阔性和深刻性，对人类整体生活现象的探索、发现和创造方面，均有建树，从而在深刻的层次上有利于对主体进行自觉的理性的引导和塑造。

（2）启蒙型。这类作品通过对人物性格历程的把握和塑造，表现人物深邃的灵魂和充满生气的丰富个性，表现人物从事创造的精神力量，以理想的人格模式对人类进行启蒙教育。性格描写一般注重形象的思想容量和历史内涵，人物心灵的发展过程也是对社会进程的客观折射。如高尔基的《母亲》，尼·奥斯特洛夫斯基的《钢铁是怎样炼成的》，路遥的《人生》，张贤亮的《绿化树》等作品，都以丰富的个性魅力的展示，对执着、倔强的进取精神和勇于创造奋斗的坚强意志的刻画，以及对某种深刻思想内涵与道德力量的揭示，表现了人生意义和价值。

（3）净化型。这类作品是作家对生活进行心理整合过程中，偏于情绪性表现的结果。它或表现为博大精神的爱，或表现为一种真挚的理解和同情，或对美好人性的歌颂与礼赞，或对丑恶灵魂的抨击、感化。如刘心武的《如意》，鲍里斯·瓦西里耶夫的《这里的黎明静悄悄》，列夫·托尔斯泰的《复活》等，强烈地表现出作家的激情与冲动，以及隐藏在深邃的情感现象中的自觉意识及评价行为，体现出一种感染净化型的艺术功能。

（4）体验型。当作家在作品中倾注了生命的全部力量，以其特有的感觉、思维、认识、情感、想象去全面观察、思索、体悟、审视人的存在状况,并且深入人类心理世界的深层,从中发现并开拓出被制约的和没有表现出的潜在力量,揭示其内在价值和丰富魅力时,这类作品就达到了一定的人性深度。作家以审美情感为中介,发挥多种心理功能,去自觉地把握人的本质。如歌德的《浮士德》,司汤达的《红与黑》,列夫·托尔斯泰的《安娜·卡列尼娜》等作品就具有如上特征,能够在读者心中造成对人类自身的深刻体验。

**四、文学创作与文学接受的文化属性**

西方的哲学家卡西尔在他的《人论》一书中把包括艺术在内的诸多文化现象,看作是人的整个本性的不可分割的组成部分和各个扇面,从人的活动本性去认识人的文化属性与人类文化作品,这一思考方式是极富启发意义的。它表明了人类的一切创造都具有文化属性。作为人类以意识、语言、思维等观念形式对外部世界自觉反映和把握的结果——文学创作具有特殊的文化属性。

文学创作具有特殊的文化属性,首先是由作家特殊主体创造性质决定的。作家的创作行为是以自觉的文化选择实现文化意识的整合,从而创造出相对独立的文化意识。作家一方面受社会文化制约,一方面又创造社会文化。在社会文化大体系中,作家在一种广泛历史文化的事业中寻找对象,以显示整个社会图景的意义。作家的创作活动不仅是审美创造与体验过程,也是对人类历史文化的认同与选择。作家在文学活动中最普遍的创作动机与价值需求,并不在于物质利益的满足,其情感倾向和心理行为,也不只是主体自身的,而是包含着普通文化意识和价值定向的心理过程的集合,一种艺术家所体验到的人类情感。屈原在《离骚》中对扑朔迷离的人神世界的描绘,王维山水诗中所揭示的永恒自然,以及曹雪芹在《红楼梦》中对人性面面观的剖析等,都是一种特殊文化认识的创造。其次,作家在文化系统内所承担的特殊文化角色,决定了文学创作的文化特征,也就是说,作家要对人类生存这种普遍的社会文化现象进行内在独到的评价和透视,并对他所处的社会—文化给予一种主动的反应;作为特殊的文化角色功能,作家的文学创作还构成文化发展的内部机制。文学创作过程中作家总是要站在时代意识的前列,以强烈的情感体验和文化性反思感悟时代氛围,分析文化现象,反省和剖析民族文化、心理及人格,以促进人类精神的健康发展,为文化进步提供新的价值参照。再次,作家的创作行为具有广泛性、内隐性和概括性。作家创作的广泛性比一般文化意识(政治意识、道德意识等)更为恢宏,更为深广;内隐性则如荣格所说的文学创作根植于集体无意识,"伟大艺术的奥秘……在于从无意识中复活原始意象……从而使我们有可能寻到一条返回生命的最深源泉的途径"[①]。而概括性,前文已经对文学形象的概括性有所阐述,我们在这里所强调的是一种哲理品质。它是作家以心灵的创造,对人类文明成果和价值体系进行高度综合的结果,含有对人和人类社会,以及对人的存在状态进行确证的综合意义。也是作家按照美的规律和理想对人类社会及时代审美心理所做的深刻

---

① 王一川《审美体验论》,百花文艺出版社,1992年,278页。

概括。

那么从文学接受来看，文学作为一种文化符号，它的接受也具有特殊的文化属性。传统理论习惯于用欣赏或鉴赏这样的概念。文学接受作为一种主动性行为，它所指的是主体和对象之间所具有的一种广泛的关系域。接受的范围丰富而广泛，它与文学创作还有显著的区别，读者由对艺术形象和情感解析进入艺术的象征意味的破译，进而领悟作品所蕴含的文化含义。与作家的创作相比，文学接受是一种"再生产"，是一种动态发展和无限延伸的过程。文学接受以文学生产为前提，在一系列具体的运动过程中实现着自身的意义，体现着自身的文化特质。有关具体内容，我们将在文学接受论一章中具体论述。

**学术新观点**

文学是什么？这个问题重要吗？[①]

文学是什么？你也许会认为这是文学理论的中心问题，但事实上，这个问题并不重要。这是为什么呢？

看来主要原因有两点。首先，既然理论本身把哲学、语言学、历史学、政治理论、心理分析等各方面的思想融合在一起，那理论家们为什么还要劳神看他们解读的文本究竟是不是文学的呢？如今对于搞文学研究的学生和教师来说有那么多的批评项目和课题可读可写。比如"20世纪早期的妇女形象"，在这个题目之下，你既可以研读文学作品，又可以接触非文学作品。你可以研究弗吉尼亚·伍尔夫的小说，又可以钻研弗洛伊德的病案史，或者二者都读，从方法论的角度看，也没有什么至关重要的不同。这倒不是说各种文本都差不多。可以说，由于不同原因，有些文本内涵更丰富、更有影响力、更具有典范作用、更具有可争辩性，或者更具有支配性。但文学作品和非文学作品还是可以同时研读的，并且研读方法也是相似的。

**文学之外的文学性**

第二点，二者之间的区别并不显得十分重要的原因是理论著作已经在非文学现象中找到了"文学性"——可以用这个最简洁的字眼称呼它。人们通常认为属于文学的特性其实在非文学的话语和实践中也是必不可少的了。比如说，关于如何理解历史的本质的讨论就一直把理解一个故事应该包括什么作为模式。主要表现在：史学家不会对历史做出像科学领域中的那种具有预言性的解释。他们无法说明当 x 和 y 出现时，肯定会出现 z。他们所能做的只是说明一件事是如何导致另一件事的，说明第一次世界大战因何而爆发，而不能说明它为什么一定要爆发。所以，历史解释的模式也就是故事发展逻辑的原理：故事怎样表明事情因何而发生，

---

① ［美］乔纳森·卡勒《文学理论入门》，李平译，译林出版社，2008年。

怎样把最初的情景,后来的发展和结果用合情合理的方法联系起来。

总而言之,使历史清晰可知的模式也就是文学叙述的模式。我们这些听故事、读故事的人都善于评判一个故事的情节是否合乎情理,是否紧凑,这个故事是否已经讲完。如果使情节发展合情合理,能成为故事的模式具有与历史叙述的模式相同的特点,那么把二者区分开就不是一个很重要的理论问题了。同样,理论家们也越来越强调修辞手法,比如隐喻在文本中的重要性了。不论是在弗洛伊德的心理分析案例的解释中,还是在一些哲学论证的著作中都可以见到这种观点。修辞手法通常被认为对文学才是至关重要的,而在其他类型的话语中则纯属装饰。通过说明修辞手法在其他类型的话语中同样可以塑造思想,理论家们论证了在非文学性文本中文学性的重要作用,这就使文学和非文学的区分变得越发错综复杂了。

不过,我用在非文学现象中发现了"文学性"来描述当前的局面,这本身正说明文学的概念仍然起着一定的作用,因而也就需要讲一讲。

### 哪种类型的问题?

于是我们又回到了那个关键的问题上:"文学是什么?"不过,这个问题属于哪一种类型呢?如果是一个五岁的孩子提出这个问题,那就很容易。你可以回答他说:"文学就是故事、诗歌和戏剧。"但如果提问人是一位文学理论家,如何对待这个问题就困难得多了。他的问题也许是关于这个研究对象的一般性质的问题,是你们双方都已经非常了解的问题。它是一种什么类型的研究对象或者活动?文学是干什么的?它的目的是什么?如果这样理解"文学是什么"的话,那么这个问题所要求的就不是一个界定,而是要做出分析,甚至要论证一下一个人为什么可能会对文学感兴趣。

但是,"文学是什么"也可能是一个关于被认为是文学的那些作品有什么突出特点的问题。是什么使文学作品区别于非文学作品?是什么使文学区别于人类其他活动,或者其他娱乐?人们问这个问题也许是因为他们想知道如何判断哪些书是文学作品,哪些不是。不过,更有可能的是,他们已经对什么属于文学有了一个概念,而想了解一些别的东西。也就是说,是否有些根本的、突出的特点是文学作品所共有的呢?

这是个很难回答的问题。理论家们一直在努力探讨解决这个问题,但成效甚微。究其原因也不难:文学作品的形式和篇幅各有不同,而且大多数作品似乎与通常被认为不属于文学作品的东西有更多的相同之处,而与那些公认的文学作品的相同之处反倒不多。以夏洛蒂·勃朗特的《简·爱》为例,它更像是一部自传,与十四行诗很少有相似之处;而罗伯特·彭斯的一首诗"我的爱就像一朵红红的玫瑰"则更像一首民谣,与莎士比亚的《哈姆雷特》也很少有共同之处。那么,诗歌、剧本、小说是否有一些共同的特点使它们与歌谣、对话的文字记录以及自传区别开来呢?

### 历史上的变迁

再稍微加上一点历史的视角,这个问题就变得更复杂了。因为,如今我们称之为文学的是二十五个世纪以来人们撰写的著作,而文学的现代含义才不过二百年。1800年之前,文学(literature)这个词和它在其他欧洲语言中相似的词指的是"著作",或者"书本知识"。即使在今天,当一个科学家说"关于进化论的文学浩如烟海"时,他不是讲关于进化论有许多诗歌或小说,而是说在这方面已经有了许多著作。而如今在普通学校和大学的英语或拉丁语课程中被作为文学研读的作品,过去并不是一种专门的类型,而是被作为运用语言和修辞的经典学习的。它们是一个更大范畴里的作品和思想的实际范例,包括演讲、布道、历史和哲学。学生们并没有被要求去解读这些范例,像我们现在解读文学作品一样去找出它们"到底是关于什么的"。相反,学生要背出这些范例,要研究它们的语法,要能够辨别它们所运用的修辞手法和论证的结构或者过程。比如维吉尔的《埃涅阿斯记》,如今我们把它作为文学来研究,而在1850年之前的学校里,对它的处理则截然不同。

现代西方关于文学是富于想象力的作品这个理解可以追溯到18世纪末德国浪漫主义理论家那里。如果我们想得到一个确切的出处,那就可以追溯到1800年法国的德·斯达尔男爵夫人发表的《论文学与社会建制的关系》。不过,即使我们把自己限定在最近两个世纪之内,文学的范畴也变得十分不明确:如今我们算作文学作品的——那些看上去不过是从日常对话中记录下来的只言片语,既无押韵,也没有清楚的音步的诗——在德·斯达尔夫人看来是否具有成为文学作品的资格呢?而且,一旦我们把欧洲之外的文化也考虑进来,那么关于什么可以称得上是文学这个问题就变得更加难以解答了。于是我们不想再去推敲这个问题了,干脆下结论说:文学就是一个特定的社会认为是文学的任何作品,也就是由文化权威们认定可以算作文学作品的任何文本。

当然,这样的结论是绝对不会令人满意的。它只是调换了问题,而没有解决问题:不去问"什么是文学",而用"是什么让我们(或者其他社会)把一些东西界定为文学的"这个问题取而代之。尽管在别的范畴里这样的做法也是有的,指出的不是具体的特性,而只说明不同的社会群体对它的不断变化的标准。举"什么是杂草"这个问题为例,有没有什么要素能够表明"杂草状态"呢?所谓"杂草状态",也就是杂草所共有的那些特征,那些让"我们知道是什么"可以把杂草和非杂草区别开的东西。所有帮助在花园里锄过草的人都知道区分杂草和非杂草有多么困难,而且也想知道有没有什么诀窍。会有什么诀窍吗?你怎样识别一棵杂草呢?嗨,其实这诀窍就是没有诀窍。杂草就是花园的主人不希望长在自己园里的植物。假如你对杂草感到好奇,力图找到"杂草状态"的本质,于是就去探讨它们的植物本质,去寻找形式上或实际上明显的、使植物成为杂草的特点,那你可就白费力气了。其实,你应该做的是历史的、社会的,或许还有心理方面的研究,看一看不同的地方、不同的人会把什么样的植物判定为不受欢迎的植物。

文学也许就像杂草一样。

但这个回答并没有使问题得到解决。它只是把问题变成了"在我们的文化层面上要把一些东西看作文学会涉及什么?"

**将文本视为文学**

假如你偶尔读到了下面的句子：

> 我们围成一个圆圈跳舞、猜测，
> 而秘密坐在其中知晓一切。

这是什么？而你又是怎样知道它是什么的呢？

这么说吧，你是在什么地方读到了这句话，这一点非常重要。如果它是印在一张夹在中国占卜饼里的小纸条上，那你就可以把它看作是一段特殊的、神秘的预言。但如果它是被作为一个特殊的例子提出来的（这里便是如此），那你就要在你所知道的语言用法中寻找它可能会是什么意思。它会不会是一个谜语，让我们猜这个秘密？它会不会是一种叫作"秘密"的东西的广告？因为广告常常是押韵的，比如"温斯顿味道呱呱叫，就像香烟那般妙"。而且，为了对那些兴趣索然的公众具有吸引力，广告也的确越来越神秘了。不过，这一句话看来和任何一段可以想象得出的、有实际内容的语境都没有联系，当然也包括那种推销商品的语境。除押韵外，它还符合韵律。从第三个词起用的是强弱音节交替的规则韵律，这些都产生了一种可能性，即它可能是诗，是一个文学范例。

不过，此处还有一个疑点。这句话没有显而易见的实际意义。这一事实造成了把它归为文学的可能性。但是，如果我们把别的句子从能够说明其含义的语境中抽出来，是不是也能有同样的结果呢？假设我们从一本说明小册子上选出一句话，或者从一份菜谱、一则广告、一张报纸上选出一句话，把它孤立地写在纸上：

> 用力搅拌，然后放置五分钟。

这是文学吗？我把它从一份菜谱的实用语境中摘录下来，能不能使它成为文学呢？也许能。但事实上很难看出我这么做真的能使它变成文学。好像还缺点儿什么，这句话似乎并没有什么可以让你研究的信息。要使它成为文学，你大概得想出一个题目来，它和这一行文字的关系应该能提出一个问题，并且能调动起想象力，比如"秘密"或者"怜悯的性质"。

要类似这样的东西才行。不过像"早晨，一粒枕边的糖"这样的只言片语好像更容易成为文学。因为，除了说它是一种意象，可以引起某种关注，需要思考之外，它什么也不是。那些形式和内容之间的关系引人深思的句子也是如此。因此在W.O.奎因的哲学著作《从逻辑的观点看》中，开宗明义的第一句话就可能被想象成一首诗：

> 令人好奇的

> 关于本体论的问题正是它的
> 简单性。

　　这句话就这样写在纸上,周围那些静悄悄的空格让人感到不知所措。它能够引起那种可以被称为文学的关注:一种对文字的兴趣,对它们相互之间的关系和它们有什么含义的兴趣,尤其是对说什么和如何说之间的关系的兴趣。这就是说,这句话用这种格式写出来,似乎符合某种关于诗歌的现代观念,并且呼应了一种当今与文学有关的关注。假如有人对你说这句话,你一定会问:"你的意思是什么?"但是如果你把这句话作为一首诗看待,问题就不完全一样了:不是说话人或者作者想说什么,而是诗本身要表达什么?语言在这里起了什么作用?这句话要说的是什么?

　　单独写在一行的"令人好奇的",这几个词本身就可能会引出这样的问题:某个事物是什么?什么使它令人好奇?"某个事物是什么?"这正是本体论所研究的问题之一。本体论是关于存在的科学,或者叫对于存在事物的研究。但是这当中"令人好奇的"并不是一个物质的对象,而是类似于某种关系或情况的东西。它的存在形式并不像一块石头,或者一幢房子的存在形式一样。这句话宣扬的是简洁。但它好像并没有实践自己所宣扬的观点,而是在含混的事物中展示了本体论令人生畏的复杂性。然而,也许正是这个诗句的简洁——它在"简洁"之后戛然而止,好像不需要再说明什么了——使不合情理的、关于简洁的断言具有了可信度。不论怎样,孤立地看这一句话,的确能够引出与文学相关的那种解读行为——这也正是我在这里一直努力要做的事。

　　关于文学,这类思维实验可以告诉我们什么呢?首先,它们说明当语言脱离了其他语境,超越了其他目的时,它就可以被解读成文学(当然它必须具备一些特殊条件使它能够对这种解读做出回应)。如果文学是一种脱离了语境,脱离了其他功能和目的的语言,那么它本身就构成了语境,这种语境能够促使或者引发独特的关注。例如,读者不需要假定某段言语是让他们做某些事,他们会主动注意到潜在的复杂性,并寻求隐含的意义。描述"文学"就是要分析读者处理这样的文本时所要用到的一系列假定和解读步骤。

## 文学的程式

　　一个从故事分析中(包括从个人逸事到整本小说的分析中)形成的程式或者叫倾向有一个让人望而生畏的名称,叫"超保护的合作原则"。不过,它实际上并不复杂。交流基于一个根本的程式,即参加者的相互配合。而且,基于这一点,一个人对另一个人所说的话才会是相关的。如果我问你乔治是否是一个好学生,而你回答说:"他通常都很准时。"那我就会假设你在配合我,并且说了与我的问题相关的话,由此去理解你的话。我就不会抱怨说"你没有回答我的问题"。相反,我可能会做出这样的推论:你的确给了我一个含蓄的答复,表示乔治作为一个学生,可夸奖的地方不多。也就是说,除非有令人信服的证据证明并非如此,我可以认为你是在配合我。

我们可以把文学叙述看作一个较大种类的故事中的一员,是"叙述性文本"。它的话语与听众的关系在于它的"可述性",而不在于它所要传达的信息。不论你是在向朋友讲述一件逸事,还是为子孙后代写一部小说,你所做的事情都与在法庭作证不同。你是在努力编写一部故事,一个对你的听众来说是"值得一听"的故事。也就是说,它要具有某种意义或者重要影响。它能够给人以娱乐或者使人感到满足。使文学作品与其他叙述性文本不同的是,文学作品经过了选择过程,也就是说,经过了出版、评论和再版的过程。读者是因为确信别人已经发现这些作品构思巧妙、"值得一读"才去阅读它的。所以对于文学作品来说,合作的原则是"超保护的",我们可以忍受许多晦涩费解和明显不切题的东西,而不认为这些都是毫无意义的。读者也想当然地认为在文学当中,语言的费解、不通肯定也是为了一定的交流目的。所以他们不像在其他语境中那样断定是发言人或者作者没有配合,而是努力去解读那些违背有效交流原则的语言成分,试图发现一些深层的交流目的。所谓"文学",即一种约定俗成的标志。它让我们有理由期待我们努力研读的结果是不会辜负那一番苦功的。而文学的许多特点正是由于读者由衷地对它表示关注,并且愿意去探讨那些疑点才得以发现的。读者不是一遇到疑点便立即发问:"你这里是什么意思?"

我们可以得出这样的结论,文学是一种可以引起某种关注的言语行为或文本。它与其他种类的言语行为不同,比如与告知信息、提出问题或者做出承诺的言语行为都不同。大多数情况下是那种可以把一些文字定义为文学的语境使读者把这些文字看作文学的,比如他们在一本诗集、一份杂志的某一部分,或者图书馆和书店里看到的那些东西。

**一点疑惑**

不过,我们还是有一点搞不清楚,难道就没有一种专门的语言结构可以告诉我们某些东西就是文学吗?还是说,我们知道某些东西是文学,这个事实使我们对它给予一种关注,而我们是不会对报纸表示出同样的关注的。是否因为这样的关注,才使我们从中发现特殊的结构和一些含蓄的意义呢?毫无疑问,回答肯定是两种情况均有。也就是说,有时研读对象具有成为文学作品的特点,但也有时是文学语境使我们把它看作文学作品。但是,结构组织极其严谨的语言并不一定使某种东西成为文学——可以说没有什么能比电话簿的格式和安排更规范、更严谨了。而且,我们也不可能仅仅通过称其为文学就能使任何一段语言变成文学,我绝不可能捡起我从前的化学课本,把它当作一本小说去读。

从一方面说,"文学"不仅仅是一个让我们把语言填进去的框架。因为即使把每句话都按照诗的风格摆在纸上,也并不能说明它们都可以成为文学。不过,从另一方面说,文学也不仅仅是一种特殊的语言,因为许多文学作品并不炫耀它们与其他类型语言的不同。它们起到了一种特殊的作用,是因为它们得到了特殊的关注。

于是我们便有了一个复杂的结构,我们面对的是两种不同的视角,它们有相互重叠之处,有交叉重合之点,但看来并不能被综合起来。我们可以把文学作品理解成为具有某种属性或者某种特点的语言。我们也可以把文学看作程式的产物,或者某种关注的结果。哪一种视角也无法成功地把另一种全部包含进去。所以你必须在二者之间不断地变换自己的位置。我介绍五点理论家们关于文学本质所做的论述。对每一点论述,你都可以从一种视角开始,但最终还要为另一种视角留出余地。

**文学的本质**

1. 文学是语言的"突出"

人们常说"文学性"首先存在于语言之中。这种语言结构使文学有别于用于其他目的的语言。文学是一种把语言本身置于"突出地位"的语言。它使语言变得与众不同,像是给你猛地一戳——"嘿,听着!我是语言!"这样你就不会忘记你面对的是以独特的风格组合起来的语言。尤其是诗,它把语言按声音的差别排列组织起来,创作出可供人品味的东西。下面是杰勒德·曼利·霍普金斯的一首叫作《一座苏格兰小城》的诗的开头:

> 这条棕色的小溪像骏马的鬃毛,
> 一路欢叫,奔腾而下,
> 起起伏伏,泛起层层浪花,
> 沿着河床流向下游的湖泊,它的家。

语言形式的突出,比如 burn...brown...rollrock...road roaring 这些音的韵律重复,还有那些不常见的词的组合,比如 rollrock,都清楚地表明我们面对的语言是为了把读者的关注吸引到语言结构本身而组织排列起来的。

但是,在许多情况下,若不是把某些东西界定为文学,读者根本不会注意到它特有的语言风格,这种情况也是存在的。当你看一篇散文时,你并没有听到它的声音效果。你会发现一句话的韵律几乎没给读者的耳朵留下任何印象。不过,如果押韵突然出现,它就能使你感觉到某种韵律。押韵是一种程式化的文学性的标志,它使你注意到贯穿全文的韵律。如果一个文本是按照文学的框架构成的,我们就有可能注意到我们在读一般作品时会忽略的声音模式或其他语言结构。

2. 文学是语言的综合

文学是把文本中各种要素和成分都组合在一种错综复杂的关系中的语言。当我收到一封信,要求我为某项有意义的事业做些贡献的时候,我不大可能会发现信中语言的声音与它的含义相呼应。但是在文学中就会有各种语言层次结构之间的关系——反复强调或者对比和不协调之间的关系:声音和意义之间的关系,语法结构和主题模式之间的关系。押韵把两个词("猜测/知晓")放在一起,把它们的意义引入了一种关系当中。("知晓"是"猜测"的反义词吗?)

不过,显然第一点,或第二点,或者二者加在一起都不能给文学下一个完整的定义。并不是所有的文学都像第一点指出的那样突出语言(许多小说就不是这样)。而被突出的语言也不一定都是文学。很少有人把绕口令(Peter Piper picked a peck of pickled peppers)作为文学,尽管绕口令以其语言引起人们对它的关注,并且能让你口不从心。在广告当中,各种手段也常常会得到突出的表现,甚至比抒情诗更有过之,而且不同的语言结构层次也可能会被强制性地混合在一起。一位著名的理论家罗曼·雅各布森在说明语言的"诗学功能"时,举的关键例子不是一行抒情诗,而是德怀特·D.("Ike")艾森豪威尔总统在竞选时的一句政治口号:我喜欢Ike(I like Ike)。这是一个文字游戏:被喜欢的对象(Ike)和喜欢的主语"我"(I)都被包括在同一个行为"喜欢"(like)之中。既然我(I)和Ike都在"喜欢"(like)这个行为之中,我怎么可能不喜欢Ike呢?通过这则广告,喜欢Ike的必然性似乎已经镌刻在语言结构之中了。所以,并不是说语言不同层次间的关系只对文学有意义,而是说我们更倾向于在文学中寻找和挖掘形式与意义的关系,或者说主题与语法的关系,努力搞清楚每个成分对实现整体效果所做的贡献,找出综合、和谐、张力或者不协调。

关于文学性的解释,不论着重谈突出,还是着重讲语言的综合,都没有提出检验的标准,凭着这个标准,就能使哪怕火星人也能把文学与其他种类的文字区别开来。同大多数关于文学本质的说明一样,这些解释也只是把关注引向文学的某个方面,引向它们认为是文学的核心的那个方面。这一点告诉我们,要把什么东西当作文学来研究,首先要研究它的语言结构,而不要把它看成是作者的自我表述,也不要把它看成是产生它的那个社会的写照。

### 3. 文学是虚构

读者对文学的关注各有不同,其原因之一就是文学的言辞表述与世界有一种特殊的关系,我们称这种关系为"虚构"。文学作品是一个语言活动过程,这个过程设计出一个虚构的世界,其中包括陈述人、角色、事件和隐含的读者(读者的形成是根据作品决定必须解释什么和读者应该知道什么而定的)。文学作品是指虚构人物的,而不是历史人物的故事(比如爱玛·包法利和哈克贝利·芬)。但是虚构性并不仅限于人物和事件。我们所说的指示语,即与讲话环境相关的语言的定位特点,比如代词(我、你)或者表示时间、地点的副词(这里、那里、现在、那时、昨天、今天),在文学中都有特殊的功能。比如此时这个词在一句诗里("此时……飞到一起的燕子在空中啁啾")指的并不是诗人第一次写下这个词的那个时刻,也不是指这首诗第一次出版的那个时刻,而是指诗中的某一刻,指它的活动所表现的那个虚构世界中的某一刻。如果"我"这个词在一首抒情诗中出现,比如华兹华斯的诗句"我漫无目的地飘着,像一朵孤独的云",那么这个"我"也是虚构的。它指的是诗中的陈述人。这个人也许与实际生活中的诗作者威廉·华兹华斯截然不同。(诗里的陈述人或者叙述者的经历与华兹华斯一生中某个时刻的经历也许会有不可摆脱的关联,但是,在一位老者的诗篇中,完全可能出现一位年轻的陈述人,反之亦然。而且,小说中的叙述者,那些在讲述故事时以"我"自称的角色完全可能与故事的作者有着截然不同的经历,并且做出截然相反的判断,这也是众所周知的。)

在虚构中,陈述者所讲的与作者所想的之间的关系一直是一个关于解读的问题。经过描述的事件与生活中真实情景的关系也是如此。非虚构的话语一般包含在那种告诉你如何理解它的语境之中:一本用法手册,一篇报纸上的新闻报道,慈善机构的一封来信。然而,虚构的语境对虚构到底要说明什么意义这个问题总是不做明确答复。文学作品对真实世界的指涉,与其说是文学的特性,不如说是解读赋予这些作品的一项功能。如果我对一位朋友说:"请明天晚上8点钟到大岩石餐馆来和我一起吃晚饭。"她或者他会把这句话作为一个实实在在的邀请,并且从这句话的语境中判断出具体的时间和地点("明天"指2002年1月14日,"8"指东部标准时间晚上8点钟)。然而,如果诗人本·琼森写一首《邀请朋友去晚餐》的诗,那么这首诗的虚构性就使它与真实世界的关系成为一个有待解读的问题。这个信息的语境是一个文学的语境,我们必须做出判断,这首诗主要是勾画虚构的陈述人的态度,是概括一种逝去的生活方式,还是说明友谊和单纯的娱乐对人的幸福是最重要的。

对于《哈姆雷特》的解读方式之一就是要判断应该把它作为什么来读。它讲的是丹麦王子遇到的问题,还是文艺复兴时期的人们在自我概念经历变化的过程中进退维谷的两难境地,抑或是男人与母亲之间的关系,或者是再现(包括文学的再现)是怎样影响我们对经验的理解的。故事通篇指涉的都是丹麦,这个事实并不意味着你必须要把它作为介绍丹麦的书去读:这是一个通过解读做出的判断。我们可以用不同的方式,在不同的层次上把《哈姆雷特》与真实的世界联系起来。文学的虚构性使其语言区别于其他语境中的语言,并且使作品与真实世界的关系成为一个留待解读的问题。

### 4. 文学是审美对象

迄今为止我们谈到的关于文学的特征——语言结构的不同的补充层次,与言语的实用语境的脱离,与真实世界的虚构关系——都可以归到语言的美学作用这个总标题下。历史上一直把美学作为艺术理论的名称。关于美究竟是艺术作品的客观属性还是观赏人的主观反应,以及美与真和善的关系一直争论不休。

现代西方美学的重要理论家伊曼努尔·康德认为美学就是在物质世界和精神世界之间架起一座桥梁的尝试,是沟通一个由力量和庞然大物组成的世界与一个由理念组成的世界的尝试。审美对象,比如绘画或者文学作品,通过把作用于感官的形式(色彩、声音)和精神的内涵(思想理念)融为一体来实现把物质与精神结合在一起的可能性。一部文学作品就是一个审美对象,这是因为在暂时排除或搁置了其他交流功能之后,文学促使读者去思考形式与内容相互间的关系。

对于康德和其他一些理论家来说,审美对象具有"无目的的合目的性"。它们的建构具有一种目的性:它们之所以这样建构是为了使它们的各个部分都协调一致去实现某个目的,但这个目的就是艺术作品本身,是蕴含在作品当中的愉悦,或者是由作品引起的愉悦,而不是外在的目的。具体说来,这就意味着要认定一个文本为文学就需要探讨一下这个文本的各个部分对整体效果所起的作用,而不是把这部作品当成一个旨在达到某种目的的东西,比如认为它要向我们说明什么,或者劝我们去干什么。我说故事是言语,它的实际意义就是它的"可述性"时,是注意到了故事所具有的合目的性(那些可以使其成为"好故事"的特点),但我还注意到,这一点很难与某些外在的目的联系在一起。因此我是在讲述故事的美学和它激起感情的特点,甚至非文学的作品也是如此。一个好故事具有可述性,可以打动读者或者听众,让他们觉得"值得一读"。它可以趣味横生,也可以给人教诲或者激励,它可以起到各种各样的作用。但你不能下一个概括的定义,说好故事就是可以做到以上任何一点的故事。

### 5. 文学是互文性的或者自反性的建构

近来,理论家们争辩说作品是由其他作品塑造出来的,也就是说先前的作品使它们的存在成为可能,它们重复先前的作品,对它们进行质疑或改造。这个观点有一个新鲜的名字,叫作"互文性"。一部作品通过与其他作品之间的关系而存在于其他作品之中。要把什么东西作为文学来读就要把它看作一种语言活动,这种语言活动在与其他话语的关系中产生意义。比如,把一种语言活动理解为一首诗,是因为先前的诗篇为这首诗的产生创造了可能性,或者理解为一部小说,它把它那个时代搬上舞台,并且批评那个时代的政治辞令。莎士比亚的十四行诗中写道:"我心爱的姑娘的眼睛绝不像那太阳。"这里就用了爱情诗篇中传统的隐喻,并且否定了它们("可我在她的面颊上从未见到这样的玫瑰")——他反对用这种方法夸奖一个女人,而是说"她行走时发出噔噔的脚步声"。这首诗在与使它的存在成为可能的传统发生关系时才产生意义。

既然要把一首诗作为文学理解就要把它与其他诗篇联系在一起,要比较对照它表达意义的方式与其他诗篇的方式的异同,那么在一定程度上就可以把诗篇作为诗歌艺术本身去阅读。这涉及诗歌想象和诗歌解读的过程。于是我们碰到了近来理论界的一个重要观点,文学的"自反性"。小说在某种程度上是关于多部小说的作品,是关于再现和塑造,或者被赋予经验意义的作品。所以《包法利夫人》这本小说就可以被看作是一部挖掘爱玛·包法利的"真实生活"与她所阅读的那些浪漫小说,以及福楼拜自己这部小说对生活的理解之间的关系的作品。针对一部小说(或者一首诗),我们总是可以提出这样的问题:它就如何阐明意义所做的隐含表述与它自己在阐明意义时的具体做法之间是怎样联系的?

文学是一种作者力图提高或更新文学的实践，因此它总是隐含了对文学自身的反思。不过，我们再次发现这一点同样适用于其他形式。比如贴在汽车保险杠上的小招贴广告。同诗篇一样，它要表达的意义也可以是建立在先前的这类小招贴广告上的。比如，"为了耶稣不要用核武器屠杀鲸鱼"，如果没有"禁止核武器"、"救救鲸鱼"和"耶稣拯救万物"这些小招贴，那句话就没有任何意义了。所以我们可以肯定地说"为了耶稣不要用核武器屠杀鲸鱼"是关于小招贴广告的招贴广告。最后，文学的互文性和它的自反性并不是一个界定特点，而是语言的某些方面的突出运用和有关语言再现的问题，在其他地方可能也会观察到同样的现象。

## 讨论提示

　　葛红兵于《芙蓉》1999年第6期发表了《为20世纪中国文学写一份悼词》，作者在文章开头就质问："20世纪中国文学给我们留下了一份什么样的遗产？在这个叫20世纪的时间段里，我们能找到一个无懈可击的作家吗？能找到一种伟岸的人格吗？谁能让我们从内心感到钦佩？谁能成为我们精神上的导师？"接着，作者自我回答："很遗憾，我找不到。我宁可认为这个世纪最伟大的文学家是王实味、遇罗克、张志新、顾准……虽然他们当中有的人可能一生都没有写什么文学作品，可是他们的人生就是一篇完美的诗章，他们写出这样的作品，难道不能叫文学大师吗？"依照这样的逻辑，作者逐一抨击了中国现当代文坛多位名家大师。
　　请就葛文观点，在班级组织一次讨论。

# 第二章 文学对象论

## 第一节 文学的发生发展

文学是怎样产生的？它的发展规律是什么？这是文学理论中极为复杂的问题。当我们考察文学和文学现象时，应该探索最早的文学是怎样产生的，在怎样的情况下产生的，产生了怎样的文学，而且在以后的发展过程中又有哪些规律，等等。要正确地认识和研究这一系列问题，我们必须以辩证唯物史观加以科学的考察和分析。这有助于我们正确地评价文学史上各种文学现象，总结文学发展的规律，为新的文学的产生和发展提供坚实的依据和科学的规律。

### 一、文学的起源

关于文学的起源问题的探讨，是一个比较艰难的工程。因为发生在原始社会的文学，距今年代久远，当时又没有文字记载，只能凭一些史料分析。同时，原始社会的文学形式不是独立的，它与其他艺术形式融为一体，所以难以只从文学的范畴去论证，必须进行文学和艺术的全面分析，所以探讨"文学的起源"实际上则是"文艺的起源"。古今中外的文艺理论家们对其进行了多方面的探究，形成了多种学说。我们对一些影响较大的学说分别加以介绍，并站在辩证唯物主义和历史唯物主义的立场上进行评论。

1. 模仿说

古希腊有一则关于两个画家比赛的故事。一个画家画了非常逼真的葡萄，飞过之鸟以为是真的，居然飞到画布上来啄食。看到这种情形，这位画家得意而自信地让另一位画家揭开遮画的布幔，而对方却面带笑容不动声色。原来布幔就是对方作的画。这里，前者的画只是使鸟儿信以为真，而后者的画则是让一个画家也信以为真，于是胜负不言自明。这则故事突出地表达出西方文艺模仿说的基本观点。

模仿说是一种古老的关于文艺起源的理论。它是由古希腊哲学家、美学家赫拉克利特、德谟克利特和亚里士多德等人创立的。基本观点是文艺起源于人类对自然和社会人生的模仿，这种模仿是人的一种本能天性。不同的艺术，模仿的对象和媒介不同。

赫拉克利特说："自然是由联合对立物造成最初的和谐，而不是联合同类的东西。

艺术也是这样造成和谐的,显然是由于模仿自然。"①德谟克利特说:"在许多重要的事情上,我们是模仿禽兽,作禽兽的小学生的。从蜘蛛我们学会了织布和缝补,从燕子学会了造房子,从天鹅和黄莺等歌唱的鸟学会了唱歌。"②发展并把该学说系统化的是亚里士多德,他认为艺术起源于对事物的模仿。他指出:"诗人既然和画家与其他造型艺术家一样,是一个模仿者,那么他必须模仿下列三种对象之一:过去有的或现在有的事,传说中的或人们相信的事,应当有的事。"③他进一步指出模仿是"人类的天性"。他说:"一般说来,诗的起源仿佛有两个原因,都是出于人的天性。人从孩提的时候起就有模仿的本能(人和禽兽的分别之一,就在于人最善于模仿,他们最初的知识就是从模仿得来的),人对于模仿的作品总是感到快感。经验证明了这样一点:事物本身看上去尽管引起痛感,但惟妙惟肖的图像看上去却能引起我们的快感。……模仿出于我们的天性,而音调感和节奏感(至于'韵文',则显然是节奏的段落)也是出于我们的天性。"④模仿说有一定的合理因素。它认识到了文艺来源的客观性,看到了文艺与自然和社会的关系,认为文艺起源于人类对自然界和现实社会的模仿,包含一定的朴素唯物主义思想的因素,这在当时是难能可贵的。但是,它又有严重的错误:

首先,这种理论把媒介、手段当成了动因。其实,原始人的模仿并不是单纯为了模仿,而是通过模仿,达到原始人的功利目的,满足他们的需要。可见,这里的模仿只是达到目的的媒介和手段而已,并不是直接的动因。其次,把模仿认为是人生而具有的一种天性本能,这是受唯心主义的影响。模仿不是人类生来具有的,而是后天学会的。如果说模仿是人的一种天性,那么人类处于狩猎时期就应该模仿画出山水草树等植物画,然而,此时,只模仿了一些动物。可见,原始人的模仿与当时的生产劳动密切相关,并不是人类的天性本能。模仿说的这一观点是受了唯心主义的影响。再次,从单纯生物学的观点来解释文艺起源的问题。

模仿说没有把原始人所创造的艺术与当时社会生活环境相联系,也没有充分认识到人的主体能动性,而是把模仿认为是人生而具有的一种天性本能,这是单纯从生物学的观点来解释文艺的起源。

2. 游戏说

雄狮咆哮,昆虫振翅而飞,小鸟鸣叫等都是吃饱喝足、无忧无虑情况下过剩精力的发泄,这是游戏说的依据。游戏说产生于18世纪的德国,是欧洲文学理论史上影响较大的一种艺术起源理论,是由康德最早提出又由席勒予以发展的。基本观点是,文学艺术起源于无功利目的的游戏,是原始人过剩精力的发泄。

康德在《判断力批判》中说:"人们把艺术看作仿佛是一种游戏,这是本身就愉快的一种事情,达到了这一点,就算是符合目的。"他进一步把艺术与手工艺进行了比较,认

---

① 北京大学哲学系美学教研室《西方美学家论美和美感》,商务印书馆,1980年,15页。
② 伍蠡甫《西方文论选》上卷,上海译文出版社,1979年,5页。
③ 伍蠡甫《西方文论选》上卷,上海译文出版社,1979年,80～81页。
④ [古希腊]亚里士多德《诗学》,人民文学出版社,1962年,11～12页。

为:"艺术也和手工艺区别着。前者唤作自由的,后者也能唤作雇佣的艺术。前者人看作好像只是游戏,这就是一种工作,它是对自身愉快的,能够合目的地成功。后者作为劳动,即作为对于自己是困苦而不愉快的,只是由于它的结果(例如工资)吸引着,因而能够是被逼迫负担的。"① 可见,艺术是自由的游戏,手工艺则是追求利润与报酬的劳动。而且,诗是诉诸想象力的最自由的游戏。

席勒认为:游戏是人的"过剩精力"的发泄。人总是有"过剩精力"的,他们在生活中往往要受到物质和精神两方面的束缚,为了设法摆脱这些束缚,从而用"过剩精力"进行一种活动,即游戏,在游戏中获得自由。游戏是人的一种本能,是艺术产生的动因。在人类身上,发泄这种"过剩精力"而进行的游戏表现为极大的想象力,想象力的自由活跃,令人愉快,从而创造出各种文艺。而且席勒指出,模仿背后的真正动力是游戏。

英国哲学家斯宾塞对游戏说从人与动物的区别中进一步发展席勒的观点。认为:人作为区别于低级动物的高等动物,其特征在于,低级动物把全部机体的力量消耗在维持生命所必需的活动上,而人类则在维持和延续生命之外,还有过剩精力。这种过剩精力的发泄,产生了艺术。由于斯宾塞对席勒"过剩精力"理论的发展,所以游戏说又叫作"席勒—斯宾塞理论"。德国的生物学家谷鲁斯又进一步发展游戏说。他认为,游戏并不是人的过剩精力的发泄,而是人的一种本能。例如,儿童在疲乏之极时,一进行游戏就立刻忘记疲乏。同时,游戏也并非无功利无目的活动,儿童所做的游戏,都是未来生活所需要的实践活动的一种准备。如小猫戏线团是为了捕鼠,女孩玩布娃娃是为了将来做母亲,男孩子打仗是要练习战争的本领。所以,他得出结论:游戏先于劳动,劳动是游戏的产儿。

游戏说注意到了文艺的趣味性、娱乐性以及审美的特点,这是可取的,但有严重的缺陷:

首先,把现象当成本质,把结果当成动因。就单个人来说,游戏可能先于劳动,但从人类社会的发展而言,游戏仍然是劳动的产儿。例如,小女孩玩布娃娃,就小孩本身来说,她的游戏先于劳动,但这实际上是对母亲劳动的模仿,必是先有母亲的劳动,才有孩子模仿的依据。

其次,把游戏看作是无功利目的的活动,这与当时社会发展的实际不符。原始人类最初的生活实际决定他们必然以功利的眼光看待一切,创造一切,绘画、雕刻、歌舞等艺术活动都与现实的功用联系在一起,然后才渐渐有了审美的认识,才有了娱乐的心态。

3. 巫术说

巫术说是西方 20 世纪普遍流行的关于艺术起源的理论。它是由英国人类学家爱德华·泰勒首先提出来的,法国考古学家、艺术史家雷纳克也是这一学说的重要代表。其基本观点是,文学艺术起源于原始人的巫术活动。

该学说认为,最初的原始艺术的创作动机就是巫术,并且最初的原始艺术本身就是

---

① [德]康德《判断力批判》上卷,商务印书馆,1964 年,149 页。

一种巫术活动。据一些人类学者的研究得知，人类早期都经历了一个以为巫术无所不能的自我陶醉的阶段。原始人的"世界观就是给一切现象凭空加上无所不在的人格化的神灵的任性作用，让这些幻想来塞满自己的住宅、周围的环境、广大的地面和天空"（泰勒语）。他们企图用巫术这种形式来控制自然力，把巫术作为能够给人类带来运气、幸福、驱妖避邪的手段到处运用，一切在实际中不能做到的事情，就用巫术企图达到。在这种巫术力量的推动下，原始人才去唱歌、跳舞、绘画、雕刻等，于是原始艺术出现了。

用巫术说解释史前洞穴壁画比较有力。许多洞穴壁画常常被发现于洞穴深处。如"尼沃"洞穴的壁画是在深入洞穴 800 码的地方。据推测，选择这样黑暗的地方去作画很难说是为了展览。某些地方的岩壁往往被一画再画，几乎毫不重视形象的轮廓是否清晰，而周围的岩壁却没有画。如法国的"拉斯科克斯"洞穴，有一处岩壁的画前后被重叠了三次。之所以出现这种情形，据推测，可能是第一幅画被认为收到了预期的目的，给狩猎者带来了好运，于是这块地方就被认为是有求必应之处而受到特别重视。据考察，这种专门挑选某一地方来作画的习惯在个别洞穴中前后历时千年之久。有些壁画的动物身上有被长矛和棍棒打击过的痕迹。如一只垂死的熊身体受伤，口鼻喷血。这显然是为了诅咒猎物以狩猎成功。这种情形，除了有某种神秘的巫术目的外，其他解释很难有说服力。

英国人类学家詹·乔·弗雷泽也是巫术说的倡导者，他在代表作巨著《金枝》中提出了巫术仪式与文学的渊源关系。该书是从讲述一个古老的习俗开始的：在罗马附近的内米湖畔，一座森林女神逖安娜的神庙的祭司由一名逃亡奴隶担任，只要当上祭司便可获得人身自由，而且还获得"森林之王"的称号。但他从此必须时刻手持武器，日夜守护着神庙附近的一株高大繁茂的圣树。因为如果再有任何一名逃奴摘取了圣树上的一截树枝——金枝，就可以获得与这位"森林之王"决斗的权利，如能获胜就取而代之成为新的"森林之王"和祭司。对于这一古俗，弗雷泽提出两个问题：第一，为什么每个祭司在任职之前必须先杀死前任？第二，为什么在杀死其前任之前必须要折取一枝金枝？据此，弗雷泽提出了交感巫术原理，有两条：一是"同类相生"或"同果必同因"，称为"相似律"；二是只要事物接触过，即使分离也会继续相互发生作用，称为"接触律"。所以上述两个问题就有了答案：第一个问题与相似律有关，决斗中胜者为王；第二个问题与接触律有关，折取金枝可以扼住森林之王的命运的咽喉。这一古俗虽说比较残忍，但通过警惕与杀戮，既可保证在位的帝王具有高度的责任感，又可保证帝王之躯永远强壮，灵魂永远健康。这样国家的平安便有了可靠的保证，五谷丰登，百姓常乐。后来这一古俗渐渐消失了，代之以象征性的和戏剧化的仪式活动，这成为戏剧艺术的最早渊源。英国学者哈里森在其著作《古代艺术与仪式》中，直接引用了《金枝》中的许多材料，提出了艺术与仪式的关系，从巫术入手来进一步探测艺术发生的问题。通过考证，她得出结论：古希腊悲剧源于酒神节上纪念酒神死亡与再生的仪式，后来逐渐由巫术仪式演变为悲剧，从而得出艺术来源于巫术仪式的结论。

巫术说之所以成为西方比较流行的一种艺术起源理论，是因为它是建立在一定的人类学和考古学的基础之上的。某些原始艺术与巫术也确有一定的联系，原始人经历过巫术统治的时代。但是,它不能科学地解释文艺起源的真正动因。第一,著名的人类学家马林诺夫斯基对新几内亚东部原始部落的调查表明,大量的原始文艺从内容的表达、情感的抒发到形式的表现都与巫术无丝毫的关系。巫术说是以偏概全。第二,巫术与文艺一样,都属于意识形态领域,二者是并列的关系,不可能存在相互产生的因果关系。

关于文艺起源的理论,在西方除以上三种主要学说之外,还有心灵表现说、人类爱美的天性说、性意识说等等。它们都有合理的成分,但都在不同程度和角度存在着偏颇,不能对文艺起源这一复杂现象做出真正科学的揭示。

4. 劳动说

劳动说起源于19世纪,马克思和恩格斯运用辩证唯物主义和历史唯物主义科学地分析了文艺的起源。最有力的提倡者是俄国早期马克思主义文艺理论家普列汉诺夫,他在文艺学专著《论艺术(没有地址的信)》中,根据考古学和人类学方面的大量材料,在扬弃前人观点的基础上,科学地阐述了文艺起源的理论——劳动说:原始文艺起源于劳动。基本观点是原始艺术是适应劳动的需要,并在劳动实践中产生的。文艺起源于以劳动为中心的人类生存活动。原始文艺与原始人的劳动生活有着密切联系,所以作为劳动产物的原始文艺带有明显的功利目的。

其科学依据有以下几个方面:

第一,从产生的条件看,劳动为文艺的产生提供了必要的前提条件。劳动创造了人本身——灵巧的双手、发达的大脑、表情达意的语言和敏锐的感觉器官。这是文艺赖以产生的物质基础和必要的前提条件。文艺的产生必然离不开文艺的主体。原始人创造文艺必须要通过大脑来思考,通过语言来表达,通过各种感觉器官来观察体验,等等,而这一切都是长期劳动实践的结果。

恩格斯在《劳动在从猿到人转变过程中的作用》一文中指出:

> 首先是劳动,然后是语言和劳动一起,成为两个最主要的推动力,在它们的影响下,猿的脑髓就逐渐变成人的脑髓……在脑髓进一步发展的同时,它的最密切的工具,即感觉器官,也进一步发展起来了……同时,只是由于劳动,由于和日新月异的动作相适应,由于这样所引起的肌肉、韧带以及在更长时间内引起的骨骼的特别发展遗传下来,而且由于这些遗传下来的灵巧性以愈来愈新的方式运用于新的愈来愈复杂的动作,人的手才达到这样高度的完善,在这个基础上它才能仿佛凭着魔力似地产生了拉斐尔的绘画、托尔瓦德森的雕刻以及帕格尼尼的音乐。①

在这段论述中,恩格斯充分说明"劳动创造了人本身",创造了绘画、雕刻和音乐、文学等。没有劳动,人只能停留在动物的阶段,一切文艺的产生都是不可能的。

---

① [德]恩格斯《劳动在从猿到人转变过程中的作用》,《马克思恩格斯选集》第三卷,人民出版社,1972年,512、510页。

第二，从产生的动因看，劳动的需要是原始文艺产生的直接动因。落后的生产条件决定了原始人的劳动形式必然是集体合作，为了有效地组织劳动，减轻疲劳，提高劳动效率，喜庆收获成果，必然要协调动作，互相鼓动，交流经验，传达情感，征服自然等，于是适应这些需要，产生了文学、绘画、雕刻、音乐、舞蹈、神话等文艺样式。原始文艺与原始劳动紧密联系在一起，是原始劳动的一部分。普列汉诺夫说："人的觉察节奏和欣赏节奏的能力，使原始社会的生产者在自己劳动的过程中乐意按照一定的拍子，并且在生产动作上伴以均匀的唱的声音和挂在身上的各种东西发出的有节奏的响声。"① 鲁迅说："我们的祖先的原始人，原是连话也不会说的，为了共同劳作，必需发表意见，才渐渐的练出复杂的声音来，假如那时大家抬木头，都觉得吃力了，却想不到发表，其中有一个叫道'杭育杭育'，那么，这就是创作；大家也要佩服，应用的，这就等于出版；倘若用什么记号留存了下来，这就是文学；他当然就是作家，也是文学家，是'杭育杭育派'。"② 这里，无论是"乐意按照一定的拍子""伴以均匀的唱的声音"，还是"杭育杭育"，显然都是为了满足劳动的各种需要，劳动是这些文艺产生的直接动因。我国汉代的《淮南子·道应训》中记载："今夫举大木者，前呼邪许，后亦应之，此举重劝力之歌也。"这里的歌，就是一种劳动的号子，"举重劝力"显然就是协调动作，减轻疲劳。当今生活中还有一些原始劳动的情形，如打夯、拔河、船工拉纤等，所形成的号子与劳动节奏是一致的，作用也是显然的。

第三，从原始文艺本身看，它主要反映劳动的生活。从原始文艺的内容看，主要把原始劳动作为表现的对象，与原始劳动的内容相联系。在狩猎时期，反映狩猎的生活。我国《吴越春秋》记载的《弹歌》："断竹，续竹，飞土，逐肉。"形象地再现了原始人制作工具，捕猎的过程。绘画、舞蹈等均如此。狩猎部落遗留下来的几乎全是动物画，舞蹈则是模仿动物的动作或狩猎的情形，鱼舞、熊舞、河马舞、海豚舞等。种植部落则以植物采种为偶像。如《击壤歌》："日出而作，日入而息。凿井而饮，耕田而食。帝力何有于我哉？"表现了农耕生活时期人们的生活状况。

从原始文艺的形式看，劳动制约着早期的文艺形式。原始文艺是诗、乐、舞三位一体的结合体。《乐记·乐象篇》中说："诗，言其志也；歌，咏其声也；舞，动其容也。三者本于心，然后乐器从之。"各民族最早出现的文学样式都是诗歌，诗在当时是必须吟唱的，而且是以载歌载舞的形式来表达的。这三位一体的艺术形式，是劳动过程中几种艺术相统一的表现。劳动的号子发展为诗歌，劳动的动作发展为舞蹈，劳动的节奏和伴随劳动中而发出的有规律的响声，则衍变为音乐，劳动的工具就成为最原始的乐器。三者都与劳动密不可分。《吕氏春秋·古乐》说："昔葛天氏之乐，三人操牛尾，投足以歌《八阕》。"这是对诗歌、音乐、舞蹈三位一体的生动写照。

劳动说是在辩证唯物主义和历史唯物主义的基础上，在对大量事实的考察上构建的，它是诸说中最为科学的，只有它才真正回答了文艺的起源问题。

---

① ［俄］普列汉诺夫《论艺术（没有地址的信）》，人民文学出版社，1962年，39页。
② 鲁迅《门外文谈》，《鲁迅全集》第六卷，人民文学出版社，1959年，75页。

## 二、文学的发展

文学的发展是一个比较复杂的问题,具体表现在以下三个方面:

1. 文学随着社会生活的发展变化而发展变化

文学起源于以劳动为中心的社会生活,社会生活的发展变化势必也推动文学的发展变化,它决定文学的内容和形式。

从内容上讲,文学的内容是不断发展变化的社会生活内容的反映。原始社会生活的主要内容是劳动,所以原始文学的内容都是表现人和自然的斗争,或捕猎动物,或种植农耕等;到了奴隶社会,出现了奴隶和奴隶主,出现了阶级和阶级斗争,所以此时文学的内容与原始文艺不同了,主要反映奴隶主剥削、奢侈、掠夺及人民所遭受的苦难和不满,如《诗经》中大量篇幅表现了这些内容;到了封建社会,文学集中反映农民与地主之间的矛盾,揭露封建统治者的丑恶面貌,同情人民的疾苦,歌颂人民的反抗精神,人物多样,表现手法复杂,如施耐庵的《水浒传》;到了资本主义社会,工人阶级与资本家的矛盾成为主要的矛盾,这也成为作品的主要内容,如巴尔扎克的《人间喜剧》;随着无产阶级工人运动的发展,文学也表现工人阶级的反抗斗争,如高尔基的《母亲》。

从形式上讲,文学形式的产生和发展是社会生活发展引起的。就诗歌而言,从原始诗歌的二言诗,一直到四言、五言、七言、自由诗,这些都是社会生活内容丰富的结果。从文学样式看,从开始的诗歌,又逐渐有散文、小说、戏剧、电影文学、网络文学等,也是由社会生活的复杂多样和社会高科技的发展决定的。

2. 物质生产是文学发展的终极原因和"不平衡规律"

物质生产决定艺术生产,它是艺术生产发展的终极原因。但是物质生产的发展与艺术生产的发展存在着不平衡的现象。具体表现在以下几方面:

首先,某些文艺在社会的低级阶段反而呈现出繁荣的态势,如希腊神话和史诗。马克思认为:希腊神话是希腊艺术的土壤,是希腊艺术的宝库,是人类社会的"童年"在艺术上的反映,而且它们将作为人类社会文化发展史上一个永不复返的阶段的艺术品,永远对我们显示着艺术魅力,甚至是人类社会高级阶段所"不可企及"的。

其次,从纵向来讲,同一国家同一民族的不同历史时期,也存在着物质生产与艺术生产发展的不平衡现象。如我国汉代,经济基础和物质生产水平比春秋战国时期发达得多,但它并没有出现比"百家争鸣"更繁荣的局面。现代意大利,其物质生产水平很高,但没有出现比"文艺复兴"更繁荣的景象。

再次,从横向来讲,同一历史时期,不同国家和民族存在着二者的不平衡。如19世纪中期,俄国的经济发展远远落后于欧洲其他国家和民族,但出现了文学的空前繁荣局面,产生了大批的文学旗手和大量伟大的具有世界意义的作品。

不平衡现象是存在的,这是被世界文学史所证明的。正如马克思在《〈政治经济学批判〉导言》中指出的:"关于艺术,大家知道,它的一定的繁盛时期决不是同社会的一般发展成比例的,因而也决不是同仿佛是社会组织的骨骼的物质基础的一般发展成比例的。"那么这样是否可以否认物质生产是文艺发展的终极根本的原因呢？不能。不平衡现象是局部的、暂时的。从局部来说,不平衡现象的确存在,但从总体而言,从人类历史发展的长河看,物质生产与艺术生产是平衡的。物质生产最终决定着艺术生产的发展。例如,永远对我们显示着艺术魅力甚至是人类社会高级阶段所"不可企及"的古希腊神话,在当时出现了繁荣的局面,但随着社会的发展,生产力水平的提高,在人们能够逐渐认识自然、征服自然的情况下,神话这种形式反而消失了。神话的消失,进一步证明了物质生产是艺术生产发展的终极原因。中外文学史证明,从历史的总的发展趋势来看,物质生产与艺术生产是平衡的,但在特定的历史时期,又会出现不平衡现象。艺术生产发展与物质生产发展相平衡是基本规律,二者的不平衡是艺术发展在一定时期的特殊规律。

我们还要进一步探究为什么会出现这种局部的暂时的不平衡现象。

首先,终极因素并不等于唯一因素。经济的物质生产活动是艺术生产发展的最终决定因素,但除此之外,还有与文艺同属于上层建筑中的其他因素,政治、道德、哲学、宗教等观念以及一些涉及文艺发展的制度、政策、设施也会对文艺发展产生影响。而且文艺悬浮于上层建筑最高层,经济远离文艺,经济对文艺发生作用必须通过政治、道德、宗教等中间因素。经济作为文艺发展的终极因素,不仅不是唯一因素,还是间接因素。那些中间因素是直接因素,它们对文艺的作用往往是很大的,尤其是政治,它对文艺发展的影响尤其强烈直接。可见,文艺发展是在直接和间接等诸多因素的合力作用下的结果,发展的方向是合力的方向,但最终与经济方向相一致。

其次,有文艺自身发展的因素。经济和意识形态对文艺发展的影响,这是文艺发展的外部因素。任何事物的发展都是内因和外因相结合的结果。文艺的发展还有它的内部原因和规律。作为社会意识形态的文学艺术,一旦形成,其本身就有相对独立性。

其一,表现为文学艺术发展的继承性。如果一个民族的文学艺术遗产、文化传统丰厚,尽管物质生产发展水平较低,但建立在对前人宝贵的文学艺术遗产和优良文化传统的继承和发扬的基础上的文学艺术,必然会发展到相当的水平。例如我国建安时期,文学繁荣形成"建安风骨",重要原因就是继承了汉乐府民歌的现实主义传统,又创新表现了时代的精神风貌。我国古代诗歌的发展,是来源于生活的表现,来源于我国的文化传统。我国语言文字本身的特点是大多为单音节,发音又有平仄升降、抑扬顿挫之别,正是这些决定了我国诗体的音韵美和节律美。

其二,文艺这种特殊的意识形态,不像上层建筑其他意识形态会随经济基础的变更而变更,消亡而消亡,它可以以一种审美的历史形态而长存于世。所以,今人可以看到历代的优秀文艺作品,它们可以千古传诵,产生永久的魅力,真正是"我的千钧笔能使你万寿无疆"(莎士比亚语)。

## 第二节 作为文学对象的社会生活

**一、文学源泉**

"问渠哪得清如许,为有源头活水来。"古今中外众多的作家,他们创作大量的优秀的作品,是从哪里获得信息,汲取营养的呢?文艺起源于劳动,回答了最早的文艺是在以劳动为中心的社会生活中产生的,从一个点上揭示了文艺与社会生活的关系。那么从整个文艺的范围来看,所有的文艺是从哪里来的呢?它的源泉在哪里呢?回答只有一个:社会生活。这个回答是建立在理论和实践的基础上的。

首先,从理论上讲,文学作为一种观念形态的东西只能是社会生活的反映。

按照马克思主义存在决定意识,物质决定精神的辩证唯物主义基本原理,文学的源泉只能是客观存在的广阔丰富的不断发展的社会生活。马克思说:"观念的东西不外是移入人的头脑并在人的头脑中改造过的物质的东西而已。"① 列宁说:"物、世界、环境是不依赖于我们而存在的。我们的感觉、我们的意识只是外部世界的映象;不言而喻,没有被反映者,就没有反映,但是被反映者是不依赖于反映者而存在的。"② 我们把这些哲学原理运用于文学和生活的关系上,显然可以这样推论:社会生活是存在的范畴,是第一性的。而文学是人类特有的一种精神现象,是一种社会意识形态,是第二性的。存在决定意识,所以,社会生活决定文学。如果没有作为被反映对象的社会生活,也就没有文学这个反映者的产生。

从实践上讲,古今中外的文学创作实践证明,一切种类的文学作品都是社会生活的反映。

1. 写实类作品

这类作品直接描写现实生活,所描写的对象包括人物和事件都是来自现实生活,是对现实生活真实具体的反映。例如,我国最早的诗歌总集《诗经》,多方面地反映了周代的社会现实,作为珍贵的文学遗产,也是研究当时社会现实的重要历史资料;列夫·托尔斯泰的作品,真实地反映了俄国 19 世纪最后 30 多年的实际生活,被列宁誉为"俄国革命的一面镜子";池莉的《烦恼人生》以主人公印家厚一天的平凡经历,展示生活的自然流程,以刻画他在生活的重负下的不胜烦恼,物质窘境,但也不失希望和抗争,真实地展示了处于改革时代的普通中国公民的生存处境和复杂的心理状态;一些传记和报告文学作品,其中的人与事往往是我们周围发生的真人真事;等等。这类作品反映了社会的各个方面。如果没有社会生活,也就不会有这些作品的出现。

2. 抒情类作品

这类作品与上述那些直接以某种社会生活为描写对象的作品不同,它们不是直接

---

① [德]马克思《〈资本论〉第一卷第二版跋》,《马克思恩格斯全集》第二十三卷,人民出版社,1965 年,24 页。
② [苏]列宁《唯物主义和经验批判主义》,《列宁选集》第二卷,人民出版社,1972 年,65 页。

描绘社会生活的画面,而是着重表现作家内心的感受和情感,似乎是把人的内心世界作为表现的对象。是不是说这类作品来自人的内心世界呢?当然不是。人的内心世界与外在现实不是隔绝的。抒情类作品表面上是抒发主体个人的情感,但实际上是通过内心世界的表现来反映外在的现实,内心世界是外在世界的主观反映。正如黑格尔在《美学》中所说:"一般说来,诗人表现自己所用的情境也不应局限于单纯的内心生活,而应该是具体的,因而也应显示出外在的整体。因为诗人就连在主体地位也还是一个客观存在的人。"①

舒婷的《祖国啊,我亲爱的祖国》以两组意象"破旧的老水车""熏黑的矿灯""干瘪的稻穗""失修的路基"和"簇新的理想""古莲的胚芽""雪白的起跑线""绯红的黎明",表现出对祖国印象的强烈反差,抒发了诗人的情感走向。即对贫穷、悲哀的迷惘与反思,对理想、黎明的憧憬与向往。表面上不同的情感走向却统一于同一精神:对祖国的热爱。表面上是我的情感,实际上是人们的普遍情感。从所写景物来看,也是现实生活中的。再如顾城的《远和近》:

> 你,
> 一会儿看我
> 一会儿看云。
> 我觉得
> 你看我时很远,
> 你看云时很近。

诗只有六句话,却容纳了对历史反思的丰富内涵,用"你""我""云"心理距离的变换,曲折地反映了人与人之间的隔阂、戒备以及诗人对和谐、融洽的理想人际关系的向往和追求。这些作品表面上是抒发作家个人的情怀,但实际上是现实生活中人们普遍的心声。

3. 超现实类作品

这类作品以超现实、虚幻的人和事为对象进行描写,包括神话传说、神怪小说、童话等。这些作品似乎是作家凭想象虚构出来的,因为神仙鬼怪、地狱天堂都是现实生活中绝对没有也不可能有的,但仍然是以现实生活为基础将现实事物加以夸张、变形,是对人间社会折光的反映。正如鲁迅所说:"天才们无论怎样说大话,归根结蒂,还是不能凭空创造。描神画鬼,毫无对证,本可以专靠了神思,所谓'天马行空'似的挥写了,然而他们写出来的,也不过是三只眼,长颈子,就是在常见的人体上,增加了眼睛一只,增长了颈子二三尺而已。"②如神话,由于原始人对自然界的奥秘和威力无法认识和解释,所以把自然界的许多事物都看成具有人性的东西,或者看成是超乎人之上的精灵。神之类都是原始人据自己的生活和情感虚构而成的。这些虚构的形象,是作家借想象力来曲

---

① [德]黑格尔《美学》第一卷,商务印书馆,1979年,121页。
② 鲁迅《叶紫作〈丰收〉序》,《鲁迅全集》第六卷,人民文学出版社,1981年,219页。

折委婉地传达某种情感思想,间接地反映人间社会。孙悟空,虽然不是现实生活中的人,但自称齐天大圣,对抗天庭,大闹天宫,实际上是封建社会人民反抗的形象。在西天所谓的净土之地,也有假冒产品。唐僧师徒要想获得真经,必得有紫金钵盂行贿,这也是现实生活中一些阴暗面的写照。

综上所述,无论是直接描写生活的小说、戏剧,还是抒发作家情感的诗歌、散文,或者是超现实的神话、童话和寓言,无论是现实主义作品,还是浪漫主义作品或象征主义作品,都是社会生活的反映,或者是直接的反映,或者是间接的反映,或者是折光的反映。

从理论到实践,充分说明社会生活是一切文学艺术的源泉而且是唯一源泉。

4. 关于文艺源泉问题的讨论

(1) 先人的文学作品和史料也是文学的源泉。我国南北朝的颜之推在《颜氏家训·文章篇》中说:"夫文章者,原出五经。"宋代西昆体诗人杨亿在《西昆酬唱集·序》中说,他们的诗是"历览遗编,研味前作,挹其芳润,发于希慕,更迭唱和"产生出来的。这样就认为作家文人可以脱离现实生活,以前人的文学作品为材料来创作作品。尤其是历史题材文学作品的创作,作家写的是彼时的生活,无法回到历史之中进行体验,只能凭借历史资料而创作,所以有人认为历史资料是文学创作的源泉。

其实,前人的文学作品是彼时社会生活的反映,历史资料是当时社会生活的记载。后人进行文学创作,是对前人的文学作品进行借鉴和继承。查阅和运用大量史料也是为了更好地熟悉了解当时的社会生活,研究特定历史时期的社会特点和规律,从而使文学反映历史生活更真实。同时,写历史题材的作品,再现历史风云,也不是单纯地为了写历史进行复古,而是为了古为今用。作家还必须了解和熟悉当今的社会生活,把握今天的时代精神,达到古今对话。所以,历史题材的作品,都是社会生活的反映,是来源于社会生活的。毛泽东形象地把这一问题界定为"源"与"流"的关系,"有人说,书本上的文艺作品,古代的和外国的文艺作品,不也是源泉吗?实际上,过去的文艺作品不是源而是流,是古人和外国人根据他们彼时彼地所得到的人民生活中的文学艺术原料创造出来的东西"①。前人的作品、历史资料永远是源外之流,它们与后人所创作的作品一样永远来源于社会生活。

(2) "客观世界"与"主观世界"都是文学的源泉。持此论者认为"社会生活是文学的唯一源泉"的命题不够全面,不够科学。由于社会生活是包括创作主体文艺家生活在内的生活,所以说,"社会生活是文学的唯一源泉",实际上已内在地肯定了文艺家的主观世界也是构成文艺源泉的因素之一。在这里作为创作客体的社会生活和作为创作主体的文艺家的主观世界,两者的关系是一种包容关系,也就是说,整个文艺源泉并非只有客观生活这部分,而是由艺术客体(客观社会生活)和艺术主体(文艺家的主观世界)组成的。面对他人的追问:文艺家的主观世界来源于哪里呢?难道不是客观世界吗?

---

① 毛泽东《在延安文艺座谈会上的讲话》,《毛泽东文艺论集》,中央文献出版社,2002年,63页。

回答文艺源泉源于何处,只能据文艺自身的客观规律来回答。

(3) 文艺有"直接源泉"与"最终源泉"。这是中山大学陆一帆教授在肯定唯一源泉说的前提下提出的。他在《社会心理:文艺反映生活的中介》一文中提出:文艺是现实的反映,但不是直接的反映,而是通过社会心理这一中间环节去反映,社会现实产生出社会心理,然后文艺家以社会心理为原料加工创造成为文艺作品。文艺直接反映的不是社会现实而是社会心理。社会心理是文艺的直接源泉,而社会生活是文艺的最终源泉。例如:远离故乡的游子,深夜见月伤情,思绪万千。这种心理状态很普遍,但很零碎,混沌不清,是诗人加以概括提炼,完成了月夜思乡之作,如《静夜思》。

这种观点进一步声称其本身并不与"唯一源泉"说矛盾,只不过是把源泉分为两段,两个层次,把"唯一源泉"具体化了。其实这正是把简单明了的论断模糊复杂化了。这种观点分析文艺实现的过程,把社会心理作为文艺反映生活的"中间环节"比较具体准确明了,强调社会心理对文艺实现的不可缺少的作用,但不必进一步称它为"直接源泉",从而给人们造成"既然唯一,为何为二"的疑问。所谓源泉,主要在一个"源"字,即水流起头的地方,即最终的根源。凡有渊源关系的,源只能是唯一的,不能有类之分,出了源则为流,社会心理不能为源。

(4)"自然界"和"社会生活"都是文艺的源泉。这种观点是从"社会生活"的概念入手,认为社会生活不能包括自然界,因为整个科学就分为自然科学和社会科学,自然与社会是并列关系。而且在人类社会产生之前,自然界也已存在,所以谈文艺的源泉不能仅仅认为社会生活是文艺的唯一源泉,自然界也应是文艺的源泉。对于大量的山水诗和游记,理论界认为是"人化的自然"或"自然的人化"。但持该观点的论者则认为,尽管人化,自然打上了人的情感和思想,但其客观的本质没有变,它们自始至终是文艺家反映的对象和源泉,这是不可否认的事实,而且许多文艺理论家在自己的思想认识中也是把自然和社会分开的。如车尔尼雪夫斯基在《艺术与现实的美学关系》中说:"艺术的第一个作用,一切艺术作品毫无例外的一个作用,就是再现自然和生活。"[①] 屠格涅夫说:诗人是"把自然的景色,或者人民的生活……形象地再现出来。"马克思在《〈政治经济学批判〉导言》中说:"希腊艺术的前提是希腊神话,也就是已经通过人民的幻想用一种不自觉的艺术方式加工过的自然和社会形式本身。这是希腊艺术的素材。"[②]

这种观点把自然与社会分开,把文艺的源泉更具体化了。但是,随着社会的发展,自然已成为社会的一个重要部分,自然不可能单纯地游离于社会生活之外。所谓的山水游记和绘画等,实际是文艺家在这一生活方面的情趣感受的表现。可以强调自然作为生活的一方面,不必说为一个源泉。

上述关于文艺源泉的讨论介绍,目的是更深刻地认识"社会生活是一切文艺的唯一源泉"的科学性,这是非常必要和重要的。只有这样,文艺家们才能充分认识到文艺

---

① 伍蠡甫主编《西方文论选》下卷,上海译文出版社,1979年,411页。
② [德]马克思《〈政治经济学批判〉导言》,《马克思恩格斯论文学与艺术》上,人民文学出版社,1982年,94页。

源泉的客观性,才能真正投身于丰富的社会生活中,与时代和人民紧紧相连,向生活学习,向人民学习,认识社会发展的客观进程,认识人民群众的利益所在,认识人民群众的历史创造性和精神生活的进步……在人民的历史创造中进行艺术的创造,在人民的进步中进行艺术的进步。而不是闭门造车,在自己狭小的情怀中抒发自我的感叹。也不是逃避生活,一味地陶醉于自然风光而与社会和人民相脱离。江泽民曾经强调:"中国社会主义文艺发展和繁荣的最深刻根源,在中国人民的历史创造活动中。"① 习近平《在文艺工作座谈会上的讲话》指出:"人民是文艺创作的源头活水,一旦离开人民,文艺就会变成无根的浮萍、无病的呻吟、无魂的躯壳。……人民生活是一切文学艺术取之不尽、用之不竭的创作源泉。"这对于认识文艺的源泉具有重要指导作用。

**二、文学真实**

1. 文学的真实性

文学的真实性是指文学作品通过形象反映社会所达到的正确和真实的程度。文学的真实性显示着文学的基本品格。

巴尔扎克说:"获得全世界闻名的不朽的成功的秘密在于真实。"②

高尔基说:"文学是真实的领域","文学是巨大而又重要的事业,它是建立在真实上面的,而且在与它有关的一切方面,要求的就是真实"③。

托尔斯泰说:"写不真实的东西是可耻的。"④

鲁迅说:"只有真的声音,才能感动中国的人和世界的人;必须有了真的声音,才能和世界的人同在世界上生活。"⑤

文学创作来源于生活,必须符合生活的逻辑。必须是真实的,才能有真情实感,这样才能让人相信,才能打动人、感染人,才能获得永久的生命,具有永久的魅力。

那么如何理解文学的真实性中的"正确和真实的程度"呢?文学是对生活的照搬和复制,才是正确和真实的吗?显然不是。这里要求的是"满纸荒唐言"中传达"一把辛酸泪"的真实。这里我们要区分两个概念:生活真实与艺术真实。

生活真实,是指社会生活中客观存在的人和事,它包括历史和现实中实有的生活。

艺术真实,是指艺术家在生活真实的基础上,对生活真实进行提炼、加工、集中、虚构和艺术概括而创造出来的表现社会生活某些本质和规律的生动具体的艺术形象。

文学所说的真实,是艺术真实。正如列宁所说:"艺术并不要求把它的作品当作

---

① 江泽民《在中国文联第六次全国代表大会和中国作协第五次全国代表大会上的讲话》,《光明日报》1996年12月17日。
② 北京师范大学中文系文艺理论教研室编《文学理论学习参考资料》上集,春风文艺出版社,1981年,764页。
③ [苏]高尔基《文学书简》上卷,人民文学出版社,1962年,217页。
④ 《古典文艺理论译丛》(1),人民文学出版社,1962年,196页。
⑤ 鲁迅《无声的中国》,《鲁迅全集》第四卷,人民文学出版社,1959年,9页。

现实。"①

生活真实与艺术真实相比,具有各自的特点:生活真实是客观的,具有自然形态性;艺术真实是主客观的统一,包含着作家对生活的理解评价,寄寓着作家的主观情感。

生活真实具有偶然性,艺术真实则是寓本质规律于形象之中。生活真实因为是生活中实际具有的,而一些人和事往往带有偶然性,一件事情的发生并不能代表全体,也不可能揭示一个道理或规律;而艺术真实是作家对生活提炼加工的结果,具有艺术真实的形象,则必然揭示生活的某些本质规律。

生活真实不可改变,而艺术真实则具有虚构性、综合性和创造性。艺术真实的形象是作家综合生活中许许多多的事件而成的一个虚拟的世界,是作家创造性的结果。正如诺贝尔奖获得者莫言所说:"如果没有虚幻,仅仅写实,这部小说没有生命。反之,全是虚幻的,和现实中国没有联系,也没有意义。作家的责任、本事就是写出立足现实又超越现实的东西。既是现实生活但同时又高于现实生活,有变形有夸张有想象有虚构。"②

生活真实与艺术真实是相互联系、相互渗透的辩证关系。生活真实是艺术真实的基础,没有生活真实则不可能有艺术真实。艺术真实又来源于生活真实,是生活真实的升华,它源于生活又高于生活。高尔基形象地说明二者的关系:"作家创造艺术的真实,就像蜜蜂酿蜜一样;蜜蜂从一切花上都采来一点儿东西,可是它所采来的是最需要的东西。"③

2. 艺术真实的类型

艺术真实是一个复杂的系统,它具有多层次、多类型的特点。从总体上讲,艺术真实是作家基于生活真实而进行的主观创造。所以,艺术真实主要表现为两大类:客观的真实和主观的真实。

客观的真实。艺术真实侧重于对客观真实的描绘,没有作家更多的个人主观因素的介入,也没有夸张和变形。具体表现为物理的真和事理的真两个方面:

(1) 物理的真。指文学作品对客观景物的描写,在描写中展示其本身的神态状貌,符合描写对象的自然特征和变化规律。它来自作家对客观外物的精心体会和细致观察。如描写自然的作品,孟浩然:"野旷天低树,江清月近人。"(《宿建德江》)王之涣:"白日依山近,黄河入海流。"(《登鹳雀楼》)杜甫:"细雨鱼儿出,微风燕子斜。"(《水槛遣心》)这些都是对自然物的本身特征的真实描绘,是客观事物的再现。

(2) 事理的真。指文学作品对人和事的描写叙述符合生活的发展逻辑,按照生活的本身样子描绘生活,再现生活,体现生活的常情和常理。如王维的诗句:"独在异乡为异客,每逢佳节倍思亲。"这是常人都具有的真实情感的哲理体现。正如巴尔扎克在《人间喜剧》的前言中所说:"我搜罗了许多事实,又以热情作为元素,将这些事实如实地摹

---

① [苏]列宁《哲学笔记》,人民出版社,1956年,49页。
② 《南方周末》2012年10月18日,第1版。
③ [苏]高尔基《给初学写作者的信》,《论文学》,人民文学出版社,1978年,259页。

写出来。"①别林斯基进一步具体强调:"忠实于生活的现实性的一切细节、颜色和浓淡色度,在全部赤裸和真实中来再现生活。"②如现实主义作品、传记性作品、新写实作品,这些都是作家对历史、现实和未来生活现象和规律的展示和揭示,所描写的生活是一定历史条件下和特定的环境中已经发生、可能发生和必然发生的。如《人到中年》《白鹿原》《烦恼人生》等,所反映的生活,其中的人和事与我们的生活实际相符,就是发生在我们周围的一切,我们似乎就融入其中,有着作品所描述的经历,成为作品所描写的一员。事理的真尤其强调细节的真实,如茨威格在小说《一个女人一生中的二十四小时》,对于赌徒们手的特征的描写:"贪婪者的手抓搔不已,挥霍者的手肌肉松弛,老谋深算的人两手安静,思前虑后的人关节跳弹;百般性格都在抓钱的手势里表露无遗,这一位把钞票揉成一团,那一位神经过敏竟要把它们搓成碎纸,也有人筋疲力尽,双手摊放,一局赌中动静全无。"给读者非常逼真的感受。

物理的真与事理的真相比,二者都是写实,强调忠实地摹写生活,但前者主要针对自然景物的客观描写,后者侧重于对社会事物的客观反映。

主观的真实。文学是作家站在人的生活体验和审美感受以及对社会人生关注的立场上看待客观世界的,因而对客观世界的认知、体验和感悟必然带有浓厚强烈的主观性,对生活真实进行选择、提炼、加工、补充和开拓,通过想象和虚构加以再造和变形。这里作家需调动种种艺术技巧和艺术手段进行创造。这是每一个作家的能动性所在,主体性所在,创造性所在。从而也必然形成主观的真实,而这正是艺术之所以为艺术、艺术赢得人心、艺术美高于生活美的原因。具体表现在:

(1)内蕴的真。是指作家以历史的眼光和哲理的思索,透过生活的表象对社会生活的某些本质即深层意蕴做出艺术的揭示和表现。以常人所见,往往注重生活的表象,但作家却能从更高的角度透视生活的本质,如哲理之思、历史之悟、生活之感等等。著名诗人艾青说:"一首诗不仅使人从那里感触到它所包含的,同时还可以由它而想起一些更深更远的东西。"③这"更深更远的东西",就是作家在作品中所挖掘出的内蕴的真。毕淑敏的《婚姻鞋》告诫人们"步履维艰时,鞋与脚要精诚团结;平步青云时切不要将鞋儿抛弃";欧·亨利在《麦琪的礼物》中控诉社会的不平等,以必然与偶然的结合,揭示下层人们不能主宰自己的生活,甚至连一个最起码的心愿都难以达成,甚至会给自己带来更深的悲哀。顾城的《一代人》"黑夜给了我黑色的眼睛,我却用它寻找光明",包含了深刻的哲理,表现出富有探索和追求光明的一代人的精神,特别富有启发意义。

不同的作家由于主观认识不同,对于同一事物的内蕴挖掘也不同。同是"梅花",在毛泽东笔下是无产阶级战士的象征,斗霜傲雪,表现出革命者不怕艰难险阻、勇往直前和大公无私的精神;陆游笔下的梅花,则引发出伤感的情怀。面对同样的生存困境,池

---

① 伍蠡甫主编《西方文论选》下卷,上海译文出版社,1979年,174页。
② [俄]别林斯基《论俄国中篇小说和果戈理君的中篇小说》,《别林斯基选集》第一卷,上海译文出版社,1979年,147页。
③ 《中国现代作家选集·艾青》,人民文学出版社,1983年,191页。

莉笔下的《烦恼人生》表现出对生活的无奈、压抑和困窘；而刘恒笔下《贫嘴张大民的幸福生活》却是忍痛觅趣，苦中作乐，启示人们靠积极进取的精神去开创生活，改变生活，驾驭生活。

(2) 假定的真。是指作家在艺术作品中通过虚构和想象所表现的既具有假定性又符合生活逻辑的艺术情境。文学是作家虚构的、想象的，正如鲁迅所言："艺术的真实非即历史上的真实……因为后者须有其事，而创作则可以缀合、抒写，只要逼真，不必实有其事。"①但是，这种假定性又不是随意的胡编乱造，它必须合乎情感和生活的逻辑，是假中求真，以假显真。正如亚里士多德所说"把谎话说得圆"。戈杰阿斯在分析悲剧时进一步说：艺术"是利用传说和感情的欺骗，在这场骗局中欺骗比不欺骗正当，受骗比不受骗聪明"。

以假定性的艺术情境反映社会生活是一切文艺共同的创造规律。戏曲艺术一个显著的特征就是假定性，三五步十万八千里，六七人百万雄师。整个舞台上，既可六月飞雪，又可骑马泛舟。所有的一切，都是虚拟的，但我们可以完全沉浸在艺术的境界中。在浪漫性作品中，作家把我们带入一个似真又假的世界，描写的是奇人、奇事、奇境。汤显祖笔下《牡丹亭》里的杜丽娘因情而死，又因情而生，是作家冲破封建束缚，对自由爱情歌颂的强烈情感所致。《聊斋志异》中花妖狐仙都通了人性。但在这一切的描写中，"试观聊斋说鬼狐，即以人事之伦次，万物之性情说之。说得极圆，不出情理之外，说来极巧，恰在人人意愿之中"②。在象征性作品中，作家夸张变形表现的是荒诞的人、事、物。卡夫卡的《变形记》，主人公变为一个大甲虫，从人形的丧失到在孤独中死去，揭示了异化的人的孤独之心和人情的冷漠。描写现实的作品，也离不开假定性。如《鲁滨孙漂流记》，从生理学和心理学角度讲，一个人长期在孤岛上生活那是不可能的，他必然会忧郁至发疯，但作品却以鲁滨孙积极的生活态度，表现人的极大的适应环境能力和创造生活的精神。

内蕴的真侧重艺术真实内在的要求，假定的真则侧重艺术真实外在的特征。客观的真与主观的真是相互融合的，因为文学是主客观的统一。

## 第三节 文学对象的构成

什么是文学对象？我们认为，简单地把它归纳为社会生活，或者说成是自我表现，都是不够完整的。文学对象，应当包括四个方面：一是与创作主体相对的自在自然现象。大自然的日月星辰、电闪雷鸣、山川湖海、花鸟虫鱼、松菊梅兰……都能成为文学描写的对象。二是与创作主体相对的文化自然现象。城市街道、工厂矿山、乡村庭院、民用建筑等等，通过人类改造的景物也是文学家反映的对象。三是与创作主体相对的社会生活现象。人与自然的斗争、人与社会的矛盾、人与自我的纠葛以及生老病死、婚丧

---

① 鲁迅《致徐懋庸》，《鲁迅全集》第十卷，人民文学出版社，1982年，198页。
② [清]冯镇峦《读"聊斋"杂说》。

嫁娶等社会生活内容,是文学创作的主要对象。四是与创作主体相对的人类心灵世界。文学家不仅以外在的社会生活为主要描写对象,更要以人的内在心灵世界作为揭示的对象。文学是人学,关键是对人的心灵的刻画。以自身心理活动为对象的作品俯拾即是:屈原的《离骚》、阮籍的《咏怀诗》、陈子昂的《登幽州台歌》、歌德的《浮士德》、伍尔芙的《墙上的斑点》等都是以自我内心世界为主要对象的。

上述四个方面作为文学对象,表现在文学作品中主要由题材、主题两个要素构成。与题材相关的概念是素材,与主题相关的概念是母题和集体无意识。所以,本节将要阐述的是素材与题材、主题、母题、集体无意识等四个问题。

**一、素材与题材**

1. 题材的含义

题材,简单说,就是文学作品中所反映的具体生活场景。由于体裁的差异,题材在不同的文学作品中表现不尽相同。抒情类作品以情态表现为核心,抒情主体借助富有鲜明特征的生活片段、自然景物来表现自己对社会人生的深切感受、内心体验,其构成比较单纯,它主要是指某些自然事物、生活片段及某种特定的情绪状态。叙事类作品如小说、报告文学、传记文学等以人物为中心,通过具体环境的描绘和特定情节的展开来塑造人物形象,揭示社会人生本质,其情节构成较抒情类作品复杂,人物、环境、情节等三个要素的有机统一,构成叙事作品的题材。

文学作品的题材,可以从广义和狭义两个方面来理解。狭义的题材是指经过作家的感受体验、加工提炼后写进作品中的社会人生现象。广义的解释,即用题材这一概念来泛指作品描写的社会生活的某一方面,如工业题材、农业题材、军事题材、改革题材、反腐败题材、校园题材、青春题材等等。从作品所描绘的范围来划分,有工业题材、农业题材、校园题材等等;就作品的表现对象而言,有知青题材、民族题材等等;从社会生活所处时期来分,有历史题材、现代题材、当代题材等等;从作品所反映的社会生活的容量与性质来分,有重大题材、细小题材、普通题材、特殊题材等等。题材的广义理解与狭义理解是相互补充的。狭义理解也可以说是从题材的内涵上及微观上去理解,有利于分析总结具体作家作品的创作过程与创作经验。而广义理解则是从题材的外延去理解,从宏观上把握,有利于发现和比较表现同一题材的不同作品的优劣得失。

2. 题材与素材的关系

与题材既密切相关又有很大区别的是素材。所谓素材,指的是作家在生活中逐渐积累而没有加工的原始生活材料,有时也称生活素材。素材有直接素材和间接素材之分。作家亲身经历过、观察过的具体人物、事件是直接素材,作家听到过的或通过一定的文字材料间接了解的人物和事件称为间接素材。前者如鲁迅的《故乡》《一件小事》、巴金的《家》、老舍的《骆驼祥子》、曹禺的《日出》、朱自清的《荷塘月色》《背影》、劳伦斯的《儿子与情人》、小仲马的《私生子》等作品中的题材,就是作者在生活经验中提炼出来的;后者如罗贯中的《三国演义》、姚雪垠的《李自成》等历史小说中所使用的材料,则是作者从古代文献和民间传说中间接获得的。由于直接素材是作家亲身感受了解的事实,对它们比较熟悉,因而在创作中有特别重要的作用。另一方面,间接素材也是不可缺少的,因为作家的经历受时间、空间的限制,不可能事事都去亲身体验感受,间接素材可以补其不足,扩展其生活视野和生活积累,因而在实际创作过程中,直接素材和间接素材往往综合使用,只不过在不同类型、不同作家的作品中各有侧重而已。

题材与素材既有密切关系又有显著的区别。素材是作家在自己长期的生活中逐渐积累起来、未经加工的原始材料,是客观的生活现象,是自然形态的东西。而题材则是在素材的基础上经过作家反复提炼、加工改造而成的社会人生情景,是素材的浓缩和升华,它既包含着生活素材的客观因素,又包含着作家思想情感的主观因素,是主客观因素的有机统一体,因而与素材有质的不同。但另一方面,题材的形成又离不开对素材的加工改造,素材是题材形成的基础和前提,一般说来,素材积累愈丰富,题材提炼的天地就愈宽广。韩少功的《马桥词典》《暗示》,既有丰富的社会生活素材(直接素材),又离不开社会知识积累(间接素材)。如《暗示》"亲近"一节既动用了大学时代"好学生""坏学生"之类的生活素材,也引用了葡萄牙作家佩索阿关于"高贵"的解释等间接素材。没有这些素材,作家不可能提炼出深刻的主题。

3. 题材的形成

"巧妇难为无米之炊",没有材料,作家再有本事也写不出好的作品。那么,题材是怎样形成的呢?

首先,作家的创作是以自己的生活积累为基础的。作家往往从他最熟悉的、体验深的生活经历中选择有价值的材料提炼成作品的题材。老舍在《青年作家应有的修养》中劝告青年作家:深入生活好比挖井,虽然直径不大,可是能够穿透许多层土壤。在一个工作岗位上坚持工作的好处就是在一个地方钻探下去,正像打井,一直到发现了水源。这些源源而来的活水使我们终身享受不尽。在文学史上,许多有才能的作家总是写他亲手掘成的那个井,并不好高骛远地去写他们没有见过的海与大洋。莫泊桑的童年是不幸的,他的父母经常吵架乃至离异,这反映在他的小说中。据初步统计,他以弃儿和私生子的悲剧为题材的小说竟达32部之多。我国当代知青文学题材也多取自作者们插队农村的知青经历。诸如此类,都足以说明题材的形成离不开作家的生活实践。郭沫若的《屈原》《蔡文姬》,唐浩明的《曾国藩》等历史题材作品写的是古代的人和事,作品的题材不能来自作家的亲身经历,只能借助有关历史文献去了解,但他们获取题材的一个重要原因是作家同作品中的人物有过相近或相通的人生体验和人生经历。郭沫若曾说过,蔡文姬就是他自己,是照着自己写的。即使是浪漫主义作品,其题材的形成也离不开作者的人生经历和人生体验,雨果的《巴黎圣母院》、吴承恩的《西游记》等浪漫主义小说所塑造的艺术形象不过是作者所熟悉的生活原型变形改造的结果。

其次,题材的选择和形成还受到作家阶级立场和世界观的制约。文学作品的题材是作家对其积累的生活素材进行加工提炼的结果,因此,选取、舍弃、突出什么,如何想象、虚构,不能不受到作家兴趣爱好、认识水平的影响,归根结底要受作家阶级立场和世界观的支配。一般说来,能够剔除表面的、没有意义的非本质现象,择取和集中生活中比较具有本质意义的事物,从而形成作品题材的,都是进步的阶级立场和先进的世界观作用的结果。而落后的世界观总是妨碍作家发现生活中具有本质意义的事物,因而也就提炼不出具有深刻意义的题材来。鲁迅的早期小说《阿Q正传》等多取材于半封建半殖民地的农民生活,固然与鲁迅自小生活在农村,对农民生活的了解有关,如果没有先进的世界观、人生观的指导,也不可能提炼出深刻的题材。同样是梅花,毛泽东和陆游提炼出不同的题材,这就与他们的人生观、世界观密切相关。

最后,题材的形成也需要丰富的文化知识、精深的艺术修养。题材固然离不开直接的生活经验、正确的人生观和世界观,但还要博览群书,拓宽视野,提高艺术修养。美国著名作家、诺贝尔文学奖获得者海明威每年都要读莎士比亚和其他作家的作品,精心研究奥地利作曲家莫扎特的作品,研究西班牙油画家戈雅、德国现代派画家谢赞勒的作品;杜甫有"读书破万卷,下笔如有神"的名句,这些都说明题材的挖掘提炼,需要丰富的文化知识和高超的艺术技巧。

### 4. 题材的审美特性

第一,题材是客观性与主观性的统一。文学创作对象既包括自在自然、人化自然、社会生活,也包括主体心灵世界,因此,题材是客观性和主观性的双重统一体。王蒙在《谈触发》一文中提到,1981年的一个夏天,当他听到柴可夫斯基的《如歌的行板》时,只用了五分钟的时间,就产生了要写一部同名中篇小说的创作冲动,而该小说的人物、情节、感情,他已经积累了40年,这积累有血有泪……可见,创作题材的形成,既受客观信息的刺激,又与内心情感积累相通。巴尔扎克的题材,一方面得益于长期生活观察,另一方面则源于债台高筑的情感世界。所以,题材是客观性与主观性的有机统一。

第二,题材是确定性与不确定性的统一。从客观事物的普遍性来看,题材具有确定性。外部客观现实成为创作对象,必定有与创作主体相对应的审美属性,如陶渊明选取菊花、陆游选取梅花、朱自清钟情荷塘月色,均与创作主体人格理想对应。就具体事物而言,题材又具有不确定性,因为客观事物的概念具有多层次和变异性。如桃花可以象征爱情烂漫、生命旺盛,也可以隐喻道教长生不老的信仰。所以,同一月亮,可以表现团圆的心境,也可以衬托孤独的情怀;同一柳絮,可以是积极的,也可以是悲观的。

第三,题材是历史性与时代性的统一。首先,文学题材富有历史性。从题材的演变轨迹来看,原始社会文学主要描写人与自然之间的斗争,如《后羿射日》《夸父逐日》等神话故事。其次,题材具有时代性。也就是说,一定时期的文学题材要表现时代精神。如文艺复兴时期的文学题材突出人文精神与启蒙主题。我国新时期文学沿着"伤痕文学""反思文学""寻根文学""改革文学""新写实主义""个人化写作"等路径发展下来,其题材充分体现了时代特征。特别需要指出的是20世纪90年代的个人化写作,凸现了个人隐私与欲望的地位,普遍存在的幻想破灭,进而追寻感官刺激、欲望满足等成为时代的精神征候。一句话,个人隐私与自我心灵是个人化写作的描写对象。

第四,题材是差异性与多样性的统一。题材对于文学作品无疑具有不可忽视的意义,题材有差别是因为不同题材所包含的意义和审美价值客观上存在着差异。具有重大意义的主题常常是和具有重要意义的题材联系在一起的。如罗贯中的《三国演义》、曹雪芹的《红楼梦》、巴尔扎克的《人间喜剧》、托尔斯泰的《战争与和平》等长篇巨著,之所以具有深刻的思想内涵和高度的审美价值,除了作者的主观创造外,与这些作品所选取的题材的重要性是分不开的。"题材无差别"论调,根本不符合文学创作规律,也正因为题材的社会意义有大小轻重之分,所以革命导师一贯重视题材问题。恩格斯鼓励哈克奈斯去努力表现工人阶级的革命斗争,列宁称赞高尔基的《母亲》是一本非常及时的书,毛泽东也反复告诫作家要表现工农兵的火热斗争生活。这些要求,对当前社会主义文学创作仍有指导意义。但是,提倡写重大题材并不意味着题材能直接决定作品的思想意义和艺术价值。决定作品价值的根本是作家的认识水平和艺术才能。某种具有重大意义的题材在一个认识水平较低、艺术才能平庸的作家笔下可能丧失其意义。相反,有些表面上看来并非重大题材的东西在一个伟大的作家手中却可以写成很有价值的文艺作品。如鲁迅的《一件小事》,其所写的题材就比较小,却反省了知识分子的自私软弱,同时揭示了如何向劳动群众学习这样一个重大问题。

提倡写重大题材也不意味着题材的单一化,它同题材多样性是相辅相成的。只有题材多样化,才能反映丰富多彩的社会生活,满足人民群众多种多样的精神需要,使生活经验不同的作家写出各自熟悉的社会生活。因此,每一个作家都可以根据自己的个性爱好自由地选择得心应手的题材去写作,从不同的角度、不同的层次去展示社会生活的方方面面,从而满足各种不同读者的审美需要。

### 二、主题

#### 1. 文学主题的审美内涵

从语源上说,主题这个术语在不同学者心目中的意义有所不同。在瑞士比较文学家约斯特看来,主题是指一部作品的中心思想,它的显著特征是具体。艾布拉姆斯认为,主题这个词更常用来表示某个含蓄的或明确的抽象意念或信条。我们认为,文学主题的审美内涵是指文学作品中通过形象体系所显示出来的核心审美意识。文学作品的主题与文学形象密不可分,但是,其表现形式并不一致。在一些篇幅较短的山水诗、抒情诗中,表现的不过是作者的情趣和感受。如孟浩然的《春晓》:"春眠不觉晓,处处闻啼鸟。夜来风雨声,花落知多少?"表现的是作者对春天的欣喜之情,很难说有什么清晰可辨的思想观点。而一般的叙事类作品既表现作者对社会人生的独特认识,又表现作者一定的情感倾向,情理相互融合渗透在作品的审美意蕴之中。鲁迅的《阿Q正传》的意蕴,一方面表现了作者对中国国民性的清醒认识,另一方面又渗透着作者"哀其不幸,怒其不争"的复杂情感。在文学史上还有不少作品往往超越特定的生活现象,从宏观的角度对社会人生进行深刻的精神体验和哲学思考,试图抓住隐匿在现象世界背后某种普遍的、能够涵盖万物的形而上的精神观点,使其意蕴具有哲学意味,如荒诞派戏剧的代表人物贝克特的《等待戈多》中的荒诞意识,海明威的《别了,武器》中的绝望情绪,都具有形而上的意味，赋予作品意蕴浓厚的哲学思想。

在某些大型的文学作品中，反映的社会生活内容相当复杂，往往造成作品思想意义的异常丰富，因而使作品出现意蕴丰富的情况。同时因为文学作品的意蕴是一种通过艺术形象表现的审美意蕴，其内涵必然带有某种程度的模糊性，读者在感受过程中往往见仁见智，根据自己的生活体验和审美习惯做出不尽一致甚至相互矛盾的理解。这时作家自身思想情感的矛盾也经常自觉不自觉地借助艺术形象表现出来，这就使得文学作品的意蕴呈现多义性的特点。

2. 文学主题的形成原因

首先，主题的形成离不开作家的生活实践。

作家在现实生活中体验、观察了各种各样的人物和事件，其中某些东西引起他特别的关注和思考，激发了他的情感和想象，促使他产生一种强烈的创作欲望，于是他把自己的感受体验再通过艺术形象表现出来，这就形成了作品的主题。李商隐、虞世南、骆宾王都曾以蝉为题，但表现的主题各不相同：李商隐以蝉自喻高洁，"本以高难饱，徒劳恨费声。五更疏欲断，一树碧无情。薄宦梗犹泛，故园芜已平。烦君最相警，我亦举家清"。原因是他入仕以后怀才不遇，一生穷愁潦倒。虞世南则以蝉自比得意，"居高声自远，非是藉秋风"，原因是他作为唐太宗的重臣，身居高位，备受信用，自然洋洋得意。而骆宾王身陷囹圄，以蝉自况，"露重飞难进，风多响易沉"，正因为屡遭不幸，故诗歌流露出世道艰险、人生凄凉的情绪。由此可见，文学主题是作家独特生活经验的产物。

其次，主题的形成离不开作家的艺术发现。

作家深入生活，积累材料，只是具备了主题形成的物质条件。要想挖掘深刻的文学主题，还应当有艺术发现，那么，艺术发现的含义是什么呢？它是指作家在生活积累基础上，根据自己的认识原则、审美眼光，对外在事物的独特感知。主题的形成，离不开作家的艺术发现。换句话说，主题的萌生来自生活的"暗示"。老舍的《骆驼祥子》主题的形成正是如此：有一次，老舍和朋友闲聊，偶然听到一个车夫买车卖车如此三起三落的悲惨故事，这件事促使他联想起封建社会个人奋斗的局限性。果戈理的《外套》也是在笑话中受到启发和暗示得以提炼的优秀作品。此外，鲁迅从人力车夫身上发现了资产阶级的自私，茨威格从赌徒的手指发现了灵魂的冲突，海明威从渔翁的故事发现了人的尊严……所以说生活所暗示给作家的，并非是概念化的抽象观念，而往往是附着于形象或故事的朦胧的审美情思。

再次，主题的形成也离不开对素材的选择和提炼。

文学作品主题思想不是来自作家主观的抽象观念，它来自对特定生活的真切感受、体悟和认识，体现着作家对生活的认识能力和艺术才能。如歌剧《白毛女》，其素材最早是20世纪40年代流传在民间的"白毛仙姑"的故事，当初作者对素材挖掘不够深，只表现出反对封建迷信的意蕴，后来经过对素材的深入分析，保留了这个传说中反封建的积极因素，剔除了恐怖和宿命论等思想糟粕，进一步提炼出"旧社会把人变成鬼，新社会把鬼变成人"的深刻主题。

### 3. 文学主题的审美特性

第一，文学主题是客观性与主观性的统一。既然主题是作家认识和提炼生活的成果，在一定历史时代的社会生活和阶级社会里，作家是一定阶级的人，这就不可避免地使文学作品的主题具有一定的时代性和阶级性。对于同样的生活现象，不同阶级立场的作家往往表现出不同的阶级倾向，不同时代的作家则表现出不同的时代特点。比如同是反映北宋末年宋江领导的农民起义的题材，施耐庵的《水浒传》同情起义的农民，而俞万春的《荡寇志》则站在维护封建统治的立场上，大肆诋毁农民起义将士，把他们称为"寇"，欲除之而后快，两部作品的主题表现出明显不同的思想倾向。

第二，文学主题具有整体性。文学主题是整个作品的核心意蕴，即统帅全文的中心意蕴。一般来说，一部作品是围绕着一定的主题而凝聚为一个艺术整体的。然而，长期以来，我国文艺理论界对"主题"这个概念的理解，却存在一些认识上的误区。中华人民共和国成立以来的大多数文学概论教科书，都将文学作品主题简单地归结为一种理性思想。如认为：主题就是"作者通过题材所表现出来的主要思想"，"通过形象体系显示出来的中心思想"，"通过作品描绘的社会生活所显示出来的贯穿全文之中心思想"等，并运用这种理解去分析和阐释具体的文学作品。这种解释好像说得通，但它混淆了文学作品主题与非文学作品中心思想的界限。将主题简单地归结为一种可以脱离形象而独立存在的思想观念，似乎是作家有了一个明确的主题思想，再通过作品将其表现出来就可以了。其实，文学作品主题必须通过整体来显示。

曾有人问托尔斯泰，《安娜·卡列尼娜》的主题是什么，作者这样回答：如果我想用词句来说出我原想用一部长篇小说去表现的那一切思想，那么，我就应当从头去写我已经写完的那部小说。与此相同的是，当读者为《陈奂生上城》的主题感到困惑而向作者发问时，高晓声也做了类似的回答：《陈奂生上城》一共写了9 000字左右，如果一定要用理论的语言去全面说明它的内容所反映的思想，恐怕9 000字就不够用了。

第三，文学主题的双重性。对于同一文本，不同时代、民族、地区的读者会有不同的阅读体验，对其主题的理解也会仁者见仁、智者见智，这种确定文本之下潜藏着许多新的不确定文本的现象称为"双重文本"。确定文本的主题是意识的，而不确定文本的主题则是潜意识的。所以，确定文本的主题（意识层面主题）与不确定文本主题（潜意识层面主题）往往不一致，这便形成主题的双重性。所谓确定文本主题，是作家刻意表现的主题。例如，白居易的《长恨歌》，作者只表现对李隆基、杨贵妃爱情悲剧的情感态度；而不确定文本主题，是读者对作品做出的种种解释：《长恨歌》主题的爱情说、惋惜说、讽刺说、同情说等等。从接受美学来看，作家创造的文本存在许多空白和未定点，暗含着读者可能实现的种种解释，所以，企图寻找作家的创作原意是徒劳的。有一千个读者，便有一千个哈姆雷特，说的正是这个道理。中国现代文学史上，洪灵菲的《流亡》就是典型的双重文本。它说了一个革命加恋爱的故事：大学生沈之菲在大革命时代与女校毕业生黄曼曼相爱、结婚，一同流亡香港，被驱逐后折回故乡，再只身远走他乡，又回到故乡，最后在黄曼曼来信的召唤下重返流亡旅途。其意识文本主题是革命与爱情的浪漫奇遇,而左翼批评家、今天的学者则读出它的潜意识文本主题,或者认为是浪漫乌托邦,或者认为是父子冲突原型的再现,或者认为是知识分子的"原忧"人格的复述,或者认为是其他什么主题。潜意识文本主题与文学母题、集体无意识相关,这是后话,暂且从略。

4. 文学主题的构成因素

具体来看,文学作品的主题由三个方面的因素构成:一是作家力图通过文本表现出来的审美意识,即作家的创作意图,这是意识文本主题因素;二是读者从文本中发现并阐发出的新的审美意味,这是潜意识文本主题因素;三是尚未揭示出来而又包含在文本形象中的审美意味,这是未来读者驰骋的审美空间。在这些构成因素中,作家通过意识文本表现出来的创作意图与读者的发现可能是基本一致或相通的,也可能不完全一致或者截然相反。之所以一致、相通,是由于作者和读者生活经验、审美经验相似;而不一致或相反则源于生活经验、审美理想的反差,同时也由于"形象大于思想"。文学形象的客观审美意义(潜意识文本主题)必然超出作家主观的创作意图(意识文本主题),读者的审美趣味不同、思想观念不同,其所见就可能超出作者的认识范围或者与原作者的创作意图相悖。比如曹禺在写《日出》的时候,想用片断的方法阐明"人之道,损不足以奉有余"的观念,而读者却读出更深刻的主题。又如《红楼梦》的主题,从作家创作意图来看,似乎更偏重于吐露那种于世事难以忘情的心曲,表现对已经逝去的安福尊荣的封建贵族生活的无限留恋,对大厦将倾的哀婉,以及对社会现实的不满等复杂而又矛盾的情愫,抒发那种人生如梦、无才补天的感慨,其总的基调是伤悼、悲慨,而读者则可从不同角度去发掘它的深层意义。从这个意义上说,《红楼梦》是开放的,指向未来的。

### 三、母题

1. 母题的含义

母题是19世纪在故事学研究领域形成的一个主题学概念,在各研究领域中产生了深远的影响。母题有时翻译为"动机",它来源于拉丁语言 movere,母题在英语中写作 motive,意思是致使某事发生并且使之进一步发展。批评家经常在以下几种意义上使用该术语:一是指文学作品中表现主题或情节的最小单位。托马舍夫斯基指出,经过把作品分解为若干主题部分,最后所剩下的不可分割的部分,即主题材料的最小单位。如"天色已晚""英雄牺牲了"等等。二是指文学作品中反复出现的某些因素。如《白蛇传》《孟姜女哭长城》《灰姑娘》《云中落绣鞋》等民间故事,就存在着"蛇崇拜""反抗""魔鞋"等隐喻母题。三是指对不同文学作品所表现出来的主题或题材的延续性、一致性的概括。因此,文学母题是文学发展进程中反复表现的共同主题。如中国古典诗歌常常流露"惜春""伤秋"的母题,而它们又通过太阳、月亮、河流、落叶、枯草、白发等意象来表现。又如爱国、思乡、怀古、恋人、复仇、报恩也是中国文学反复出现的主题,即文学母题。

我们必须理解母题与主题的关系。主题是母题的具体化,或者说是母题在不同民族、地区、时代的变异,而母题则是主题的概括与总结。

### 2. 母题的形成

第一，母题形成的社会因素。

母题具有重复与持续的意义。母题不是一朝一夕形成的，如中国诗歌的时间母题，是在漫长的历史河流中逐步形成的。我们知道，中华民族是一个农业民族，对于时间特别敏感，中国历法、医学、哲学很重视时间对农业、人体、生命的影响。这种敏感的时间意识渗透到诗歌中，便形成时间母题。日本学者松浦友久通过《佩文斋咏物诗选》《艺文类聚》等书发现，中国诗歌中咏春秋的诗歌比咏夏冬的诗歌要多得多。因为春秋之季节更能引发诗人感时叹世的情怀。除了春秋时令以外，古代诗人往往喜欢用夕阳、残月、河水、朝露、野草、落叶、白发、古道、荒原、废墟等意象表现时间母题。可以是月亮：李白的"今人不见古时月，今月曾经照古人"；苏轼的"明月几时有，把酒问青天"。也可以是夕阳：曹植的"惊风飘白日，光景驰西流"；李商隐的"夕阳无限好，只是近黄昏"。还可以是白发：谢灵运的"戚戚感物叹，星星白发垂"；李白的"君不见高堂明镜悲白发，朝如青丝暮成雪"；杜甫的"星霜玄乌变，身世白驹催"。上述时间意象在古代诗歌中被反复书写，是农业生活经验和内向稳定生活方式所致。

母爱母题之所以成为20世纪中国文学中的重要母题，是因为它与中国社会注重血脉亲情、家庭伦理存在必然联系。鲁迅的《祝福》，巴金的《幻灭》，冰心的《繁星》《春水》，陈衡哲的《一支扣针的故事》，庐隐的《海滨故人》，袁昌英的《孔雀东南飞》，丁玲的《母亲》等，所要揭示的母爱均源于中国社会历史，即生活客体共同的本质决定了该母题的形成。其他如悲秋、思乡、爱国、孤独等母题，也是在民族共同生活基础上形成的。

第二，母题形成的文化因素。

母题的形成也离不开文化的传承性和延续性。母亲变牛的母题与佛教因果报应的伦理观念有紧密的联系。松、菊、桃是陶渊明诗歌的原型母题，一般人认为，这是他理想人格的象征表现，其实是道教长生信仰文化影响的结果。松的原型意象最早见于《诗经》，后来为道教所接受，成为长生不死的原型意象，陶渊明之爱松，是受道教影响所致。《杂诗十二首》之十二云："袅袅松标崖，婉娈柔童子。年始三五间，乔柯何可倚？养色含津气，粲然有心理。"这首诗歌是借松意象阐发道教长生不死的母题。

第三，母题形成的心理因素。

母题与人类或民族共同的心理因素有关。加拿大文学理论家弗莱在《批评的剖析》一书中曾运用原型理论分析文学母题，我们也可以运用母题理论研究原型。就是说，母题与集体无意识原型密切相关。例如，轮回母题的形成，就是原始人"太阳再生"这种原始思维观念的体现。又如悲怨作为中国文学经久不衰的创作母题，是中国专制社会普遍存在的生命力受压抑、群体超稳定心态被扭曲的结果。根据美国心理学家马斯洛的需要动机理论，人的需要分为五个层次：生存的需要、安全的需要、归属与爱的需要、尊重的需要、自我实现的需要。《诗经》"变风""变雅"，汉乐府中的丧乱歌辞，元杂剧《窦娥冤》等，是生存、安全的需要受挫的悲怨抒发；岳飞《满江红》，杜甫的"三吏""三别"，曹雪芹的《红楼梦》等作品，是归属与爱的需要受挫的悲怨表现；曹植的诗歌作品则流露了尊重的需要受挫的愁怨；屈原的《离骚》、陈子昂的《登幽州台歌》、李白的《梦游天姥吟留别》可谓是自我实现的需要受阻的悲怨。可见，母题的形成，是普遍心理因素影响的结果。

### 3. 母题的意义

首先，文学母题具有积极意义。文学母题体现了人类文学发展的普遍规律和民族共同的审美心理。例如，《诗经》中的民俗、德操、人格、时局、家国、身世、爱情、青春、亲情、友谊、人道等母题，在后来的文学进程中反复出现，由此可以梳理我国古代文学的继承发展规律。文学母题研究对于研究文学创作、文学欣赏、文学批评都有重要的指导意义。

其次，母题具有消极意义。由于文学母题所包含的主题因袭因素比较明显，容易造成题材单一、思维僵化和主题雷同的倾向。例如，武侠小说中的寻宝、复仇等母题，造成该类作品的模式化倾向，不利于小说的原创性与艺术性的正常发挥。

### 四、集体无意识

如果说现实生活（素材）是表层的意识的创作对象，那么，集体无意识则是深层的无意识的创作对象。对集体无意识的研究，也可帮助我们进一步揭示文学母题的形成原因。在西方现代美学和文艺理论领域中，一些学者在探索文艺的原始根基时，企图提出新的文学对象学说，其中最著名的是瑞士心理学家荣格的"集体无意识"学说。在荣格之前，精神分析学派的奠基人、奥地利著名精神病学专家弗洛伊德提出，艺术不过是人的本能——性欲的转换形式，把由"原欲"所形成的"个体无意识"确定为艺术表现的客体。在弗洛伊德看来，人的精神活动分为意识、前意识、无意识等三个部分，意识呈现为表层，前意识是暂时退出意识的部分，无意识是被压抑的本能欲望。人的精神绝大部分是无意识的，并且无时无刻不在左右着人的活动，它也是作家艺术家创作的源泉。他认为，文学对象是被压抑的本能欲望，即通过艺术虚构使本能欲望得到补偿和满足。这对于文学对象研究具有不可低估的价值意义。

然而，弗洛伊德的学生荣格不满于弗洛伊德的"个体无意识"理论，进而提出了"集体无意识"理论。他对老师的理论有两大反驳：一是他反对把性欲当作唯一的精神动力，二是反对把无意识仅仅归为个人无意识。荣格在对精神病人的治疗中发现，个人在梦中或幻觉中遇到某些意象，不光是他们个人经历过的事情，还有祖先经历过的东西。譬如，人类祖先常用竹竿等来象征男性生殖器，而这种象征意象也常常出现在个人的无意识中。荣格由此提出了"集体无意识"的概念，并推而广之，认为一切人类文化包括文学艺术，都是"集体无意识"的复现。这样，他就把文学艺术的对象归结为"原始意象"。所谓"原始意象"，在荣格看来，就是"人类远古的深层集体无意识"，是自远古人类在生活中形成的、并且世代遗传下来的深层心理经验，先于个人无意识的永恒存在的精神本体。

荣格认为，在日常生活中我们看不见原始意象，但在原始神话中就储存着原始意象

（神话是原始意象的幻象），如黑夜的精灵、神秘的魔力、神圣的天堂、奇异的鬼怪等。伟大的艺术就是从神话中获取原始意象的，如歌德的《浮士德》中的魔鬼、天使、黑狗等原始意象的呈现。

荣格认为，"集体无意识"是人脑在历史发展中不断进化，长期的社会实践经验经过无数人无数次的反复，在人脑结构中留下了生理痕迹，形成各种无意识的原型，通过遗传而获得积淀，成为人人生而有之的一种本能。荣格的"集体无意识"理论对于文学创作对象研究的借鉴意义，最重要的是把创作对象的探索从现实生活意识层面转移到人类集体无意识层面上来，抛弃了弗洛伊德性本能的解释。在荣格看来，"集体无意识"是一种"我们祖先生命的残迹"，深潜于每个人内心，成为文学创作的深层根源。艺术家具有二重性，现实中他是个人，而一旦进入艺术创作便成为"集体的人"。他认为，文学创作的深层对象就是"集体无意识"。作家头脑中这种潜在的"原始意象"一旦被某种表层的创作对象唤醒，他们可以不凭借个人的经验就本能地获得这种"原始意象"的创作。

然而，荣格把深层心理经验做了唯心主义和神秘主义的解释，并把文学对象完全归结到这种神秘的心理经验上去，也就否认了文学是对现实生活的反映，其谬误也是明显的。第一，他认为"集体无意识"是由遗传保留下来的脑结构所产生的内容。遗传对人脑结构的影响是可以肯定的，但人脑结构本身只是无意识赖以存在的物质载体，并不等于无意识。无意识作为一种意识也是客观世界的一种反映。他的这种说法似乎认为无意识可以离开对客观世界的反映而单独存在。第二，他的集体无意识理论否定了社会生活实践是文学创作的内容。他认为真正的艺术家是一些性格"内向"的人，他们由于不能适应外部世界，或对现实生活不感兴趣而转向自己内心深处，从"集体无意识"中获得创作灵感。这不仅不完全符合创作实际，而且这种观点还会使作家缩小自己的创作空间，未必能够创作出能反映时代精神的作品。

荣格的集体无意识理论也有其积极意义：首先，他的"集体无意识"观把作家看成是"集体的人"，比弗洛伊德的"无意识"观把作家看成是"生物的人"不能不说是一大进步。他把作家个人及其创作潜能看成是人类社会历史的积淀物，尽管他还不承认其中后天的社会实践因素，但他的这个观点比弗洛伊德的自然本能的创作动因多了一层历史性与社会性。其次，荣格认为，艺术作品的幻觉经验不是来源于个人经验，相反个人经验从属于幻觉经验，这是由前面的论述所必然得出的结论。在这一点上又一次表明了荣格对弗洛伊德将艺术作品的来源归因于个人经验的立场的批评。荣格认为："幻觉代表了一种比人的情欲更深沉更难忘的经验"，因此它是艺术作品的真正素材来源。艺术作品的这一素材特征同时也表明，艺术家的艺术作品并不是取材于外部世界的经验，而是取材于内部心理经验。荣格认为，毕加索的非客观艺术就是取材于"内"的，是从内部影响我们意识的无意识心理世界。艺术作品既然取材于原始经验或幻觉，当然就是原始经验或幻觉的表现，但荣格认为由于这种经验深不可测，因此需要借助神话想象来赋予它形式。

我们借用荣格的集体无意识理论分析中国魏晋隐逸文学思潮很有意义。阮籍的《咏怀诗》、嵇康的《卜疑》《述志诗》《幽愤诗》、潘岳的《在怀县作》、左思的《咏史诗》、陆机的《思归赋》、张协的《杂诗》、郭璞的《游仙诗》、陶渊明的《归园田居》《桃花源诗并记》《归去来兮辞》等作品,呈现着一个永恒的精神原型——隐逸精神原型。隐逸精神原型是指魏晋时期作家心理结构中积淀的追求退隐的集体无意识,它源于老庄超功利的道隐无形意识。换句话说,隐逸原型就是道的原型,是对此在世俗功利上的超越,同时也是对生命本体的把握。因此,从隐逸原型去分析魏晋隐逸文学思潮,不失为一种新的视角。

## 学术新观点

### 一、重形式的作品构成论①

重形式的作品构成论认为,文学作品是由语言自主结构而成的,一篇作品也就是一个长句子,文学作品是由纯粹的形式构成的。俄国形式主义,捷克、法国的结构主义,英美新批评派等坚持这种观点。俄国形式主义在作品构成论方面提出"文学性"的术语。"文学性"就是一部作品之所以成其为作品的东西,即语言的运用,修辞技巧等等形式因素。至于历史内涵、哲学意味、审美情感都不是文学作品的内容,因为它们不能体现为"文学性"。雅各布逊说:"文学研究的对象不是笼统的文学,而是文学性"。他们认为文学可以描写各种各样的题材,但是,文学的特殊性不在题材内容上,而在作品形式上。以穆卡洛夫斯基为代表的捷克文学结构主义在作品构成论方面提出了"外部干涉"的观念。所谓"外部干涉"是指以社会学、历史学内容为核心的东西,它与以语言为核心的"内部运动"相对立。文学作品即是"内部运动"与"外部干涉"相结合的整体。虽然这种观点比俄国形式主义似乎要辩证一些,但是,它仍然将社会学、历史学内容看成是"外部干涉",因此,它与俄国形式主义没有什么本质的区别。法国结构主义代表人物罗兰·巴尔特指出:叙事作品是一个大句子,叙述作品具有句子的性质。在他看来,作品构成因素只是有结构功能的语言单位,而不包括社会生活与主观情感。因为所发生的事情仅仅是语言,是语言的历险,叙述的代码是我们分析的最后层次,即失去所指的能指。他还说,叙述不可能从使用它的外界取得意义,超过叙述层就是外界,也就是其他体系(社会的、经济的、思想意识的体系)。这些体系的项不再是叙事作品,而是另一种性质的成分(历史事实,决心,行为等等)。显然,法国结构主义比俄国形式主义走得更远,更强调形式在作品构成中的绝对地位。英美批评论也主张作品由形式构成。他们提出"意图迷误""自足体"等观念,又提出"内部研究"与"外部研究"的方法,把生活内容当作"外部",而语言形式则为内部研究对象。韦勒克、沃伦在《文学理论》一书中强调:艺术品似乎是一种独特的可以认识的对象,它有特别的本体论的地位,它既不是实在的(物理的,像一尊雕像那样),也不是精神的(心理上的,像愉

---

① [法]罗兰·巴特《叙事作品结构分析导论》,《马克思主义文艺理论研究》编辑部编选《美学文艺学方法论》,文化艺术出版社,1985年,555页。

快或痛苦的经验那样),也不是理想的(像一个三角形那样)。它是一套存在于各种主观之间的思想观念的标准的体系。英美新批评派割裂作品与作家、作品与生活的有机联系,把作品看成封闭的"自足体"。综上所述,从俄国形式主义到英美新批评派,它们的作品构成论,是重形式轻内容的构成论。虽有偏颇过激之处,但也具有一定的参考价值。

## 二、20世纪80年代以来的文学主题新解[①]

### 1. 文学主题与艺术形象

无论在形而下的层面上,还是在形而上的层面上,文学主题总是与艺术形象交融在一起的,饱和着作家审美情趣的审美意蕴;也可以说,它是主体以情感体验的方式从生活中所感悟到,并通过艺术形象所体现出来的审美意识。文学作品的主题之所以是一种审美意识,是由文学的审美本质所决定的。从历史的渊源来看,人的审美意识和文学艺术最初都是在人类改造客观世界的社会实践中产生和发展起来的,当人能够从他所创造的对象世界直观自身,看到自我的肯定价值,并感到由衷的喜悦时,审美意识也就随着人与现实审美关系的确立而萌发了。而文学艺术恰恰是从审美关系的角度把握生活的,是为传达主体对社会人生的审美感受、体验和理解应运而生的,是为满足人们渴望认识自身的审美需求而发展起来的。可以说,同是人类精神文明之花的文学艺术和审美意识,两者是相伴生、共命运的。因此,审美意识必然是文学艺术的永恒主题。对具体的文学作品而言,文学的审美本质已经内在地决定了审美意识必然成为作品的主宰,有了审美意识的统摄和灌注,作家笔下的一切才焕发出蓬勃的生机,整个作品才有了灵魂。

### 2. 文学作品多主题现象

多主题是指一部作品的主题除了正主题之外,还有一个以上的副主题。正主题如同乐曲的主旋律一样贯穿在文本之中,统摄着副主题;副主题则多方面地补充、丰富和深化着正主题,两者相得益彰地构成一个和谐的艺术整体。多主题多见于一些大型的叙事性文本。由于这类作品所反映的社会生活内容比较丰富、复杂,思想容量比较丰厚,能够从不同的角度和方面表现作家对生活的审美认识和评价,从而显示出多方面的审美意义,使作品呈现出多主题的复杂情况。例如托尔斯泰的《复活》,作者最先试图表现的主题是诱惑者在被诱惑之前的"道德忏悔",而在后来的创作实践中,随着作者对现实生活体验和认识的深入,作品的主题逐步明确和深化,写作的重点转向暴露和抗议专制政治的罪恶,作品从揭露法庭的荒谬和罪恶开始,进而揭露了沙皇统治下的整个官僚机器及现存社会制度的种种荒谬和弊端,表现了对罪恶社会的愤激之情和对女主人公不幸命运的深切同情;而通过男主人公聂赫留道夫所表现的悔罪意识却退居次要地位。前者可以说是作品的正主题,

---

[①] 修倜《文学奥秘探胜》,华中师范大学出版社,2000年,127~141页。

后者是副主题。悔罪意识自然有其局限,但是在当时的历史条件下,还是有积极意义的。聂赫留道夫可以说是作者选取的暴露和批判社会罪恶的一个特定的视点,由此体现出来的围绕着暴露性主题的悔罪意识,在一定程度上是对正主题的丰富和补充,深重的悔罪意识无疑有助于对现实的清醒认识和较为深刻的揭露。其他如《红楼梦》《李自成》等等鸿篇巨制,都可以说是多主题的。

### 3. 有的文学作品的主题是多义性的

所谓多义性是指,一部作品的主题可以从不同的角度去把握,因而有各种不同的释义。作品主题的现实揭示,是一个不断建构的动态过程。作品通过艺术形象所涵盖的审美意蕴,有待于接受者以其特有的审美眼光去发现和创造,这两者的结合才能形成作品的主题。因此造成主题多义性的原因,也应从作品和接受者两方面去探究。从作品本身来看,主题的多义性与文学反映生活的特点密切相关。文学所反映的是现象形态的生活整体,是艺术化了的具体生动的生活情境,这就使作品本身成为一个多侧面、多层次的立体构架,而接受者心灵的棱镜就有可能从不同的侧面和层次折射出不同的光彩。其次,文学是通过艺术形象来传达审美信息的,这种传达方式的特点是暗示和象征。

## 三、文艺作品与荣格的集体无意识理论[①]

荣格认为,心理模式的艺术作品的题材总是来自人类意识经验这一广阔领域,它所包含的一切经验及其艺术表现形式都是能够为人们理解的,而幻觉模式的艺术作品的题材是人们所不熟悉的,它所表现的经验不能为人们所理解。荣格带着神秘的口吻说,这是来自人类心灵深处的某种陌生的东西,它仿佛来自人类史前时代的深渊。又仿佛来自光明与黑暗对照的超人世界。这是一种超越了人类理解力的原始经验,对于它,人类由于自己本身的软弱可以轻而易举地缴械投降。这种经验的价值和力量来自它的无限强大,它从永恒的深渊中崛起,显得陌生、阴冷、多面、超凡、怪异。它是永恒的混沌中一个奇特的样本,用尼采的话来说,是对人类的背叛。它彻底粉碎了我们人类的价值标准和美学形式的标准。这究竟是另一世界的幻觉,是黑暗灵魂的梦魇,还是人类精神发端的影像?所有这些我们既不能肯定也不能否定。荣格在这里所描绘的原始经验实际上就是人类远古时代就存在的、通过遗传留传下来的、隐藏在人类灵魂深处的集体无意识,它不是来自于我们生活的外部世界,而是来自于我们内心深处的幻觉世界。因此就荣格所论述的幻觉式艺术作品而言,它的素材和题材是集体无意识的幻觉经验,这种幻觉经验具有原始的、神秘的和不可思议的特征。正因为如此,它超出了人类意识经验的范围,我们不可能理解。荣格认为,幻觉经验与艺术家的个人命运无关。在荣格看来,幻觉经验的表达总是具有一种象征的性质,因为象征暗示着一种超越了我们今天的理解

---

① 朱立元主编《现代西方美学史》,上海文艺出版社,1993年,394~400页。

力的意义。象征的意义是永远不可穷尽的,随着时代精神的更迭,作品的象征意义可以被不断地揭示出来,但却永远不会被穷尽。因为幻觉经验本质上是一种神秘的、超越人类理解力的原始经验,我们永远只能朦胧地、部分地感受它的意义,这也使得这类作品负荷永恒的生命力。幻觉的艺术作品作为集体无意识的表现,它的内容形式和意义因此具有一种超个人的、先天存在的特征,并不是艺术家赋予了作品以内容、形式和意义,相反,艺术家完全是在集体无意识力量的支配下完成的创作使命。

**讨论提示**

1. 为什么说社会生活是文学的唯一源泉?
2. 结合具体作品分析生活真实与艺术真实的联系与区别。
3. 试论述形象大于思想。
4. 请谈谈你对当前通俗文学母题的看法。
5. 试分析一部文学作品的主题。

# 第三章 文学创作论

## 第一节 文学创作的主体与客体

### 一、创作主体与客体

文学创作的主体是指与客观世界处于审美关系上,并以文学形象来能动地进行审美创造的实践者。换言之,文学创作的主体是作家、诗人。离开这个审美创造的实践主体,便没有真正的文学作品。讨论文学创作的主体问题,对创作主体在文学活动中的地位和意义做出合乎实际的解释,对文学创作活动中主体审美意识的内在活动特点做出正确的分析,是科学地认识文学创造规律的重要课题。

在文学理论史上,对文学创作的主体曾有过种种不同的解释。其中较有代表性的是"模仿者"与"创造者"理论、"旁观者"与"移情者"理论和"集体人"理论。"模仿者"理论认为,艺术是对自然和社会人生或者是对理式的模仿,作家、艺术家就是"模仿者"。赫拉克利特、德谟克利特、柏拉图、亚里士多德以及后世许多文艺理论家、艺术家都持这种观点。但他们对"模仿者"的具体理解各不相同。在柏拉图看来,艺术家作为模仿者是没有"真知识"的无能的人,包括荷马这样伟大的诗人也是如此,因为他们不能直接模仿"理式",只会模仿自然,创造出一些和真理(理式)相距甚远的影像。而且艺术家对自然("理式"的影像)的模仿不过像"拿一面镜子四面八方地旋转"。[①] 因此,艺术家作为模仿者也就只是"影像"的复制者,机械的临摹者。亚里士多德则认为,艺术家成为模仿者并非由于无能,而是天性使然。他认为,诗人对自然的模仿并非依样画葫芦似的被动,而是不同于历史家的主动创造者:"诗人的职责不在于描述已发生的事,而在于描述可能发生的事。历史家与诗人的差别……在于一叙述已发生的事,一描述可能发生的事。"[②]亚里士多德的观点影响了文艺复兴时期的阿尔伯蒂、达·芬奇,启蒙运动的先驱狄德罗等。18世纪以后,"模仿者"理论受到冲击,特别是在18世纪末19世纪初浪漫主义对"模仿者"的批驳中,强调艺术的想象和创造的本质,强调艺术家、诗人作为创造者的主体地位。例如,歌德说艺术家既是自然的奴隶,更是自然的主人;艺术家的本领是驾驭自然,创造自然。黑格尔说艺术是对自然的征服,艺术作为一种想象是真正的创

---

① [古希腊]柏拉图《理想国》,伍蠡甫主编《西方文论选》上卷,上海译文出版社,1979年,33页。
② [古希腊]亚里士多德著《诗学》,罗念生译,人民文学出版社,1982年,28～29页。

造。浪漫派诗人希勒格尔、柯勒律治都宣称艺术家就是创造者。这种观点不断为后人重申。我们认为,"模仿者"的说法含有轻视主体创造性的色彩,它突出了作家、艺术家观察、复制自然的能力,把艺术活动降低为技术活动。把艺术主体看作创造者,肯定了人在艺术活动中的主动性,是合乎艺术创作规律的。值得注意的是,主体的创作并不是随心所欲的,而是受到了客体的制约,以往的"创造者"理论未能辩证地揭示艺术主体作为创造者的全部内涵。

西方有的理论家从审美的角度出发,认为艺术主体是生活的"旁观者"。古希腊哲学家认为艺术家就是游离于现实利害关系之外的"旁观者",只有在这样的位置上,他才能获得审美的愉悦。后来的康德、叔本华、布洛等,都把艺术主体看作与现实无利害关系,与对象保持一定心理距离的审美者。中国古代虽无"旁观者"一说,但庄子的"虚静无为",苏轼的"游心物外",都直接或间接地说明了艺术主体的超功利心态。另一些理论家认为,艺术主体其实是"移情者"。德国心理学家立普斯和伏尔盖特都持这种观点。立普斯认为,人们在对周围世界进行审美观照时,不是被动感受,而是自我意识、自我感情以至整个人格的主动移入。通过移入使对象人情化,达到物我统一,"非我"的对象成为"自我"的象征,"自我"从对象中看到自己,获得自我的欣赏,从而产生美感。因此,审美主体包括艺术家就是移情者。德国另一位心理学家伏尔盖特把审美移情说用于说明艺术创造的心理,认为艺术创造和艺术欣赏都是移情活动,都是把自我感情外射、附着到外在对象上去,因此艺术主体其实就是主观感情的给予者。"旁观者"和"移情者"理论指出了艺术实际中创造主体的非功利心态,但它又把创作主体简单化,忽视了主体在艺术创造中精神活动的丰富性和复杂性,把艺术活动仅仅看作主体情感的外射,否认了客体的意义,具有唯心主义的倾向。

"集体人"理论的代表人物是弗洛伊德和荣格。弗洛伊德提出艺术是"个体无意识"的转换形式,也就是把艺术主体归结为纯粹的个人,而荣格在提出艺术是"集体无意识"的象征的同时,明确地将艺术家称为"集体人"。荣格认为:艺术的真正本体是原始意象,而艺术家要把握住那幽灵般的原始意象,就必须超越个体意识,潜入"集体无意识"中去。换言之,只有超个体的属于全人类的"集体人",才能接近它。因此,艺术家必然是"集体人"。在荣格看来,作为艺术家的个人和作为个人的艺术家是不同的,后者指的是日常情形的艺术家,是原始体验所要超越的个人,与艺术无关;前者指超越了日常情形之后的超越性人格,他已不是通常的个人,而是普遍的人,也就是"集体人"。"集体人"是体现整个人类集体无意识的精神生活的人。一位艺术家是"集体人",因此在创作中他要写什么,表现什么都不能自主,只能像工具一样听从集体无意识的安排,艺术作品之所以打动人,也是因为艺术家以集体人的身份在作品中表现了人类普遍的精神和心灵。"集体人"理论克服了把艺术主体看作纯粹自我、把艺术品看作纯粹自我经验表现的缺陷,但"集体人"否定了艺术主体的现实性、具体性、个性和创造性。

我们的观点是将创作主体放置于审美关系中来考察,强调主体的个性,强调文学创作是创作主体复杂的精神活动,强调主体在文学创作中的能动性。文学不能脱离生活土壤,作品总是植根于客观社会生活中。但是,任何客观实际生活形态都不能直接构成作品。而且即使是同一时代、同一民族的作家,对同一种社会生活所做的艺术反映,也是千差万别、互不雷同的。因为"艺术并不完全服从自然界的必然之理,而是有它自己的规律"①。文学创作绝不是把全部的实际生活搬进作品,也不是机械地拼凑生活材料,更不是照相式地模拟生活局部,而是"外师造化,中得心源",这就少不了主体的创作实践过程。

在将客观实际生活转化为艺术作品的质变过程中,作家是实现这种审美转化的实践主体。他们总是依据现实对象,受心灵主宰,并在艺术形式的制约下,通过能动的审美创造来完成这种转化的。其间要经过一番复杂而微妙的心理加工过程,要注入主体的感受、意趣、情感、想象、发现、认识和理想等,创作主体全部的生理和心理机制都自觉地发挥能动作用,最终创造出带有鲜明主体特征的艺术形象。波斯彼洛夫说:"对艺术学来说,形象不是人感知现实生活现象的结果,而是借助于这些或那些物质手段再现已经在人们的意识中感知过的、反映过的现实现象的结果。"②作为一个文学创作主体,他首先也像马克思所讲的"直接地是自然物",也就是说,作家以实际的感性的对象,作为他的生命的表现对象,或者说他只能凭借实际的感性的对象表现他的生命。例如,同样是王昭君,在郭沫若和曹禺的剧中大相径庭;同是一条秦淮河,在朱自清和俞平伯的散文里风采各异,这都体现着文学形象是创作主体根据自身对客观世界的感受和把握,凭借自身特有的主体条件进行创作的结果,是创作主体依据生活并受心灵主宰所实施的一种"造物之妙与造意之妙相表里"的全新的审美创造。正如黑格尔所说:"有人可能设想:画家应该在现实中的最好的形式中东挑一点,西挑一点,来把它们拼凑在一起,或是在铜盘或木刻上找些面貌姿势等作为表现他的内容的适当形式。但是艺术的要务并不止于这种搜集和挑选,艺术家必须是创造者,他必须在他的想象里把感发他的那种意蕴,对适当形式的知识,以及他的深刻的感觉和基本的情感都熔于一炉,从这里塑造他所要塑造的形象。"③

由此可见,如果把文学作品比作大地上的植物,那么客观的社会生活就是土壤,丰富的生活原始材料便是蕴含于土壤之间中的水分、养料等,而创作主体则是被水、肥催发的种子,主体的心灵是特殊的"加工厂"。虽然离开客观生活的土壤,便无任何艺术的花朵,但艺术之花总还是根系于种子的,并非土壤的直接产物,从这个意义上讲,置身于现实中的创作主体是作品得以脱胎的直接母体。也正因为这样,"种子"的主体条件的差异,导致了作品也像植物世界里的物种一样,有乔木、灌木和小草的区别。作家在文学活动中占核心地位,任何客观的物质存在和社会生活都必须经过创作主体的心灵这一中介,才能成为文学作品的内容。福楼拜说"包法利夫人就是我",郭沫若说"蔡文姬就是我",丁玲说"我写东西就是写我个人的,就是写我自己",高晓声说"我写他们,是写我心",都是在揭示创作主体心灵的中介作用。所谓"文如其人",也道出了创作主体的

---

① [德]爱克曼辑录《歌德谈话录》,朱光潜译,人民文学出版社,1978年,136页。
② [苏]波斯彼洛夫《文学原理》,王忠琪等译,生活·读书·新知三联书店,1985年,12页。
③ [德]黑格尔《美学》第一卷,商务印书馆,1979年,222页。

心灵这一审美反映中介,对于作品内容与形式、风貌与格调的内在决定意义。它使创作主体笔下的以形象的方式构成的生活场景、事件、人物等,都成为被主观化了的或带有一定主观色彩的精神产品。这类产品体现了物我渗透、物我交流的关系,体现了创作主体"按照美的规律来建造"的审美创造性质,同时作家也总是"在他所创造的世界中直观自身"①。可以说,有什么样的实践主体,就有什么样的文学作品。人是社会实践的主体。人的主体性,表现为实践主体性与精神主体性的统一。前者是指人与客观世界构成实践关系时,人具有按照自己的方式去行动的实践主体性质;后者是指人与客观世界构成认识关系时,人具有按照自己的方式去感受、思考、反映客体对象的精神主体性质。人在这两种关系中都处于主体地位,都要表现出自己的本质力量与价值。在人们对世界加以艺术的把握——文学创作的过程中,作家的精神主体性显得尤为重要和突出。这种精神主体性,主要是指创作者的内在精神世界的能动性,如主体的感受、情绪、动机等因素,都对创作的完成起着积极作用。这种主体的能动性,是有自身独特的运动规律的,它对于创作活动有着至关重要的意义。文学创作的客体是特殊的社会生活。如何理解文学创作的客体,即文学反映的对象,是影响对文学创作的性质、规律的认识的重要问题。

在中外文论史上,对文学创作的客体有过不同的解释,比较有代表性的是"自然"说、"情感"说和"原始意象"说。"自然"说认为,创作客体是独立于人之外的自然。这里的自然最初指的是客观存在的自然界,后来指社会生活。在古希腊,它集中体现在"艺术模仿自然"的艺术观中。赫拉克利特、德谟克利特、亚里士多德等都认为,艺术是人通过模仿造成的,模仿的对象就是自然。后来古罗马的贺拉斯,文艺复兴时期的薄伽丘、塞万提斯,18世纪的狄德罗、歌德,19世纪的巴尔扎克等都认为艺术是对自然的模仿,尽管他们对艺术如何模仿自然的解释各不相同。在中国古典文论中,这种意向早已存在。例如,刘勰在《文心雕龙》中说:"人文之元,肇自太极,幽赞神明,《易》象惟先。庖牺画其始,仲尼翼其终,而《乾》《坤》两位,独制《文言》。言之文也,天地之心哉!"②这就明确了文学的客体是天地自然。然而,对于作为艺术客体的自然究竟有何特定内涵,它与其他精神生产的客体有何区别,他们并未做出科学的说明。

"情感"说虽然早在古希腊就存在,但主要盛行于18世纪启蒙主义、感伤主义和浪漫主义思潮兴起之后,这些思潮的代表人物和著名作家、诗人、艺术家认为,艺术的职责不是模仿自然,而是表现心灵,表现情感。英国浪漫主义诗人华兹华斯说:"诗是强烈情感的自然流露。它起源于在平静中回忆起来的情感。"③雪莱说:"诗人的职责就在于:把他自己从这些形象和感觉中所得到的愉快和热诚传达于他人。"④法国浪漫主义作家

---

① [德]马克思《1844年经济学哲学手稿》,《马克思恩格斯论文学与艺术》上,人民文学出版社,1982年,123页。
② 詹锳《文心雕龙义证》,上海古籍出版社,1986年,18页。
③ [英]华兹华斯《〈抒情歌谣集〉1880年版序言》,伍蠡甫主编《西方文论选》下卷,上海译文出版社,1979年,17页。
④ [英]雪莱《〈伊斯兰的起义〉序言》,伍蠡甫主编《西方文论选》下卷,上海译文出版社,1979年,47页。

史达尔说,诗表现的是诗人"灵魂中的感情",当热情激动灵魂时,诗人就借助形象和比喻来表现"内心的东西"。20世纪关于文学创作的对象是情感的理论被进一步强调和系统化。著名符号学美学家苏珊·朗格一再指出,艺术就是把情感呈现出来,就是情感的物化形式。美学家科林伍德说,艺术是在想象中表现自己的感情,真正的艺术就是情感的表现。在中国古典文论中,强调文学艺术是情感表现的观点也贯穿始终。西晋陆机的《文赋》明确提出了"诗缘情而绮靡"的见解,承继了中国文论萌发期就有的"诗言志"思想,开启了后世"诗缘情"的观念。中西"情感"说把人的情感作为文学艺术的表现对象把握了文学创作的特性和规律,但如果把文学客体归结为情感,以此否定客观世界作为文学的根本对象,或割断个人情感与社会生活的联系,则是唯心主义的。

"原始意象"说是由弗洛伊德的"个体无意识"转化而来的。瑞士心理学家荣格不满于弗洛伊德将"原欲"形成的"个体无意识"确定为艺术表现的客体,提出了"集体无意识"说,认为一切人类文化包括文学艺术都是"集体无意识"即"原始意象"的呈现。所谓"原始意象"在荣格那里是远古人类在生活中形成的并世代遗传下来的深层心理体验,是一种亘古绵延、无所不在、四处渗透的最深远、最古老和最普遍的人类思想,即人类精神本体。荣格把人理解为人类自身全部积淀的成果,肯定文学艺术必然要反映人的深层的心理体验,这一思想有其深刻的一面。但他把深层心理经验做了唯心主义和神秘主义的解释,并把文学客体完全归结到这种神秘的心理经验上去,也就否认了文学是对现实生活的反映,因此缺陷也是明显的。

我们认为文学创作的客体是特殊的社会生活,有两层含义。首先,文学创作的客体是社会生活,它是文学创作的唯一源泉,离开这个客体,就没有文学创作。这里的社会生活不仅指物质生活或自然观上的物质世界,也包括已客观存在的特定社会意识、社会心理、文化氛围、历史情境和作家个人对生活的体验等,而后者正是文学创作作为一种精神创造与物质交换形式的实践活动的重要区别。说文学创作的客体是社会生活,是指物质生活和精神生活相统一的社会生活。其次,作为文学创作客体的社会生活有它的特殊性。特殊性表现为这种社会生活是以整体的方式进入文学作品的。所谓整体的方式,是指多方面生活的交融、渗透,是现象与本质、具体与一般相统一的社会生活。列夫·托尔斯泰的《安娜·卡列尼娜》,以安娜和渥伦斯基的爱情故事为主线,展现的是19世纪俄罗斯社会上层与底层,城市与乡村,物质与精神等多方面生活相交织的画卷,从中传达出对虚伪、冷漠的批判和对纯洁人性的赞美。卡夫卡的小说《城堡》,通过在城堡中的种种经历,揭示了人类生活的困境。客体的现象与本质、个别与一般在作品中得到了统一,展示了社会生活的整体性。特殊性还表现为这种社会生活是作家体验过的社会生活。创作客体是相对于创作主体而言的,是处于审美关系中互相渗透、互相依存的两个方面,因此进入文学作品的社会生活,是既包含生活真实,又凝聚着作家对现实的感知、理解、想象与感情的心理复合体。凡是被作家理解和体验得愈深、愈独特的生活,进入作品的可能性愈大,艺术形象的品位也愈高。曹雪芹如果没有对封建时代青年女子不幸命运的了解和同情,就不会塑造出如此神采各异又栩栩如生的少女群像;巴金若无在走向没落的大家庭中的生活经历,就不能写出反映动荡时代里青年的痛苦和理想的"激流三部曲",茅盾写《子夜》《林家铺子》等作品与他对江南小镇和大上海的社会生活的熟悉是分不开的。这些被写入文学作品的社会生活已不再是纯粹的客观存在,而是浸染了主体思想与情感的文学形象了。沈从文的《边城》不是他的故乡湘西凤凰,是被他的人性理想烛照的"世外桃源";鲁迅笔下的阿Q是他对中国国民性的形象表述,绝不仅仅是绍兴乡间的农民;王安忆的《长恨歌》在繁复细致的叙述中不是为了复制过去生活的场景,而是要表达她对那个繁华的"上海"的想象……在文学创作中,作家对生活的体验是一种审美体验,而审美体验是一种情感体验,虽然它也包含着认识、思考,但它们已融化在情感之中了。因此可以说,文学创作的客体是经过作家的体验而情感化了的心理现实。

上面阐述了文学创作主、客体的含义及特性,对它们必须综合理解,才能避免片面性。

### 二、创作主体与创作客体的统一

文学创作同人类的其他精神活动一样,是主体与客体交互作用的、自觉的创造活动,是主体与客体的统一。文学创作的主客体的统一受制于文学创作的本质、规律与特征,有自己所遵循的原则。正如上文所说,创作主体的能动性决定了其在创作过程中的主导地位,决定了文学创作是作家对社会生活的主观认识和审美把握,而客体也对主体的创作活动起着影响和制约作用。

创作主体的主导作用表现在,当作家认识生活,从审美关系上去把握社会生活时,对生活的反映要借助于主体的评价、想象和虚构,生活真实就转化为一种艺术真实。凡是历史上出现过和现实存在的一切事物与现象,包括自然的与社会的、物质的与精神的、崇高的与卑下的、必然的与偶然的、真相与假象……这些都是生活真实。生活真实虽然为文学创作提供了原型启示,而且是取之不尽、用之不竭的源泉,但生活真实不同于艺术真实,艺术真实是创作主体对社会生活内蕴的认识和感悟,并表现在假定情境之中。从这个侧面来说,艺术真实是一种内蕴的真实,是假定的真实。

内蕴的真实是指,艺术真实不是生活真实的自然主义模本,而是对生活真实的反映。反映具有主观能动性,就是说,艺术真实是作家对社会生活的认识和感悟的产物。认识是理智的体察,感悟是直觉的把握。文学创作正是创作主体在既有理智体察又有直觉把握的心理机制和思维活动中,以历史的与审美的眼光,透过生活真实的表层对社会生活的内蕴做出艺术的揭示和表现。创作主体的个性不同,其认识和感悟的侧面及深广度也会有很大的差别,许多作品都是在对生活的富有个性的逼真描写中写出生活的本质特征。

何申的小说《年前年后》曾于1998年获1995～1996年度鲁迅文学奖。作品写的是从县委办下到七家乡当乡长的李德林年前年后的一段生活经历,这部小说是与谈歌的《大厂》、刘醒龙的《分享艰难》、关仁山的《大雪无乡》等一起被文学评论界称为"现实主义的回归""现实主义的冲击波"的代表作品。从面貌上看,《年前年后》与新写实的笔法一样,用一种生活之流映射出了当下的现实生活图景,没有什么磅礴之气,所以很多评论者都说这部作品明显地缺乏一种形而上的深远。也许作品确实没有把李德林描写成一个充满正气与锐气的理想人物，而是更多地显示了他对现实的认同感（比如请客，找关系想调回县城，对妻子的不忠只能旁敲侧击等等），但我们也不能不承认作品的确写出了社会转型期物质与精神、工具理性与价值理性之间的背离、冲突与紧张。这就是对当下生活本质特征的提取和写照，作者的用心就寄寓在这些表象之中。

  诗歌以表情为主，可以表现对人生哲理的洞察和丰富的情感体验。如李白在《行路难》中用"欲渡黄河冰塞川，将登太行雪满山"来表现人生道路的艰难险阻，表现自己怀有伟大抱负却不能得到施展的悲愤感情，又用"长风破浪会有时，直挂云帆济沧海"表达自己的乐观自信、对理想的执着追求，展示了诗人力图从苦闷中挣脱出来的强大的精神力量。这实际上就是诗人对生活本质的认识和揭示：人生之途多苦闷，但人的精神不能垮，要积极乐观地对待生活。作家只有在广泛观察与深刻体验社会生活的基础上，认识和感悟其内蕴——主要是本质性的东西，并予以提炼和集中，才能创造出艺术的真实，达到主客体的统一。

  文学作品的内容是创作主体对社会生活的加工和改造，通过这种能动作用使对象与主体发生关系，对象之中寄寓了主体的情思，体现了主体的精神特征，实现了主客体之间的统一。但不能忽略的是，这种能动性是受到创作客体的影响和限制的。它首先表现在作家的认识和情感都来自生活上，他只能写生活赋予他的东西。生活的存在在先，艺术从此发源，没有社会生活的基础就没有艺术，生活是高于艺术的。南朝由宋入梁的诗人江淹，年轻时以《恨赋》《别赋》名噪一时。因为这个时期的江淹，穷困潦倒，奔走江湖，对生活有感受，有不平之气，发而为文，故能妙笔生花。后来他官至梁朝的金紫光禄大夫，养尊处优，才思减退，再也写不出好作品了，人谓"江郎才尽"，实际上是作为艺术创造客体的生活之源枯竭了。北周诗人庾信的创作，被誉为"庾信文章老更成"，主要原因是他暮年遭遇萧瑟，多有故国沦亡之感，是生活的变化使他的文学创作有了新的转机。其次，生活本身是最丰富的，从自然界到人的行为心理，都是无限广阔无比复杂的，文学作品中的一切都来自生活，那些意想不到的巧合，动人心魄的悲欢离合，扣人心弦的变故等等，生活中应有尽有。即便是时空、环境及人物关系的设定荒诞不经，细细品味也会发现其没有离开生活事理的逻辑。贝克特的剧本《等待戈多》是荒诞派的代表作品。在第一幕中，作者为我们描绘了这样的场景：黄昏，乡间路旁，一棵光秃的树。爱斯特拉冈，也就是戈戈，正坐在土墩上脱靴子。弗拉基米尔，也就是狄狄，走来走去同他闲扯。他们一边语无伦次地谈着，一边做些无聊的动作，他们究竟干什么来了？戈戈说："咱们在等待戈多。"戈多不来，却来了波卓和幸运儿。他们把波卓当作戈多，原来他们对于自己苦苦等待的人竟然素不相识。戈多还不来，但终于还是等来了戈多的使者。他说，戈多今天不来，明天准来。于是他们相信明天一切都会好起来，他们唯一该做的事就是等待戈多。第二幕。还是那个时辰，还是那地方，仅有的差异是那棵光秃秃的树上有了四五片叶子。他们仍然在无望地等待，结果戈多的信使又来传话：戈多今天不来，明晚准来。狄狄和戈戈想离开这里，想去上吊，但他们既不能走，又不能死，因为还得等待戈多，只要他来了，"咱们就得救了"。这部作品整个时空、环境的设定荒诞不经，但它却以夸张的方式凸现了等待的焦虑与厌烦,从而使人物的言语与行动显得可以理解。它把第二次世界大战以后人们对生活的荒诞感及无望感表达得淋漓尽致,展现了人类生活和命运的不可知性。再次,社会生活进入文学作品后,作家必须遵循生活演进的必然规律和人物自身的逻辑。如曹雪芹的《红楼梦》,写封建大家庭由盛而衰的过程,暗含了对客观对象规律的把握。曹雪芹认为事物的轮回转换是无法避免的,他细致入微地写出了这种变化是如何发生的。尽管对笔下的人物充满同情,但不能给一个美满的结局。同样,福楼拜写包法利夫人不得不死,托尔斯泰写安娜的不能不死,都说明了作家在创作过程中必须忠实于人物性格自身的逻辑。最后,创作客体的本质特征规定了主体的思想内涵和情感取向。进入审美关系中的客体,之所以为主体所观照,是因为主体在客体身上发现了"自我",但他为什么在这一客体中有所发现呢?因为该客体蕴含了与主体相一致的本质特征,在审美过程中主体所引发的思想和情感活动都受这一本质特征的影响。如兰花高雅、美丽,被称为花之骄子。在中国历代咏兰作品中,人们对兰的象征意义进行诠释,并且成为一种固定的符号、定向的语码。所有爱兰、植兰、赏兰、咏兰之人,都从兰花身上吸取到道德的力量,从而自觉地塑造、提升、升华自身的人格与胸怀,兰象征了中国传统人格理想:德行高雅,坚持操守,淡泊自足,独立不迁。兰与传统文化中的人格定位能够建立对应关系,与它的生物学特性有关:兰花叶态绰约多姿,色泽终年长青,花朵幽香高洁,符合民族审美趣味。同时,长期以来对兰的内涵规定,使咏兰之作有着内在的一致性和传承关系。它的文化内涵既可理解为孔子那种"当为王者香"的理想和不为贫贱失意所动的人格信仰,亦可象征屈原对个人美德的保持与追求,又可寄寓郑思肖的民族气节与易代之心,还可表现明清之际士大夫不拘一格、张扬个性的志趣。此外,在中国文学中诸多有固定内涵的文学意象,如松、竹、梅等,都离不开客体的本质特征对主体情思的规定与制约。

因此,我们在理解文学创作是主客体的统一时,既要看到主体的能动作用,又要看到客体对主体的影响和制约,看到主客体之间的互动、互渗,这样才能全面地、辩证地理解文学创作中主客体的关系。

## 第二节　文学创作中的构思与传达

### 一、文学构思

文学构思就是作家在材料积累和艺术发现的基础上,在创作动机的指导下,以心理活动和艺术概括方式,创造出完整的意象序列的思维过程。艺术构思是创作活动中最关键最重要最紧张的环节,也是最能体现文学创作的精神活动特性的阶段。虽然它在某个阶段显得较为集中和鲜明,实际上它贯穿了文学创作的始终。构思的内容十分广泛,涉及了文学创作的方方面面,比如:题材的选定,形象的铸造,情节的设置、安排,视角的选择、切入,意境内蕴的提炼、确定,等等。既然构思是一种心理活动和艺术概括方式,那么我们就从这两个方面来展开探讨。

首先，探索作为心理活动的构思。在构思阶段，进入创作视野的信息纷至沓来，它们有待于创作主体的检视、整合、连缀、升华，在这个过程中，每个作家有他个人的创作方法和特点，因此，文学创作心理才会呈现令人眼花缭乱的情态。但将它放置于艺术构思的一般过程中去考察，文学构思的心理活动突出地表现为想象与灵感。

想象，就其本义来讲就是"想出一个象"。假如说材料的积累是文学创作的准备阶段，作品的通篇构思就是文学造型的实在开端，那么，构思所提出的艺术课题将有赖于想象去丰富、修正、展示和实现。构思只是假设、提纲、灰蒙蒙的人物影子和粗线条的情节框架，想象才是照亮这一切、赋予它们生命的"太阳"。活脱脱的想象力是作家普遍禀赋的心理特征。想象可分为再造性想象和创造性想象两类。再造性想象是为主体复现符合文字描绘的形象；创造性想象是要提供现实所不曾有的新的艺术造型。对作家而言，创造性想象无疑更重要亦更具独特性。文学对想象的依赖远甚于科学。科学也需要想象，它在科研的早期阶段甚至会导致天才的假说或推测。但科学的想象终结于客观规律的被确证，而文学的想象则永远向遥深的精神世界延展。想象也与记忆不同，从心理机制方面看，记忆是对以往曾接通的暂时联系系统的激活，新异性不明显；想象则是在分离了的暂时联系系统之间建立新的联系，这就有强烈的新异性即创造性。

文学形象是自由的。文学想象之所以成为可能，是因为文学创作活动为想象提供了一片广阔的天地，任由作家驰骋。可以说，想象是作家的特权，他们可以将文学素材进行自由切割和自由组合，显示了想象超越和主宰素材的优越机能。看齐白石、徐悲鸿的画，那自由自在的虾，英姿飒爽、炯然生风的骏马，给我们的感觉与动物学教科书的各种挂图绝不一样，因为艺术作品表现了艺术家对生活中原型的重新组合，内中包蕴了作者的理解。在文学作品中也是如此，海明威的《老人与海》已完全不同于生活中那个名叫曼奴埃尔的哈瓦那渔夫的故事，托尔斯泰的安娜也不是当时彼得堡上流社会的那个偷情女子，郭沫若写的《屈原》也不是历史上的那个诗人，在想象的作用下，作者将认识到的与体会到的融为一体。但是，想象也是有规范的。一方面，想象不拘泥于素材，相反，素材碎片越丰富，可供想象进行艺术排列和组合的天地就越广阔。另一方面，从作家的创作实际看，想象绝非大杂烩，作者大多执着地追随着自己所醉心的审美趣味和美学原则，有度、讲规范。因为作品写出来总是要被人解读的，读者阅读文字所激发的再造想象能否达到作品境界的最高处，就看作者运用想象是否规范。这里所说的想象规范，应是指造型法则，即用什么来组合造型，怎样组合造型。比如小说《永远的蝴蝶》，就充分运用了特定的色调和语调营造出哀婉忧伤的情境。

> 那时候刚好下过雨，柏油路面湿冷冷的，还闪烁着青、黄、红颜色的灯火。我们就在骑楼下躲雨，看绿色的邮筒孤独地站在街的对面。我白色风衣的大口袋里有一封要寄给在南部的母亲的信。
> 
> 樱子说她可以撑伞过去帮我寄信。我默默点头，把信交给她。
> 
> "谁教我们只带来一把小伞哪。"她微笑着说，一面撑起伞，准备过马路去帮我寄信。从她伞骨渗下来的小雨点溅在我眼镜玻璃上。

随着一阵拔尖的刹车声,樱子的一生轻轻地飞起来,缓缓地,飘落在湿冷的街面,好像一只夜晚的蝴蝶。

　　虽然是春天,好像已是秋深了。

　　她只是过马路去帮我寄信。这简单的动作,却要教我终生难忘了。我缓缓睁开眼,茫然站在骑楼下,眼里裹着滚烫的泪水。世上所有的车子都停下来。人潮拥向马路中央。没有人知道那躺在街面的,就是我的,蝴蝶。这时她只离我五公尺,竟是那么遥远。更大的雨点溅在我的眼镜上,溅到我的生命里来。

　　为什么呢?只带一把雨伞。

　　然而我又看到樱子穿着白色的风衣,撑着伞,静静地过马路了。她是要帮我寄信的,那,那是一封写给在南部的母亲的信,我茫然站在骑楼下,我又看到永远的樱子走到街心。其实雨下得并不大,却是一生一世中最大的一场雨。而那封信是这样写的,年轻的樱子知不知道呢?

　　妈:我打算下个月和樱子结婚。

一系列的意象构成了灰暗的色调,那绵绵的细雨,那闪烁的灯火,那孤独的邮筒,那两个穿着白色风衣的主人公,这一切景物给全篇奠定了忧伤的基调。反复出现的"樱子过马路"的动作将那个瞬间变成了永恒,而"我"的悲伤也成为永恒。"结婚"和"死亡"的对比增强了情感的力度。"蝴蝶"在中国传统的审美心理中既代表了忠贞的爱情,又暗示了爱的悲剧结局。作者在短短的篇幅里苦心经营,既能看出想象的自由(如对时间的随意安排),又能看到想象的规范(如表达方式的合目的性)。当然,随着时代的发展变化,审美习惯也会发生变化,那么,作者的想象规范也将有不同的形态。

　　在文学创作中,想象的原动力在于作者要形象地传达主体对社会的某种审美把握。在未诉诸文字表达前,它在作者心中呈现为对历史、世界、人生的总体性理解或体验。这里的总体性,是说想象能源发轫于他的社会阅历及精神探索的深远视野,而不是一时一事的素材所能限定的,虽然看起来想象是对素材的组合。那些素材的碎片进入作品后之所以熠熠生辉,是因为它在作者整体的艺术图谱中被安放在恰当的位置上,成了整体的有机组成部分。艺术想象的使命就是要创造出一个新的非实践意义的审美现实,来形象地传达作家对世界的总体性思考。作家这种思考的深刻与否,直接影响到文学想象能否在整部作品中生气贯注。比如舒婷的诗《惠安女子》:

　　野火在远方,远方/在你琥珀色的眼睛里

　　以古老部落的银饰/约束柔软的腰肢/幸福虽不可预期,但少女的梦/蒲公英一般徐徐落在海面上/啊,浪花无边无际

　　天生不爱倾诉苦难/并非苦难已经永远绝迹/当洞箫和琵琶在晚照中/唤醒普遍的忧伤/你把头巾一角轻轻咬在嘴里

　　这样优美地站在海天之间/令人忽略了:你的裸足/所踩过的碱滩和礁石/于是,在封面和插图中/你成为风景,成为传奇。

这首诗以流动的意象、柔和的色彩构成了一幅美丽的画面：一个纯真、美丽的少女亭亭玉立在海天之间的晚照中。惠安女子以忠贞、坚忍、勤劳的品格在世人面前尽现了那种内在的美丽，美丽藏起她们的忧伤和痛苦，掩盖了她们所经受的种种磨难，人们也因此忽略了她们为了这种美丽而付出的沉重代价。诗人正是穿透这种美丽让我们看到生活的另一面，寄了她对惠安女子及世间一切美丽事物的深刻理解和同情。诗中那些关于惠安女子的片断描写，成为一种寓意，一种暗示，一种象征，一种符号，诗的深意读者在反复体味中"悟而得之"。反之，缺乏对人生、历史、世界的总体性深刻把握会削弱作品的艺术性。俄国作家蒲宁的短篇小说《乌鸦》，写了父子两人同时爱上家庭使女的故事，结果父亲胜利了。于是儿子——小说的叙述人，便对父亲进行连篇累牍的挖苦、漫骂，说他是一只乌鸦。尽管小说不乏生活原型，也经过了艺术想象的加工，但读了却败人胃口，这就是因为作者在反映社会现实和矛盾冲突中，没有给人以力量，以希望，以美好的感受。他写得很熟练，但写得很肤浅，写成了父子之间的争风吃醋。这实际上就是作者对社会、人生思考不深，品味不高。乱伦行为作为一种丑恶现象，不是不可以写，问题在于以什么样的情感去"裁判"它，即从中提炼出一个什么样的主题，传达给读者一个什么样的生活感受、生活思考和生活信念。我们在这里强调作家的总体性审美思考的重要意义，并不是说一个人只有先当哲学家，才可能成为大作家，不是提倡"主题先行"，事实上文学创作活动中，作家的思想素质与艺术禀赋是浑然一体，水乳交融的。

　　灵感是文学创作中一种带有神秘色彩的心理现象，作家和理论家都试图对它做出准确的解释，但它却像一个古怪的精灵，让人难以看清真相，我们只能在作家们关于灵感的叙述中去寻找一些共性。苏轼《文与可画筼筜谷偃竹记》，介绍文与可"画竹必先得成竹于胸中，执笔熟视，乃见其所欲画者，急起从之，振笔直遂，以追其所见，如兔起鹘落，少纵则逝矣"[①]。普希金描绘过这样的情景：一瞬间脑海似潮水汹涌，幻想的波涛自由地吞吐着无数美妙的意象、结构、细节和词句，灵魂激动着，像在梦里……果戈理写《死魂灵》时，有一次"我不知为什么走进这家饭馆的一刹那突然想写作了。我吩咐摆张小桌子，在一个墙角坐好……在烟雾腾腾的令人窒息的环境里，我仿佛沉入梦境，没动地方就写了整整一章"。托尔斯泰把灵感叫作"来潮"，"假如来潮，我会写得更快"。如此这般，我们可以对灵感做这样的描述：灵感是以创造想象为核心的作家智慧的自动突发，经常给创作带来直接成果。

　　文学灵感的触发需要外界事物的刺激。列夫·托尔斯泰从睡衣袖口精美的花纹联想到女性所热衷的时装，联想到安娜的孤独和郁闷，因为所有的妇女都离开了她，没有人与她谈论这些纯属女人的快乐，结果笔走如飞；路边一棵牛蒡花会让他思绪起伏，产生写哈吉穆拉特的冲动。但不管是否伴有随机性，灵感应该是这样一个事实：在作家进行写作之前，心中突然"看见"了那些人物的面影，或涌起了连贯流畅的词句。灵感的产物并非外物所赐，而是已经存储于作者心灵空间的艺术创造。这是一个暂时被封闭在作家内心的艺术情境，它若隐若现，亦真亦幻，仿佛夜幕下宁静的大海，突然一颗流星划

---

[①] 颜中其《苏轼论文艺》，北京出版社，1985年，193页。

过,照亮了海天,礁石、船、沙滩、航标灯塔看得清清楚楚。外在的触媒就是那颗流星,它照亮了作家心中沉睡的艺术情境,一时间,形象纷至沓来,让人目不暇接。但流星是短暂的,就像所有的灵感都是"瞬间性"的,它不会自始至终地伴随创作的整个过程。而这个沉睡在作家心中的艺术情境恰恰是作家对某个人物形象,某种结构安排,某些词句表述长期孜孜不倦,专注思索的结果。这就理解了真正能给创作带来直接成果的灵感往往产生于作家创作心理活动高度紧张之际。也正是因为在这一艺术情境中积蓄了太多的能量,一旦爆发,作者常处于被动状态,仿佛被一种魔力驱使,只能听从、顺应、承受。阿·托尔斯泰曾感叹自己写得最顺手的时候不知人物五分钟后会说些什么。郭沫若原准备写屈原的一生,结果却写了一天,宋玉是被临时拉进作品的,婵娟之死也是灵感所致。这样看来,灵感代表了作家更富有创造性的"自我",是提升了的自我,是作家对自我精神世界的新探索或再认识,是对旧的自我格局的扬弃和超越。大作家往往借灵感的启迪,洞悉了包括自我在内的整个人生的广大、深邃和充实。当他们将这些深得人生三昧的历史意蕴物态化为形象,这些人物造型的生命可能比作家活得更长久,如浮士德之于歌德,阿Q之于鲁迅。

  灵感的自动来潮是与自觉创造过程相平行的无意识创造过程的突然崛起。现代心理学掘开了人的精神世界的深层地幔,人类第一次确认脑海深处还有一片无意识的新大陆。无意识、前意识、意识构成了人类心理的三个层次。意识是以明晰形态在感知水平线上流动的高级心理过程。前意识介于意识与无意识之间,又叫下意识或半意识,它能被个体模模糊糊地感知。无意识是在个体身上发生但个体却感知不到的所有心理活动。但感知不到不等于"不存在",就像看光谱:人所看见的赤橙黄绿青蓝紫七色,其实只涉及波长在400～760纳米之间的光波,该幅度还不到整个电磁光谱的1/70,我们看不见的光线远比七色多。同样,在精神世界里,明晰意识也并非包罗万象的心理形式,在自觉创作之外,还有一条几乎与之平行的无意识的创作之流。无意识创作集中表现在素材的无意积累和意象的无意组合。作家在生活中常常会有意识地搜集材料,有时还会用物质手段如文字、数据、音像将材料保存下来,目的是为创作提供素材库,这属于素材的有意积累。而素材的无意积累是以忽略和遗忘为特征的,在每天摄入的大量信息中,只有那些契合作家心理定式或创作意向的信息才可能转化为印象,其余的则被忽略而打入了无意识"冷宫"。一些进入意识素材库的印象在一段时间后由于长期不得使用而遭遇"清仓",被扔进无意识层,这就是遗忘。被忽略与遗忘的无意识层信息作为意识素材库的补充,能为灵感状态中的作家提供意外援助。朱光潜对此有精辟的说明:"艺术家都不宜在本行小范围内用功夫,须处处留心玩索,才有浓厚的修养。鱼跃鸢飞,风起云涌,以至于一尘之微,当其接触感官时,我们常不自觉其在心灵中可生如何影响,但是到挥毫运斤时,它们都会涌到手腕上来,在无形中驱遣它,左右它。在作品的外表上我们虽不必看出这些意象的痕迹,但是一笔一画之中都潜寓它们的神韵和气魄。这样意象的蕴蓄便是灵感的培养。"[①]无意识创作的另一个表现是无意组合,这在人物造

---

① 朱光潜《艺文杂谈》,安徽人民出版社,1981年,56页。

型上表现得尤为明显。"婵娟之死"是郭沫若没有料到的,这一方面说明艺术生命一旦诞生,就有着强大的力量突破作家原定的理念框架;另一方面这强大的力量也是作家无意中赋予的。婵娟对祖国的爱和为正义捐躯的刚烈,正是抗战时期中国的"民魂"。郭沫若身上又何尝没有它的烙印?虽然作家本身对"婵娟"这个人物没有这样的认识,但这颗"民魂"在灵感来潮时却导演了这样的无意组合。由此可见,灵感与无意识有着密切的关系。

灵感往往产生于脱离尘世的审美心理空间。审美的无功利性决定了审美是对俗世的摆脱,是与它拉开"心理距离",在主体内部抑制实用性思虑,全神贯注于对象的"美",这时灵感会翩然而至。许多大作家都深谙其中的奥妙。巴尔扎克就是善于利用心理距离来诱发灵感的高手。每当写作时,他要把阁楼的窗帘都拉上,披上"巴尔扎克长袍",点亮蜡烛。这时,现实生活悄然退出作家的视野,追逐财富的念头、豪门贵妇的诱惑都远离了作家,他沉浸在艺术的情境中,与他笔下的人物生活在一起,而美神亦为他对艺术的忠诚而眷顾他,把灵感赐给了他。由此令人联想到,创作是在作家真正自由的状态下实现的,无论用何种世俗的名义对创作进行干预,即使达到了目的,也是以牺牲作品的艺术价值为代价的。

虽然灵感是作家孜孜以求的,但灵感的美学素质远不能保证作品的全部价值,灵感所提供的意象、情节、辞藻、激情令人目眩神迷,但它毕竟是粗糙、松散的,还有待进一步的艺术加工。

其次,探讨作为艺术概括的构思。艺术概括是文学创造的基本原则之一,它要求作家依据自己的体验和认识,对个别或特殊的事物加以独特处理,在主体与客体相统一的基础上,创造出既具有鲜明的独特个性又具有普遍性的艺术形象。

艺术概括的原则能够使文学作品具有较高的艺术真实品格,也使其具有巨大的艺术魅力。在艺术概括这一原则的指导之下,作者能够通过个别的、有限的现象表现出普遍、无限的事物,通过一个人的一生和一些最普通的事物,使所有人的一生涌现在人们面前。海明威的《老人与海》写的是一个老渔夫历尽艰辛捕到一条大鱼,但回到港口时却只剩下一个鱼骨架。老人最初无休止地追寻大鱼,而后一遍遍地放索拉钩,历经千辛万苦终于弄死了大鱼,但紧接着便是死鱼的血水引来了一群群的鲨鱼。老人用鱼叉去扎鲨鱼,把刀子绑在桨把上去打鲨鱼,用棍子揍鲨鱼,但鲨鱼还是吃光了大鱼的肉,老人终于没得到他所期望的收获。表面上看,老人是个失败者,可老人坚韧不拔、临危不惧的行动,让我们看到了人面对失败所具有的气度。小说有句名言:"一个人并不是生来要给打败的,你尽可以把他消灭掉,可就是打不败他。"作品虽然写的是一个人的故事,但我们却在他的不断追寻与失败中看到了一种伟大的东西,一种永不满足、永不屈服、永远进取的自由意志。海明威以其高度的艺术概括能力为我们塑造了一个打不垮的硬汉形象,在作品表层与深层的对比中,使我们感悟到,人的失败与否,并不能全看具体的结果,重要的是人的精神。

艺术概括不同于科学概括。科学概括以分析和综合为手段去抽取事物的本质属性,同时舍弃其外在表象和感性形态而造成概念、范畴及逻辑体系。艺术概括有自己的规律与方法。艺术概括的规律表现在以下两个方面：

第一，在对富有特征的具体事物的观照和描述中，实现"个别"与"一般"的统一。

实际生活里，一切人与事、场与景都是"个别"的存在。文学创作就是从感受、体验、认识和理解这些"个别"开始的，并以它们为创造的原料。诚然，这些"个别"都在不同的范围内与不同程度上跟"一般"相联系，但是任何"个别"所体现的"一般"都是不完全、不充分的。因此，如何使文学作品达到"个别"与"一般"的辩证统一，就成为文学创作中的一个重要课题。

艺术概括是以对特殊的事物即富有特征的具体事物的观照和描述为途径的。在特殊之中显出一般，才能使艺术具有真正的生命。欧·亨利的小说常以情节取胜，人们说他的作品总是既在意料之外，又在情理之中，他的《麦琪的礼物》《警察与赞美诗》都是非常典型的篇章。前者歌颂了贫苦夫妇之间那种真挚的爱情，后者则讽刺了资产阶级法律的虚伪。前者写在节日将至的时候，妻子卖掉了美丽的长发给丈夫买来了与其祖传的手表相配的表链，丈夫却卖掉了祖传的手表给妻子买来了配其美丽长发的全套发梳。作者在小说中反复强调这个贫穷的家庭所仅有的两样贵重东西，使这个特征非常鲜明地呈现在我们面前，而后又让男女主人公毫不犹豫地为爱牺牲掉他们的宝物，从而让我们深切地体悟贫困之中相互的爱与奉献才是生命中最可宝贵的。这篇小说是从一个个别的家庭生活场景中让我们体味到了人世间的苦涩与甘甜，并进而生发出对整个人生的体悟。《警察与赞美诗》让我们看到了世界的荒谬性，控诉了资产阶级法律的虚伪。对这一本质特征的把握，作者是通过具体场景的描述才实现的。苏比反复触犯法律以期得到在监狱里过冬的权利，然而他却始终未能如愿，而当他懊悔过去生活的颓废想振作起精神过一种新的生活时，警察却毫不客气地把他送进了监狱。

对个别事物的掌握和描述，使艺术具有了真正的生命，如果从某个观念出发去寻找特殊的话，只能写出概念化、公式化的东西。"文革"时期的文学创作已经证明了这一点。

第二，实现"个别"与"一般"相统一的过程，始终体现为主体意识对客体对象的能动性介入和把握。

强调艺术概括是对富有特征的具体事物的观照和描述，并不是意味着作家对这些事物可以不做选择、提炼、加工与改造。无论是对生活的社会意义进行挖掘也好，还是对人生的价值、人的生存状态进行把握也好，每个作家都会把自己的主观能动性渗入其中，这不仅使不同的作品具有不同的面貌和意义，也使不同的作品在层次上呈现出差别。托尔斯泰擅长写社会悲剧，他常常能够突破生活原型，把视野扩展到沙皇俄国社会生活的方方面面，对罪恶的现实给予无情的揭露与鞭挞。作为这种社会制度的激烈抗议者、愤怒的揭发者和伟大的批评家，托尔斯泰以其主体意识介入生活，从而使其艺术形象上升到了典型化的高度，使艺术概括的力度在俄国现实主义文学中达到了顶峰。欧·亨利在许多作品中虽然也能达到对社会现实的批判，但对于资本主义社会中的主要矛盾，他却采取一种回避态度。他的笔墨常常集中在对小人物的同情以及对处在尴尬之中"坏人"的嘲弄上。他的《红酋长的赎金》写得极有趣味，把偷鸡不成蚀把米的人生之态描写得极为生动。

山姆和比尔一共有600块钱的资本，为了去西部做一笔骗人的地产生意，他们决定绑架有名望的居民多塞特的十岁的独子做人质，希望据此从孩子的父亲那里诈骗出2000块钱来。可是他们没有想到这个孩子竟是一副天不怕地不怕的嘴脸，而且对这种在山洞露宿的生活非常满意。孩子的顽劣让绑匪比尔忍无可忍，决定让他离开。没有这个红头发的孩子，比尔有了一种安逸的神情。可是那孩子留恋这个让他感到空前自由的地方，他又悄悄地跟着比尔回来了。两个绑匪到底还是觉得这只小公羊十分棘手，决定倒贴了赎金赶快把孩子送走。他们骗孩子说他爸爸给他买了来复枪，现在去取来明天好去打猎。可等到孩子发现两个强盗要把他留在家里的时候，作者写道：这孩子便像火车头似的吼了起来，像水蛭一样死叮住比尔的腿。他爸爸像撕膏药似的慢慢把他揭了下来。显然，像这样"倒霉"的绑匪不多见，作者通过某些情节的集中和夸大，达到了讽刺的效果。

主体观念对生活的介入和把握，不仅表现在不同的作家对生活进行不同的选择和提炼上，也表现在作家对不同的表现手法的选择上。西方现代派文学突出人的主观情绪，可说是主体意识介入生活的典型代表，这些作品用一种特异的方式概括了二战之后西方世界那种普遍悲观绝望的情绪。总之，在文学创作中没有主体对客体的能动介入与把握，就不会产生艺术概括性，"个别"与"一般"的统一是在"主体"与"客体"的统一中实现的。

艺术概括的具体方法常见的有这样两种。一是在广泛占有生活材料的基础上进行集中、概括。这就是鲁迅所说的"杂取种种人，合成一个"。鲁迅的小说大抵是用这种方式写成的。他说自己的小说，"所写的事迹大抵有一点见过或听过的缘由，但决不会用这事实，只是采取一端，加以改造，或生发开去"，人物"是一个拼凑起来的角色"，"往往嘴在浙江，脸在北京，衣服在山西"。不少文学作品都是以这种方法进行艺术概括的。"杂取种种人"，是说杂取的对象是一个个个体的人身上最富有特征的东西，不是抽象的共性本质，而是个体的个性；杂取的结果是原型人物身上取来的自然特征相互作用而产生的新质，产生出的具有独立生命的崭新的形象，正如托尔斯泰所说："我需要做的恰恰是从一个人身上撷取他的主要特点，再加上我所观察过的其他的人们的特点"，把它们集中起来"反复搅拌"，"捣成粉碎"然后铸造成新的完整形象。二是以一个生活原型为主，同时吸收融入其他生活素材。这就是鲁迅所说的"专用一人"。这个原型的言谈举动、细微的癖性、衣服的式样等都可以不加改变直接写进作品。这种方法要求生活原型，或者是自己的体验，或者属于他人的经历，须有一定的典型意义。鲁迅的《狂人日记》中的狂人，就是以他的表兄弟为原型的；巴金的《家》中的觉新，则主要是以作家的大哥为原型的。另外像《红楼梦》中的贾宝玉，《钢铁是怎样炼成的》中的保尔·柯察金，《青春之歌》中的林道静，《林海雪原》中的杨子荣等，也是用这种方法创造出来的。这种方法的长处是所用材料确凿，有助于提高形象的真实性，短处是视野往往受局限，影响了形象的普遍性。所以，一般专用一人的方法，也常常同时还要从其他人身上选取一些特征，补充到这一个人身上。当然，这种补充，也不是简单地粘贴，而应该是一种化合，一种创造。

## 二、文学传达

　　文学传达是指作家将构思过程中已基本酝酿成熟的形象和意念转换为文学符号的过程。它是艺术生产过程中出产品的阶段。在整个创作过程中，无论是素材积累还是文学构思，都发生在作家大脑内部，而传达使纯个体的审美外化为公众得以分享的财富。在传达阶段，飘浮不定的思绪要凝结为固态的文字符号，内部语言将转化为具有交流沟通功能的外部语言，对作家而言，这又是一个高强度的劳动过程。

　　艺术传达的过程不仅是个艰辛的过程，还是个复杂的过程。这是由于在艺术构思阶段，作家的内心意象尚不完备，它们处于若明若暗，变幻不定的状态中，还不能称为确定、鲜明的艺术形象。在传达过程中，这个预期的观念性的存在会发生变化，这变化有时是在原有的基础上使原内心意象的创造性、概括性得到丰富、生发和扩展，从而使它的审美意蕴不断增值，有时却与作家原先的意图背道而驰。后一种情况的发生，或是由于作者驾驭艺术表现形式的能力不够，或是在创作过程中，作者的创作动机发生了转换。托尔斯泰写作《安娜·卡列尼娜》就是一个例子。小说最初发轫于作家的宗教伦理热情。他想写这样一个女人，由于不恪守宗教原则背离丈夫而遭到惩罚，意图是宣扬夫妻关系的"永恒性"。在第一稿中，作家并不展开安娜与第三者的关系史而是直接将他们搁在丑闻之巅，任凭沙龙沸沸扬扬。这样的开头既没有写清安娜对渥伦斯基的吸引力，也没有写为何社交界将安娜拒之门外。而后又匆忙让安娜向情夫交代自己已经怀孕，必须同卡列宁离婚，从此以后，直到女主角的最后一天，再也听不到这对生死恋人的爱的表白。既然作家当初所关心的是演绎宗教主题而不是展开情节和性格，那么，女主角的心路历程就不在作家的视野中，置她于死地的原因就被简单归结为她的肉欲和精神空虚。但托尔斯泰毕竟是现实主义大师，他不满足于将女主角之死看作个人事件，还要动用社交界来强化对安娜的谴责。当作家把视线投向安娜所生活的上流社会时，他却发现了更甚于安娜的腐败与恶俗。于是，作家自相矛盾了：当他以清教徒的目光来审视安娜时，安娜是有罪的；当他用现实主义大师的目光来看安娜时，安娜同她所处的上流社会相比，不乏真诚、可爱。这时，作家的审美性总体情思从宗教伦理的沼泽升华到社会批判的高度。于是，作家跟着新起的思潮往前走，安娜的形象从最初的构思中脱胎而出，逐渐变得丰满、清晰，她从第二稿中嘴咬黑珍珠项链上下摆弄着的荡妇，第三稿中低额头、小眼睛、短鼻子、红嘴唇的肥女人，成了定稿中莫斯科舞会的皇后，"单纯、自然、优美、同时又快活又有生气"，高雅迷人的外貌昭示着她的内在美，丑小鸭变成了白天鹅。安娜造型的美化根源在于作家在传达过程中创作意图的变化。

　　文学传达的过程是一个符号化的过程，也就是说作家要将他的构思整个地变成一种符号的现实，或者说用符号去构筑一个艺术世界。文学符号最基本的单位是词汇，作为文学符号的词汇有两个特征：一为泛理性，它受思维的管辖，心灵的痛苦、欢乐、悒郁、恬静等情感要素只有被意识察觉，才能被词汇"冠名"。二为非理性，它要深入作家幽深而恍惚的深层情怀中去探寻它是否符合主体的本意。这就是说，文学词汇既是语义性的,又是体验性的,它不仅要传达作家的心灵图景的意义(是什么),还要传达出图景的意味(作家是怎么看的),意义和意味都能够契合心灵图景的词汇才能称为文学符号。中国古代的"炼字",就是寻找这个契合度最高的词。"红杏枝头春意闹",为什么一个"闹"字境界全出?因为它不仅写出了诗人体会到的春天,浓墨重彩,生机勃勃,更传达了诗人满心的欢喜。"春风又绿江南岸","绿"比"到"好,因为其语言表达超越了平庸,与诗人的心灵图景吻合了。词汇毕竟是"点状"的,它只有组接成句子才可能传达心灵图景的完整意思,这就涉及词汇的组接方式——句式。不同的句式在传达中会传递不同的审美情调,对此,作家有充分的认识,他们的作品也证实了句式在表达中的意义。列夫·托尔斯泰重浊的长句是构筑其纯洁道德感和心理过程体验的条石,作家靠它造起了心理现实主义的大厦。乔伊斯的无标点句则是尝试意识流实验的操作手段。海明威和加缪都喜欢用短句,但他们又有所不同。海明威果敢洗练,加缪凝重蕴藉。萨特评价加缪的句式说:"每个句子都不承接上一句话造成的语势,每句话都是一个新的开端。每句话都像是给一个姿态或一件物品抢镜头拍照。而对于每一个新姿态或话语又都相应地制造一个句子。"[1]除了词汇和句式之外,体裁也是符号化过程中必须考虑的因素。因为在体裁中已经凝结了相对稳定的美学情调,它对艺术传达产生影响和制约,选择了什么样的体裁就意味着对这一体裁规范的遵从。曹禺动手写《雷雨》前已经构思了五年之久,作者在构思时就有了清醒的体裁意识,按戏剧"三一律"和巧合原则组织戏剧冲突,所有人物都在第一幕交锋,随着矛盾的激化推进情节,重视舞台气氛的渲染,《雷雨》成了中国话剧的典范之作。但也有作家通过对体裁规范的突破而获得令人耳目一新的传达效果。汪曾祺的小说不以传统小说的故事取胜,而以个性鲜明的人物,别具一格的风情见长,成了"散文化"小说的代表,王蒙各个时期的小说实验也是试图赋予小说这种体裁更丰富的美学含义。

当我们谈到文学传达是一个符号化的过程时,这实际上就触及了艺术的形式问题。对待艺术形式问题,存在着两种不同的观念和理论:一种是重内容而轻形式。在文论史上,认为形式只是内容的载体或容器而仅具有从属意义的观点非常普遍。清代袁枚说:"意似主人,辞如奴婢。"欧洲的"再现说"与"表现说"就总体倾向而言,都是轻形式而重内容的。他们认为形式与内容虽然相互依存,但两者不是平等关系,而是内容决定形式,形式只是消极地服务于内容。另一种是形式主义。这种理论倾向虽然自古有之,但突出地表现在俄国形式主义、英美新批评及结构主义等流派的文学观念中。他们对文学形式的强调达到了一种极端的地步,但还是给了我们一些有益的启示。在内容与形式的关系上,强调内容决定形式的观点具有无可置疑的真理性,但是形式的能动性及其自身的审美价值也应得到充分、足够的评价。形式创造是文学创造性的基本原则之一,作家要赋予自己的创作对象以艺术形式。形式创造既体现为对内容的内在结构的把握,又体现为利用语言材料及艺术手段(结构、体裁、韵律、表现手法)使之呈现为外在形态。可见,艺术形式的概念,从质的规定性上说,它必然是也只能是文学作品的存在方

---

[1] [法]萨特《加缪的〈局外人〉》,《文艺理论译丛》第2册,1984年,344页。

式与形态,是语言材料及各种艺术手段的有机组合。

因此,在文学传达中应该遵循的规律与原则为:

第一,内容与形式的完美结合才能产生优秀的作品。文学作品的内容是形式的内容,形式是内容的形式。无疑,只有它们和谐完美地融合在一起时,才能创造出理想的艺术生命之躯,否则,其艺术的生命力就会非常短暂。这里可以举《高山下的花环》做例子。这部中篇小说在1983年发表时获得了异常的轰动,作品所讴歌的"位卑未敢忘忧国"的精神,塑造的梁三喜、靳开来等英雄人物,给了人们极大的震动。作品不仅描绘了那一时代的真实场景,而且打破以往"高、大、全"的模式,塑造了普通人的英雄形象。但从艺术形式的角度来评价的话,其陈旧的叙事方式及结构上的松散却使人明显地感到尽管是一部好作品,却难说是一部精品。所以多年之后我们再去读的时候,就会发现它缺少了耐读性。如果我们把它与《这里的黎明静悄悄》比较一下,虽然在内容上它们同样有厚重之处,但在形式上二者却不可同日而语。俄罗斯那幽静的森林,那洋溢着青春活力的美丽少女,那血洒疆场的英勇无畏……五个女兵在特定的背景中完成了她们的生命旅程,向我们展示了生命的脆弱与顽强。作者用一种浪漫的激情把爱国主义和诗情画意贯穿在整部小说中,一句摘录出来显得极为平常的话,却能够在特定的语境中大放异彩。

精彩的内容和完美的形式在艺术的生命力中起着至关重要的作用,但在形式的创造中,却要以内容为前提。别林斯基曾说,艺术形式并不是外在的,而是它自己所特有的那种内容的发展,因此,从内容出发去选择创造形式,内容才会与自己的形式构成一体,消失在它里面,整个儿渗透在它里面。一系列的素材,也许在心中萦绕很久都无法形成作品,而一旦确立了主题,那些生活的事实、细节就会在主题的照耀下各找各的位置,各显各的面目,从而以一个整体的形式呈现出来。可见,从内容出发,把内容形式化,或者说,让它渗透或消失在形式之中,是实现内容与形式统一的必由之路。正是由于形式是从内容生成的,是被内容生成的,是被内容所召唤的,因此,在中外文学史上,优秀作家在形式选择与创造上都是坚持从内容出发,根据内容表现的需要去选择与创造形式。有的内容适合用戏剧形式表现,有的内容却适合用诗来写,只有采用了合适的形式,才能使艺术作品具有生命力。

第二,形式具有独立的审美价值。在文学作品中,内容居于主导地位,形式从属于内容,但这不等于说形式是消极的、被动的。恰恰相反,形式具有巨大的能动作用。这包含着两层含义:一是说当形式适合内容时内容就会得到充分的表现,否则就要遭到抑制甚至伤害;二是说在形式服务于内容表现的前提下,形式的完美创造能够使内容得到深化或升华,形式具有帮助内容生成的作用。这也是艺术创造的一个重要的规律。由于形式对内容具有这种能动的表现作用与构成作用,因此,高度的语言修养,圆熟的艺术技巧,较强的形式创造能力,对作家来说就十分重要了。这是文学创作与其他精神创造的不同要求。文学的形式除了对内容起塑造作用外,其自身的独立的审美价值还表现在文学艺术作品存在着形式美的问题。

形式美是美学的一个重要范畴。在历史上,美学家们做过大量的探讨,提出了许多形式美的定义。英国现代文艺批评家克莱夫·贝尔提出的"有意味的形式"理论,影响很大。这一理论认为艺术作品的基本性质就在于它是"有意味的形式",意思是说作品各部分、各要素之间以独特方式组织起来的组合、排列形式是有力量的:一方面,它主宰作品,另一方面,它能唤起人们的"意味"感即审美感情。它虽然也是一种形式主义的理论,但其对艺术形式的审美特征的揭示有着不可置疑的合理因素。"形式"之所以"有意味",是因为它们蓄积着社会历史内容和人类的审美感情,具体说就是,在长期的社会实践中,作为自然规律的形式不断地作用于人们的生活,人们也在不断地认识它们的过程中把它们主观化、情感化,久而久之,这些形式就成为人类情感意识的较为固定的表现。因此,当它们从现实的具体事物中分化出来而成为独立的、抽象化的、具有稳定性的审美对象时,尽管它们与社会功利内容及目的之间呈现着明显的疏离状态,然而它们却由于能与人们在长期社会实践中形成的审美心理结构相对应,因而依然能给人以"有意味"的审美感受,从而达到情感的交流。若从内容上看,《永远的蝴蝶》表现的是一个简单的瞬间事件,一场车祸使处在幸福之中的恋人天人永隔。时间的变形、意识流手法的运用、意象的设置及语言的表达,却让我们在不到700字的描绘中体味到了无尽的生命滋味。生命的脆弱、美好的易逝、对永恒的追求以及永恒之中所存在的悖论,都是形式所体现出来的意味。

各种艺术形式都具有相对独立的审美价值。文学作品的形式美,在诗歌当中表现得最为突出,如它的节奏感、韵律美、诗行排列美等等。"轻轻的我走了/正如我轻轻的来/我轻轻的招手/作别西天的云彩""撑着油纸伞,独自/彷徨在悠长、悠长/又寂寥的雨巷,我希望逢着/一个丁香一样的/结着愁怨的姑娘",朗读中我们便能够明显地感觉到那种音乐的美感。小说、戏剧及散文也有形式美学的问题,如在结构安排上讲究对比、完整,风格上讲究多样、统一、变化等等。总之,在文学的传达中,除了应坚持更完美地表现艺术内容的宗旨之外,还应重视对形式美学的追求。

## 第三节 创作个性与文学风格

### 一、创作个性的形成与发展

创作个性是作家在文学实践中养成并表现在他的作品中的性格特征。它是作家的世界观、艺术观、审美趣味、艺术才能及气质禀赋等因素综合而形成的一种习惯性行为方式的表现,它制约和影响着文学风格的形成和显示。作家创作个性的形成与发展同先天性因素有关,也受后天教育和环境的影响。

人们早就注意到气质对文学创作的影响。从心理学上说,气质是一个人在他的心理活动和外部活动中表现出来的某些关于强度、灵活性、稳定性和敏捷性等方面的心理特征的综合。从表现形态上看,它更清楚地表现在情绪和情感的发生速度、向外表现的强度及动作的速度和稳定性方面。不同的气质往往在文学风格中有所表现。曹丕认为"文以气为主",有什么样的气质就有什么样的文学风格,不能强制和机械模仿。刘勰在

《文心雕龙·体性》中论证了创作个性对作品风格的影响:"夫情动而言形,理发而文见,盖沿隐以至显,因内而符外者也。然才有庸俊,气有刚柔,学有浅深,习有雅郑,并情性所铄,陶染所凝,是以笔区云谲,文苑波诡者矣。故辞理庸俊,莫能翻其才;风趣刚柔,宁或改其气;事义浅深,未闻乖其学;体式雅郑,鲜有反其习;各师成心,其异如面。"[①]刘勰的分析与现代文艺心理学不谋而合。心理学家将人的气质分为四种类型:多血质,其特点为热忱、活泼、好动、敏捷、兴趣广泛、情感丰富外倾,但不强烈并易于变化;黏液质,特点是沉静稳重、迟缓寡言、能忍耐、情感几乎不外露,注意力稳定但难以转移;胆汁质,精力旺盛,动作敏捷、冲动、性急,情绪强烈而迅速;抑郁质,孤僻、落寞、行动迟缓,情绪体验不活跃但深刻有力、持久,情感内向,善于观察细微事物。这样的划分并不完善,但给了文艺心理学家启发,为他们研究作家的创作心理提供了新的角度。如研究者在诗人气质和诗歌艺术特色的对应关系方面做了分析,认为气质对诗歌创作风格的影响主要表现在以下几个方面:

第一,在题材的选择上,多血质的诗人注意力易于转移,黏液质的诗人注意力易于集中。因此,前者表现出对多方面题材或更广阔生活领域的兴趣,后者则对某种题材、某一生活领域执着专注。第二,在情感的抒发上,胆汁质的诗人由于性情急躁,甚至有狂暴情绪喷发的倾向,因而比黏液质和抑郁质的诗人更易于抒发强烈感情以及直抒胸臆。第三,在观察体验上,抑郁质的诗人显然又比多血质和胆汁质的诗人仔细和深刻。第四,在意象摄取上,多血质和胆汁质的诗人由于活泼敏捷,情感强烈,所以他们笔下的意象更富于变幻,具有多重色调。第五,在语言运用上,黏液质和抑郁质的诗人更注重推敲和锤炼。第六,在艺术形式的追求上,多血质和胆汁质的诗人比黏液质和抑郁质的诗人更富于灵活性和变化等等。

当然,正像现实生活中多数人是几种气质类型的混合体一样,作家、诗人也不是单纯气质类型的。李白的诗题材多样,情感强烈,意象富于变化,形式不拘一格,显然属于多血质加胆汁质的气质类型;杜甫"为人性僻耽佳句,语不惊人死不休"的创作态度,以及由此而形成的深厚凝重、沉郁顿挫的艺术风格,与他黏液质加抑郁质的气质有关。

除了气质外,影响作家创作个性的因素还有创作才能。作家的观察力、感受力、想象力都会对意象塑造和作品的整体构思产生直接的作用。敏锐的观察力能使人发现生活中为人所忽视的东西,深刻的感受力能使人跳出日常生活姿态,更贴切地审视内在精神世界,丰富的想象力是文学创作的必备条件。作家谋篇布局、遣词造句、塑造形象的习惯,形成了作品不同的艺术风格。另外,世界观、艺术观也通过影响和改变直接的审美意识,特别是审美理想而影响创作个性。审美理想是在创作实践中形成的对某种理想的创作境界的向往和追求,如果他把这种审美理想贯穿于创作过程的始终,就形成了独特的创作个性。比如,契诃夫的作品中既无天使式的完人,又无彻头彻尾的恶人,却挤满了不好不坏、亦好亦坏的"中间人物",他的作品往往将温和的讽刺与淡淡的哀愁结合在一起。这与契诃夫在现实生活中的态度有关。他不是一个彻底的革命民主主义战

---

[①] 詹锳《文心雕龙义证》,上海古籍出版社,1986年,24页。

士,他有民主主义思想,却无推翻沙皇专制的激烈壮怀,他受不了分量太重的字眼,回避戏剧性的事变,对人们的逆境和精神弱点宽厚容忍。正是因为这种态度,他的作品更关注"中间人物",从中寄托自身的同情、哀愁及其对现实的批判。郭沫若在五四运动期间写下的《女神》,格调昂扬、激烈,想象大胆丰富,洋溢着浪漫主义的激情,这是与他推倒旧文化,建立新世界,追求个性自由的现实关怀一致的。

作家创作风格的形成与发展,虽与作家的先天的气质禀赋有关,但更受到后天的教育和环境的影响。鲁迅生活在20世纪初的文化转型时期,童年经过了严格的中国传统私塾教育,青年时代进新式学堂,后又游学日本,受到西方文化的熏陶,这些都是形成鲁迅文学创作个性的因素。虽然鲁迅坚决反对年轻人读中国古书,但不能否认,鲁迅对中国传统文化的深刻了解也来自这些古书,正是在了解的基础上,他对传统文化的批判才会如此犀利,毫不留情。而传统文化在鲁迅及他的同时代人身上也打上了深深的烙印,所以鲁迅的批判常常伴随着自省和反思,传统文化是他批判的对象,但另一方面,传统文化也融入他的血液中,这种"抉心自食"的痛苦在他的创作个性中有鲜明的表现。西学背景也同样影响了鲁迅创作个性的形成,它不仅为作家提供了审视中国传统文化的新视角,也提供了批判的武器。鲁迅说过,他之所以作起小说来,大抵依仗医学知识和百余篇外国小说。这是谦逊的说法,但可以看出阅读、学习在鲁迅艺术活动和审美趣味养成中的作用。

社会生活环境是创作个性形成和发展的动力之一。作家生活时代的政治、经济、哲学、文化,既影响其世界观和人生态度,也会影响他的文化心理和情感意趣。总的说来,在作家创作个性中,可以寻见时代的潮流和当时文化的总体趋向,当然,这种影响是复杂的,有时是潜在的。因此就能够理解为什么每当社会发生动荡,作家和他的时代一起经历了生活的浮沉以后,创作个性就会有一些变化。这是因为旧的意识形态受到冲击,思想就有可能获得解放,生活和心灵的新天地就有可能被发现。第一次世界大战以后产生了海明威那样因战争而感到幻灭的"迷惘的一代";"十月革命"后产生了法捷耶夫、肖洛霍夫、奥斯特洛夫斯基、马雅可夫斯基;20世纪30年代资本主义世界总危机使聂鲁达、洛尔伽的创作进入了新高潮。我国的五四运动造就了一代文学大师;唐代诗歌兴盛的原因固然很多,但其中很重要的一条是唐代的知识分子感到了灿烂的希望和安史之乱以后的失望。社会大变动不但给作家提供了丰富的、与以前不同的生活,而且使作家的思想和感情发生了动荡。甚至有些作家要在生活和思想发生大的变化后才能写出好作品来,这一方面是变化带来的震动开启了作家的灵慧之门,另一方面思想变化使作家对过去的生活产生了新的认识,那些平常的生活变得像李后主所说的"别是一般滋味在心头"了。

因此,完全可以这样说,创作个性孕育于主体的先天气质禀赋之中,但它的形成与发展则离不开时代,时代是培植创作个性的气候和土壤。

## 二、文学风格

关于文学风格历来有不同的理解。一种人认为,风格是作家以自己独特的审美理想、审美趣味所选择的语体。有人认为语体是用以体现文学体裁并与特定的体裁相匹配的文学语言格调。如诗歌的语体明显不同于小说,这是因为诗歌语体要求有较强的音乐性和抒情功能,小说则要求贴近生活的叙事语体,而戏剧又要求适宜舞台表演的夸张的对话体;散文的叙事与小说和诗歌不同,它采用亲切自由的语体。而这里所说的语体不是着眼于体裁的,它是作家自由创造出来的语言格调,比如鲁迅的沉郁深刻,郭沫若的奔放热烈,周作人的冲淡平和,茅盾的明快细腻,赵树理的幽默风趣……这个说法把语体格调和文学风格等同起来,把风格仅仅看作是一种语言现象,而忽略了风格更为丰富的内涵。法国19世纪文艺理论家丹纳就持这样的观点。他认为一部小说包含三种元素,第一是性格鲜明的人物,第二是人物的遭遇和故事,第三便是风格。他理解的风格是从作品的语言中来的:"一部书不过是一连串的句子,或是作者说的,或是作者叫他的人物说的;我们的眼睛和耳朵所能捕捉的只限于这些句子,凡是心领神会,在字里行间所能感受的更多的东西,也要靠这些句子做媒介。所以风格是第三个极重要的元素。"①为什么会产生这样的误解呢?因为语言是文学的第一要素,它往往比题材等更能显示作家的个性,更能体现风格的特征。这个说法看到了语言与风格的关系,但以此来为风格定义,显然是不全面的。

另一种观点是"风格即人"。这是法国文学家布封提出的,这个说法传入中国后,产生了很大的影响。它与中国传统文论中的"言为心声""文如其人"非常接近。西汉扬雄在《法言·问神》中这样说:"言,心声也。书,心画也。声画形,君子小人见矣。"意思是言为心声,书为心画,从中可以看出人格的高低。钱锺书对此做了进一步分析,认为不能一味以文观人,因为"所言之物,可以饰伪:巨奸为忧国语,热中人作冰雪文,是也。其言之格调,则往往流露本相;狷急人之作风,不能尽变为澄澹,豪迈人之笔性,不能尽变为谨严。文如其人,在此不在彼也"②。因此,文如其人的"文",不是"所言之物",而是指作品中的格调。格调是作者本相的流露,从中可以领略到他的创作个性。"风格即人"重视风格生成的内在因素,但把风格与人格等同,忽略了风格与社会生活之间的联系,也是不妥的。

一切文学作品的诞生,都是创作主体与表现对象相互作用的结果,是主体与对象相结合的产物。并不是每一个作家、每一部作品都有自己的风格,但风格应该是文学创作追求的目标。歌德把艺术家的创作分为三种:单纯的模仿、作风和风格。单纯的模仿是对对象绝对客观的描写,没有任何个人的因素在其中。歌德认为这是作家的基本功,也可以达到很高的真实与水平,但还是低层次的。所谓作风,就是作家按照自己对对象的理解来描写对象,而不满足于对它的一丝不苟的模仿,这时作家创造了自己的"语言",写出了自己所理解的样子,歌德认为这是创作的第二个境界——作风。再往前发展就到了最高境界,那就是风格:"通过对自然的模仿,通过竭力赋予它以共同语言,通过对于对象的正确而深入的研究,艺术终于达到了一个目的地,在这里,它以一种与日俱增

---

① [法]丹纳《艺术哲学》,傅雷译,天津社会科学院出版社,2007年,298页。
② 钱锺书《谈艺录》,中华书局,1984年,163页。

的精密性领会了事物的性质及其存在方式;最后,它以对于依次呈现的形象的一览无遗的观察,就能够把各种具有不同特点的形体结合起来加以融会贯通的模仿。于是,这样一来,就产生了风格,这是艺术所能企及的最高境界,艺术可以向人类最崇高的努力相抗衡的境界。"① 在这里,歌德对风格的界定有三个要点,第一,风格是文学艺术最高的境界。第二,风格是建立在作家对对象的本质和存在方式的深刻领悟基础上的。第三,这种对本质的领悟是在事物形象中得到的,因而风格也应该在艺术形象中。歌德的话对我们理解风格有很大的启发。

综上所述,对风格可以做这样的定义:风格是作家创造出来的富有个性特征或独创性的美的形态,它存在于内容和形式所构成的艺术整体中。也就是说,风格是作品中实实在在的东西,是作品的存在形式。尽管我们可以从题材、语言、情感等不同的角度来解说风格,但风格是比作品单独的形式或内容都高的存在形态,是在作品整体存在中显现出来的。对作品风格的研究,反映了人们对文学作品的认识达到了更高的水平,这种研究更接近艺术的本质。对一个作家来说,形成自己的风格是艺术走向成熟的标志,也是他自觉的追求。作家的风格创造对文学史来说是一笔财富。风格一旦被创造出来,就成为文学史中的传统力量,一方面为后人提供了精神食粮,另一方面它还影响了后代的作家和读者。

风格从外部存在状态看,有以下几个特征:

第一,独创性。风格的特征及其成熟的首要标志是它的独创性,每一种成熟的文学风格都有与众不同的特殊矛盾和特殊本质。事物内部的诸多质态中,有一种主要的质对事物起着规定性作用,使此事物与他事物区别开来。风格的独创性,从根本上说,就是由风格内部占主导地位的质所决定的。风格首先意味着那些仅仅属于作家自己的东西,是他在气质、才能、修养、阅历、思想、情趣等个体精神方面的差异而造成的创作倾向和个性特征,从而在整个形象系统的构成中,展现出不同的格调。古今中外的优秀作家,都有着自己独树一帜的文学风格。左拉对法国小说家的不同风格有准确的把握,他认为圣西门是一个蘸着自己的血液和胆汁来写作的作家,句子都是生命的跳跃,墨水已被热情灼干,整个作品犹如广阔的江河,挟带着残渣和奇美,浩浩荡荡,蔚为壮观。司汤达的文句冷峻而简短,心理分析是他所长,相反,要在他的作品中寻找妍丽的词句是不可能的。他的风格犹如一片表面冻结内部沸腾的大湖,他以一种严格的真实照见岸边的一切事物。② 成熟作家的风格会成为一种标志,其作品会同其他人区别开来。宋代诗人赵明诚的五十首《醉花阴》同李清照的一首"薄雾浓云愁永昼"混在一起,朋友一眼就看出了它们的不同,成为一则文坛佳话。在现代文学史上,鲁迅、郭沫若、老舍、朱自清、巴金,每一位杰出的作家都有与众不同的独特风格。风格的独创性,关键在"创"字。任何作家都需要学习前人的经验,有一个模仿的阶段在所难免,但要形成风格则必须独创。齐白石说:"学我者生,似我者死",就是这个道理。

---

① [德]歌德《文学风格论》,王元化译,上海译文出版社,1984年,3页。
② [法]左拉《论小说》,《古典文艺理论译丛》第8册,127~129页。

第二，稳定性。一位作家及其作品的风格应当丰富多样，但如果缺乏连续性和一贯性，就会失去他的独特个性，流于纷乱琐碎，这是艺术不成熟的表现。文学风格是作家成熟的标志，它一旦形成后，只要形成这种风格的根本性条件没有大的转变，风格往往表现出相对的稳定性。鲁迅在白色恐怖中，为躲避敌人的检查，频繁地更换笔名，但明眼人还是能从"鲁迅风格"的特征上辨认出他的作品。鲁迅在写给黎烈文的一封信中说："原想嬉皮笑脸，而仍剑拔弩张，倘不洗心，殊难革面"，慨叹"换一笔名，图掩人目，恐亦无补"①。由此可见，风格的相对稳定性是不以作家自己的意志为转移的。丹纳说："人人知道一个艺术家的许多不同的作品都是亲属，好像一父所生的几个女儿，彼此有显著相像之处。你们也知道每个艺术家都有他的风格，见之于他所有的作品。"②风格的相似与统一，正是风格稳定性的体现，因为这些作品来源于同一种创作个性。一个作家没有相对稳定的风格，是艺术上不成熟的表现，有了稳定的风格，还要有勇气冲破旧的格调，更新自己的风格。与创新性相比，稳定性总是相对的，创新性才是绝对的。一个伟大的作家，应当有用多种风格描绘生活的本领，如布封所说："一个大作家绝不能只有一颗印章。"

第三，多样性。风格的独创性，必然会形成风格的多样性。风格是作家创作个性的反映，各种独特的风格汇成了总体的丰富。广阔的社会生活，对象的不同品格，读者的不同需要，也对文学风格的多样性提出要求。正如马克思在批判普鲁士专制政府对文风的粗暴干涉时指出的："你们赞美大自然悦人心目的千变万化和无穷无尽的丰富宝藏，你们并不要求玫瑰花和紫罗兰散发出同样的芳香，但你们为什么却要求世界上最丰富的东西——精神只能有一种存在形式呢？"③人类丰富多彩的物质生活和内心世界，与文学风格的多样性有着内在的统一，使风格的多样性成为不可忽视的艺术规律。另外，一个优秀的作家，要想广泛而深刻地反映现实生活，表达不同的思想和情绪，不能不具有多种本领和几副笔墨。不同作家具有不同的风格是有目共睹的，同一个作家创作出不同风格的作品也是文学史上屡见不鲜的现象。雨果曾经历了由古典主义向浪漫主义的转变，莫泊桑从自然主义转向现实主义，普希金的《茨冈》是浪漫主义的风格，而《叶甫盖尼·奥涅金》却为心理现实主义的风格，马雅可夫斯基早年是未来主义的追随者，后来成为革命现实主义的信徒……但是，尽管一个作家的风格有多样性，却是矛盾的统一体，仍有他主导的格调。

风格是文学艺术作品的高级形态，不同的作家有不同的艺术风格，因此，对风格的形态进行分类就很有必要。风格的形态，是作家创作个性表现在作品中的客观存在形式，是从作品的有机整体中呈现的总体审美效应。对风格形态的分类，中西文论的区别比较明显。西方文论注重用抽象的概念对不同种类的风格的本质进行概括。中国传统文论则注重对风格的特性做形象的描绘，注意风格之间细微的差别。以唐代司空图的

---

① 鲁迅《鲁迅书信集》上，人民文学出版社，1976年，371页。
② ［法］丹纳《艺术哲学》，傅雷译，天津社会科学院出版社，2007年，8页。
③ ［德］马克思《评普鲁士最近的书报检查令》，《马克思恩格斯全集》第一卷，人民出版社，1964年，7页。

《二十四诗品》为例。《二十四诗品》是对唐以前诗歌创作实践和风格理论的总结,风格被分为二十四种之多:雄浑、冲淡、纤秾、沉着、高古、典雅、洗练、劲健、绮丽、自然、含蓄、豪放、精神、缜密、疏野、清奇、委曲、实境、悲慨、形容、超诣、飘逸、旷达、流动。而对这些风格形态的描述都是这样的:"素处以默,妙机其微,饮之太和,独鹤与飞。犹之惠风,荏苒在衣。阅音修篁,美曰载归。遇之匪深,即之愈希。脱有形似,握手已违。"(冲淡)在形象化的展示中让读者去领会某一种风格的特质。

文学风格越来越丰富,对风格的区分也有所发展,新的美学范畴不断引入,对风格做"一网打尽"式的整理是困难的。这里只能列举一二,以期窥斑见豹。

第一,刚健与柔婉。宋人俞文豹在《吹剑录》中记载了一则掌故:东坡在玉堂日,有幕士善歌。因问:"我词何如柳七?"对曰:"柳郎中词,只合十七八女郎,执红牙板,歌'杨柳岸晓风残月';学士词,须关西大汉,铜琵琶,铁绰板,唱'大江东去'。公为之绝倒。"这则掌故风趣地概括了东坡词和柳永词的不同风格,一刚健,一柔婉。

刚健意为刚强、雄伟。风格刚健的作品,气势豪迈壮阔,感情奔放热烈,笔力劲健,境界雄浑。《二十四诗品》中的雄浑、劲健、豪放都属于这一类。这种风格,洋溢着一股英雄豪气,给人以亢奋、激越、昂扬的艺术感染力。那些精神崇高、胸襟博大的作家,往往在作品中呈现出这种风格,如曹操的《观沧海》、李白的《将进酒》、苏轼的《念奴娇·赤壁怀古》、毛泽东的《沁园春·雪》。柔婉的作品,内在和美,外表秀丽,表情曲折委婉,给人和谐的感受。《二十四诗品》中的纤秾、清奇、委曲多属于这种风格。它一般没有激烈的冲突、刚猛的气势,而是柔情似水,细腻婉转,余韵悠长,极尽曲折低回之意。在审美效果上,往往令人愉悦依恋,感叹不已。柔婉风格的诗人最擅长表现离愁别恨,李后主的"问君能有几多愁,恰似一江春水向东流",李清照的"寻寻觅觅,冷冷清清,凄凄惨惨戚戚",秦观的"可堪孤馆闭春寒,杜鹃声里斜阳暮"等,都堪称千古绝唱。

刚健与柔婉,各有特点,无高下之分,优劣之别,要看艺术成就如何。海明威的《老人与海》,境象宏阔,意蕴深厚,是一部刚健之作。施笃姆的《茵梦湖》,情思缠绵,如梦如幻,柔婉曲折。它们都是有很高艺术价值的佳作。

当然,同一类作品,也能具有刚健与柔婉的风格,如姚鼐《复鲁絜非书》说,经典"亦间有可以刚柔分矣","其得于阳与刚之美者,则其文如霆,如电,如长风之出谷,如崇山峻崖,如决大川,如奔骐骥;其光也,如杲日,如火,如金镠铁;其于人也,如凭高视远,如君而朝万众,如鼓万勇士而战之。其得于阴与柔之美者,则其文如升初日,如清风,如云,如霞,如烟,如幽林曲涧,如沦,如漾,如珠玉之辉,如鸿鹄之鸣而入寥廓;其于人也,漻乎其如叹,邈乎其如有思,暖乎其如喜,愀乎其如悲"。

而黑格尔则概云东方诗为缠绵阴柔之美,其《美学》云:"在这些民族特性、时代观感和世界观之中又有某一些比另一些更适宜于诗。例如东方的意识方式比起西方的(希腊的是例外)就较适宜于诗。在东方,未经分裂的、固定的、统一的、有实体性的东西总是起着主导作用。这样一种观照方式本来就是最真纯的,尽管它还不具有理想的自由。"

第二,素朴与华丽。素朴的风格是指质朴、自然、单纯、冲淡。席勒在《论素朴的诗与感伤的诗》中说,素朴的作品"追求单纯的自然和感觉",艺术家"用来处理题材的那种冷冰冰的真实简直近乎无情……他自己就是他的作品,他的作品就是他自己"。司空图对素朴等风格的界定也是围绕"述本色之相""达本性之情"展开的,李白主张诗歌要"清水出芙蓉,天然去雕饰",也可以看作是对素朴风格的推崇。因此,素朴要求真实,顺乎自然,顺乎本性,不矫饰,不做作,以天然本色取胜。素朴也要求单纯。事物的表象是芜杂的,本质常常被遮蔽,而素朴就是在对现象进行提炼后达到的纯洁、质朴的美。单纯不是单调、单一,它是另一种丰富,那是蕴含在单纯中的丰富,所谓"淡极始知花更艳",讲的就是这个道理。素朴的第三层含义是冲淡,它是一种宁静祥和、高雅悠远的韵味。陶渊明的田园诗就是这种风格的代表:结庐在人境,而无车马喧。问君何能尔?心远地自偏。采菊东篱下,悠然见南山。山气日夕佳,飞鸟相与还。此中有真意,欲辨已忘言。(《饮酒·之五》)诗中意境超凡脱俗,纯真平和。

华丽,在中国古典文论中又称"绚丽""绮丽""秾丽",是一种与素朴对举的风格。它表现为飞彩流金,富丽堂皇。我国传统艺术中的青铜器、楚辞汉赋、六朝骈文、敦煌彩绘都是这种风格。文学作品的华丽风格,是与作品所描绘的内容和作者抒发感情的性质密切相关的。文采的富丽出于生活的丰富和感情的充沛。屈原的《离骚》、司马相如的大赋、李白的诗歌,汪洋恣肆,极力铺陈,实为生活所需,情感所至。这种风格因为运用了夸张和修饰,艺术效果更具感染力。在文学作品中,华丽的风格也要有适当的"度",如果"过度",就成了浮华、绮靡。华丽不仅要求文辞显耀,而且要文质相称。内容空虚而一味堆砌辞藻,就是华而不实,徒有其表。

素朴和华丽是两种不同形式的风格,但中国人一般偏爱素朴之美,甚至会把素朴看成是最高的美,《庄子·天道》称:"朴素而天下莫能与之争美",对后世产生了很大的影响。我们在推崇素朴的同时,不应该贬低华丽,作为文学风格,它们有着同等重要的地位。

第三,崇高与荒诞。崇高在西方传统美学中有着重要的地位。在古典主义美学中,崇高是美的最高形式,一切艺术都以表现崇高为旨归。在心理学层面上,崇高是在自身安全的前提下,对高山大漠、瀑布江海、天空荒原的恐惧,从而感到人的渺小,但人并不因此而沉沦,而是积聚精神力量,超越凡庸,情感由惊讶、恐惧变为崇敬。所以,崇高不仅是一种情感上的飞跃,而且也是人的生命力的迸发,是向人格境界、生命意义的高峰的升华。古往今来的伟大作家,总是以展示人类精神品德的美、人格修养的美来体现对真理、正义、人性至善的追求,去表现顽强斗争,敢于牺牲的精神,描绘一个个"大写的人"。莎士比亚的《哈姆雷特》、雨果的《九三年》、托尔斯泰的《战争与和平》等,都是这种文学风格的典范。

荒诞,又称怪诞或诡奇。荒诞的文学风格古已有之,但并未得到重视,直到19世纪以来,特别是20世纪现代主义兴起,它成为现代主义的主要风格之一,引起了新的关注。在现代主义作家那里,荒诞从形式上看表现为不合比例的变形,将不同性质的事物黏合在一起,对事物某方面特点的夸大等,其内在情感却是对现实的失望和痛苦的思考。如卡夫卡的《变形记》就是一个范例。推销员格里高尔在一天早晨醒来,发现自己成了一只丑陋的甲虫,他随即遭到了全家人的厌恶,家人把他关在房间里,唯恐他不合时宜的出现让他们丢脸。变成了甲虫的格里高尔却有着人的思维和情感,他还希望能够为家人挣钱,让他们过理想的生活。《变形记》的内容是荒诞的,人怎么会突然变成甲虫呢？但作品的思考是严肃的:现代社会中,人与人的沟通是不可能的,即使亲情也已被"异化"了。荒诞作为一种美学风格,标志着人类审美习惯的转变。

风格是多种多样的,风格由于相互影响而呈复杂形态,风格形态的内涵还会在文学实践中进一步发展,因此,以上对风格的描述是局部的、静态的,对风格的研究还有待于进一步深入。

## 第四节　创作共性与文学类型

我们以上所讲的风格,侧重于创作个体的角度,讲的是个人风格。但如果将风格放在更广阔的视野里去考察,主体的创作个性会因为外在的原因而产生某种一致性,形成创作共性。这些外在的原因包括:第一,时间。一代有一代之文学,这是风格的历时性,但风格往往有共时性,如建安七子、初唐四杰。第二,空间。自然环境影响了人类的物质生活方式,也影响了精神生活方式,文学创作中表现为风格的地域性。第三,民族。世界上不同的民族创造了不同的文化,不同民族的文学艺术在风格上也有明显的差别,这就成了文学创作中的民族风格。创作共性导致了文学思潮、文学流派等以某种风格为标志的"集合体"的出现。

### 一、文学思潮

在特定历史时期,受一定社会思潮的影响而形成的具有某种共同思想倾向、艺术追求和广泛社会影响的文学潮流,叫文学思潮。文学思潮的形成和发展有多方面原因。首先,文学思潮往往是社会变革的产物。社会基本矛盾的剧烈冲突,政治斗争的需要,生活方式的演变,无不影响着人们的精神生活。文学是社会存在的反映,社会的变革必然引起文学的呼应。所以,历史上发生巨大变革的时代,也可能是文学思潮最为活跃的时代。以中国现代文学为例,从晚清开始,中国封建制度的危机越来越严重,矛盾冲突在社会文化、社会制度等各个层面展开,"五四"新文化运动期间,从文学作品的形式到内容,变革、创造成为主流。在这样一个思想解放的时代,文学思潮也迅猛发展,不断更新。其次,哲学思想的影响。一个时代的哲学思想是这个时代的灵魂,一定的文学思潮总是建立在一定的哲学思想的基础上的。起着支配作用的哲学思想,是这个时代文学思潮的先导,为某种文学思潮的发生和发展开辟道路。西方近代文学思潮,都与当时的哲学思潮有密切的关系。恩格斯说过,欧洲16世纪的文艺复兴运动是"人类从来没有经历过的最伟大的、进步的变革,是一个需要巨人而且产生了巨人——在思维能力、热情和性格方面,在多才多艺和学识渊博方面的巨人的时代"[①]。从此以后,欧洲人面前展开了一个新的世界。文艺复兴的哲学基础是以人性论和人道主义为核心的人文主义,它把人性放在了比神更高的位置上,来反对封建制度和宗教神学对人的压迫。人文

---

① 陆梅林辑注《马克思恩格斯论文学与艺术》上,人民文学出版社,1982年,368页。

主义作家在文学领域向封建王权和教会发起冲击。在文艺复兴的发源地意大利,薄伽丘的《十日谈》揭露了教会的虚伪、愚蠢,对他们的政治地位提出质疑;在西班牙,小说家塞万提斯的《堂吉诃德》无情地嘲弄了骑士制度的荒诞、可笑。在英国,伟大的莎士比亚以一系列不朽的剧作赞美人,赞美人的理性。这一时期,文学巨人辈出,显示了人文主义对文学思潮的巨大推动力。两次世界大战后,整个西方陷入了精神危机,支撑精神大厦的人文主义和理性受到了怀疑,人到底是什么?人的存在有何意义?对这些问题的思考产生了"存在主义"等哲学思想,与这种哲学思想相呼应,文学中也形成了一股强劲的现代主义潮流,虽然现代主义内部流派众多,更替频仍,但在表现人与外部世界的紧张、人生的荒诞等方面是较为一致的。再次,审美风尚的影响。一个时代的审美风尚和审美需求是文学思潮的巨大推动力。文学作品作为艺术美的体现,和审美公众发生密切的联系。只有当文学作品所蕴含的审美信息被审美公众接受,它才能真正实现其审美功能。所以,某种文学思潮的形成,很大程度上取决于社会审美公众的实际需要和社会审美心理。最后,文学自身运动的结果。文学越是发展,便越走向自觉,文学思潮是文学走向自觉的一个重要标志,是文学自身运动的必然结果。比如中国的新诗运动,既受19世纪末、20世纪初社会变革的影响,又体现了诗歌自身发展的规律。

文学思潮的特点是流变性,与个人风格的变化相比,文学思潮的流变是在更广阔的历史背景下更大规模地展开的。在现代文学发展史上,文学思潮是最积极、最活跃的因素,处于不停顿的变化之中。一些文学思潮像潮汐一样,汹涌而来,高潮过后,又为新的思潮替代。文学思潮互相消长,不断更替,从中可以看到文学发展的轨迹。

**二、文学流派**

文学流派是在特定的历史条件下,以某种共通的美学理想和创作风格为纽带,自觉或不自觉的联合体或作家群。文学流派的重要标志是作家之间相似或共通的创作风格。宋代诗人杨万里在《江西宗派诗序》中说:"江西宗派诗者,诗江西也,人非皆江西也。人非皆江西,而诗曰江西者何?系之也。系之者何?以味不以形也。"这里维系江西诗派的"味",即江西诗派诸家诗某种共通的美学趣味和创作风格。

在文学史上,流派的形成有两种情况。一是自觉形成的。在一定的历史时期,作家之间有明确的相同的艺术风格和追求,他们可以通过结成一定的艺术团体组织,通过群体的力量,向社会推行某种艺术风格,其结果是强化了某种风格在社会中的影响。如20世纪前半叶出现的"创造社""文学研究会"等,它们都有明确的文学纲领和文学主张,有共同的创作倾向。另一种是不自觉的、松散的集合体。一些作家因为文学风格相近而被视为一个流派,其实他们并无明确的文学纲领和文学主张。有些作家因为表现出地域的共同性,或者倾向的一致性而成为流派,但他们的文学风格往往各不相同。如"京派""海派"之称,就是以这些作家生活的地域而得名,并不是自觉意义上的文学流派。文学史上重要的文学流派,除了拥有风格近似的作家群外,一般还有一两个开一代风气的文学大家,作为这个流派的"风格领袖",他们的艺术成就是这个流派的旗帜,他们的艺术追求和创作道路具有示范性,在联合体中具有号召力和凝聚力,在读者中有崇高的声誉,他们对流派的形成和发展有不可替代的作用。

流派是文学发展到一定阶段,为适应政治、经济的需要,受一定的思想潮流影响而出现的。文学流派的繁荣是文学繁荣的一个重要标志。在文学越来越多元化的今天,文学流派的多样化是必然的。但是,流派的风格不能替代个人的风格,因为归根结底,流派风格是通过个人风格体现的,更何况有些作家不属于任何流派,但不妨碍他成为独树一帜的文学大家。

### 三、文学类型

由于文学创造的主客体关系和作品对现实的反映方式的相似而在作品外在形态上呈现出共同性,形成了文学类型。一般把文学作品分为现实型、理想型和象征型三种类型。三种文学类型的形成,是人类文学创作活动的历史产物。从我国文学来看,《诗经》《楚辞》《庄子》分别体现了现实型、理想型、象征型文学的基本倾向。《诗经》的写实精神和现实因素在《史记》、杜甫的诗作、白居易的诗作、明清小说当中得以发扬光大,成为文学史上颇引人注目的一种类型;而李白诗作纵横于仙境之中的狂放奇幻,《西游记》《聊斋志异》《牡丹亭》等超越现实的奇思幻想,则继承了《楚辞》的浪漫精神。再看象征型文学。《庄子》中的寓言与神话,以幻想形象暗示难以捉摸的人生哲理、哲学精神,带有突出的象征意味。自庄子之后,体现禅趣的山水诗作,通过水光山色、阴晴变幻写出自然、人生意境,追求"韵外之致""味外之旨",暗示着耐人寻味的哲理禅意。王维、李贺、李商隐的诗都具有明显的象征性。

西方古代文学最早的体裁是古希腊神话、史诗和戏剧。在文学初步发展的阶段,现实、理想与象征的因素往往是结合在一起的。神话主要是幻想的产物,但当时人们就是这样认识世界的。《荷马史诗》在神话传说的基础上把人神化,又使神具有人的性格,表现了人们借助想象征服自然、支配自然的愿望和要求,既有浓厚的理想精神,又生动、真实地反映了"荷马时代"的社会现实(希腊联军与特洛伊的战争是女神们的争吵引起的,而战争场景的描绘又是极为现实的)。古希腊悲剧家埃斯库罗斯和喜剧家阿里斯托芬的戏剧,从农村酒神祭礼和民间滑稽戏基础上发展而来,具有强烈的现实性,同时又大量采用神话题材,使作品具有虚幻色彩。这个时期的文学同时也带有一定的象征色彩。古希腊悲剧家索福克勒斯的《俄狄浦斯王》中人物悲剧性的死亡,既是宿命的,也有深刻的象征意义。在中世纪文学中,宗教文学、英雄史诗、骑士传奇等也都具有象征型和理想型文学的基本特征。而到了文艺复兴和古典主义时期,三种类型的因素仍然不同程度地交织在一起。莎士比亚作品中的仙灵、女巫与现实生活的统一,拉伯雷作品中的夸张与对旧势力的暴露,古典主义文学中现代观念与古代神话题材的结合,都表明了古代西方文学类型最初发展阶段的特点。随着文学的发展,三种不同的文学类型的特点也越来越清晰。

第一,象征型文学。

象征型文学是一种侧重以暗示的方式寄寓审美意蕴的文学形态。它的基本特征如下:

1. 写作目的是暗示一种哲理或观念

所谓暗示,指在词语中寄寓某种超出本义的内涵。现实型与理想型文学的意义就在其形象自身,而象征型文学突出文学形象意义的超越性。那些个别的意象背后都隐藏着更深远的意味让人们去发现。在象征型的文学作品中,其文学形象已超越了形象自身,《等待戈多》中等待与被等待者都是象征形象,表现的是世界大战后失去了信仰的人们对理想的盼望和理想的渺茫。象征型作品的寓意是通过暗示方法实现的。暗示不同于现实型的再现和理想型的表现。再现与表现突出直接性。前者通过对生活现象的直接描绘反映现实,后者以直抒胸臆的方式表现情感态度,并且着重表现自我虚无缥缈的梦幻和神秘莫测的内心世界。在象征型作品中,文学创作不能满足于再现客观现实,而应当侧重表现变幻莫测的心灵世界。现实是虚妄的、不可知的,只有主观世界是真实的,现实世界只不过是主观世界的客观对应物。这里的主观世界并不是通常所理解的人的意识活动,而是理性无法把握的神秘莫测的"彼岸"世界,而文学就应该表现彼岸世界的真实。这种真实不能为理性所把握,因此,象征主义作家认为,只有凭一种非理性的内心体验,即直觉,才能认识真理,才能创造美。正如马拉美所说,幸福不在世上,只在梦中,只有梦幻才是"纯粹的美",才是诗人要达到的最高境界。在诗歌创作中,象征主义诗人彻底摆脱纯客观的描绘,而力求捕捉个人一瞬间的感受和幻觉。如庞德的《地铁车站》"这些面庞从人丛中涌现/湿漉漉的黑树枝上花瓣朵朵",写的就是诗人从阴暗的地铁车站忽然看到美丽的面孔时的特殊感觉。它表现了诗人的惊喜,也写出了美的易逝。

2. 朦胧性

象征型文学间接表现的暗示方式使它具有一定的朦胧性。朦胧,指词语含有多层不确定的意义。象征是抽象之物与具象之物之间的比较,其中的意义是纯粹暗示出来的。因此,象征主义的作品不可避免地具有某种内在的朦胧性。象征型文学的暗示不能用单一的确定意义去概括,因为它具有超出个别现象的更宽泛的意义。象征型文学为读者留下了无穷的想象的空间,要求读者去积极思考、探寻丰富的"言外之意""象外之意"。鲁迅的《秋夜》是一篇象征意味很浓的散文,这篇象征型的散文藏着许多深意。那眨着冷眼、洒下严霜的天空、粉饰黑夜的月亮,那梦见春的到来的小粉红花,相信春天定会到来的瘦的诗人,追求光明的小飞虫,构成了一个象征体系,负载了深邃的寓意和丰富的情感。但细究起来,似乎多数意象又无法指实,意义是不确定的。

第二,理想型文学。

理想型文学是一种侧重以直接抒情的方式表现主观理想的文学形态。它的基本特征如下:

1. 表现性

现实型文学立足于现实,突出再现性,理想型文学则超越现实,突出表现性,具有明显的理想主义色彩。理想型文学重在表现理想,指把内在主观世界状况(如情感、想象、理想、幻想)直接表达出来。显然,在理想型文学中,主观理想具有高于一切的地位。现实型文学反映人类社会实际存在的现实生活,理想型文学则艺术地创造理想的世界,表达作家超越现实的主观愿望。陶渊明的《桃花源记》创造了一个"不知有汉,无论魏晋"、自耕自食、人人平等的理想乐土,《西游记》中表现的自由遨游于天地之间,在磨砺中终成正果的愿望都富有极为强烈的理想主义精神。同时,理想型文学也重在表现情感。理想型文学的主观理想精神,在文学反映方面体现为对现实矛盾的情感评价的侧重。理想型文学与注重客观再现的现实型文学不同,它极大地突出了文学的抒情表现功能,它的情感态度常常是以直抒胸臆的方式表达出来的,而不像现实型文学那样不动声色地将情感隐藏在对事物的描绘之中。雨果的《巴黎圣母院》中对艾斯米拉达、卡西莫多、弗罗洛神父的情感态度是极为明显的,作者就是用自身的情感评价引导读者对人物的评价,因此是非分明。

2. 虚幻性

现实型文学以写实的方法达到对客观事物的真实描写,理想型文学则充分运用夸张、变形、虚构的方法,不求生活的真实,而遵循情感的逻辑,以形象的夸张与变形来凸现情感的真实。理想型文学并非完全不从现实生活中汲取素材,但这种素材一经作家的处理,便具有了夸张、变形的色彩。如《聊斋志异》中那些亦真亦幻的故事,是鬼的世界还是人的世界？鬼有着人的七情六欲,鬼比人更有情有义,作者在现实世界之外另设一虚幻的世界,作为现实的对照物,表达他对现实的批判态度。

现实型文学取材于现实生活,描写的多是现实中存在的平凡的普通的人与事,而理想型文学以想象和幻想表现作家的理想,塑造的多是作家理想中的英雄。由作家超越现实的主观理想所决定,现实中的人物很难符合他们的要求。于是,神话、传说、历史故事、民间传奇等便成了理想型文学创作的重要素材。由于现实中难以提供其所需要的理想的表现对象,理想型文学便大胆地发挥想象、幻想的能力,虚构出现实中不存在的形象,既不受生活真实的约束,也不为时间、空间所限制,只要能充分表现主观理想,符合情感的要求,任何奇幻的事物都可以创造。李白的《梦游天姥吟留别》在想象中为我们创造了一个宁静辽远、金碧辉煌、和谐温暖的世界:"青冥浩荡不见底,日月照耀金银台。霓为衣兮风为马,云之君兮纷纷而来下。虎鼓瑟兮鸾回车,仙之人兮列如麻。"想象中的世界与现实的图景形成了对照,所以自然地引出了他的"安能摧眉折腰事权贵,使我不得开心颜"的感情抒发。

第三,现实型文学。

现实型文学是一种侧重以写实的方式再现客观现实的文学形态。它的基本特征如下:

1. 客观性

指对外在客观现实状况做具体刻画或模拟。它要求文学立足于客观现实,面对现实,正视现实,并忠实于现实生活,而不是绕开现实,躲避现实。现实型文学作品中的人物形象,不是超时空的、理想化的,而是存在于特定时代社会的具体环境之中的。现实型文学在再现现实时严格遵循客观规律,反对主观随意性。在人物塑造方面,力求揭示人物性格形成的客观原因。其人物性格具有非常具体、确定的社会内容。社会环境对人物性格的发展起着极大的制约作用,成为人物行动的重要依据。高晓声的《陈奂生上城》中,主人公的一切行动都与整个社会环境及文化心理有着极为密切的联系,所以这个人物能够引起我们很多的思考。现实型文学作为一种文学反映形态,同样包含着对现实生活的情感评价内容,但作家不直接出面在作品中表露自己的主观倾向。这一点与理想型文学直抒胸臆式的表现方式是不同的。现实型文学的主观情感态度融合在客观再现中,渗透在情节、场面、人物的描绘刻画之中。我们仍以《陈奂生上城》为例,尽管作家把人物写得活灵活现,但作家的情感态度却是隐蔽的,他是赞赏还是否定都没有直接说出,因而会给我们留下很多回味。在现实型的文学作品中突出的是活生生的客观现实,作家把自己感受过的现实生活再现在作品中,呈现给读者,让读者亲自去体验,而不是把自己的感受、态度直接告诉读者。

2. 细节的逼真

现实型文学立足于客观现实,再现现实矛盾和本质规律,在艺术表现手段上的基本特点便是逼真性。逼真,即对生活的描写酷似生活本身,是指以写实的方法,按生活中各种事物的本来面目进行精细逼真的描绘。客观事物感性状貌和细节的真实,是它的特色。现实型文学对事物感性状貌、细节的具体刻画,逼真地再现出特定历史时代的生活环境,给读者以身临其境之感受,大大地增强了作品的真实性。由于重视生活画面的逼真再现,所以现实型文学以描写见长。描写中尽量酷似对象,不夸张不变形。理想型文学中的变形的、奇幻的形象,在现实型文学中一般是不存在的。可以说在写实作品中,一般不允许完全脱离现实根据的虚构。另外,逼真还要求作家从社会生活中汲取创作材料,表现作者真切的现实感受。现实型文学从现实生活实际出发,描写生活里本来就有的事物,表达对现实世界的感受。巴尔扎克在小说中对环境的描写几乎可以乱真,每一个细节都力求像真的一样。曹雪芹对人物外貌的描写也是不厌其烦,毫发毕现。这是因为现实型文学是严格按照生活本来的样子描写生活的,细节的逼真是它存在的前提条件。

以上对文学的分类,是粗略的,不能做绝对化的理解。而且无论哪一种分类法,都有大量难以归类的中间物,这三种分类方法也不例外。如果在作品中有多种表现方式,那么,它的类型性质就要从主导方面、从整体着眼来划分了。

## 学术新观点

### 一、关于文学的主体性[①]

……启蒙主义现代性在 80 年代的文学主体性话语中无疑占有支配地位,而且

---

① 洪子诚、孟繁华主编《当代文学关键词》,广西师范大学出版社,2002 年,162~164 页。

它的两个"版本"在中国当时的语境中是相互支持的,以德国思辨为认识论武器,以法国自由主义为政治—文化目的,它们成为文学主体性话语的共同理论资源。文学主体性话语突出体现了启蒙主义关于普遍主体与自由解放的信念与理想,"主体性""人的自由与解放""人道主义"几乎是当时的相关文章中出现得最多的术语,且这三者之间有明显的关联性(主体性表现为人的自由创造性,而人道主义则是对于人的自由创造精神的肯定)。在文学主体性讨论的代表作,也是肇始之作——刘再复的《论文学的主体性》一文的"提要"中,作者强调:"人的主体性包括实践主体性与精神主体性。文学创作强调人的主体性,包括两个基本内涵:一是把人放到历史运动中的实践主体的地位上,即把实践的人看作历史运动的轴心,把人看作人;二是要特别注意人的精神主体性,注意人的精神世界的能动性、自主性与创造性",自主性的实现"表现为把爱推向整个人间的人道精神","文学无法摆脱最普遍的人道精神"。这里无疑散发着强烈的人道主义与启蒙主义(其对立面是神本主义、物本主义与蒙昧主义)的气息,而且这种人道主义与启蒙主义是被当作自明之理加以设定的,用刘再复的话说,"文学是人学",这个命题的重要性与正确性"几乎是不待论证的"。

值得指出的是,相比于90年代以社会理论为学术资源的自由主义思潮,80年代的自由解放话语更侧重在精神层面与心理层面,强调主观世界以及思想的绝对自由而不是自由所需的各种社会条件尤其是制度条件。这一点突出地表现在:包括刘再复在内的、活跃于当时文艺界的理论家热衷于区分所谓"外宇宙"与"内宇宙"并赋予后者以突出的强调以及无可置疑的优先性。相应地,80年代的"主体性"言说也更强调所谓"精神主体性",认为它是比"实践主体性更为深邃与根本的东西"(刘再复语)。刘再复对于"文学是人学"的命题进行了"深化",而所谓深化也就是使"主体性"的内涵向主观与精神方向倾斜。用刘再复的话说,这是主体性"向内宇宙的延伸",它"不仅一般地承认文学是人学,而且要承认文学是人的灵魂学,人的性格学,人的精神主体学","作家的主体意识,首先是作家的超越意识所造成的内在自由意识","作家从内外各种束缚、各种限制中超越出来,其结果就获得一种内心的大自由……因此,只有超越,才能自由。这种自由是作家精神主体性的深刻内涵"。而且依据刘再复,如果不突出这一点,"文学是人学"的命题就会被鼓吹塑造"高大完美"的英雄人物的"根本任务"论者所盗用,走向人道主义的反面。遗憾的是,德国与法国传统中对于主体精神自由与解放使命的极端强调本身都隐含着通向高大完美的"英雄人物"论的危险,而这种危险却没有进入当时主体性讨论者的认识视野。

## 二、关于渗延[①]

"渗延"是一个我们迫不得已而新造的词。在汉语中,我们找不到一个词来呈现这样一种状态:各种因素并不是一种有时序的排列,它们之间不是一种相互有界限的先后关系,而是互相掺杂,互为渗透的。这些因素弥漫为一团,使我们仿佛感

---

[①] 曹文轩《小说门》,人民文学出版社,2010年,134~135页。

到它们各是自己又各不是自己,纠缠不清,无法分解……对于这样一种状态,我们可以用"渗延"这个词。但却不尽如人意,因为我们所说的这个状态,是一个时间的状态,它是运行的——融和之下的运行,运行之下的融和,是无数条支流汇合而成的奔流。在呈现这一"柏格森式"的状态时,我们用了"绵延"这一词。而"绵延"这个词实际上也不贴切。因为,它尽管有了"延续不断"的意思,但却并没有互相渗透、互相包容的意思。"渗延"一词,字面上是好看的,也是可以意会的……情感就是一种渗延状态。而小说正要把我们带入这个领域。这样,小说就面临着一个困境:作为渗延状态的情感是难以被语言表达的。因为语言是分析性的,它难以使它所表达的情感仍处在渗延状态。

### 三、关于作家素材域的扩展[①]

  作家,特别是风格成熟的作家能否扩展其素材域呢?可以,专写"贵族之家"和"多余的人"的屠格涅夫就曾转向巴扎洛夫式的新人。不过得有两个前提:一是客体以某种新颖而陌生的面貌扑进眼帘,逼迫主体不得不提神端详;二是主体原先的心理结构内部应有所调节,调节是对同化的补充,以便融和新的信息,拓宽素材域的边界。

  作家的心理结构调节不是灌红肠,也不是施行人造心脏移植,而是让原结构中的某些萌芽状态的因素在新的时代氛围中,从内部生长、成熟起来,以形成新的心理定势。早在屠格涅夫邂逅那位青年县医之前,他与《现代人》编辑部的革命民主主义青年就有交往。作为一个西欧派,屠格涅夫不理解革命民主派的斗争道路和偏激姿态;作为一个爱国者,他又由衷地欣赏乃至钦佩他们献身于人民解放事业的赤诚,他深知西欧派的清谈解决不了面包问题,俄国的希望是在"新人"身上。这个崭新的、不禁让作家屡屡为之神往的兴奋灶,是屠格涅夫的素材域得以扩展的内因之一。

  内因之二,是一个杰出的现实主义作家的艺术良心使屠格涅夫毅然走向刚从地平线崛起的"新人"。屠格涅夫始终把准确而有力地表现生活真实视为作家的"最高幸福"或神圣使命,他不能容忍生活中"到处都有东西,在我们全部文学作品中却连一点迹象也看不见"这种艺术的贫困,为此,尽管作家还"不能透彻地了解"县医的性格,甚至暧昧得连自己是否爱这个性格还说不清,但他还是走向"新人",因为他深信自己的真诚。这又反过来证明心理定势对作家的素材域的自动界定确是无需意识支配的。

### 讨论提示

1. 何为创作主体、创作客体?创作主体是否可能超越个体的立场?
2. 如何看待灵感在文学创作中的作用?
3. 什么是作家的创作个性?举例说明创作个性与作家风格之间的关系。

---

[①] 夏中义《艺术链》,上海文艺出版社,2001年,22~23页。

# 第四章 文学形式论

任何艺术都有自己独特的表现形式。文学,作为一门非常古老的艺术形式,在传承、发展的漫长历史过程中,早已形成了自己独特而稳定的存在形式。

## 第一节 文学是语言的艺术

### 一、文学作品的存在形式

文学,作为最古老的艺术形式之一,在它长期的历史形成过程当中,因受表现手段、传承媒介及人们的欣赏习惯等内外因素的影响,出现过不同的存在形式。发展至今,大致有以下几种情形。

1. 口头语言形式

这种形式多出现于传播技术不甚发达的古代,特别是经济、文化、教育不发达的地区,因为识字的人不多,于是,文学就以"话语"的形式由人们口耳相传。这一形式的文学作品我们今天已知的就有古代歌谣、英雄史诗以及许多其他的民间文学。这是文学区别于其他艺术形式的一个重要特点。中国古代的秦始皇"焚书坑儒"以及现代的"文化大革命"这样的灾难性运动,可能会毁灭其他的哲学著作或绘画、雕塑、建筑等艺术成果,但最优秀的文学作品则会留存在人们的心里,口耳相传,代代不息。

2. 书面语言形式

这是文学作品存在的最一般的形式。这种形式对口耳相传的形式是一个非常有益的补充。它可以减少口耳相传的随意性和不确定性,并进而发展成有目的有意识地创作的作家文学。

3. 口头语言和书面语言相结合的形式

这种形式与其他艺术形式有所关联。比如诵诗、歌词、相声、旅游文学等,不同的演员朗诵同一首诗,不同的导游解说同一个景点,就像不同的歌唱家唱同一首歌一样,给人的印象、效果不同,展示的艺术魅力也不同。

4. 语言与非语言形式相结合的形式

这种形式的文学能将文学语言浓缩或延展。如回文诗、"永"字体、摄影文学、连环画、读图时代的许多文艺性作品以及建立在高科技平台上的新文本如网络文学、影视文学、广告文体(比如公益广告)等。在这种形式中,非语言形式对语言模糊性的超越以及它对作为主体的人的思绪跳跃的良好把握,将文学语言浓缩或延展得意外的合适。

总之,文学存在的方式是以传承的技术水平以及人们的欣赏要求为制约因素、以最大容量表现艺术内涵为内在追求的。各种非语言因素的掺入是为了更为快捷地传达作家、艺术家的创作意图,它们以其自身的表现力使文本的艺术内涵增容,给文本的艺术感染力加热。

不过,无论文学怎样发展,无论文本怎样更新,只要是文学,或者是其他艺术中的文学成分,它就改变不了作为语言艺术的根本特质。所以,文学的存在方式,或者说文学性的体现方式,还是语言。

### 二、文学是语言的艺术

语言的发明是人类历史上非常神奇的一件大事,它比会制造和使用工具更具有意义。它使人类超拔于动物之上,成为有诗性的生命,并使这种生命变得不再只是过程,不再只是短暂的一瞬,而具有历史性,具有永恒的意义。"仓颉作书,天雨粟,鬼夜哭。"我们的古人早已预计到语言的魔力。语言从产生之日起,就不只是符号,它具有强大的自我繁殖能力,也具有独特的创造功能。德国当代著名存在主义哲学家海德格尔说:诗人让语言说出自己,"语言,凭借给存在物的首次命名,第一次将存在物带入语词和显象"[①]。

文学是语言的艺术。一般的文学理论教科书都将语言划分为科学语言、日常用语和文学语言三大类,而且只是将"文学语言"定义为"出现在文学作品中的语言"。然而最夸张的形容词也有它最实在的意义,最实在的名词也有它模糊的时候。德国当代著名语言哲学家维特根斯坦对语言终其一生的研究结论就是:"语言的意义在使用之中。由于我们在阅读时只注意到这句话的意义,起初我们完全没有发现,各种各样的假借和转义(等文学表现手法——引者)紧跟着发生。经过较为仔细的观察之后,一些情况就暴露出来,例如:'倾向''收获''传播'。但是越是准确的观察,这些表达的固定性(也就是所谓的'科学语言'的明确性——引者)就越是分散,越是变成为流动的东西:'不久以前''当时''认为',最后甚至于'抒情诗'和'诗歌',甚至于'17世纪'——这一切的意义,表面上仿佛是在它们自己的住宅中诞生的房屋主人,事实上证实其中一部分是从远方旅行到来的经常喧宾夺主的食客,于是我们突然产生了一种惊异,如此不固定的材料怎么能够产生这整句的确定的明白的意义。"[②]所以,"事实上并不存在着一种区分文学与非文学的语言标准"[③]。

我们还可以举两个实例来说明这个问题。第一个例子是美国诗人威廉斯(William

---

① [德]海德格尔《诗·语言·思》,彭富春译,文化艺术出版社,1991年,69页。
② [瑞士]沃尔夫冈·凯塞尔《语言的艺术作品》,上海译文出版社,1984年,158页。
③ [英]罗杰·福勒《现代西方文学批评术语辞典》,周永明、薛洲堂、李律译,春风文艺出版社,1988年,341页。

Carlos Williams)一首颇有名气的诗：①

| 便条 | This Is Just to Say |
|---|---|
| 我吃了 | I have eaten |
| 放在 | the plums |
| 冰箱里的 | that were in |
| 梅子 | the icebox |
| 它们 | and which |
| 大概是你 | you were probably |
| 留着 | saving |
| 早餐吃的 | for breakfast |
| 请原谅 | Forgive me |
| 它们太可口了 | they were delicious |
| 那么甜 | so sweet |
| 又那么凉 | and so cold |

审美直觉告诉我们这是文学——诗。它描写了我与你、冰箱与梅子、甜蜜与冰凉之间的对立与对话，使读者可以体味到人的生理满足（吃梅子）与社会礼俗（未经人允许）之间的冲突与和解的意义，或者领略现代社会人际关系的冷漠以及寻求沟通的努力，等等。这件作品留给人们的阅读空间是宽广的，意味是深长的。然而我们将它按散文化排列，写成：

便　　条

　　我吃了放在冰箱里的梅子，它们大概是你留着早餐吃的。请原谅，它们太可口了，那么甜，又那么凉。

一望而知这就是典型的"日常用语"——一张留言便条！

　　第二个例子是，我们在阅读大型的文学作品，比如长篇小说时，会发现经常有大量的所谓的"非文学"语言。比如《红楼梦》中大量的"药方""食谱""账单"等等，它们似乎是某些方面的"科学语言"（医方）或日常用语。但是用在作品里却有了更丰富的内涵了——它们表现了当事人生活的穷奢极侈！所以这些"便条""药方""食谱""账单"都是文学语言了。

　　不过，我们说没有必要严格区分科学语言与文学语言以及日常用语，并不意味着

---

① 张隆溪《二十世纪西方文论述评》，生活·读书·新知三联书店，1986年，117~118页。

文学作品拒绝采取对语言的选择。一般说来，文学的语言"是……平常语言的情感方面"①。

那么，语言在文学活动中又是处于什么样的地位呢？凯塞尔说："语言到处都在创作"。那么，这"到处都在创作"的语言在文学活动中又有哪些表现呢？文学作为语言的艺术，它又有哪些特点呢？

1. 语言在文学活动中的地位

文学是语言的创造物，或者说是人类通过语言创造出来的。法国诗人瓦莱里认为，诗歌是语言的艺术，写诗是用词语来表达情感，词语是声音和意义的组合。② 语言在文学活动中处于前提条件的地位，它是文学家用来塑造形象的工具，是把文学家与世界及读者的心灵沟通起来的媒介。高尔基说："语言是文学家的武器，正如枪是兵士的武器一样，武器越好，战士越有力量，这是显而易见的。"因此他把语言列为文学的"第一要素"③。我们可以说，不能很好地掌握语言的作家不论他经历多么丰富，也注定创作不出优秀的作品，而能很好地运用语言的作家则被称为语言大师。同时，不识字或不能很好地理解语言的人也不能成为文学作品的读者。正是在这一点上，文学迥异于其他艺术门类。别林斯基甚至认为文学是用"人类的自由的语言来描绘社会生活，比其他艺术具备更完善的条件"而称文学是"最高的艺术"。

语言在文学活动中的地位，不仅仅是作为材料和手段体现为"第一要素"，而且也作为内容和情感。优秀的文学作品中奇妙无比的语言使人感到仿佛那些书页中隐藏着什么精灵一般。我国当代文艺理论学者钱谷融在谈到文学艺术的语言时曾说："我常常想：在人类所有的创造物中，语言恐怕要称是最神奇的一种了。它捉不住，摸不着，什么也不是，然而却能幻化为一切……特别是到了语言艺术家的手里，语言的作用，更是奇妙到不可思议。它简直可以被用来建造起整个的世界来，而且可以建造得比我们的现实世界更加光怪陆离，更加惊心动魄。"④文学就是用语言构筑的艺术世界。

卡西尔说：人是符号的动物。确切地说，人是语言的动物。文学正是人类语言才能的高度发挥，是名副其实的语言艺术，而且只有人才有丰富的精神生活和心灵世界。文学似乎正是为了展示人类心灵的丰富性而存在的。与绘画用线条、色彩，音乐用声音和旋律，舞蹈用形体和动作构筑的艺术世界不同，文学则是语言构筑的艺术世界。"一个伟大的抒情诗人有力量使得我们最为朦胧的情感具有确定的形态。"⑤

虽然像"阳光"这类词既不能带来温暖，也不会有什么色彩；"烟花"这个词既没有光芒也没有音响，但是语言作为符号进入精神领域，却可以使人得以正常地思考，并且展开联想和想象，不仅可以使本来抽象的概念具象化，而且可以指示人眼看不到的未来和

---

① [瑞士]沃尔夫冈·凯塞尔《语言的艺术作品》，上海译文出版社，1984年，391页。
② [法]保罗·瓦莱里《文艺杂谈》，段映虹译，百花文艺出版社，2002年，287、353页。
③ [苏]高尔基《论文学(续集)》，人民文学出版社，1979年，337页。
④ 钱谷融《文学是人学》，上海人民出版社，2013年，212页。
⑤ [德]卡西尔《人论》，上海译文出版社，1985年，213页。

流失了的岁月,可以再现已经消失了的往事与复现稍纵即逝的瞬间。语言真是具有无穷的魅力。正如日本文艺理论家浜田正秀所说的:"是一种巨大的精神与热情的象征。"他在《文艺学概论》中这样概括语言的巨大功能,他说:"语言不仅能指示外界事物,同时也能区别和指示各种精神现象。语言是精神的武器,同时也是精神的向导。它既是事物的替代符号,也是精神的替代符号,它能详细地区分精神活动的各种机能,了解它们之间的相互关系,也能装建和导游精神世界的宏大殿堂。"[①]

2. 言语行为与情意传达的矛盾与统一

语言是什么?仅仅是工具吗?它起的作用到底有多大?它与本体的关系到底怎样?几千年来人类苦苦思索着。进入 20 世纪,语言哲学的兴盛,使得人类对这个问题有了前所未有的探讨。

维特根斯坦终其一生对语言进行苦心孤诣的研究,得出结论说:"人类在语言的霸权下奴隶般地生活着!""语言的意义在使用之中。"人类不是先掌握语言再来运用,而是在运用的过程中才能很好地掌握语言。

语言是应表达的需要而产生的,所以它的表达功能是不容置疑的,然而令人费解的是,语言的表达功能不仅具有局限性,如庄子就说"道不可言,言而非也",西方也有此论云:"言语就是丢失。"说得越多就丢失越多;莱辛《汉堡剧评》第 21 篇抒情诗:"一个标题不是一张菜单,它越少泄露内容就越好。"而且言语行为与情意传达还具有深刻的矛盾性。

语言是思想的花朵,又是思维的工具,但同时又是思维的障碍。人类的语言由形、音、义三部分结合而成,它的形和音是较为稳固的,相对简单的;而它的义则具有多重性、灵活性、模糊性和发展性。因此,语言文本就可能存在多义性,同时再加上读者的能动性的阅读,所以极易出现同一语言文本的多种形象版本;甚至可能出现异于作者观点的误读现象。

文学,作为一门语言的艺术,可以说,它是基于人类对语言模块的误读,而且,其魅力或许也就正在于某一种或若干种甚至无数种的误读和误解的基础之上。"一千个读者就有一千个哈姆雷特",这不仅是一个对文学误读现象的典型概括,也是对沙翁剧作的击节赞叹。我们甚至可以说,不能让人产生误读的文学作品不是好作品,不能对文学作品进行误读的读者也不是好读者,不能写出让人能产生误读的作品的作家也不是伟大的作家。

李商隐的某些无题诗、白居易的《长恨歌》、曹雪芹的《红楼梦》等等,古今中外文学史上很多文学精品至今仍无定论,我们认为不能说与语言、语义的模糊性、矛盾性无关。

在古希腊雕塑史上流传着这么一段佳话。几个石匠在路边的巨石旁雕刻狮子,一个五岁的儿童每天上学路过这儿,他都要驻足观看一会儿,终于有一天,狮子的脑袋出来了,身子也基本成型了,这时,好奇的儿童发出了他几天来观察、思考而未得其解的问

---

[①] [日]浜田正秀《文艺学概论》,陈秋峰、杨国华译,中国戏剧出版社,1985 年,30 页。

题:"叔叔,你怎么知道狮子就被关在里面呢?"

儿童的这个看来十分幼稚的问题引起了雕塑家的巨大感慨:"是啊,雕塑就是将美释放出来!"儿童的语言是个简单的问句,但它为什么能引起雕塑家的深刻思考?原因就在于儿童的这句话潜藏着他自己作为表达者也根本无法意识到的情意内容。

那么,语言行为与情意传达的这种矛盾是怎样得到解决的呢?艺术家通过两个途径将这一矛盾和谐地统一在一个整体里,因此不能断章取义。

一是通过语境的设置。文学语言往往借助特定语境(说话时的情景、上下文等)的作用积极地促使"语言义"向"言语义"的畸变。所谓语言义是指词语在语言系统中所具有的意义,它是相对稳定的,如词典里对词语的解释。而言语义是指词语在其具体运用中所产生的具体意义,它灵活多变,往往表现出对语言义的补充、偏离甚至变异。如鲁迅杂文中有一段话:"中国的老先生们——连二十岁上下的老先生们都算在内——不知怎的,总有一种矛盾的意见。"在这里,后一个"老先生"由于受上文"二十岁上下"的修饰和限制,其含义已由原来的"年龄大"临时转而指"思想的陈腐",这就是词义在语流中发生了变异。但并不影响读者的阅读,不会形成理解上的障碍。又如,老舍《茶馆》里有一段话,是秦二爷在工厂破产后说的:"我劝天下的人,你们有了钱,应该去干坏事,去吃喝嫖赌,但是千万不要去办什么实业。"这段话由于受到特定语境的挤压,语义已经发生了严重的扭曲,表达出来的意思与字面意思正好相反。按照存在主义的观点就是,在场的意义,是由不在场决定的,"杀千刀的!"这个语言模块的"在场"是咒人的话,但它真正的意义却是某种文化传统下妻子对丈夫的一种特别的昵称!所以,它的意义是"不在场"的人与人的关系以及文化传统、情感背景等决定的。

二是通过艺术逻辑的解析。艺术逻辑也就是创造艺术和欣赏艺术所运用的逻辑。它不同于普通逻辑。它不是单义逻辑,而是多义逻辑。比如:

几点了?
8点20!

这一对答单纯就时间来说是单义的。但加上语境则有多种含义了。比方说,火车是8点19分开,或者8点21分开,或者是别的时间开,那么8点20就意味着问话人想得知能否乘上火车的意义了。而且我们可以将乘火车换成任一其他的与时间有关的事情,将得出许多不同的意义。还有,在描写人的外貌时,"你看他的眉毛,整个一个8点20!"在这里,他的眉毛的形状就像8点20时时钟的时针和分针的分布形状,这是非常滑稽可笑的模样。

艺术逻辑的总体规律就是不按牌理出牌。电脑为什么可以下棋,但不会编笑话呢?原因就在于电脑不会运用艺术思维。从这个意义上来讲,电脑不如人脑。

总之,语言行为与情意传达是有矛盾的,特别是在艺术创作中,但这种矛盾被和谐地统一在艺术逻辑的非常规思维中,成为构成艺术魅力的重要因素。

3. 语言艺术的特点

文学是语言的艺术,它是一种审美的意识形态,由于其审美性而区别于其他意识形态,如哲学、伦理、宗教等,然而属于审美的意识形态的不只是文学,还有绘画、雕塑、音乐、舞蹈等。所以,要把握文学的本质与特征,我们必须将它置于人类整体的艺术广场上,与其他艺术进行比较,进行研究。

关于艺术的分类及特征。各种艺术之间的关系是复杂的,按照不同的标准可以划分不同的门类。主要有如下几种分法:

(1) 以对艺术形象的感知方式为标准,可以分为视觉艺术(如绘画、雕塑等)、听觉艺术(如音乐等)和想象艺术(如文学等)。

(2) 以艺术形象的存在方式为标准,可以分为空间艺术(如绘画、雕塑等)、时间艺术(如音乐、文学等)和时空艺术(如舞蹈、戏剧、电影等)。

(3) 以艺术形象的展示方式为标准,可以分为静态艺术(如绘画、雕塑等)和动态艺术(如音乐、舞蹈、戏剧等)。

(4) 以创作主体和生活的关系为标准,可以分为表现艺术(如音乐、舞蹈、抒情文学等)和再现艺术(如绘画、雕塑、戏剧、叙事文学等)。

(5) 以艺术的社会功能为标准,可以分为实用艺术(如建筑、工艺美术等)和美的艺术(如文学、音乐、绘画、雕塑、舞蹈等)。

(6) 以艺术构建形象的手段和使用的材料为标准,可以分为造型艺术、表演艺术、语言艺术和综合艺术四大类。我们采信最后这种方法,下面分述之。

造型艺术。它是运用一定的物质材料在空间上塑造可视的平面或立体形象的艺术,主要有绘画和雕塑。绘画以颜料、纸、布、绢、墙壁等为材料,运用线条、色彩在平面上构建艺术形象。它塑造的形象是静态的,不能直接表现物体在时间、空间运动中的持续性。而只能选取事物在某一特定的时间点上的空间形态作为自己表现的对象。德国美学家莱辛认为,绘画应该"选择最富有孕育性的那一顷刻",即应该以快要达到高潮而又没达到高潮的那一顷刻的事物为表现对象,只有这样,才能既充分地包含过去,又丰富地预示未来,给人留下无穷的想象空间。雕塑以木、石、泥、金属等为材料,运用体积来塑造立体的艺术形象。与绘画不同,雕塑具有三维空间的实体性,可以让人们从不同的角度来观照,具有较强的空间效果。但另一方面,雕塑所用的材料太实,因而,给雕塑家和观众留下的想象空间没有绘画那样广阔。与绘画一样,雕塑也是一种静态艺术,也应选取事物最有典型意义的瞬间加以表现,以最有效地表现生活,传达作者的思想和感情。

表演艺术。它是通过人的活动构成艺术的形象,主要包括音乐和舞蹈。音乐以人的声音和各种器乐的音响为材料,通过不同的声响及声响间的长短、强弱、缓急等的规律组合,形成一定的旋律,来表现现实生活与人的思想感情。音乐作用于人的听觉,其形象的具象性不强,主要通过引发人们的想象与联想,唤起他们的感受和情绪而使欣赏者得到美的享受。舞蹈以人体和人体的动作、表情为材料,通过身体与动作、表情等的组合构成舞蹈形象。表现生活以及人们的思想感情。舞蹈与音乐有密切的关系,两者常结合在一起,音乐为舞蹈提供情绪与节奏的基础,而舞蹈为音乐提供视觉形象,帮助音乐的表达。它们都是时间艺术,且在运动中展开,其形象存在于表演的一瞬间。

语言艺术。是以语言为材料构建艺术形象的艺术,也就是文学。文学区别于其他艺术的根本之处就在于它是通过语言来塑造形象、表现生活和传达情感的。无论是作家的创作还是读者的接受,都离不开语言。

综合艺术。它是一种综合运用各种艺术所使用的材料与手段来塑造形象的艺术,主要有戏剧和电影。戏剧和电影综合了文学、表演、音乐、舞蹈、绘画、建筑、工艺等多种艺术手段,来构成艺术形象,传达审美意识。戏剧通过演员的表演,使构成戏剧的各种艺术因素如文学、舞蹈、绘画等成为有机统一的整体,直观地再现剧本的思想内容。综合艺术具有集体性的特点。

关于语言艺术的特点。由于塑造艺术形象所使用的材料与手段的不同,作为语言艺术的文学有其自身的特点。

第一,形象的间接性。

形象的间接性是指文学作品中的形象不像造型、表演和综合艺术塑造的形象那样能直接由读者的感官接收到。它不是可视、可听、可触的。在文学作品面前,读者只能看到语言符号。读者只有把握了这些符号,深入地理解了它们的意义,再经过自己的想象和联想,才能在大脑中浮现出相应的形象。这样就导致文学形象具有模糊性和多义性。因为文学形象并不是一种精确的和定型的形象,往往带有一定的模糊性。如宋代词人王观的《卜算子·送鲍浩然之浙东》:"水是眼波横,山是眉峰聚。欲问行人去那边?眉眼盈盈处。　才始送春归,又送君归去。若到江南赶上春,千万和春住。"用"眼波"和"眉峰"来形容水和山,看似形象,实则模糊。水和山究竟是什么样子,还得靠读者去想象。再如《红楼梦》中对林黛玉的描写就更加模糊了,"两弯似蹙非蹙罥烟眉,一双似泣非泣含露目。态生两靥之愁,娇袭一身之病。泪光点点,娇喘微微。闲静时如姣花照水,行动处似弱柳扶风。心较比干多一窍,病如西子胜三分"。这段文字只是渲染了林黛玉的外貌特点,而她究竟是什么模样,还靠读者去想象、去组合。

文学形象的模糊性派生了它的多义性。对于同一形象,不同的读者可以看出不同的意义。比如,海明威的《老人与海》。老人圣地亚哥究竟是一个成功者,还是一个失败者?数十年来,仁者见仁,智者见智。

形象的间接性使得文学缺乏绘画、电影等的感官直接性和感官冲击力,但另一方面,这种间接性也使文学具有一些其他艺术所不可比拟的长处。首先,它可以表达其他艺术无法或很难充分表达的感官直接性不强的形象,如人的感受、情绪、思想与内心活动等。如陈子昂的《登幽州台歌》:"前不见古人,后不见来者,念天地之悠悠,独怆然而涕下。"作者独登高台,抚今追昔,感宇宙之浩大,觉个人之渺小;悟时间之无穷,叹人生之短暂;知世事之纷繁,惜功名之未立……种种怀想,层层思绪,如滔滔江水,滚滚而来。这样复杂的情思,其他艺术是无法充分表达的。其次,形象的间接性有利于读者充分发挥自己的想象能力,调动自己的生活积累,参与到形象的再创造中来。绘画、雕塑的形象往往太实,而且形象的各个方面都已一览无余地展现出来,定型化了,不利于读者主观能动性的发挥。而文学形象则有很多空白,作者不可能将形象的各个方面都用语言描绘出来。而且文学形象不是能用感官直接把握的形象。必须经过心灵的转化和中介,这样就使读者在欣赏的过程中,能充分而且必须发挥自己的想象,并根据自己的生活经验来理解它,丰富它,进行形象的再创造。而这种参与和创造,正是文学魅力的重要来源之一。比如《红楼梦》中对大观园的描绘是非常美的,而根据小说的描写在北京某地建设出来的实物"大观园"则逊色多了。

第二,表现社会生活不受时空的限制。

语言是心灵思想的直接现实。而人的心灵世界是极其广阔的。雨果说,世界上比大地宽广的是海洋,比海洋宽广的是天空,比天空更为辽阔的则是人类的心灵。人类的思想能达到的地方,语言也能达到,也正是语言——这个人类最为奇妙的创造物——使思想成为现实。而人类的思想是不受时空的限制的,所以,作为语言的艺术,文学在表现社会生活方面也就不受时空的限制。宇宙之大、苍蝇之微、天上人间、地府仙境、现实历史、人的内心等都可以在文学中得到生动的表现。文学可以表现静的形象,也可以表现事物瞬间的现象;可以在空间的转换中表现对象,也可以在时间的流动中描写事物;可以展示宏观的历史画面,也可以显现微观的心理意念;既可以在现实和回顾中穿插,也可以在思想和心念中流连,又可以在实感和幻觉中交替。总之,语言的形象可以更广泛、更丰富地展示广阔而复杂的社会生活内容。正如黑格尔所说:"语言的艺术在内容上和表现形式上比起其他艺术都远为广阔。每一种内容,一切精神事物和自然事物、事件、行动、情节、内在和外在的情况都可以纳入诗,由诗加以形象化。"①

第三,表现人的内心世界灵活多样。

语言艺术描写人的精神世界有独特的优越性。文学就善于向人的内心深入和拓展,去发掘和描写人的各种各样的极其丰富多彩、新鲜微妙的内心活动,去透视人的主观世界。尽管其他艺术样式也可以表现人的精神世界,但这种表现往往是很有局限的。比如,造型艺术是通过表现人的外在形象揭示其内心世界。罗丹的雕塑《思想者》通过一个强壮有力、低头沉思的男子形象,表现出一种极度痛苦的心情,从中透露着一种急待迸发的巨大力量。然而这位思想者在想什么呢?我们不知道,而文学则可以通过语言的描绘直接表现人的精神世界,或崇高,或可敬,或滑稽,或可怜,或奋发,或萎靡,或坦然,或惊慌……带领着读者闯入人物心灵,使之洞幽烛微,留下鲜明而深刻的印象。俄国作家冈察洛夫在他的著名小说《奥勃洛摩夫》里,就用了大量的篇幅描绘了奥勃洛摩夫内心的深刻矛盾,揭示了这个懒惰、无聊的地主灵魂的空虚和性格的软弱。

文学在表现人的精神世界时,还可以暂时撇开人的外在形象和行动,直接展示人的心灵活动,让人物做内心独白,把人物复杂的矛盾心理状态赤裸裸地展现在读者面前,将人物内心世界的冲突发展和感情的幽秘之处层层披沥,加以剖析。如在列夫·托尔斯泰的《安娜·卡列尼娜》中,卡列宁知道安娜和渥沦斯基恋爱后的一段内心独白,就充分揭示出他胆怯、冷酷、虚伪和自私的精神面貌。安娜自杀前的那段长达数万字的内心

---

① [德]黑格尔《美学》第三卷下册,商务印书馆,1981年,10~11页。

独白,则集中表现了她的心理状态。比如：

"摆脱苦难",安娜心里暗暗地重复着说……"是的,我苦恼万分,赐予我理智就是为了使我能够摆脱；因此我一定要摆脱！如果再也没有可看的,而且一切看起来都让人生厌的话,那么为什么不把蜡烛熄灭了呢？但是怎么办？为什么这个乘务员顺着栏杆跑过去？为什么那辆车厢里的那些年轻人在大声叫喊？为什么他们有说有笑的？这全是虚伪的,全是谎话,全是欺骗,全是罪恶……"

这样我们不仅看到安娜卧轨自杀的行动,而且通过内心独白,看到了她的心理状态,这种心理状态又更好地说明了她的行动。一个人在对生活绝望时,会像安娜这样用敌视的眼光看待一切,为自己的厌世轻生寻找事实的依据。这种直接而又深刻地反映人物此时此地特有心理状态的描写具有十分强烈的艺术感染力。

文学表现人的内心世界的方法是多种多样的。它可以通过环境景物来衬托人物心理,可以通过人物的言行和外在神态表现其内心世界,可以用梦境、幻觉来表现人物的主观愿望和潜在意识,可以通过内心独白以及意识流等手法,让读者直接看到人物意识流动的过程。总之,在表现人物内心世界的手法上,语言艺术的这种灵活性与多样性是其他艺术难以企及的。

应该说明的是,由于使用的材料与手段不同,文学与其他艺术相比有显著的特点,但是各种艺术的特点并不是绝对的,或是相互对立的。每种艺术都和其他艺术之间有相通的特点,有相互吸收的地方,语言艺术当然也从其他艺术中吸取了它们的长处,如绘画的形象特点、音乐的节奏特点、电影的蒙太奇特点等等,从而丰富和发展了自己的表现方法和表现内容。

## 第二节　文学形象的类型

一切种类的文学作品,都以具体生动的文学形象吸引读者、感动读者。然而,不同种类的文学作品带给读者的具体感受和留给他们的思考回味却是不一样的。其中一个重要原因,就在于不同种类的文学作品塑造了不同类型的文学形象,而不同类型的文学形象又包含不同的意蕴,呈现各异的形态,因而必然对读者产生不同的影响。

一般认为,文学作品可以分为再现性、抒情性和表意性三大种类。人的心理结构由知、情、意三方面构成,文学作品的三大种类正是分别适应与满足人的不同层面的审美需求而产生的。三大种类的文学作品又塑造出三种不同形态的文学形象：典型、意境和意象。这三种形象形态以其不同的意蕴内涵适应了人的求知、抒情、表意的三种精神需求,和人的知、情、意的心理结构一一对应。因此,童庆炳认为："典型、意境、意象三足鼎立,构成了文学的艺术形象的'全圆'。"[①]下面,我们分别介绍各自的不同特征。

---

[①]　童庆炳《文体与文体的创造》,云南人民出版社,1995年,116页。

## 一、典型

典型,是西方文论中较早概括出来的一种文学形象类型,它主要是从再现性文学创作实践中总结和发展起来的关于人物形象的概括,所以又称典型人物或典型性格。由于人的认识水平受社会制约,再加上"人"自身的复杂性,人们早期对典型的理解存在着忽视人物个性的倾向,而简单地把典型看作代表了一个阶层或一种职业的人的共同特征的"类型"。从文艺复兴到18世纪,典型的理论又向重视个性转变,直到19世纪经黑格尔、别林斯基等人的倡导,以及马克思主义经典作家的发展,典型的理论才进入一个崭新的成熟期。

黑格尔论及典型时,认为"每个人都是一个整体,本身就是一个世界,每个人都是一个完满的有生气的人,而不是某种孤立的性格特征的寓言式的抽象品"①。恩格斯在谈到现实主义文学创作时,又特别强调对于人的现实社会关系的深刻揭示,要"真实地再现典型环境中的典型人物"②。根据这些论述,我们可以把典型的基本特征做以下概括:

1. 典型,作为一个活生生的人,具有个别性与普遍性相统一的特征

现实生活中的每一个人,都可以说体现出个别性与普遍性的统一。但他们身上的个别性未必鲜明、突出,其普遍性也缺乏深广的社会意义。而典型人物则不然,其个性是鲜明、独特、不容重复的,其普遍性是丰富而深广的,能够概括复杂的社会关系,体现深厚的人生意蕴,因此,它能够名垂文学史册,令读者过目不忘。正如别林斯基所说的,典型"是两个极端——普遍与特殊——的有机融合的成功"③。

那么,什么是典型的个别性与普遍性呢?

典型的个别性是这个人物区别于其他人物的基本特征,是他在特定的社会环境下所表现出来的独特的理想追求、人生态度、思维方式、行为习惯、心理特点等多种素质的综合体。简言之,是一个活生生的人独立于世的特有生存方式。金圣叹谈到《水浒传》塑造人物的特点时,认为"《水浒》所叙,叙一百零八人,人有其性情,人有其气质,人有其形状,人有其声口",即使同一类人物也"定是两个人,定不是一个人","鲁达粗鲁是性急,史进粗鲁是少年任气,李逵粗鲁是蛮,武松粗鲁是豪杰不受羁勒,阮小七粗鲁是悲愤无说处,焦挺粗鲁是气质不好"④。这正是对这些典型人物身上所体现出的鲜明个性的肯定。《红楼梦》中写了那么多女性,但各个相异,同为贵族女子,也各具自己的鲜明个性。擅权纵欲、阴险狠毒的凤姐,随分从时、圆滑贤淑的宝钗,心如槁木、安分守己的李纨,违众忤俗、多愁善感的黛玉,听其言、观其行,都可以想到其人。其实,中外文学史上那些为我们熟知的典型,如阿Q、吴荪甫、安娜、欧也尼·葛朗台、奥勃洛摩夫等,哪一个

---

① [德]黑格尔《美学》第一卷,商务印书馆,1982年,303页。
② [德]恩格斯《致玛·哈克奈斯》,《马克思恩格斯选集》第四卷,人民出版社,1972年,462页。
③ [俄]别林斯基《别林斯基论文学》,新文艺出版社,1958年,128页。
④ 叶朗《中国小说美学》,北京大学出版社,1982年,71~72页。

不是以其不容重复的独特个性而活在读者心中？

典型人物的普遍性就是其所包涵的社会人生蕴涵的丰富性、深刻性。是典型人物以其鲜明独特的个性、命运或心态所体现的具有审美价值的丰富多彩而又必然存在的社会关系，那种读者只能意会而难以言传的人生态度、思维方式和心理状态。比如，阿Q是鲁迅塑造的个性鲜明的典型人物，阿Q只有一个，但"阿Q相"却远非他一人才有，因为它包含着深广的社会历史内容。说阿Q的普遍性是体现了雇农阶级的本质，太简单；说概括了同类人的共同特点，太浮泛；说代表了时代主流，又讲不通。因此，我们只能说阿Q的普遍性，就在于深广社会历史内容的巨大概括性，具有超越阶级、民族和时代的普遍意义，是对人类某种共同心理状态的形象体现。正如美国威廉·莱伊尔教授说的："鲁迅塑造的阿Q这个典型人物，不仅中国有，其实美国也有，全世界各处都有。阿Q的精神胜利法，在不少人身上都有反映。我的太太有时就说我是阿Q……"①

典型人物的个性与普遍性是互为表里、融为一体、密不可分的辩证统一关系。这种个性，不是脱离普遍性的单纯外在特异性，而是体现人生社会历史某些本质意味的独特性；这种普遍性，也不是游离于个性之外的抽象概括，而是溶解于独具个性的人物生活流程中的历史必然。因此，那种不能体现普遍性的个性，只能是"恶劣的个性化"；那种脱离个性的普遍性，只能是"时代精神的单纯传声筒"。别林斯基曾说："……对于读者，每个典型都是一个熟识的陌生人。"②这句话形象地道出了典型人物的个性与普遍性的关系。

2. 典型，作为一个完整的人，具有丰富性与主导性相统一的特征

典型人物的个性，并非指人物某一方面，某一因素的独特性，而是指一个完整的人的独特性。因此，它不是单色的，"不是某种孤立的性格特征的寓言式的抽象品"，而是丰富多彩的，正如卢卡契说的，是"一个时代最重要的社会的、道德的和灵魂的矛盾——在典型里交织成一个活生生的统一体"③。但在这丰富多彩的性格统一体中，又有一占主导地位的性格。典型人物作为"一个完满的有生气的人"，正是以其性格的丰富性和主导性的统一而存在，而活动的。对此，黑格尔曾有过很好的论述。他认为人物性格是丰富的，如《荷马史诗》中那些英雄，就是"许多性格特征的充满生气的总和"，"这种丰富性必须显得凝聚于一个主体，不能只是杂乱肤浅的东西"④。这"主体"就是指的主导性格，它对统一人物性格的多侧面、多层次起着核心作用。是它，制约着人物在特定环境下表现出丰富多样的性格侧面，并为各种性格元素打上特殊的烙印，染上独有的色彩。《红楼梦》中王熙凤性格丰富：聪明、能干、果断而有魄力；机灵、敏感、善于察言观色；嫉妒、好强，从不让人……但这多样的性格又无不带有王熙凤阴狠毒辣的主导性特色，具

---

① 林绍纲、诸钰儿《鲁迅活在人们心中》，《文汇报》1981年10月4日。
② ［俄］别林斯基《别林斯基论文学》，新文艺出版社，1958年，120页。
③ ［匈］卢卡契《卢卡契文学论文集》（一），中国社会科学出版社，1980年，291页。
④ ［德］黑格尔《美学》第一卷，商务印书馆，1982年，302～303页。

有鲜明的个人印记。

总之,典型人物性格的丰富性和主导性是对立统一,相辅相成的。丰富性围绕着主导性而展开,主导性依靠丰富性来凸显,在一个整体的人物身上,两者达到了和谐统一。

3. 典型,作为一个审美客体,又以其艺术独创性和深刻性相统一的特征而具有永久的审美价值

艺术创作是一种个性鲜明的创造性劳动。典型的创造,更要求具有独创性,必须是作家自己敏锐、深刻,而别人无法重复的独特审美感受和审美发现的结晶。正如法国著名雕塑家罗丹说的:"所谓大师,就是这样的人:他们用自己的眼睛去看别人见过的东西,在别人司空见惯的东西上能够发现出美来。"[①] 当然,艺术的独创性又必须与作家对生活认识和开掘的深度相联系,否则,塑造出来的人物就难以达到典型的高度。那种只求创新,而无深刻性的人物形象只能昙花一现,没有艺术感染力。因为,作为审美客体的典型人物,只有具有独创性与深刻性的有机统一,才能给读者带来美感,才能满足读者反观自身的审美需要。阿Q在世界文学画廊里是独一无二的,是鲁迅的独创。但这独创性又是建立在鲁迅对中国近代社会进行长期冷静观察和研究,以及对农民的深刻理解之上的,概括了鲁迅"眼里所经过的中国的人生",具有入木三分,令人汗颜的深刻性。他正是在阿Q这个带喜剧色彩的悲剧人物身上,寄托了自己对半殖民地半封建中国病态特征和社会出路的精辟见解,借以引起疗救的注意。其独创性和深刻性的统一,堪称典范。

综上所述,我们可以这样概括典型的定义:典型人物是具有独特而丰富的个性特征,蕴含着深广的社会历史文化内容,体现着作家审美独创性的人物形象。因此,能否塑造出典型人物,是再现型文学创作成功与否的重要标志,也是作家艺术创造能力和水平高低的展现。

**二、意境**

意境,是中国古代文论中一个独创的审美范畴,是对抒情型文学作品塑造的艺术形象所做的概括和总结。《周易》《庄子》中关于言与意、意与象的论述,《毛诗序》对赋比兴等诗歌表现手法的阐述,可见意境理论的萌芽。经刘勰、钟嵘到唐代的王昌龄,"意境"这一概念在其《诗格》中标出。自宋迄清,意境理论在王国维的《人间词话》中臻于成熟。意境成为具有鲜明民族特色的美学概念,像典型一样在文艺创作和评论中被广泛运用。

然而,意境毕竟是从抒情型文学的创作实践中总结出来的,其表现形态主要不是人物形象,而是自然景物、生活图景及蕴含其中的思想情感所构成的。因此,意境具有自己的审美特征。

1. 情景交融,情为主导

意境是由意与境、主观与客观两方面因素构成的。"意"是创作主体的情感、感受和

---

① [法]罗丹《罗丹艺术论》,人民美术出版社,1978年,5页。

对生活的认识与理解；"境"是指客观事物的外在形貌、特征及其精神本质。所以，从根本上讲，意境就是使客观景物作为主观情思的寄托，造成一种情景交融、和谐统一的艺术境界。景物需经感情融注，以得其生命；感情需有景物附丽，以成其形象。正如朱光潜所言："情景相和而且契合无间，情恰能称景，景也恰能传情，这便是诗的境界。"①王夫之说："情、景名为二，而实不可离。"②王国维《人间词话》说："昔人论诗词，有景语、情语之别，不知一切景语皆情语也。"③也正是就这一特征而言的。读杜甫的《登高》诗，我们可以从前四句的景中看到情，也可以从后四句的情中见出景，更能体会到意境情景交融的审美特征。

当然，再现型文学作品中也有情景交融的美学表现。作家在塑造典型人物、刻画人物性格时，也常把人物特定环境下的心情与景物交融一体。《红楼梦》中作家几次把潇湘馆里的竹子、苔藓的描写与黛玉心情的变化融会一起，收到含蓄蕴藉的艺术效果。但这种情景交融的基点是人物性格，是附着于人物形象塑造而描绘的。而意境是抒情性文学创作的中心课题，其情景交融的基点在情感。景是艺术家抒情的基础，情无景不发。无景情不显，无情景不活。意境中的景物不是为刻画人物形象而设的，而是为创作主体的情感所选择的，是作为情感的对象物而存在的。刘熙载曾说："'昔我往矣，杨柳依依。今我来思，雨雪霏霏。'雅人深致，正在借景言情。若舍景不言，不过曰春往冬来耳，有何意味？"④可见，意境中的情景交融不是一种互等的融合，而是以情感为主导的。有"以情写景意境生，无情写景意境亡"的说法，正是讲的这一道理。

2. 虚实结合，境生象外

意境是在情景交融中呈现出的一种虚实结合的艺术境界，它是物象与物象间多重复合构成的耐人寻味、若有若无的虚幻的艺术空间。宋人梅尧臣说："必能状难写之景，如在目前，含不尽之意，见于言外，然后为至矣。"⑤这里讲的"如在目前"是指实境，"见于言外"指的是虚境，正是这种虚与实的结合才能升华为一种意味无穷的艺术佳境。因此，意境的创造，就必须在具体物象的传神描写的同时，超越物象本身，开拓出一个诱发读者想象和联想并回味无穷的审美空间。一般说来，写实境易，造虚境难。虚境是实境的升华，它体现着实境创造的意向和目的，体现着整个意境的审美内涵，决定着意境创造的价值。因此，境生象外是一种较高的美学要求。

宋人叶绍翁的《游园不值》就很好地体现出意境的这一特征。全诗以描写为主，但情寓景中。游园不值，久扣柴扉而不开，扫兴之情自然而生。园外青苔遍地，可见游人稀少，如此园景却无人观光，又平添了一层遗憾和惋惜。但诗人能突然于失望和遗憾中翻出一层新意：写一枝怒放的红杏不甘寂寞，伸出墙外，盎然生机引发诗人对满园春色

---

① 朱光潜《诗论》，生活·读书·新知三联书店，1980年，50页。
② [清]王夫之等《清诗话》上册，上海古籍出版社，1978年，11页。
③ 王国维《王国维文学论著三种》，商务印书馆，2001年，47页。
④ [清]刘熙载《艺概》，上海古籍出版社，1978年，81页。
⑤ 郭绍虞主编《中国历代文论选》第二册，上海古籍出版社，1979年，244页。

的联想,扫兴转为高兴。很显然,园外之景是诗的实境,而诗人不得入门的扫兴和遗憾,由一枝红杏引起的怦然心动的喜悦,以及由此而生的对满园春色的推测和联想,则是由实境开拓出的审美想象的空间。并由此把人引向人生哲理的思考,得出美好事物总是关锁不住的结论,则是更深一层的意蕴。这些都是虚境,它与具体描写的实境浑然一体,构成了诗的意境。

3. 含蓄蕴藉,韵味无穷

意境既然是虚实结合、见于象外的艺术境界,它就必然蕴含着令读者咀嚼不尽的韵味。意境不同于典型,典型所具有的丰富社会意义和文化内涵,接受者可以从典型自身去直接把握和领悟;而意境的情景意蕴,常常不在其直接描绘的实境本身,而在由实境描绘的具体物象或事象之间构成的艺术空间——虚境之中,是接受者必须充分发挥想象和联想才能领悟到的"言外之意""韵外之致"。主体由于自己生活经验、情感体验、审美趣味的差异,把握意境内蕴时必然会各得其妙,味之无极。因此,意境的审美意蕴就呈现出含蓄蕴藉、韵味无穷的特征。比如,以"秋思之祖"传世的马致远的小令《天净沙·秋思》,在众多物象构成的艺术空间里,分明充溢着一个离乡背井、漂泊跋涉的孤单旅人的愁苦心情:思乡怀人之念,旅途漂泊之苦,孤独寂寞之叹,年迈迟暮之感。但这都还是象外之意、言外之意。我们再往深层发掘,领会其象外之意和言外之意,就可以品味到更深广的人生意蕴,引起对人生道路的沉思和感慨,即人普遍具有的、在事业的追求道路上所产生的疲惫、厌倦心理,以及人生苦短、"老冉冉其将至"的感叹。

综上所述,我们可以看到,意境是在情感主导下情景交融的统一体;是虚实结合,境生象外的一种审美艺术空间;是含蓄蕴藉、韵味无穷的艺术佳境。概言之,意境是指抒情性文学作品中情景交融、虚实相生,蕴含着作者复杂情思和深广的人生意味,能诱发读者的丰富想象和无穷回味的艺术境界。它同典型一样,是文学形象的主要形态之一。

### 三、意象

意象也是中国古代文论中表述艺术形象的一个古老审美范畴,它最初的含义是"表意之象"。《周易·系辞》云:"子曰:书不尽言,言不尽意。然则圣人之意,其不可见乎?子曰:圣人立象以尽意。"此"意"为何?《周易·系辞》称为"天下之赜",孔颖达释之为"天下深赜之至理",即某种深奥哲理或抽象观念。然而《周易》仅阐明了"意象",并没有明确使用"意象"概念。中国古代文论中最早明确使用这一概念的,当为汉代的王充。魏晋以来,刘勰《文心雕龙·神思》使用"意象"时,又赋予它新的含义,成为创作主体艺术构思成熟后存之于心的"象"。自此,意象在文论表达中成了一个泛化概念。直到宋以后,诸如明代的王廷相、清代的叶燮和章学诚等人才又接过"表意之象"的旗帜,再次把"意象"作为一种独立的文学形象概念使用。在西方,也有与"表意之象"内涵相一致的"意象",那就是康德所说的"仿佛作为一种暗示超感性境界的示意图"的"审美意象"。[①] 那

---

① 童庆炳《文体与文体的创造》,云南人民出版社,1995年,115~116页。

么,和典型、意境三足鼎立的意象,又具有哪些审美特征呢?

### 1. 意象内涵的哲理性

再现性文学作品塑造出的典型,其内涵在于揭示出某种社会生活的本质及规律,尤其是社会关系的普遍性;抒情性文学作品创造的意境,其目的在于抒发人类普遍共有的情感体验;而表意性文学作品创造出来的意象,则蕴含着作家对社会人生和宇宙世界的一种形而上的认识和感悟,因而其内涵富有哲理性。

作为中国古代意象论的集大成者,叶燮从古老的"立意于象"的"表意之象"中,深悟出意象内涵的哲理性特征。他曾说:

> 可言之理,人人能言之,又安在诗人之言之? 可征之事,人人能述之,又安在诗人之述之? 必有不可言之理,不可述之事,遇之于默会意象之表,而理与事无不灿然于前者也。①

在这里,叶燮指出的意象所要传达的"不可言之理"和"不可述之事",正是那种形而上的哲理意味。因此,他不赞成宋人严羽"诗有别趣,非关理也"的诗论,认为"理"不但可以入诗,而且表达"至理"之诗才有可能达到较高的艺术境界。无怪乎叶朗称《原诗》"是始终把艺术问题提到哲学高度来进行研究和讨论的"②。

西方不少作者也都曾表达过自己创作的哲理性追求。著名的象征主义诗人艾略特曾直言:"最真的哲学是最伟大的诗人之最好的素材,诗人最后的地位必须由他诗中所表现的哲学以及表现的程度如何来评定。"③其代表作《荒原》就是这种哲学的诗意表达,而这种哲学认识又是深蕴于诗歌的意象之中的。卡夫卡也曾说过:"我总是企图传播某种不能言传的东西,解释某种难以解释的事情。"④他的小说《变形记》,正是借格里高尔变成大甲虫这一意象,传达了自己对人性异化这一社会问题的哲理思考。德国戏剧家布莱希特也追求戏剧创作的哲理化,甚至说:"戏剧成了哲学家的事情了。"⑤这都向我们表明,表意性文学作品的意象,的确具有不同于典型和意境的深刻哲理内涵。因此,作家在进行意象创作的思维过程中,就需要更多抽象思维的参与,而意象也更能超越语言的表达极限,从而把读者的想象思索引向更深广的艺术空间。

### 2. 意象表现的象征性

意象的表现也不同于典型和意境。典型是对现实生活现象进行艺术概括后的再现,其本质意义就存在于典型自身;意境是情景交融、物我两忘的艺术境界,无论是"有我之境",还是"无我之境","我"与"境"是和谐统一的,故有王夫之"情景名为二,而实不

---

① [清]叶燮《原诗》内篇下,郭绍虞主编《中国历代文论选》第三册,上海古籍出版社,1980年,352页。
② 叶朗《中国美学史大纲》,上海人民出版社,1985年,494页。
③ 傅孝先《西洋文学散论》,中国友谊出版公司,1986年,15页。
④ 叶廷芳《现代艺术的探险者》,花城出版社,1986年,100页。
⑤ 叶廷芳《现代艺术的探险者》,花城出版社,1986年,248页。

可离"之说。而意象则不然,它是因"言不尽意"而通过"立象以尽意"创造出来的,其本质在于"意",而"象"只是"意"的载体,是创作者为表现一种抽象的哲理(意),而从外在于它的自然界或社会人生中选择的某一客观事物(象)。意象就是用这种客观事物隐约地暗示出一种抽象的哲理(意)。很显然,其表现特征就在于象征。正如黑格尔在谈到象征艺术时所说的那样,这是把一个"普遍意义勉强纳入一个具体事物里,在这种不完满的嵌合之中","意义和形象虽然显出一些亲属关系,却仍然显出彼此外在、异质和互不适合"的关系①。可见,意象与典型、意境相比较,在意义与形象的关系上显现出独有的表现特征——象征,我们可以据此判别某个艺术形象是不是别具特色的意象。

那么,什么是象征呢?黑格尔有明确的表述:

> 象征一般是直接呈现于感性观照的一种现成的外在事物,对这种外在事物并不直接就它本身来看,而是就它所暗示的一种较广泛较普遍的意义来看。因此,我们在象征里应该分出两个因素,第一是意义,其次是这意义的表现。意义就是一种观念或对象,不管它的内容是什么,表现是一种感性存在或一种形象。②

在这里,黑格尔把象征的内涵阐述得清清楚楚。象征"直接呈现于感性观照的外在事物",必须能暗示"一种较广泛较普遍的意义",而这"意义"又不是从外在事物本身看出来的。很显然,象征所显示出来的美学效果正是意象所具有的。卡夫卡笔下的大甲虫,之所以成为世界著名的艺术形象,正在于它所暗示的深刻社会哲理——人的严重异化。实际上,只要我们把托尔斯泰笔下的安娜、曹雪芹笔下的林黛玉这些世界著名的文学典型,以及唐诗宋词中的那些意境优美的篇章,与这些意象做一比较,我们就能清楚地看到意象表现的象征性特征。

3. 意象形态的荒诞性

前面已经说到,意象的"意义就是一种观念或对象",意象的"表现是一种感性存在或一种形象"。"感性存在"也罢,"形象"也罢,它们与意义之间都是借象征而建立起联系的,相互之间并没有内在必然性和统一性,仅仅是创作者借以暗示某种哲理意味才选用或创造出来的。因此,意象的表现形态就显得超越现实、违背常理而荒诞怪异。比如,《西游记》中的孙悟空、猪八戒,卡夫卡《变形记》里的格里高尔,贝克特《等待戈多》里那一对在无可奈何的焦灼中等待的流浪汉和那一直未露面的不明身份的戈多,都无不以超现实的荒诞表现而生存、活动着。至于艾略特的代表作《荒原》,更是全篇充满着荒诞的意象,而作者正是通过这荒诞的意象,寻找到了自己精神世界的客观对应物,从而实现了"思想知觉化"。

意象在形象表现形态上的荒诞性,更容易把读者的审美感情升华到一种崇高、神秘的境界中去,获得一种特殊的审美满足。意象的荒诞,能令读者产生惊惧、敬畏的心理,

---

① [德]黑格尔《美学》第二卷,商务印书馆,1979年,4~5页。
② [德]黑格尔《美学》第二卷,商务印书馆,1979年,20页。

感到它高不可攀、深不可测,而自己则渺小、微弱,于是崇高、神秘的美感产生了。这样的审美效果,在意境里很少得到;在典型里,虽能获得崇高感,但较少神秘意味。而唯独意象能给我们带来这种独特的审美享受。

综上所述,我们可以这样概括意象的内涵:意象是指人类审美理想境界中,以表达某种哲理观念为目的,具有象征性、荒诞性审美特征的表意之象,是与意境、典型并称的文学形象的存在形态之一。

## 第三节 文学文本

文本学的主要任务实际上就是研究文学作品的内在结构。文本(text)在英文中是"原文""正文"之意。这里是指未经读者阅读时的作品的存在形式。文学作品的文本,一般是以语言文字的形式出现的。它不论在形式还是内容上都与读者通过阅读在心中展现的作品有所不同。

### 一、文学文本的含义

(1)对于文学作品的构成,传统的观点就是内容与形式的结合的二分说。这种观点直接把哲学范畴用于文艺学范畴,并把哲学的一般原理挪作文艺学原理,忽视了文学艺术的特殊性。容易造成重内容轻形式或重形式轻内容的偏颇现象。兴起于 20 世纪初的俄国形式主义提出了他们的新观点,认为艺术(包括文学)只有形式没有内容,形式就是内容。他们所谓的"形式"就是指"文学性",而这个"文学性"就是指"语言""技巧""结构"等。这个理论让人们看到了语言和形式的重要性,但仍未跳出二分法的圈子,只不过是从重内容变成重形式而已。

对于文本存在形式及结构的颇有见地的观点是波兰现象学美学家英伽登提出的。他认为文艺作品既带有实在客体性质,又带有观念客体性质,是一种"意向性客体"。他把文本看成是一个由表及里的由四个异质的层次构成的一个整体结构。具体分为语音层、意群层、再现的客体层和图式化外观层。而且,他认为文学作品实际上有两个"维度",在第一个维度中所有的层次在总体贮存中同时展开,在第二个维度中各个层次相继展开。① 语言层次为文学作品其他三个层次提供了物质基础。意义层具有决定性作用。然而,英伽登又说:文本所提供的不过是一副骨架,一个纲要性的"图式结构",包含着许多"空白",文本的意义是靠读者填补来完成的。作者提供的意义几乎等于零。他甚至认为,文本"并非审美接受的具体对象,就它本身来说,它好像不过是一副骨架,在一系列关系中由读者去填补和充实"。无独有偶,法国当代著名解构主义批评家德里达说:"文本从来不是能指或所指之类构成的,它写出的词只是'播撒'。"②

我们认为,文学文本是一个活体,是由语言构筑起来的活体。具体说来,文本就是

---

① [波]英加登《对文学的艺术作品的认识》,陈燕谷、晓未译,中国文联出版公司,1988 年。
② [法]德里达《播撒》英文版,262 页,转引自尚杰著《德里达》,湖南教育出版社,1999 年,241 页。

由语言传递的审美信息合成的气韵生动的艺术世界。

（2）我们知道，信息一般是符号传达的意义。一般的信息是可以通过多种符号、多种渠道传达的。比如"停止"这个信息，可以通过大街上的"红灯"表示，可以通过警察的手势表示，也可以通过其他的语言表示。于是人类除创造了语言这种符号系统之外，还创造了诸如旗语、灯塔语、气象语、手势语和密码等符号系统为自己传达信息服务。同一个信息也可以由一种符号转换为另一种符号，从一种媒体渠道转变成另一种媒体渠道而传递无误。但是，这个原理到了文学艺术的世界，就行不通了。这是因为艺术（包括文学）使用的是一种特殊的符号系统，传达的是一种特殊的信息。比如一座塑像或一座风景秀丽的公园，作为一种艺术符号，它向人们提供的是一种审美信息，所以才能给人以审美的享受。而你看后向别人复述，要想把你得到的审美信息通过语言符号传达给别人，那是十分困难的。准确无误地传达则是绝对不可能的。同样，若是一位作家在他的小说里描写了一尊塑像或是一座公园，使读者如见其人，如临其境。这时一位雕塑家和一个园林家便根据小说的描写把这些建造出来，那么他们的作品总是让人觉得大异其趣或是大失所望的。这是因为审美信息一般是"不可能被转译为任何其他符号系统或信码"[①]的，于是有人提出了"审美信息单渠道规律"[②]。根据这个规律，作品或文本中所包含的审美信息与传递这一信息的渠道、表达这一信息的语言（广义的）紧密相连。因此，当按另一种渠道或用另一种语言来传递时，就绝对不可能是等值的了。不仅从一种艺术形式转译为另一种艺术形式是困难的，而且就文学而言，从一种语言文字翻译成另外一种语言文字，原则上也是十分困难的。不仅把中国古诗翻译成外文是不可能的，就是把外文诗歌翻译成中文白话诗，也会丢掉许多异国情韵。这说明审美信息不同于一般的科学传导信息，它具有自己的特殊性。第一，它是一种形象的、感性的信息，这种信息与传递它的语言结合在一起密不可分；第二，审美信息的意义往往是复义的，有时含有挖掘不尽的含义。比如"春蚕到死丝方尽，蜡炬成灰泪始干"等诗句真是达到了"含不尽之意见于言外"。

所以文本不可能只是一副空"骨架"，真正有艺术追求的作家，他们苦心孤诣创造出来的文本是富含审美信息的气韵飞动的艺术世界！

## 二、文学文本的层次结构

文本的结构是一个由表及里的多层次审美结构系统。对于这点中外文论家都有共识。中国古代的《周易·系辞》在探讨哲学思想的表达问题时，就提出了"言、象、意"三个要素。后来三国时期的著名经学家王弼，在对《周易》进行诠释时则更为详明地理清了三者的关系。他说：

---

① ［苏］卡冈《卡冈美学教程》，凌继尧、洪天富、李实译，北京大学出版社，1990年，315页。
② ［法］莫尔《信息理论和审美感知》，转引自《美学文艺学方法论》上，文化艺术出版社，1985年，83～84页。

> 夫象者,出意者也。言者,明象者也。尽意莫若象,尽象莫若言。言生于象,故可寻言以观象;象生于意,故可寻象以观意。意以象尽,象以言著。(王弼《周易略例·明象》)

在王弼看来,"言、象、意"是一个由表及里的具有审美层次性的结构。人们首先接触到的是"言",然后"窥"见的是"象",最后才能意会到由这个"象"所"生"出的"意"。三个层次都非常重要,缺一不可。秉承中国古代文论的这一观点,我们可以把文学文本分为三个大的层次:语言层面、形象层面、意蕴层面。

### 1. 文本的语言层面

文学是语言的艺术,语言是构筑文学世界的必要材料,所以语言层是文本的第一个层次。而且文学世界中的语言是非常复杂而特殊的,我们从读者接受的角度又可以将语言层分为语音文字和语义两个小层。

(1) 语音文字层。语音文字是语言的最外层的结构,所以它也是文本的最外层的结构。语音通过一系列经过组织的声音、文字,通过有规则的线条将语言表达出来。它们是构成语言的物质形式。然而,在文学世界里,语音文字除了具有一般的作为物质形式的功能以外,还具有特殊的作用。表现为语音文字本身的物理特性具有一定的形象构建功能。如方块汉字的视觉效果,特别是某些象形字的指示作用;语音的韵律、节奏,以及一些感叹词、拟声词在表达情感、加强文学形象的感染力等方面所起的作用等等。比方说乔伊斯在《芬尼根的守灵夜》中用一百多个字母构成"雷击"这个单词,通过模拟绵绵不断的雷声来达到让人身临其境的形象效果,这纯然是依靠语音。此外,朗诵也能够增强文学作品的艺术感染力。一部文学作品由说书人讲出来与读者自己阅读其效果是肯定不同的,一场好的诗朗诵甚至能使听众如痴如醉。

不过,这种感染力主要不是来自朗诵的物理性质,如果是这样的话,那么按理就是谁的音质最好,最悦耳动听,最有"磁性",谁的朗诵效果就应该最好。然而事实显然不是这样。恰恰相反,往往朗诵效果好的,其音质音色却不一定是最好的。这说明在能充分体现艺术魅力的朗诵中,起主要作用的是朗诵者的经验和技巧。而这种经验和技巧的奥妙就在于如何把文学形象的内在特点突出出来,如何通过朗诵的语调、音高、音长、节奏以及表情、手势等的变化,把文学形象内含的情感和思想鲜明具体地表现出来。

所以,在文本的语言层面中最重要的不是语音文字层,而是语义层。

(2) 语义层。语音文字层的下面是语义层。众所公认,语音与语义是相辅相成、不可分割的。一定的语音总是要表达一定的语义,符号学把它们分别叫作能指和所指,索绪尔将它们的关系比喻为纸的正面与反面,强调它们是不可分割的,切割能指便必然会切割所指。从总体上看,这个观点是正确的,但它并不意味着对于每一个作为个体的人,把握了语音就同时把握了语义。起码有两种意外的情形出现:一是尚未掌握某种语言的人,他们无法把这种语言的语音与其语义联系起来;二是即便熟悉某种语言的人,他在接触这种语言的时候,由于某些原因比如心不在焉、过于紧张、注意力不集中或者理解力不够,因而在听到这种语言的语音或看到这种语言的文字时却未能把握与之相应的意义,甚至熟记了语音和文字也不知它们所云为何物,比如中国古代塾师教鞭下的许多幼童。

因此,这就要求我们在阅读文学作品的时候,不是消极地而是积极地,不是被动地而是主动地,不是注意力分散地而是高度集中地把握语音与语义之间的联系,积极地从语音层过渡到语义层。

一般认为,文学作品的语言可以分为语词、短语、句子和句群四个单位,理解语义也应从这四个单位入手,其中关键的是语词。一个语词的意义可以从两个角度来理解:作为孤立的单词和作为短语、句子或句群中的一个成分。前者就是所谓的字典义,后者即为与上下文结合而生成的新义。同时,按照英伽登的观点,他认为:"语词意义以及句子意义,一方面是某种客观的东西,不论怎样使用,它都保持着同一核心,并从而超越了所有的心理经验(当然,假定语词只有一个意义)。另一方面语词意义是一个具有适应结构的心理经验的意向构成。它或者是由一种心理行为——常常以原始经验为基础创造性地构成的,或者是在这种构成已经发生之后,由心理行为重新构成或再次意指的。"[1]而且,卡西尔也认为,语词是人类经验的凝集与升华(抽象化),所以,语词作为人的主观意识的产物,它具有一定的心理内容,也就是说,人们在阅读的过程中总是不可避免地要联系自己的经验(包括阅读经验和人生经验等知识阅历)来理解语词的意义。如唐朝诗人刘禹锡的怀古诗《台城》中的名句,"万户千门成野草,只缘一曲后庭花"。这是一首讥刺陈后主的七绝。两句诗中的每一个词都有自己约定俗成的意义,都不难理解,而其中的"后庭花"是指陈后主自度之曲——《玉树后庭花》。但在诗句中每个词的意思都有一定的变化:"万户千门"不是实指,而是指后主奢华的宫廷;"野草"也不是它的本意,而是指繁华不再;"只缘"也不是说"只是因为"——一首歌、一支曲子无论怎样消极落后,也不至于使一个国家沦亡!还有,如果说"只缘"不是说"只是因为",那么"后庭花"也不只是指那支曲子,而是借指陈后主骄奢淫逸、不理政事等等。这一切的意义都是联系上下文以及作者的写作背景得出来的。不仅语词固有的意义要在一定的上下文中才能确定,而且语词一些本身没有、被临时赋予的新意也是在一定的上下文中产生的,如修辞学上的"仿词"。比如鲁迅文中的一个句子——"一个阔人说要读经,嗡的一阵一群狭人也说要读经"。其中的"狭人"一词完全是仿照"阔人"临时造出来的,所以它的意思也是临时的。由此可见,在具体的运用中,语词的意义并不总是与其字典义一致,而有时可能相反或者是字典义所没有甚至是无此词。

语词的下面是短语、句子和句群,四者的关系是前者依次从属于后者。而且短语、句子和句群的意义并不是组成它们的语词的意义的简单相加,而是在各个语词的意义的基础上并在更高一级语言单位的制约下形成的新的意义统一体。

以上是文本的语言层面。文学是语言的艺术,但语言不是文学创作的最终目的,语

---

[1] [波]罗曼·英加登《对文学的艺术作品的认识》,陈燕谷、晓未译,中国文联出版公司,1988年,23页。

言是塑造形象的手段。锻造美的语言是为了铸造活的形象。所以,文本中比语言更深的一个层面便是形象层。

### 2. 文本的形象层

文学文本作为用语言构筑起来的艺术世界,它是一个"鹰飞于天,鱼翔于渊"的生命跃动的世界,这个世界是由鲜活生动的形象构成的。所以,艺术世界也可以说就是形象的世界,因而艺术形象层面便是文本的主体层面。

所谓文学形象,是指作家在文本中用语言展现的气韵生动的人物形象或生机盎然的艺术世界。在叙事性作品中,文学形象就是一幅幅生活的图画,而在抒情性作品中,文学形象就是一种情景交融的艺术氛围、意象、情景或意境。文学形象层面处于文本表层结构与深层结构的中间地带,是极为重要的中间层次。王弼说"尽意莫若象",这是说它与深层结构的关系;又说"言生于象",这是强调它对表层结构的作用。它一方面关系着深层结构的传达,另一方面又制约着表层结构的处理。因此文学形象层面,就是艺术表现的中心环节。从作家来说,艺术创造的主要工作要落实在人物形象和艺术世界的构思上。一般总是先将人物形象和艺术世界构思成熟,再用语言这种物质手段把这些文学形象描绘出来。因此从这个意义上讲,作家的工作主要是塑造文学形象的工作。而且这也是俘获读者的重要手段。所以高尔基说:"在诗篇中,在诗句中,占首要地位的必须是形象。"①

文学形象是非常复杂的,它源于生活而又高于生活。我们可以将它分解为具象与外形象两个层面。

(1) 具象层。具象层在语义层的基础上产生,我们在把握了语义的同时也就形成了相应的具象。文学具象是作品中呈现出来的感性的生活断片,这里断片的意思是指构成文学具象的感性生活现象可以是零散的、不完整的,只要具有可以辨认的感性形态就行。它包含着丰富的生活内容,要求读者相应地具有一定的生活阅历。儿童不喜欢成人艺术,不仅仅是因为成人生活离他太远,他不感兴趣,也是因为他缺乏相应的生活阅历,无法在阅读中形成具象,因而无法感知形象,不能得到审美愉悦。另一方面,具象的形成与阅读主体的心理状态、心理指向也有密切的联系。如果一个阅读者阅读某部作品的目的是对构成这部作品的语言中的方言或其他方面进行研究,他在阅读的过程中当然就不会形成具象,或者他会忽略具象。此外,环境状况、阅读者当下的心绪等,也会对具象的形成产生影响。

那么,文学具象有哪些特点呢?让我们用具体的文学作品来说明这个问题。

托尔斯泰在《复活》中有一段著名的对玛丝洛娃的肖像描写:"一个身量不高、胸脯颇为丰满的年轻女人——里面穿着白上衣和白裙子,外边套一件灰色的大衣。那个女人脚上穿着麻布袜子,袜子外面套着囚犯的棉鞋,头上扎着一块白头巾,分明故意让几绺鬈曲的黑发从头巾里滑下来。那个女人整个脸上现出长期幽禁的人们脸上那种特别

---

① [苏]高尔基《文学书简》上卷,人民文学出版社,1962年,302页。

惨白的颜色,使人联想到地窖里马铃薯的嫩芽。她那双短而且宽的手和她大衣里的肥领口里露出来的白脖子都是这种颜色。在那张脸上,特别是由惨白无光的脸色衬托着,她的眼睛显得很黑、很亮,稍稍有点浮肿,可是非常有生气,其中一只眼睛略微带点斜睨的眼神。"这段文字描绘了一个受到沙皇专制社会的摧残,陷身泥淖之中却不自知,心灵遭到毒害的年轻妇女的外部形象。这一形象是由所有这些文字构成的。但是在构成这一形象的过程当中,这些文字又互相组合,先构成一个个感性的生活断片——也就是具象,如"里面穿着白上衣和白裙子,外边套一件灰色的大衣""分明故意让几绺鬈曲的黑发从头巾里滑下来"等,然后再在这些断片的基础上构成玛丝洛娃的外部形象。

　　再举一个更加复杂的例子。鲁迅的小说《铸剑》开头一节对主人公眉间尺的描写。眉间尺听到老鼠叫心里很烦,后来听到老鼠掉进水瓮里的声音。起床看,老鼠正在水瓮里团团转着想爬出来。他用芦柴棒将它按进水里,过了一会儿才松手。老鼠浮起来,露出通红的鼻子。眉间尺忽然可怜起它来,于是把芦柴棒伸进水里,让老鼠顺着棍子爬起来。但一看到老鼠那难看的身子,他又产生了厌恶之感。于是又把它按进水里。几次三番,老鼠已不能动弹。眉间尺又可怜起他来,用芦柴棒把他夹出来,放在地上。可是当老鼠休息了一会,打算逃跑时,他又大吃一惊,下意识地抬脚将它踩死了。这段文字塑造了眉间尺那"不冷不热",即爱不深、恨也不切的性格。这一性格是通过他对待老鼠的一系列行为表现出来的。换句话说,这段描述文字并不是所有的语言同时转化为具有不冷不热性格的眉间尺的形象的,而是先转化为一个个具体的行为——也就是具象,再由这些行为表现出眉间尺的这一性格,塑造出眉间尺的形象的。可见,从文学语言到文学形象之间的过渡并不是自动的、直接的,在它们中间存在着一个中间环节,即感性生活断片,也就是文学具象。

　　这些由部分文字建构起来的感性生活片段虽然是鲜明具体的,但是缺乏相对完整性,它们与其前后部分的联系比较紧密,无法单独在作品的形象世界里承担功能性的作用。比如玛丝洛娃例子中的这段文字:"里面穿着白上衣和白裙子,外边套一件灰色的大衣。"就这段文字本身来看,其描写还是具体的,但它无法建构起法庭开庭前的玛丝洛娃的外部形象,它必须和它前后相关的文字所形成的感性生活片段一起,才能完成这一形象构建任务。如果单独抽取出来,它不过是组成形象的一个断片,本身并不是形象。这就像绘画中的一根线条一样,如果不和其他线条组合在一起,就没有多少意义。

　　同时,这些由部分文字建构起来的感性生活断片除了由这些文字直接转化而成的感性表现形态之外,本身并不具有新的质。"一个身量不高、胸脯颇为丰满的年轻女人",除了描绘出一个具有这些特点的年轻女人之外,并没有说明什么新的东西。这段描写除了用在玛丝洛娃身上,也可以用在任何一个身量不高、胸脯颇为丰满的年轻女人身上,它本身并没有质的规定性。而上引的关于玛丝洛娃的整段文字则只能用在对玛丝洛娃的描写上,因为它除了组成它的文字所转化而成的感性表现形态之外,还具有了新的质,而这新的质只能适合于玛丝洛娃这一形象。同样的道理,上引眉间尺的例子中部分文字所形成的具象也只是描绘了眉间尺与老鼠周旋过程中的部分行为,单独就某个具象而言,比如眉间尺用芦柴棒将老鼠按进水里,或者用芦柴棒将老鼠夹起放在地上,都无法表现出他那"不冷不热"的性格。

由以上分析可以看出,文学具象具有以下特点:第一,非整一性。文学具象是一种感性的表现形态,是由构成它的文字所转化而形成的感性的生活断片。这些感性生活现象可以是零散的、不完整的,只要具有可以辨认的感性形态就行。第二,没有作为一个整体的自己的质。它由组成它的语言的字面意思直接形成,其感性表现形态直接与语言联系,为构成它的语言所规定,除了由文字直接形成的感性表现形态之外,不具有新的质。第三,非实体性。在文学的意义上,它不能作为一个独立的实体而存在,只是文学形象的"构成部件"。

(2) 形象层。文学形象是作家"按照美的规律"所创造出来的一种艺术美,这是文学区别于科学论著的主要特征。在艺术构思的过程中,文学形象以审美意象的具体形态存留在作家的头脑中,它是客观物象与主观心象(日本的浜田正秀将前者称为"外界的形象",后者称为"精神的形象")的统一物。经过物质媒介的物化处理之后的文学形象,潜藏于语言文字之中,它不像绘画、雕塑等视觉形象那样可以直接观照;只有通过读者的读解与想象才能使它再现出一幅幅具体可感的社会人生画面,一个个栩栩如生的人物形象。因此,文学形象也是作家与读者共同的审美创造物,是由具象通到主题(亦即意蕴)的中间环节。也是艺术形式与主题意蕴联结、融合的中间环节,它有以下一些主要特点:

第一,文学形象是客观物象与主观心象的统一。文学形象是作家的创造物,无论是什么风格的作品它都既是作家主观情志的外化又是客观生活原始形态的语符化。作家的创作犹如蜜蜂酿蜜,需花汁花粉等客观物,同时也需蜜蜂自己身上分泌出来的乙酸,二者产生化合作用才生成了又香又甜的独特的蜜。文学形象也需要作家对生活素材进行艺术加工,按照美的规律创作出美的艺术形象。也就是说,文学形象是真与美的统一。按照求真的要求,文学形象要表达人的真情实感,不能无病呻吟,而按照求美的需要则应该千方百计地不断翻新。这就出现了真实与虚构的矛盾。

第二,文学形象又是具体性与概括性的统一。首先,文学形象是具体的。文学所表现的人、事、物都是个别的、具体的、生动可感的,如林冲、孙悟空、于连等等。不仅景物形象及人物的外在形象具体可感,而且人的内在心理、感觉和抽象的情、理、意等进入艺术世界后,也应变得具体可感。非常抽象的情绪在美妙的诗境中却能成为可感的形象,比如"问君能有几多愁?恰似一江春水向东流""春蚕到死丝方尽,蜡炬成灰泪始干"等等。同时,文学形象又是概括的。它不是生活的简单复制,而是经过作家选择、提炼、改造了的,能通过个别表现一般,透过现象表现出生活的本质的形象。马克思说:"越是现实的越是历史的,越是民族的越是世界的。"马克思还说:"具体之所以具体,因为它是许多规定的综合,因而是多样性的统一。"① 成功的艺术形象,内涵总是比较丰富的,具有很强的概括性,能超越现实走向历史,超越现象走向哲学,具有恒久的价值。

---

① [德]马克思《〈政治经济学批判〉导言》,吕德申主编《马克思主义文论选》上册,高等教育出版社,1992年,59页。

### 3. 文本的意蕴层面

文学形象不是文学创作的最终目的,文学创作的目的是对意义和价值的追寻。所以意蕴才是文本的最深层次。

"意蕴"一词不见于《辞源》《辞海》。它是朱光潜翻译黑格尔《美学》时的首创。朱光潜说:"'意蕴'原文是'das Bedeutende',意思是'有所指'或'含有用意'的东西——因译'意蕴'。"黑格尔认为:一件艺术品首先是它直接呈现给我们的东西,然后再追究它的意蕴。总之,"意蕴总是比直接呈现的形象更为深远的一种东西"[①]。中国古代文论对意蕴层次的存在及特点早有论及。刘勰《文心雕龙·隐秀篇》中说:"情在词外曰隐,状溢目前曰秀。"[②]作品就是要"内明而外润,使玩之者无穷,味之者不厌","深文隐蔚,余味曲包"[③],也就是说文本的意蕴越丰富越好。刘勰还认识到文本的意蕴是多层次的。

从文学创作和文学研究的历史中,我们不难发现,文本的意蕴是异常丰富和复杂的,有些特别优秀的作品甚至可以说它的意蕴是无穷无尽的。比如海明威的《老人与海》,你说那个老人是个成功者还是失败者呢?你永远不能得出一个让所有的人都信服的明确答案。所以我们认为,意蕴可以分为已知部分和未知部分。我们把前者叫作意义,后者叫作内蕴。意义就是在阅读和阐释过程中被把握到了的思想和价值,而内蕴就是截至目前尚未把握或完全把握的东西。

一般说来,意义包含如下几个层面:

第一,历史内容层面。一些历史题材的作品当然包含一定的历史内容,如《水浒传》《三国演义》《雍正皇帝》等。而有的文本其形象层面虽不直接揭示历史内容,却暗含着历史内容,如李商隐的《乐游原》:"向晚意不适,驱车登古原。夕阳无限好,只是近黄昏。"此诗所描写的形象是在乐游原上看到的夕阳景色,但它却暗示出了值得留恋的大唐帝国已日薄西山的历史内容。

第二,哲学意味层面。亚里士多德在《诗学》中曾说:"写诗这种活动比历史更具有哲学意味。"所以,许多作家都把能在文学作品里最大限度、最深层次地表现出哲学意蕴作为自己艺术追求的最高目标。文学是人学,它始终离不开宇宙人生。而哲学则是对宇宙人生的普遍规律的抽象把握。所谓哲学意蕴就是以艺术的形式体现宇宙人生某一方面的哲理和深意。在文学文本中,作者把宇宙人生的真谛与生动感人的形象结合起来,让读者在联想和思考中获得某种领悟或启迪,作品就有了某种哲学意蕴。如陶渊明的《饮酒》:"结庐在人境,而无车马喧。问君何能尔,心远地自偏。采菊东篱下,悠然见南山。山气日夕佳,飞鸟相与还。此中有真意,欲辨已忘言。"诗中虽然也有某些历史内容,然而诗人着重渲染的是这种避世的闲适生活的情趣和快意,尤其"欲辨已忘言"的那种"真意",更富哲理意味。这种哲学意蕴不独诗歌有,任何体裁的文学作品都有可能有。比如小说,卡夫卡的《城堡》,就包含着非常深刻的人生哲理。还有,安徒生的童话

---

[①] 朱光潜《朱光潜全集》第十三卷,安徽教育出版社,1990年,23~24页。
[②] 此两句为南宋张戒《岁寒堂诗话》所引,今本《文心雕龙》没有这两句。
[③] 周振甫《文心雕龙今译》,中华书局,1986年,357~361页。

《皇帝的新装》,等等。

第三,审美情韵层面。应该说,在艺术作品里,所有的意蕴都具有审美特性,但我们这里所说的审美意蕴主要是指纯美、纯艺术的作品文本的意蕴。文学史上许多上乘之作,既没有历史内容也没有明确的哲学意味而只有审美情韵这个层次,同样也能流传千古。如苏东坡的《海棠》:"东风袅袅泛崇光,香雾空蒙月转廊。只恐夜深花睡去,故烧高烛照红妆。"此诗意蕴单一而醇美,仅仅表现了诗人因海棠花的无比鲜艳而异常兴奋进而表露出孩童般的天真的爱美的痴情。读这样的诗,只觉情韵弥望,美不胜收。这类作品非常多,我国古代如陶渊明、谢灵运、王维、孟浩然、李白、李清照、秦观、柳永、李煜等人的许多诗作,都具有这样的纯美色彩,所体现的意蕴主要是审美情韵。外国作品中如川端康成的《雪国》,法国象征派诗人马拉美的《牧神的午后》,瓦莱里的《水仙辞》,魏尔伦的《月光曲》,苏联诗人叶赛宁、印度诗人泰戈尔的作品,黎巴嫩诗人纪伯伦的《花之歌》《浪之歌》《美之歌》等,都是这方面的力作,都具有浓郁的审美情韵。总之,我们可以说,一个文本可以没有历史内容、哲学意味,但不能没有审美情韵;有些作品甚至可以单纯地表现审美情韵。当然,对于最有价值的文学文本而言,应该是历史内容、哲学意味和审美情韵的有机统一。

以上所说的意蕴层面是我们通过对文本的读解比较容易找到的内涵。然而,文学研究的实践告诉我们,优秀的文学作品的意义总是挖掘不尽的。比如莎士比亚的剧作,400多年来,人们从不同的角度探寻它的意义,而它的意义也总是不断地被发掘出来。有时似乎是山穷水尽了,但换一个角度,或者出现一种新的阐释理论,便又柳暗花明。《红楼梦》也是如此,200多年来,色空说、爱情悲剧说、阶级斗争说,不同的理论观点从不同的角度考察出了不同的意义,而其内蕴也在不断地被发掘出来。与意义的清晰、明确不同,内蕴总是模糊、混沌的。它处于黑暗之中不易为人们所觉察,是无组织、非秩序化的一种存在的可能性。但它与意义一样,也是读者、研究者与形象之间互相冲突、平衡、协调的结果。

### 4. 建立在高科技平台上的新文本

人类每一次科学技术的进步都会带来各行各业的变革。就文艺方面来说,科技的进步就会导致文本形式的更新。纸张和印刷术的出现就改变了口耳相传的文学传统;照相器材和技术的发明就自然地使这个古老的艺术领域出现新的文本形式——比如影视文学、摄影文学等;而电脑和网络的出现和普及就更为根本地冲击着传统的文学文本,以至于紧随网络技术的发展而出现了所谓的网络文学。

可以说,每一次新的文本形式的出现,一方面是科技支持的结果,另一方面也是某种情感表达的需要。影视文学的出现是科技进步的结果,同时也是文学大众化要求的努力实现,可以说,是影视真正使文学走出象牙塔,飞入寻常百姓家。而网络文学则更是让每一个人都有可能既是读者又是作者甚至还是评论者——只要你对文学感兴趣,只要你愿意参与。

我们觉得,在今天的科技条件下,新的文学文本形式主要有:影视文学、摄影文学以及网络文学。影视文学我们将另章讲述,我们主要考察一下摄影文学和网络文学的特征。

(1) 摄影文学。摄影文学是依照艺术的规律,通过一幅或若干幅连续的摄影画面的表现、运用文学手法进行文字描述,形象地反映生活、塑造人物、抒发情感的一种综合艺术。

摄影文学就形式上来说当然是在摄影器材和技术发明以后才出现的,但从精神内容方面而言它则起源很早,可以追溯到古代的诗配画或画配诗,它能满足人们视觉和想象等多方面的审美需要。贴近了说,它源于1857年在欧洲出现的第一张寓意照片,距今也有100多年的历史了。但在我国则出现较晚,它始见于20世纪30年代中期出现的摄影小说,而勃兴于90年代。与网络文学并辔而行,且有互渗的倾向。发展到目前,摄影文学具有如下一些特点:

第一,形象的直观性。摄影文学是图像和文字两种语流的同时展现,所以,与只有文字的传统文学相比就具有了形象的直观性。而且,由于科学技术尤其是照相器材和洗印技术的进一步发展,图像更加清晰,色彩更加艳丽,动感更加强烈,细节更加突出,对读者(观众)具有越来越强的心灵震撼力。

第二,诗意的具象化。诗意是许多艺术形式,特别是文学永远追求的境界。但在传统文学形式中,诗意是通过语言文字表现的,需要读者借助想象并加上自己的生活阅历、审美经验综合得之。有时一些作品中的诗意甚至是"只可意会,不能言传"的。但在摄影文学中,通过摄影艺术家(最好同时又是文学家)精心选择的角度、背景、色彩和造型等,可能会将宏大的诗意浓缩在具体的形象当中,让人一目了然。

第三,简洁明快的风格。在摄影文学中,无论是图像还是文字,都应追求简洁明快,一目了然,一语中的。这既是摄影文学的特点,又是摄影文学的要求和追求。

第四,摄影文学是一种新的"有意味的形式"。它是摄影技术与文学技巧的审美复合,不是"摄影"与"文学"亦即"图像"与"文字"的简单相加。正如童庆炳所言:"摄影文学是'1'加'1'等于'3'的艺术,摄影是'1',文学是'1',它们的结合是'3','3'就是产生新质的艺术。"①

千百年来,言、象、意的矛盾一直困扰着历代的诗人、哲人和文论家们。到了科技如此发达的今天,摄影文学便挺身而出,努力尝试着来解决这个矛盾。古人早就认识到,言之不足,立象以尽意。所以王元骧说:"美学史上持续二千年的诗画之争,让摄影文学创造性的实践,作了最新、最有说服力的说明和回答。"②摄影文学是一种新的有意味的形式,它大大地突破了文学的阈限,使文学不再局限于单纯的文字叙述,而以包容的、跃进的姿态广泛吸收一切"营养"来发展文学,使图像以文学的名义介入人们的生活当中,成为人与世界达到相互敞亮的又一解码。

数码技术的进一步发展,使摄影不仅仅是客观真实地记录了文学事物的存在和情

---

① 《文艺报·摄影文学导刊》2002年第81期。
② 《文艺报·摄影文学导刊》2002年第79期。

景，更主要的是使摄影艺术家表达自己思想感情的一种影像图式语言。摄影是一门造型艺术，同时又是文化的载体。一眼能看到的东西并不意味着一眼能看透。作为世界的"第三只眼睛"的摄影作品，它总是呈现出一定的文化内涵，反映着特定时代、国家、民族、地域的社会文化现象，并进而表现其特有的文化价值观念。可以这样说，摄影文学既是对读图时代平面化审美趣味的趋从，也是对这个时代简单的程式化的欣赏习惯的文化牵引。人们越来越不愿意动脑筋去欣赏艺术作品，那么，摄影文学就需要读者（观众）动一番脑筋，将图像信息和文字信息细细咀嚼，才能见出"象外之象""景外之景"。

（2）网络文学。网络文学是科技发展到今天——也就是有了电脑和网络之后——出现的新的文学艺术形式。同时，它也是文学艺术自身发展的要求和结果。更确切地说，是文学艺术真正走出象牙塔走向大众化的目标的具体实现。这不仅表现为它在内容上更为平民化和生活世俗化，甚至主题单一而平面化，更为突出的是任何网民都可以任意发表自己的作品或对别人的作品以及别人的评说发表自己的意见。同时，网络还提供了读者参与创作的机会。20世纪90年代以来出现的网络文学发展至今，已经成为一门新兴的文学艺术形式，它不是传统文学的网络传播，也不只是网络生活的文学表达。对于这个现身不久的林中怪兽，怎样界定它，学界颇多争议。争论的焦点主要有：① 网络文学的概念；② 网络文学的特点；③ 在网络文学中，究竟是"网络"重要还是"文学"重要；④ 网络文学与传统文学的关系问题；等等。在这里，我们无意也无力去梳理有关网络文学的所有问题，而只从文本学的角度来考察它与传统文学的文本相比较有什么新的特色。

网络文学，顾名思义，就是与网络有关的文学。是指在文学网站和个人主页上创作，或在阅读的过程中参与创作并发表的各种类型的文学作品。它既包括反映网上生活的作品，也包括反映其他各种生活情状的文学作品。就网络文学短短的不到十年的历史来看，网络文学的文本有如下一些特点：

第一，结构的开放性。

传统的以纸张为媒介的文学文本的一大特点就是结构的不可更改性。以至于许多文学作品因为现存着多种版本而使研究陷入复杂局面，比如我国的《红楼梦》。这种文本结构的不可更改性，一方面体现了作者话语权的永在，体现了人们对作者的劳动成果的尊重并直接鼓动着作者的创作积极性；但另一方面却限制了读者的读解权，由于作者对文本的赋义的先在而使读者处于消极被动的地位。有时读之虽意犹未尽也只好作罢，有时虽怒发冲冠也无可奈何，而有时击节赞叹也只是拊掌而笑——最多也就是像脂砚斋、金圣叹等一样在旁边注曰："妙哉！"虽然阅读也是一种再创造，但那仅仅是作者的影子而已。

网络中的文本则不同了。文学与网络联姻，就带上了网络的特点——也就是它的开放性和互动性。当然不是所有的网络文本都具有同样深刻的开放性和互动性，在网络文学中，到目前为止更多的还是和传统文学相似的结构形式——也就是作者写、网站发、网民点击（阅读、观看）和点评。但这不是最为典型的网络文学，不能代表网络文学的特点。在网络文学中，有一种"超文本链接"，就是在作品的关节处特意将某一关键词或某句话以加亮、换色、闪烁、加箭头、下划线、改变字体颜色、字形、设置图案等方式，提醒读者点击，以便做多种阅读选择。选择的链接不同，故事的经过、发展和结局便不同，有的甚至根本就没有结局。你可以像走迷宫一样无休止地朝着不同的路径一直读下去。如美国作家米歇尔·乔伊斯（Michael Joyce）创作的英文小说《发生在下午的故事》（*afternoon, a story*）和台湾的李顺兴创作的《围城》等就属于网络链接小说。还有一种是利用WEB交互作用创作的网络接龙作品，即由众多网络写手就某一题目共同续写一部作品，如接龙小说《网上跑过斑点狗》，BBS留言跟帖小说《风中的玫瑰》等。

上述作品充分利用了网络技术，做到了网络与文学的结合，是典型的网络文学，也表现出了网络文学最大的特点——互动性和开放性。

第二，传播的便捷性。

传统的文学主要是以纸质载体为媒介来传播的。它们在制作上耗时、耗材，运输困难，储存不便，需要耗费大量成本。而网络文学的生产和传播是通过电子，通过"比特"（英文bit的音译，是计算机所使用的以二进制的数位，即一连串的0和1为指令代码的机器语言）这种"软载体"在网络中实现的。网络流通的数字信息体积小，容量大，耗材少，传输快，辐射广阔，准确性高，易于检索、复原和复制，节约时间和空间，还能降低消费开支。马克思、恩格斯曾预言："资产阶级由于开拓了世界市场，使一切国家的生产和消费都成为世界性的了。……各民族的精神产品成了公共的财产。民族的片面性和局限性日益成为不可能，于是由许多种民族的和地方的文学形成了一种世界文学。"①在电脑网络把世界一"网"打尽的时代，这一预言已经变成了现实。

第三，技术和艺术的综合性。

在网络艺术中，有一种多媒体创作形式，如把文字与声音（音乐、音响、朗诵）、动画、摄影、摄像、影视剪辑等音频、视频结合起来，实现多媒体（也叫"超媒体"）、多门类的综合，依靠媒体间性和艺术门类间性来传情达意。如《非常故事之不见不散》《火星之恋》等，就属于这类作品。欣赏这种作品时，可以一边听音乐，一边看动画或真实而流动的画面，同时听人朗诵屏幕上显示的文字。这是文学、音乐、美术、摄影等多种艺术形式的结合。只有在网络上才能如此便捷地实现——包括创作、欣赏以及批评等艺术生产和消费的全过程。这与传统的文本形式有着本质的区别，这也是网络文学可能会有美好的发展前途的重要原因之一。

第四，文本载体的数字化。

网络文学是以数字科技为依托而得以形成和发展的，它的文本载体是数字化的符号。这种符号经过机读处理，就会转化成可供读者辨识的文字、图像、声音等。美国人尼葛洛庞帝将这种数字符号称作"信息DNA"，认为它正迅速取代原子而成为人类社会的基本要素。② 不仅如此，现代计算机网络技术还能借助图形界面或标识语言，将文本

---

① ［德］马克思、恩格斯《共产党宣言》，《马克思恩格斯选集》第一卷，人民出版社，1972年，255页。
② ［美］尼葛洛庞帝《数字化生存》，胡泳、范海燕译，海南出版社，1997年，3页。

的系统资源以层次或网络方式包装起来,造成"视窗中的视窗""文本中的文本",这些都是传统的书面印刷文本不可能做到的。

第五,欣赏方式的机读化。

传统印刷品文学的欣赏是一种个体化的书面阅读,其优点是携带方便,读、藏自由,无须特别的设备。而网络文学在电脑显示屏上阅读,虽然有依附设备和电源之不便,甚至还有视力和阅读习惯的障碍,但这种机读方式却有自己的优势。如字号可调、图文并茂、易于检索、信息实时更新、阅读资源无限丰富等等。先进的机读软件还可以选择语种、自动翻译、电脑阅读、用耳机助听,甚至用电子笔在页面作注,随时与其他网民交流欣赏感受和进行现场评论,等等,这些都是书面文学欣赏所望尘莫及的。

第六,题材、体裁和语言的特点。

从一定意义上来说,网络文学在题材、体裁和语言等方面体现出的大众化、世俗化特色,是民间文学在更高层次上的回归。但从另外一个角度来说,则可以说是网络发展或文学逃亡的产物——因为真正搞文学的没几个上网的,真正上网的没几个搞文学的,这就造成了在网络文学中网络技术突出而文学色彩清淡的局面。例如,从体裁上来看,网络文学中随笔、杂感类散文占了绝大部分,其次是小说和诗歌,且篇幅短小;从题材上看,爱情、搞笑、武侠占据网络作品的前三位,纪实性的网恋故事、心情告白、琐屑人生、旅游笔记、校园写真等占了很大比例——因此有人说,网络文学其实大部分就是网恋文学。文学体裁之间的界限,甚至文学与非文学、准文学之间的界限,在网络文学中都变得模糊起来。文学的快餐化、自娱自乐化越来越明显。

在语言上,网上作品有语言典雅的、优美的、凝练的、深刻的,但更多的则是调侃的、反讽的、诙谐的,甚至是粗俗、带有痞子气的。聊天室语言、电脑符号语言和网络缩略语言有不断增多的趋势。如:"GG"代表哥哥,"JJ"代表姐姐,"PP"表示漂亮,"555"表示哭脸,"7456"就是气死我了,":)"表示微笑,"～＊•＊～"表示女生高兴时甩辫子,"?－?"表示目瞪口呆,"－X"表示封嘴巴,":－Q"表示吐舌头,":－D"表示开怀大笑,":－)"表示抛媚眼,等等。还有如伊妹儿(E-mali)、猫(Modem)、大虾(上网高手)、菜鸟(初学者)、斑竹(版主的谐音词)、美眉(美女)等等,还有一些缩略词,如"晕"——表示对于别人不理解自己或自己的观点而愤慨,"倒"——表示对别人执迷不悟的一种愤然情绪等,不一而足。这些语言现象都大量地出现在网络文学作品中。总之,网络文学中的语言是以简单化为其特点的。著名诗人施蛰存曾说,现代人的语言表达能力和想象力随着科技的进步在急速地下降。网络文学也是一个佐证。

总之,网络文学的勃兴与发展,对传统的文学创作和文学接受乃至文学研究等都形成了广泛的冲击。所以有研究者将电脑和网络称为传统文学艺术的"魔鬼终结者"[1]。

不过,作家张抗抗说:"网络文学会改变文学的载体和传播方式,会改变读者的阅读

---

[1] 黄鸣奋《比特挑战艺术——网络与艺术》,厦门大学出版社,2000年,163页。

习惯,会改变作者的视野、心态、思维方式和表现方式,但它究竟在多大程度上能改变文学本身? 比如说,情感、想象、良知、语言等文学要素?"[①]对此我们将拭目以待。

## 第四节 文学体裁

文学体裁又称文学样式,是文学文本由于塑造形象的不同方式,语言运用及结构形式等方面的差异而形成的具体表现形态,是以语言为媒介的审美载体。

文学体裁是在人类的文学活动实践中形成并逐步完善的。中国古代文论关于文学体裁的自觉探讨,大约始于魏晋南北朝时期,西方文论中与体裁相近的 style 一词就出现得更晚。但无论中外,把文学体裁作为一门独立学科来研究,都是 20 世纪的事情。

**一、文学体裁的划分**

由于中西文学发展的实际状况不同,理论家对文学文本进行体裁划分时依据的标准不一,因此文学体裁的划分呈现出多样性与相对性的特点。

1. 文学体裁划分的多样性

在文学体裁的发展历史上,比较有影响的划分方法有二分法、三分法、四分法和五分法。

二分法是我国古代传统的分类法。它主要依据文学作品的语言是否合韵而将其分为"韵文"与"散文"两大类。刘勰在《文心雕龙·总术》中称有韵者为"文",无韵者为"笔"。这种方法在古代相当流行,从五四新文学运动以来,逐渐被学界冷落,今天已不大采用。

三分法是西方古老而又流行的一种文学体裁分类法。它主要依据文学作品描述对象与塑造形象方式的不同,把它们分为叙事类、抒情类和戏剧类三种。一般认为,三分法最初由亚里士多德提出,对后世影响较大。"五四"前后传入中国。

四分法是我国"五四"以来流行的一种文学体裁划分方法。它依据文学作品塑造形象的方式、语言运用及结构体制等方面的不同,把它们划分为诗歌、小说、散文和戏剧文学四大体裁类型。随着社会的发展和文学的演进,新的文学样式不断产生,出现了一些四分法难以包容的新体裁,于是人们又在上述四大体裁类型之外,列出了以影视文学为代表的边缘文学体裁,这就是"五分法"。

其实,这些不同的分类方法都是一定历史条件下的产物,既有各自所长,亦有各自所短,我们不可简单地做出优劣分别。但是,五分法更符合文学发展的实际状况,本书采用五分法对文学作品体裁进行分类讲述。

2. 文学体裁划分的相对性

文学体裁划分的相对性有两层含义:其一,无论哪一种分类方法,它划分出的各类文学作品之间并非泾渭分明地各自独立着,而是交融互渗,你中有我,我中有你。其二,

---

① 张抗抗《网络文学杂感》,见"新语丝"文学网站:http://www.xys2.org

社会在发展,文学也在发展,新的文学体裁也会在不断演进的过程中推陈出新,因此文学体裁的划分不可能凝固不变。

理解文学体裁划分的相对性,有利于我们在把握每一文学体裁的质的规定性时,不把其绝对化,看到不同体裁间的共同性,从而看到它的历史变化。

### 二、诗歌

诗歌是人类文学活动中出现最早的文学样式,而且最初并不具有独立的形态,是诗、乐、舞三位一体的。尽管在漫长的历史发展中,诗体格式不断演变,但诗的本性未改,它始终以自己特有的审美追求和表达方式独立于文坛。可以说,诗歌是一种感情强烈、想象丰富、结构跳跃、语言富有节奏和韵律、高度凝练地反映社会生活的文学体裁。

1. 诗歌的基本特征

(1) 感情强烈,想象丰富。任何文学作品都蕴含着情感因素,但诗歌与小说、散文和戏剧文学等相比,其情感的表达显得更突出、更强烈。这既是诗的根源,也是诗的内涵。《诗大序》言:"诗者,志之所之也,在心为志,发言为诗。情动于中而形于言,言之不足,故嗟叹之;嗟叹之不足,故永歌之。"这是对《尚书·尧典》中"诗言志"的明确阐释。"诗言志"这一中国诗学"开山的纲领"(朱自清语),被历代诗人和诗论家所认同。白居易这样理解诗:"诗者,根情、苗言、华声、实意。"[1]郭沫若则干脆说:"诗的本职专在抒情。"[2]外国的诗人也有同样的认识。华兹华斯提出:"诗是强烈感情的自然流露。"[3]高尔基认为:"真正的诗永远是心灵的诗,永远是心灵的歌。"[4]完全可以说,没有情感就没有诗人,也就没有诗。

然而,情感又是不具形的,诗歌要以具体生动的艺术形象来抒发情感,就必须借助于想象。因此,蕴含强烈情感的诗歌又必然富于丰富的想象。艾青曾把想象看作诗人最重要的才能。柯勒律治认为,诗歌创作就是"通过想象力变更事物的色彩而赋予事物新奇的力量"[5]。

正由于诗歌重情感和想象,因此反映社会生活时就不能做细节的描写和充分的叙述,而把丰富的生活内容经情感的浓缩和想象的处理,借凝练的语言高度集中地反映出来。比如,台湾当代著名诗人余光中的《乡愁》,借丰富的想象抒发了浓郁而沉重的乡愁,包含了人生经历丰富的生活内容,可全诗仅 80 来字。

(2) 结构富于跳跃性。诗歌情感的强烈、想象的丰富,决定它不可能依据事物发展的先后顺序和时空转换的客观动态来结构作品,只能遵循情感、想象的逻辑,打破时空的限制,把人物、事件、意象、图景做主观动态的组合。因此,诗歌的结构就具有跳跃性

---

[1] [唐]白居易《与元九书》,郭绍虞主编《中国历代文论选》第二册,上海古籍出版社,1979 年,96 页。
[2] 郭沫若《文艺论集·论诗三札》,《沫若文集》第十卷,人民出版社,1961 年,106 页。
[3] 刘若端编《十九世纪英国诗人论诗》,人民文学出版社,1984 年,22 页。
[4] [苏]高尔基《文学书简》上卷,人民文学出版社,1962 年,483 页。
[5] 刘若端编《十九世纪英国诗人论诗》,人民文学出版社,1984 年,62 页。

特征。比如,唐代诗人张若虚"孤篇横绝"的《春江花月夜》,开篇以写景始,"春江潮水连海平,海上明月共潮生……"继而发出人生短暂的慨叹,"人生代代无穷已,江月年年望相似……"进而想到美好月景下的无数思归游子的痛苦,"今夜谁家扁舟子,何处相思明月楼……"终而在更广阔的空间展开想象,以抒情自慰,"斜月沉沉藏海雾,碣石潇湘无限路。不知乘月几人归,落月摇情满江树"。全诗以月为线索,以情为中心,把想象的跳跃、视野的跳跃、时空的跳跃融入心理空间的跳跃之中,营造出一种恬静悠远的优美意境,充分体现了诗歌的结构特征。

(3) 语言的音乐性。在各种文学体裁中,诗歌特别注重语言的音乐性。这也是诗歌生来的天性。诗歌语言的音乐性是其节奏、韵律和声调的综合体现,这样读起来朗朗上口,听起来悦耳动听,给人以回味悠长的美感。可以说,音乐性既是诗歌外在形式的要求,也是内在情感表达的需要。

朱光潜谈到诗与散文的区别时说,散文"偏重叙述语气",诗"偏重惊叹语气","在叙述语中事尽于词,理尽于意;在惊叹语中语言是情感的缩写字,情溢于词,所以读者可因声音想到弦外之响。换句话说,事理可以专从文字的意义上领会,情趣必从文字的声音上体验。诗的情趣是缠绵不尽,往而复返的,诗的音律也是如此"。并以《诗经·采薇》中的"昔我往矣,杨柳依依。今我来思,雨雪霏霏"四句为例,说将之译成现代散文,就是"从前我走的时候,杨柳还正在春风中摇曳;现在我回来,天已经在下大雪了",诗的原意虽在,但诗的情致已没了踪影,"义存而情不存,就因为译文没有保留住原文的音节"[①]。

2. 诗歌的分类

按照不同的划分原则和标准,可以把诗歌分出多种不同的类型。

依据诗歌描述内容及表达方式的侧重的不同,诗可以分为叙事诗、抒情诗和象征诗。叙事诗借助于故事情节的描述和人物形象的塑造来抒发情感,抒情诗则借助于景物描写和意象创造来抒发情感,象征诗则侧重以象征、暗示的方式来寄寓诗人的人生感悟及哲理意蕴。

依据诗歌语言的音韵格律和结构特点,诗又可以分为格律诗、自由诗和散文诗。格律诗是一种字句整齐、对仗工整、用韵严谨的诗体,其主要形式有律诗及其变体绝句,还有词、曲等。自由诗是相对于格律诗而言的,它没有固定格式,字数、行数、句式、用韵都比较自由灵活。它主要指"五四"以来打破格律诗的镣铐后用白话写成的诗。散文诗也是一种变体,是诗的内涵与散文的语言形式相结合的产物。

### 三、散文

散文是我国又一古老的文学样式。但是,古代多是将它与"韵文"相区别而讲的,不是我们今天所说的散文。因此,朱自清在新文学运动中专门撰文区别了"散文"的多种含义,特别析出了"与诗、小说、戏剧并举"的"或称白话散文,或称抒情文,或称小品文"

---

[①] 朱光潜《诗论》,安徽教育出版社,1997年,99页。

的散文。① 这样的散文具有与诗歌、小说等其他常见文学体裁不同的独立品格。它是一种选材范围广泛、注重抒写真实感受、结构自由、篇幅简短、手法多样、语言精练的文学体裁。

1. 散文的基本特征

(1) 选材范围广泛,抒写真实感受。应该说,任何文学作品的创作都具有广泛的选材范围,但与散文相比总多少有所限制。没有一定矛盾冲突的事件难入剧作家笔端,没有情节性的题材也不为小说家所取。散文的选材无所不包,天文地理、风土人情、思古访旧、感时述怀,尽收散文家的笔底。正像现代作家周立波所说,散文选材"真正广泛到极点,举凡国际国内的大事,社会家庭的细故,掀天之浪,一物之微,自己的一段经历、一丝感触、一撮悲欢、一星冥想,往日的惶悚,今朝的欢快,都可以移于纸上,贡献读者"②。

其实,散文选材的广泛性,又是与它抒写作家真实感受的美学追求密切相关的。一般说来,散文总是写真实的人、事、物和真实的感受,而少有小说的虚构、诗歌的夸张、戏剧的渲染。著名散文家吴伯箫说:"说真话,叙事实,写实物、实情,这仿佛是散文的传统。"③刘锡庆则称散文"是写作主体的情感史、心灵史,是作者生命的律动和心灵的裸现,是作家灵魂的栖息地和精神寄居家园"④。想一想我国文学史上那些散文佳作,如诸葛亮的《出师表》、柳宗元的《捕蛇者说》、范仲淹的《岳阳楼记》、归有光的《项脊轩志》、方志敏的《可爱的中国》、魏巍的《谁是最可爱的人》,哪一篇不是抒写自己的真情实感?

(2) 结构自由,篇幅简短。散文的结构没有严格的限制和固定的模式,完全依据作者表情达意的需要去谋篇布局。可以由一件小事生发开去,驰骋想象,控纵自如,放得开、收得拢;又可以结构严密,井然有序,张弛相间,首尾照应。然而,散文自由灵活的结构都是为强化作品的主题服务的,是一种形"散"而神聚的结构。因而,散文的篇幅一般都比较简短,少则百来个字、几百个字,长则不过几千字。

(3) 手法多样,语言精练。散文的表现手法自由多样,作家尽可以从自己的创作实际出发,调动多种表现手段来表达自己的真实感受。既可以采用诗歌创作的比兴、拟人与象征、写意,又可以像小说那样写人叙事、绘景状物、议论抒情,还可以像戏剧文学那样写人物的对话,也可以借用影视文学的蒙太奇技巧来对比、烘托。

散文的语言也独具特色。抒写真实感受的要求,篇幅短小的限制,多样表现手法的运用,使得散文作品的语言显示出自然而凝练的特点。

2. 散文的分类

散文的分类方法也是多样的。最常见的是按照作品的描述内容及表现方式的不同,将其分为叙事散文、抒情散文和议论散文三大类。

---

① 朱自清《什么是"散文"》,郑振铎等编《文学百题》,生活书店,1935年,237~238页。
② 周立波《〈散文特写选〉序言》,人民文学出版社,1960年,2页。
③ 吴伯箫《〈散文名作欣赏〉序》,转引自傅德岷《散文艺术论》,重庆出版社,1988年,12页。
④ 刘锡庆《世纪之交:对"散文"发展的回顾与思考》,《文学评论》1997年第2期。

叙事散文借写人叙事抒发作者的真实感受,表达自己的思想情感。其主要的作品样式有报告文学、人物传记、回忆录、游记等。抒情散文大多借状物绘景抒发作者的内心情感。其常见的作品样式有小品文和一部分随感、杂谈。议论散文主要以议论、说明的方式阐释事理,传达作者的感受和思想。最常见的作品样式是杂文、随笔等。

**四、小说**

小说的出现晚于诗歌、散文。一般认为,小说萌芽于古代神话,历经演变发展,成了当今文坛影响较大的文学体裁样式。"小说"一词在中国最早出现于《庄子·外物》:"饰小说以干县令,其于大达亦远矣。"后来,《汉书·艺文志》又称:"小说家者流,盖出于稗官,街谈巷语、道听途说者之所造也。"这些见解尽管与今天的"小说"内涵有一定距离,但已经注意到小说不同于诗歌和散文的特点:故事性与虚构性。以今天的眼光看,小说是一种以人物形象刻画为中心,注重故事情节的叙述和具体环境展现的文学样式。

1. 小说的基本特征

传统文学理论教材中,小说的基本特征几乎都讲了这样三点:多方面地刻画人物形象,完整复杂的故事情节叙述,具体充分的环境描写,并把人物、情节和环境称为小说的三要素。这是对小说最基本特征的概括,符合小说的实际,我们不再阐述。这里只想结合小说的发展状况,在此基础上论述以下两点:

(1) 情节虚构的合理性。小说一诞生,就显示出自己特有的虚构性特点,无论最初的神话传说,还是最早对小说的理论认识,都突出地显示了这一点。然而,读者明知小说展示的是一个虚幻的世界,可是为什么那样如痴如醉地被吸引呢?原因就在于这种虚构的合理性。英国小说家福斯特在《小说面面观》中,关于"国王死了,不久王后也死了"与"国王死了,不久王后因伤心也死了"的比较,可以说是对情节虚构合理性之"理"的一种阐述:遵循逻辑之理。而欧洲著名小说家米兰·昆德拉对小说的理解,则进一步深刻地揭示了小说情节虚构之理"就是去发现唯有小说才能发现的东西",这就是人的"具体存在",亦即人的"生命世界"。① 他认为,小说不研究现实这种既成事实,而是研究一种尚未实现既而即将实现的可能性。换句话说,小说情节虚构的合理,不在于是否符合现实的既定事实,而在于是否对于个人命运具有决定意义。

其实,回想一下我们读过的小说,那些优秀的作品,其情节的构成都是与人物命运息息相关的。而有的作品一味追求故事的离奇,忘记了与人物命运的关系,尽管可以轰动一时,但不能在文学史上久传。

(2) 文体运作的自由灵活。在所有文学体裁中,数小说的文体运作方式最为自由灵活。它既可以用诗的文体来写"诗体小说",用散文的文体作"散文体小说",用戏剧文学的文体写"戏剧式小说",又可以在小说中直接插入诗歌、散文、日记等多种样式的作品,甚至写成"日记体""书信体""辞典式"的小说。同时,小说叙述视点的多样变化,也

---

① [捷]米兰·昆德拉《贬值了的塞万提斯的遗产》,《小说的艺术》,孟湄译,生活·读书·新知三联书店,1992年,4页。

是直接影响其文体运作呈现自由灵活的重要原因。若从文体学的角度来审视文学体裁,大概没有哪一种体裁的文学作品能够像小说这样自由灵活地进行文体创造。因而,韦勒克、沃伦认为,小说作为一种独立的文学体裁趋于成熟之后,"作品中还仍然存在着诸如书信、日记、游记(或'假想旅行记')、回忆录、17世纪式的'人物描写'、小品文以及舞台喜剧、史诗和传奇等'简单类型'的痕迹"①。

2. 小说的分类

小说分类的标准也有多种,分类结果也复杂多样。最流行的分类方法是根据作品容量的大小、篇幅的长短及结构上的特点,将其划分为长篇小说、中篇小说、短篇小说和微型小说。一般说来,小说的容量是由人物多少、故事情节的复杂情况、环境展示的广阔与否来确定的;篇幅长短以字数为参照,结构则以情节线索的安排为依据。区别这四种小说类型时,我们应以容量为主,辅以篇幅和结构特点而做出综合判断,切不可机械呆板地以字数多少来确定。

### 五、戏剧文学

戏剧文学是戏剧艺术的重要因素之一。它主要是供演员在戏剧舞台上表演而存在的,而不像诗歌、散文和小说那样,只是供读者的阅读接受而存在。因此,戏剧文学的创作就必须考虑舞台表演的时空限制,适应戏剧艺术舞台性、直观性及综合性的要求。这就决定戏剧文学具有区别于其他文学体裁的独特属性。而我们在把握戏剧文学的特殊性时,也必须从这些制约因素的影响出发。

1. 戏剧文学的基本特征

我国的戏剧文学是在诗歌、散文、小说都发展到相当成熟阶段后才诞生的,同时也是适应接受大众对原来以打斗歌舞为表现手段的戏剧艺术的欣赏期待的提高而出现的。因此,它既吸纳了诗歌、散文和小说等文学体裁的基本表现技巧,又突出了适宜于戏剧表演的艺术要求,从而形成自身的特殊性。

(1)分场分幕,高度集中地反映生活。戏剧表演要受到时间与空间的限制,戏剧文学的创作就不能像其他文学作品(尤其是小说)那样自由地进行时空转换,它必须高度集中地浓缩生活,使作品内容能够在有限的演出时间和舞台空间中展现出来。为此它只能减少人物活动的场所,缩短人物活动的时间,加快矛盾冲突的进程,力争在有限的篇幅、较少的场景和较短的时间内反映尽可能丰富的社会生活内容。而分场分幕的结构方式,正好适应了戏剧文学高度集中地反映生活的需要,这种特殊的艺术结构制约着作家必须把不同时间、不同场景里发生的事集中在同一时间和场景。这是戏剧文学的一大鲜明特色。

早在古希腊时期,亚里士多德在《诗学》中就强调戏剧文学要注意"动作和情节的整

---

① [美]韦勒克、沃伦《文学理论》,刘象愚、邢培明、陈圣生、李哲明译,江苏教育出版社,2005年,280页。

一"。16世纪意大利的卡斯特尔维屈罗对《诗学》做了翻译和诠释,进一步发挥了亚氏的观点,提出戏剧中情节、地点和时间须保持各自的整一性。17世纪法国古典主义戏剧理论则明确提出了"三一律"的原则。这些都是为了强调戏剧文学必须高度集中地反映生活。但是古典主义者把"三一律"绝对化,奉为戏剧创作的圭臬,走到了极端,这种态度是不可取的。

其实,我们随意举出一部戏剧文学作品,都可以看到这一鲜明特征。曹禺的《雷雨》把前后三十年的事集中在二十来个小时、两个场景里展现出来;郭沫若的《屈原》则把主人公三十多年的悲剧历史浓缩在一天里。

(2)戏剧文学语言具有特殊的重要性。戏剧文学语言由舞台提示和人物语言——台词两部分构成。但前者主要是为舞台演出所做的说明,靠舞台设计、演员表演体现出来,而不直接传达给观众,观众观看过程中所获得的语言信息只剩下了台词。因此,和其他文学体裁(特别是小说)相比,戏剧文学中的台词就成为刻画人物性格、展示剧情进程、揭示作品主题、表达作家情感倾向的基本载体,从而显示出自身的特殊重要性。正是基于此,高尔基才特别强调:"剧本(悲剧和喜剧)是最难运用的一种形式,其所以难,是因为剧本要求每个剧中人物用自己的语言和行动来表现自己的特征,而不用作者提示。"①

台词在戏剧文学中的特殊地位和作用,决定了戏剧文学对人物语言的特殊要求,即个性化、动作性和富有潜台词。个性化的人物语言,不仅是显示人物的年龄、性别、职业、地位、教养和情趣特征的语言,而且是人物在特定的情境,在与其他人物的相互关系中必然发乎心、吐乎口的语言。正如李渔在《闲情偶记》中所要求的:"说一人,肖一人,勿使雷同,弗使浮泛。"这样,才可能让观众听其言,知其人,见出人物的性格特点。人物语言的动作性,就是要求人物台词必须体现一定的思想意向和行动目的,不仅能够与人物必然的动作相适应,而且又能揭示人物复杂的心理活动,引起行动上的强烈反响。其实,戏剧文学中人物语言的个性化和行动性总是相统一的,因为这些特点都根植于人物的性格。黑格尔曾经指出:"能把个人的性格、思想和目的最清楚地表现出来的是动作,人的最深刻方面只有通过动作才见诸现实,而动作,由于起源于心灵,也只有在心灵性的表现即语言中才获得最大限度的清晰和明确。"②

戏剧文学语言要富有潜台词,就是要求人物台词明朗动听,便于演员"上口",易于观众"入耳"的同时,又要力避直白、单调、了无余味,从而做到含蓄、深邃,给观众留下回味的余地,并为剧情的发展做好铺垫或埋下伏笔。戏剧文学语言的以上特点是相互联系的一个整体,我们可以从莎士比亚、易卜生、曹禺、老舍等著名剧作家的作品中体味到,感受到。

(3)戏剧冲突是戏剧文学的生命线。所谓戏剧冲突,是指人物行为动机之间的尖锐矛盾纠葛、意志对抗或人物性格的内在矛盾。与一般的叙事性文学作品相比,戏剧文

---

① [苏]高尔基《论剧本》,《论文学》,人民出版社,1978年,57页。
② [德]黑格尔《美学》第一卷,商务印书馆,1982年,278页。

学创作更需要把人物与人物、人物与自我之间的矛盾冲突集中化、尖锐化。黑格尔说："因为冲突一般都需要解决,作为两对立面斗争的结果,所以充满冲突的情境特别适宜于用作剧艺的对象,剧艺本是可以把美的最完满最深刻的发展表现出来的。"[①]甚至还有戏剧家讲,没有冲突便没有戏剧。只要我们读一读莎士比亚的《哈姆雷特》或曹禺的《雷雨》,就能够更深刻地体会到戏剧冲突之于戏剧文学的重要性,即使荒诞派戏剧的代表作——贝克特的《等待戈多》,也依然充满着人物内心难以调和、消解的矛盾与困惑。

戏剧冲突之所以在戏剧文学中这样重要,关键仍在于戏剧演出的时空限制。戏剧文学要适应舞台演出的需要,既能在有限的时空中表现丰富的生活内容、刻画丰满的人物性格,又能紧紧吸引观众的注意,具有强烈的艺术感染力和震撼作用,就不能像小说那样从容舒缓地展开情节,而必须集中强化矛盾冲突,加快剧情的进展,力避拖沓、松散和"冷场"。

当然,以上讲述的戏剧文学的基本特征,主要是就传统戏剧创作而言的,而西方现代主义戏剧,特别是荒诞派戏剧,由于象征、变形、淡化情节等艺术手法的运用,显示出明显的反传统倾向。因此,我们在把握这类戏剧文学作品的基本特征时,一定要做具体分析,不可机械地生搬硬套。

2. 戏剧文学的分类

按照不同的分类标准,可以把戏剧文学分成多种类型。比如,按其容量的大小,可以分为多幕剧、独幕剧;按其表现形式的不同,可以分为话剧、歌剧、歌舞剧和地方戏曲;按其题材的时代差异,又可分为历史剧、现代剧。但最流行、最有价值的分类方法,则是按戏剧冲突的性质不同,将其分为悲剧、喜剧和正剧。

悲剧一般展示比较严肃的、具有深刻社会意义的戏剧冲突,而且常常以正义力量在邪恶势力面前的暂时失败而告终。悲剧中的主人公一般是值得肯定、赞扬、学习和同情的正面人物,甚或是伟大的英雄人物,他们往往为自己献身的某种正义的事业而遭受磨难、不屈不挠,甚至献出生命。悲剧给观众带来的是深沉的悲壮感、激越感,给人以强大的鼓舞力量。恩格斯曾把悲剧的性质概括为"历史的必然要求和这个要求的实际上不可能实现之间的悲剧性的冲突"[②]。鲁迅以最简练的语言称:"悲剧将人生的有价值的东西毁灭给人看。"[③]这都是对悲剧特征的高度概括,我们可以结合《被缚的普罗米修斯》《罗密欧与朱丽叶》《雷雨》等典范戏剧加深理解。

喜剧与悲剧相反。它一般用讽刺、嘲笑的手法展示生活中邪恶、落后势力不识时务而必然失败的结局。其主人公多是被人们否定或者具有性格缺陷的人物,习惯称之为丑角。喜剧的艺术效果,突出地表现为"笑",它能够带给观众一种轻松、幽默或滑稽感。鲁迅称"喜剧将那无价值的撕破给人看"[④],概括了喜剧的基本特征。像影响较大的世

---

① [德]黑格尔《美学》第一卷,商务印书馆,1982年,260页。
② [德]恩格斯《致斐·拉萨尔》,《马克思恩格斯选集》第四卷,人民出版社,1972年,346页。
③ 鲁迅《再论雷峰塔的倒掉》,《鲁迅全集》第一卷,人民文学出版社,1981年,192页。
④ 鲁迅《再论雷峰塔的倒掉》,《鲁迅全集》第一卷,人民文学出版社,1981年,193页。

界喜剧名作《伪君子》《温莎的风流娘儿们》《钦差大臣》和《救风尘》《望江亭》,都鲜明地体现出这些特征。当然,以上都是就传统喜剧而言的,现代喜剧中有的恰恰描写生活中的美好事物,塑造值得人们赞扬、肯定的人物,而借助夸张、误会、巧合等艺术手法和人物机智幽默的语言给观众带来笑声。这样的喜剧,一般称之为轻喜剧或抒情喜剧。如《李双双》《锦上添花》等。

正剧是近代戏剧的重要形式之一,它是传统悲剧和喜剧因素的有机融合的结果,所以又称"悲喜剧"。正剧既可以描写严肃重大的社会生活事件,也可以写日常生活;主人公既可以是英雄人物,也可以是平凡的人,因此给读者和观众的感染作用也是多方面的。正剧理论形成较晚,一般认为,最早对介乎悲剧和喜剧之间的第三种戏剧做出理论概括的是18世纪法国的狄德罗,他把这第三种戏剧称为"严肃喜剧"。稍后的博马舍又接过这一理论,并称之为"严肃戏剧"。

### 六、影视文学

在传统文学体裁诗歌、小说、散文和戏剧文学之外,还有许多边缘文学体裁,比如,影视文学、小品剧本、说唱文学等。它们既有和传统四大体裁密切联系的一面,又有自身的独特之处。这里仅就其中影响较大的影视文学做一介绍。

影视文学是适应电影艺术和电视艺术迅猛发展的需要而产生的,今天,成为这两大综合艺术不可缺少的文学基础。电影于1895年诞生于法国,至今也只有100多年的历史;电视于1936年诞生于英国,作为一门艺术的历史更短。然而,影视艺术特有的传播方式却具有极大的优越性,已经成为最普及、最大众化的艺术门类。而专门为影视艺术提供文学基础的影视文学的创作,也就因受影视艺术制约而呈现出独有的特征。

1. 影视文学的特征

(1) 鲜明的视觉性。影视艺术是通过映现在银屏上连续不断的活动画面来塑造艺术形象的,它直接诉诸观众的眼睛,是主要供观众看的"视觉艺术"。尽管也有语言和音乐诉诸观众的听觉,但这些只是辅助手段。因此,影视文学借助语言所塑造的艺术形象就必须能够转化为具体可视的银屏形象,以便于导演、演员及其他影视制作人对剧本艺术形象的把握和处理。正如苏联著名电影艺术家普多夫金所言:"编剧必须常记住这一事实,即他们所写的每一句话将来都要以某种视觉的、造型的形式出现在银幕上。因此,他们所写的字句并不重要,重要的是他们的这些描写必须能在外形上表现出来,成为造型的形象。"[①]如何能够达到这一要求,使影视文学具有视觉性呢?

第一,避免对人物事件的概括叙述。概括叙述是小说常用的表现手法,但在影视文学里就无法搬上银(屏)幕,不能提供视觉形象。比如,张贤亮在小说《灵与肉》中,写到"文革"初期造反派要揪斗许灵均时,是善良的放牧员机智地保护了他,但用的是概括叙述语言。当李准改编成电影剧本《牧马人》时,则把小说中的概括叙述变为"许灵均的小

---

[①] [苏]B.普多夫金《论电影的编剧导演和演员》,何力译,中国电影出版社,1980年,32页。

土屋""董宽老汉家里""分场办公室里""马圈里"等多个场景中人物的具体活动过程。

第二，人物对话力求凝练，要善于通过人物丰富、鲜明的动作描写来刻画人物性格，揭示内心世界，推动情节进展，深化作品主题。小说《灵与肉》写到许景由和儿子许灵均三十多年后相见时的感受，主要是通过父子的对话完成的。而电影剧本却突出了人物的行动：

> 许景由对灵均说："灵均，你走两步给我看看。"
> 灵均不解地走了两步。
> ……
> 许景由感叹地抚摸着他的肩膀，又使劲地握着他的手："要是在街上，我可是认不出你了！"……忽然又把许灵均抱住，重声喊着："儿子！儿子！……"

（2）蒙太奇的结构方式。蒙太奇原是法语中 montage 的音译，本意为建筑学上的"组合""装配"，后被引入电影艺术中，成为它特有的结构手法，意谓影片镜头的剪辑与组合。早期电影并没有自觉的蒙太奇结构追求，蒙太奇理论成熟于 20 世纪 30 年代的苏联。当时的普多夫金、爱森斯坦、库里肖夫等电影艺术家，都在电影创作中尝试通过镜头、场面的组合，产生连贯、呼应、悬念、对比、暗示、联想等艺术效果，表达单个镜头所没有或不够鲜明的情绪或观念。比如，普多夫金曾把一个无表情的女演员的面部特写，分别与一盘汤、一具女尸和一个玩玩具的小女孩三个镜头组合起来，结果观众从这个演员的脸上看到了沉思、悲伤和愉悦微笑的三种不同表情。后来，电视艺术也采用了这种艺术手法。所以，我们可以这样概括：蒙太奇是影视艺术特有的结构手法，用它来处理镜头的连接和段落的转换，构成一部结构严谨、情节生动、节奏鲜明，并能充分表达意蕴，具有强烈艺术感染力的片子。

蒙太奇的结构方法是多种多样的，如对比式、交叉式、平行式、叫板式、物件式、对话式、联想式、象征式等等。影视艺术家尽可以根据题材处理和艺术表达的需要自由选择。

影视艺术结构手法的特殊要求，制约着影视文学创作也必须遵循蒙太奇的结构规律。否则，影视剧本就难以适用于导演、演员及制片人的艺术创作。因此，常见的影视文学的结构样式多是分节并标出序号，甚至标明每节的场景，如《牧马人》共分 88 节，每一节一个场景，作者都清楚地标示出来了；也有的只分节而不标序号，或分节标序号但不标明场景；还有的分章、分节。尽管样式多样，但都有一个共同点：每个场景都分开写了，节与节之间，场景与场景之间，就是靠着蒙太奇手法有机地联系起来，从而成为一个艺术整体。

当然，电影艺术与电视艺术传播媒介和接受方式的差别，肯定造成电影文学剧本与电视文学剧本各自的特殊性，比如题材的选择与处理、篇幅的长短、情节的安排，两者均有不同的要求。但剧本创作追求视觉效果和采用蒙太奇结构手法，则是它们共同的基本特征。

2. 影视文学的分类

影视文学的分类,理论界目前尚无通行的观点,有待深入研究。有人着眼于剧本的艺术特性,把影视文学分为三大类:艺术类、移借类和半艺术类。艺术类是指以审美追求为主要价值的狭义影视剧本,其文学性强;移借类是指那些借助于影视手段进行传播的以真人真事为基础而创作的影视剧本,其新闻宣传性强;半艺术类是指那些艺术纪录片、科教片脚本以及某些电视专栏节目。这种分类法,是就广义的影视片脚本而言的。如果就狭义的影视文学而言,电影文学可分为故事片剧本、传记片剧本和美术片剧本;电视文学分为单本剧剧本、连续剧剧本和系列剧剧本。

## 第五节 通俗文学

### 一、文学的"雅"与"俗"

"俗文学"是在我国"五四"新文化运动后出现的名词。对文学进行雅、俗之分,并不意味着对俗文学的重视,恰恰相反,我们的文学研究几乎都是以雅文学为对象的,俗文学一直是被文学史忽略的文学"弱势群体"。俗文学研究作为一门学科能够在20世纪初建立,与敦煌石窟中古代文物的发现有关。清末在敦煌石窟发现了大量唐代通俗小说、诗歌、说唱文学、俗曲、杂文等,把中国俗文学的历史从元明清上溯到了唐末五代。学者罗振玉、王国维向国人介绍海外的敦煌学并对唐人的通俗文学作品大加推崇。1929年,郑振铎在《小说月报》第20卷第3期发表《敦煌俗文学》一文,把敦煌所藏各种通俗文学作品统称为"俗文学",这是第一次出现"俗文学"这个术语。1938年,郑振铎出版《中国俗文学史》,对中国俗文学进行梳理并为之写史,标志着俗文学作为一门学科的正式诞生。俗文学研究的发展与中国知识分子的启蒙理想也有一定的关系。19世纪末20世纪初,知识分子到民间去开启民智,提高国民素质,从根本上改变中国社会面貌,已成为共识。"五四"新文化运动为俗文学研究注入了新的血液,使俗文学成为富有朝气和活力的学科。1922年,北京大学歌谣研究会创办了《歌谣周刊》,以后不断有俗文学和民间文学爱好者与学者致力于俗文学的搜集、整理和研究,使俗文学的研究蔚为大观。

郑振铎在《中国俗文学史》中给"俗文学"的定义是:"'俗文学'就是通俗的文学,就是民间的文学,也就是大众的文学。换一句话,所谓俗文学就是不登大雅之堂,不为文人学士所重视,而流行于民间,成为大众所嗜好,所喜悦的东西。"[①]后来人们对俗文学的定义大体与之相同,基本划定在"通俗的""大众的",有的还加上"白话的"这些范围里。在中国文学史上,"俗"是与"雅"相对的概念。我国的文学向来有雅俗之分,正统的文艺观褒雅贬俗,认为雅正而俗邪。《论语·阳货》就说郑声淫,"恶郑声之乱雅乐也"。

---

① 郑振铎《中国俗文学史》,东方出版社,1996年,5页。

汉代扬雄论乐继续发挥这个观点："中正则雅，多哇则郑。""郑声"是流行于郑国的音乐，已失传不可考，只能从保留在《诗经·国风》中的郑风中推想它当初的面目，它们多是古代的情歌，可算是俗文学。孔子及后代的儒者对俗文学大都抱有贵族式的偏见，这是由他们的文学观决定的，"文以载道"的思想决定了他们对以娱乐、情趣见长的俗文学的排斥。因此，古代文学的雅俗往往以作者所属阶层来划分，典雅文学掌握在士大夫手中，通俗文学流行于庶民大众之间。正统的文学史对通俗文体持歧视态度。《四库全书》不录《西厢记》《牡丹亭》等曲本，也不设小说一门。词最早是民间俚曲，诗人将它称为"诗余"，以示"出身"卑下。小说是"街谈巷议""道听途说"，多是些荒诞不经之事，故"君子弗为也"。《红楼梦》里说书的女先生在贾府只好击鼓助兴，贵族公子小姐看《西厢记》是不被允许的……

　　但是，雅文学与俗文学之间并不是截然对立的，它们有着内在的联系。在文学史上，雅、俗的融合、转化带来了文学的发展。一些士大夫文人早已认识到雅文学与俗文学的密切关系，注意从俗文学中汲取营养，甚至专门采集民歌、民间故事、野史传说等，经过加工、润饰使其登上大雅之堂。历史上享有盛名的大文学家如白居易、关汉卿、李开先、冯梦龙、金圣叹、李渔等都充分肯定俗文学，身体力行进行俗文学创作，以提高俗文学的品位。近代黄遵宪、梁启超、王国维以及"五四"白话文运动的先驱者们也极力推崇中国文学史上俗文学的地位，并把它看作中国新文学的源头，认为它是中国"正统文学之母"。从中可以看出俗文学是一个相对的概念，它与雅文学之间存在着对立统一的辩证关系，两者并无严格的界限。一方面，雅文学不断从俗文学中汲取营养，另一方面，俗文学在其发展过程中，不少已取代了雅文学的地位，或"升格"为雅文学。历史的发展改变了它们的分野，如《诗经》中的"国风"本是民歌，经过孔子整理，到汉代被儒家奉为经典并加以解释之后，就变雅了。南朝民歌产生于长江中下游的市井之间，本是俗而又俗的文学，却引起梁陈宫廷文人的兴趣，从一个方面促进了梁陈宫体诗的产生。词在唐代本是民间通俗的曲子词，在发展过程中逐渐变得雅了起来。宋元时期当戏曲在市井的勾栏瓦舍中演唱时，本是适应市民口味的俗文学。后来的文人接过这种通俗的文学形式加以提高，遂有了《牡丹亭》《长生殿》《桃花扇》这类精致高雅的作品。这种转化的根本原因在于俗文学中蕴涵了丰富多彩、原原本本的深层民族文化。它语言通俗，表现大众的思想感情和审美趣味，形式具有民族风格，接受面广，具有极强的生命力。

　　但是，俗文学不同于通俗文学。俗文学的范围相当广泛，它不仅仅包括歌谣、神话、史诗、故事等，还涉及其他通俗艺术样式中的文学部分，如说唱艺术和戏曲艺术中的唱词。通俗文学是指按俗文学样式创作的，内容浅显易懂并具有大众审美趣味的文学作品。它既包括雅文学中通俗的自由体诗、新体小说、影视剧、散文、纪实文学等，也包括俗文学中的歌谣、话本、戏曲、说唱文学等。近现代俗文学主要在通俗小说特别是武侠小说和世情小说领域有较大的发展，这些由雅、俗文学融合而成的通俗文学形态成为中国文学中重要的表现形式。对通俗文学可以做这样的表述：通俗文学是在城市工商经济发展的基础上滋生、繁荣的，在形式、内容上继承俗文学传统，符合民族欣赏习惯并被广大读者接受的文学作品。

## 二、通俗文学的类型特征

通俗文学的类型特征是与通俗文学的定义相关的。通俗文学所包含的艺术样式众多,需要对它们从内容、形式上所表现出来的整体性质进行考察和概括,这里把通俗文学的类型特征简括为:通俗性、娱乐性、教育性、商业性。

1. 通俗性

通俗文学要被最广大的读者接受,必须考虑接受者的文化程度。因此,通俗文学的内容和形式是浅近易懂的。它不追求形式的独立意义,而是把形式看作为内容服务的手段。在语言上,它们采用社会的活语言,即使在文言文占统治地位的时代,通俗文学的语言也尽量贴近生活,贴近读者。在结构上,传统通俗文学作品中的悬念、巧合等技巧成为固定的模式而被不同时代的作者反复使用。在取材上,通俗文学对百姓情感和市井生活极为关注,从"三言""二拍"到近代的"鸳鸯蝴蝶派"小说,再到流行于荧屏的"都市生活剧",这个传统一直没有中断。通俗性还反映在作品主要表现民众的思想感情、理想愿望。通俗文学中有歌颂男女爱情的,有歌颂英雄的,也有发泄不满表现斗争精神的。这些作品表现了大众的所思所想、所爱所恨、希望和追求,符合人民群众的思想心理和审美趣味。通俗性还表现在拥有众多的作者、读者和视听者。通俗文学作品既有群众集体创作的,如民间歌谣、神话、史诗、传说,也有艺人创作的话本和戏文,还有文人、作家创作的文学作品。它有口头流传的,有书面流传的,有供表演的,有供阅读的,有娱人的,有自娱的。接受者遍及社会各阶层和不同文化群体,雅俗共赏,覆盖面广。

2. 娱乐性

严格说来,娱乐是所有艺术的潜在功能,有人认为艺术起源于游戏,从一个侧面肯定了文学的娱乐功能。但在雅文学中这一功能一直受压抑、被排斥。中国古代诗歌分为风、雅、颂,最早是因为用途不同,颂主要用于宗庙祭祀,雅主要用于朝会,风主要用于燕飨,春秋以降,这种严格的规范被打破,以娱乐为目的的新兴城市艺术不断出现,通俗文学规模日益扩大,这种文学失去了雅文学的庄严肃穆,以鼓动人的感性、满足人的官能为主要特征。在现代社会,作为大众休闲消遣的通俗文学更是花样翻新,以小说为例,艳情小说、侦探小说、武侠小说、惊险小说,彼消此长,更迭不休。对于通俗文学的娱乐性,英国文论家科林伍德认为,娱乐对人的情感有一种释放作用,它把人的感情分为负荷阶段和释放阶段,人的感情一旦兴奋就必须释放。人在娱乐艺术中所产生的情感就在娱乐艺术所产生的虚拟情境中获得释放,因此"娱乐是以不干预实际生活的方式释放情感的一种方法"①。比如,恐怖小说的出现,是因为人有一种体验恐怖的强烈需要;侦探小说是满足崇尚力量的需要、解决疑难时理智兴奋的需要和对冒险的需要。日本

---

① [英]罗宾·乔治·科林伍德《艺术原理》,王至元、陈华中译,中国社会科学出版社,1985年,80~81页。

有些文学理论家对通俗文学的理解也非常明确,把它看作是以娱乐为目的的小说类型。但在我国由于长期以来对文学功能理解的单一,文学被当作"经国之大业,不朽之盛事",以"载道""言志"为旨归,导致了以娱乐为特色的通俗文学的边缘化。新文学运动提倡文学的平民化、大众化,但文学的娱乐功能依然得不到肯定。正确理解通俗文学就必须正确理解文学的娱乐性,如果说雅文学是借助语言的深层意义来强化它的教育功能、认识功能,那么,通俗文学则是凭借它的传奇性、趣味性和世俗性来强化其娱乐功能的。今天我们把文学作为一种娱乐活动不算离经叛道,事实上,除了特殊需要外,把阅读欣赏文学作品看作工作之余的消遣的人不在少数。对于现代社会生活而言,娱乐和消遣已成为需要,正像人的物质需要在不断被开掘一样,人的娱乐和消遣也可以向有利于人的自身完善的方向培养,关键是作者是否能为读者提供与人的精神发展方向相符的作品,这才是通俗文学创作中值得深思的问题。

### 3. 教育性

通俗文学的教育性和通俗文学的娱乐性并不矛盾,可以说是"寓教于乐"原则的体现。由于形式内容浅显易懂,接受者众多,通俗文学渗透到社会生活的各个方面,成为民间文化传播的主要载体。在学校教育不发达的中国古代,通俗文学的教育作用更是显著。据历史资料记载,三国的故事早在《三国演义》成书前就广为流传。《东坡志林》中有关于儿童听说书的描写:"涂巷中小儿薄劣,其家所厌苦,辄与钱令聚坐听说古话,至说三国事,闻刘玄德败,颦蹙有出涕者,闻曹操败即喜唱快。"明代刘元卿《贤奕编》卷二记有群众听杨家将故事的情景:"沈屯子偕友人入市,听打谈者说杨文广围困柳州城中,内乏粮饷,外阻援兵,蹙然踊叹不已。"通过这些通俗文学作品,忠孝节义的观念就这样深入人心,民众的历史观、道德感也常常据此建立起来。在通俗文学的耳濡目染中,文化的教化和传承得以完成。

值得注意的是,通俗文学的文化内涵与主流意识形态并不完全一致,它们有重合的部分,也有不能兼容的部分。当它与主流意识形态对立时,通俗文学往往被"封杀",《金瓶梅》等作品屡屡遭受这样的命运。这从反面证明了通俗文学教育作用之大,它已经让主流意识形态不敢轻视。通俗文学的民间立场使它的教育是朝向民间文化的而不是"庙堂"文化的。在话本小说中,这种教育动机更加明显,且不说说话人直接议论中的说教意味,就是故事内容也围绕着民间道德的基本要义展开。《金玉奴棒打薄情郎》谴责了忘恩负义的丑恶灵魂,《沈小霞相会出师表》描写了惊心动魄的忠奸斗争,《杜十娘怒沉百宝箱》歌颂了宁折不弯的气节……这里的忠奸对立、善恶报应、见利忘义、福祸轮回等等,都是民间最常见的道德评判模式。通俗文学教育的内容也会随着时代的发展,既有传承,又有变化。《水浒传》大力宣传"四海之内皆兄弟也",即是以"义"的名义,赋予了这些绿林好汉鲁莽粗豪、杀人越货的性格与行为特殊的合法性,因为他们是讲义气的,所以他们杀人就有了理由,成了英雄之举。普通人从这里找到了对抗以贪官污吏为代表的强权、暴政的力量。同样,以"侠"为旗帜的武侠小说也是利用这种民间的道德心理,使侠客的违法行为变得合理合法。但在金庸的武侠小说中,时常看到"侠义"与"人性"的矛盾,他笔下的侠客会对"杀人"这一行为产生反思,即便"杀人"的目的是崇高的。金庸小说中的现代人文主义思想,表明了他的武侠小说是有别于传统的"新武侠",从中可以看到武侠小说发展的轨迹。

4. 商业性

通俗文学的发展与都市的发展是同步的,文学之所以"通",必须有渠道。都市聚居的人群,由城市生产方式造成的市民阶层娱乐的需要和娱乐场所的出现等等,都是孕育通俗文学的温床。在现代社会,通俗文学的商业性更为突出。其实,文学艺术与经济利益之间的关系是一个由来已久的话题。自从有了脑力劳动和体力劳动的分工,就产生了文学艺术与经济利益的关联,因为从事文学艺术创作的人也需要生活保障,所以为了利益去创作的情况是必然的。到了资本主义时期,文学与利益之间的关系又有了新的发展,文学成了商品,进入市场流通领域,成为资本获利的手段。那么,作家的写作到底是为艺术还是为利益?这就成了纯文学作家与通俗文学作家的分水岭。以我国新文学史上的两大文学流派"文学研究会"和"鸳鸯蝴蝶派"为例。"文学研究会"在自己的宣言中称:"我们相信文学是一种工作,而且又是与人生很切要的一种工作;治文学的人也当以这事为他终身的事业,正同劳农一样。"他们是文学领域的志愿者,不会把文学作为谋生的手段,而是作为崇高的事业看待,因此,他们能为这事业而献身。"鸳鸯蝴蝶派"中多通俗作家,对他们来说,文学创作是一种职业而非事业,文学商品化天经地义,这丝毫不会亵渎文学。张恨水有"流自己的汗,吃自己的饭"的格言,周瘦鹃称自己是"文字劳工",按作品质量论价,凭发行量抽版税吃饭。从口头文学的说话人的"职业化",到通俗小说家的职业化是一脉相承的。因为通俗文学作家更看重文学的商业性,他必须考虑作品的销路,读者的兴趣就成了他追求的方向,他会迎合甚至有意培植读者的某些趣味,这有时也会给社会带来负面影响。

现代社会的大众传媒对通俗文学的发展起了很大的推动作用。报纸杂志曾是通俗文学的园地,培养了大批通俗文学作家,滋养了大量通俗文学作品,它们中也有传世之作。影视和网络的出现,为通俗文学打开了更广阔的市场。大众传媒使通俗文学传播的速度空前提高,接受者更多,但另一方面,通俗文学的商业性倾向进一步加剧,它导致了通俗文学中艺术精神的沦丧,这是应该引起警惕的。

### 三、通俗文学的审美特征

通俗文学与纯文学相比,在艺术上有它自身的优势。如果说纯文学注重艺术上的探索性、先锋性,重视创作主体的自我表现,希望创造永恒的文学价值;通俗文学则追求贴近更多读者的阅读视野,满足集体心理在情绪感官上的自娱、自赏和自我宣泄,崇尚人性的基本欲求,它的价值更需要依赖流通来实现。通俗文学在长期的创作过程中,在叙事技巧、抒情方式、结构模式等方面形成了自己的美学风格。研究通俗文学的审美特征,能够更准确地把握通俗文学的艺术价值。通俗文学的审美特征表现在以下几个方面:

1. 平面化的叙事

平面,即无深度,指作品审美意义深度的消失。通俗文学不提供蕴含在文本深层的意义。这一点显示了它与纯文学的深刻差异。纯文学是有深度的,它致力于通过有形的、表层的、可感的表象去展现无形的、深层的、难以真切把握的本质。而通俗文学与此相反,它排斥对隐含意义的表现,不去寻找隐藏在语言背后的深层意义,即不考虑其象征寓意等,只提供与读者阅读经验相一致的东西,而不负责深层意义的传达。这样的叙事方式使作者保持与读者相同的视角,他们都对社会众生相中的新异事物津津乐道。在描写这些事物时,作者并不想挖掘它的深意,而满足于在不偏不倚的细致描摹中享受乐趣,并试图营造一种真实感。因为通俗文学的作者深知,越是真实才越能打动读者。在说书艺术中还保留着这种对细节的无节制的运用和平面化的展示。即使在金庸的武侠小说中,对所涉及的历史背景也做力求真实的描写,或者借用历史上的真实事件和真实人物来增强它的"可信度"。这种平面化的叙事还表现为意蕴的单一。被称为"经典"纯文学作品的意蕴能够呈现多个层面,且整体意蕴丰富多元,给读者的再创造提供足够的想象空间。而通俗文学的意蕴指向则单纯明确,是非、忠奸、善恶,一目了然。以至于人物造型也多平面化、类型化,《三国演义》中的刘备、关羽、张飞、诸葛亮分别成为"仁""义""勇""智"的化身,就是一例。

2. 强烈的情感

通俗文学以情感见长,因为它最早来自民间,任性而发,率性而作,所以情感充沛,生机盎然。后世的通俗文学作者继承了这一特点,也是直抒胸臆,以情动人,与典雅文学含蓄蕴藉的情感表达方式不同。王国维在《宋元戏曲考》中对此有过分析:元曲之作者"非有藏之名山,传之其人之意",不怕被视为"拙劣",不怕被骂为"卑鄙","彼但写其胸中之感想,与时代之情状,而真挚之理,与俊杰之气,时流露于其间"。不惟抒情作品如此,叙事作品也是以情为由,以情为美。如说唱艺术和戏曲艺术中,往往缘事生情,又因情设事、依情取事,表现手法上因情设景、寓情于景、情景交融,使叙事与抒情互为表里。"没情不是书""唱动人心方为妙,不动人心枉搭功"的艺谚,正说明了情感因素在通俗文学中的重要性。在我国通俗文学的发展历史上,"情"字往往是与主流意识形态发生冲突的直接原因,因为"情"中蕴含着对个人欲望的肯定,对个人的尊重,个性的张扬,对中国传统的群体文化来说是"异端",但它符合社会成员的集体心理需求,受到了读者的欢迎。情感的形态是多种多样的,但通俗文学尤以描写儿女之情见长。从《诗经》中的爱情诗,乐府民歌中的情歌,到明清世情小说及近现代的言情小说,都是以儿女之情为描写对象的。近现代的通俗小说,言情的特点越发明显,除言情小说外,武侠小说、公案小说等,也不乏言情的成分。当然,如果情感表现过于直露也会影响作品的艺术效果。

3. 传奇的结构模式

传奇是我国民族叙事艺术的特征,这是中华民族对传奇事件、传奇人物的偏爱使然,是民族心理特征在文学创作中的反映。中国通俗文学的传奇传统起源于古代神话传说,传奇作品则成熟于唐代,"传奇者流,源盖出于志怪,然施之藻绘,扩其波澜,故所成就乃特异,其间虽亦或托讽喻以纾牢愁,谈祸福以寓惩劝,而大归则究在文采与意想,与昔之传鬼神明因果而外无他意者,甚异其趣"[①]。后代的"烟粉、灵怪、公案、朴刀、杆棒、神仙、妖术"小说更是"无奇不传,无传不奇"。传奇,无论在中国还是西方都是注重情节的。在中国通俗文学中,"故事"与"情节"往往是可以画等号的。通俗文学作品中一系列为表现人物性格和展示主题服务的有因果联系的生活事件,由于它循环发展,环环相扣,成为有吸引力的情节,故又称"故事情节"。的确,因果关系是传奇中构成情节的必不可少的因素。中国的传奇小说可以说是"因果链"基础上的理想化的艺术建构,因果相承使情节发展呈现某种必然性,组成一个开端、发展、高潮、结局的整体。但是,传奇情节的因果关系不是依据生活常态的逻辑而展开的,而是借助偶然性因素,追求意料之外、情理之中的艺术效果。如《水浒传》第 36 回写宋江浔阳江遇险,金圣叹批道:"此篇节节生奇,层层追险。节节生奇,奇不尽不止;层层追险,险不绝必追。""节节生奇,层层追险"的写法使故事情节起伏跌宕、触目惊心,而达到"不险则不快,险极则快极也"的阅读效果。传奇的结构模式,使读者获得精神上的愉悦和享受。

当然,传奇并不是离奇古怪、荒诞不经,而是要以真实性为基础的。通俗文学的传奇色彩主要表现在故事情节的发展要符合生活逻辑,人物的行为要有性格的依据,作品中所写的人和事要真实可信,它的情节既奇又真,奇中有真,这样的传奇才会有生命力。

通俗文学的审美特征是多方面、多层次的,以上的概括还很不全面,它独特的艺术表现手法和艺术魅力有待于进一步挖掘。

**学术新观点**

一、关于文本

文本作为一个文学理论的概念,它首先是在西方产生并运用的。它表面上似乎就是传统意义上的"作品",也就是由作家创作出来的以文字形式存在着的东西。然而西方的文本学所说的含义与此有所不同,按照德里达和罗兰·巴特他们的观点,文本是读者通过阅读之后在自己的心中所产生的形象。罗兰·巴特说:读者与其说在阅读小说,不如说是在阅读自己。因为任何人在读文学作品的时候都可能而且必须加入自己的理解,而这种理解又是建立在他的人生经历、生活环境、知识阅历和他当时的心境的基础之上的。也就是说,读者在阅读文学作品,特别是优秀的文学作品时,会或多或少地看到自己的影子。而传统意义上的"作品"概念主要注重作家的思想和情感以及写作的时代背景,也就是说,在"作品"里,作家的主体性地位不可动摇。而在罗兰·巴特看来,作品一旦发表,作家就已"死去!"——因

---

① 鲁迅《中国小说史略》,东方出版社,1996 年,23 页。

为读者阅读的是读者自己。罗兰·巴特说:作者要退到作品的后面去,也就是不要干预读者的阅读和批评。这种理论极大地提高了读者在阅读活动中的主体性地位。是对作家作品的解构。同时也可以说是为文学真正走下圣坛进一步鸣锣开道。

## 二、关于语言

### 1. 对语言表达功能的质疑

这一理论主张认为,语言作为人类的一种符号与工具,其本身的表现功能有它的局限性。这种认识古已有之。在中国古代,庄子说"道不可言,言而非也";《周易》云"言不尽意";陆机慨叹"恒患意不称物,文不逮意";刘勰认定"至于思表纤旨,文外曲直,言所不追,笔故知止";皎然认为"难以言状,非作者不能知也"。这些观点普遍认为在文学领域内存在着超越语言表达能力所及的"只可意会,不可言传"的情形。在西方,古希腊的高尔吉斯即对语言的表达困境有所认识;卢梭曾谈到语言表达情感体验方面的无能为力;苏珊·朗格也认为语言难以表达内心复杂的情思活动;黑格尔认为"不能用语言来表达人们所想的东西"。这种质疑发展到极致便是对语言的表达作用的否定。比如西方当代的非理性主义潮流认为,语言所不能表达的东西对人而言才是最为根本和重要的东西。可见,语言的表达功能是有很大的局限性的。

### 2. 语言之于文学的本体论意义

西方语言论文论认为文学的本质与基本特征在于语言。持论者主要为俄国形式主义、英美新批评派、法国的结构主义和解构主义。俄国形式主义是西方语言论文论的开端,而法国结构主义则可以说是典型的语言论文论,其观点代表了语言论文论的基本主张。

罗兰·巴特断言:"没有语言就没有现实。"这不仅意味着只有通过语言才能进入现实,同时说明现实本身也是语言建构的。结构主义文论由此推断,文学也不是现实的反映,而是语言的建构,与现实生活毫无关系。写作的目的不在关注现实,而就在写作本身。结构主义文论从语言的角度对文学的意义做了新的探讨。语言并不是文学活动的产物,而是先于文学活动的一个给定的存在,身上负载着社会—历史—文化所赋予它的各种意义与规则,这些意义与规则不因人们个人的意志而改变。相反,个人必须服从这些意义与规则。任何主体,只要进入语言系统进行语言操作,就必须受到语言系统的种种规则、符号的制约。因此,人在语言中的存在是不自由的。然而人的本性是自由的,他渴望找到自由,但语言的限制却无处不在,因此,这种自由无法在语言之外找到,而只能在语言之内寻求,办法就是在语言内部对之进行游戏、改造,颠覆语言无所不在的权力。而文学正是对日常语言的一种加工改造,它运用陌生化、间离化、零散化,以及故意自制新词、颠倒词序、打破语言规则等方法,显示出对语言的反抗,给语言以新的面貌和意义,这就是文学的意义所在。从这个角度看,文学是人的解放的一种手段。正是在这个意义上,巴特把文学称为"有益心智的游戏","虚与委蛇的方式",能使人们"在永恒的语言革命的光辉的照耀下将语言从权力的作用下解放出来的灵丹妙药"。

### 三、捍卫长篇小说的尊严①

(莫言)

　　大约是两年前,《长篇小说选刊》创刊,让我写几句话,推辞不过,斗胆写道:"长度、密度和难度,是长篇小说的标志,也是这伟大文体的尊严。"

　　所谓长度,自然是指小说的篇幅。没有二十万字以上的篇幅,长篇小说就缺少应有的威严。就像金钱豹子,虽然也勇猛,虽然也剽悍,但终因体形稍逊,难成山中之王。我当然知道许多篇幅不长的小说其力量和价值都胜过某些臃肿的长篇,我当然也知道许多篇幅不长的小说已经成为经典,但那种犹如长江大河般的波澜壮阔之美,却是那些精巧的篇什所不具备的。长篇就是要长,不长算什么长篇?要把长篇写长,当然很不容易。我们惯常听到的是把长篇写短的呼吁,我却在这里呼吁:长篇就是要往长里写!当然,把长篇写长,并不是事件和字数的累加,而是一种胸中的大气象,一种艺术的大营造。那些能够营造精致的江南园林的建筑师,那些在假山上盖小亭子的建筑师,当然也很了不起,但他们大概营造不来故宫和金字塔,更主持不了万里长城那样的浩大工程。这如同战争中,有的人,指挥一个团,可能非常出色,但给他一个军,一个兵团,就乱了阵脚。将才就是将才,帅才就是帅才,而帅才大都不是从行伍中一步步成长起来的。当然,不能简单地把写长篇小说的称作帅才,更不敢把写短篇小说的贬为将才。比喻都是笨拙的,请原谅。

　　一个善写长篇小说的作家,并不一定非要走"短—中—长"的道路,尽管许多作家包括我自己都是走的这样的道路。许多伟大的长篇小说作者,一开始上手就是长篇巨著,譬如曹雪芹、罗贯中等。我认为一个作家能否写出并且能够写好长篇小说,关键的是要具有"长篇胸怀"。"长篇胸怀"者,胸中有大沟壑、大山脉、大气象之谓也。要有粗砺莽荡之气,要有容纳百川之涵。所谓大家手笔,正是胸中之大沟壑、大山脉、大气象的外在表现也。大苦闷、大悲悯、大抱负、天马行空般的大精神,落了片白茫茫大地真干净的大感悟——这些都是长篇胸怀之内涵也。

　　大苦闷、大抱负、大精神、大感悟,都不必展开来说,我想就"大悲悯"多说几句。近几年来,"悲悯情怀"已成时髦话语,就像前几年"终极关怀"成为时髦话语一样。我自然也知道悲悯是好东西,但我们需要的不是那种刚吃完红烧乳鸽,又赶紧给一只翅膀受伤的鸽子包扎的悲悯;不是苏联战争片中和好莱坞大片中那种模式化的、煽情的悲悯;不是那种全社会为一只生病的熊猫献爱心但置无数因为无钱而在家等死的人于不顾的悲悯。悲悯不仅仅是"打你的左脸把右脸也让你打",悲悯也不仅仅是在苦难中保持善心和优雅姿态,悲悯不是见到血就晕过去或者是高喊着"我

---

① 王德威等《说莫言》,上海书店出版社,2013年,1~11页。

要晕过去了",悲悯更不是要回避罪恶和肮脏。《圣经》是悲悯的经典,但那里边也不乏血肉模糊的场面。佛教是大悲悯之教,但那里也有地狱和令人发指的酷刑。如果悲悯是把人类的邪恶和丑陋掩盖起来,那这样的悲悯和伪善是一回事。《金瓶梅》素负恶名,但有见地的批评家却说那是一部悲悯之书。这才是中国式的悲悯,这才是建立在中国的哲学、宗教基础上的悲悯,而不是建立在西方哲学和西方宗教基础上的悲悯。长篇小说是包罗万象的庞大文体,这里边有羊羔也有小鸟,有狮子也有鳄鱼。你不能因为狮子吃了羊羔或者鳄鱼吞了小鸟就说它们不悲悯。你不能说它捕杀猎物时展现了高度技巧、获得猎物时喜气洋洋就说他们残忍。只有羊羔和小鸟的世界不成世界;只有好人的小说不是小说。即便是羊羔,也要吃青草;即便是小鸟,也要吃昆虫;即便是好人,也有恶念头。站在高一点的角度往下看,好人和坏人,都是可怜的人。小悲悯只同情好人,大悲悯不但同情好人,而且也同情恶人。

编造一个苦难故事,对于以写作为职业的人来说,不算什么难事,但那种非在苦难中煎熬过的人才可能有的命运感,那种建立在人性无法克服的弱点基础上的悲悯,却不是能够凭借才华编造出来的。描写政治、战争、灾荒、疾病、意外事件等外部原因带给人的苦难,把诸多苦难加诸弱小善良之身,让黄鼠狼单咬病鸭子,这是煽情催泪影视剧的老套路,但不是悲悯,更不是大悲悯。只描写别人留给自己的伤痕,不描写自己留给别人的伤痕,不是悲悯,甚至是无耻。只揭示别人心中的恶,不袒露自我心中的恶,不是悲悯,甚至是无耻。只有正视人类之恶,只有认识到自我之丑,只有描写了人类不可克服的弱点和病态人格导致的悲惨命运,才是真正的悲剧,才可能具有"拷问灵魂"的深度和力度,才是真正的大悲悯。

关于悲悯的话题,本该就此打住,但总觉言犹未尽。请允许我引用南方某著名晚报的一个德高望重的、老革命出身的总编辑退休之后在自家报纸上写的一篇专栏文章,也许会使我们对悲悯问题有新的认识。这篇文章的题目叫《难忘的毙敌场面》,全文如下:

中外古今的战争都是残酷的。在激烈斗争的战场上讲人道主义,全属书生之谈。特别在对敌斗争的特殊情况下,更是如此。下面讲述一个令我毕生难忘的毙敌场面,也许会使和平时期的年轻人,听后毛骨悚然,但在当年,我却以平常的心态对待。然而,这个记忆,仍使我毕生难忘。

1945年7月日本投降前夕,国民党顽军152师所属一个大队,瞅住这个有利时机,向"北支"驻地大镇等处发动疯狂进攻,我军被迫后撤到驻地附近山上。后撤前,我军将大镇潜伏的顽军侦察员(即国民党特务)四人抓走。其中有个特务是以当地医生的面目出现的。抓走时,全部用黑布蒙住眼睛(避免他们知道我军撤走的路线),同时绑着双手,还用一条草绳把四个家伙"串"起来走路。由于敌情紧急,四面受敌,还要被迫背着这四个活包袱踟蹰行进,万一双方交火,这四个"老特"便可能溜走了。北江支队长邬强当即示意大队长郑伟灵,把他们统统处决。

郑伟灵考虑到枪毙他们,一来浪费子弹,二来会惊动附近敌人,便决定用刺刀全部把他们捅死。但这是很费力,也是极其残酷的。但在郑伟灵眼里看来,也不过是个"小儿科"。当部队撤到英德东乡同乐街西南面的山边时,他先呼喝第一个蒙面的敌特俯卧地上,然后用锄头、刺刀把他解决了。

为了争取最后机会套取敌特情报,我严厉地审问其中一个敌特,要他立即交代问题。其间,他听到同伙中"先行者"的惨叫后,已经全身发抖,无法言语。我光火了,狠狠地向他脸上掴了一巴掌。另一个敌特随着也狂叫起来,乱奔乱窜摔倒地上。郑伟灵继续如法炮制,把另外三个敌特也照样处死了。我虽首次看到这个血淋淋的场面,但却毫不动容,可见在敌我双方残酷的厮杀中,感情的色彩也跟着改变了。

事隔数十年后,我曾问郑伟灵,你一生杀过多少敌人?他说:百多个啦。原来,他还曾用日本军刀杀了六个敌特,但这是后话了。

读完这篇文章,我才感到我们过去那些描写战争的小说和电影,是多么虚伪和虚假。这篇文章的作者,许多南方的文坛朋友都认识,他到了晚年,是一个慈祥的爷爷,是一个关心下属的领导,口碑很好。我相信他文中提到的郑伟灵,也不会是凶神恶煞模样,但在战争这种特殊的环境下,他们是真正的杀人不眨眼。但我们有理由谴责他们吗?那个杀了一百多人的郑伟灵,肯定是得过无数奖章的英雄,但我们能说他不"悲悯"吗?可见,悲悯,是有条件的;悲悯,是一个极其复杂的问题,不是书生的臆想。

一味强调长篇之长,很容易招致现成的反驳,鲁迅、沈从文、张爱玲、汪曾祺、契诃夫、博尔赫斯,都是现成的例子。我当然不否认上列的作家都是优秀的或者是伟大的作家,但他们不是列夫·托尔斯泰、陀斯妥也夫斯基、托马斯·曼、乔伊斯、普鲁斯特那样的作家,他们的作品里没有上述这些作家的煌煌巨作里那样一种波澜壮阔的浩瀚景象,这大概也是不争的事实。

长篇越来越短,与流行有关,与印刷与包装有关,与利益有关,与浮躁心态有关,也与那些盗版影碟有关。从苦难的生活中(这里的苦难并不仅仅是指物质生活的贫困,而更多是一种精神的苦难)和个人性格缺陷导致的悲剧中获得创作资源可以写出大作品,从盗版影碟中攫取创作资源,大概只能写出背离中国经验和中国感受的也许是精致的小玩艺儿。也许会有人说,在当今这个时代,太长的小说谁人要看?其实,要看的人,再长也看;不看的人,再短也不看。长,不是影响那些优秀读者的根本原因。当然,好是长的前提,只有长度,就像老祖母的裹脚布一样,当然不好,但假如是一匹绣着清明上河图那样精美图案的锦缎,长就是好了。

长不是抻面,不是注水,不是吹气,不是泡沫,不是通心粉,不是灯心草,不是纸老虎,是真家伙,是仙鹤之腿,不得不长,是不长不行的长,是必须这样长的长。万里长城,你为什么这样长?是背后壮阔的江山社稷要它这样长。

长篇小说的密度，是指密集的事件，密集的人物，密集的思想。思想之潮汹涌澎湃，裹挟着事件、人物，排山倒海而来，让人目不暇接，不是那种用几句话就能说清的小说。

密集的事件当然不是事件的简单罗列，当然不是流水账。海明威的"冰山理论"对这样的长篇小说同样适用。

密集的人物当然不是沙丁鱼罐头式的密集，而是依然要个个鲜活、人人不同。一部好的长篇小说，主要人物应该能够进入文学人物的画廊，即便是次要人物，也应该是有血有肉的活人，而不是为了解决作家的叙述困难而拉来凑数的道具。

密集的思想，是指多种思想的冲突和绞杀。如果一部小说只有所谓的正确思想，只有所谓的善与高尚，或者只有简单的、公式化的善恶对立，那这部小说的价值就值得怀疑。那些具有进步意义的小说很可能是一个思想反动的作家写的。那些具有哲学思维的小说，大概都不是哲学家写的。好的长篇应该是"众声喧哗"，应该是多义多解，很多情况下应该与作家的主观意图背道而驰。在善与恶之间，美与丑之间，爱与恨之间，应该有一个模糊地带，而这里也许正是小说家施展才华的广阔天地。

也可以说，具有密度的长篇小说，应该是可以被一代代人误读的小说。这里的误读当然是针对着作家的主观意图而言。文学的魅力，就在于它能被误读。一部作家的主观意图和读者的读后感觉吻合了的小说，可能是一本畅销书，但不会是一部"伟大的小说"。

长篇小说的难度，是指艺术上的原创性，原创的总是陌生的，总是要求读者动点脑子的，总是要比阅读那些轻软滑溜的小说来得痛苦和艰难。难也是指结构上的难，语言上的难，思想上的难。

长篇小说的结构，当然可以平铺直叙，这是那些批判现实主义的经典作家的习惯写法。这也是一种颇为省事的写法。结构从来就不是单纯的形式，它有时候就是内容。长篇小说的结构是长篇小说艺术的重要组成部分，是作家丰沛想象力的表现。好的结构，能够凸现故事的意义，也能够改变故事的单一意义。好的结构，可以超越故事，也可以解构故事。前几年我还说过，"结构就是政治"。如果要理解"结构就是政治"，请看我的《酒国》和《天堂蒜薹之歌》。我们之所以在那些长篇经典作家之后，还可以写作长篇，从某种意义上说，就在于我们还可以在长篇的结构方面展示才华。

长篇小说的语言之难，当然是指具有鲜明个性的、陌生化的语言。但这陌生化的语言，应该是一种基本驯化的语言，不是故意地用方言土语制造阅读困难。方言土语自然是我们语言的富矿，但如果只局限在小说的对话部分使用方言土语，并希望借此实现人物语言的个性化，则是一个误区。把方言土语融入叙述语言，才是对语言的真正贡献。

长篇小说的长度、密度和难度，造成了它的庄严气象。它排斥投机取巧，它笨拙，大度，泥沙俱下，没有肉麻和精明，不需献媚和撒娇。

在当今这个时代,读者多追流俗,不愿动脑子。这当然没有什么不对。真正的长篇小说,知音难觅,但知音难觅是正常的。伟大的长篇小说,没有必要像宠物一样遍地打滚,也没有必要像鬣狗一样结群吠叫。它应该是鲸鱼,在深海里,孤独地遨游着,响亮而沉重地呼吸着,波浪翻滚地交配着,血水浩荡地生产着,与成群结队的鲨鱼,保持着足够的距离。

长篇小说不能为了迎合这个煽情的时代而牺牲自己应有的尊严。长篇小说不能为了适应某些读者而缩短自己的长度、减小自己的密度、降低自己的难度。我就是要这么长,就是要这么密,就是要这么难,愿意看就看,不愿意看就不看。哪怕只剩下一个读者,我也要这样写。

## 讨论提示

1. 选择有代表性的文学作品,通过语言分析加深对文学形象与语言关系的认识。
2. 选取一部(篇)小说与据此改编、摄制的影视片进行鉴赏、讨论,从相互比较中进一步加深对文学形象特征的理解。
3. 选取不同类型的有代表性的文学文本进行讨论,从中把握不同类型文学形象的各自不同特征。
4. 结合现代传媒下文学体裁的新发展,谈谈自己对文学体裁分类方法的看法。
5. 选择不同体裁有代表性的作品文本,以此为参照讨论不同体裁的各自特征。
6. 选择同一作品的小说文本及据此改编的戏剧文本、影视文本,从相互比较中见出各自的差异。

# 第五章　文学接受论

"文学接受"一词是随着 20 世纪六七十年代德国"接受美学"的兴起而广泛流传的。文学接受被认为是涵盖了传统意义上的文学欣赏,而又比欣赏更为丰富、复杂的一种积极能动的阅读和再创造活动,它以文学文本为对象,以读者为主体,在审美经验基础上对文学作品的深层意蕴、价值、属性或信息进行主动选择、占有与扬弃。"接受"包容了欣赏,欣赏不能包容接受。因为接受"可以指明更广大的研究范围,也就是说,它可以指明这些作品和它们的环境、氛围、作者、读者、评论者、出版者及其周围情况的种种关系。因此,文学'接受'的研究指向了文学的社会学和文学的心理学范畴"①。

## 第一节　文学接受的意义

文学接受理论尽管在体系上正在不断完善,然而它的出现无疑是文学活动与文学理论上的一次革命,意义是巨大的。

在哲学意义上,文学接受论以"实践本体论"为哲学基点、出发点,首次强调了读者参与文学活动实践的地位、作用、意义。马克思深刻地指出:"一个存在物如果在自身之外没有对象,就不是对象性的存在物","非对象性的存在物,是一种非现实的,非感性的,只是在思想上的即只是虚构出来的存在物"。可见,失去读者参与的作品,只是"非对象性的存在物",失去了文学活动中的任何意义。拉丁文的"接受"(Keceptio)不仅含有接纳、收受之意,而且还表示主动、占有的行动,"文学接受"不仅意味着读者主体精神的解放,还高扬了读者主体活动创造性的旗帜,体现了人的本质力量显现的确证。

在文学阅读活动意义上,文学接受论使传统的单边阅读欣赏、单边创作活动二者有机融合起来,提出了作家"第一主体"、读者"第二主体"概念,在两大主体的双向交流活动中,突破了传统的"作家中心论""赏玩心理说",在更大范围内,更高层面上,通过"接受",使静态的作品空间存在变为动态的时间存在,使读者由被动的阅读、接纳变为主动参与占有、创造,在读者主体手上最终完成作品价值的实现。

在文学理论建构创新意义上,文学接受论突破了传统的"鉴赏论"范畴,它包容了"鉴赏"这种审美化的活动,更广泛地指向一切作品的审美与非审美的一切方面;既有愉悦状态下的审美"赏玩"心理,也有诸多隐态下的接受反应行为(包含准审美与非审美对象)。换言之,它更重视对接受主体与对象之间整体性把握及复杂关系的探索。这样,

---

① [美]乌尔利希·韦斯坦因《比较文学与文学理论》,刘象愚译,辽宁人民出版社,1987 年,47 页。

促进了文艺理论研究领域的扩大、对象的丰富、实践的创新。

从作家"第一主体"与读者"第二主体"的关系来看,文学接受论首先阐述了"两大主体"的互动关系与共同实现文学作品价值的新视角。

## 一、文学接受与文学创作的互动关系

一般地看,文学接受论打破了传统意义上的文学活动以作者创作活动为主的局限;而更深层的意义在于它还彻底颠覆了传统意义上的对创作与作品文本的理解,即创作不再是孤立的单向过程,作品也不再是完全独立、客观的对象。作者在创作中离不开特定的"接受"因素制约,作品则是一个多层面未完成的图式结构。创作与作品都需要读者接受的参与,才能最终共同完成文学活动,是一个"作者(作品)接受者"双向交流、互相影响、制约的动态过程,而作品生命则存在于一代一代接受者的接受长链中。它们的互动关系有以下表现:

首先,"第一主体"在文学创作的主要阶段(环节),都离不开"第二主体"接受因素的影响制约。

### 1. 创作取材、选材阶段

作者在特定的创作动机指引下取材、选材,不是自己的任意率性行为,更非空穴来风。特定的动机,固然是作者主观灵感所产生,但从深层次看,产生这样而非那样的主观动机,却是深藏在作者心中的"拟想读者"在干预,在牵引;在潜在地指导、规范作者的创作思想,作者总是会考虑特定读者群的接受需要而决定相关材料取舍的,巴金的作品之所以在20世纪三四十年代中国青年读者中获得强烈共鸣,一个重要原因是他处处考虑青年读者,把心交给作品接受对象:"我是把自己的情感放在书上,跟书中的人一同受苦,一同受考验,一块儿奋斗。"[①]赵树理则明确表态:"至于故事结构,我也是尽量照顾群众的习惯。"[②]可见,创作的第一步就有接受的介入。

### 2. 创作构思阶段

作者构思的基本内容,举凡叙事作品的情节安排,形象设计,表现角度选择;抒情作品情景关系,意象、意境塑造;乃至抒情节奏、音韵、辞藻选择,都离不开作者心中"隐含读者"因素的制约影响。如读者的爱好、情趣会影响作者构思的基本体裁结构、情节安排,前引赵树理表态还有:"群众爱听故事,咱就增强故事性;爱听连贯的,咱就不要因为讲求剪裁而常把故事割断了。"中国作品与西方作品的诸多创作风格特点不同,究其实是中西文学接受者的阅读心理、审美习惯不同,如中国读者喜欢"故事",悲剧多是平凡人物,最后讲究"大团圆",而西方读者喜欢英雄"悲剧"和壮烈的悲剧结局。可以说中西作者在构思当中,就已经潜在地和不同文化背景下的"隐含读者"对话,把他们视为沟通、倾诉对象,作为劝喻、理解对象。这样,创作中就已有接受因素,并直接影响中西作

---

① 彭华生、钱光培《新时期作家谈创作》,人民文学出版社,1982年,161页。
② 黄修己编《赵树理研究资料》,知识产权出版社,2010年,85页。

品的不同风格、不同内容特色。

3. 创作"物化"阶段

作者把构思中酝酿成熟的作品内容转换为文学符号,即把"胸中之竹"化为"手中之竹"出创作成果的时候,同样存在着文学接受的影响,主要表现在"物化中"与"物化后"两个基本环节。

首先是动笔书写"形之于手"的"物化中"环节,作者不仅一直在与潜在接受者精神对话,而且深入地看,作者自己就是其作品的"第一读者",即他一边写一边在接受,更重要的是,他这个"第一读者"不是一般意义上的个体,而是代表一个读者接受群体,代表(或模拟)他们的观念、情趣、习惯、爱好,然后实现作家与读者两大主体的精神对话。

其次是"物化后"即作品创作结束环节,此时更是现实读者接受正式全面启动、介入之时,他们积极主动地参与文本重建,包括意义建构与解构、文本正读或误读。总之,他们成为创作文本价值的最终实现者,也是文学创作的"第二主体"。

从文学接受角度看,文学接受的基本环节始终不能脱离文学创作的作品基础和引导。

(1) 从接受的发生环节看,接受的前提基础是作品文本,创作的内容直接诱发接受的产生。作品是接受的客观依据。梁启超说:"我本蔼然和也,乃读林冲雪天三限,武松飞云浦一厄,何以忽然发指?我本愉然乐也,乃读晴雯出大观园,黛玉死潇湘馆,何以忽然泪流?"[①]这里描绘的接受发生情感波澜,均由创作的形象对读者接受的诱导激发生成。

(2) 从接受的发展环节看,读者的接受是个动态发展的过程。这个过程的规范制约,总不能离开创作作品的范围,无论是艺术形象的欣赏判断、艺术意境的玩味推敲,还是语词技巧、表现手法,都会给文学接受者以具体的接受规范,而且对接受的艺术形象往往是定性的最终制约,如欣赏接受的是《小二黑结婚》,小二黑、小芹的形象绝不能演变为别的形象。

(3) 从接受的高潮"共鸣"环节看,"共鸣"基础在于接受者同作品之间的思想情感的交融、汇合、共振。一般地说,没有作品就没有共鸣基础,接受就成了无源之水、无本之木。深入地看,共鸣实质上是创作主体与读者主体在思想情感层面上的交流、沟通、共振,是作品实现自身价值的重要途径。林黛玉听《牡丹亭》唱词,心痛神痴,与杜丽娘艺术形象的巨大魅力分不开;而后人读《红楼梦》,为林黛玉洒泪悲怀,还是《红楼梦》文本内容的巨大魅力。

总之,创作与接受,是整个文学活动作为一个整体的两个紧密联系的阶段,也是并列的"两大主体"。创作影响接受、规范接受;而接受反过来也影响创作,制约创作,更重要的是成为推动创作的内在动力之一。正如马克思指出的"艺术对象创造出懂得艺术和能够欣赏美的大众——任何其他产品也都是这样。因此,生产不仅为主体生产对象,

---

① 梁启超《论小说与群治之关系》,郭绍虞主编《中国历代文论选》第四册,上海古籍出版社,1980年,209页。

而且也为对象生产主体"①。作为接受主体,当然地受到作品"对象"的美学熏陶,使艺术修养不断提高,因而形成一定的接受水平,这是任何一个作家都不敢回避、轻视的。作家只能更投入十倍百倍精力去创造艺术精品,去满足接受群体的精神需求,从而促使整个文学活动的良性互动、共同发展。

综上所述,文学接受与文学创作,是相互联系、相互包含、互为条件、共同发展的互动式关系。从突破传统观点的创新意义上看,更多地要关注文学接受对文学创作的推动、影响作用,即作者创作要适应接受的规律,要适应特定接受对象的要求,更要适应欣赏接受水平提高了的读者群体的要求。这三个适应,突出地强调了文学接受在整个文学活动中的巨大作用与意义。

**二、"二度创作"下的文学实现**

"二度创作"是相对于作者"一度创作"而言的,也称"再创造"。从文学接受的终极意义上看,任何文学作品的价值只能实现于读者在阅读接受中的"二度创作"之中,正如产品价值体现在消费者之中一样。这里有两层意义:其一,未进入接受审美视野的作品,严格说是一种"潜文本",它的社会意义、审美价值都是可能意义上的,只有经过接受者审美、准审美以及非审美等多种方式接受、理解、容纳、占有并进行各具特色的"二度创作"后,作品文本才变成"现实文本",作品也才能确证自身的存在。马克思深刻地论及"产品在消费中才得到最后完成。一条铁路,如果没有通车,不被磨损,不被消费,它只是可能性的铁路,不是现实的铁路","产品不同于单纯的自然对象,它在消费中才证实自己是产品,才成为产品"②。其二,文学作品的价值并不完全等同于物质消费,它是精神性的而非纯消耗性的物质,唯其如此,接受者对作品文本的接受非但没有对作品构成什么损耗,反而在精神性的接受过程中,焕发出具有巨大活力的"二度创作"(再创造),为作品不断添加新的艺术生命力,从而与作者一起共同完成作品。正如姚斯强调的那样:"一部文学作品,并不是一个自身独立、向每一时代的每一读者均提供同样的观点的客体。它不是一尊纪念碑,形而上学地展示其超时代的本质。它更多地象一部管弦乐谱,在其演奏中不断获得读者新的反响,使本文从词的物质形态中解放出来,成为一种当代的存在。"③

1. "二度创作"的学理依据

"二度创作"无疑源于"一度创作",它既是对"一度创作"的阐释、理解、接受,更是在"一度创作"基础上的填补、修改、创造。那么"一度创作"的作品是怎样给"二度创作"留下"未定点""艺术空白"而形成"召唤结构"的呢?

首先,作品思想内容具有多义性与多层次性。作品是一定时代社会生活的反映,它

---

① [德]马克思《〈政治经济学批判〉导言》,《马克思恩格斯选集》第二卷,人民出版社,1972年,95页。
② [德]马克思《〈政治经济学批判〉导言》,《马克思恩格斯选集》第二卷,人民出版社,1972年,94页。
③ [德]姚斯《文学史作为向文学理论的挑战》,[联邦德国]H.R.姚斯、[美]R.C.霍拉勃《接受美学与接受理论》,周宁、金元浦译,辽宁人民出版社,1987年,26页。

的生活容量、社会意义本身是丰富多样的;作品又是作者主体"观念"、主体思想倾向的载体,它蕴含着作者的思想情感、心态意向、态度评价,它的审美价值倾向具有主体意识的丰富多样性。这两种丰富多样的内容,其多义性与多层次性,在主观、客观两个方面都会给读者的接受提供丰富多样的可能性,再加上不同的时代、社会、环境、心理、文化诸因素的变化,往往使作品本身及作者主体动机、意图在这种变化中折射出差别极大的表现,更加使"二度创作"有了接受选择的丰富自由度和广阔空间,文学接受史上有原本相对寂寞的作品走红火爆的,也有相反的。如清代王夫之的著作尤其是诗文作品,一直湮没不彰,到了近代,由于各种社会的、文化的、时代心理的因素,《船山遗书》大行于天下。而一些在特定时代、特定区域畅销的作品,经不起历史的时代发展的汰选,在读者接受中渐渐受冷遇,终至"泯然众人矣"。如20世纪80年代的琼瑶言情作品,以"还珠格格"系列为例,第一部轰动,第二部则勉强维持,第三部更让人缺乏接受的兴趣了。

其次,在作品的形象塑造上,更是接受者易于找到"未定点""艺术空白"的地方,如果说作品文本呈现一种开放性结构,那么,艺术形象更是充满了审美张力,向接受欣赏者自由开放的审美客体,它随时召唤读者能参与进来,以自己独具特色的二度创作去填补"空白","充实"未定点。无论是叙事形象还是抒情形象,都具有"形象的不确定性"。其一,文学是语言艺术,本身就有形象间接性特点,它不是直观的,而是依靠读者在领会语言意义的基础上,从自己的生活经验、审美经验出发,通过想象在大脑中形成的"假定性形象";其二,作品中的形象不可能也不应该被详尽无缺地塑造出来,优秀的艺术形象正如齐白石论画那样:"不似为欺世,太似为媚俗,妙在似与不似之间。"形象总是"不似之似""不完整的完整"。即使是以描绘细致的叙事小说而言,它刻画的人物也只能突出重点,绘其神韵。林黛玉"闲静似娇花照水,行动似弱柳扶风"的形象,有多少"空白"处可以想象?贾宝玉"鬓若刀裁,眉如墨画,鼻如悬胆,睛若秋波"的形象,有多少"未定点"在呼唤读者进行"二度创作"?

再次,在作品图景描绘上也存在接受者进行"二度创作"的诸多"不定点""空白"。作者一支笔要描绘各式各样的图景,只能一步一步地展现,只能一个角度、一条线索地刻画,要变换角度、剪接线索,总是要"花开两朵,各表一枝"的,于是这些情节线索之间、图景与图景之间,自然要依靠读者在阅读中以想象去填补空白,去使它们充实、确定、具体化。如当作者采用平行叙述手法,介绍"同一时间内"几处不同地点发生的事件、人物时,陆游《关山月》诗说"遗民忍死望恢复,几处今宵垂泪痕!""几处"提供了接受者丰富想象的广阔空间:在沦陷的北方中原大地,或是山川,或是平原,或是城镇,或是乡村,多少遗民期盼河山恢复!《水浒传》"智取生辰纲"一节中,明暗两条线索交汇,明线写杨志等人,自可接受明朗,暗线写吴用等人用计的具体画面,只能靠读者展开想象进行"二度创作"了。

### 2. "二度创作"的具体实现

在作者"一度创作"的文本范围内,接受欣赏者在与作品的审美沟通交流中,受到作品诱发,投入自己的人生经验、审美经验,调动各种审美心理因素,对作品的思想内容、形象、隐含寓意等进行"二度创作"(再创作),从而使作品价值与自身创造价值融合,在"一度创作"与"二度创作"的交汇意义上,最终实现作品文本价值。

(1) 对作品思想内容的理解、衍生、拓展、丰富。这是"二度创作"中最重要的环节。由于作品思想内容的多义性、多层次性,更由于接受主体各自的主观条件如文化修养、生活经验、审美情趣、欣赏习惯等不同,一方面,接受主体会根据自己的愿望和社会需要,对同一作品思想内容做出不同的理解;另一方面,作品思想内容的多义性、多层次性会切合特定时代社会需要的不同层面,去触发不同接受主体的不同审美敏感区、兴奋点,从而使作品的思想意义得到不同角度的开掘、探索。接受者们会各取所需,对其中的某种因素加以突出强调,如此往往会衍生新的意义、价值,尽管时有孔见之讥、偏见之虞,但对于文本的"原意义"来说,它的种种"衍生义"无疑都是对"一度创作"的拓展丰富。文学接受史上,越是伟大的作品,这一类的"衍生义"越多,拓展越深刻丰富。《红楼梦》在不同的欣赏接受主体面前,它的思想内容表现得复杂多义:"单是命意,就因读者的眼光而有种种:经学家看见《易》,道学家看见淫,才子看见缠绵,革命家看见排满,流言家看见宫闱秘事……"①而所谓"金学"的倡导者们,在对金庸武侠小说思想内容的接受中,有"成人童话世界"说,有"佛道哲理"说,有"侠者之风"说,有"悲剧意蕴"说,凡此种种对作品内容的衍生义,尽管在一定程度上带有实用主义意图,也都有一定的片面性,但都从各自不同的角度深化、丰富了作品的"原意义",文学接受史上著名的"形象大于思想"现象,即是由于这种"衍生义"大大丰富甚至超越了"原意义"。曹禺《雷雨》较深刻地揭露旧家庭旧社会的罪恶,却不能科学地来分析这一悲剧的社会根源,作者自己说过:"说实在话,那时候我对阶级呀,半殖民地的社会性质呀这样一些概念并不很清楚。"②在许多文学接受者的阅读观赏中、品评分析中,《雷雨》主题内涵不断得到丰富,由原来作者要发泄"被抑压的愤懑",批判"中国的家庭和社会"这个较朴素层面,跃升或复原、丰富到"社会""人生"意义,"让人感到腐朽的恶势力必然将死去而且非被埋葬不可"的重大意义层面。还有论者从"五四"以来人道主义、个性解放思想宏观视野,从妇女在旧社会的悲剧命运探索角度,从揭露浓厚封建性色彩的资产阶级家庭悲剧、半殖民地半封建社会悲剧等方面去衍生、拓展,极大地丰富了《雷雨》的思想内涵。

(2) 对作品形象的复现、补充、改造、扩大。在接受主体的"二度创作"中,最富审美价值的恐怕是对作品形象的接受环节了。首先,读者根据作品提供的语言艺术形象画面,大致地"复现"特定的形象。在这一点上,"形象是确定的",即形象的主要特点、作者表达的情感倾向是确定的,它大致规范了接受的范围和方向。所谓"一千个读者就有一千个哈姆雷特"绝不会是"一千个麦克白","一千个读者就有一千个王熙凤"绝不会是"一千个林黛玉"。其次,"形象又是不确定的",接受主体的主观条件不同、社会历史时代不同,甚至民族文化心理、审美趣味不同等等,会导致不同的读者接受欣赏同一形象时,"二度创作"出来的审美意象不同。鲁迅曾分析过,作者把自己心目中的人物模样传

---

① 鲁迅《〈绛洞花主〉小引》,《鲁迅全集》第八卷,人民文学出版社,1981年,145页。
② 《曹禺谈〈雷雨〉》,《人民戏剧》1979年第3期。

给读者,要让读者心目中也形成这人物的模样。"但读者所推见的人物,却并不一定和作者所设想的相同,巴尔扎克的小胡须的清瘦老人,到了高尔基的头脑里,也许变成了粗蛮壮大的络腮胡子。"又说:"譬如我们看《红楼梦》,从文字上推见了林黛玉这一个人……恐怕会想到剪头发,穿印度绸衫,清瘦、寂寞的摩登女郎;或者别的什么模样,我不能断定。但试去和三四十年前出版的《红楼梦图咏》之类里面的画像比一比罢,一定是截然两样的,那上面所画的,是那时的读者心目中的林黛玉。"①鲁迅这里举的两个例子,前者显然是指高尔基在接受巴尔扎克笔下的法兰西小老头,会根据自己俄罗斯民族的高大老头形象来改造;后者指出古代仕女林黛玉模样在中国 20 世纪 30 年代城市读者头脑中会以自己熟悉的"摩登女郎"为模式而改造。最后,这种主观能动的改造会大大丰富对特定形象内涵的体认,大大扩充该形象的思想意义。如阅读杜牧的《江南春》:

  千里莺啼绿映红,水村山郭酒旗风。
  南朝四百八十寺,多少楼台烟雨中。

读者头脑中会复现这样一幅辽阔秀美的江南春色图景。但在沉吟潜咏的接受中,会不由自主地根据自己的文化素养、生活阅历、个性爱好、审美情趣等进一步产生各具特色的联想。江南读者会引出故乡之思,北方人会倾慕这样的"烟雨楼台",慷慨者会痛恨南朝的统治者祸国殃民,蕴藉者会流连忘返于鸟语红翠、酒旗飘香之中……显然,读者心中的诗意形象,既来自杜牧,又超出了杜牧。这样的扩大、改造,最具有深沉丰厚审美意义的,当推形象接受中的"转义"和"共名"。所谓"转义",是指某个形象,在广泛而丰富的"二度创作"中,其原有内涵被极大地提升与丰富。概括之深广,上升到了一种具有普遍意义的哲理高度,使形象超越了原作者赋予的特定含义而获得更深广的意蕴,最终成为一种生活中的"共名",即一种人们普遍认可的"代名词"。最典型的莫过于阿 Q 形象的"转义"和"共名"现象。鲁迅原意是"揭露国民劣根性","达到疗救目的"。"精神胜利法"也的确在揭露批判半殖民地半封建社会的病态、病根上起到了振聋发聩的巨大作用,但是在文学接受中,"阿 Q"逐渐"走向世界",不唯中国有,外国也有;不唯过去有,今天仍然有。阿 Q 的"精神胜利法"作为一种以主观唯心主义为特征的思想,在整个世界范围内,对整个人类都具有普遍性意义,"阿 Q"已是"人类劣根性"的象征。也许是鲁迅始料未及,然而却是所有名著中的著名形象都具备的文化品格与美学价值所在。

  (3) 对作品隐含意义的寻求、发掘、索解、阐释。这是"二度创作"中最富于挑战性的环节,是读者从更高层次去寻求、发掘作品中隐藏的底蕴和深意,对作品留下的"空白""未定点",对作品中的"隐喻""象征"等不确定意义进行深入探索。大略有两类现象:

  其一,是对作品的"言外之意""象外之旨"进行理解、联想、想象。如杜甫诗《江南逢李龟年》:

---

① 鲁迅《看书琐记》,《鲁迅全集》第五卷,人民文学出版社,1973 年,588 页。

岐王宅里寻常见，崔九堂前几度闻。
正是江南好风景，落花时节又逢君。

单从字面上看，这首诗只是写了作者与李龟年久别重逢一事，而联系诗人写作此诗的时代背景，了解到这是安史之乱后的流亡"天涯沦落人"的重逢，此时听音乐家李龟年的曲子，真正是不堪回首，相逢唏嘘！这种读解接受虽较一般化，但已有接受主体对"空白点"的"填补""阐释"了。这种活动，是在理解的基础上进行联想想象的结果。

其二，是对某些题旨复杂、表达含蓄的作品进行各具特色的阐释、探索。

最著名的是对李商隐"无题"诗系列的探索，"诗家总爱西昆好，只恨无人作郑笺"，著名的《锦瑟》头两句即引起千年聚讼："锦瑟无端五十弦，一弦一柱思华年。"有"悼亡"说，有"身世悲叹"说，有"咏瑟"说，还有"咏物言志"说。光是"锦瑟"一词，又有"贵人爱姬"之名解，"令狐楚家之青衣"之名解，以"瑟喻断弦"即悼亡之意解，等等。两句诗的含义至今仍然以"悼亡"说和"身世"说最为流行：一谓"锦瑟"原本是二十五弦，现"无端"五十弦，即寓"断弦"亡妻之义，五十弦、五十柱合为"百数"，寓当年海誓山盟百年和好之约，反衬今日之痛；一谓"五十弦"联想自己年将半百，故追溯生平"华年"……

在这种多样化的阐释、寻求、探索之中，"二度创作"往往会超出作者原意，就会发现许多作者没有意识到的新的意蕴。如对鲁迅小说《伤逝》的读解，即有著名的"兄弟失和"意蕴被发掘出来。这是鲁迅写的唯一一篇爱情小说，借以说明妇女解放必须以经济社会的解放为基础。周作人却认为这是"假借了男女的死亡来哀悼兄弟恩情的断绝"。他在《知堂回想录》中说，"我这样说，或者世人都要以我为妄吧，但是我有我的感觉，深信这是不大会错的"。这样的读解接受，无疑是从"二度创作"的角度，丰富了人们对鲁迅作品隐含意义或"潜文本"的理解。

## 第二节 文学接受的主体

"接受"这个术语具有"矢量方向"的含义，标示一种影响力的传播方向。一般情况下的"矢量方向"是"输出者→信息→接受者"，而接受理论认为接受的矢量有可能逆转为"接受者→信息→输出者"。因此，正确的图式是输出者↔信息↔接受者。这样，文学接受就是创造而不是复归，作品文本也不是一个固定不变的静态系统，而是以读者接受为动力的动态系统，在作者、文本、读者三极之间构成了以理解为核心的平等的、互动的对话过程，作者与读者两大主体相互尊重，相互敞开，相互交融，文本的意义的发现、生成、阐释，就出现在这样一个双向的主体与主体的对话交融过程之中，达到一种"视界融合"。前民主德国的接受美学家瑙曼对接受主体与作品客体的辩证关系有一段准确的阐述："读者作为主体占有了作品并按照自己的需要改造了它，通过作品蕴含的潜能使这种潜能为自身服务，通过实现作品的可能性扩大了自身的可能性。但是，作品在被接受，被改造的同时，也在占有并改造接受者……阅读是使这两种对立的规定性统一起来的过程。"①在这个过程中,作品有多层多义性,接受主体也有多种精神需求,不同的需求促使他去偏重于接受注重作品的不同属性。因此,有必要对在这一过程中接受主体多样的身份、功能、作用、意义深入分析。

### 一、认识主体

文学作品作为特定社会生活的反映,为接受者提供了认识社会、认识生活的属性,在这个认识属性制约下,文学接受主体首先是认识主体,在具体的文学接受过程中,对特定的认识对象,认识方式、形式,以及认识的作用,文学接受主体充分发挥了自主性与能动性。

(1) 在认识对象上,作品文本提供的不是纯自然的山川树木等,而是丰富复杂的社会生活、人际关系以及富蕴人生哲理的生活意义与社会规律。作品中的自然环境只是人物生活的环境或是某种人文精神象征——借景抒情之景。文学作品中不存在抽象的自然之景,或者说,自然景物不是文学接受的对象。

(2) 在认识的方式上,文学接受的认识方式不是抽象刻板或精确教条的。它是一种生动形象的领悟、启迪,是对艺术画面形象的整体性把握。换言之,它不追求认识的精确,而更向往某种生动的"模糊";不追求认识的深刻明了,而更企望一种含混蕴藉的灵性感情。文学接受的认识方式依随文学文本的虚拟、象征、隐喻、夸张等方式而呈现丰富复杂、情感洋溢的方式特点,亦即形象化认识方式。

(3) 在认识的作用上,文学接受更注重思想与思想的碰撞、形象与形象的交融、心灵与心灵的对话、情感与情感的共鸣。具体表现为:

第一,在接受中,认识人类社会某个阶段的生活特点,在文本提供的鲜活生动画面中体验它的生活习俗、生活场景、生活细节等。在杜甫的《石壕吏》中,看到"老翁逾墙走"的凄惘,"老妇出门看"的镇定;又了解唐代民间口语俗词"看"的历史文化密码:"客来须看,贼来须打","看"乃是"看顾、照看、招待"之义,而不能望文生义地理解为"老妇出门看风,掩护老翁逃亡"之类。

第二,在接受中,认识人类社会生活某个时代的人物性格特点,以形象的体验、典型的感悟领略许多性格迥异又个性鲜明突出的人物,在心灵的层面、心理的脉搏感应上结交天下英雄,冷观天下小人,怜惜天下美眷,仰慕天下智者。从而观古往今来豪杰兴衰,看南来北往人物炎凉。以他人杯酒,浇自己胸中块垒。以他人悲欢离合,鉴自己人生航道。

第三,在接受中,认识人类社会生活的发展趋势,了解社会生活的普遍规律,把握人生哲理,洞察人生未来,如对"天下大势,分久必合"的理解,源于接受者读"三国"替古人担忧的思想;"愿天下有情人终成眷属"的祝福祈愿,源于接受者神交"西厢",梦游"太虚幻境"的心灵共鸣。

总之,文本的认识属性决定了接受主体作为认识主体的重要功能。求知型阅读心

---

① 林一民《接受美学》,江西高校出版社,1998年,14页。

理,是接受主体的重要内在动力之一。"生有涯,而知无涯",作品帮助读者在认知意义上了解过去,认识现在,又预见未来。在社会实践指导意义上满足了读者对"我是谁""我从哪里来""我到哪里去"等人生终极命题的探索求知需求,而这种满足又不是抽象说教的,而是"寓教于乐",充满审美愉悦感的。

### 二、审美主体

上述"形象化认识"命题已包含文学作品的审美属性,与其他社会意识形态反映生活不同,文学反映、表现生活,是一种饱含浓郁情感色彩,充盈生动形象画面的美的反映、表现。接受者在美的画面中神游,在美的意境中畅想,"像喜亦喜,像忧亦忧",在被"动之以情"的阅读接受过程中,接受者情感被升华,心理受陶冶,作为一个审美主体,能动地投入了审美接受、创造的阶段。

审美主体在审美经验(也称"前理解")基础上,对审美接受过程的能动主体作用可分为三个层次:

第一层次,亦即最基本的层次,是美的愉悦、享受。接受者在文本作品面前有"前理解"的审美经验,包括接受主体通过语言、经验、动机、意向、情趣、直觉等意识和前意识活动所获取的各种知识结构、人生体验、世界观、领悟力、评判力、鉴赏力等等。当读者拥有了这种审美经验基础,他在接受文本中就可以通过感知的理解和欣赏的判断获得美感愉悦,在作者创造的艺术享受中获得自己的享受,从而陶冶心灵,摆脱世俗束缚、烦恼,求得内心平衡自由。特定结构的审美经验,是审美主体自主性的重要基础,因为"对于非音乐的耳朵,再美的音乐也毫无意义",而构成"前理解"的审美经验基础构建要素则是,"丰富的生活阅历""较高的艺术修养"与"审美能力集合体",包括"审美感知力""审美领悟力""审美想象力""审美判断力"等。不同的接受审美主体在这个层次有不同的美感感受。前人有云:"少年读书,如隙中窥月;中年读书,如庭中望月;老年读书,如台上玩月。皆以阅历之深浅为所得之深浅耳。"①

第二层次,是接受审美主体在艺术接受中获得心灵解脱、得到自我证实。这一层次有两个特点。

其一,审美主体在美的接受欣赏中把作品阅读看成是日常生活的一种补偿。在这个艺术世界中,他们可以纵情想象,释放被压抑的情感愿望;在这个虚拟空间里,可以打破世俗常规约束,重新找回塑造的主体人格与和谐本性。

其二,审美主体更能在接受中高扬个性自由旗帜,自由介入文本中的事件、场景、人物,独立自主地充分表达自己的爱憎判断、喜怒好恶倾向、情感、意志等。不必如在现实中那样顾忌疑虑、畏首畏尾,从而充分享受审美接受中的主体自由愉悦美感。一个可能在生活中平庸的读者,在文本世界中,可以是统领指挥大军赤壁鏖战的英雄,充分享受火攻曹军、追杀奸雄的审美自由境界;一个可能是深闺独守的怨女,可以在"牡丹亭"满园春色中畅游,大胆自由地诅咒斥责专制家长;日常生活中的谦谦君子,可以在"花果

---

① [清]张潮《幽梦影》,转引自蒋成瑀《读解学引论》,上海文艺出版社,1998年,233页。

山"上"猴子称大王"威风一番;平时叱咤风云的豪杰,也未必不在"红楼"大观园中心猿意马一回……诸多不同的审美主体,在审美接受中,有诸多不同的"自我证实"方式与途径,但在实现主体的能动自主创造性方面是共同的。

第三层次,是审美主体接受的最高层次,指在审美接受中,审美主体会"更新对外部现实和自身内部现实的感知和认识的方式,获得看待事物的新方式和经验"(姚斯语)。在这种改变了的新方式、经验基础上,审美主体会能动地转变知觉、情感、判断、行为方式,扩大自己的视野,从传统习惯、世俗偏见中解放出来,最终实现审美主体与文本作者精神上的对话、认同。这种精神效应,相应表现为审美主体运用自己的生活经验、审美经验进行联想、反思而形成的审美认同。一般认为有五种审美认同类型:

一是"联想型认同"。是接受主体在宗教信仰强制力量下,以联想方式实现。审美主体对文本中的主人公有类似"神"的恐惧、神秘感。这类审美主体基本上是文本的从属者,基本上缺乏自主能动性。

二是"崇敬型认同"。审美主体会对文本主人公崇高道德、超人业绩、能力表示崇敬、钦佩,以他们为典范模仿学习,或觉得高不可攀,仅作为"超人"来欣赏。这样的审美主体已具有一定的主体能动品格,接受阅读的效果是积极正面的。

三是"同情型认同"。审美主体与文本主人公是平等交流地位。同是日常生活中的普通人,双方可以全面比较(在身世、处境、遭遇、命运诸方面),为之而感动,报之以同情、怜悯,并在双方心灵交流中升华到情感、道义高度。审美主体完全是主动积极的,是最易于产生强烈审美效应的类型。

四是"净化型认同"。审美主体在阅读接受中获得悲剧性震撼或喜剧性欢悦,在剧烈深刻的情感冲突中得到心灵陶冶。或是一般情感激动,或是理性反思,审美主体在道德判断自由中,心灵得到升华,灵魂得到净化。在这里主体作用是自主能动的,审美效果是最有价值、最深刻的。

五是"讽刺型认同"。审美主体完全是自由能动地对"比我们坏"的人进行嘲笑、讥讽、批判、否定,从而反思自身,警醒自己,进一步达到对社会消极面的深刻怀疑,大胆批判。审美效果强烈,但一般不如"净化型认同"深刻。

总之,审美主体在阅读接受中的审美认同是文本接受的最高层次、最后阶段,也是审美阅读的总体效应。不同的审美认同源于不同的审美主体,而主要取决于文本作品审美品位的高低。审美价值品位高的文本,可以优化审美主体的认同方式、内涵;反之,也会钝化读者的审美感受力。某些粗制滥造的作品,程式化加庸俗搞笑,内容贫乏、品位低下但不乏某种"艺术感染力",会使一些读者、观众沉溺其中,养成审美心理惰性化、世俗化、粗劣化倾向。如某些言情"肥皂剧"对于电视观众的毒害,他们每晚都"欲罢不能、欲看不忍"。关上电视机,脑子一片茫然。但次日又想"看个究竟"……这些现象都将导致审美主体能动性消解或滑落。

### 三、阐释主体

这是与认识主体、审美主体鼎足而三的一个重要主体侧面。文学接受主体在实践意义上认识生活,实现认识价值;在审美上再创造生活美,实现审美价值;而在文化意义上接受并阐释作品,则是实现文化价值。文学文本是人类创造的文化形态中文化信息最密集、文化内涵最丰沃的文化产品,因而文本的文化价值可以包容认识与审美价值。文学接受主体中的阐释主体身份,面对的是文本中采用"认识""审美"概念难以包容的其他文化属性。文本的深入考察将带给读者一个巨大的文化空间,在这个包含社会学、历史学、民俗学、大众文化等多元化文化因素的空间里,读者作为文化价值阐释主体的功能愈来愈被人关注。从一般意义上看,作品的文化价值阐释指向对象可分为:表层价值—民俗学阐释,中层价值—社会学、历史学阐释,较深层价值—宗教阐释,最深层价值—哲学阐释四个层面。阐释主体对它们的理解、解释、评价、对话、交流分别体现为以下特点:

1. 民俗学阐释:主体的切入与激活

作为文本内容主体的生活事象,使接受阐释主体首先大量遇到的是那些丰富多彩、生动鲜明的生活习俗——民风民俗内容,如岁时节令、婚丧喜庆、信仰禁忌、游艺歌谣、乡里民规、生产、生活等。它们既是文本文化意义最生动最形象的因素,也是文化价值的激活点。一般的阐释重点集中在民俗心理、民俗语言、民俗行为三个方面。

民俗心理的阐释,这是传统文化心理的生动载体。它是以信仰为核心,包括各种禁忌在内的反映在心理上的习俗,更多地表现为心理活动和信念上的传承。在文学作品中,尤其是阅读古典文学作品,接受主体会遇到不少以民俗心理为主构成的文化心理现象。如相信灵魂、幽冥、鬼祟,因而派生出阴司、鬼判、阎王等形象。遂有《西游记》中孙悟空大闹地藏王府,《聊斋志异》中席方平宁死不屈抗讼阎王殿,《三国演义》中诸葛亮祈禳作法借东风,《封神榜》中众神大斗法的精彩情节。古人有种种禁忌避讳,不了解避讳如"圣讳""父讳"等文化心理,接受中的误读就会产生,而不能阐释相关民众心理,上述精彩内容会黯然失色。

再看民俗文化行为的阐释,中国古代对天神的崇拜,是一种超自然崇拜。它不是直接崇拜某个自然神,而是透过自然现象与人类活动,把它加以想象,概括为一种神,即一个具有超自然威力的权威人格神。后来演变为玉皇大帝、王母娘娘。神的家族、谱系构成神的世界。再如岁时节令的民俗行为,丧葬婚庆中的诸般仪式,是我们阅读《红楼梦》时必不可少的阐释对象。"宁国府除夕祭宗祠,荣国府元宵开夜宴"一回,叙有"只见贾府人分昭穆排班立定……"一段文字,这里的"昭穆"即远古祖宗崇拜,家族宗庙祭祀民俗行为的规定,即始祖下一代为昭,居左;昭辈下一代为穆,居右。如此类推,明长幼,定亲疏。

至于民俗语言更是文学文本的语言艺术基础,甚至是许多文学体裁的来源,包括原始神话、传说故事、史诗歌谣、谚语谜语、说唱戏剧等。不涉及口诀、咒语、行话、游戏语。语言的民俗与各种传承的民俗观念、活动仪式相结合,构成文学作品中一大奇特的欣赏对象。屈原《离骚》中开头自叙出生年月日说"摄提贞于孟陬兮,惟庚寅吾以降",此处就有三个民俗文化事象典故:"摄提",寅年;"陬",正月;"庚寅",寅日。《诗经·氓》中有

"尔卜尔筮,体无咎言",亦是卜卦民俗语言。至于大量的生动形象的民歌,更是接受者们喜闻乐见的阐释对象,如湖南道县民歌"月亮出来亮堂堂,芹菜韭菜种两行。郎吃芹菜勤思妹,妹吃韭菜久想郎",谐音双关,余韵无穷。

2. 社会学、历史学阐释:主体的借鉴与满足

作品中社会历史的文化内容,呈现在接受阐释主体面前,主要是社会文化心理特征与历史时代文化特征。通过主体能动的阐释、判断,实现文化价值的承续、取舍、转换。同时在观古知今,以古鉴今读解中获得主体心理上的一定满足,产生特殊的历史、现实审美愉悦。

社会心理作为人们的情感、趣味、心态、爱好、习惯等,普遍流行于社会风尚中,即时尚风气。它在文学作品中主要表现为对文学风格的影响,对文本内容形式的影响。

(1) 阐释一定的作品风格,离不开特定的社会风尚。刘勰论及建安文学风格时说:"良由世积乱离,风衰俗怨,并志深而笔长,故梗概而多气也。"① 鲁迅也说:"因当天下大乱之际,亲戚朋友死于乱者特多,于是为文就不免带着悲凉、激昂和'慷慨'了。"20 世纪西方现代派文学兴起,也正是在第一次世界大战后,西方社会心理流行"非理性主义",一是"上帝死了"的虚无观念,一是"他人即地狱"的极端绝望观念。于是产生现代派文学的荒谬、非理性内容,"意识流"叙事风格,更演化出"黑色幽默""荒诞戏剧"等作品风格,在它的晦涩、复杂、多义中,隐含着丰富的社会学文化内涵,其中尤以社会文化心理内涵为文本风格形成的客观基础。普列汉诺夫指出:"对于社会心理若没有精细的研究与了解,思想体系的历史唯物主义解释根本就不可能……因此,社会心理学异常重要。甚至在法律和政治制度的历史中都必须估计到它,而在文学、艺术、哲学等科学的历史中,如果没有它,就一步也动不得。"②

(2) 阐释特定的作品内容形式演变,离不开特定社会审美趣味、欣赏习惯。"五四"以来的现代文学在 20 世纪 40 年代中后期发生民族化、群众化内容与形式的重大变化,固然有政治强大的影响作用,有先进理论的指导作用,但深入地看,与大量进步作家身处解放区读者群、身处解放区特定的社会审美趣味、身处大众化欣赏习惯中紧密相关。从赵树理《小二黑结婚》到孙犁《荷花淀》,再到丁玲《太阳照在桑干河上》、周立波《暴风骤雨》,作品中的内容源自新天地新生活新社会,形式更贴近广大工农兵群众——这个特定历史时代中的文学接受主体。他们代表的社会文化、审美趣味、欣赏习惯显然有深刻的中国民间文艺影响特征,要全面正确阐释这批作品,只能从特定时代、社会文化心理特征出发。

(3) 阐释作品历史文化内涵,离不开"历史—现实"话语系统的符码掌握。文化阐释中最大众化的部分,是文学作品中的历史文化内涵。"鉴古知今""古为今用",我国读者对历史文学作品的喜爱、推重,从《左传》《史记》到 21 世纪初电视台热播的《康熙王

---

① 周振甫《文心雕龙今译》,中华书局,1986 年,404 页。
② [俄]普列汉诺夫《普列汉诺夫哲学著作选集》第二卷,生活・读书・新知三联书店,1974 年,272～273 页。

朝》,长盛不衰。值得注意的是在历史文学作品的接受阐释活动中,一直是使用"历史—现实"话语系统,即以史为鉴→鉴古知今→虚幻替身→虚拟满足。可以说,缺乏现实动机的历史文化阐释是不存在的。而现实动机的话语符码有两类:一是"借鉴教训类",即以古人兴衰作为今天行事的明鉴或指南;二是"虚拟满足类",即在阅读接受中虚拟想象自己或贵为天子、王侯,或出将入相,治国安民。最不济的也会"替古人担忧"。这两类符码的共同特征是阐释主体对历史作品的高度热情投入,心理极大满足。而武装他们的是这套"历史—现实"话语系统。这是传统读解到现代接受主体都运用的历史文化阐释工具。

3. 宗教阐释:主体的思考与顿悟

作品文化价值中较深层的部分,是宗教价值。从人类掌握世界的本原方式来看,宗教与文学是十分接近的方式。二者都是以形象方式反映世界,都注重情感的抒发,以及形象思维的运用。再从文学史发展的文体、内容题材、主题意旨的来源和演变看,宗教的流传,既促进了文学新体裁文本的创立,如唐代"变文"体;又拓展了作品文本内容的来源。如基督教《圣经》,就是西方文学题材的重要来源。而集中体现宗教文化价值,呈现在读者阐释主体面前的任务主要是下列几点。

(1) 作品文本主题思想中的宗教观念阐释。《红楼梦》给予读者印象最深的宗教谕旨,一是"梦幻"观,二是"色空"观。前者是道教,后者属于佛教。曹雪芹开宗明义,"作者自云:因曾历过一番梦幻之后,故将真事隐去,而借'通灵'之说,撰此《石头记》一书也"。"梦幻"观核心是认为世界本虚幻不可依恃。这个道理,一般读者尚可接受。而"色空观"在普通读者中若非正确阐释为"物质现象"(色)与"虚幻"(空)的关系,那么对"色即是空,空即是色"之类的偈语违论读解,就连面对那首警世主题歌《好了歌》所唱"好便是了,了便是好。若不了,便不好,若要好,须是了"也会闹糊涂。

(2) 作品文本创作思维中的宗教"禅悟""顿悟"方式阐释。宗教思维,历来强调"直觉","顿悟"说与"悟"在象外的概念,给中国古代文学尤其是诗歌创作以极其深刻的影响。宋代严羽在《沧浪诗话》中总结前代创作经验,提出"大抵禅道惟在妙悟,诗道亦在妙悟"。他以禅喻诗,强调直觉对创作的重要性,直接为"意在言外""象外之象""味外之旨"的诗歌创作规律的开掘探索提供了思维武器,是一种非逻辑的直觉式心灵感应。禅宗以直觉观照、沉思默想为特征的参禅方式,以活参、顿悟为特征的领悟方式,突出了表现与自悟,使许多古代作者逐渐形成了以在直觉观照中沉思冥想为特征的创作构思,以自我感受为主追溯领悟艺术哲理与情感的欣赏方式,再加上自然、简练含蓄的表现手法,形成了"三合一"的艺术思维习惯。司空图的"不着一字,尽得风流",苏轼说"言有尽而意无穷者,天下之至言也",均属此类阐释对象特征。

(3) 作品文本表现手法中的禅宗特色式的凝练、含蓄、象征阐释。以"诗中有画,画中有诗"著称于世的王维,在其诗歌创作中,有不少禅宗思维带来的创作特色。首先是一种以追求自我精神解脱为核心的适意人生哲学与自然淡泊、清净高雅的生活情趣,他在《山居秋暝》中吟道:"空山新雨后,天气晚来秋。明月松间照,清泉石上流。"这是明显具有空灵恬淡情感亦即"禅气"特色的幽静玄雅的景物画面;而"随意春芳歇,王孙自可留",更是流露出追求一种脱离人间烟火气的空寂清幽无人之境的人生理想。在这种审美情趣的指导下,不少文学作品中大量运用了含蓄、象征手法。还是王维的《汉江临泛》,"江流天地外,山色有无中",短短十字,写尽了江汉一带长江的辽阔,山峦的隐现,高度凝练概括。再看他的《鹿柴》:"空山不见人,但闻人语响,返影入深林,复照青苔上。"这是典型的禅宗式的静默观照,有朦胧含蓄,有淡泊自然,更有清幽、闲逸、静穆旷达人生哲学的象征寓意。而王维——深受禅宗思维方式影响的文人诗、文人画鼻祖,标志着中国士大夫艺术思维变化转折的新阶段,代表了唐宋以来诗画风格及表现方式的发展方向。

4. 哲学阐释:主体的入世与出世

哲学价值的阐释,是文学作品文化价值中最深刻也最重要的阐释。由于世界观上的类似,哲学价值往往同宗教价值交织在一起。中国古代作者的人生哲学是一个互补结构,即"入世"兼济天下,同"出世"独善其身的有机统一。前者是儒家世俗哲学观念,后者是道家生命哲学观念,《红楼梦》中通过贾探春大观园改革对儒家入世、推行"外王—事功—经世致用"一派哲学思想表示肯定;而浓墨重彩地刻画赞美贾宝玉反传统,彻底否定读书、科举、做官的人生哲学,又是对儒家"内圣—立德—修齐治平"人生哲学的大胆批判。在阐释《红楼梦》的文化价值时,还要注意作品中的佛道人生哲学内蕴即一僧一道对人物命运指点迷津的描写上,蕴含着"出世"的深刻思想,即由宗教僧侣对红尘迷者"点化""悟道",飘然而去,彻底否定了人生迷误,颠覆了对人生"富贵场"与"温柔乡"的追求。其中,对由功名、金钱组成的"富贵场"进行抨击:"世人都晓神仙好,唯有功名忘不了!古今将相在何方,荒原一堆草没了。世人都晓神仙好,只有金银忘不了!终朝只恨聚无多,及到多时眼闭了。"又对由娇妻、儿孙构成的"温柔乡",同样猛烈抨击批判:"君生日日说恩情,君死又随人去了","痴心父母古来多,孝顺儿孙谁见了?"在《西游记》《水浒传》《三国演义》等作品的文化价值阐释中,同样存在"入世"与"出世"的互补结构类型。孙悟空降妖除魔是"入世",而时遭讥诮,返回花果山退隐是"出世";梁山好汉替天行道是"入世",而武松心灰意冷遁入空门又是"出世"⋯⋯

**四、接受主体的身份整合**

接受主体的三种身份整合方式、类型如下:

1. "认识主导型"整合身份

以认识者身份为主,整合审美者、阐释者身份。在文学接受的过程中,以"认识"为先导、主导,兼及阐释,融会审美。其特征是,接受的目的是"认知",接受的方式是"审美",接受的背景是"文化"。这一类读者又称"求知型"读者,他们阅读的目的在于效仿、学习,以"得益"为满足。他们对文化的阐释是为求知服务的,对审美的欣赏也是为了更好地求知,在形象中求知,效果更佳。大量的叙事长篇作品、哲理作品,是这种身份读者接受、占有的对象。读《诗经》,"多识鸟兽草木"之名;读《史记》,了解历史风云、社会规律;读《三国演义》,学习权谋机智;读《红楼梦》,了解封建社会图景;等等。

#### 2."审美主导型"整合身份

以审美者身份为主,整合认识者、阐释者身份,在文学接受过程中,以"审美"为主,兼及认识,融会文化。其特征是,接受的目的是"审美",方式是娱乐、消遣,在"背景"中吸纳文化内涵,了解认识生活。这类身份又称"娱情型"读者,他们阅读的目的是求"尽兴、尽趣、尽情、尽美",在审美情趣追求、审美愉悦满足中,潜移默化地获得理性认知、文化熏陶。吟咏性情,寄寓山水风物的抒情性文本作品是他们的阅读对象主体。余光中诗歌《乡愁》中的"邮票""船票"等审美意象,使人忘情投入;"一丘坟墓"面前,"我在外头""母亲在里头"的抒写催人泪下;直到"乡愁是一湾浅浅的海峡""我在这头""大陆在那头"的名句,引发读者的绵绵思乡爱国之情,对"祖国统一"的理性认知;海峡两岸的文化血缘,融会于这样强烈的审美情感、鲜明画面之中。

#### 3."阐释主导型"整合身份

以文化阐释者身份为主,整合认识者、审美者身份,在文学接受过程中,以"文化阐释接受"为主,兼及认识,融入审美。其特征是,接受的目的是"文化",接受方式是审美,在文化价值的阐释理解中获得"求知"满足,又称为"鉴赏批评"型读者。阅读目的是满足文化需求,丰富精神世界、评判文本的深层含义,以"尽兴、尽功"为满足。既有"情兴"的追求,又有"事功"的需要。大量的文化型文本作品是他们的读解对象。长篇叙事作品中也蕴含丰富的文化内涵。被称为文学上的《清明上河图》的《水浒传》,塑造了一百零八条好汉,分成"三十六天罡"与"七十二地煞",而"三十六""七十二"源于我国民俗中传统吉祥数字,即古代"五行"思想。《孔子家语·五帝篇》云:"天有五行,水火金木土,分时化育,以成万物。""一岁三百六十日,五行各主七十二日也。"这样,两个数字的神秘色彩,使梁山好汉的事业有了相当的合理性、正义性,是上天放下一百零八位天将,替天行道。这样的文化阐释满足了读者的求知需求,又丰富了形象的审美色彩。

文学接受主体身份的整合是与文学接受对象的整体性相对应的,无论以哪一种身份为主整合,读者在阅读过程中,都不是绝对单一的身份,"纯审美"的读者与"纯认识""纯阐释"的读者都是不存在的,在接受过程中,"一人而三任焉",即一个接受主体同时具有三重身份的整合,同时是文学作品的认识者、阐释者与审美者。

## 第三节 文学接受过程

文学接受有广、狭二义。广义的文学接受包括阅读、鉴赏、批评全过程。狭义的文学接受只相当于对文本的阅读、鉴赏这个过程,包括"发生""发展""高潮"三大阶段。

### 一、文学接受的发生

从总体上说,文学接受发生于读者对文本的阅读。但这种发生的基础或前提则源于读者接受前的心理准备、期待视野与阅读经验;它的动力是特定接受动机;它的展开则离不开特定接受心境心态影响,尤其是审美直觉在接受发生中的重大作用。

1. 文学接受前的心理准备

实际上这是文学接受的目的设立。直接为"期待视野"的既定心理图式即阅读经验期待视野打下基础。这种心理准备具体呈现为十种表现形态:①"消遣休闲型"心理;②"情节吸引型"心理;③"性格认同型"心理;④"释惑宣泄型"心理;⑤"好奇争议型"心理;⑥"慕名原著型"心理;⑦"舆论左右型"心理;⑧"媒介工具型"心理;⑨"鉴赏审美型"心理;⑩"批评型"心理。十种心理准备,除了第⑧种是特殊的假借文艺工具以达到朋友相会或恋人相聚目的之外,其余都可以说是接受过程中的预期评价接受,是一种接受前的心理准备,直接对接受过程中的评价、接受程度做出回答。十种心理准备,往往体现在文学阅读中的"三大期待"中。

2. 文学接受的基础:期待视野

种种复杂的阅读心理,集中到文学接受活动中,体现为三个层面的期待心理,构成特定的"期待视野"。即一种在文学阅读之先及阅读过程中,接受文体基于自己的审美理想、阅读经验、接受动机在心理上形成了关于即将阅读作品的"既成图式"。三个层面是:

(1) 文体期待。指读者对作品的某种文体类型、形式特征产生的期待心理倾向,即希望在某种文体中获得这种文体本身具有的艺术魅力、韵味。如面对叙事长篇作品,读者会期待情节的精彩、形象的丰满;面对抒情短篇,自然会期待意境的完美,韵律节奏的动听。

(2) 形象期待。指读者期待着能从文本中读到自己心仪已久的偶像,少男寻找"穿水晶鞋的灰姑娘",少女则寻找"白马王子"式的英雄形象。一般人则寻找"知音同调"、崇拜学习的榜样等。

(3) 意蕴期待。指读者对文本中的深层意蕴包括人生哲理、情感态度等的期待,期待作品能够切合自己的审美情趣,表达自己的审美理想的意旨、倾向,从而满足自己的接受动机。

3. 文学接受的起步:直觉与动机

无论心理准备、期待视野怎样复杂多样,文学接受发生的第一步就是"直觉",它是文学接受这个精神性活动初始的第一感觉、第一想法、第一体验。美国符号美学家苏珊·朗格解释"直觉"时指出:"(艺术)形式中的'表现性''意味'通常是靠艺术直觉来把握的……对于艺术意味的知觉或者我们通常所说的欣赏,事实上就是这样一种升华了的直觉。"[①]分析"直觉"这个文学接受的第一步离不开接受产生时的感受、体验、想象等心理活动概念。首先,"直觉"方法就是接受者对作品的直接体验;其次,"直觉"的激发依然是接受主体的视觉、听觉审美效果;再次,"直觉"构成因素是一种情感的活动,是接

---

[①] [美]苏珊·朗格《艺术问题》,中国社会科学出版社,1984年,32页。

受欣赏中的情感感受与体验。

更深入地看,"直觉"在同一部作品的欣赏接受中,每个人的状态是不同的,有的迅速产生直觉,有的迟迟没有直觉,或最终没有直觉。这与接受者本人素质和接受的动机有深刻的内在联系。

从接受者的素质来看,文学语言艺术是高层次的精神文化产品,文学审美具有高层次艺术美欣赏性质。接受者要具备三类素质:一是文化素养基础素质。鲁迅说:"读者也应该有相当的程度。首先是识字,其次是有普通的大体的知识,而思想和情感,也须大抵达到相当的水平线。否则,和文艺即不能发生关系。"① 所以,首先是语言文字素质,要求理解能通过语言塑造的形象,在脑海中重塑艺术形象。二是艺术修养、审美能力的素质。马克思说:"如果你想得到艺术的享受,那你就必须是一个有艺术修养的人";"对于不辨音律的耳朵说来,最美的音乐,也毫无意义,音乐对它说来不是对象,因为我的对象只能是我的本质力量之一的确证。"② 三是接受主体自身的人生经验、个人阅历积累的程度。黑格尔说过:"同样一句格言,在完全理解它的青年人口中,总没有在阅历很深的成年人的精神中那样的作用和范围,要在这种成年人的阅历中,那句格言里所包含的内容的全部力量才会表达出来。"③ 我国明朝诗人陈继儒也说过:"少年莫漫轻吟味,五十方能读杜诗。"意为杜甫诗"沉郁顿挫",深沉忧思内涵对于缺乏相当人生阅历的读者是难以体验的。

接受者的动机也会对文学接受的发生产生深刻复杂的影响与制约。动机有侧重,审美直觉的发生及其程度均有不同,一般从静态分类,大致有五种:

(1) 审美动机,即娱情悦性动机。读者通过文学接受获得心理愉悦、心灵休息与慰藉,从而在艺术世界中畅游、调节、超越。在人格上求得丰富、升华;在精神上求得净化、崇高。显然,这种动机是文学接受中最基本、最常见的。一般在对艺术性较高的作品欣赏接受时,易于产生强烈的直觉体验。

(2) 求知动机。读者通过作品接受,企图了解更广阔、更丰富的社会生活,掌握历史、社会的发展趋势、规律,学习更多更广的知识,从而"直观自身"。产生审美联想与愉悦。不同的读者有不同的求知动机侧重。面对同一部经典作品如《红楼梦》,普通读者看"形象""画面",职业学者看与自己专业相关的知识,如在"园林建筑""文物典章""风俗人情"乃至"烹调文化"层面,均有不同的"直觉"敏感发生点。

(3) 受教动机,这是来自接受主体内在精神需求的动机。人们力求在作品中获取人生哲理的启迪、精神鼓舞的力量、道德升华的学习榜样。青少年在成长过程中,这一类动机尤其普遍、强烈。经典作品《钢铁是怎样炼成的》,从20世纪五六十年代直到21世纪初,一直备受青年读者、观众喜爱,几代青年读者的审美直觉,历几十年风雨而未消减,与受教动机不无联系。

---

① 鲁迅《文艺的大众化》,《鲁迅全集》第七卷,人民文学出版社,1981年,349页。
② [德]马克思《1844年经济学哲学手稿》,人民出版社,1979年,108~109、79页。
③ [德]黑格尔《逻辑学》下卷,商务印书馆,1976年,524~553页。

(4) 批评动机。这是一种专业化的文学接受动机,发生在专业的文学批评家、文学研究者及文学教育工作者身上。他们除了与普通读者一样获得审美享受之外,还更专注于作品的深层意蕴、艺术风格、创作规律、意义作用等的分析,目的是对作品进行全面科学分析、评价。他们的审美直觉,比一般人更敏锐、更易发生。

(5) 借鉴动机。主要发生在作家与初学写作者身上,他们是一批特殊的读者,接受动机是学习、借鉴他人的写作技巧、艺术手法、创作风格等,以求提高自己的创作水平。因而他们审美直觉的发生有两个特点:一是严格的挑选。与自己借鉴内容无关的,哪怕是优秀作品,也会弃之不顾(或暂时搁置)。二是崇拜式阅读。与自己借鉴内容有关的,会反复阅读乃至成诵,接受的直觉不但易于发生且持续多发。

在以上三个层面的期待视野与五种接受动机的冲突与交汇、碰撞与融合中,文学接受的期待视野与直觉起步呈现出丰富的差异性,但由于社会心理的趋同作用,差异中又有统一性。于是有了个人期待视野与集体期待视野。前者是个人阅读行为,后者是特定时期内社会共同的期待视野,且大多来自文学理论批评家的理论引导作用。

### 二、文学接受的发展

文学接受的发展是指读者在接受作品的第一步"直觉"发生以后的具体阅读阶段。从作品文本来看,是由作者创造的"第一文本"向读者再创造的"第二文本"转化的阶段。从读者来看,是由"隐含读者"向"现实读者"转化并最终实现文学接受的阶段。在这个阶段,接受主体的全部创造力被激活,他在作家提供的"第一文本"基础上,再度体验作品情感,再度塑造作品形象,从而把整个文本中提供的审美信息再创造出来。因而是一种审美再创造的性质。

1. 再创造的心理机制要素

接受者在接受过程中产生审美直觉,仅仅是接受的开始。真正的接受动力应该是读者在直觉之后产生的诸种心理因素及其构成的接受心理机制。它们被作品激活,使读者充满活力投入再创造,并具体发挥着文学接受的途径、方法等作用。归纳起来有:

(1) 联想与想象。奥地利心理学家马赫认为:联想的心理特征在于"两种突然同时迸发的意识内容 A 和 B 中,一种内容在出现时,也唤起另一种内容"[①]。亚里士多德在《记忆论》中提出了后世所说的"联想三大定律"——相似律、对比律、接近律:"我们就在我们的思想内从一个呈现于我们的对象或者其他某种不论是相似于、对比于,也还是接近于我们所寻求的那一对象的东西出发,力求获得这一领先的印象。"读者在接受作品文本时,或从主题、人物、细节,或从一句话、一句台词、一道风景,由此及彼,想到另外的某事、某景、某人、某个道理等。这种艺术联想方式,实际上构成了接受的主要途径、方法之一。此时,意味着接受者思维已直接进入意识,所产生的兴奋、激动、忧郁等情感要比直觉中的情感更稳定、更丰富、更强烈。形成了审美联想——以类似联想为主的心理

---

① [奥]马赫《感觉的分析》,商务印书馆,1986年,185页。

创造活动。它的活跃性、多样性使它往往超出了文本自身。凌空飞跃在作品提供的基础之上，为创造性更强的想象提供了心理基础。

想象区别于联想的最大特征在于它的创造性，它把片断的联想变为整体，部分的意识变得完满，是一种从联想飞跃向更大更新创造的心理活动。鲁道夫·阿恩海姆认为："艺术想象就是为一个旧的内容发现一种新的形式。除了用形式和内容这两个惯用的字眼去说明它之外，有人还把艺术想象定义为'从一个旧的主题发掘出新的概念的行为'。"[①]无论是对内容，还是形式，艺术想象已经是一种读者对"第一文本"的重新加工、整理、创造的心理活动。一般认为，文学接受过程中的想象有三种形式：

一是将有限的文字转化为丰富的视听形象，即读者头脑中想象的形象。无想象则无形象，想象力贫乏则无好形象。想象力直接制约读者的接受与再创造。

二是在全部接受某一文本之后，以想象力对其做总的评价。并很自然地将这部作品与同一作家的其他作品，与其他作家同类作品进行比较。在艺术想象力的驱使下，对其主题、艺术形象、艺术手法技巧、艺术效果全面评价。

三是在阅读中把文本作品与现实比较，在艺术想象中或鉴古知今或去旧存新。总之是从旧内容中开掘新主题，从"历时态"作品寻找"共时态"现实需要的新东西。

（2）意象与意会。意象是接受过程中由"第一文本"提供的形象出发，在读者头脑中创造的意识化的新形象。它的形象不像作家笔下那样具体、清晰。它的最大特征是"意识化"。即主观意识中一种隐约、飘忽的形象。但在接受阅读过程中，大量产生的意象还是"视觉化"的，意象不但是艺术想象的先导，而且是想象的载体，由想象把它逐步明朗化、具体化，最终成为再创造形象。

意会，近似于古人阅读理论中的"领悟"，在接受发展中，大量的文本信息涌入大脑，大量的艺术想象活跃于心灵，特别是大量的情感活动在碰撞、冲突、交汇、融合，又循环往复、上升凝聚，出现一种与原作若即若离又若隐若现的"悟性"，出现一种"只可意会，难以言传"的状态，这些都是正常的。从审美意义上看，它是一种较深层次审美愉悦的来源。一是它的朦胧、含混状态诱导读者深入探索有创造的吸引力与美感；二是它本身那种似解非解状态就蕴含一种难以名状的快感、美感。如白居易《花非花》："花非花，雾非雾，夜半来，天明去，来如春梦几多时？去似朝云无觅处。"全诗用的都是修辞性语言，首句就让人捉摸不定，是花又非花，雾里更迷离；二句说的是踪迹不定，仿佛如梦；三句则说"来如春梦"，又不是梦；四句以朝霞喻示这是一种美好的事物，却又没有确证。这样，读者在接受中，所感受的美好事物、人物、景物都会不尽相同，文本意义扑朔迷离，只可意会，难以言说。

2. 再创造的文本特征诱发因素

上述再创造的心理机制，是从接受者主体而言的。从接受的客体而言，在文学接受的发展过程中，有哪些文本特征最能激起读者的创造欲望与创造能力呢？一般认为以

---

① ［美］鲁道夫·阿恩海姆《艺术与视知觉》，中国社会科学出版社，1984年，197页。

下几种文本的特征可以促进、诱发读者再创造活动。

（1）叙事性作品中的悬念因素。小说、戏剧等以叙述情节、塑造形象为主，如能设计、安排几个富有吸引力的悬念，既可以紧紧抓住读者，又能激发读者的创造欲望，即自觉不自觉地对可能出现的情节发展进行猜测、揣摩，对某个人物形象的命运、性格走向进行预测、估计，使文学接受者情不自禁地投入了文本再创造中。

（2）抒情性作品中的含蓄因素。诗歌、散文等以创造艺术意境为主的作品，往往以"象外之象""言外之旨"的塑造，即艺术画面形象的朦胧美、含蓄美为特征。这样，接受者往往一下子难以把握、捉摸，会一遍又一遍地细读、吟味，对作品的再创造随之而激活。应该说，悬念、含蓄都是文本中的"空白"，它们与文本中其他因素如描述性语言的不确定性、层次结构上虚拟的意向性倾向、观念主题形而上的意蕴内涵，一起构成文本"召唤结构"，召唤、激活了读者的接受与再创造。

（3）作品与自我的类比因素。这是一种对读者创造力直接的强烈的诱发因素。主要是作品中的形象成为读者心目中的偶像榜样，从而激发起内心强烈的模仿、学习热情，在作品的人物关系、情节安排、环境设置等方面能动地阅读"还原"，能动地想象创造，甚至以身投入，在阅读中"观照自身"，在想象创造中复活人物言行、遭遇、命运，提炼作品主题、社会意义、人生哲理，达到再创造最活跃最深刻的程度。

3. 再创造的典型状态

在前述再创造主体的心理机制与再创造对象即文本客体的诱发因素共同作用下，接受者在文学接受发展过程中的再创造主要有以下几种典型形态：

（1）填空与异变——再创造的常态。在文本"召唤结构"召唤之下，文学接受发展过程中，最常见的读者再创造现象是能动地"填补"文本"空白"与"不确定点"，而在"填空"过程中，最常发生的是"接受异变"现象。"填空"与"异变"往往同构共生，形成创造力被激活的生动、丰富表现。

从"填空"而论，主要是"形象填空"与"语言填空"，还有"悬念填空""情节填空"与"意旨填空"等等。主要是由于文学文本的具体形体、色彩、线条，必须经过读者的理解、想象、体验才能基本"还原"形象画面。但文学语言自身的模糊性、跳跃性，又造成数量极多的"空白"，使"填空"时产生诸多意义。如苏轼《题西林壁》"横看成岭侧成峰，远近高低各不同。不识庐山真面目，只缘身在此山中"，至少有四重读解意义。一是字面意义，描绘庐山绚丽多彩、风姿各异；二是寓言意义（象征意义），表示要正确认识事物就要保持一定距离，否则当局者迷，旁观者清；在伦理道德意义上，则指出待人处世行为准则，不要偏执于一端；还有一种宗教神秘意义，暗指执滞、偏枯者难悟佛门之道，难超脱尘世。

从"异变"而论，读者阅读产生的"第二文本"，即各人头脑中的形象、画面、主题、情感等，充满了个人的再创造，是千差万别的。

首先是作品形象的异变。每一个读者在头脑中"还原"特定文本专业的形象时，或多或少地把人生体验中的熟悉人物、事物附着到原作的形象上，形成对原作形象的情感加工、再现。"一千个读者就有一千个哈姆雷特",即此之谓。

其次是情感异变。原作是"第一文本",作者倾注的情感是不变的,而到了读者心目中,却会引起不同程度、不同性质的情感体验活动。一种类型是不同性格读者对同一作品产生不同体验,如外向开朗型与内倾保守型情感的读者对《西游记》美猴王描写的体验绝不会一样,前者会手舞足蹈,后者会静静观赏。另一种类型是同一读者面对同一作品,在不同时空条件下,情感体验不同。一个人的少年、青年、中年、老年阶段对《红楼梦》的读解会有不同体验,少年对大观园的热闹娱乐感兴趣,青年对宝黛爱情悲剧有同情,中年更多地关注其中的社会百态,老年则会对贾史王薛四大家族兴衰炎凉发生感慨。

再次是观念异变,又叫主题意蕴异变。作者赋予作品的思想内涵是特定的,而在读者再创造中往往产生不同的理解,如辛弃疾《青玉案·元夕》中描写的"众里寻他千百度,蓦然回首,那人却在灯火阑珊处"。原意是写元宵夜,追寻美人即象征理想追求的意旨,后人往往却产生"踏破铁鞋无觅处,得来全不费工夫"之类联想。清代王国维更将它作为"古今之成大事业大学问者"必经三种境界之一。

(2)误读与遇挫——再创造的异数。文学接受发展过程中的"误读"现象无疑是读者再创造现象中最富魅力的异常表现。由于读者受自身认知结构和所处时空的限制,由于读者自身的"前理解"与作品价值、意蕴相悖,于是产生种种"误读"。从其产生看有两种原因:一是文化误差产生的不自觉误读。即不同文化背景的异族、异国读者,由于社会、历史、地域差异,以及思维模式、理解方式、价值观念不同,出现不同的"文化型误读"。如西方青年读者对《小二黑结婚》中的三仙姑这个否定形象"已经四十五岁,却偏爱当个老来俏,小鞋上仍要绣花,裤腿上仍要镶边"的描写,就大不以为然,认为这是很正常的,"老来俏"无可非议,从而认定她是个"自由主义者"理想人物。虽然出乎我们意料,但从现代进步的文化视角来看,又有一定道理。另一种是由于视界差异形成的自觉误读。即从读者自己的"前理解"出发,按现实视界来认识文本,"以他人之酒杯,浇自己胸中块垒"。这是一种有意的"古为今用型"误读。如鲁迅从背面读《通鉴》,1918年8月20日写给许寿裳的信说:"偶阅《通鉴》,乃悟中国人尚是食人民族。"于是作《狂人日记》这篇中国现代文学史上第一篇反封建礼教的白话小说。这是一种典型的"创造性误读"。

当然,"误读"也有"反误"的偏差,表现为随心所欲,胡乱猜想,穿凿附会,以及非艺术歪曲,等等。如《诗经·关雎》是首爱情诗,经学家却读为对"后妃之德"的赞美。唐人韦应物在《滁州西涧》诗中描绘自然美景:"独怜幽草涧边生,上有黄鹂深树鸣。"元代人赵章泉却歪曲为"君子在下,小人在上之象"[①],纯系穿凿。杜甫诗《古柏行》描绘诸葛亮庙里古柏树"霜皮溜雨四十围,黛色参天二千尺",本来是文学艺术中常见的夸张修辞手法,宋代科学家沈括却在《梦溪笔谈》里从非艺术视角歪曲攻击:四十围是径七尺,高二千尺"无乃太细长乎?"要避免这些阅读错觉,保持"误读"合理性,使之真正成为一种"创

---

① 周振甫《诗词例话》,中国青年出版社,1979年,59页。

造性的背离",必须透彻理解文本,善于变换视角,实现对文本原作超越,达到"合理误读"即创造性理解。

再看"阅读遇挫"现象。这是一种读者的期待视野在接受过程中,与文本之间出现的逆向受挫。即读者在接受过程中,遇到的人物性格变化、情节发展趋势、主题表现等出乎自己意料,于是原有的"期待指向"受阻,产生暂时不适。却更诱使读者克服这种心理,奋力将期待指向进行到底,进入一个真正超越自己原有期待视野的新奇艺术空间,实现"山重水复疑无路,柳暗花明又一村"的接受创造审美愉悦,获得精神活动中的欣悦与满足。当我们初次阅读西方作品,尤其是现代派文学作品时,往往产生这种遇挫而创造力更旺盛的现象,对"意识流""荒诞派""黑色幽默"等,都离不开这种特殊的阅读创造行为。

### 三、文学接受的高潮

文学活动的最终实现,体现于文学接受,而接受质量的高低,则取决于在接受中是否出现高潮。在文学接受的高潮阶段,读者与作者或作品中人物之间,会产生思想情感的共鸣;获得情感的升华、净化;领悟到人生哲理;最后,这种由共鸣、净化和领悟构成的审美心理体验还可以在阅读活动结束后,萦绕脑海,延留心灵,使人长久回味。

#### 1. 共鸣

这是文学接受进入高潮的标志。一般认为"共鸣"有两种含义,其一是指在阅读接受中,读者被作品中的思想情感、理想愿望及人物的命运遭遇所打动,形成了一种心灵共振,情感激动状态。其二是指不同的读者(不同阶层、时代、社会、民族),在阅读同一作品时产生的大致相同、相近的情感交流、震撼状态。两种含义都是指读者与作品在思想情感上的交流、沟通、和谐、共振。作为文学接受高潮的标志,共鸣有三个特征:

(1) 在本质上,共鸣是内在情感和思想性的,而非外在艺术形式的吸引。艺术感染力可能是共鸣产生的一个基础条件,绝非本质决定性条件。艺术美可以引起读者的喜爱,但读者全身心地投入,并引起情感上的震动,只能是读者与作品二者在情感、趣味、理想高度的共振、心灵的沟通所致。读者的"期待视野"充分实现,作家作品寻觅的"知音"终于出现。二者沟通、融会且在心灵层面熊熊燃烧,达到审美情感的高峰。

(2) 在心理体验上,共鸣常常表现为艺术迷醉。如马斯洛所言:"人们在高峰体验的状态下,都有一种非常独特的在时间、空间上定向能力的丧失。确切地说,在这种时候,这个人在主观上是在(现实)时间和空间之外的。诗人和艺术家在创作的狂热时候,变得忘却了周围的事物和时间的流逝。"[①]孔子闻《韶》乐,三月不知肉味,可见迷醉状态之持续。清代陈其元《庸闲斋笔记》记一女子读《红楼梦》痴迷,在父母烧书时呼号:"奈何烧煞我宝玉!"一命归阴,可见迷醉之强烈。当然,在一般情况下,文学接受者的共鸣,还是一种迷醉于超越现实的审美境界。

---

① [美]马斯洛《存在心理学探索》,云南人民出版社,1987年,72页。

(3) 在审美主客体关系上,共鸣是"物我两忘""主客浑一"的。在审美高峰情感体验中,读者让心灵在艺术审美世界中遨游。主体已是自由自在,了无牵挂。情到极致,读者有"三忘":一忘功利,二忘现实,三忘自我。让心灵在精神天空放飞,让人性在精神家园舒展,获取最大的审美享受。著名诗人闻一多曾自我标榜:"痛饮酒,熟读《离骚》,乃可以为名士。"当他以《离骚》下酒,大呼"快哉",为胸中块垒"浮一大白"时,已是"物我两忘"。

产生共鸣的主客观条件分为"作品文本因素"与"主体因素"两大方面。

从作品文本看,必须具有深刻丰富的思想性、生动感人的画面、典型性程度很高的形象。由此产生强烈的艺术感染力,是共鸣产生的客观基础。从主体因素看则较为复杂,总的来说,读者的期待视野中必须含有与作品相同或相似的思想见解或情感体验,才能形成二者之间的情感沟通、共振。具体而言,大致又可分为三个方面:

(1) 主客体观念相通。即读者观念尤其是特定期待视野中的思想观念与作者、作品表达的思想观念相通、一致。文学接受史上举凡富于人民性的作品,富于爱国主义精神的作品,其思想观念往往能穿透历史时空,在今天仍然能引起读者的共鸣。杜甫的"朱门酒肉臭,路有冻死骨",李白的"长风破浪会有时,直挂云帆济沧海",一直在历代读者心中激起同样愤恨豪门、追求人生理想的共鸣。

(2) 主客体情感相似。共鸣又称"情感共鸣",可见,这一条件极其重要。当读者的情感经验与作品流露的情感大致相似、相同之时,无疑是共鸣最易产生也最强烈之时,"座中泣下谁最多,江州司马青衫湿"是强烈的情感震撼表现;"问君能有几多愁,恰似一江春水向东流"更是超越历史时空,穿透不同文化背景,在"人生不如意事常八九"的生活中,撼动许多读者心灵,拨奏出强烈共鸣。

(3) 主客体处境类同。这是从客观方面,即读者身处的特定历史环境、生活处境与作品反映、刻画的历史、生活状况类同、相似,二者之间也会引发强烈共鸣。其实质在于类似的处境产生类似愿望、类似要求、类似情感;属于一种特殊的情感共鸣表现。历史上的宋末、明末产生了不少的悲壮戏剧、诗歌、小说作品。岳飞词、文天祥诗及其他作品在现代抗日战争时期,尤其在上海"孤岛文学"中,反响巨大,共鸣强烈,属此类表现的典型。

2. 净化

这是文学接受进入高潮的又一重要标志,是"共鸣"的进一步发展深化。主要表现为读者的情感在共鸣中得以调节和慰藉,有所排遣、有所纠正、有所升华的情感状态。实现的是一种情感净化和人格升华,或称一种审美自我教育效果。其性质不同于"领悟"的哲理性而是纯情感性的。

首先是情感净化效果。中国古代"诗教"的经典《诗大序》云:"故正得失,动天地,感鬼神,莫近于诗。先王以是经夫妇,成孝敬,厚人伦,美教化,移风俗。"亚里士多德在《政治学》中指出:"某些人特别容易受某种情绪的影响,他们也可以在不同程度上受到音乐的激动,受到净化,因而心里感到一种轻松舒畅的快感。"因此,具有净化作用的歌曲可以产生一种无害的快感。前者把净化效果提到"动天地，感鬼神"的程度；后者从审美心理效果上分析净化心理机制。其共同特征就是在阅读中，可以超越现实、宣泄情感、松弛神经、慰藉心灵。

其次是人格升华效果。这是"净化"中一种更高层次的效果。即在一般的情感净化，维系心理平衡之上，由于某种情感力量的深度震撼，得以宣泄某种畸态情绪，矫正某种不良心态，乃至扭曲的人格，达到人格升华，进入高尚境界。白居易在《读张籍古乐府》中以一系列对象来说明升华人格的效果："读君《学仙》诗，可讽放佚君；读君《董公诗》，可诲贪暴臣；读君《商女》诗，可感悍妇仁；读君《勤齐》诗，可劝薄夫敦。"①这里提到的"讽""诲""感""劝"都是升华人格力量的一种方式。当然，没有共鸣的情感震撼基础，净化、升华都将是无源之水、无本之木。读一首诗就能感化恶人，恐怕是痴人说梦。但在文学接受高潮中，在共鸣的特定情感氛围下，净化心灵，促使人格升华则是审美教育的一种特殊功能表现。

3. 领悟

许多读者往往在达到"情感净化"层次时共鸣即已终止，要想达到"领悟"这个文学接受高潮中的最高层次，有待于读者在人格境界主动升华后，更主动地思索、追问作品深层意蕴，达到读者生命智慧的大飞跃，实现体悟人生哲理，洞悉自然奥秘，掌握事物规律的最高、最深的目的。领悟的哲理性与情感性即"情理统一"，其特征是极其鲜明的。

（1）以情动人，以理喻人的结合。"领悟"离不开情感基础。情感发生共鸣、沟通、交流后，便要进一步体味情中之理，具体途径是"以情寓理，以理导情"。杜甫诗《登高》中的"万里悲秋常作客，百年多病独登台"一联，宋人罗大经在《鹤林玉露》中称"十四字之间含有八意：万里，地之远也；秋，时之惨也；作客，羁旅也；常作客，久旅也；百年，暮齿也；多病，衰疾也；台，高迥处也；独登台，无亲朋也。"体味其中"八意"，靠的就是"以情寓理"，离家万里之远，羁旅无涯，暮年衰疾，独自登台，是"状难写之景如在目前"，而发人生艰难之情理也寓含其中，足堪反复吟咏领悟。

（2）诗情哲理，浑然一体的状态。领悟之所以是文学接受活动的最高境界，本质上在于它是包含诗情而又深蕴哲理的阅读接受。一方面能够深刻理解作品内涵，另一方面更能激发引起读者积极的人生追求、崇高的人生向往。而这一切都建立在对人生哲理的深刻领悟，对客观规律的透彻了解之上。还是杜甫的《登高》诗"无边落木萧萧下，不尽长江滚滚来"一联，可谓是领悟接受的精品、极品。有风扫落叶的宏大气势，引出悲壮肃杀之意，又有波涛滚滚，后浪推前浪之壮观气象，更引出对自然规律、人世更替的深沉思索，深刻理解。诗情哲理结合得浑然无涯，已达化境。

4. 延留

所谓延留，是指文学接受结束之后，其高峰体验的心理延续与留存状态。具体是指由上述共鸣、净化、领悟构成的审美心理体验，以高潮形式留在读者心灵深处的记忆、印

---

① 郭绍虞主编《中国历代文论选》第二册，上海古籍出版社，1979年，108页。

象,小则"余音绕梁,三日不绝""三月不知肉味",大则刻骨铭心,也许终生难忘。对于作家来说,这种"延留"还会影响到他的创作中去,使其创作内容、创作风格、创作手法技巧都有这类痕迹、影响。鲁迅承认他的《药》的结尾有"安特莱也夫式的阴冷",郭沫若承认他的《女神》有惠特曼的影响,即典型例子。而对于一般读者而言,特定作品阅读接受高潮的延留,会对读者的精神气质、审美情趣乃至人格规范、人生理想产生潜移默化的深远影响,古人云"腹有诗书气自华",即是明证。抗战时期,大批进步青年冲破重重封锁、束缚,奔赴革命圣地延安,其简单行李中不乏鲁迅的《呐喊》、高尔基《母亲》一类文学名著,显然,这时的"延留"现象已化为进步青年征途上的动力源泉了。由此可见,延留已是文学作品产生直接社会效应的重要方式。延留时间长短及其正负面效果,应当是我们判定一部作品价值高低的重要尺度之一。

如上所言,共鸣、延留并非绝对都是积极意义上的,也有偏狭执拗的共鸣,如18世纪西方的"维特热"以及出现的"自杀风";有消极不健康情调的共鸣,如某些格调低下作品的流行。这样的共鸣及其延留,是文学接受者应高度警惕并予以明辨的。这说明,文学接受活动应主动自觉接受文学批评的指导,只有在健康开展文学批评的条件下,文学接受活动才会获得积极的意义和健康的发展。

## 第四节 文 学 批 评

文学批评是文学活动的一个重要的组成部分。自有文学作品及其传播和接受以来,文学批评就随之产生和发展,并且构成文学活动整体中的一种动力性和规范性因素,它既促进文学创作,又推动了文学的传播和接受。

**一、文学批评的性质**

文学批评既是文学活动过程中产生的一种文学现象,又是文学活动的一个有机组成部分。从作为一种文学活动的组成部分来看,它属于接受范畴,主要是以文学作品为对象的理性褒贬评价活动;从作为一种文学现象来讲,它又超越了接受范畴,它对一切文学活动和文学现象甚至包括自身在内都要加以分析和褒贬评价。因此,文学批评是对以文学作品为中心兼及一切文学活动和文学现象的理性分析、褒贬评价和是非判断。文学批评不能一味表扬甚至庸俗吹捧、阿谀奉承,信奉"红包厚度等于评论高度",文学批评要的就是批评,对各种不良文艺作品、现象、思潮敢于表明态度,在大是大非问题上敢于表明立场。

在对文学批评定义的表述中,实际上包含了一系列的两极对立,如理论与实践、科学性与文学性、主观批评与客观批评、政治批评和学术批评等等。其实每一组两极对立都从一个侧面确立了批评所在的位置和疆界,共同界定了文学批评的性质。

1. 文学批评是文学理论和文学实践的中介

文学批评不同于文学理论,也不同于文学实践,而是处于理论与实践的某个中间位置上,起着沟通和连接理论与实践的中介作用。这种中介沟通作用分别体现于批评与实践、批评与理论的关系中。前一种关系体现为批评本身是文学整体活动中的一个内部调节机制,它通过评价作家创作的成败得失,帮助和指导作家总结创作经验,提高创作水平;通过向读者传递评价信息,提供分析标准,影响读者的意识、趣味、观点及接受活动;通过批评家对社会现象的态度,影响读者对现实生活的态度,帮助读者认识社会现实,把握社会发展规律。后一种关系体现为,一方面文学批评以文学理论为评判依据和论证基础;另一方面,文学批评以其与文学实践的密切关系向文学理论提供大量的经验性材料,推动文学理论的发展。

2. 文学批评是文学性和科学性的统一

韦勒克在介绍赫尔德的批评观时说:"赫尔德认为,批评主要是一个达到移情、同化和产生某种直觉的非理性的东西的过程。"[①]赫尔德首创的感受批评说,第一次明确地把批评的基点建立在个人感受上。与此相反,普希金则认为:"批评是揭示文学艺术作品的美和缺点的科学。"[②]比较赫尔德和普希金的批评观,前者强调个人感受,后者强调"科学"。实际上,两者各自认识和坚持了文学批评根本性质的一个方面,文学批评是文学性和科学性的统一。

文学批评的文学性首先表现为文学批评具有情感性和意向性,是情感与理智相结合的一种思维活动。其次表现为文学批评具有多样化的表达形式,对于同一部文学作品,由于批评角度、批评方法及侧重点的不同,可以有多种多样的表达方式。同时,批评文本又是批评家的判断能力、分析综合能力、创造能力等心理能力的外在表现,批评家总希望借助一些独特的表达形式以显示自身的灵性与睿智,因此我们可以看到论说式、角色对话式、以诗论诗式、意象重建式、隐喻象征式等丰富多样的批评表达方式。

文学批评的科学性首先表现为文学批评思维方式的理性化和表述的明晰性,从文学作品及文学现象的感受中搜寻和揭示文学现象的普遍规律和真理,并用明确、坦率的符合批评家理性思维的方式表述出来。其次表现为对方法论的重视,就文学批评的发展历史看,特别是进入 20 世纪以来,对方法论的探索热情与依靠比重明显提高,产生了如精神分析批评、原型批评、结构主义批评、现象学批评等各种形态和流派,这种状况显示了文学批评寻求秩序和建立系统的一种愿望,使批评变得更加科学化。再次表现为文学批评有自己的概念范畴,文学批评所进行的判断活动、批评模式的建构,以及批评手法的具体运用都是建立在文学批评的概念范畴之上的。

3. 文学批评是主观性和客观性的统一

文学批评活动中主观性和客观性的问题,历来为批评家和文论家所重视,同时出于对批评内涵的各种理解,不同的批评家做出了各有侧重的强调,随着批评意识的觉醒,人们在文学批评的主观性与客观性问题上的对立也愈加明显。古典主义或现实主义的

---

① [美]韦勒克《近代文学批评史》第一卷,杨自伍译,上海译文出版社,1987年,244页。
② 伍蠡甫主编《西方文论选》下卷,上海译文出版社,1979年,373页。

批评家,往往视批评为一种冷静、客观、公正的活动方式,他们一般认为,批评是一种排除个人偏见的活动,其任务是将批评对象本身具有的、能为所有或大多数读者所认识和理解的因素提取出来,通过理性化的批评语言,让它以一种客观的本来面目呈现在读者面前。然而,自赫尔德以来就有另外一种声音,他们把文学批评看作是建立在批评主体个人感受基础上的充满热情的主观活动,认为作为一种批评,假如缺少一种最基本的艺术的和创造的特征,与批评家的主观个性不相关涉,那它永远不过是一种肤浅和毫无意义的描述。这种声音在浪漫主义批评家和一些现代批评家那里激起了强烈的回响。

其实在实际批评中寻找纯客观或纯主观的行为绝非易事。在英国学者罗杰福勒编的《现代西方文学批评术语辞典》中有这样的论述:"艺术中的客观性只能界定为对个人的反应采取不偏不倚、不离奇古怪的态度,并且努力把这些反应准确地反映出来。这样的反应就不仅仅是见解了,而是确凿的证据。客观性决不能意味着排除个人的反应。排除个人反应的批评就不成其为批评,因为个人反应在文学作品中举足轻重。同时,最倾向于根据自己的印象评价作品的批评家,如果要使他的印象成为有说服力的批评而不使人觉得他信口开河,那么,他必须指出,或至少含蓄地提到作品中可以看得出来的(因而是客观的)某些特征。"这段话说明,文学批评中的主观性与客观性不但不互相排斥,而且相得益彰,互相以对方为自己存在的依据和条件。对其中任何一方的片面强调实际上都是基于抽象的和想当然的假想。

当然,批评家的主观性和客观性的统一并不意味着主张在主观性和客观性之间搞静止的平均搭配。理论上的概括比实际的状况要简单得多,就历史上存在的各种类型的文学批评实践来看,不管批评主体是否自觉把握了主客观统一性关系,在面对批评对象时总是各有侧重,或者是像一些浪漫主义、象征主义批评家,更着重自我的印象与感受,倾向于主观性的判断与评价;或像新批评派、结构主义批评家,更着重对象的组织与秩序,倾向于客观性的分析与描述。

4. 文学批评是政治性与学术性的统一

政治是人类经济关系的集中体现,作为整体的政治体系由政治设施、政治组织、政治规范和政治意识形态构成。在上述层级关系中,文学批评的政治性显然体现在政治意识形态层次。作为文学批评主要对象的文学作品,不管诗歌、散文,还是小说、剧本,都是精神创造的产物,都是一种意识形态话语,这决定了文学批评必然要作为一种意识形态评价方式而对文学及社会生活特别是社会意识形态产生深刻的影响:文学作品中社会心态、世俗民情等大都以潜隐的方式存在,文学批评以其敏锐的洞察和直接的表述,将作品中的心态与民情昭示出来,必然会对文学本身以及社会的各个组成部分产生影响,促进文艺与社会关系的调节;通过文学批评的宣传作用,用一种让人乐于接受的方式传播某种社会理想和社会观念;文学批评以其特有的敏锐和灵活,总是积极地参与斗争,对正确的进步的文艺思想和文艺现象加以肯定和褒扬,对错误的以及落后的文艺思想和文艺现象进行否定和鞭挞,从而保证文艺事业朝着健康的方向发展。

承认文学批评的政治性,并不等于把文学批评全然当作政治批评。当政治被看作评判文艺作品的唯一权威或最高标准的时候，往往是政治对文艺的横加干涉。在这种情况下，学术性批评承担了对政治性批评所可能出现的偏差进行反驳的任务。

学术性批评表明了一种坚守学术传统、维护学术纯洁的批评态度。批评的学术性在于，它特别关注批评对象自身的具体性质、特点和规律，提倡一种具有专业特点逻辑性强，而思维缜密的话语表达方式，运用自身专业的要领和标准，对批评对象做出相对独立于政治论断的学术评价。学术性批评的全过程内含着知识的聚集、验证、扩展和更新，其成果代表着人类知识领域的演进和认识能力的提升。

但是学术性批评并不意味着把文学批评当成与现实政治完全无关的专业操练。吴炫曾说："在'何为政治'问题上，我以为可划分为政治权力和政治生活这两个范畴。一个人可回避政治权力，但无法回避政治生活。我们常说的'学术依附'与'学术独立'，如果是相对于'政治权力'而言，那是可以成立的。但中国学者常犯的错误，是将'政治权力'与'政治生活'等而论之。从而将学术对政治权力的挣脱，推论为不关心政治生活的所谓'学问'，并以为只有专心于'学问'才是学术之独立。"[①]这段话说明，一个人从事学术批评也必须包含某种无可逃避的政治意义。实际上，对学术性的倡导总是与对独立知识领域的捍卫相一致，与对自由发表思想和从事学术研究的信念相一致。当这种倡导成为抵抗政治干预和商业渗透的策略时，其意义无疑也已溢出了纯粹学术的范围。

**二、文学批评的多样形态**

作为文学批评对象的文学是由"世界""作者""文本""读者"四要素组成的。批评对其中任何一个要素的特别关注与强调，都会形成某种文学批评。如强调文学与外部世界的联系，便形成道德批评、社会批评、西方马克思主义批评、女性主义批评和新历史主义批评；强调文学与作者个人的联系，即产生了心理批评、原型批评、新心理分析批评等；强调文学与读者的联系，则形成现象学批评、解释学批评、接受理论批评、读者反应批评等；而将批评的视角专注于文学文本，则又形成了俄国形式主义批评、英美新批评、结构主义批评、解构批评等各不相同的文学批评形态。而在这些文学批评形态中，有几种形态特别值得注意，这是因为它们不仅在当时产生了巨大影响，而且还深深影响了后世，甚至为马克思主义的批评提供了有益的借鉴。

1. 社会历史批评

社会历史批评主要指向"世界"这个成分，即注重作品的社会历史背景，包括时代背景、政治与经济背景、文化背景等等，旨在考察作品与上述背景之间的关系，进而解释作品的性质，判断作品的价值。

社会历史批评历史悠久，但比较自觉运用社会历史观点研究文学的，是18世纪的意大利学者维柯。维柯于1725年发表《新科学》，该著作将《荷马史诗》与诗人所处时代的社会状况联系起来，并做了细致的分析，开创了把文学作品与时代背景、作者生平结

---

① 吴炫《论学术穿越政治》，《文艺理论研究》2001年第6期，6页。

合起来研究和评价的批评方法。到19世纪,法国的丹纳将社会历史批评系统化,他在《英国文学史》序言和《艺术哲学》中,表述了他的艺术观和批评观。其基本论点是,艺术是对现实世界的模仿;但艺术模仿的是事物的主要特征,亦即表现事物的本质;艺术作品产生的推动力是种族、环境与时代。"种族"指的是生理的和遗传的因素,"环境"指的是地理与气象,"时代"指的则是政治制度、风尚习俗、社会心理。丹纳受实证主义哲学影响,在考察艺术与社会历史的关系时,忽视了社会的经济基础对艺术的制约。

毋庸讳言,社会历史批评在实际操作和运行的过程中,出现了庸俗社会学的倾向,同时由于其重心在于文学与社会的关系,往往容易忽视文学的特征,忽视对文学作品的美学分析。但是,社会历史批评的历史地位及其对文学批评的贡献是不容抹杀的。它的最大价值在于承认文学与社会生活的广泛联系,是揭示文学作品潜在的社会和思想含义的有效方法。社会历史批评因为具有了这样的理论和方法上的优势,它才能继续发挥着广泛的影响。当代西方马克思主义批评、女权主义批评、新历史主义批评,无不借鉴和吸收了社会历史批评的理论与方法。

2. 心理批评

心理批评主要指向"作者"这个成分。作者是文学作品的生产者,他与文学作品的近乎天然的联系,使得作者的情感精神世界与作品的艺术世界之间的对应关系引来了大量的批评者的目光。在19世纪的浪漫主义批评家简单地把文学看作是作者情感的自然流露的观点已不再令人感兴趣时,运用现代心理学的成果对作家个人无意识、群体深层心理和集体无意识等进行分析,进而探求作家及作品的真实意图以获得其真实价值的心理批评不断地形成气候。

心理批评主要是指运用现代心理学的成果,来对作家的创作心理及作品人物心理进行分析,从而探求作品的真实意图以获得其真实价值。它不同于古代心理分析的地方,在于它立足于对作品人物的心理分析,进而找出作者创作的心理机制、意识和无意识,再转而对作品为什么要用这样的形式技巧、语言符号做出解释。精神分析学、生物心理学、认知心理学、实验心理学、格式塔心理学等心理批评尽管有这样或那样的不同,但作为一种批评形态的心理批评,有许多重要方面是相似的,它们都主张对真实内容进行分析。这种真实内容往往隐藏在本文的后面,因而心理学家并非只从表面上去看本文,而是要看透它。从心理学角度看,文学只是一组符号,如果阅读正确的话,它可以显示出第二组符号;而第二组符号可以依次展示出控制文学"制造"的心理活动。当然,这些相似并不意味着各种不同的心理批评是一回事。如对于精神分析的批评来说,着重于从艺术作品的分析论证作家的潜意识、本能欲望如何成为创作的动机,并就文学的效果与特点所产生的影响做出心理学的解释。弗洛伊德的追随者、英国医生欧纳斯特·琼斯对《哈姆雷特》的解析,是动用这种批评方法的一个范例。格式塔心理学的批评则着重于艺术或文学作品的整体完形结构的评价,他们认为整体不等于部分的总和,整体是先于部分而决定各个部分的性质和意义的,这本身是一种心理现象。因而,批评作品也就必须从作品的整体完形结构中才能了解其真实的含义并通达艺术家的心灵。

心理批评与精神分析学之间的传承关系,导致他们将探究的目光专注于作家潜意识,并将其视为作家创作的根本原因,成为不可避免的缺陷。同时心理批评在作品审美价值判断上显得无能为力。但是如同精神分析学开辟了人类认识自身的新领域一样,心理批评对作家的创作心理、作品的象征层面、读者的欣赏心理等方面的研究成果,也值得借鉴。

### 3. 本体批评

这种批评模式,朝向"作品"这个成分,注重分析作品的文学性、艺术形式与艺术技巧,排除作品以外的其他成分,而专注于作品内部的因素及这些因素之间的关系。所以,这种批评模式,叫作"本体批评"或"本体阐释批评"。它包括俄国形式主义、新批评和结构主义批评等。

俄国形式主义批评20世纪初产生于俄国,这派批评家的目标是使某一作品变成文学作品的普遍特点。他们认为文学作品不是内容决定形式,而是形式限定内容。文学批评的任务不是回答作品说了些什么,而在于告诉人们它是怎样说的。"怎样说"乃是语言表述形式问题。他们认为文学语言是不同于日常语言的特殊语言,它使普通语言的规范系统变形,有意使普通语言扭曲、颠倒、浓缩,造成"疏远""陌生化"。

新批评于20世纪20年代发端于英国,30年代形成于美国,四五十年代在美国达到鼎盛期。新批评的一个基本观点是,文学作品是孤立于所有外在因素——世界、作家、读者——之外的一个自足实体,一个自我封闭的客观物。批评的任务是把诗歌当作诗歌,而不是别的东西来考察,强调"作品作为自为之物的自律性"。作品这个自足实体只可用它自己的语言来解释。作品的意义在于作品本身,与作者的意图无关,如果混淆二者的界限,就造成"意图谬见";作品的意义也与读者的感情反应无关,将这二者混淆,则造成"感受谬见"。

结构主义批评追随在新批评之后,于20世纪60年代在法国形成高峰。它也主张切断文学作品的外部关系,批评只从具体作品出发,只对作品本身感兴趣。结构主义批评的代表人物罗兰·巴特,将结构主义语言学引进文学批评,借用结构主义语法分析来寻找文学作品的内在结构。他从语言的结构层次受到启发,把文学作品分为三个层次:功能层、行动层、叙述层。功能层是最小的叙述单位,也是作品中不可缺少的最小的语言单位;行动层指行动的人物层;叙述层是研究叙述符号体系。

上述三种批评虽然各有其特点,却表现出形式主义的共同倾向。就他们重视文学作品的本体研究而言,它们对"文学性"的探讨,对作品语言结构、叙事结构和艺术技巧的分析,有一定的借鉴意义。但是,它们把文本当作一个封闭的自足体,排除其同社会历史的联系,回避内容的分析,也就抽掉了文学的活生生的人文内涵;同时,它们往往混淆语言学与文学的界限,将文学批评变成了枯燥、烦琐、抽象的语法分析、结构分析和技巧分析。

### 4. 接受批评

这种批评模式,朝向"读者"这个成分,注重考察读者在阅读文本时的参与作用。接

受批评,20世纪60年代崛起于德国,其代表人物为姚斯、伊瑟尔等。接受批评的理论观点概要如下:

第一,文学研究的对象不是文本,而是文本的具体化。文本乃是艺术成品,尚未进入流通过程,尚未经过读者的阅读;当文本被读者阅读之时,就转化为作品,成为审美客体。作为审美客体的作品,是开放性的、提示性的,其中有许多空白、许多不确定性,需要由读者来充实、来具体化。

第二,既然文本的具体化是由读者来实现的,读者即接受者是接受批评的焦点。没有读者,作家创作的文本不可能被实现,它就只是一个自存之物。读者在将作品具体化的时候,调动了自己的潜在经验,运用自己的"期待视野"去积极地、主动地参与。所以,接受批评是把作家、作品与读者联系起来考察,而重点在读者,是名副其实的读者中心论的批评。

第三,文学史是一部文学接受的历史。任何一个审美客体,在历史演变过程中都会发生变易,促成其变易的原因,在于读者的参与。一部作品在发表时所得到的价值判断,和它以后在不同时期以及在当前所得到的价值判断会有很大的差异,哪怕是被誉为具有永恒价值的经典作品,其"永恒性"也是靠不住的。传统的文学史只是描述作家作品及其地位,接受的文学史则从读者的接受与参与过程来重构文学史。

接受批评把一向被忽视的"读者"推向前台,充分重视读者主动参与的作用,并从接受的过程来重构文学史,这些对于扩展文学批评的新视角,开创文学史研究新途径,都具有积极的意义。但是,它对构成读者接受活动的前提与基础的作品,却没有给予足够的注意,它把接受过程注入文学史也会难以提出具有坚实的客观基础的价值标准。由此,兴起于20世纪60年代的接受批评在70年代曾达到高潮,进入80年代中期以后,其巅峰期逐渐远去。

5. 文化学批评

文化学批评是一种从文化的角度考察文学现象、综合研究文学的文化性质的批评方法。它是在文化人类学的启发和推动下建立和发展起来的。文化学批评不是把文学仅仅作为一定社会生活的反映或时代的产物,也不是将文学视为作家个人意识或无意识的产物,更不是把文学当作一个封闭的自足体,而是把文学当作人类经验的一部分,文化学批评关注的是文学的文化意义。与其他批评方法相比,文化学批评具有更为广阔的视野,在时间和空间上有着充分的自由。在文化学批评看来,文学是一个具有广泛复杂关系的文化载体,具有深厚的文化积淀,与文化的其他载体有着千丝万缕的联系。考察文学时,不仅要全面考察文学与社会、文学与哲学、文学与宗教、文学与科技诸方面的关系,而且还要求对文学进行历史的综合追溯。例如,文化学批评在分析文学作品时,不是孤立地考察作品本身,也不是仅仅寻找文学与社会的对应,而是全方位地考察包括文学作品中体现的崇拜观念、价值观念、群体性格、精神趣味等,以及文学作品中体现的其他文化符号,如原始仪式、地域风俗、自然意象乃至神话传说等。

文化学批评是一种新兴的、尚在建构之中的文学批评方法,它有着自身的优势和局限。文化学批评对文学现象的整体的比较的研究,开阔了人们的学术视野,拓宽了文学的研究领域,使人们能在人类文化纵横交错的参照系中把握文学现象丰富的文化内涵。但是它如果过多地强调文学作品的文化价值和文献意义,忽略或不够重视文学作品本身的审美追求,如同韦勒克和沃伦所说:"将文学与文明的历史混同,等于否定文学研究具有它特定的领域和特定的方法。"①文学批评就很有可能丧失"文学"的意味。

在当今,文化学批评有着特殊的现实意义和发展前景,它不仅使我们能够在更为宏大的时空构架中重新审视和整合人类的文学经验,而且顺应了当代世界文化日益走向交流和汇通的大趋势,从文化的角度为中国文学与世界文学的沟通和理解提供了通道。

### 三、马克思主义文学批评及其标准

马克思主义文学批评,是无产阶级登上历史舞台后,在为谋求自身和全人类彻底解放的革命活动中兴起和形成的。它以辩证唯物主义和历史唯物主义的世界观和方法论为指导,通过对人类优秀的文学遗产和无产阶级自身文学实践以及其他文学现象的分析、研究和评价,更好地推动人类文学事业的历史进步和无产阶级文学事业的繁荣发展,同时也提出并形成了马克思主义批评的基本方法,成为我们制订马克思主义文学批评标准的依据,指导我们正确地开展有益于文学事业发展的文学批评。

1. 马克思主义文学批评的美学观点和历史观点

美学观点和历史观点曾被恩格斯称为文学批评的最高标准。1846 年末到 1847 年初,恩格斯在《诗歌和散文中的德国社会主义》一文中,针对格律恩对歌德的歪曲进行了批判:"我们绝不是从道德的和党派的观点来责备歌德,而只是从美学和历史的观点来责备他。"在 1859 年 5 月 18 日致斐·拉萨尔的信中,恩格斯即把这种观点称为文学批评的最高标准:"我是从美学的观点和历史的观点,以非常高的、即最高的标准来衡量您的作品的。"②统观马克思、恩格斯关于文学艺术的言论,以及他们对作家作品的评论,美学的观点和历史的观点是他们一贯坚持的文学批评的最高标准。为什么美学的观点和历史的观点是文学批评的最高标准?二者的内涵及其关系怎样?

美学观点要求把批评对象真正当作审美对象,运用马克思主义美学原理、观点来进行分析和评价。它以对批评对象的审美感受为起点,以批评对象的审美特征为中心,传达描述文学艺术作品的美和缺点,最终对批评对象的美学价值做出科学的判断。

马克思、恩格斯的文艺批评实践表现出对"美的规律"的高度尊重。马克思和恩格斯认为,人的审美意识与审美活动的发生,人对"美的规律"的认识与掌握,是人的物质实践活动的结果。马克思把人的物质生产看作人的有意识的活动,这是因为人不受肉体需要的支配也进行生产(这说明人可以超越本能的驱使进行生产);人在生产过程中以整个自然界为对象,生产就是通过实践改造对象世界;人还能按照任何一个对象的特

---

① [美]韦勒克、沃伦《文学理论》,刘象愚、邢培明、陈圣生、李哲明译,生活·读书·新知三联书店,1984 年,8 页。
② [德]恩格斯《致斐·拉萨尔》,《马克思恩格斯选集》第四卷,人民出版社,1972 年,347 页。

性("任何一个种的尺度")进行生产,并且把自己的主观意愿、个性("内在的尺度")运用到对象上去,正是在这种有意识地改造对象世界的生产活动中,人认识和掌握了"美的规律",能够"按照美的规律来构造"对象。人的生产活动的这些特征,表明人已经超越了自下而上所必需的纯物质的范围,向着精神领域延伸。这种延伸,使得人形成并发展着、丰富着五官对外界事物的感觉,产生了对于客观对象的特殊的精神感觉——审美的感觉。在经过一个历史发展过程之后,这一特殊的精神实践活动的演进,逐渐形成了其自身的"美的规律"。在马克思看来,"美的规律"像自然界规律和社会界规律一样,具有无可争辩的客观性,它不是人的主观任意性的产物,而是人在改造客观对象的实践活动中所发现的。马克思主义的创始人肯定了对"美的规律"的高度尊重。

历史的观点要求按照历史唯物主义的基本观点,对批评对象进行分析和评价,它要求把文学现象放到由此产生的经济、政治和文化环境中加以考察,追源溯流,前后比较,给作家作品以一定的历史地位。马克思主义认为,文学艺术不是独立于整个社会结构之外的封闭的自足体,它的存在和发展离不开现实的历史和现实的生活过程;文学艺术在实质上是生活过程在意识形态上的反射和回声,是生活过程的必然升华物,对它必须从社会存在的角度来给予最后的说明。

马克思和恩格斯的批评实践,处处闪耀着他们的历史观点的光芒。他们对莎士比亚、歌德、席勒、巴尔扎克以及拉萨尔、敏·考茨基和玛·哈克奈斯的评论,无不贯穿着强烈的历史感与现实感。恩格斯的《诗歌和散文中的德国社会主义》一文,提供了运用历史观点于文学批评的一个典范例证。在这篇评论中,恩格斯批驳了格律恩从费尔巴哈的抽象的"人的观点"出发,赞美歌德身上"人的内容"、歌德是"人的诗人"、歌德的诗篇是人类社会的理想的谬说。与此相反,恩格斯从现实的、活生生的人,即从在社会历史领域内进行活动的人出发,将歌德置于德国的现实历史和生活过程中加以考察,深刻地剖析了歌德的世界观和文学创作的两重性,说明了歌德身上的两重性恰好是当时德国市民阶级两重性的表现。马克思和恩格斯经常在自己的著作中援引歌德的作品。但是,他们并不掩饰歌德身上所表现出来的德国市民阶级的鄙俗气而唾弃歌德"一切伟大的和天才的东西"。所以,恩格斯在剖析了歌德的两重性之后,申述了他的文学批评的观点乃是美学的和历史的,而非道德的和党派的。

美学的观点与历史的观点关系如何?恩格斯似乎没有明确说明,然而按照恩格斯《致斐·拉萨尔》及《诗歌和散文中的德国社会主义》中的表述,当是美学原则第一,历史原则第二,这一思想与别林斯基的观点是相通的。别林斯基在《关于批评的话》中这样说:"确定作品的美学上的优劣程度,应该是批评家的第一步工作。当一部作品不值得美学分析的时候,也就不值得对它作历史的批评了。"他认为,"艺术首先必须是艺术,然后才能是一定时期的社会精神和倾向的表现。不管一首诗充满着怎样美好的思想,不管它是多么强烈地反映着当代问题,可是如果里面没有诗,那么,它也就不能表现美好的思想和任何问题"。他在《论俄国中篇小说和果戈理君的中篇小说》中也表示了同样的思想:"批评家应该解决的首要问题是——这篇作品确是优美的吗?这个作者确是诗人吗?"别林斯基是主张美学分析第一,历史分析第二的。苏联马克思主义文学批评家卢那察尔斯基和别林斯基是一致的,为此,他还批评过普列汉诺夫提出的"历史批评"第一、"美学批评"第二的观点。卢那察尔斯基的思想或许更接近马克思主义经典作家的本义吧!

我们认为,美学的观点和历史的观点一旦付诸实践,首要的一点就是整体把握,这里就有一个如何正确认识和处理两者关系的问题。

首先,美学的观点和历史的观点是统一的。如果我们肯定人类的一切生产活动都是按照美的规律进行的,那么换一个角度也可以这么说:所谓历史,也就是人类按照美的规律进行能动创造的历史。宏观地看,美的规律本身就表现着历史的规律,而历史规律在特定意义上又可说是美的规律的不断实现。两者统一在社会发展的自然进程中。微观地看,美学的观点和历史的观点的统一,作为对文学艺术的一种规律性要求,恰恰是科学地反映了社会历史发展自身的规律。

其次,美学的观点和历史的观点又是有区别的。历史观点是通用于一切意识形式的普遍性观点,就是说意识形态的一切形式都必然以这样或那样的方式表现为历史发展的一般规律。对于文学艺术,这一规律便包含在美学观点中。如果说历史演进自身就是按照美的规律进行的,那么在意识形态的所有形式中,唯有文学艺术以集中展示这一点为其特征。文学艺术专事能动、集中、典型地反映社会生活的美,并借助美的反映表现出历史发展的一般规律或一般规律的某些方面。这就是恩格斯在历史观点之外特别提出美学观点的原因,显然较之一般的历史观点,美学观点还有其特殊性。这表明恩格斯多么重视对特殊矛盾进行特殊分析,这也是他将美学观点置于前、将历史置于后的原因。

因此,我们说美学的观点和历史的观点是互相融合的一个有机统一体。但是,在文学批评实践中,美学的观点和历史的观点的统一融合,又会呈现出或侧重美学分析或侧重历史分析的具体情况,这是文学批评的具体分析原则的体现,是完全正常和必要的,只要它们不是形式主义或庸俗的社会学批评,就不应当有所非议。马克思主义文学批评家的一些工作,鲜明地体现了美学和历史的融合统一。马克思对《巴黎的秘密》的评价、恩格斯对《城市姑娘》的评价、列宁对托尔斯泰的评价、瞿秋白对《鲁迅杂感选集》的评价、鲁迅的《魏晋风度及文章与药及酒之关系》、何其芳的《论〈红楼梦〉》等等,都是美学原则和历史原则有机统一的典范。

怎样理解恩格斯将美学观点和历史观点称为最高标准?

非艺术的批评无视美学观点,非理性的批评无视历史观点,理想的文艺批评只能是美学观点和历史观点的统一,经验表明,要做到这一点并不容易,"过犹不及"的事常常发生,我们想,这可能是恩格斯把它称为非常高的,甚至是最高标准的一个原因。

同时,这也许是对审美标准本身逻辑层次的具体思考。所谓最高标准,往往带着某种抽象形态,如若付诸批评实践,还是应具备既体现最高标准精神的又可供操作的较为具体的标准。如真实性、典型性、倾向性、细节真实、典型等,就属于最高标准下的又一层次的标准。此外,对艺术的不同样式、不同题材,也还有一些相应的不同要求。如对诗歌、小说、戏剧的要求各不相同,对悲剧艺术和喜剧艺术的要求各不相同,对古代艺术、现代艺术和当代艺术的要求各不相同,凡此种种,也都属于这一层次的较为具体的批评标准。

2. 马克思主义文学批评的思想标准和艺术标准

任何文学批评都是有标准的。所谓文学批评的标准,是一定时代、一定阶级的人们据以分析、评价和判断文学作品有无价值和价值大小的尺度或准绳。马克思主义文学批评的标准,包括了思想标准和艺术标准。

马克思主义文学批评的思想标准,具有丰富的历史内容和现实内容,决不能把它搞成狭窄的绝对不变的小框框,其基本点大致包括以下三个方面:一是有较大的思想深度和意识到的历史内容。任何文学作品总是要通过一定的题材表达出一定的主题思想,并且还在一定程度上表达出一定的思想观点,如哲学观点、历史观点、政治观点、文化观点等。这些便构成了文学作品思想内容的主体,历来为批评家所重视。恩格斯就曾把"较大的思想深度和意识到的历史的内容"作为评价文学作品思想内容的一个标准。这一标准主要用来考察文学作品的题材和主题以及所表现出来的思想观点的深刻程度,看其选材是否严格、社会思想容量是否较大、审美价值是否较高,是否通过它表现出深刻的思想。二是进步的政治倾向,有利于人民的利益、意志和愿望。文学作品,特别是反映历史上和现实中重大阶级斗争和政治斗争的文学作品,都不可能不表现出一定的阶级倾向和政治倾向,不能不表现出一定的政治态度。考察作品的政治倾向,是看其对待政治斗争、阶级斗争和人民的基本态度和倾向,看其是否真实反映、拥护、歌颂人民的理想、意志和愿望,是否有利于广大人民的共同政治主张和最大多数人民的意志,从而确定文学作品的政治价值。三是满足人们的多方面的精神需要,产生积极的社会效益。作为精神产品的文学艺术作品,有一个社会效果或社会效益的问题,凡是为广大人民群众喜闻乐见,能够最大限度满足他们多方面、多层次、多样化的日益增长的精神需要,有益于提高他们的思想、文化、道德水平,鼓舞他们积极向上、奋发进取,对社会主义精神文明建设起积极有益而不是消极有害作用的,就是好的,或基本好的。相反,对用落后的腐朽的剥削阶级思想意识、道德观念、低级趣味腐蚀人们的灵魂,污染社会风气,败坏革命传统和优良风尚,制造迷信和愚昧落后,便是不好的,或是坏的。

马克思主义文学批评的艺术标准的基本内涵,主要包括以下三个方面:一是文学的真实性。文学艺术反映生活的真实程度,即通过艺术形象正确揭示或基本正确地揭示社会生活的本质规律,表现作家的真切感受和真挚的感情,合乎主体情感的发展逻辑。二是文学典型与意境。典型与意境是西方美学、文艺学与中国美学、文艺学关于文学艺术本质的两个中心概念。典型主要揭示了叙事性文学的本质规律,意境主要揭示了抒情性文学的本质规律;典型侧重于客观再现,意境侧重于主观表现;典型求真,意境求美;典型是寓共性于个性,寓必然于偶然,意境则虚实相生,以形求神。它们从两个不同侧面体现出西方和中国文艺理论的一个主要特色。三是艺术形式的完美性和独创性。文学作品的思想内容,总是由一定的形式表现出来的,形式完美、新颖,是十分重要的。

就文学艺术而言,形式美既指构成艺术品的外在形式美,如声音美、色彩美、形体美、语言美等,也指内在形式美,如对称、比例、节奏、和谐、统一等。文学艺术的形式具有美的价值,这对作品的艺术性具有重要意义。然而对形式的完美性来说,这仅仅是第一层,最重要的是更深的层次,即各种艺术形式应当按照创作的较高的"意旨"的要求,使各个部分有机组合,形成一个"通体完美的整体"。同时,马克思主义文学批评一贯反对艺术上的照搬模仿,提倡新鲜活泼,强调艺术的独创性。独创性标准要完全符合艺术的自由创造的本质规律。

**四、文学批评家**

文学批评家是在文学创作活动和文学接受活动中产生的。一般来说,在职业批评家出现以前,文学批评家还不具有文学活动中职业分工的意义,他们可能是普通老百姓,也可能是专家、学者、思想家或本身也是作家、翻译家。只是随着社会的发展,由于物质生产和精神生产分工日益精细化和专门化,在文学活动中才逐渐出现了专业的批评工作者,成为职业的批评家。但即便如此,非职业批评仍是一支不可忽视的力量。从批评史来看,批评家曾充当为圣贤立言的角色,后来才为自己立身立言。一个作家最严格的裁判有人说是作家自己,这种观点我们可以把它叫作作家中心论。其实,批评主体可以由作家自己充当,但一般情况下,还是由批评家充当。虽也有像歌德这样的作家把批评看作是对创作最有害的因素,但是更多的人认为批评家对创作有益。虽然历史上的批评也曾偏离正常的轨道,但反感并不能否定批评家的存在与功绩,批评家的研究是必要的。

1. 批评家的职责

批评家的职责是由文学批评的性质决定的。文学批评是对文学作品的意识形态评价,这种评价,要有利于指导创作,引导接受特别是鉴赏性接受,推动一定性质的文学繁荣发展,从而影响一定的政治和经济。从总体上说,文学批评家的职责大致可以归纳为以下几个方面:

(1)对文学作品或其他文学现象做出意识形态评价,阐明一定的文学主张和观点,引导文学沿着一定的方向发展。进步的文学批评家的职责,就是要站在先进阶级的立场上,站在时代思想的高度,通过意识形态的评价,动用批评话语的力量,使文学作品发挥有利于社会进步的效益,使文学创作符合历史前进的方向,对一切不利于社会进步和历史前进的文学作品或文学现象予以批评抨击。

(2)通过对文学作品精神的艺术分析和科学评价,发现和总结作家成功的艺术创作经验并上升为理论,以帮助作家提高创作水平,创作出质量更高的艺术作品来。为此,批评家必须直接面对作品,深入研究作品,对作品的艺术价值做出恰如其分的判断。如果批评家的这种分析是精彩的、科学的,那么,它常常会影响一种创作流派、创作风格甚至创作思潮的形成,有利于文学创作总体水平的提高。

(3)通过对文学作品的意识形态评价和艺术分析,引导读者的接受和消费。从根本上说，批评家作为读者，批评作为一种接受方式，具有社会接受性质，体现和代表着一定社会接受主体对文学的接受心理、接受要求和接受水平。文学作品的文体构成、形象创作和意蕴内涵，一般的读者或不易把握，或把握不准甚至完全偏误，这就不能正确地或充分地发挥作品的社会的、艺术的种种功用。批评家的任务就是要以自己的接受去引导读者的接受，以自己的消费去带领读者的消费，帮助他们提高对作品的鉴别能力和欣赏水平，使之在艺术享受中得到健康的、积极的感情陶冶。从这个意义上说，批评家是沟通作家和读者的桥梁，具有将优秀产品推向读者大众的责任。

（4）通过批评来发展和完善自己的批评理论，扶持和增减自己的批评队伍，使批评自身发挥更好的效能。在批评的论争中，批评家从中辨真伪，明是非，从而发现什么样的批评理论应该坚持，什么样的批评理论应该修正。例如，在当代众多的批评理论中，对马克思主义的批评家来说，就应该按照马克思主义的批评原理及其科学的世界观和方法论去分析研究，吸收它们的合理成分，指出它们的非科学内容，"去伪存真"地充实和完善马克思主义的批评理论并用于批评实践。

2. 批评家的修养

批评家需要什么方面的修养？我们认为，批评家应当具备由深厚的生活基础、坚实的文艺理论和广博的文化知识、过硬的艺术功力、高尚的品行人格等几个方面融会贯通、凝为一体的综合性修养。只有这样，才能卓有成效地提高文学批评能力，树立良好的学术形象，成为一个名副其实的优秀的文学批评家。

（1）生活积累。批评家也应当像作家那样，具备丰富深厚的生活经验。所谓批评家的生活经验是指批评家亲自从社会生活经历中直接获得的各种生活知识和体验，是批评家对社会生活的全面认识、把握、理解、思考、发现。这种对社会生活的认识和体验，是批评家进行文学批评的基础。文学批评的大量实践表明，缺乏人生体验和生活知识，是不可能对文学作品反映生活的深广度、真实度及认识价值、审美价值、思想价值做出准确的分析和科学的判断的。文学批评史上，欧阳修曾针对张继《枫桥夜泊》中："姑苏城外寒山寺，夜半钟声到客船"二句，认为"句则佳矣，其如三更不是打钟时"，于是便做出"诗人贪求好句，而理有不通，亦语病也"的批评。[①] 这是生活经验的缺乏而造成的错误指责。同时，批评家批评个性的形成，其生活道路也是一个重要的影响因素。恩格斯在论述文艺复兴时期产生的"巨人"的特征时说："他们的特征是他们几乎全都处在时代运动中，在实际斗争中生活着和活动着，站在这一方面或那一方面进行斗争，一些人用舌和笔，一些人用剑，一些人则两者并用。因此就有了使他们成为完人的那种性格上的完整和坚强。书斋里的学者是例外：他们不是第二流或第三流的人物，就是唯恐烧着自己手指的小心翼翼的庸人。"[②]这一论述对批评家来说，也完全适用。文学批评史上

---

① [宋]欧阳修《六一诗话》，[清]何文焕辑《历代诗话》上，中华书局，1981年，269页。
② [德]恩格斯《〈自然辩证法〉导言》，《马克思恩格斯论文学与艺术》上，人民文学出版社，1982年，369页。

的大批评家鲁迅、瞿秋白、"别车杜"等等,不都是在时代运动实际斗争生活中形成他们的批评风格并建树了他们的批评业绩吗?周作人的"美文批评"、法国大批评家圣·佩韦的"作家心灵评传"都与他们的生活道路密切相关。

(2) 坚实的理论和广博的知识。从学识方面讲,批评家应当具备雄厚坚实的专业理论和全面多元的文化知识结构。

作家艺术家的艺术创作需要文艺理论的指导,批评家的批评实践更离不开文艺理论和批评理论的指导,这是由文学批评的科学性质决定的。别林斯基说:"真正的批评需要思想。"[①]大量的批评实践说明,理论对于批评家来说非常重要,它实际上决定着批评的发现、创造及理论深度。有的批评家在感受形象、描绘作品情节方面是令人赞叹的,理论思维却有欠缺,很难挖掘作品的深层意义。

同时,从皮亚杰认识论来看,知识是批评家进入作品的重要条件之一,从作品中能看到什么,与批评家的知识结构直接相关。批评家知识广博与否,是影响批评视野广狭和高低的重要因素,作为批评家修养的重要方面,必须引起高度重视。批评家应当用新的全面的多元知识武装头脑,把自己"学者化",成为"百科全书派"式的人。

批评家要具备全面多元的知识结构,是由批评对象的性质所要求的。文艺是一个由众多因素和层次构成的包罗万象的复杂系统,文学批评要从中探究艺术奥秘,寻找艺术规律,就不能不具备各种相关的知识做基础。否则,面对丰富复杂的艺术现象,便会显得眼界狭小,茫然无措,根本不能做出任何有价值的阐释和判断。例如在中国古典小说中,琴棋书画、占卜星相、斗鸡走狗、投壶打马、饮食茶酒以及这样和那样的礼仪规矩等等,不仅有历史、文化价值,而且在具体作品中有其特殊的艺术功能。如果对这样的知识一无所知,实在很难做出准确而恰当的批评。

(3) 过硬的艺术功力。从艺术修养来讲,批评家应具备过硬的艺术功力。正如马克思所说:"如果你想得到艺术的享受,那你就必须是一个有艺术修养的人。"[②]这种艺术的修养,最基本的就是敏锐的艺术感受力、审美判断力、较强的批评创造力等。

别林斯基说过:"敏锐的诗意感觉,对美文学印象的强大的感受力——这才应该是从事批评的首要条件,通过这些,才能够一眼就分清虚假的灵感和真正的灵感,雕琢的堆砌和真实感情的流露,墨守成规的形式之作和充满美学生命的结实之作,也只有在这样的条件下,强大的才智、渊博的学问、高度的教养才有意义和重要性。"这里说的就是批评家需要敏锐的艺术感受力。其实,艺术感受力也不是什么神秘的东西,它是在人们的"五官感觉"上发展起来的更高级的"审美感觉"[③],准确地说,艺术感受力是在审美过程中对审美对象的特征和意蕴的感知、想象、知解等多种感觉的综合而形成审美体验的特殊能力,它主要表现为对语言形式美、语言音乐美、语言情感美,以及通过作品的语言

---

① [俄]别林斯基《孟采尔,歌德的批评家》,《别林斯基选集》第二卷,上海译文出版社,33页。
② [德]马克思《1844年经济学哲学手稿》,人民出版社,1979年,108~109页。
③ [德]马克思《1844年经济学哲学手稿》,人民出版社,1979年,79~80页。

内涵,把语言符号转换或创造出新的形象体系及对创作心理过程推想的艺术想象力等。

审美判断力是指批评主体根据一定的审美理想和批评标准对批评对象的性质和价值的分析、评价能力,它是按照美的规律去评价作品的审美价值的能力。如果说艺术感受力主要是一种艺术直觉力,那么,审美判断力则主要是建立在基本感受力基础上的已经理性化、系统化的一种"知性"能力。文学批评从本质上讲是一种审美判断,审美判断力是进行批评实践的根本条件,没有它就不能称其为批评,就只能停留在阅读鉴赏阶段,根本不能成为批评家。

文学批评创造力是相对于作家艺术家的艺术创造力而言的。如果说艺术家的艺术创造力是意象创造力、形象创造力的话,批评家的批评创造力则是批评意境的创造力、艺术美和缺点的发现力、艺术观念和体系的建构力等。批评的最高目标是审美创造,没有创造的批评是平庸的。批评创造力一是指批评发现力。这是指批评家以自己的独特理解、体验,对作家没明确意识到的、读者尚未深入领会到的,隐藏在作品内部的意义的"破译"、诠释、阐发能力。如杜勃罗留波夫对奥斯特罗夫斯基的《大雷雨》的发现,茅盾从《百合花》发现茹志鹃,巴金从《雷雨》发现曹禺,都是这种发现力的极好证明。二是指概念范畴建构力。批评家要对丰富复杂的文学现象和内心世界感受或做清晰的描述、周密的解析,或用理论形态把艺术创造的信息传播开来,就得借助概念、范畴、理论框架。批评家这种理论创造力实际上是在艺术感受力和审美判断力基础上形成的特殊的抽象能力,即主要是把复杂的外在现象和深刻的内在感受,按照一定的理论体系进行强化、规范化、系统化的能力。

(4) 高尚的品德人格。批评家的修养,除生活、学识、功力之外,还必须加强品德人格方面的修养。狄德罗曾经说过:"真理和美德是艺术的两个密友。你要当作家,当批评家吗?请首先做一个有德行的人。"[①]所谓高尚的品德人格,对于批评家来说,一是要有责任意识。对读者极端负责,充当"优秀读者",对一般读者不是一味迎合,而是引导,使读者的欣赏由低层次向高层次发展;平等、公正、严肃地对待作家作品,和作家互相平等、互相联系、互相尊重、互相促进、共同提高,并行发展,以独立的精神个性和艺术创造推动文学艺术的繁荣;批评家之间消除门户之见和文人相轻的恶习,加强沟通合作。二是对批评事业永远保持进取的韧性品格。批评家不只是欣赏作品,而是探求作品的底蕴;批评家不只是指出作品的"美和缺点",更重要的是指出造成美和缺点的原因,最终揭示文学艺术的本质和规律。一般来说,批评家应当克服"随波逐流""名人崇拜""世俗习气"等消极心理,培养一种思索决断、韧性进取的品格。三是有勇于坚持真理修正错误的胆识。一个批评家既能以无畏的勇气坚持真理,自觉地消除一切偏见,也能毫无情面地修正错误,这两者是紧密地联系在一起的,是一个问题的两个侧面。缺少这方面的品德,也是很难成为一个优秀的批评家的。

---

① [法]狄德罗《论戏剧艺术》,伍蠡甫主编《西方文论选》上卷,上海译文出版社,1979年,376页。

## 学术新观点

## 文学评论的新概念①

### 一、"酷评"

2001年3月16日的《北京青年报》最早发表了《酷评是怎么酷起来的》(颜峻),该文对"酷"和"酷评"作了带有学理性的解说:

> 所谓酷,如果需要解释的话,我愿意从它的根源上来说:爵士乐和美国黑人的俚语。当你的演奏让人垂泪,那么可以用 blue 来形容;当你的演奏令人精神百倍,理性而且复杂,那么人们会说你很 cool;后来我们得到了 cooljazz,就是冷爵士,也得到了这个含义更广泛的"酷"。
> 
> 酷评是一种跨越文艺批评模式的写作,因为它是开放的,是兼容的,可以从村上春树式随笔转向电子乐评论,可以拿新政治理论比较新经济,可以写古典文学式的美食,也可以在故意的错别字和仿写中解读台湾新浪潮电影……它首先打破文体的限定,也打破作者和读者阅读背景、理论储备的限定,在文体上是鼓励智力活动的。酷评必须是给大众看的,所以它要么深入浅出,要么其实就是拿文字游戏蒙人,也有时候两者兼备,因此我们也可以说酷评是对当下的关注——什么叫当下?就是现在,此地,火热的现实,如果社会科学院的哲学研究员也玩酷评,想必他/她会被迫辞职,去藏酷酒吧当策划——架子和等级制度不适合酷评,尽管酷评家往往也很想做权威……最后,酷评最好有鲜明的立场,哪怕立场背后是稀里和糊涂,如果不能让读者感到兴奋,就不配酷,要知道,这是一个长期的压抑表现在牢骚上面的年头,人们开始厌倦了欢乐祥和的气氛,需要任性和夸张、愤怒和怀疑,酷评来得正是时候。

上文关于"酷评"还是一种比较中性的看法,而在2005年,对"酷评"作出贬义性评论的论者占据了文坛的主流。

刘士林在《"酷评":后现代版文坛登龙术》(载《文汇报》2005年5月13日)中指出:"'酷评'是当下十分流行的一种以'吸引眼球'和纯商业炒作为目的的文化与文艺批评方式。攻击名人、哗众取宠、搬弄是非、制造事端、亵渎一切神圣的与有价值的东西,是其基本策略;而说大话、说狠话、说脏话,尖酸刻薄,'以小人之心度君子之腹',捧谁恨不得捧到天上、批谁恨不得打入十八层地狱等,则是其惯用伎俩。"

---

① 本文原题为《2005年:文学批评的"批评"》,作者余三定,原载《文艺报》2006年3月2日,《中国社会科学文摘》2006年第3期转载。

刘文还分析说:"'酷评'之所以产生与流行,显然最直接的原因在于利益驱动,使一些从业人员见利忘义,丧失了一个学者与批评家应有的高尚人格与起码的职业道德。但我们也不应忽视,当代学术与文化市场在制度、管理、监督、问责、惩处等方面仍存在着诸多不健全的地方,从而给各种'酷评者''抢滩'市场、'恶意竞争',以不道德乃至非法手段掠取'象征资本'与'现实收益'提供了大量的可乘之机。"

吴义勤在《批评何为?——当前文学批评的两种症侯》(载《文艺研究》2005年第9期)认为,"酷病"的兴盛是文学批评"虚热症"的典型表现之一。他说:"批评家们失去了细致解读文本的耐心,而是热衷于发出各种夸大其辞的、耸人听闻的'判断',他们总是选择最极端的价值词汇,总是以夸张的修辞,来对一个时代的文学、一种文学现象或一个作家、一部作品进行最高级的审判。这就是所谓'酷评'。"

阎晶明在《批评的眼光、态度和风格》(载《文艺研究》2005年第9期)中对"酷评"从两个方面进行分析和质疑:一是,对一个作家和一部小说在文坛里或市场上走红或产生一定影响,有时还真的不是"炒作""媚俗""吹捧"等词可以一言以蔽之的。一个酷评家如果专一拣他人,特别是那些名家,而且又多是名家的长篇小说进行长篇大论式的酷评,把他们说得一无是处,狗屎一堆,那是令人怀疑的。另一是,批评家面对自己酷评名家时定下的文学标高,到了热情推荐新人时又如何把持?他能说这新人已完全超越了那些影响日隆的"大家"了吗?如果不能肯定地说,那批评标准上的不平衡就不可避免地会暴露出来。即批评名家与推荐新人时的标准差异何在?应该说,阎晶明的分析是有理有据、入情入理的。

由上述可以见出,"酷评"由最初王朔借此产生轰动效应,到后来人们逐渐平和的分析,再到现在较多给予贬义性评价,既反映了人们对"酷评"逐渐深入的认识,也反映出了"酷评"越来越极端化的批评模式。

### 二、"学院批评"

"学院批评",或称"学院派批评"。关于"学院批评",张柠有这样的分析:"真正'学院派'的本意只听命于'知识'和'真理'。相对于世俗权力(政治的、经济的)而言,它具有独立性。"(黄兆晖《张柠:将常识问题公诸于众》,载《南方都市报》2004年11月8日)

《文艺报》在2005年以"争鸣·关于学院批评的讨论"为总题展开了一段时间的讨论,引起颇为广泛的关注。讨论大多集中于揭示、分析"学院批评"所存在的问题。

高玉在《学院批评的问题究竟在哪里?》(《文艺报》2005年3月10日)中认为中国当代"学院批评"存在四大问题,即:"泛文学批评";"偏重批评的工具价值";"量化病";"缺乏一种精神"("缺乏学术大师的气魄,缺乏为文学事业献身,缺乏对文学研究的执著和热忱,缺乏人文精神,缺乏忧患意识")。

唐小林在《学院批评缺席的背后》(《文艺报》2005年3月24日)指出:"人们在指责学院批评缺失或缺席的时候,我们的文学批评到底丧失了什么,缺少了什么,才造成如此局面?"于是,唐文从三个方面寻找了"学院批评"缺席的原因,即:"'学院'批评的动力机制、思想资源和人才队伍问题。"

与多数论者集中对"学院批评"存在的问题进行剖析、批判不一样,刘朝谦《学院批评家的力量何在》(《文艺报》2005年3月31日)则着重在正面立论。该文写道:学院批评"是与出于某个小的利益集团,或出于某些个人的私利的文学批评相对立的文学批评,这种批评从本质上讲,不是从某一类具体的人的立场出发来判断文学文本的价值,甚至于它不是为了讨好读者而进行。""文学的学院批评所坚守的立场是普遍的文学价值观念,它属于文学自足的内在生命尺度,而并不代表社会生活中任何一个具体的阶段或阶层的文学见解,更不代表某个具体之人的文学看法。""这样的文学批评之所以要命名为'学院批评',这与大学总是被认为代表了一种中立的学术声音有关。在这一理解中的'学院'一词,与'理想'一词几乎是等同的。"该文继续正面立论道:"学院批评的思想力量是一种来自学术中立立场的力量,而并不是批评者的批评所依据的思想资源。""学院批评的思想力量因此应当指批评者采取学院批评学术立场所需要的思想信念","批评者选择了学院批评,同时也就选择了他在世的一种基本方式,这是需要极大的勇气的,因为,对学院批评立场的选择意味着批评者在经济、政治等方面利益的牺牲"。刘朝谦的论述虽然稍嫌空泛,但抓住了"学院批评"最重要、最本质的特点。

除了《文艺报》关于"学院批评"的系列讨论外,《文艺研究》《文艺争鸣》《文艺报》《新京报》等也发表了若干专题讨论文章和访谈,其中《新京报》记者采写的《李敬泽:忠实于趣味和信念》(载《新京报》2005年4月9日)中,李敬泽说:"所谓学院派,就是强调学理,批评自身具有独立性,有它自己的知识谱系,未必与当下的文学实践有多么密切的关系。西方有很多好的学院派批评,极具理论魅力,实际上就是创作。当然,这对批评家的理论素养和说话的能力是个很大的考验。"李敬泽在正面论"学院批评"的同时,也对"学院批评"的不足给予揭示,他说:"有人批评学院派高深,我认为它的问题恰恰是不够高深,我们在国际学术贸易中基本是个逆差国家,理论都是靠进口。"

整体来看,学界在关于"学院批评"的讨论中,对其缺失、缺陷的批判、剖析,占据了主体的地位,同时也有一些为其建设正面立论的文章。

### 三、关于文学批评的一般性讨论

关于文学批评的一般性问题(具有本质或基本意义的问题)展开的讨论,比较引人注目的有下列两个论题。

#### 1."批评的生命和力量"

谢有顺《批评应"挟着风暴和闪电"》(载《南方都市报》2005年9月13日)一文主要从正面立论。谢文在剖析了"拒绝判断"和"过渡判断"两个文学批评的"陷阱"后,从正面肯定文学批评的两个努力方向(两个内在素质):

其一，文学批评应该是一种与批评家的主体有关的语言活动；在任何批评实践中，批评家都必须是一个在场者，一个有心灵体温的人，一个深邃地理解了作家和作品的对话者，一个有价值信念的人。就这点而言，批评也是一种写作，一种能"给一部作品、一本书、一个句子、一种思想带来生命"的写作。是写作，就有个性；是写作，就有私人感受、分析、比较、判断。真正的批评应该在有效地阐释作品的同时，也能有效地自我阐释，以致二者之间能达成美学和存在上的双重和解。

其二，批评应该是一种异见，批评家要敢于直言，敢于真实地面对自己的内心，敢于说出自己所看见的事实。在这个时代，更多时候，批评成了一种内在的斗争——不仅是与作品斗争，也是与自己批评良心的斗争。

谢有顺上述议论虽然接近散文的描述性笔调，但富有理性和思辨的力量。

### 2. 对于文学批评根本性质把握的辩驳

李建军在《批评家的精神气质与责任伦理》（载《文艺研究》2005年第9期）认为：批评是一种揭示真相和发现真理的工作。虽然进行肯定性的欣赏和评价，也是批评的一项内容，但就根本性质而言，批评其实更多的是面对残缺与问题的不满和质疑、拒绝和否定。是的，真正意义的批评意味着尖锐的话语冲突，意味着激烈的思想交锋。这就决定了批评是一种必须承受敌意甚至伤害的沉重而艰难的事业。

李建军上文发表后，立即遭致了针锋相对的辩驳。蒋晓丽在《磨砺文艺批评的锋芒——对一种批评的批评》（载《文艺报》2005年10月27日）中对李文提出了直率的批评：李建军对文艺批评的根本性质的这种把握是片面的。这是一种非此即彼的形而上学的思维方式，即在绝对不相容的对立中思维，对于对立的两方执非此即彼的观点"好的是绝对的好，一切都好；坏的是绝对的坏，一切都坏"。破或立，否定或肯定，在文艺批评中，不同的批评家可以有所侧重，但是不可偏废。即使文艺批评有时承担了清道夫的重任，也是为文学的健康发展开辟道路。那种以否定为文艺批评的根本性质的文艺批评不过是"用头立地"，因为它所建立的理想王国是根本脱离现实的。

蒋文还对李文观点的根源作了分析，指出：这种只是否定而没有肯定的文艺批评就是虚无存在观文艺批评。这种文艺批评以人类某一个理想状态为标准臧否现存事物，它只看到现存事物与这个理想状态的差距，而没有看到它们二者的联系。因此，它看不到现存事物是实现人类这个理想状态的必要阶段，而是彻底否定了现存事物的存在。当前文艺批评存在两种类型的虚无存在观文艺批评，一种类型是误诊，即它所批判的对象根本就不存在它所批判的病态现象；另一种类型是确诊，即它准确地把握了它所批判的当前文学的病态现象。但是，这种虚无存在观文艺批评却彻底地否定了它所批判的对象，在倒脏水的时候连婴儿也倒掉了。对这种虚无存在观文艺批评，人们往往只是注意到了一些批评家对他们所批判的对象失之偏颇，而忽视了他们在思维方式上的局限。当前不少相当活跃的批评家就是犯了这种错误。他们虽然准确地把握了他们所批判的对象,但在解剖和批判这个对象时却不够深入和有力。

  冷静地两相比较,笔者是赞同蒋文观点的,且认为蒋文讲出了有说服力的理由。

  此外,文坛关于文学批评自身的审视、"批评",还表现在有论者指出了"网络批评""媒体批评""谀评"等现象,这些都显示出文学评论十分活跃且有实绩。

## 讨论提示

1. 中国20世纪文论发展给了我们什么经验与启示?
2. 怎样看待民族文学与世界文学的关系?

# 第六章　文学价值论

## 第一节　文学价值的生成

### 一、文学接受与文学价值的生成

马克思指出:"'价值'这个普遍的概念是从人们对待满足他们的需要的外界物的关系中产生的。"[①] 价值是人们对事物有用性及重要性的判断结果,是主体对客体的一种关系判断。价值属于关系范畴。价值是客观事物对人们的有用性,同时也是人们对这种有用性的评价。实际上,价值构成了客体与主体的一种积极互动的关系。文学作为人类一种有意识的创造活动及其产物,自然包含着丰富的内在价值。这种内在价值来源于创作主体在对社会生活的积极紧张的审美体验、审美想象的基础上的自由创造,蕴含在具体的文学文本之中。在文学进入消费、进入接受之前,它以潜在的形式存在,也就是说是客观存在而又不直接呈现的一种价值潜能。而当文学文本一旦进入文学消费与文学接受时,这种潜在价值也就被释放出来,进入接受者的审美意识,于是文学价值也就生成了。

所以,只有进入阅读接受的过程,隐含在文学文本结构中的那种潜在的文学价值才能显现出来,成为一种现实的文学价值。在这一过程中,文学作品便成为一种价值客体,阅读接受者则成为价值接受、价值评价、价值再创造的主体。由此可见,文学接受行为是文学价值由在文学文本结构中的潜在存在向现实存在转化的中介环节,而这一转化的关键是阅读过程中接受主体的体验、感知、评价等活动。

接受美学的代表人物姚斯认为,一部文学史就是一部接受的历史,强调文学接受对于文学价值的生成意义,伊瑟尔则深刻地指出文学文本是一个"召唤结构",这个"召唤结构"默默地等待着接受者的到来与进入。显然,这里强调的仍然是文学接受对文学作品价值生成的关键作用。

文学价值是一个动态的过程,这个价值的实现是由文学文本与文学接受者之间的积极对话而生成的。因此,文学接受的方法、强弱、深浅直接影响着文学价值实现的方式、程度和效应。

文学价值是一个内涵丰富的范畴,一般认为文学价值具有社会文化价值与艺术审

---

[①]　[德]马克思《评阿·瓦格纳的"政治经济学教科书"》,《马克思恩格斯全集》第十九卷,人民出版社,1963年,406页。

美价值两方面的内容。这是文学价值的客观属性。文学接受也是一个异常复杂的现象。接受者,即阅读文学作品的人,都是特定社会的具体个人,具有自身的特征,具有不同的文化修养、文学接受经验、审美感知能力、气质禀赋等等。由此造成接受文学的目的、方式,接受文学的强弱程度各不相同,因而文学价值的呈现也各自有别,可以说,有什么样的文学接受,就有什么样的文学价值。别林斯基有"一千个读者有一千个哈姆雷特"的说法,鲁迅也讲过,不同的读者看《红楼梦》就有不同的结果。这些都说明,文学接受直接决定着文学价值的生成与呈现。

文学价值由文学接受直接生成的这个特点,使文学的价值成为一个动态系统,一个开放系统。一部内涵丰富,具备多方面价值潜能的文学作品,永远向广大的文学接受者敞开,接受着不同时代、不同民族、不同文化程度的人们的阅读、感受、阐释,因而也生发出不同的价值形态。文学接受决定文学价值的生成,是文学接受主体能够发挥主体能动性的保证,它使得文学接受成为一种再创造,成为文学接受者精神自由的实现。同时,这也为文学的传播与阐释提供了"开放性",确保文学文本能够进入不同的视野,生成不同的价值。

马克思主义的价值论认为,物品只有进入了交换才有价值。文学作品也只有进入传播与消费的过程才能产生价值。不过,我们讲的文学价值,指的是文学作品以它的艺术审美特征对读者的情绪感发、想象启迪等精神性的有效影响。这种影响并非被动的,而是读者的积极能动的回应、发现和创造。对此,荣膺诺贝尔文学奖的西班牙诗人阿莱克桑德雷说得最为生动、形象:"每一首诗,每一部书都是一份恳求,一次呼唤,一种质询,答案则由读者在沉默、含蓄和不断的阅读中所赋予,所以诗就是诗人的询问和读者的答复之间的一种精彩绝伦的对话。"[①]诗人认为文学就是作者与读者的对话,这同巴赫金的对话理论是相通的,都深刻地认识到文学这种话语行为天然具有的对话性。文学只有进入读者的心灵,在积极热烈的交流中,才能散发出其固有的色香味,使读者陶然忘情,乐而忘返。

## 二、人本前提与文学价值的功能表现

文学活动是一种既关乎个体的精神生活却又并不限于个体意义的复杂的社会文化现象。在此基础上形成的文学价值就不是单一的,而是一个包含不同层次、不同向度的价值功能系统。从总的方面讲,文学的价值表现为社会价值与艺术审美价值,其中社会价值可以进一步细分。这些价值的核心当然是文学审美价值。

不论古今中外,文学的价值都系于对人的关注。人本主义,是文学价值的前提。

文学价值的功能表现为一个丰富的系统,这个系统的核心是审美价值,在此基础上生发出诸如政治功能、游戏功能、文化功能等等。这些社会性的价值功能不能单独存在,独自发挥作用,而是依附于审美价值,渗透在审美价值之中,而且也要通过审美价值表现出来。离开文学的审美价值,文学的其他价值功能就没有了立足之地。

---

① 《诺贝尔文学奖颁奖演说集》,毛信德等译,百花洲文艺出版社。

文学从根本上讲,是人类真善美三种意愿的高度结合。文学的功能以审美价值为核心,由此生发文学的其他功能如认识功能、教育功能等。这些功能与审美功能一道共同丰富着文学这种重要的文化形态的综合价值,深刻地作用于人,影响着人。

文学的认识功能,源于文学作为一种意识形态,是对人们社会生活的一种能动反映。它比任何一种艺术,都更能大面积地、细致真实地覆盖人的现实生活与情感生活,由此必然涉及大量关于社会历史、政治、文化、风土人情乃至经济等方面的社会状况。所以马克思、恩格斯由衷地赞叹巴尔扎克《人间喜剧》为法国的政客、政治家、经济学家提供了更多的知识,更有助于人们认识法国社会的真正面目。

应当注意的是,文学的认识归根到底是一种审美认识。它与哲学的认识是不同的。后者通过抽象的逻辑思维认识客观事物的性质、特点和发展规律,它作用于人的理智,满足人的抽象思维的需要,其特点是概括、抽象、理性,要求对事物的认识是科学的真实。而文学是通过形象的感性形式认识世界,它作用于人的情感,满足人的形象思维的需要,其特点是具体、形象、感性,对事物的表现要求是艺术的真实,因而呈现出"含蓄性""虚拟性""形象性"的特点。也就是说,文学认识社会,只能在审美状态里,通过文学形象、情感倾向、细节暗示来达到。离开审美体验,空谈文学的认识功能,就有可能夸大和歪曲。

此外,文学提供的知识绝大部分是关于社会历史方面的人文知识。因为文学的认识功能根源于文学对于生活的真实反映,这种生活是以人为中心的。文学反映广阔的生活,广泛地涉及人生社会、宇宙自然,实际上都是为了合理展开人与人的情感,为了解释文学形象的行动与情感的社会根源。因此,文学的认识功能是有限的。

文学的教育功能指的是文学作品感荡心灵、激动心灵、净化心灵,增强人们的道德素养,引导人们直面现实的功能。中国传统悠久的儒家诗教观,历来重视文以载道、文以明道,"移风俗,厚人伦",梁启超更是大声疾呼小说的"新民"作用,把文学的教化功能推到极致。

文学的教育功能根源于文学作品凝聚了创作主体强烈的思想道德情感。文学创作必然渗透着作家强烈的情感体验,有分明的是非爱憎,作家或明显或隐晦,总要有所赞成,有所反对。因而必然染上浓郁的道德内蕴,表达作家对社会、对人生的总体看法。这一点对于优秀的有社会良知的作家尤为显著。列夫·托尔斯泰认为文学就是用情感感染别人,他的创作很早就显露出"道德的纯洁性",而得到车尔尼雪夫斯基的高度赞赏。当然,文学的教育功能不限于道德内蕴,举凡哲理意味、社会见解、政治态度均在其中。

文学的教育功能同样也离不开文学作品的审美氛围。如果凌驾于审美之上,就会成为政治概念、伦理教条。只有深深地、巧妙地蕴含在文学的审美韵味之中,细雨无声地潜入读者的情感波澜里,才能有效地实现文学的教育功能。因为以人为本的文学,是具体地揭示生活,以感性形式诉诸人的情感,而非运用概念推理作用于人们的理性。因此,文学的教育功能立足于人的情感,以情动人。

文学的娱乐功能也是显然的。文学总是用美的形象,悦目悦耳,进而悦心悦神。文学让读者感受到情感的快慰与自足。在欢乐里陶情冶性,乐而不返。古人说文学使人"手之舞之,足之蹈之",神话传说舜帝圣乐一奏,百兽率舞,朱光潜自称读到文章佳处,全身仿佛会按照音乐有节奏地摇晃起来,这些例子很形象地描绘出文学的娱乐功能。

文学的娱乐功能建基于文学对人们的情感召唤。这种看似轻松的功能实际上与认识、教育功能是相辅相成的,它为引导读者渐入文学的审美佳境、深刻地实现文学的全面功能铺平了道路。文学"寓教于乐"的说法在中外不约而同,证明了人们对文学娱乐功能的认识是高度辩证的,道出了艺术的规律。

说到底,文学的审美功能正是认识功能、教育功能、娱乐功能水乳交融的完美结合,是文学求真意愿、求善意愿、求美意愿的最佳结合。以人为本的文学活动,在真实地优美地反映人的现实生活时,都力求达到某种程度的结合,力求最有效地发挥文学的价值,让人在轻松愉悦的心态中,获得教益、抚慰,心神开涤,心境澄明,心智澄澈,心灵优美。这也就是文学综合价值实现的时刻。当然,这只有伟大的作品才能达到。一般的文学作品也许只能侧重于某一种功能。

### 三、文学的"自律"与"他律"

文学作为人类精神与现实世界的审美关系,作为一种审美的社会意识形态,既有独立自主自行发展的一面,同时也深刻地受制于文学之外的种种因素。这就是文学价值的"自律"与"他律"。"律"有规律与规范的意思,在这里,就是指文学活动一方面有自己独特的运行规律,另一方面也受到文学之外的其他因素的制约。文学的自律,指文学按自身的方式形成、发展,从创作动因、孕育想象,到审美表达与文学文本的形成,都遵循文学自身的运行机制,具有独立自足的品格。文学的他律,指的是文学的形成与发展受到文学之外各种因素的影响,从创作动因、构思、想象,到审美表达都顺从于文学外部力量的要求,成为时代社会各种功利活动的一个主要部分。

文学的自律与他律是文学活动的固有矛盾,这是自文学诞生之日起就带上的。这两股相互冲突辩证依存的力量,使文学的价值呈现出异常复杂的现象。

文学的"自律"确保了文学自身价值的独立自足与圆满。文学作为人类一种重要的精神活动,呈现的是人与世界的审美关系。它以诗意语言为中介与意义生成的场所,与其他的精神活动乃至艺术形态区别开来。这种自身独有的特征与品格、形态与规律,意味着文学应该而且必须按照自己的方式,遵循自己的路径来处理与己相关的事物,而不能采用其他精神活动如哲学思辨、道德践履、宗教体验以至于政治经济等实践活动的运行机制。否则,文学就不能掌握自己的命运,发出自己独特的声音,就无法形成自身的价值,而沦为文学之外力量的奴仆、用人,失去自己的高贵与尊严。

文学是一种以审美为主旨的话语活动,它创造美的意境来培育和满足人类精神的审美需求。在自己积极营造的审美的自由王国里,文学为人类精神提供了一片相对超然的净土,从而使人类的心灵暂得休憩,焕发力量,身心俱健地想象与实践自己的生活理想。文学的这种审美意义上的自由、自在、自得,有利于优美心灵的形成与完善,有利于独立人格的提升与超拔。

文学的自律，从理论上讲它是文学本身的特性，然而从中外的文学史上考察，它是一个历史现象。也就是说，文学活动并不是从一开始就具有了独立自足的力量。文学自律的实现，是文学经过了自身的发展，在适当的历史时期才达到的。在中国，虽然文学活动很早就有了清新优美的开端，更有雄丽壮阔的扩展，但只是到了魏晋时期，才出现对于文学自身的反思。曹丕的《典论·论文》，尽管夸大了文学的社会效应，"盖文章，经国之大业，不朽之盛事"，但也说明了曹丕对文学（广义的）价值的自觉。他试图从文学的本质上探讨文学自身的规律："文以气为主"，把文学的动人魅力归结到作家的气质与性格，这是很可贵的。在曹丕之后，各种对于文学的思考，如雨后春笋般地涌现，陆机的《文赋》、刘勰的《文心雕龙》等，在中国文学史上矗起一座座文学思想的高峰。"四声八病"更从文学形式上对文学这种独特的审美活动的规律进行了具体的规定，为盛唐诗歌的完美涌出提供了宝贵的技术支持。宗白华总结这个自觉时代时说："晋人向外发现了自然，向内发现了自己的深情。"① 他认为魏晋六朝是中国精神史上极自由、极解放，最富于智慧，最浓于热情的一个时代，因此也就是最富有艺术精神的一个时代。正是由于魏晋人具有了前所未有的自由解放的艺术精神，才能赢来对文学及其他艺术如绘画、书法的本真把握和优美发挥。这样，当他们用文学来表现自己对于宇宙人生的深情真意时，就使这时候的文学闪耀出新的绚丽光辉。文学的自律正是心灵自由的诗意显现。

西方的文学自觉的意识萌发较迟，直到康德才明确提出"无功利"的美学观念，他把文学归结为天才创造的产物。这个重要的思想推动了西方浪漫主义运动的发展，影响所及，回响不绝，后来的"为艺术而艺术"的宣言与象征主义诗派的"纯诗"实践，都是对文学自律的生动辩护。

文学自律在历史上迟迟出现的现象，说明了文学发展的艰难，同时更说明了文学他律根深蒂固与力量之强。如许多人所认为的那样，文学是一种审美的意识形态，它并不能纯粹地限于审美领域，而是处处都离不开社会生活，也就是说作为一种意识形态，它必然要受到社会力量的介入、干扰，甚至强制。如此一来，文学或被政治覆盖，或要宣讲道德律条，或为宗教笼罩，或又为经济活动做广告、牵线搭台。在这些场合，文学的审美价值让位于其他的衍生功能，在政治、道德、宗教的价值中展示自己的另一些面孔。

文学他律是文学活动的宿命。文学与外在力量的关系，是相当复杂与矛盾的。一方面，文学要遭到社会其他力量的强行介入，担负起过多的责任而举步艰难，身心扭曲。如中国古代"文以载道"的规定，使文学完全成为封建伦理教条的扬声器。在 20 世纪一个相当长的时段里，由于国际社会的剧烈动荡、民族的空前灾难、意识形态的尖锐斗争，中国与世界各国文学成为政治的传声筒。当然，在国难当头、民生多艰的时候，文学往往自觉地接受外在力量的牵制，自觉地担负起其他的社会责任。如鲁迅一方面深知文学自身特点，同时也禁不住"听将令"，把文学放在"拯救国民性""开启民智"之类的政治目的之中而纵声呐喊。由于将文学的命运与时代精神、民族使命紧紧地捆在一起，文学的他律有时也能让文学获得意外的效果，使文学成就非凡业绩。例如，《汤姆叔叔的小

---

① 宗白华《美学散步》，上海人民出版社，1981 年，215 页。

屋》在黑奴解放运动中就起了显著作用,受到林肯的赞扬。我们习惯于将文学比喻成一面镜子,把某个伟大作家比喻成旗帜,这实际上都是对文学价值他律的肯定。

文学自律与他律之间形成相当复杂而微妙的关系,只有在具体的历史语境与文化语境里才能做出具体的判断。在文学实践中,"自律"与"他律"常常互相矛盾互相排斥,甚至在某些特殊的社会环境里,表现出严重的对立。在和平时期,文学面对着相对安定的社会局面,面对着人的相对平静悠然的心境,往往更倾向执着于文学的自律,更用心于审美追求。在社会动荡民族危亡之际,文学感应着时代的心声,倾听着时代的呼叫,就会放弃自己的一些园地,为时代鼓与呼,成为"匕首与投枪"之类的战斗武器,极大地发挥着它的社会功能。在理论上,文学的"自律"与"他律"是辩证依存、不可分离的。"自律"断然拒绝"他律",会使文学价值单一化,而"他律"完全挤占了"自律"的有限空间,则会使文学窒息而死。两者的兼容并包,构成了文学的整体价值。从理论上讲正是自律与他律的双重演奏,才使文学一方面以其审美的气韵让我们形神俱爽,另一方面又以其多种多样的社会功能丰富与扩展我们的本质力量,切入社会的各个层面。

## 第二节　文学价值的世俗表现

文学价值有两个基本表现:一是世俗表现,二是脱俗表现。文学价值的世俗表现是文学贴近生活的基本姿态。文学所表现的活动是在社会关系总和中的具体个人的生活。人首先是个体存在,具有感性的全面丰富性,需要得到满足与提升,同时人也是社会性的存在,社会生活中的政治、道德因素时刻影响着人的生活。这些都会体现在文学中,以艺术的形式作用于文学的创作主体与文学接受主体。同时,文学作为人类的一种异常重要的精神活动与精神现象,铭刻着人类的历史记忆与诗意理想,全面地反映着人类过去与现在的生活、情感、愿望和憧憬,因而具有广泛深刻的文化价值。在市场经济已成为主导社会、制约人们的生存方式与生活方式,甚至渗入人们无意识(杰姆逊语)的今天,文学也已进入这个包容一切的市场。文学的大众化使文学获得了巨大的物质经济效益,它的产业功能也就呼之欲出了。文学价值的世俗表现,最一般地适应人们对文学的需求,它是文学整体价值的基础。

### 一、文学的游戏功能

人作为万物之灵,具有强烈的情感意向与精神向往,因而就必然要借助游戏来摆脱生活的羁縻,寻求暂时的解脱与自由,使精神恢复、再生。这就是游戏的意义。因此,从哲学美学的高度来看,游戏是人的具有想象性、创造性的自由活动,往往与审美联系起来,成为人类摆脱自然状态进入自由王国的轻松方式。正是在这样的高度上,席勒才说:"只有当人在充分意义上是人的时候,他才游戏;只有当人游戏的时候,他才是完整的人。"[①] 在游戏中,人消除了自然规律的物质强制,又消除了道德律法的精神强制,从

---

① 马奇主编《西方美学史资料选编》下卷,上海人民出版社,1987年,122页。

而获得真正的自由。

文学艺术的游戏功能,一般分为三层:

一是感官的刺激。这是一种低层次游戏活动,停留在人的自然状态即生理物质上的游戏。如各种地摊读物、黄色书籍等,以色情与暴力诉诸人的感官满足。这种生理意义的游戏显然只能带来低级趣味,不会给人自由与解放的审美体验。这种文学活动,对于创作与接受来说,都是不能提倡的。

二是消磨时间。这是一种纯粹的游戏娱乐。人们在紧张的工作、学习、劳动之余,看看小说,读读诗歌,翻翻多种轻松读物,打发时光。随着大众文化与消费休闲时代的到来,这种情况愈益占有了市场。各种各样的大众读物,以轻松活泼的语言笔调,讲述一些轻松肤浅的故事,固然没有很高的审美价值,然而对于大部分非专业的读者来说,也自有其不可抹杀的价值。事实上,在这种轻松欢快甚至搞笑的氛围中,读者也得到了身心的快慰,暂时摆脱了生活的压力与苦恼。再说,大众读物中的情形也是比较复杂的,有些作品可能一笑之后了无余味,然而更多的作品在轻松游戏娱乐的同时,也会带来多种价值的教益启迪。

三是宣泄和补偿。人是情感的存在者,有了情感就要寻求宣泄,喜则形之于色,悲则出之以哭。美国美学家提出快乐原则,从情感的宣泄来说是合理的。亚里士多德早就指出悲剧对人的心灵的"净化"作用。文学接受者在现实生活中蓄积的情感流,固然有其他的排遣出路,然而对于有文化修养的人,则更多地愿意借助于文学等艺术活动,在强烈的共鸣感应中分享或分担自己的情感。所以杜牧诗"杜诗韩笔愁来读,似倩麻姑痒处搔",就道出了文学游戏活动中的情感宣泄的效果。

所谓补偿,就是指文学接受者在现实生活中欠缺的情感体验借助文学作品得到弥补和替代性的满足。人的情感体验是有限的,然而情感需求却是多方面的、无限的。当文学接受者在现实中感到情感贫乏或需求受阻时,文学作品能够使他得到假想的满足与欲望的达成。敏感多情的林黛玉,在现实生活中不敢把对宝玉的爱情顺畅地表露出来,情绪受到压抑。当她听到梨香院传来的《牡丹亭》婉转歌声,"原来姹紫嫣红开遍,似这般都付与断井颓垣""良辰美景奈何天,赏心乐事谁家院",不觉"心动神摇""如醉如痴",当她把自己的人生遭际融入其中,感同身受,就更禁不住"心痛神痴,眼中落泪"。① 这里曹雪芹非常细腻深刻地描写了文学活动中情感补偿的作用。弗洛伊德说得好:"艺术是一种替代性的满足。"

四是情操陶冶与人格提升。文学活动的游戏价值在前面几种的基础上向上攀升,最终指向更高的格调与境界。如果仅停留在生理需求与浮泛心理浅薄情感的层次上,便会失去游戏的更高的价值。为游戏而游戏,为娱乐而娱乐,势必扼杀人类精神的灵性与灵韵。本来,按照席勒与黑格尔的见解,游戏具有自由与解放的精神旨趣。因此,文学活动的游戏最后的指向就是审美情操的陶冶与审美人格的提升。在思想纯正、情感丰厚的文学作品的引导下,读者通过反复涵泳沉潜,在持久不衰的审美体验与审美愉悦

---

① [清]曹雪芹《红楼梦》,人民文学出版社,1992年,327~328页。

(孔子说的"三月不知肉味")中,甚至审美创造中,读者心灵得到陶冶,人格变得高尚,思想境界获得提升。在美的沉浸中,读者受到美的理想的指引,不知不觉中使自己获得精神力量的丰富、促进、提升。到了这一步,游戏中的审美自由就得到了全部实现。

文学的游戏功能构成了文学价值的基本功能。对此的重视实际上是对人性的全面丰富性的理论肯定,对文学作为人学的具体说明。从低的层次讲,文学中的游戏使人们的感性得到切近的释放与保全,维护人作为感性存在的合法权利;从高的层次讲,文学中的游戏为人们的精神自由、想象自由提供了一片澄明之境与林中空地,人类丰富充溢的精神力量在诗意的徜徉中飞升、超越。这就是游戏的价值。这就要求,文学创作与文学欣赏都必须具有游戏心态与自由心境。作家只有具备了高度完美的游戏心态才有可能得心应手地掌握美的规律,臻于高度精美的艺术至境。同样,文学接受,也只有在这种自由嬉戏的心境里,方能步入艺术的殿堂。

### 二、文学的政治功能

政治功能是文学价值世俗表现的又一重要因素,也是历来聚讼不已的议题。文学的政治功能,来自文学与政治的复杂关系,它涉及文学的本质、文学的社会地位、文学的发展规律。从古至今,不论中外,占统治地位的思想,占统治地位的阶级,都想方设法把文学拉到自己的麾下,鞭策文学,驱使文学。有时,文学自愿地充当政治的工具,为某个社会阶级或某个集团的利益鼓舞欢呼,助威呐喊。文学的政治功能因此显得相当复杂,需要冷静对待。

文学与政治都同属上层建筑的意识形态。文学作为一种审美意识形态与政治作为一种赤裸裸的意识形态,既有区别,也有深刻的关联。然而从它们的逻辑起点或者说历史起点来看,两者之间是相互作用、相互影响的关系,绝非文学从属于政治。因此,历史上把文学充当政治的奴仆的理论与实践,实际上导致文学的发育不全,应当被摒弃。文学作为一种把握人与世界关系的诗意方式,拥有自由发展的独立权利。勒令文学屈从于政治,只会限制文学反映社会生活、扩充人类的想象的能力,斫伤文学独有的魅力与韵味。中国封建时代的说教文学、西方的宗教文学,以及中外特定时期,文学成为政治的"传声筒",政治性完全压倒艺术性的史实,已经给后人留下了深刻的教训。

那么,文学是否能够或者说应当摆脱它的政治功能呢?显然,这是不行的。文学的本质是对社会生活的创造性反映或者说反映性创造,社会生活丰富多样,而政治是其中非常重要的内容。处处都可能影响人们的物质生活与情感生活。人是政治的动物,这在阶级社会里是很有道理的。政治活动对于社会的影响力量强大,除了对经济活动施加直接的影响,对其他社会活动如法律、宗教、哲学以至文化的一切形式都产生深远有力的影响,文学不可避免地要受到约束。

政治生活的重要性,构成社会生活的一大特色。以反映社会生活为主旨的文学,择取社会生活题材必然要带上强弱不同的政治内容与政治色彩。在特别时期,当政治生活成为压倒一切其他生活方式的主导力量时,政治生活表现为激烈的阶级斗争、生死攸关的民族矛盾,整个社会都卷进去的时候,政治为文学提供丰富动人的题材,辅以文学的主动汲取,往往会促成伟大作品的出现,并产生巨大的社会影响,取得很高的艺术成就。《荷马史诗》、托尔斯泰《战争与和平》等,都是这方面的典范。

就文学创作主体而言,政治可以促成他的政治观点。这是作家作为文化的创造者、传播者在政治社会里决定的。任何作家、任何成熟的读者,都不可避免地要带上政治思想、政治观念,或者政治情绪。即使遁迹山林、万事不关心的隐逸之士,也有他们的政治观念。这种政治观念,往往成为作家进入文学活动的契入点,成为文学活动得以进行与完成的推动力。从这个意义上讲,文学史也就是一部艺术形式化了的政治观念史。

由于文学对于政治的反映、鼓励与宣传,能够产生巨大的社会推动力量,历来的统治阶级都强调文艺的政治功能,制订具体的政治制度与文艺政策,对文学进行引导规范。这对文学都有深刻的影响。政治清明、政策宽大、意识形态色彩较弱化的时期,文学就会欣欣向荣;反之,政治黑暗、文网森严、意识形态无孔不入,文学就会干枯、萎缩。

文学与政治的基本关系就是这样。文学的政治功能,具有其他文化样式不可取代的价值。

第一,文学的政治功能表现在文学总是试图用艺术形象把握政治。这种对"宏大叙事"(利奥塔语)的喜爱,是文学的一个重要特色。现实生活中的政治,兼具宏大明朗与隐秘迷离的特点,处处存在又难以把握。它时刻影响着人们的生活,甚至成为一种"政治无意识"(詹姆逊语),人们总是想对它有个清楚的了解。这正是文学试图用艺术形象把握政治的理论前提。文学家中总有一部分人,具有强烈的介入意识与时代使命感,运用艺术形象的方式,把难以捉摸的政治生活以一个完整形象摆在读者面前,使读者对政治有清楚的认识。文学也常与政治碰在一起,或者跑在政治的前面,或者干脆迎面撞上。进步的政治思想与文学合在一起,会促成对理想社会的奋斗努力;文学对于腐朽落后的政治生活的果敢抨击,也会感召人们的抗击精神。文学史上不乏这样势大力强的经典作品,以其大胆鲜明的政治功能,锻造民族精神。"俄国革命的镜子"托尔斯泰、中国革命的伟大旗帜鲁迅,都以战斗的政治姿态具体地显示,文学作为人学所具有的介入社会、干预社会的现实价值。文学的政治功能如此重要,在特定时刻,使得文学甘心成为某种思想、某项社会活动的工具。当文学改良社会、变革社会,积极地引领人们的个人目的与进步的政治理想合为一体时,它的社会价值与审美价值之间的冲突有时就难以避免。然而对于真正成熟的文学创作者来说,在这样的两难困境中保持适当的张力,反而有益于文学价值的多方生成与四处延展。

第二,文学将政治功能高度艺术形式化,成为社会变革及历史进步的引导。文学反映政治生活,但仅仅对政治教条进行图解的文学,不是文学。不管是描写各种生动复杂的政治运动与政治斗争,还是抒发政治见解,文学都应该遵守审美的规律,把政治生活融入整个社会生活中,理解政治生活的真正内涵,把握好政治情感与普遍的人性情感的关系。在形象的话语内涵中,按照艺术的独特法则梳理政治生活机理和敷染色彩。只有当政治生活从属于社会生活,政治情感从属于社会的普遍情感,人的政治属性从属于普遍人性,文学才能审美地把握政治生活,化政治活动为艺术形象,化政治理想为诗意情感,把具有强烈功利性质的活动提升为意味深长、气韵隽永的诗意模式,这并不是对政治的消解,而是对政治的点化与提炼。没有永恒的政治,只有永恒的艺术形象与审美境界。在审美的生动韵味中流露政治意味,历来都受到人们的推崇。马克思、恩格斯反对"席勒式",提倡"莎士比亚化"的通过情节和场面自然而然地流露的高明方法,是对文学的政治功能的一种深刻理解。概念图解无益于政治深入人心。只有当政治理想与观念,水乳交融般地化入文学形象与文学意境中,才会获得潜移人心、默化世道的神奇效应。作为文化先知、社会良知的优秀作家,自觉地把进步的政治思想融入艺术的追求,成为社会变革的积极力量,成为时代精神甚至民族精神的显现,不正是一种甜美的诱惑吗?在这里,政治内容真正成为文学的血脉,成为文学的精神内核,以一种有力而微妙的方式丰富着人们生活的精神质量,增进人们对于社会生活丰富内蕴的情感体验,它的功效是值得肯定的。

### 三、文学的道德功能

按照一定的道德标准或道德理想来创造文学形象或文学意境,用以感染和培育读者的高尚情操与健康合理的人生态度,这就是文学的道德功能。道德与人有着深刻的血肉联系,道德作为维系人际关系、凝聚社会的重要纽带,在文学里占据十分突出的地位。

什么是道德?道德是人们共同生活及其行为的规则和规范,它通过社会或一定阶级的舆论对社会生活起约束作用。通过各种形式的教育与宣传(如家庭、学校等),借助社会舆论的力量,使人们明辨是非,分清善恶,自觉自愿地形成合乎社会人伦规范的行为准则,用以指导自己与别人的生活,这就是道德对于具体个人的意义。真正的道德感是掌握了社会行为准则,并将其内化为个体原则的自由之感。它与法制一道,共同维持着社会人际的和谐与完善,在社会生活中起到凝固剂的作用。

道德对于文学的意义体现为它是文学反映社会关系的基本准则。社会中的人,无时不处于一种道德关系中,而且这种关系比任何关系都更为普遍,更为明显。它无微不至、无处不在地调节和控制着人与人的关系。道德关系远比其他的社会关系更深刻地渗透到人的生活之中,它以情感形式弥漫在人与人的交往过程的每一个环节。作为比一般人更敏感地捕捉生活动人景象的作家来说,也有着突出的道德观点。高尚纯洁的道德感,是好的作品吸引读者、深入人心的必要条件。杜甫被誉为"诗圣",托尔斯泰受到推崇,高尚的道德情感是一个重要原因。

其实,文学的道德功能并不仅仅在于它所面对的对象,它更是文学这种审美活动的重要前提。道德的核心是"善",文学的核心是"美",从历史发生学的角度讲,"善"的观念远远在"美"之上,中国的文化传统讲"尽善尽美",古希腊也有"美善同源"的说法,都显示了人类把两者结合到一起的意思,并且把两者建构成了人类的基本价值主题。美以善为基础,善以美为依托,完全排除"善"的"美"是不能动人的。同样,善凭借美进入人心更深更快。美作为一种有意味的形式,作为一种理想的感性显现,其中必然要摄取道德的精华,否则徒具形式而缺乏灵魂,是不能持久地散发艺术光辉的。因此,作为人类审美意识形态的文学,当然应该主动地寻找道德的题材,创造富有道德理想、道德美质的艺术形象与艺术境界,从道德领域中生发文学的价值因子。

值得注意的是,道德始终是一个历史范畴,具有极深的时代性,在阶级社会里,更具有十分浓郁的阶级色彩。无可否认的是道德也具有人类的共通性,这种为全人类所共同持守的普遍规则,在人类几大最有影响的伦理体系如基督教、儒教、伊斯兰教等中都有明显的表现。不承认这点,就无法解释不同民族不同文化模式之间的顺畅交流,也无法解释人类心灵跨越时空穿越古今的共鸣感应。这些普遍规则,形成人性的地基,支撑理论界"永恒的人性"的说法。然而,道德更是历史范畴在不同的时代具有不同的形式与内容,这在社会变革文化转型时代表现得异常突出,这种冲突往往也在文学中快捷地体现出来。那些得风气之先的作家就能够创造出具有新道德的艺术形象,来感召人们;而那些固守旧道德的作家,千方百计美化旧人物,这种情形在中外文学史上是很常见的。《红楼梦》曾位列"淫书"而受禁,福楼拜的《包法利夫人》被视为"有伤风化"而被告上法庭,而那些为旧道德辩护的作品受到统治阶级的称颂,也是不乏其例的。

这就意味着必须站在普遍人性与历史理性的双重高度来评判现实的道德。如前所述,道德是历史性的现象,同时也有其超越的属性,作家应当在这种历史与超历史的接合点上,准确地把握真正美好而合人性的道德观念与行为。时代的特色与普遍的人性有冲突之处,也有和谐一致之处。凡是有利于全人类的自由幸福,合乎人类追求自我解放、自由发展,为多数人所信奉的理想,都是作家应该揄扬、播散的。伟大作家向来被誉为社会良知、人类良心,成为民族魂乃至全人类的精神灯塔,就在于他的文学创作能够为人们指示一个美好的人性家园。反过来,有些作品缺乏这种超越时代历史的理想道德,对现存的道德教条津津乐道,有时即使艺术有独到之处,也难免随风而逝。

文学到底怎样发挥它的道德功能呢?

赤裸裸地宣讲道德教条,把文学变成道德守则,这在历史上也是有的,但这种作家实际上取消了文学的自尊。文学的生命在于审美,只有当它对道德现象予以审美观照,在艺术创造里,将道德信条化为亲切可感的优美情感,凝成生动的优美的形象与意境,并且把道德色彩与生活的色彩染成一片,与哲理意蕴、历史含义、政治旨趣诗意盎然地氤氲溽染,才能进入化境,也是艺术的至境。文学诗意地流淌着道德,把道德的枯燥面目化为音乐般优美感人的情感,凝结为古希腊雕像般静穆深沉的艺术形象,让文学接受者在悄无声息的熏陶中冶炼情操,这正是文学道德功能的常态。在今天大众文化风起云涌,后现代状况悄悄袭来的时代,文学的道德功能受到了不小的冲击,色情暴力、道德虚无,抢占了部分地盘。这也说明了文学道德功能的新的增长点。文学就是在这种艰苦奋斗中,依着人类理性之光的照耀,把读者的心灵引到艺术的澄明之境,尽善而又尽美。

**四、文学的文化功能**

文学是人类的一种文化形态,这是大家都能接受的。那么,什么是文化?对文化的定义有很多,具有代表性的有广义的、狭义的和符号论三种。

广义的文化概念是由人类学家所主张的,如英国19世纪人类学家泰勒在《原始文化》一书中这样说:"文化或文明,就其广泛的民族学意义上来说,乃是包括知识、信仰、艺术、道德、法律、习俗和任何人作为一名社会成员而获得的能力和习惯在内的复合整体。"①人类学家马林诺夫斯基的另一重要的文化见解与此相当:"文化是指那一群传统的器物、货品、技术、思想、习惯及价值而言的,这概念实际包含着及调节着一切社会科学。"②他还进一步把文化分出几个方面:甲、物资设备;乙、精神方面的文化;丙、语言;丁、社会组织。许多国家的学者都是从这个意义上来理解文化的。中国学者庞朴将文化分为三个方面:

第一,文化,从最广泛的意义上讲,可以包括人的一切生活方式和满足这些方式所创造的事事物物,以及基于这些方式所形成的心理和行为。如果把文化的整体视为主体的系统,那它的外层便是物质的部分——不是未经人力作用的自然物,而是"第二自然",或对象化的劳动。文化的中层,则包括隐藏在外层物质里人的思想、感情和意志,如机器的原理、雕塑的意蕴之类;和不曾或不需体现为外层物质的人的精神产品,如科学猜想、数学构造、社会理论、宗教神话之类;以及人类精神产品之物质形式的对象化,如教育制度、政治组织之类。文化的里层或深层,主要是文化心理状态,包括价值观念、思维方式、审美趣味、道德情操、宗教情绪、民族性格等等。

这些内涵丰富的文化概念,实质上指的是人类的整个生活,相当于"文明"的概念了,文学自然属于其中。

第二,狭义的文化概念,指个人的素养及其程度,包括受教育程度、知识水平、艺术修养等等。这种概念在日常生活中非常普遍,在理论上的代表有英国评论家马修·阿诺德。

第三,符号论的文化概念。德国的现代文化哲学家卡西尔从符号学的角度提出文化概念,认为文化是人类的符号思维和符号活动所创造的产品及其意义的总和。他认为与其说人是政治的动物或理性的动物,不如说人是符号的动物。人与动物的区别就在于前者能够创造与使用符号。在他看来,人运用符号就创造了文化,文化包括语言、神话、宗教、艺术、科学、历史。人、符号、文化,合为一体,构成了统一的意义系统。

符号论的文化概念试图从人的本质的哲学高度揭示人与文化的相互创生的关系,把文化限定为人的创造意义的符号、活动,文化成为人性表露的各个扇面(卡西尔语),文化成为凝结在符号活动中的人性之花。显然,文化作为一种语言符号活动,广泛地反映人类的社会生活,抒发人类的审美理想,想象人类的美好未来,具有强烈的人本关怀,这正是符号论意义的文化概念。我们说文学是文化的一种重要形态,也是从人运用语言符号创造性地表征人类的全面生活、思想和情感探讨人生的意义,关注人的存在状况。

文学与文化的关系可以从几个层面来看:

一是文学再现人类的文化。文学创造性再现人类的全面生活,最广泛地反映人们

---

① [英]爱德华·泰勒《原始文化》,上海文艺出版社,1992年,1页。
② [英]马林诺夫斯基《文化论》,中国民间文艺出版社,1987年,2页。

的实践活动,以及渗透在实践活动中的各种关系、形态,如政治、道德、经济、军事、艺术等。从文化的外层,物质文化、人化自然,到文化的中层,精神产品如各种社会制度、社会理论以及文化的里层,即文化的心理状态,各种情感、观念,乃至潜意识与无意识,都能在文学活动里以语言符号的形式显现出来。在这个意义上说,文学是文化的重要载体。

二是文学直接创造文化。文化是人类运用符号的成果,文学是作家用语言这种特殊的符号进行审美创造的观念活动,作家把对世界的审美体验、感悟,化成艺术形象,凝结为文学文本,形成精神文化。因此,文学的完成,意味着文化的形成。文学就是文化。

那么,文学如何发挥它的文化功能呢?

文学既然是人类的符号思维和符号活动创造的产品及其意义的总和,既然人—符号—文化三位一体,那么文学的文化功能就必然与人的生存状态、人的生存的意义、人与人的交往沟通境况以及人的诗意理想息息相关。一句话,与人的精神关怀密切相关。文学的文化功能表现在:

首先,揭示人的生存境遇。文化包含人的社会生活的方方面面,文学反映人的社会生活同样也是多视角、多层次的。它不仅仅关注人的物质生活,而且关注人的精神。或者说,它以敏锐的触须伸入人的心灵的各个角落,从人的情感体验、生活欲望到潜意识的隐秘冲动,都试图予以把握、呈现。这样一来,文学便从对人的精神关怀来揭示人的生存境遇,表现对特定时代、特定社会里人的具体存在的生存体验。例如《红楼梦》通过细致入微的描写,具体生动地展示了清代社会贵族家庭那些年轻敏感的青年男女的生活的痛苦与欢笑、梦想与追求。现代西方那些荒诞作品,不管卡夫卡的《城堡》《变形记》、贝克特的《等待戈多》如何荒诞,这些作品都异常生动地揭示了生活在现代西方的人们精神异化到了自己认不出自己的程度。显然,这样的作品在准确深刻地展示现代人的生存困境上,所达到的力度丝毫不亚于深刻的哲学洞见或宗教慧识。它们的文化意义是很明显的。

其次,追问人的存在意义。文化实质上体现了人对自己存在意义的确证,人通过符号实践摆脱了自然自在的原始状态,从而进入了自由发展的历史。符号或者说文化的意义构成了人类文明历史的起点。符号,特别是文字、语言的出现,在中西文化的历史上,都带上了宗教神话的神圣色彩,足以折射出这些原初的符号活动对于人类精神的冲击。如果说,哲学起源于好奇,那么把文学视为苦闷的象征,也自有其抹不掉的道理。这种苦闷,尽管样式不一,然而从深度讲,就是对于人的存在意义的一种不可摆脱的追问、焦灼、迷惘,有时是无可奈何。这种追问,可以是切近的、形而下的,也可能是永远的、形而上的。中国文学的源头《诗经》不断闪现"悠悠苍天"之类的仰望,屈原则以诗哲的迷思由远及近,从上到下地一遍遍地问着天。这种追问一直传到陈子昂在幽州台上的悲叹:"前不见古人,后不见来者,念天地之悠悠,独怆然而涕下。"也传到林黛玉凄绝的呼叫:"天尽头,何处有香丘?"以及贾宝玉"白茫茫大地一片真干净"的彻天彻地的冷寂。西方的文学,从古希腊的《荷马史诗》、悲剧直到现代的各家各派,都贯穿了人生意义的不歇追问,以至于形成这样醒目的派别:存在主义文学。对于人的存在意义的追问,可以说,或明或暗,或强或弱,存在于每一民族文学、每一时代文学、每一文学流派之中,这是文学的人文关怀所必有的。缺乏这种品格,文学就难免鄙俗。

再次,构筑人类的诗意理想。人类靠着自己独有的理想,由无到有,一步一步地走着自由的路,创造的路。这种自由与创造,就表现为无比丰富的物质文化与精神文化。既有的文化孕育着新的文化,人类就是在这种文化的嬗变新生中递进上升。作为文化的重要一环,文学更多地以它的诗意理想表现人对未来的愿望和憧憬,形成一个个文化乌托邦,闪耀着人类精神对美丽新世界的渴望,同时也由此来激发人类创造美好生活的热情、勇气、韧劲。如龚自珍的诗句:"我劝天公重抖擞,不拘一格降人才。"以对新的人才(实际上是对新的人格理想)的渴望,委婉然而有力地表达变革社会的理想,激起了广大知识分子的共鸣,融入随后滔滔滚滚的革命浪潮之中。在俄罗斯文学史上,19世纪新旧社会交替之际,各派作家都试图塑造自己理想的"新人"形象来表达对未来社会的构想。

文学表达对未来的理想,并不是用政治宣言的方式,而是一种诗意想象,也就是说用优美动人的想象构筑出它的"桃花源""大观园""新大陆",这也是文学最能表达人们对未来渴望的原因。

文学的文化价值是很多的。它本身就是文化的重要成果,同时它又是在深厚的文化土壤中形成的,与各种文化形态如历史、政治、道德、宗教、军事、哲学,以及各种艺术门类都息息相通,广泛地吸吮着各方的精华。文学文本以语言符号的形式编码着人类文化的丰富信息,伟大的作品常有"百科全书"的美誉,成为人类文化史的丰碑。值得提醒的是,文学的文化功能,始终离不开文学文本自身,文化的各种形态尽管有时以原初形态呈现在文学文本里,但更一般的情形是被作家以艺术的想象变形,以诗意情感的方式流漾在语言符号之中。今天全球盛行的文化研究,特别在中国,有时似乎忘却了这点。脱离文学的自家特色,把文学读成哲学、政治、社会学等等,这就常常会导致"过度阐释"。

## 第三节 文学价值的脱俗表现

文学价值有两个基本取向:世俗取向和脱俗取向。世俗取向使文学具有游戏、政治、道德、文化、产业等功能;脱俗取向则使文学不仅成为对人类精神状态的一种把握方式,而且也成为人类精神的最重要的体现方式。文学通过形象展现出来的人的内心世界,在精神王国对人类存在状况的思索和人类存在终极意义的追问,都是源于对人类精神状态的把握。文学作为人类精神状态的体现——它通过形象映射出来的思想,不仅能引发人类对自身存在处境的关切,而且能使人获得精神皈依的启示,文学因此为人的心灵找到了一个可供寄寓的家园。在这个家园里,人们或把文学作为生活的导师,或把文学作为生活的"镜子",由于精神有所依托,人们得以暂时逃离尘世俗事的干扰,心灵获得一种空前的自由与愉悦。总之,文学的脱俗取向使文学超越世俗规约,充分显现了文学的审美特性,是文学审美精神的根本体现,正是文学的脱俗取向使文学成为人类十分重要的精神栖居之地。

**一、终极关怀**

文学的脱俗取向首先表现为终极关怀。所谓终极关怀就是人们通过各种方式对人类整体目标即精神彼岸的自由王国所展开的向往、叩问与追寻。[①] 文学对世界和人生的根本问题的终极关怀,主要包含三个基本内容:对终极存在的关怀、对终极解释的关怀和对终极价值的关怀。对终极存在的关怀就是以文学的方式探寻世界的终极根源,在最深刻的层次上或最高的意义上把握世界,它是终极解释和终极价值的基础和根据。对终极解释的关怀就是通过对终极存在的形象言说,对现存的事物和现象产生的渊源做出文学化的说明,也就是在最终的意义上或根源上解释整个世界的存在和发展。对终极价值的关怀就是力图通过对终极存在和终极解释的文学化探求,确立人类在世界中的安身立命之本,为人类自身存在的价值找到一个最稳固的支撑点,奠定人类生命意义的根基,从而在最深刻的层次上确定人类在世界中的地位,为人类认识世界、改造世界活动中的一切相对的价值目标和价值准则,提供根本性的依据和评价标准。因此,对终极价值的关怀表现为探寻人类生存的意义,它指向未来,表现为对人类整体目标的追寻,它是文学终极关怀的根本目的,对终极存在和终极解释的关怀,都根植于对人类自身终极价值的关怀。文学的终极关怀产生于人类特殊的需要,它的形成和发展同人类独特的生存状态和实践目的紧密联系。人作为改造世界的行动主体,其全部活动的指向和目的,在于使世界满足人类自身的需要,创造符合人类本性的自由王国——真善美统一的世界。人类这一独特的生存状态和行动目的,从根本上决定了文学必须从人类的生活实践出发,通过五彩纷呈的形象、复杂曲折的情节和多样化的艺术手法,在最深刻的意义上把握和解释整个世界,运用形象直观的审美方式,间接地揭示人与世界的内在的本质的关系,奠定人类自身在世界中的价值,确认人在世界中的地位及活着的意义。因此,通过审美的方式把握、解释世界和定位人生,探寻和确认人在世界中生活的意义,构成了文学终极关怀的重要内容。

文学的终极关怀首先体现为对哲学终极关怀的依凭和借助。在文学史上,凡优秀的文学作品的无穷意味,莫不得益于哲理的滋养。文学文本中暗蕴的智慧和理性,内敛的刚性和硬度,都是哲学的思考与叩问带给文学的价值。这种思考与叩问使作家得以超然于现实现象之外,在自身之上自由地观照人类的生存和发展,为现实的人祛蔽,给人以警醒和启示。其次,文学的终极关怀还体现在文学以感性的方式对现实世界进行直观审视,用终极价值间接地对现实现象进行审美判断,通过肯定现实中合规律、合目的的事物,澄清人性的美好与丑陋、真诚与虚伪、善良与卑劣,促进人对自我生存状态的自觉。一旦人有了对自我生存状态的自觉,就会养成以自我为对象,以未来为旨归的自律意识,克服急功近利的短视行为,并将这种自律意识转化成实现自我未来生存状态的内在动力,进而强化自己的奋斗意志,努力使自己根据既定的价值目标生存。这样,文学通过其以审美方式指向终极关怀的能力,实现对人类现实生活的提升,生活现象被文

---

① 董学文、张永刚《文学原理》,北京大学出版社,2001年,260页。

学的诗性视野所审视、过滤和纯化,人类的心灵也就自然地被美化。"审美的这种存在方式应该被确定为人类自我意识外化的最适当的形式","这种自我意识只有在人对世界有比较透彻了解的基础上才可能。它必须基于这样一个事实,外在和内在世界已经为人类的前进发展所支配。在人类的自我意识中包含着深刻的美学人道主义"[1]。可见,文学的终极关怀是人类健康发展不可或缺的精神资源。再次,文学作为人的生存意义的自由表达,它以想象的方式结构现实,描绘心灵图景,将虚幻的彼岸世界现实化、形象化,从而实现创作主体与接受主体的自由本质,在内在意义上切近了人类的终极目标。文学借助形象不断拓展人的精神空间和现实审美能力,通过呈现人类精神领域中的某种深邃的心灵感受和生命体验,剥离生活的遮蔽,真实地敞开人类生存的整体图景,使人于自觉自由的体悟中,追问生命的本真,从而不断占有自己的本质,培养高尚的人格,呵护完善的人性,最终加大了"使自己的生命活动本身变成自己的意志和意识对象的可能"。文学的终极关怀是人的自由本质的显现,因为"不管作家写的是随笔、抨击文章、讽刺小品还是小说,不管他只谈论个人的情感还是社会制度,作家作为自由人诉诸另一些自由人,他只有一个题材:自由"。"写作,这是某种要求自由的方式。"[2]

总之,文学的终极关怀是古今中外一切优秀的文学作品孜孜以求的最高境界。它建基于世俗情怀,同时又体现着对它的超越,唯其如此,文学才具有了神奇的魔力,将诗性智慧永久地赋予了人类。

### 二、心灵家园

如果说终极关怀表征的是文学抽象的哲学内涵,心灵家园标志的则是人对文学的深层的心理认同。人们之所以陶醉于文学之中并乐此不疲,原因还在于文学能给人以发现的欣喜和情感的抚慰。这种欣喜和抚慰形成一种无言的吁请,人的心灵受其召唤得以摆脱现实功利的羁绊,歇息于文学这一精神的家园。因此,心灵家园是文学脱俗价值的又一体现。

文学是人心灵的家园,其确切含义是指按心灵家园的图景来创造的文学,通过给人的精神营构一个皈依寄托之所,具备一种使人的心灵得到抚慰和满足的价值。

文学之所以具备这样一种价值,是因为文学作为人的创造物,从一开始就是按心灵家园的图景来设计的。现实中的家园综合了故乡的土地、家等的含义。土地是人存在的前提,而家则是人情感的港湾。没有土地,人将失去存在之根,没有家,人将失去归依之所。故家园是人儿时的摇篮,亲情的发源地,无论人走到哪里,故乡的意象总是如影随形,相伴终生。即使作为一个实际的存在的故乡有可能是愚昧的、贫穷的、落后的,但经过心灵化之后,故乡带给人的却往往是审美的体验,给人留存的是一份美好甜蜜的回忆。所以,家园对人而言是一个永恒的诱惑,时时引发人的归根之念,人的生命历程越是不可抗拒地要告别过去,人的心里就越是对故土、家乡魂牵梦绕,现实家园与幻想家

---

[1] [匈]卢卡契《审美特性》第一卷,中国社会科学出版社,1986年,324页。
[2] 萨特语,引自《萨特研究》,中国社会科学出版社,1981年,23页。

园的纠结,使现实家园经由人的心灵化上升为精神存在的家园之思,这种家园之思强烈地渴望得到满足,但现实家园中的家长里短、功利是非及其贫弱落后,又使人的这种家园之思不可能完全获得满足,相反,甚至使人心生厌恶;及至家乡发生了天翻地覆的变化,人又会觉得青山依旧,人事全非,产生一种陌生、距离乃至失望之感。那么,作为人的精神存在的这种家园之思究竟怎样方能获得满足呢?答案是只能在文学及其他艺术之中,除此之外,别无他途。因为只有文学和其他艺术营构的心灵的家园,才能凭其独具魅力的审美距离,激发人的情感,使人产生强烈的审美体验,获得心灵上的满足。正因如此,作家在进行文学创作时总是点燃心灵的火炬,以自己的主观心灵和世界对话,以强烈的情感体验和文化反思感悟时代氛围,剖析民族心理,编织美妙而动人的世界。无论是写自然对象的田园牧歌、山水小诗,还是讴歌爱情、颂扬人性的即兴之作,抑或是写社会历史、现实斗争的鸿篇巨制,优秀的作家都是自觉地把文学文本看成是人类家园的象征。他们在文本中言说人类的生存境界,灌注人类普遍的情感,读者因为他们的言说流泪、欢笑、憎恨、挚爱,经历大起大落的情感波涛,诱发至善至真的审美体验,从而获得一种前所未有的满足与安慰。所以,康德说:"诗歌通过自由的想象力并限制给定的概念来伸展心灵,在无限丰富的多样性中,它呈现与之相一致的种种可能的形式,这些形式把概念表达与一种不能完全用语言表达的思想丰富性连接起来,从而审美地向理性升华。它强调心灵,以便让人心灵感到了自己自由的、自动的和独立于确定的自然的能力。"[①]正因文学是主体心灵的展现,是主体将自己的心灵、愿望、情感投入客体之中,使客体内化为主体生命的表现与结晶的产物,因而它也就具备了成为人类心灵家园的可能。

那么,作为人类共同的心灵家园,文学如何来体现它的价值呢?

第一,文学可以给人以情感的抚慰与心灵皈依的启迪。文学作为一种踪迹的呈现,它所写的人、事、物,人们都似曾相识,所传达的思想情感也都是人类共同的思想和情感。作家生活阅历的独特性所决定的审美感受的独特性,其实离不开人类共同的审美体验。文学中所运用的一切艺术手法,不管其如何陌生、如何与众不同,都不过是作家为加强人们的通感而设计的艺术途径。作家思想的深刻性与对社会潮流的预见也并不意味着作家可以无中生有创造出世间从无踪影的思想和情感,而只能是他对人世间被掩饰、被遗忘甚至被故意诋毁的思想情感的重新发现。他的思想能力与思想高度比一般人深刻,但他看到的仍然是人自身的情感态度、思维痕迹,我们最多只能说他由个体达到了人类整体的高度,决不会超然到与人类整体分离。因此,作家展现出来的文学世界,总是读者似曾相识的世界,它对读者具有如此强大的吸引力,唤起读者刻骨铭心的体验,引起读者共鸣。同时,又使读者与之保持适当的审美距离,超然于实用功利之上去品味人世人生,获得审美的快感。这个使人感到亲切与美好的过程正好像人对自己家园的神游。因此,在文学的境界里,人们感到就像在家里一样,充满着回乡的温馨与宣泄的愉悦。即使是悲剧作品,由于它或以英雄人物的受难为题材,或以不可抗拒的命

---

① 畅广元、李西建《文学文化学》,辽宁人民出版社,2000年,130页。

运为主题,尽管其中真善美与假恶丑的对立冲突特别尖锐,但由于悲情的释放通过想象的方式达成,不但不会产生实际的危害,还会启迪心智,造成善恶观念,从而更加增强人与人之间的亲和力,"它唤起我们最大量的生命能量,并使之得到最充分的宣泄"①。因此,优秀文学作品给人们提供的,就是这样一个值得信赖可以依傍的心灵家园,在这里,人的各种情感都可以找到自己的归宿,得到深深的抚慰。

第二,文学可以通过吁请个体回到心灵家园,建构个体的审美人格。文学之所以吸引人,原因在于文学塑造了一个美轮美奂的情感世界,这个情感世界形成一种无言的邀请,使人在文学的世界里流连忘返。人们漫步在文学的精神王国,从这一心灵家园中解读生存的智慧与经验,通过心灵的惊颤来解悟人生的意义,个体的审美人格也就因此而获得了提升。所以,文学既是人提升自身素质的宝贵财富,又是个体审美人格建构不可或缺的资源。个体审美人格主要表现为主体自我的审美追求。这种审美追求在文学的精神家园里被启蒙,也在文学的崇高境界中被培养。它塑造主体的审美理想,培养主体追求美的自觉意识,使主体学会以较高的审美价值尺度要求自己,并逐渐地使主体的审美人格超越一般社会人格而具有先锋性。这是因为,首先,文学提供了一个人一生难以遇到的体验各种生活方式的机会。如果仅通过自身的直接经历来理解人生和认识世界,必然会带来人格的不完善。文学通过古今中外千差万别的人生际遇,展示各种不同人的心灵和命运,给主体以参照和借鉴,让主体在审美的状态中感受、体验和理解它们。"这种体验从本质上扩大了人的精神生存空间,在与各色人等的心灵沟通与碰撞中,在对复杂纷纭的命运之旅进行感悟与评价中,在对异质文化的人情世态进行体认和想象中,人们的直接经历的缺欠得到了补偿,而且,他们的思路、情感和心态也随之而拓展、丰富和开放了。"②这样,也就为个体审美人格的完善带来了契机,促使个体体验不同人物的生存信念,提升个体的品位,深化其对人存在本质的理解。其次,文学也为主体提供了一个自省其人格是否健康、高尚的机会。个体既得性的人格往往是比较稳定而狭窄的,这种人格在生活中使得个体对他人的行为和情感所做的阐释和体验,呈现出一种自我中心主义的倾向。这种倾向排他性较强,常常导致体验失衡,既与实际情况不符,又强化了自己原有的成见,最终导致价值判断失误。所以,文学作为人类心灵的家园,为个体反思自己的人格开辟了道路,促使个体对自我进行疗救。因为杰出作家总是通过其富有创意的艺术裁决,对人们于庸俗、闲散生活境遇中形成的消极人格进行导引,使个体通过文学阅读,自觉养成反思意识,从心灵深处对自己进行拷问,省察自己的不足。个体的审美人格就是于这种拷问和省察中不断地被完善,逐渐地被营构。

再次,文学可以使人的灵魂得到净化,人性得到丰满。人性是人类区别于动物,使人走向自身实现自身的重要标志。人作为一种有意义的存在,他在目击存在的同时,也参与着存在。目击与参与的双重特征,使人类既能评价世界,又能评价自身。因而,人也就具有了独立于世界上其他事物之外的意义。著名哲学家海德格尔称人类的这种经

---

① 朱光潜《悲剧心理学》,人民文学出版社,1983年,180页。
② 畅广元、李西建《文学文化学》,辽宁人民出版社,2000年,65页。

验为"生存性"。正是生存性使人类的生命永远都是未完成的工作,"我们总是'处在途中'"①,这也就决定了人必须持续地追求完美的人性。但人性的获得不是一蹴而就的,它是一个艰难的过程。在这个过程中,人类已有的人性会不断被异化、被扭曲,因此,追求人性之路,同时也是一条人性复归之路。人性的追寻或复归,只能借助于实践完成,通过实践丰富人的知、意、情三种潜能才得以实现。"知"相对于自然而言,它派生出科学,通过求真使人触及真理的境界;"意"相对于社会而言,它派生出哲学伦理,通过向善使人获得前进的目标;"情"则相对于人的自我内心世界,它派生出文学艺术,通过创造美的世界使人获得情感上的熏陶。正因为文学艺术有着这样重要的作用,尼采主张在悲剧的社会人生中,人不能仅用道德的、伦理的眼光解释评价人生,否则,就一定会感到人生充满着不公平、不合理、虚伪、欺诈和非正义,从而得出否定人生的结论,而应该"逃往"艺术之乡以审美的态度肯定人生,因为文学"艺术本质上是肯定,是祝福,是生存的神话……悲剧并不教人听天由命","根本不存在悲观主义的艺术,艺术从事肯定,作品从事肯定"②。人只有通过对文学艺术境界的沉浸,才能净化自己的灵魂,使自己获得生存的勇气和力量。由此可见,文学在人类的人性追寻过程中充当着重要角色,它可以恢复并拓展人对生活的感觉,使被扭曲麻木的心灵在情感与良知的洗涤之下恢复活性,重新燃起对生活的热爱之情。在文学中,这一切是通过赞美人、肯定人的创造性来实现的。高尔基说:"人在很多方面还是野兽,而同时人——在文化上——还是一个少年,因此美化人、赞美人是非常有益的:它可以提高人的自尊心,有助于发展人对于自己的创造力的信心。此外,赞美人是因为一切美好的有社会价值的东西,都是由人的力量、人的意志创造出来的。"③从文学世界的本来状态中,不难感到,文学追求美,追求热情与理解、真诚与善良,以及对生活无限的爱,文学即使表现与这一切相反的东西,它必有一个回复正义的立场或良知包容其中,这一切与人们心灵家园的图景是多么的相似。当人们在文学境界中得到人性填充与灵魂净化,那肯定意味着,文学作为人类心灵的家园,无论在精神还是实践意义上,永远也无法与人类的进步和文化的发展相分离。文学永远都是人类无法远离的精神家园。

最后,文学可以使人的内心期待得到满足。文学是一个能够给人提供新的生存维度的精神家园,在这个家园里,人在社会实践中产生的多种心灵上的需求和精神上的期待均能获得满足。具体来说,文学可以满足人的以下几个方面的需求与期待:

一是由爱情、婚姻与家庭的焦虑,及人的社会存在与其本质实现的焦虑共同造成的人在现实中的基本期待。这两种焦虑是现代人经常要面对的,它是人实际生存内容的核心部分,在文学的心灵家园里,人能够为自己找到超越自身现状的意向和克服焦虑情绪的途径。

---

① [美]古尔德《弗兰克尔:意义与人生》,常晓玲、瞿凤臣、肖晓月译,中国轻工业出版社,2000年,67页。
② [德]尼采《悲剧的诞生——尼采美学文选》,周国平译,三联书店,1986年,365页。
③ [苏]高尔基《论文学》,人民文学出版社,1978年,165页。

二是重大社会问题的悬而未决所形成的期待。人活在世上总会遇到一些与自身发展和人类命运密切相关的重大问题,而这些问题的解决,又往往需要一个历史的过程。这期间人们虽不可能天天去想它,但由于它的重大又不能不保存在记忆里,久而久之形成一种潜在的期待。而文学的家园凝聚着深刻的历史经验与教训,在人们身处困境时它可以为人提供丰厚的精神营养,给人提供一种解决问题的借鉴,从而使人的此种期待获得一定程度的满足。

三是艺术创新的期待。艺术创新是文学的生命,文学可以满足人们心灵深处的创新欲望和对创新的期待。作家通过文学的艺术创新展示自己的才思,让自我实现的需要得到满足;读者通过理解文学的艺术创新,悟出人生的真谛,并进而领会人所应该持有的新的生存方式。所以,文学能使人们对艺术创新的期待得到满足。

四是渴望对域外文学的理解所构成的期待。在经济全球化时代,人的生存已不再局限于本民族有史以来的狭隘地域,人们都渴望走出家门,了解故土以外的信息,与外民族交往,在各方面的条件尚存欠缺的情况下,外域文学为人类的交往实践提供了可能。通过这种精神上的交往,人们一方面了解了外民族文化、心理的内在构成;另一方面,也认识了本民族文化的优势和不足。这样,文学在满足人们对域外文学的理解所构成的期待的同时,也为本民族的文化创新提供了契机。

综上所述,文学作为心灵的家园,它为人类提供着多种多样的价值,正是因为这些精神价值的烛照,人类文明的发展才不至于失去方向,人类迈向未来的脚步才不至于迷失在半途。

## 学术新观点

### 一、海德格尔论语言是人存在的家园

在谈论文学是人类心灵的家园这一话题时,我们不能不提及存在主义哲学家海德格尔。海德格尔从其存在主义立场出发认为:人的历史性存在渊源于语言的存在,只有语言才使人成为作为人的生命存在。"讨论语言,给予它以某种地位,意味着不是给语言而是我们自己存在以地位:我们自己就聚集于对语言的拥有之中。"[①]由于我们处处都与语言相遭遇,因此,当人一旦思索自己,注视存在者时,我们很快就发现,我们其实在关注语言。语言在本质上,既不是表达,也不是人的行为,语言是独立的言说。当我们接触文学作品,接触诗歌时,"我们现在是在这首诗中寻找语言的言说"。由于"语言言说着",人只有在响应语言时才言说,只有以应答语言的方式来言说,这样语言就不是无关紧要的东西了。那么,语言的言说是怎

---

① 周宪《二十世纪西方美学》,南京大学出版社,1997年,303页。

么回事呢?我们在哪里遭遇语言的言说?海德格尔说:"最大的可能是在所讲的东西中遭遇到这种言说。因为,言说正是在所讲的东西中完成的。此言说并不在所讲的东西中消失。言说在所讲的东西中得以安全的保持。"①如果我们必须在所讲的东西中寻找语言的言说,那就应该寻找被纯粹地说出的东西,海德格尔认为"被纯粹地说出的东西就是诗"。如此一来,言说便与诗歌、艺术联系起来了。"一切艺术本质上都是诗,因为它使真理得以显现。艺术作品和艺术家所依赖的艺术本质,是真理自行置入作品之中。此乃艺术的诗意本质。"海德格尔之所以认为艺术的本质是诗,是因为他认为诗的本质取决于语言的言说,取决于语言的本质。"语言不是人所掌握的工具,确切地说,它是掌握着人的存在最大可能性的东西。我们首先得确定语言的这个本质,进而才能真正把握诗的活动领域以及诗的本质。"②在海德格尔看来,诗之纯粹的原因在于它与"语言的言说"的统一,语言是本原性的,它没有所谓主体和客体、感性与理性的对立与分裂,诗就是运用了这样一种本原性的语言。现代人在工具理性的操纵下,已经越来越失却人的本原性存在,即丧失了本原性的语言,忘记了自己的本真存在,因此,海德格尔呼吁人应该"诗意地栖居"。所谓"诗意地栖居"就是强调人应该回到自己的本真状态,回到自己生命的家园,实现自己精神的还乡。总之,海德格尔通过把语言和人的本真存在联系起来,揭示了语言之于人的本体地位,正是因为语言的召唤,人的存在才得以敞亮和显现,所以,他认为语言是人存在的家园,诗人则是这个家园的看护人。

### 二、关于文学与信仰的关系

英国文学理论家I.A.瑞恰慈认为:人类的信仰有两种,一种是科学信仰,一种是感情信仰。科学信仰是对事实真相的信仰,"我们或许可以界定为付诸行动的有备心理,仿佛为人相信的科学命题所标志的指称是真实的。在一切环境和一切关系中付诸行动的有备心理是能够进入的"。"感情信仰则大相径庭。往往卷入的是付诸行动的有备心理,仿佛某些指称是真实的,不过这种有备心理所存在于其中的关系和环境受到严格的限制。同样行动的范围一般来说也是有限的。"也就是说,科学信仰是对科学事实的信仰,它和科学命题直接相关,它适用于人类所处的一切环境和一切关系;而感情信仰则不同,它适用的环境、关系以及范围都受到了严格限制。文学信仰属于感情信仰,人们只是在文学经验的特殊环境中才抱有这种信仰,"人们信奉它们是作为产生进一步效果即我们的态度和感情反应的条件,而不同于我们在自然规律方面信奉的信仰,在后一种情况下我们期望它们处处得到证实"。这样,人们对文学的信仰,原因就在于文学达到了它们的效果而并非文学的

---

① 朱立元、陆扬《二十世纪西方美学经典文本》第二卷,复旦大学出版社,2002年,452页。
② 周宪《二十世纪西方美学》,南京大学出版社,1997年,305页。

"可证实"特性。人们读完一首诗,一篇小说,会自然而然形成一种态度和一种感情,这种态度和感情即使在文学经验的特殊环境不复存在、为人忘却的时候,它仍然为人所怀有。可见,文学的这种信仰产生于人们对文学文本采取的接受态度以及形成的经验。当然,感情信仰不像科学信仰一样有明确的客观对象,但这并不意味着感情信仰毫无价值,而是相反,"从本身来看它们往往是最有价值的,前提是它们不给自身提供非法对象"。感情信仰的价值体现在:它不是以关于事实的信仰来支持我们的态度,而是让我们的心灵受到保护,使我们的心灵不致"遭受暗中为害剧烈的变态","正是在这样的场合诸门艺术好像推开了生存的负担,我们自身好像洞见了事物的实质"。这意味着由于我们面对文学时的有所准备、有所接受、有所理解的态度,我们的感情信仰使我们得以"廓清幻想而成为一个启示的接受者"①。

### 三、T.S.艾略特论宗教与文学的关系

艾略特在他的文学论文《宗教和文学》中认为,宗教和文学的联姻产生了三种不同的文学。第一种是具有高度文学价值的"宗教文学",比如英国国王詹姆士一世在位期间钦定的《圣经》英文译本。第二种是"宗教的"或"虔诚的"诗歌。第三种是"宗教宣传文学"。对于"宗教文学",艾略特认为创作这些文学的作家除了他们的宗教目的,"还具有从属于他们目的的运用语言的才能,这种才能足以使一切对于这些作家所抱的不同目的并不关心,却能欣赏写得很好的语言的人们,对上述作家的著作深感兴趣,爱不释手"。但是对宗教文学的这样一种欣赏并不是一种正确态度,原因在于这种态度"把'圣经当作文学',达到了心醉神迷的程度",而忘记了《圣经》的宗教目的和宗教精神。至于"宗教的"或"虔诚的"诗歌,艾略特认为它是一种次要的类型。"宗教诗人并不是用宗教精神来处理全部诗歌题材的一位诗人,而是只处理全部诗歌题材中一个有局限的部分的一位诗人:这位诗人排除了人们通常认为是人类特性的一些主要激情,因此也就承认了他对这些激情的无知。""宗教宣传文学"指的是"真诚地渴望促进宗教事业的人们所写的文学作品"。这类作品出现的目的,旨在使早已脱节的宗教和文学恢复联系,但由于此种文学不是"一种不自觉地、无意识地表现基督教思想感情的文学",而是一种"故意地、挑战性地为基督教辩护的文学",因此,它也不是一种理想的文学样式。通过对上述三种文学样式的评判,艾略特提出了"文学批评应该用明确的伦理和神学观点的批评来加以补充"的看法。因为作为纯文学的读者,其职责是要知道什么是我们的爱好,而作为基督徒兼文学的读者,他的职责是要知道我们应该爱好什么。所以,对于基督徒而言,就"有责任自觉地坚持文学批评的某些标准和尺度,这些标准和尺度优越于世间其他人所运用的",并且"我们所阅读的每一样东西都必须用这些尺度和标

---

① [英]I.A.瑞恰慈《文学批评原理》,百花洲文艺出版社,1992年,248页。

准来检验"。只有这样,人们面临自己与大部分当代文学之间的鸿沟,才能或多或少地受到保护,"免受当代文学之害",也才"能够从当代文学当中提取它所能为我们提供的任何教益"①。但是,如果真像艾略特所鼓吹的,把宗教精神、神学观念作为文学批评标准的补充,文学自身的独立性势必会削弱,文学自身的价值势必会逐渐地消亡,文学很有可能会蜕变为宗教思想的传声筒,这些问题值得我们警醒和深思。

**讨论提示**

1. 为什么说文学的终极关怀源于人的哲学本质?
2. 文学的终极关怀与哲学的终极关怀有何不同?
3. 为什么说文学是心灵的家园?

---

① [英]T.S.艾略特《艾略特文学论文集》,百花洲文艺出版社,1994年,237页。

# 第七章　中外文学理论比较论

## 第一节　中国传统文学理论的基本特征

中国传统文学理论的内容十分丰富，对其基本特征的总结也可以见仁见智，给出多种不同的归类名称。这里从中国传统文学理论最为突出的特点出发，并吸收最新的研究成果，将其归纳为三个基本特点：思维方式上的感悟式；主导性内容上的原人论；表现手法上的象喻化。

### 一、感悟式

感悟式作为一种思维方式，用现代思维学的术语来说，就是一种整体直觉思维。这种思维与重分析重推理的逻辑思维不同。它以经验感受为基础，将人与社会及整个自然界看成是一个有机的整体，相互间常常浑融不分，因而在认识客观世界时非常重视主观的直觉。许慎《说文》释"一"云："惟初太始，道立于一，造分天地，化成万物。"天地万物为一体，人处其间，"天生神物，圣人则之"①。因为人作为主体与外界客体在本质上是同一的，故有可能不依靠概念分析和判断推理，而依靠直观，将自身融合于对象之内的体认，灵感式的妙悟，直接把握事物的本质。这种思维方法在创作中的体现就是所谓的"感兴"，在欣赏和批评中的体现就是所谓的"妙悟"。

1. 关于创作中的"感兴"

在中国古代文论家中，最早对文学创作的"感兴"现象进行分析和描绘的是陆机。他在《文赋》中说：

> 若夫应感之会，通塞之纪，来不可遏，去不可止，藏若景灭，行犹响起。方天机之骏利，夫何纷而不理？思风发于胸臆，言泉流于唇齿。纷葳蕤以驳遝，惟毫素之所拟。文徽徽以溢目，音泠泠而盈耳。及其六情底滞，志往神留，兀若枯木，豁若涸流。揽营魂以探赜，顿精爽于自求。理翳翳而愈伏，思乙乙其若抽。是以或竭情而多悔，或率意而寡尤。虽兹物之在我，非余力之所戮。故时抚空怀而自惋，吾未识夫开塞之所由也。

---

① 《周易·系辞传上》。

在这里,陆机比较了"应感之会"时的文思泉涌和"六情底滞"时的文思枯竭,他尤其强调了"虽兹物之在我,非余力之所戮"是作家自己所无法控制的。这种无法控制,也正是逻辑思维的无能为力之处,现代思维学则称之为灵感思维。

"应感之会"的来去虽然是逻辑思维所无法控制的,却是可以"养"的。刘勰在《文心雕龙·养气》篇中就认为感兴现象乃是人神气旺盛精力充沛时才可能有的;如果精神过于疲劳,情绪低落,气衰力竭,就不可能出现感兴现象。为此,要使创作进入感兴状态,就必须养气保神,其关键则是要使神志清醒,具有虚静的状态,而不要被许多杂事杂念所干扰。他说:

> 夫学业在勤,故有锥股自厉,志于文也,则申写郁滞,故宜从容率情,优柔适会。是以吐纳文艺,务在节宣,清和其心,调畅其气,烦而即舍,勿使壅滞,意得则舒怀以命笔,理伏则投笔以卷怀。

文学创作有自己的特殊规律,不同于孜孜不倦地钻研学问,不需要"锥股自厉",而要求"从容率情""清和其心",在心平气和、精神舒畅的状态下,"应感之会"才有可能到来。

2. 关于欣赏与批评中的"妙悟"

在中国古代文论史上,讲"妙悟"讲得最多、影响也最大的是严羽,他在《沧浪诗话》中说:

> 大抵禅道惟在妙悟,诗道亦在妙悟。

他所谓的"妙悟"就是识得"第一义",知道汉魏盛唐诗为上乘,大历以后诗为下乘。其《诗评》云:

> 诗有词理意兴,南朝人尚词而病于理,本朝人尚理而病于意兴,唐人尚意兴而理在其中,汉魏之诗,词理意兴,无迹可求。

显然,妙悟的"第一义"即是词理意兴浑然无迹的诗境。仅就浑然无迹而言,苏轼与黄庭坚以至江西诗派中的一些人都有类似的主张,可以说凡以妙悟论诗者都主张无迹,有迹亦非悟。问题是如何理解浑然无迹,或怎样才算浑然无迹,也就是悟出的是什么。苏、黄、范、陆各有所悟出者,严羽的悟出则是体制,以辨识汉魏盛唐的风格与中晚唐乃至宋人风格之差异,所谓"辨家数如辨苍白,方可言诗"。又云:"唐人与本朝人诗,未论工拙,直是气象不同。"而"悟"的获得则必须通过"熟参",即"熟读""朝夕讽咏""酝酿胸中,久之自然悟入",于是而能辨识汉魏盛唐与中晚唐及宋人诗的差异。故严羽的体悟方法是从气象、风格入手,熟参妙悟,而后以能明辨汉魏唐宋各家各派的体制为悟出,亦即立足于艺术风格,深入下去,悟出种种差别,并树立以词理意兴浑然不分为第一义的艺术观点为悟出。苏、黄、范、陆所悟出者,都有突破作品而悟及其他的倾向,严羽则不然,乃专注于艺术风格本身去深入地体悟。这样的体悟,有其长处亦有其短处。长处在风格辨析细致,品味深入,于后世诗学发展影响甚大,明清的格调说、神韵说无不受其启发;短处是未能由文学悟及其他,如人生体验、人格精神、社会风貌等相对地被忽略了,这样必然导致欣赏与批评缺乏深度。

宋人之所以喜欢"以禅喻诗",主要是因为禅学参禅悟道的过程与诗学中的体悟十分接近。禅学重悟,远自佛祖释迦牟尼"拈花微笑"的传说,近及《坛经》"如人饮水,冷暖自知"之言,都突出了禅悟的直观性及不可言喻的特征,这与诗歌欣赏及批评的妙悟正相契合。禅宗六祖慧能向弟子们说法,最强调的也就是顿悟,他认为人性本自清净如日月常明,只因云遮雾障而隐没,而"顿悟"就如同"忽遇惠风吹散卷尽云雾,万象森罗,一时皆现",于是,"吹却迷妄,内外明澈,于自性中,万法皆现"①。可见,这种"顿悟""感兴",与"妙悟"没什么两样,它们均是否定中间认识环节的直接领悟,是一种否定循序渐进的、瞬间突发的跳跃性感受,是一种不假理性概念的直觉性观照,是一种不割裂知情意的全神贯注的一次性体验。这种直觉妙悟,就对象的把握而言,不是知性分析和肢解,不是逐层剥离和抽象,而是整体观照。

## 二、原人论

"原人"一词在中国古代文论中早已有之,只是词义很不一致,《孟子·尽心下》云:"一乡皆称原人焉,无所往而不为原人。"这里的"原"同"乡愿"的"愿",作形容词用,"原人"即是貌似诚实谨慎的人。唐代的韩愈曾作《原道》《原人》等著名的"五原"论,佛家宗密也写了中国思想史上颇有影响的《原人论》,这里的"原"作动词用,是推究其本原的意思,"原人"也就是考究人的本原。以上两种意思自然都不是本教材所要阐释的。这里所标举的"原人"之"原",与《文心雕龙·原道》《淮南子·原道训》所用之"原"的意思相当。高诱注《淮南子》"原道"云:"原,本也。本道根真,包裹天地,以历万物,故曰原道。"刘勰在《文心雕龙·序志》篇中则更为明确地解释"原道"为"本乎道"。因此,"原人论"就是以人为本原,这当然不是指从哲学意义上去考究人的本原,而是说在中国古代文学理论批评体系中,其核心内容就是以人为本原的。②

中国古代文学理论体系的核心是以人为本原,亦即"原人"。原人的具体化,主要表现在两个方面:心化和生命化。

### 1. 关于文学的心化

人之所以为人,其最根本的特点就是有"心",亦即有意识、有思维、有欲求、有情感,有无比复杂的头脑和无限丰富的精神活动。人在对外界事物的接触、体验、认识和再创造的过程中,往往将天下之物心化,即将客观的世界与主观的精神相融合,从而以文学

---

① 《六祖法宝坛经》。
② 本章所采用的观点来自黄霖、吴建民、吴兆路所著《原人论》,复旦大学出版社,2000年,后文引用不再注明。

作品的形式创造出心化了的"第二世界"。中国古人从来就强调人之心在文学创作中能动的、突出的地位,而不是将文学创作看成是简单的模仿。因而,"诗言志"的理论在中国古代文论中一直居于一种不可动摇的核心地位。文论家在论述文学创作时,从感物动心的创作发生,到细论心物之间的互动关系,再到意象的生成、意境的创造,以及创作心境的不同等有关心化的问题,都有所关注和阐发,由此构成了"心化"论的一个比较完整的体系。因此,刘熙载在《游艺约言》中所说的一句话最能切中肯綮:"文,心学也。"

"心化"理论的第一个表现就是"诗言志",它首先出自《尚书·尧典》:

> 诗言志,歌永言,声依永,律和声,八音克谐,无相夺伦,神人以和。

这里讲到了诗歌与音乐、舞蹈三者之间的关系,其核心即是"诗言志",音乐、舞蹈则是"言志"之诗的表现手段。这实际上是揭示了文艺的本质特征就是"言志",即"言诗人之志"。"诗言志"被后世称为"千古诗教之源"[①]和中国诗论的"开山的纲领"[②]。它奠定了中国古代文论"原人"及其"心化"论的基础。由此而往,在中国古代文论的历史长河中,将文学看成是作者个人主观心志的表现和外化的主张一直是一股不断的主流,相似的论说滔滔不绝。这里略举三段:

> 诗者,志之所之也。在心为志,发言为诗。情动于中而形于言,言之不足故嗟叹之,嗟叹之不足故永歌之,永歌之不足,不知手之舞之足之蹈之也。[③]
> 
> 言志乃诗人之本意,咏物特诗人之余事。古诗、苏、李、曹、刘、陶、阮,本不期于咏物,而咏物之工,卓然天成,不可复及;其情真,其味长,其气胜,视《三百篇》几于无愧。凡以得诗人之本意也。[④]
> 
> 诗者,人志意之所之适也。虽有所适,犹未发口,蕴藏在心,谓之为志。发见于言,乃名为诗。言作诗者,所以舒心志愤懑,而卒成于歌咏。故《虞书》谓之"诗言志"也。包管万虑,其名曰心;感物而动,乃呼为志。志之所适,外物感焉。言悦豫之志则和乐兴而颂声作,忧愁之志则哀伤起而怨刺生。《艺文志》云:"哀乐之情感,歌咏之声发",此之谓也。[⑤]

这里所引录的三段至少有两点值得注意:一是肯定了言志为诗人之本意;二是志、情、心三者没有严格的界限,均是指人的思想感情;三是词的运用可以自然转换,在更多的情况下,"心"和"志"的转换均落实到了"情"。这样就形成了中国古典文学的一个突出特点:以浓郁的抒情色彩著称于世。

---

① [清]刘毓崧《古谣谚序》。
② 朱自清《诗言志辨·序》,朱自清撰《朱自清说诗》,上海古籍出版社,1998年,4页。
③ 《毛诗序》,郭绍虞主编《中国历代文论选》第一册,上海古籍出版社,1979年,63页。
④ [宋]张戒《岁寒堂诗话》,郭绍虞主编《中国历代文论选》第二册,上海古籍出版社,1979年,372页。
⑤ [唐]孔颖达《诗大序正义》,郭绍虞主编《中国历代文论选》第一册,上海古籍出版社,1979年,5页。

"诗言志"的影响还不仅仅体现在诗歌领域,延伸到戏曲和小说领域,也同样强调"言志述情"。汤显祖《董解元西厢题词》云:"志也者,情也。……万物之情,各有其志。董以董之情而索崔、张之情于花月徘徊之间,余亦以余之情而索董之情于笔墨烟波之际。董之发乎情也,铿金戛石,可以如抗而如坠;余之发乎情也,宴酣啸傲,可以以翱而以翔。"①有人怀疑这篇文章是伪托汤显祖之名,但从基本精神看,倒是与汤显祖一贯强调的"世总为情,情生诗歌"的观点相一致,《牡丹亭》中的杜丽娘也因情而死又因情而活。这也是戏曲领域强调"言志述情"的最为典型的例证。在小说领域,蒲松龄作《聊斋》是为了寄托"孤愤"②,曹雪芹著《红楼》"大旨谈情"③,陈忱写《水浒后传》更感叹道:"嗟乎!我知古宋遗民(作者之托名)之心矣。穷愁潦倒,满腹牢骚,胸中块磊,无酒可浇,故藉此残局而著成之也。"④在批评家看来,小说的成功也就不仅仅在于故事如何地动人,而且也在于如何地传情达意。这也正是容与堂本《水浒传》评语所说的:"只为他描写得真情出,所以便可与天地相终始。"显然,中国古代的戏剧和小说作为叙事文学,其创作和理论在维护其写人写事的基本特征的同时,也十分注重其传情写意性,即也具有"心化"的特点。

其实,在上面所引三段文字中,还有一个重要的问题值得注意,那就是"心"与"物"的关系问题,孔颖达认为"志之所适,外物感焉",点出了情感由"物"到"心"的启动过程,但论述似乎简单了点。在这一问题上,刘勰的论述更为准确也更为全面一些。他在《文心雕龙·明诗》中说:

> 诗者,持也,持人性情。……人禀七情,应物斯感,感物吟志,莫非自然。

在这里,刘勰是站在以"人"为本的立场上,以"人心""性情"为中心,逐步注意双向地观照物⟷心(性情)⟷文的创作发生的全过程。刘勰所论述的实际上是两层关系:一是心与物的关系;二是心与文的关系,亦即"感物"和"吟志"两个层次。在"感物"阶段,刘勰肯定了物的第一性,因为"应物"才有"斯感"。但他并不就此认为"人心之动"完全是消极被动的,而是认为人可以积极主动地去"感物",强调"感于物而动"。这也就是说:其一,认为世界万事万物中只是有"心",即有性情的"人"才能去感物和被物所感动,因为"应物斯感"的前提是"人禀七情";其二,认为人是能动的,是以"人"为本位去"感物",而不是从物的角度来"感人"。也正因为人主动地去感物,也就能使物带上不同的色彩,用梁启超的话来说,就犹如"戴绿眼镜者,所见物一切皆绿;戴黄眼镜者,所见物一

---

① 郭绍虞主编《中国历代文论选》第三册,上海古籍出版社,1980 年,152 页。
② [清]蒲松龄《聊斋志异自序》,郭绍虞主编《中国历代文论选》第三册,上海古籍出版社,1980 年,331 页。
③ 《红楼梦》第一回,郭绍虞主编《中国历代文论选》第三册,上海古籍出版社,1980 年,442 页。
④ [清]陈忱《水浒后传原序》,郭绍虞主编《中国历代文论选》第三册,上海古籍出版社,1980 年,322 页。

切皆黄。口含黄连者,所食物一切皆苦;口含蜜饴者,所食物一切皆甜"①。总之,在心与物的关系中,人与物是交相作用的,而人又是处于中心、主动和积极的地位,正如《乐记》所说的:"其本在人心之感于物也。"

关于文学家的感物动心,我国古代的文论家还认识到了有"顺动"和"逆动"两种不同的流向。所谓"顺动",就是与此时此景的氛围相一致,或者与对此景此物的传统认识相协调。早在先秦时代,人们就认为"凄然似秋,暖然似春,喜怒通四时"②。这种看法后来与天人感应等学说结合起来,影响就更为广泛,如董仲舒所说的:"喜气取诸春,乐气取诸夏,怒气取诸秋,哀气取诸冬。"③"人生有喜怒哀乐之答,春秋冬夏之类也。"④就文学创作而言,陆机《文赋》所说的"悲落叶于劲秋,喜柔条于芳春;心懔懔以怀霜,志眇眇而临云",就是顺动的极好例子。肃杀的秋天与悲凉之感,明媚的春天与喜悦之情,严寒的冰霜与畏惧之心,飘逸的云彩与高远之志,都是相应相和的。由此物,生此情;由此情,咏此物。这是在文学家感物动心过程中最为常见的。与此不同的是,有时文学家在感物动心时,从表面看来其情与物恰恰是相乖相反的。《诗经》中的著名诗句"昔我往矣,杨柳依依;今我来思,雨雪霏霏"就是一个典型的例子。王夫之在《姜斋诗话》中指出,这是"以乐景写哀,以哀景写乐,一倍增其哀乐"。实际上,对于这种逆动式的感物动心,有不少诗人深有体会,如谢灵运《卢陵王诔》于春日悼王云:"自君王之冥漠,历弥稔于此春。聆鸣禽之响谷,视乔木之陵云。咸感节而兴悦,独怀悲而莫申。"萧衍《孝思赋》于春夏佳日悲悼亲人则曰"对乐时而无欢,乃触目而感伤"。杜甫《春望》在鸟语花香的春季中感叹国破家亡的哀伤时,则更是"感时花溅泪,恨别鸟惊心"。这些都是在美景中写哀情,用哀情来写美景。哀情由美景的衬托而更加强烈,美景也由此而完全被哀化、心化了。

2. 关于文学的生命化

生命化,这是由于人还是一个生命的实体。生生不息,以生为本,就是中国古代哲人对于世界本质的一种普遍认识。具有强烈的生命意识的中国古人自然地用"生"来观照天地万物,对待文学创作,也将文学视作与人一样的生气充盈,活力弥漫乃至是血肉完整的生命实体。中国古代的相术及魏晋的人物品评的风气,也从不同的侧面影响了文学"生命化"理论的形成和发展。诸如"文有神,有魂,有魄,有窍,有脉,有筋,有奏理,有骨,有髓"⑤之类,直接用人体来比喻、讨论文学问题的论述随处可见。气、气象、情、志、神、意,以及文体、结构、文势、文脉、风骨等渗透着生命精神或生命形式的理论概念,充分地显示了中国古代文论的民族特色,揭示了文学具有生命化的本质特征:它就是人的生命的文学化。这就无怪乎早在 20 世纪 30 年代,钱锺书就指出了"中国固有的文学

---

① 《饮冰室合集》第六册《自由书·惟心》。
② 《庄子·大宗师》,见陈鼓应《庄子今注今译》,中华书局,1983 年,169 页。
③ 《春秋繁露·阳尊阴卑》。
④ 《春秋繁露·为人者天》。
⑤ [清]王铎《文凡》。

批评的一个特点",即是"把文章通盘的人化或生命化","把文章看成我们自己同类的活人"①。由此可以说,文学活动的实质,是一种生命活动,是人类生命高度成熟的表现。

生命化文学论作为一个内涵丰富、意义深刻的文学理论命题,它不是仅从语言媒介这种文学的表层去认识文学,并将无限丰富的文学简单地界定为"语言艺术",也不是仅从认识论、反映论出发,将文学界定为"现实生活的反映",而忽视文学中极其复杂的人的存在和生命的存在。"生命化"文学论是着眼于文学作品的实质内容,而对作品本体所做的本质概括。这种概括反映了文学作品在内容和形式方面的无限丰富性和深刻性。就内容方面而言,它表明文学作品具有与人的生命精神同样丰富复杂的内容,凡具有一定审美价值,表现着人的生命情感、精神、人格、志向、意趣的事物,都是文学的表现对象,都可能成为文学的内容。就形式方面说,它表明文学作品同人的生命一样,是一个完整、和谐、统一的有机体,充满着勃勃生机,而绝不是纯粹的文字堆积、词句拼凑或纯技巧法规的运用。这种概括向我们昭示,文学生命同人的生命密不可分,文学生命来自人的生命,人的生命灌注于文学作品,从而文学作品才有勃勃跃动的生命活力。

生命化文学论的基本内涵,一是指文学创作是作家生命活动的过程,文学创作的每一环节无不与作家的生命活动息息相关;二是指文学作品是作家生命的艺术结晶,文学作品凝聚着作家的生命精神;三是指文学欣赏是读者的生命需要。因而,生命化文学论既涉及创作过程中作家生命活动的种种复杂情况,包括作家的生命体验、文学创作的生命动力、作家的自身生命状态,以及创作发生、艺术构思、艺术表现等具体创作环节中作家生命活动的特点;同时,它还涉及作品文本的生命特征,包括作品生命的内容要素、作品生命形式及作品风格与作家生命的关系等。考虑到有些内容与"心化"论略有重复,故这里着重从作品论的角度进行分析。

文学理论作为对一定文学现象的理论总结和概括,必须以一定的文学现象为其产生的先决条件。生命化文学论作为对中国古典文学的理论概括,它所产生的最基本、最直接、最重要的条件,只能是源远流长、丰富多彩的中国古典文学。

如果从生命学角度考察中国古典文学,不难发现它的一个非常鲜明的特征,就是极富生命精神。这首先就表现在最古老的原始神话传说故事中,如《淮南子·本经训》中的"后羿射日",太阳、大风都是有生命的;《山海经·北山经》中的"精卫填海",神鸟精卫不但有人的生命特点,能呼叫自己的名字,而且有人的精神意志,坚持填海不止。这虽然只是原始初民的幼稚而简单的天真幻想,却可以说明两个问题:其一,原始初民有着极强的生命意识。在他们眼里,万物有灵,万物皆活。这种强烈的生命意识对后世的创作产生了深远影响,如先秦诸子的寓言故事中,井中蛙、鸟、河蚌、蜩等动物都有人的生命,后来柳宗元等人的寓言也是如此。其二,中国原始文学以歌颂生命之美好、歌颂人之伟大为主旋律,表现了原始初民不为命运所压倒,不为自然力所屈服的可贵精神,表现了他们对人之生命力量的自信。这为中国古典文学的创作开辟了良好的开端。此后三千年的中国古典文学,无不以展现人之生命、歌颂人之生命为基本主题。从诗歌创作

---

① 钱锺书《中国固有的文学批评的一个特点》,《文学杂志》1937年1卷4期。

方面看,中国古代诗歌首先关注和表现的是人,人的情感、心理、精神、命运及人的整个鲜活灵动的生命,在《诗经》、楚辞、汉乐府等各朝各代的诗歌中无不得以充分表现。中国古典诗歌以抒情诗为主,以袒露人的内心世界、精神世界为基本功能,隐藏于古人内心世界的生命之欲求、生命之欢乐、生命之压抑、生命之悲哀,无不借助于这种诗歌而流泻出来。一部中国诗歌史,也就是一部中国人的心灵史、生命史。从散文创作方面看,古代说理散文讲究气势,气势壮大,自然动人心魄,如韩愈散文有长江大河之气势,格外感人。文之气势体现着作家的精神气魄,根源则离不开作家强壮旺盛的生命力。古代写景散文讲究意境创造,景中有人,乃为上品,如柳宗元之精品《至小丘西小石潭记》,以潭之幽凄寂凉之境,象征作者被贬后的孤独落寞处境,二者同构互联,从而意境独出。文中虽然皆写景,但文字背后却流动着作者之深切情感,透过文章,读者可以触摸作者痛苦的生命。另外,古人赏文喜用文质、形神、文气、言意等概念,两者相较,而更重神、气、意、质。"文以意为主""以神为贵""文得元气便厚""意犹帅也"等观点为古人所确信不疑。所谓重神、重气、重意、重质,实质为一,即重人之精神,重人之生命。从小说、戏曲创作方面看,中国古代小说、戏曲虽然起步较晚,但始终是以人物命运为创作核心的。在这种叙事文学中,我们能够直接看到人的种种命运遭际,人的种种生命活动,能够直接看到更为具体、形象、完整、生动的人。古代小说如《三国演义》《水浒传》《红楼梦》等,古代戏曲如《西厢记》《牡丹亭》《桃花扇》等为我们提供了一系列鲜活完整的生命。透过这些作品,我们不仅能够看到作品中人物的生命活力,甚至能看到作者的生命脉搏跳动。如杜丽娘的命运起伏牵动着汤显祖的情感升降,曹雪芹辛酸的情感泪水随着心爱人物的不幸遭遇而流淌。中国小说、戏曲多以大团圆结局,同西方古代小说、戏剧崇尚悲剧结局迥异,实际上这是表现了中国古人希冀欢乐战胜痛苦、生命战胜死亡、人生战胜命运的强烈旺盛的生命意识和自信开朗的乐观精神。

歌颂生命,表现生命,是三千年中国古典文学的基本特点,如果比照一下西方文学,这一特点就显得更为鲜明突出。欧洲文学源于古代希腊,古希腊人生活的环境是贫瘠的希腊半岛和岛屿星布的爱琴海,极差的农业生产条件和便利的海上交通,促使他们从事海上经商和种种冒险活动。恶劣的自然环境是他们必须与之展开斗争的异己力量,自然力量是如此强大,而人的力量却如此弱小以及与之展开斗争的手段的简单,斗争过程中不可避免地经常失败,使他们不可避免地产生种种悲观情绪。对于大自然的残酷和宇宙的恐怖的毁灭力量,古希腊人深有体会。人无法主宰自己,命运总是捉弄人、毁灭人,命运是不可战胜的。古希腊人的这种心理情绪,构成了古希腊文学的基本主题,因而无论是悲剧或诗史,都大量充斥着厄运、战争、流血和死亡。影响到后来的欧洲文学,也大多描写死亡战胜生命,命运战胜人生,人总是被动的、弱小的,虽然主人公充满英雄气概和斗争精神,但抗争是无用的,命运是不可抗拒的,人注定要失败、毁灭。西方文学也由此充斥着种种忧伤、烦恼、失望和沮丧。中国古典文学则完全不同,很少有对厄运、死亡、流血的直接歌颂,而大量的是对生活的执着追求,对生命的热烈歌颂,对人生的无限眷恋。即使生活坎坷命途多舛,遭受了种种打击和不幸,对社会现实极度地失望和厌恶,也总能找到抚慰心灵、安顿生命的办法,那就是回归自然走向田园,以大自然作为自己安身立命舒展心灵的最后乐土,在大自然中重新找到生命之安慰、生命之欢乐。竹林七贤、陶渊明、谢灵运、王维、苏轼及宋、明遗民,莫不如此。对于中国古典文学的这种特点,王国维在《红楼梦评论》中曾有过很好的评述:

> 吾国人之精神,世间的也,乐天的也,故代表其精神之戏曲、小说,无往而不著此乐天之色彩:始于悲者终于欢,始于离者终于合,始于困者终于亨;非是而欲餍阅者之心,难矣。①

国人之世间精神、乐天精神,实际上也就是对生命之美好、生命之幸福、生命之欢乐的执着追求精神,赖此精神,中国古典小说戏曲总不肯以"悲""离""困"为结局,而大多以欢乐热闹的大团圆为结局。因此,表现生命,歌颂生命,观照生命,体验生命,是中国古典文学的基本特点,在这种文学土壤上产生的文学理论,强调文学与人的生命之间的密切关系,强调人的生命精神对于文学的巨大意义,强调文学与人之生命的一致性,也就是顺理成章的了。

## 第二节　西方文学理论的基本特征

与中国古代文论相似,西方文学理论也有同样悠久的历史。一些西方文论史家认为,荷马在他的史诗的卷首中向缪斯女神呼求灵感,这种行为便暗示了一种诗的创作理论——即诗篇的形成乃是神赐灵感的结果。这便是古希腊文学理论最早的萌芽。从古希腊柏拉图、亚里士多德开始的古典文论一直到当代各种各样的新论,西方文艺理论一直呈现出兴旺发达的局面。世界各民族文学理论虽然在不同的时期,都有着不俗的业绩,但不像西方文论一样有着较严密的体系和发展脉络。西方文学理论在长期的历史发展过程中,形成了一些自身的基本特征。概括起来说,就是文学理论的形式化、逻辑性及高度系统化、理论性。

### 一、理论化、系统性

中国传统文论重视感性解读,重视对文本的直接体悟,以感性直观来圈点文学现象,而不太注重实际上也无法去实现逻辑化推演。因而中国古代文学理论感悟性的理论很多,中国文人对诗的一些理论看法往往见之于诗话、词话中,或其他著作中,多半是三言两语,简言要义,涵盖面颇广。所以,中国古代文论诗话、词话类的点评很多,而系统的文学理论尤其是纯粹的诗学著作却极为罕见,缺少像《文心雕龙》《诗品》这样的专著,而这样的专著在西方是相当多的。西方文学理论恰好相反,它不是从作品的感性阅读中产生,而是基于对世界的基本看法,是文学在世界观基础上的理论化过程,它建立在理性基础上,用逻辑实证的方式实现理解世界的目的。因此,我们说中国古代文艺

---

① 黄霖、韩同文编《中国历代小说论著选》下册,江西人民出版社,1985年,155页。

理论是从文学实践中产生的,是代表一种实践理性的理论,而西方文艺理论则是一种抽象的理论。中西方文学理论的思维路线有着很大的差别。中国古代文论走的是从个别到一般的思维路线,而西方文艺理论走的是用一般来指导个别的思维路线。

西方文艺理论的特点之一就是其理论化。西方文艺思想肇始于古希腊。柏拉图、亚里士多德等人提出的"模仿"说是西方最权威的文艺本质论。柏拉图在其《理想国》中首次把文艺比作"镜子",认为文艺家就像镜子一样,是事物外形的制造者。这是西方文艺理论上最早的"模仿"说理论。柏拉图的弟子亚里士多德也认为,艺术就在于它惟妙惟肖地模仿自然。这种模仿自然的艺术本质论,在西方古代占据着显赫的位置,从古希腊起一直到19世纪,基本上坚持这种基本理论倾向。文艺复兴以后的文艺家们,许多都接受古希腊模仿说对文艺与现实关系的理解,多把文艺看作反映现实的镜子。达·芬奇说:"画家的心应该象一面镜子,永远把它所反映事物的色彩摄进来。"①莎士比亚在其名剧《哈姆雷特》中也借人物之口说出:"演戏的目的,都是仿佛要给自然一面镜子,给德行看看自己的面貌,给荒唐看看自己的姿态,给时代和社会看看自己的形象和印记。"②18、19世纪的西方现实主义小说家,如英国的菲尔丁,德国的莱辛,法国的司汤达、雨果、巴尔扎克等,都常常自称是自然的模仿者,或把自己的作品比作反映生活的镜子。马克思在《资本论》中称赞巴尔扎克"对现实关系具有深刻理解"③,列宁将列夫·托尔斯泰的小说比作"俄国革命的一面镜子"④,这实际上也是顺着文艺模仿现实的思路,来肯定巴尔扎克和托尔斯泰小说反映现实的价值。

不过到了浪漫主义时期,西方文论倾向发生了根本性的转变,从模仿外物跳到另一个极端——主张纯粹的主观表现。理论家们提出,文学的本质是"强烈情感的自然流露"(华兹华斯),认为艺术是创造,而不是被动的模仿,甚至认为是自然模仿艺术,而不是相反。至于西方现代文艺思潮,则将主观情感表现说加以进一步甚至于极端化的发展;而西方现实主义文学,则继承了自亚里士多德、文艺复兴以来的再现性传统。然而,无论是模仿再现或是主观表现,都抓住了文学的某种重要的本质特征,即形象性和情感性。

与亚里士多德相对,柏拉图是主张把诗人逐出其"理想国"的。但他把诗人逐出其"理想国"其实是有着非常严格的逻辑推演的。首先,他肯定一个永恒的、绝对的"精神"或"真理",用他的话来说就是所谓的"理念"或"理式"。它超越物质世界而存在着,并决定着一切事物。而一切事物是其"理念"或"理式"的影子,换言之即现实世界是对"理念"的"模仿"。在他确立了这样一种客观唯心主义哲学体系后,他又把它运用到文学理论中来。既然现实中一切事物都是"理念"或"理式"的影子,文学又是对现实的模仿,所以它是"模仿的模仿""影子的影子""和真理也隔着三层"⑤。所以文学是不真实的,是

---

① [意]达·芬奇《笔记》,伍蠡甫主编《西方文论选》上卷,上海译文出版社,1979年,183页。
② 《哈姆雷特》第三幕第三场。
③ [德]马克思《资本论》,《马克思恩格斯全集》第二十五卷,人民出版社,47页。
④ [苏]列宁《托尔斯泰是俄国革命的一面镜子》,《列宁全集》第十一卷,人民出版社,318页。
⑤ [古希腊]柏拉图《柏拉图文艺对话集》,朱光潜译,人民出版社,1963年,70~71页。

不可信任的。他的这种"理念—现实—文学"的公式,即现实是对理念的模仿,文学是对现实的模仿。因此,文学与"真理"——理念相比,地位就是低下的。柏拉图从他的"理念"出发,依照对"理念"模仿的层次界定,规定了艺术家、诗人的地位,并且毫不客气地将他们逐出"理想国"外。

在此,我们姑且不论柏拉图的学说正确与否,光从其思维推演过程来看,是有着严格的逻辑性的。

对"理念"概念的修正,到 19 世纪的黑格尔达到了极致。在《美学》中,黑格尔明确指出:"我们在艺术哲学里也还是必须从美这个理念出发,但我们却不应该固执柏拉图式理念的抽象性。"①黑格尔的"理念"世界显然与柏拉图的大不一样,黑格尔不满柏拉图式理念的抽象性,他将理念看作是具体的存在,从而要求他从具体"理念"出发来探寻艺术哲学的问题。

黑格尔主要从理念的自在自为和辩证发展这两个维度上来加以说明。理念的自在自为指的是"理念"既是独立自在的,又是自行创造和自我开展的。作为独立自在的理念它是最高的真实。作为自行创造和自我开展的理念,它是大千世界的根源,一切都是"理念"的创造物,艺术概莫能外。而难能可贵的是,黑格尔的理念打破了柏拉图的静止封闭的"理念"形式,创造性地把对立统一或否定之否定法则运用到"理念"的分析中。他认为,理念的运动使概念的普遍性和个别事物的特殊性、概念的抽象性和个别事物的具体性,在对立面的否定之否定中克服各自的片面性而达到更高的统一,成为将普遍性包含于自身的个别具体的存在。这种存在就是"具体理念"。在这里,黑格尔恢复了柏拉图所忽略的个别事物存在的价值,从而在逻辑范畴内为艺术存在的价值做了有力的辩护。

所以,从柏拉图的"理念"到黑格尔的"理念"尽管存在很大的差异,他们的结论也有不同,但其艺术哲学的形而上方法论立场却没有本质差异。这种立场就是从"理念"出发来推论艺术的本质和价值的。

可见,自古希腊以来到当代的西方文学理论家,无论是"再现论"还是"表现论",都有着这样一种理论化、系统性的优良传统。在西方文学理论的发展过程中,尽管有各种层出不穷的新思想、新观念,但其讲求理论化、系统性这一点是一脉相承的。无论是现实主义还是非现实主义、当代的现代主义,包括当代文论从语言学转向到今天的文化转向过程,各种流派各种风格,他们各自的主张可能大不相同甚至截然相反,但在理论化、系统性这一点上却有着一致的追求。

## 二、逻辑性、形式化

除了上面所讲的严格理论化、系统性外,西方文论还有着明显的逻辑性、形式化倾向。应该指出的是,我们这里所讲的逻辑性、形式化,是指西方文论运思的基本路径。尤其是文学批评中的基本运作模式。

---

① [德]黑格尔《美学》第一卷,商务印书馆,1982 年,27 页。

我们前面说了,西方人的思维方式是从理性逻辑出发,崇尚的是科学实证的精神,其美感视境是史诗或叙事诗的传统。因此,西方文学理论的运思方式是逻辑实证的路线。这种运思模式,决定了西方文学理论的形式化特征。

我们仍以古希腊文艺理论家们关于艺术起源的论述为例,来说明西方文论的这个基本特征。

我们知道,西方文艺理论思想始于古代希腊。古代希腊文艺思想的集大成者是柏拉图和亚里士多德。他们都认为文艺是对自然的模仿。柏拉图在其《理想国》中首次把文艺比作"镜子",认为文艺家就像镜子一样,是"事物外形的制造者"。他以床为对象举过一个著名的例子,说明文艺、现实和理式三者之间的关系。他说床有三种:一种是神制造的"床的理式",一种是木匠根据床的理式制造出来的具体的床,再一种是画家依据具体的床模仿出来的绘画的床。在这三种床中,只有神制造的"理式的床"是真实的;第二种木匠制造的床是对理式的模仿,和真实隔了一层;而第三种是画家对具体的床的模仿,和真实更隔一层,实际上等于"影子的影子"①。柏拉图认为,不仅绘画是对个别事物的模仿,而且诗也同样如此。其实,柏拉图把文艺比作镜子,一方面是用来阐发他的模仿说,另一方面也用来说明文艺创作的虚假性,即镜子所反映出来的东西只是事物的一个影子,一个虚假的外形,而不是事物的真实体。这里体现了文艺理论家的柏拉图在理论论述过程中对概念的执着,更体现了他对概念的严密要求,尽管其所谓"理式"本身的真实性大有可疑。

西方文艺理论的思维特色不仅表现出对概念的严谨把握,也表现在对论述的缜密关注。

西方文论普遍运用分析性的逻辑思维,创立"诗学"名称的亚里士多德也是运用条分缕析的逻辑思维,来建立他那庞大的诗学体系的。他自己指出,他写《诗学》的原则是"依自然的原理,先从首要的原理开头"(《诗学》第二章)。亚里士多德从一个基本原理出发,由上至下,从一般到特殊,用谨严的逻辑方法,把所研究的对象和其他相关的对象区别开来,找出各自的异同,然后将他们由类到种地逐步分类,下定义,找规律性。例如,他先将艺术与其他学科区别开来,认为艺术与"理论科学""实践科学"的区别在于:艺术是创造性的。然后又从艺术分出工艺与美的艺术,即所谓"模仿的艺术",它们的特点在于"模仿"。之后又以"模仿"所用的媒介不同、所取的对象不同、所采用的方式不同作为标准来区别诗与其他艺术(绘画、雕塑、音乐),以及诗本身的各种种性(史诗、悲剧、喜剧)的不同特征、不同规律和互相的联系。这种系统的分析推论,是西方分析性逻辑思维的必然结果。亚里士多德不但创立了这种广义的"诗学",而且也为西方诗学体系建立了科学分析的范例。几千年来,西方文论正是沿着亚里士多德《诗学》条分缕析的路子走过来的,从贺拉斯到托马斯·阿奎那,从朗吉弩斯到布瓦洛,从黑格尔到别林斯基,这种条分缕析的诗学体系,始终是西方文论的最基本的特征。当然,现当代西方文论,也开始注重直觉思维,柏格森的直觉主义和弗洛伊德的无意识学说,对西方文论产

---

① [古希腊]柏拉图《柏拉图文艺对话集》,朱光潜译,人民出版社,1963年,70~71页。

生了深远而广泛的影响。克罗齐就试图用"直觉"来解释艺术的本质,用"直觉即表现"来构筑他的诗学体系。弗洛伊德企图在无意识的深层,来发现艺术家创作的真正动机。现象学家则设法在直观审美经验中把握艺术的真谛。然而,无论是哪一种学派的理论,我们从中都不难发现抽象的逻辑分析,仍然是他们构筑理论体系的基本支柱。至于当代的英美新批评、俄国形式主义、法国结构主义论,以及符号学、诠释学直至后结构主义等,其条分缕析之细密烦琐,其剖析分疏之精详完备与亚里士多德比起来,更是有过之而无不及。

由理论到实践,西方文学批评也实践着这种逻辑化和形式化的方式。可以说,亚里士多德以后的西方文学理论都认为文学有一个有迹可循的逻辑结构,从而开出了以因果为据,以"陈述—证明"为干的批评和认知模式。而这种形式化的特征,在文学批评中更显突出。按照美籍华裔比较文学学者叶维廉的说法,在一般的西方文学批评中,不管它采取哪一个角度,都起码有下列的要求:

(1) 由阅读至认定作者的用意或要旨;
(2) 抽出例证加以组织然后阐明;
(3) 延伸及加深所得结论。

不管用的是归纳还是演绎——两者都是分析的,都是要把具体的经验解释为抽象的意念的程序。①

显然,这是一种典型的形式化理论模式。这种理论思维方式的形式化特征由古希腊罗马时代,发展到今天的日新月异的西方文论一直没有改变。

这种程序与方法表面上看与中国古代文论的运思模式相仿,但两者有着根本性的不同:中国文论往往是就事论事,表现为生动的感性化,却较少从更深的理论层面探讨问题;而西方文论往往生发开去,上升到更玄妙的理论高度,因而显得更加幽秘深奥。

我们以莱辛的《拉奥孔》为例。这是一篇较为典型的西方式文艺美学论著。它从分析古希腊神话中拉奥孔父子被蛇缠住与蛇搏斗的故事,在不同体裁的文艺作品中的不同表现方式入手,探讨了长久以来在文艺界纠缠不休的诗与画的审美困惑。自古以来,文艺理论家对于这两种艺术都未能划清界限。通过深入的分析,莱辛认为,诗和画各有特点。雕刻、绘画之类的造型艺术应表达出最精彩的"固定的一瞬",而诗则应模拟在时间上连续不断的行动。莱辛分析它们的界限,是为了强调诗具有自己独特的作用,应表现人的个性和感情。同样是诗画论,莱辛的《拉奥孔》更注重美学的透析。在其表面化的理论透析下,其实隐含着更深邃的启蒙意图:引导德国文学艺术走上现实主义的道路。他提出的诗画异质说,特别强调诗应该描写人类的行为,画应该描写现实的美,因而使文学艺术接近生活,把人和动作提到首位是有革命意义的。确立了上升中的资产阶级新型的艺术理想。这里,莱辛从具体的艺术分析出发,最终却超越艺术形式本身,为新兴的资产阶级文艺做深层的理论准备。

---

① [美]叶维廉《中国诗学》,生活·读书·新知三联书店,1992年,3页。

## 第三节 "全球化"背景下的当代文学理论

全球化是席卷世界的一股汹涌浪潮。事实上,它也是一种世界化意识形态。它先由经济领域发起,继而漫向其他一切事物。时至今日,"全球化"已成为一种强劲力量,一种势不可挡的时代浪潮。不管人们怎样看待它,它都与我们的生活时刻碰撞着。

### 一、全球化的概念

1995年,罗特里奇(Routledge)出版社在纽约和伦敦同时推出一套叫作"关键概念"(Key Ideas)的丛书。其中有一本由马康·沃特斯(Malcolm Waters)撰写的名为《全球化》(*Globalization*)的理论作品。在书中,作者沃特斯指出,如果说后现代主义是20世纪80年代的关键概念,那么全球化则是90年代以来的最重要的关键词。

沃特斯从《牛津英语词典》(*Oxford English Dictionary*,1989)中发现,早在400年前,即已出现"global"一词,但"globalization""globalize""globa-lizing"等用法直到20世纪六七十年代才开始流行。1961年韦伯大词典首次为"全球化(globalism)"与"全球主义(globalization)"定义。而其在学术上的重要性直到20世纪80年代中期才得到体现。

沃特斯综合种种学说,指出对该词源的大致追溯,可以发现"全球化"现象呈现三种可能:一是"全球化"可能早已开始,它与启蒙历史同步;二是其出现比前述可能要晚些时候,是与现代化、资本主义的发展相伴而来的;三是"全球化"乃一种新现象,是在后工业化、后现代化以及资本主义的解体与冲突中产生的。

按照沃特斯的分类,全球化在社会生活的三个领域得以呈现。其一是经济领域,进行的是生产、交换、分配和消费。其二是政治领域,涉及权力的集中和运动、权威的构造与外交政策的实施,以及对人口和地区的控制。其三是文化领域,关系到意义、信仰、嗜好、趣味、价值观等象征符号的生产交换和表达。①

我们认为,全球化是在人类社会生产力极大发展的基础上,随着国际交往和世界市场的扩大而出现的世界社会运动的自然历史过程。这个进程不以任何国家、民族、阶级、集团、个人的意志为转移。在这个客观进程中,不同的国家、民族、阶级、集团、个人都企图实现自己的利益。全球化实际上包括经济、政治、思想文化,包括生产力和生产关系,经济基础和上层建筑,是一个综合的社会概念。总体上说来,目前"全球化"研究有着比较典型的四种态度。

第一是新马克思学派,或称新左派。认为世纪末的"全球化"正在催生另一种形态的帝国体制,但不是以军事强制为杠杆,没有鲜血和暴力,通过资本、信息和市场来冲击国家主权,促使国家和领土的界限再度淡化。

第二是新自由派。认为"全球化"主要是指全球经济和市场的一体化,其结果是世

---

① 宋伟杰《"全球化"问题的思考是一种认识关系》,《文化与对话》第2辑,上海文化出版社。

界资源的优化组合,绝大多数国家在"全球化"过程中都将得到比较长远的利益。他们强调全球化带来的信息共享,并认为全球化是人类进步的先驱,因为它正在促使全球和全球竞争一体化的出现。

第三是"怀疑派"。认为甚嚣尘上的所谓"全球化",根本就是一个"神话"。经济"全球化"不是什么新鲜玩意儿,19世纪末就出现过全球经济、市场和金融的更高程度的一体化。如今的所谓"全球化",充其量只是发达国家经济之间的"国际化"与"互动"而已。同时,他们认为国家弱化和消亡论完全是耸人听闻,因为这在根本上低估了国家和政府干预国际经济的持续性力量。

第四是"转型学派"。认为身处新世纪的世界,全球化是推动社会、政治和经济转型的主要动力,并正在重组现代社会和世界秩序。明智的国家政府就应该转化自身的统治功能,变传统的全能政府为有限政府,促进国际合作。此派的主要代表人物是吉登斯。

由上面的概述可知,人们谈论的全球化,更多的是指西方全球化、经济全球化。而就我们的文学理论而言,我们这里所要讲的"全球化",是指文化,尤其是文化理论的"全球化"。

**二、全球化理论的后殖民特征**

1. 全球化理论中的本质主义预设

很多论者在谈到全球化理论时都联想到黑格尔、歌德和马克思。黑格尔在其《法哲学原理》中,从精神运动的角度对人类历史演进过程进行了总结。他说:"在世界精神所进行的这种事业中,国家、民族和个人都各按其特殊的和特定的原则而兴起,这原则在它们的国家制度和生活状况的全部广大范围中获得它的解释和现实性。在它们意识到这些东西并潜心致力于自己的利益的同时,它们不知不觉地成为在它们内部进行的那种世界精神的事业的工具和机关。在这种事业的进行中,它们的特殊形态将消逝,而绝对精神也就准备并开始转入它下一个更高阶段。"[①]歌德在把中国传奇与贝朗瑞的诗加以对比后,坚信"诗是人类的共同财产",同时预言"世界文学的时代已快来临了"[②]。20年后,马克思和恩格斯在《共产党宣言》里明确提出世界文学概念。他们在谈到19世纪越来越明显的资本国际化潮流论及民族文化的世界性问题时,提出了"世界的文学"的概念。马克思所说的"世界的文学",是指打破"民族的片面性和局限性"的精神产品。因此,人们普遍认为,马克思在这里提及的世界文学概念,实际上蕴含了全球化的部分理论。

在黑格尔的世界精神、歌德和马克思的世界文学之间,其实存在很大的差别。黑格尔的世界精神是其理念世界的感性显现的基础,或者说世界精神是其理念世界或绝对精神的一个重要组成部分。歌德从普遍人性论,马克思从经济商品角度阐发了精神产

---

① [德]黑格尔《法哲学原理》,范扬、张企泰译,商务印书馆,1961年,353页。
② [德]爱克曼辑《歌德谈话录》,朱光潜译,人民文学出版社,1978年,113页。

品走向世界的一种必然趋势。他们的区别在于,黑格尔和歌德的思维方式是推演性的,而马克思是归纳式的;黑格尔和歌德的世界观是先验的、超验的,而马克思则是其感性经验的实践总结。

对于从黑格尔肇始的所谓"世界精神"及今天的所谓"全球性"话语,学界可以说是争论不断,见仁见智。有人认为,趋同性是21世纪世界格局的一个整体性方向,因而对文化全球化进行了乐观的评价;也有的论者对上述观点保持了一定的警觉,以一种审慎的态度来看待"全球化问题"。

我们认为,"全球化"是一种本质主义的世界观。我们对"全球化"问题的认识,不能停留在表面,而应直面其本质。对这种话语的解析,其关键是看这种话语是怎样形成的,话语的实质是什么,它通过什么媒介而起作用。

瑞士语言学家索绪尔在其著名的《普通语言学教程》中,将语言界定为一种符号系统的理论。他认为,声音只有当它们用以表现或交流观念之时,方能算是语言。因此,对索绪尔来说,语言中心问题便成了符号的性质:什么给了它符号身份,并使它作为符号发挥功效?他指出:"语言是一种约定俗成的东西,人们同意使用什么符号,这符号的性质是无关轻重的。""能指和所指的联系是任意的,或者,因为我们所说的符号是指能指和所指相联结所产生的整体,我们可以更简单地说:语言符号是任意的。"①

受索绪尔理论的启发,法国现代解构主义大师德里达对欧洲传统的形而上学进行了总结。他认为,自柏拉图以来的欧洲形而上学都具有"逻各斯中心主义"的特征。这种主义坚信有一种先在于语言之外的存在,按其自身逻辑运行发展,生生不息支配着自然和社会进程。这一终极真理就是"逻各斯",它是一切思想、言语和经验的基础,是一个所有能指唯它是归的"超验所指"。德里达非常欣赏索绪尔的符号反复无常是约定俗成的论辩。认为每一个符号不是由基本特质,而是由使它与其他符号区别开来的差异所界定,语言因此被认为是一种差异的系统。德里达在此基础上提出了一种大胆的理论,用他所谓的"延异(diff'erance)"代替"逻各斯"。

我们认为,全球化理论话语的可疑之处就在于它预设了这么一种理论上的"超验所指"。各民族文化的所有能指或者被全部忽略,或者被全部耗散殆尽,或者干脆被归诸"全球化"的本质主义"普适性"——这就是所谓文化的"趋同性"。

那么,全球化批评的理论建构中,到底存不存在一种普适的真理呢?这种所谓的普适性如果存在,它在多大程度上真正普适于"全球"?

就全球化理论而言,它的所谓普适性的真实性是其理论的支点。若真实性一旦被抽空,全球化理论的大厦就会轰然倒下。而对普适性这个问题的回答,正如同美学中美的本质是什么一样,是个纠缠不休的问题。全球化理论实际上预设了一个前提,即全球范围内可能也应该存在一种共同的东西,即普适性。它在柏拉图的观念世界里就是"理念",宗教的世界里就是"上帝"或其他形式的神,黑格尔的表述则有几分隐晦即所谓的"理念的感性显现",歌德表述仅限于文学方面那就是"诗"。总而言之是一种先于客观

---

① [瑞士]费尔迪南·德·索绪尔《普通语言学教程》,高名凯译,商务印书馆,1980年,102页。

存在的,为人类所共同拥有的一种本质。它凌驾于民族文化相对论之上,认为在各民族文化、政治、经济的所有能指的基础上,具有一种全球同一的超验所指。这种"超验所指"从经济学来看,就是发展主义的假设;从历史文化哲学来看,这就是"世界精神";从文学哲学看来就是"诗"……我们无法对这些本质主义的东西进行证实或证伪,但其思维路线是一目了然的——它也是一种先在的"逻各斯中心主义"。至少可以说,全球化理论这种建构在本质主义基础之上的话语,在一定程度上也反映了欧洲"逻各斯中心主义"传统。

这种传统认为,逻各斯是完全无法解释,不可质疑的。它是一个既能维系人的认识结构又置身于该结构之外的出发点或中心。然而,"逻各斯中心主义"是西方形而上学传统的一个致命弱点。按照德里达的看法,正是因为"逻各斯"的不受质疑而置于结构之外,所以它具有"去中心(decentered)"或者说"消解中心"的作用。同样道理,"全球化理论"也非常脆弱:既然其本质主义的"世界精神"定性为不可质疑、不可阐释,既然其"超验所指"设置于结构之外,所以从逻辑上说来,这些结构又都是"消解中心"或者说"去中心"的。而一旦"中心"不复存在,"全球主义"结构系统中原先在价值论意义上被认为主要的和次要的对立关系或其他关系,不统统被自行拆解了吗?这样"全球主义"大厦还能牢固吗?

2. 全球化理论中的话语膨胀

我们如果把全球化理论归为一种逻各斯,那么它是怎么发挥作用的呢?我们如果把全球化理论当作一套符号系统,它又是如何编织起来的呢?通俗地说,即全球化理论如何成为可能?

正如有的学者提到,全球化在当下世界只不过是一种"话语"之境,是在全球化的话语膨胀之后形成的一种"语境",而非"物境"、实境。①

我们认为,全球化理论采用的是一种造势策略。先用一种集束式的话语轰炸将它设定为"存在",起到一种煞有介事的效果,"全球化理论"的整套符号系统便这样形成了。一般说来,它的话语膨胀过程有这么几个步骤:一是预设一种先在为其"本质",比如说世界精神、"诗"、发展主义……其次将这种预设的"本质"进行普适化,使之成为放之四海而皆准的"真理";再回头将所谓"真理"归纳为"全人类的""全世界的""全球化"的准则。于是,巧妙的"推定循环"将"全球化理论"变成一种合理的"话语"。

下面,我们就来审察这种"推定循环"的具体运作流程。根据当代法国思想大师米歇尔·福柯(Michel Foucault)的社会批判理论,尤其是知识谱系学理论,知识与权力是一种转化生成的关系。知识和权力共谋,即知识的生产是与某种权力的产生相伴随的。知识是某种权力的象征。

在"全球化"后面实际上隐藏着一种中心权力话语。从经济的角度来看,全球化意味着某个工厂生产出来的一枚螺丝钉与世界上任何一个角落里生产出来的一颗螺帽能

---

① [美]阿里夫·德里克《后革命氛围》,王宁等译,中国社会科学出版社,1999年,172页。

够丝毫不差地拧在一起。其完美假定性正如西方马克思主义学者詹姆逊所认为的"全球主义的基础是资本主义中的发展主义假设"[①]。其重心在于：认定世界上每一个国家在克服了自身发展道路上的特殊障碍后，都会循着一条普遍性的路途向某一些共同目标前进。其诱惑力在于：一是虽然参与全球资本主义经济是全球化的条件，但全球的未来不再需要步欧美现代化的后尘；一是资源的最大配置的共享性，全球市场拓展的广阔性和技术领域革命的无限性。

当上述理论遇到那些显然有别于其勾画的发展模式，并且难于被其理论涵盖时，这种普适性理论或是排斥它的历史相关性，或是在论述时明显带有某种歧见。

如我们上面所指出的，"循环推定"的基础正在于"全球化"的假定完美性对另一种权力的遮蔽。众所周知，由于历史的原因，当经济发展到今天，东西方经济水平差距仍然很大，西方尤其是欧美在资金、技术力量等方面已经占据了优势，进而形成了一种权力话语。而东方尤其是第三世界国家，由于各自国家不同的发展状况，还处于相对落后的状态。在这种状况下，"全球化"的太平盛世图景背面就难免存有一种掠夺的企图。所以，这里其实隐含了一个条件，即发展主义是全球化的一个终极目标，而西方尤其是欧美，其发展已达到相当完备的形态，相反，东方尤其是第三世界国家，其发展还处于相当薄弱的状态。因此，要"全球化"，就要坚持发展主义，而坚持发展主义，就要向欧美看齐，所以，经济的全球化，实际上还是经济的欧美化。

这里，还有一点值得注意，那就是全球化理论的思考出发点是经济"发展性假设"。如果抽空了这一点，也就是说，如果发展性……遭遇反证或者证伪，即全球化理论的合理性也将和其本质主义合理性一样，会变得暧昧不明。

更重要的是，从文化的角度来看，"全球化"承载了诸如先进、文明、民主、自由等社会文化的想象。在这种社会幻象的映照下，"民族""传统""特色"往往被视为"保守""落后"的东西。实际上，在"全球化"惑人的理论表象下，隐含着一种深刻的话语陷阱："全球化"的价值取向是以"现代性话语"为基准的。资本的无止境扩张，资产阶级到处开辟市场，把生产和消费日渐演化为全球性的。为了达到经济上的目的，他们还把自己的政治思想和价值体系通过各种方式传播，从而把精神产品普泛化。然后，又以此作为价值标准，评价判定作为他者的其他文化。民族文化、地区文化则被视为另类、非法而销声匿迹，用"欧洲中心主义"概念化的世界去重塑世界性，在这样的世界里，欧美社会具体的历史轨迹到头来竟然成了标志时间的全球范围的目的论。于是，在一种隐蔽的概念转换过程中，他们用一种几近偷梁换柱的方法，实现了一种巧妙的话语"循环推定"，成为世界各种价值体系的立法者。"全球性"的价值体系就是这样"合理地"诞生了。

所以，事实上，所谓的"全球化时代""已经到来"依然是件值得怀疑的事。无论是经济全球化还是"文化全球化"，现在都还处于一种话语阶段。其"理论"背后，潜藏着一种深刻的话语权谋。

---

[①] [美]詹姆逊《后现代主义与文化理论》，唐小兵译，北京大学出版社，1997年。

### 三、中华民族全面复兴背景下的文学理论实践

在全球性的后殖民语境中,中国文学和文学理论在走向世界的过程中,该如何发出自己的声音,如何制定出自己的言说策略呢?

中国文学和文学理论应对"全球化"的策略不应只是根据外部压力而产生,应根据中国文学所面临的中国现实问题而产生。中国现实问题既有受制于"全球化"影响而产生的问题,也有受制于中国内部环境条件影响而产生的问题。从这个意义上说,中国文学批评应对"全球化"策略并非是仅仅应对"全球化"的挑战,而且要应对中国现实问题的挑战。

我们认为,中国文学理论应对"全球化"策略应从下面几方面体现出来:

其一,在"全球化"潮流中,中国文学理论也必须顺应"全球化"的文学潮流。这是我们的基本姿态,也是我们应对"全球化"浪潮的基本立足点。

"全球化"尽管是从经济"全球化"的呼声中逐渐蔓延辐射到政治、文化、艺术、美学等领域的,但其作为意识形态和文化的渗透,几乎是无孔不入地影响整个世界的方方面面。实际上,现在业已形成"全球化"的语境。而置身于这样一种语境,精神、文化领域不可避免地受到影响。当然,精神文化毕竟不同于经济、物质文化,除其受到"全球化"影响而具有共同性、普遍性之外,也还有特殊性、个性。因此,中华民族文学理论一方面应在"全球化"浪潮中寻找共同的话语和共同应对的问题,对"全球化"理论的一些共同话题进行回应。除结合中国的文学实践和社会实践做出解答,更重要的是在这些共同话题中提出中国学人的观点并发展、发挥这些理论。而不是简单将这些话题生吞活剥,不加消化地吸收,以便在引入时建构自身特色,更好地与"全球化"文化理论进行对话与交流。同时,还应根据中国现实问题提出自己的话题,供全世界思考。换句话说,就是将中国问题"全球化",或者说能让国内外学者关注中国问题,将中国命题置于"全球化"视域和语境中来讨论。事实上,现在一些有远大理论眼光的西方理论学家已经注意到这一点。比如说杰姆逊就几次到中国讲学,并不断了解中国现实情况,其理论和批评也多次论及中国文学、中国文学批评以及所涉及的中国问题。

其二,与此同时,中国的文学理论应该走向世界,在世界批评格局中占有一定位置。但在如何走向世界这个关键问题上,以"全球化"走向世界还是"民族化"走向世界,现在还众说纷纭,各执己见。其实,这些表面上看来对立的关系或观点,实际上都是可以辩证协调的,无论以什么形式、方式走向世界,都应该鼓励,而不是简单以迎合"他者""西化"等予以否定。那种"吃不到葡萄就说葡萄酸"的观点是不利于中国文学、艺术发展的。中国文论虽然与国际有不少接触,但确实还未奠定在国际上的位置。无论是"失语症"也好,还是"西化"也好,或者是不屑一顾也好,都反映了我们一种面对"全球性"问题的浮躁和不安。这些表现都说明中国文论还缺乏十足的竞争力和实力,还缺乏内功和底气,还缺乏更为宽阔的视野和胸襟。这一方面需要培养更多能够贯通中外的理论人才,另一方面更需要那种脚踏实地的理论梳理和培养。

其三,重要的是,中国文学理论应有效利用资源来发展自身。不仅应吸收现代理论

资源,还应吸收优秀的传统资源。不仅应吸收国外理论资源,还应吸收本土理论资源。中国文论走向世界并不是要抛弃传统、抛弃民族特色、抛弃本土,而是使传统性向现代性转化,民族性、本土性向世界性、人类性转化。当然,并非是民族的就一定是世界的,民族相对于世界而言,毕竟是有局限性的。既有民族性又有世界性的东西终究会走向世界,完全封闭的民族性还不一定具有世界性,如果真正为世界所接受,对民族性还需要升华、改造和转化,使之带有世界性。理论界曾提出古代文学、古代文学理论的现代转型问题,其实,民族性、本土性同样也有一个向非民族性和世界性转换的问题。

其四,在此基础上,努力建构一个可供交流与对话的基本平台。"全球化"作为语境和视域为我们提供了一个平台。但怎样在这个平台上做出自己的理论贡献却是我们必须面对的一个现实问题。要超越中心话语,追求权威话语,我们认为,在走向"全球化"的今天,东西方文化的遭遇已经是一个毋庸置疑的事实。要在这种后殖民语境中真正发出自己的声音,我们不应跟在西方中心后人云亦云,任其权力意志颐指气使,也不应用自己的所谓"民族寓言"来博得他者的欢心,以获取他者的同情和重视,而应寻求一种超越东西方文化的桥梁。它既不是西方中心权力话语,也不是我们的内心独白和自说自话,而应是建立一种东西方真正在平等基础上的真正科学、客观的"描绘性"对话平台,即超越中心话语,建立权威话语。只有这样,中国文学理论才能发出最悦耳动听的声音。

**学术新观点**

## 研究中国文学批评的困难①

本书所从事的研究含有多重困难。首先,在中文的批评著作中,同一个词,即使由同一作者所用,也经常表示不同的概念;而不同的词,可能事实上表示同一概念。这当然不是中文所独有的现象:且想想看英文中像 style 和 form 这些字。举中文的一个例子:"气"这个字,照字义是指"水气""空气"或"气息",而曹丕用以指三种相互关联的概念——基于气质的个人才赋,作为这种才赋之表现的自身风格,以及地域性风格或者地方风气(genius loci)之呈现,乃至"气息"这种字面意义。在另一方面,曹丕所谓的任何一种"气",别的批评家可能以别的字称之。就单音节的汉字而言,意义不明确的问题已够严重,至于双音节的词,那就更复杂了,因为两个音节在句法上彼此常呈现出模棱两可的关系;事实上,有时候我们无法确知两者之间的关系是句法上的还是语形上的,或者,换而言之,两个音节是表示两个概念或只是一个;若是前者,彼此的关系又是如何。例如,"神"这个字本身可能意指"神明""鬼神""精神的""神圣的""神妙的""神秘的"或者"神奇的";"韵"这个字可能意指"谐鸣""和音""押韵""节奏""声调"或者"个人风韵"。"神·韵"合在一起,在理

---

① [美]刘若愚《中国文学理论》第一章"导论",杜国清译,江苏教育出版社,2006年。

论上可能以令人迷惑的各种方式加以解释,其中有些是合理的,而其余的毫无意义。然而,另一个困难来自有些中国批评家习惯上使用极为诗意的语言所表现的,不是知性的概念而是直觉的感性;这种直觉的感性,在本质上无法明确定义。

所有这些困难,是研究中国文学批评必然具有的,而在以英文探讨中国文学理论时显得更大;因为中文或日文的作者可以用同义词或重复句,或者引用原文而不加以批注来解释定义,可是,以西方语言写作者却不能如此,而必须面对翻译的问题。在中文与英文之间要找出一个同义词,不但所指的对象相同,而且含义和联想也相同者,往往不可能;甚至在日常语言的层次上都是如此,更不用说是深奥微妙的文学讨论了。事实上,中文里并没有一个词,在概念与范围上,与今天英文通用的"literature"完全相等,可是有几个中文字多少与之相当。由于这是一个对我们极为重要的问题,我们有必要暂时先来研究这些字。

**讨论提示**

1. 总结中国传统文学理论的基本特征。
2. 简论西方文学理论的形式化、逻辑性。
3. 谈谈你对"全球化"的看法。

# 后　　记

　　2001年9月,新世纪地方高等院校专业系列教材编委会聘请我为《文学概论》的主编,我既感荣幸,又深觉责任重大。我曾在20世纪80年代前期到90年代前期多年教授文学概论课(先后主编或参编过四种文学概论教材),其间还兼授马列文论、中国古代小说理论、美学、电影学概论等相关的课程。90年代中期以后,我的研究重心转向当代学术史研究和当代文学研究,基本不再任教文学理论方面的课程。接受《文学概论》主编任务后,我重新关注文学理论研究的发展和文学理论教材建设的情况,比较集中地阅读了这方面近几年出版的书籍和近几年发表的论文,觉得收益很大。经过较长时间的准备和酝酿,我和副主编柏定国拟定编写提纲,与另一位副主编进行了商计,于2002年8月下旬在湖南理工学院(原岳阳师范学院)召开了编写人员会议,大家认真地讨论了编写提纲及其他有关编写事宜(包括编写分工等)。2002年9月,我们又向各位编写者寄发了补充通知,进一步明确了编写的要求和细则。

　　今年3月,各位编写者寄来了撰写的初稿。从4月起,开始了修改统稿工作,其中不少地方是我与执笔者采用电话、书信和电子邮件的方式反复讨论、切磋,到最后定稿的。其间,柏定国协助我做了许多具体工作,包括对部分章节的修改,一些重要问题也与施萍多次交换意见,任先大(湖南理工学院中文系教授)对第一章做了大的修改。

　　编写初期,我定的目标是,既要吸收同仁已有的研究成果,又要有自己较为鲜明的特色;既要有较强的理论学术性,又要有适合做教材的可读性。成书以后是否达到了预期的目的,有待读者评说,我们非常欢迎读者的批评意见。

　　本书的写作分工如下:

　　导论,柏定国(湖南理工学院)

　　第一章,阎明芳(沈阳大学)、王东(长春师范学院)。

　　第二章第一、二节,凌建英(雁北师范学院)。

　　第二章第三节,邓绍秋(株洲师专)。

　　第三章,施萍(南通师范学院)。

　　第四章第一、三节,李良军(长沙大学)。

　　第四章第二、四节,张德礼(南阳师范学院)。

　　第五章第一、二、三节,许定国(衡阳师范学院)。

　　第五章第四节,涂昊(衡阳师范学院)。

　　第六章第一、二节,李国春、黄世权(湘南学院)。

　　第六章第三、四节,江正云(湖南第一师范学校)。

第七章第一节,陈仲庚(零陵学院)。

第七章第二、三节,李夫生(长沙大学)。

最后,我要特别感谢南京大学任天石、左健、金鑫荣、阎居梅和南通师范学院周建忠诸位先生给予的热忱帮助,感谢湖南理工学院院长彭时代教授的大力支持。

余三定

2003年9月5日晚于

湖南理工学院

# 第三版后记

我主编的《文学概论》(2004年第1版,2008年第2版)出版后,引起了较好的反响:《理论与创作》《长沙大学学报》等发表了书评,《学术界》发表的关于新时期文学概论教材建设的长篇综合研究论文中,把本书作为代表性的教材进行了肯定性评论;除了全国各地数十所普通本科高校选用本书作为教材外,浙江广播电视大学汉语言文学专业"《文学概论》参考资料"中将本书列入其中(共7种),全国高校教师网络培训中心安徽分中心在《文学概论》"推荐的教学资源"中,将本书列入"书籍类"的第一种(共5种);本书还在2008年被评为"湖南省高等学校优秀教材"。

当然,本书也存在不少的缺点和弱点,正是有鉴于此,我们对本书做了又一次修改。此次修改涉及各个章节,其中"学术新观点"的内容绝大部分做了更新。此次修改主要由我和任先大共同完成。

最后,我要再次由衷地感谢左健、金鑫荣、蔡文彬、阎居梅、郭锡健等朋友的真诚帮助。

余三定

2013年2月19日

于岳阳市南湖畔

# 第四版后记

近期,我和湖南理工学院的任先大教授、张乾坤副教授、张照生博士、张倩博士等对我主编的《文学概论》又进行了一次修改,对他们的辛勤付出,表示感谢。

这次还要特别感谢蔡文彬、高军等朋友。

余三定
2021年1月29日
于岳阳市南湖畔